孺子帝

卷七

大結局

不存在的皇帝

冰臨神下——著

目錄

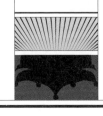

第四百六十章 離心

又是一年春天，皇后生下一個女兒，這不是崔家最想要的結果，但韓孺子與崔小君依然激動萬分。韓孺子親自起名為「孺君」，一天要回後宮至少三次，查看女兒的狀況，視若珍寶。

不過韓孺子的心沒有因此沉下來，時不時地仍在躁動。他已經等了一年多，如今有了一個兒子、兩個女兒，還有嬪妃懷孕待產，關於皇帝身體狀況的諸多猜疑早已煙消雲散，他將會是一位多子多孫的皇帝，有「資格」出去走走了。

阻力不小，韓孺子得一重重突破。

孺君公主出生三個月後，夏花繁茂之時，慈寧太后在寢宮裡慶祝壽誕。只邀請了數名王家女眷進宮，禁止外臣恭賀，韓孺子上朝後匆匆趕回宮內，去為母親拜壽。

慈寧太后懷抱著孫兒慶子——這是她起的小名，與「孺君」一樣都不是宗正府記錄的正式名字，正與眾多嬪妃、女眷閒聊，皇帝一到，歡聲笑語停止。

慈寧太后接受皇帝的拜賀，催道：「陛下忙去吧，你在這裡，我們反而不自在。慶子，叫父皇、叫父皇。」

一歲的慶子已經會說簡單的話，「父皇」兩字卻困難了些，他手裡抓著一塊甜糕，將頭埋進祖母的懷中，不肯看向父親。

慈寧太后大笑，揮手攆皇帝快些離開。

韓孺子笑著告退，在他的印象中，母親對小時候的自己十分嚴厲，雖然獨處小院之中，很早就教他識字、給他講各種道理。到了慶子這裡，卻溺愛得沒邊，不讓孫子吃一點苦。

韓孺子前往秋信宮，皇后在太后那邊參加壽宴，三個月的小公主留在宮中，由孟娥照顧。孟娥雖然從小習武，對待嬰兒卻是溫柔至極，目光幾乎從不離開，即使皇帝進來，她也只是匆匆一瞥，立刻又盯向小床裡熟睡的公主。

韓孺子也走過去看了一會，心中喜悅，怕打擾女兒睡覺，什麼也沒說，向孟娥點點頭，退出房間。

張有才迎上來，臉上笑呵呵的。

「你笑什麼？」韓孺子邊走邊問。

「自從宮裡有了孩子，氣氛真的不一樣了。」

「嗯。」韓孺子深有同感，一直以來，他都視皇宮為樊籬，自從兒子、女兒先後誕生，樊籬漸漸消失，這裡更像是他的家了。

張有才跟在皇帝身邊，呵呵笑了兩聲，忍不住道：「陛下是不是有點嫉妒？」

韓孺子驚訝地說：「嫉妒什麼？」

「嫉妒皇子和公主啊，我看到了，太后啊、皇后啊、嬪妃啊……總之宮裡所有女人，如今關注的都是孩子，陛下可有點受冷落了。」

韓孺子笑了，「所有女人？沒你說得那麼誇張。」

兩人邊走邊說，直接前往凌雲閣，身後的一群隨從太監倒是真嫉妒張有才，可是沒辦法，誰讓他曾經跟著皇帝出生入死呢？

韓孺子無處可去才來到凌雲閣，眾多侍從都不在，他也沒什麼事情要處理，只是看看奏章、翻翻雜書。

張有才替皇帝準備筆墨，趁著皇帝心情不錯，說：「陛下有沒有想過多要幾個皇子和公主？」

「當然想過，越多越好。」韓孺子拿起奏章，都是小事，他掃一眼批覆「閱」。

「多要皇子、公主，首先得多選嬪妃。」張有才提醒道。

韓孺子放下奏章，看向張有才，「誰讓你說這些的？」

張有才急忙擺手，「沒有沒有，對天發誓，絕對沒有，我是真的希望看到陛下多子多孫。」

韓孺子笑道：「那是朕多心了，朕早在洛陽就說過，三年之內不再選秀，如今還差一年，朕不著急，你也不用著急。」

「是，陛下。」張有才再不敢多說。

奏章裡雖然沒有什麼大事，但是看得多了，卻能對天下各地的情況有個大致的瞭解，一旦讀進去，韓孺子就忘了別的事情，不知不覺已到傍晚。

韓孺子匆匆趕回後宮，他得在入夜之前再次為母親賀壽。

張有才剛剛接到慈寧太后派人送來的消息，請皇帝直接去慈寧宮。

韓孺子通常會去慈順宮給兩位太后一塊請安，今天是個例外。

慈寧宮裡的客人大都已經離去，屋子打掃乾淨，隱約還有酒味，只有新來者才能嗅到。

慈寧太后仍然抱著慶子，佟青娥站在一邊，看著自己的兒子，沒機會伸手。

「朕再祝太后壽比南山。」

「活那麼久幹嘛？陛下不如祝我兒孫滿堂。」

韓孺子笑道：「朕祝太后兒孫滿堂、重孫滿堂、玄孫滿堂。」

慈寧太后笑逐顏開，將慶子交給佟青娥，叮囑道：「慶子今天吃得夠多了，貴妃小心，一個時辰之內不要再餵了，最近天熱，多給他翻身……」

佟青娥一一應是，向皇帝行禮，抱著兒子告退。

韓孺子還真有點嫉妒，兒子受到的寵愛太多了些。

慈寧太后鬆了口氣，「養個孩子多難啊，我真擔心自己承受不住。」

韓孺子笑而不語。

慈寧太后正色道：「陛下又想離開京城吧？」

「太后……」韓孺子的這個心事還沒有對任何人透露，自以為掩藏得很好，母親一心撲在慶子身上，竟然還能看破，實在令他有些驚訝。

「陛下好幾次在我面前欲言又止，想必是要等我慶生之後再提此事。」

韓孺子只得點頭，「朕才只有一個皇子，沒到最初的承諾之數，可是……」

「我同意。」

韓孺子更驚訝了，他原以為宮裡最大的阻力來自於母親，沒想到這麼容易就通過了。

「但我有幾個條件。」

「太后請說，只要朕能做到……」

「陛下都能做到。」慈寧太后打斷兒子的話，「首先，陛下不能單獨出京巡狩，總得帶一名嬪妃，如果她能在路上懷孕，也算沒耽誤正事。」

韓孺子哭笑不得，讓嬪妃懷孕居然成了皇帝的「正事」，「太后，巡狩之途頗為艱辛，嬪妃怕是受不了長途顛簸。」

「陛下當初可是帶著金貴妃走了很長一段路，我替陛下選好了，淑妃鄧芸出身武將之家，身體好、也會騎馬，她陪在陛下身邊總可以吧？」

這不算過分的條件，韓孺子道：「太后決定就好。」

「嗯，第二個條件，我不放心陛下一個人出京，更不放心陛下身邊的那些人，我從王家給陛下挑一名隨從，讓他追隨陛下，我也稍稍安心些。」

皇帝出行總是要帶很多人，不在乎增加一個，「好啊，是哪位親戚？要不要先封官？」

「不必，等我挑好了再說，王家人都太老實，我得挑一個機靈些的。」

韓孺子應承下來，覺得事情很順利。

「第三個條件，陛下頒一道選秀聖旨吧。」

張有才、慈寧太后接連提起此事，韓孺子略感不悅，「太后，君無戲言，三年還沒過去呢。」

「這個我知道，還有一年嘛。陛下頒旨也不是立刻選秀，還是明年，只是給天下一個準信，也好讓各方早做準備。」慈寧太后頓了頓，「當初的選秀是我同意的，陛下以為國家多難不宜多事，中止了選秀。道理是對的，可天下人都說陛下的好，卻以為我是昏庸的太后。」

韓孺子馬上道：「當時是朕考慮不周，朕會頒旨，仍由太后主持選秀，只是規模不要太大、也不要持續太久，耗費民力不說，還耽誤了許多人家嫁女。」

慈寧太后笑道：「我也是窮人家出生的女兒，還不明白這個道理？陛下放心，這一年內我先挑選，明年日期一到，幾天內就有結果。頂多十人，不會再多，可以吧？」

韓孺子同意了，母親的要求並不過分，他也很難對母親採取強硬態度。

第二關是皇后，這關並不難，韓孺子相信皇后能理解自己的苦衷。

果不其然，當天晚上聽說皇帝的決定之後，崔小君只說一句話，「陛下想著早些回來。」

第三關才是最難的，韓孺子得讓大臣們同意。

過去的一段時間裡，君臣相處得頗為融洽，皇帝給予宰相充分的信任，這就是最大的權力，卓如鶴得以盡情施展拳腳，文武百官也都很滿意。在這種情況下，沒人願意看到變動。在京城，皇帝看到的信息由大臣提供；出了京城，皇帝看到什麼就不好控制了。皇帝第一次巡狩打掉了洛陽侯韓稠，誰知道還會不會再有類似的倒霉蛋？

次日上午，韓孺子在勤政殿宣布要去巡狩，雲夢澤初定、東海戰事未平、北方尚有隱患，都是他要去的地方。大臣們無一例外地提出反對，理由繁多，耗費國力、驚動天下、擾亂朝廷、令太后懸心等等都被提出來。

韓孺子一一反駁，大臣們則又提出新的理由，整整一個上午也沒爭出結果。

反對的聲音比韓孺子預料得更多，接連三天，奏章雪片般飛來，反對理由五花八門。幾位大臣聯名，一本正經地指出，最近天上星象不穩，皇帝不宜貿然出京。

韓孺子不急不躁，將每一份奏章都看了，能公開說的就寫成批覆，不適合筆錄的內容，就以諮詢的方式說給趙若素。

韓孺子將自己的決心表露給趙若素，聲稱巡狩勢在必行，若是得不到大臣的贊同，將直接帶兵出城。

然後他默默地觀察，默默地等待風向轉變。

大臣們在皇帝身邊安排了一名觀察者，這是欺君，卻也可以被拿來利用。

半個月後，大臣的態度終於開始軟化，爭執不下的問題只剩一個：皇帝應該去哪？

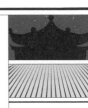

第四百六十一章　四方

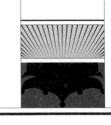

遼東，離邊塞最遠的一座城池裡，將軍房大業做好了進攻扶餘國的準備，比他最初的預計足足晚了一年。這也無可奈何，畢竟大楚當時的主要精力不能用來報復一個小國，而是要平定雲夢澤和東海之患；塞外軍隊的主要職責也是防範北方，遼東得不到足夠的兵馬糧草。

房大業耐心等待，盡可能修復城池、招募流民開墾荒地，同時遠派斥候，甚至親自出馬前往數百里以外勘察地勢、抓捕俘虜。

十天前，他終於得到一支兵馬，數量不多，加上遼東原有的駐軍，也不過八千人。房大業覺得夠了，他得到準確信息，扶餘國內已然大亂，分成數派，爭鬥不休，此國原本就是由眾多部落集合而成，如今又將恢復四分五裂的故態。

八千兵馬足以將扶餘國幾派勢力各個擊破。

房大業急於發起進攻還有一個原因，他太老了，多年在外為囚、為將，快要將體力耗盡。皇帝至少十次召他回京，房大業都以種種理由拒絕，他怕散了這最後一口氣，再也不能回遼東。

「年輕的時候總想著如何在戰場上保住性命，班師回朝領功受賞，在家人面前風光一時，在外面待得久了，卻已分不清何處是家。」老將軍平時少言寡語，今天難得地發了幾句感慨。

校尉馬大來自京南漁村，追隨當時的倦侯加入宿衛軍，多次喝酒鬧事，被送到邊疆。他自己也願意，甚至可以說是很高興，京城對他而言太過無聊。

馬大有著倔強的驢脾氣，對房大業卻極為敬重，以校尉的身份給老將軍當親隨小兵，這時眨眨眼睛，說：「有老婆孩子的地方才是家吧？我沒有老婆孩子，所以我沒有家，房將軍肯定有。」

「嗯，我快要記不得他們的樣子了。」房大業站起身，身材高大卻顯臃腫，穿上全套盔甲之後，立刻變得威風凜凜，只是肚子很難下去，仍然鼓起。

「走。」

房大業當先帶路，馬大抱著兩張弓、一張弩、三壺箭，緊隨其後。

兵馬已經集結完畢，房大業只留五百人守城，其他將士全都隨他進攻扶餘國。

扶餘國背靠浩瀚的森林，那裡比海上還要難行。房大業早已制定了詳細的計畫，沒有直逼其都城，而是斜插國土，軍隊急行十餘日，繞到後方截斷扶餘國退入森林的要道，緊接著虛張聲勢，不到八千人，卻有數萬人的旗鼓營房。

一切如他所料，楚軍還在行進途中，扶餘國就已分裂，主戰一方組成軍隊，倉促迎戰，結果三戰皆敗。

戰場上的房大業與平時的老將軍判若兩人，親自上陣、箭無虛發，馬大一個人來不及供應箭矢，還要再安排一個人。跟隨這樣的將軍作戰，人人奮武，對敵人來說卻是個噩耗。

扶餘國一敗塗地，楚軍距離都城還有數十里時，國王選擇投降。

自從追隨匈奴人進攻大楚失敗，扶餘國就一直上表請降，但是每次都提出許多條件，大楚一律回絕。

這回是真正的無條件投降，反擊不成，期盼中的匈奴人援軍連個影子都沒有，平民百姓能走小路躲進森林，國王帶著太多的妻妾與珍寶，只能坐待大軍臨城。

房大業扣押求降使者，率軍一路殺到城下，向守城者出示求降書，命令他們立刻打開城門。扶餘國早已亂成一團，命令不暢，守門貴族一看到求降書和使者，立刻下令開門。

楚軍進城包圍了王宮。

扶餘王率領全體族人出宮跪降，獻上數十名主戰者，聲稱自己當初就是受他們蠱惑，才鬼迷心竅成為匈奴人的附庸。

戰爭就是戰爭，房大業當即斬殺主戰者，派出軍吏，以當地語言大聲歷數扶餘王忘恩負義的背叛之舉，最後以大楚皇帝的名義，宣布廢除舊王，由貴族另選新王。

房大業雄心勃勃，他不只是要打敗扶餘國，還要讓這個遼東小國一蹶不振，從此不再是大楚的隱患。

新王選出之後，他又提出要求，扶餘國向西遷都，並調派人力，在新都百里之外修築數座新城，交付楚軍。如此一來，新扶餘王將得到楚軍的保護，也方便雙方通商往來。

房大業連地點都選好了。

房大業暮春時開戰，盛夏時諸城奠基，他安排好一切，給皇帝寫了一封私信，在入秋前油盡燈枯。

馬大在老將軍床前痛哭，比至親亡故還要傷心，「將軍和我的名字裡都有一個『大』字，將軍的兒子遠在京城，我就當您的兒子，給您盡孝。」

馬大扶柩，送老將軍遺骨回鄉，葬在祖墳裡，還要親手將信送給皇帝。

馬邑城裡，北軍大司馬柴悅聽聞房大業死訊，傳令全軍素服盡哀。

柴悅沒有參與扶餘國之戰，一直盯著北方的動向，如果匈奴人打算支援扶餘國，他就會率軍截擊。不過匈奴人沒有異常，柴悅鬆了口氣，他麾下其實只有五萬將士，一旦開戰，糧草供應只能堅持一個月，實在不是開戰的好時機。

東海之上，風平浪靜，船上的將士對遼東戰事不感興趣，他們有自己的將軍、自己的戰鬥。從去年開始，黃普公大半時間待在海上，每戰必勝，沿海百里之內，已經很少見到海盜的蹤影。

水軍戰船增至五十幾艘，個頭更大、航行更穩，其中數艘能夠承受急風巨浪，黃普公經常用來奇襲諸島。離海十幾年，黃普公對一整片海域依然瞭若指掌，知道哪座島上適合藏人、哪座島肯定藏財。今天他要進攻的一座島離海岸較遠，但是位置十分重要，攻下之後可以建成重要據點，從此大楚水軍不用再留在陸地上等候海盜進攻。

海上群盜也明白此島的重要，十幾夥人齊聚於此，要與楚軍決戰。

戰鬥在清晨開始，海盜一方船隻數量較多，楚軍的戰船則是較大、較精良。

黃普公與房大業有一點相似，都喜歡身先士卒，不願坐陣後方指揮。他親率一艘大船，在海盜群中橫衝直撞，為其他楚軍戰船開道。

海盜希望跳至對方船上近身肉搏，黃普公卻盡量避免這點，船上士兵全都手持長槍，長度是普通槍的兩倍，專門用來阻止有人登船。

剩下的事情就是撞，不停地撞。

戰鬥持續了整整一天，入夜之前，海盜損失慘重，只剩下幾條小船倉皇逃竄。

黃普公趁勝登島，要在島上安營。

就是在這裡，楚軍遭到伏擊。

海盜顯然早有準備，聚集在此的人數遠遠超過楚軍事前的預估，海戰只是為了誘敵深入，決戰要在島上進行。海盜對楚軍的人數、配置、戰法一清二楚，黃普公很快明白過來，自己遭到了出賣，有人要置他於死地。

半個月後，巡狩路上的皇帝得到消息。樓船將軍黃普公率軍出海，逾期未返，也沒有按規矩派人送信，只怕是凶多吉少。

遙遠的西方，崑崙山口，一座城池初具規模。這是辟遠侯張印的功勞，他全程參與了規畫與施工，比當將軍更在行。西域諸國出人出糧，都對這座城寄予厚望，以為只有它能擋住神鬼大單于，於是命名為「三不過」——神、鬼、人都不能通過此城。

楚人則按慣例向朝廷請示，按方位定名為「虎踞城」。

將軍鄧粹無所事事，實在不願意待在這荒涼之地看著城牆一寸寸上升，更願意四處遊歷。頭一年，鄧粹經常前往西域諸國，與王族來往，他出身高貴，又是皇帝的「寵臣」，因此到哪都受到熱情歡迎。

張印每日與土木泥石打交道，兩年多沒動過地方，鄧粹卻娶了三位妻子，都是各國貴女，其中一位甚至是公主，他也不帶在身邊，全留在本國，去的時候住在一起。

西域還是太小，鄧粹逛過幾遍之後，開始向西方遊歷，美其名曰「勘察地勢」，可他只揀風光秀麗、人煙密集的地方去，路上不畫圖、不記錄，天知道他到底記住了多少地勢。

鄧粹職位更高，張印管不了他，也不敢管，只做好自己的本職，爭取早日築城完畢，能夠為孫子贖罪。

這年暮春，大概與遼東之戰同時，鄧粹突發奇想，對張印說：「為什麼大楚非要在這裡築城，等什麼裝神弄鬼大單于攻過來呢？為什麼楚軍不能先發制人，直接攻到極西方去呢？」

張印口吃，這時更是驚得說不出話來，最後才道：「沒、沒、沒有楚軍。」

西域只有數百名楚軍，連築城都要借助諸國的力量，根本沒有餘力向西進攻。

「西域接受大楚的保護，各國軍隊就是楚軍。」鄧粹不再與張印商量，也不向朝廷請示，再次前往各國，三個月之後，竟然真讓他湊成了一支上萬人的軍隊。

夏末，張印目瞪口呆地看著一支「楚軍」穿過尚未修築完成的虎踞城，向西行進。

「去、去哪？」張印問。

「走走看，或許幾天就回來，也可能是三五個月，別等我，快些築城，到時候給我開門就是。」

鄧粹的風格沒變，對軍隊管理不嚴，二三十個國家提供的軍隊，仍然各自為隊，以真正的楚軍標準來看，可以說是混亂至極。張印終於明白鄧粹不是開玩笑，立刻寫信，派人加急送往朝廷。

上述所有事情發生的時候，皇帝都在路上。

第四百六十二章 祭天

大臣們終於同意皇帝再度巡狩，但是對目的地提出要求。南方時值盛夏，地方卑濕、瘴氣濃重，皇帝不該去；北方臨近匈奴，駐軍不足以抵擋，皇帝不能去；東方尚有戰事，而且皇帝上次巡狩已經走過一次，所以不必去。

只剩下西方。

京城地處關中，西邊盡是重巒疊嶂，繞行西北可至玉關門，再往西就是無邊無際的沙漠，對面是西域。邊疆並無大事，玉門關皇帝也不宜去。

最終禮部解決了這個難題，離京城不到二百里，群山之中有一座祭天之壇。據史書記載，此壇由遠古時期的先民建立，香火綿延近千年，到了前朝才被捨棄，本朝撥亂反正，正適合重建祭壇。

天子巡狩必祭天，相距又不是很遠，大臣們都支持禮部的建議。

韓孺子同意了，也要藉此檢驗一下自己的隨行隊伍，他宣布只帶三千人，一千宿衛軍、一千北軍或南軍、一千混從，後者包括勳貴侍從、宮中奴僕、隨行官員等人。

這個規模實在太小了，有損天子威嚴，大臣們再度掀起反對聲浪，韓孺子一一反駁，並且改變主意不去西邊祭天，而是來一次行走天下的巡狩，先去北方，再去東方，等天冷的時候南下，明年春天返京。

大臣們焦頭爛額，只好同意縮減隨行規模，換取皇帝放棄遠行計畫。

八月中旬，天高氣爽的一天，韓孺子終於開始他的第二次巡狩。

韓孺子要求所有人騎馬，連隨行的嬪妃、宮女也不例外。

淑妃鄧芸一直聲稱自己騎術精湛，事實證明她誇張了，雖然出身武將之家，但她也是侯門之女，生活與普通的勳貴女兒沒有多大區別。的確會騎馬卻稱不上精湛，騎在最馴服的馬上，雙手緊緊握著韁繩，仍有好幾次差點掉下來。

第一天行程結束，鄧芸累得花容失色，進了帳篷倒下便睡，連飯都不吃。隨行宮女為她換衣、洗腳，她也不動。

韓孺子冷眼旁觀，倒要看看鄧芸能跟多久。

第二天紮營，鄧芸更加憔悴，但是堅持來陪皇帝用膳。

「原來行軍這麼辛苦。」

「這支隊伍還是過於臃腫，無用之人太多，行軍速度已經很慢了。」韓孺子說，行軍途中當然沒有那麼多美味佳餚，但是酒肉俱全，菜樣不少。

鄧芸敬酒，一邊笑道：「那我就放心了，『無用之人太多』，不在乎有我一個，看來我沒拖後腿，請陛下滿飲此杯。」

想讓淑妃知難而退是不可能的，韓孺子只好笑著喝了一口酒。

第三天，巡狩隊伍到達出行的第一座縣城。

韓孺子早已頒旨，要求沿途官府一切從簡，不得在接待皇帝時大操大辦，根據他的經驗，很可能會有官員違旨，他已做好準備，要拿第一個不識趣的官員開刀。

結果出乎意料，縣令完全做到了皇帝的要求。營地安排在城外，只做了最基本的平整，沒有任何討好皇帝的花樣。

這麼實在的官員比較少見，韓孺子本想單獨召見此官，卻從隨行諸人口中得知，安排這一切的並非縣令，而是皇帝隊伍中的一名侍從。巡狩的路線、行程早已安排妥當，一批官員跑在隊伍前面，確保所有安排井然有序，其中一人並無官職，說話卻極具分量，因為他是皇帝的親戚。

王平洋是慈寧太后的遠親，算是皇帝的表兄，二十幾歲。讀過書，考中過秀才，是王家少有的識文斷字之人。慈寧太后指定王平洋跟隨皇帝，韓孺子身邊侍從眾多，一直沒注意到這位遠親，聽說是他安排接待事宜，當晚召見。

王平洋相貌英俊，行禮時中規中矩。

韓孺子打量了幾眼，說：「你隨朕舅氏一家進京的嗎？為何朕對你沒有印象？」

韓孺子對人臉的記憶力很強，幾次家宴的場景如在眼前，其中肯定沒有這個人。

王平洋回道：「微臣家父早年搬離故鄉，遷至臨淄城，與家族聯繫較少，太后尋親之時，我們沒有隨行來京。後來大舅向太后提起我們這一支，太后開恩，傳令微臣一家進京，這是今年春天的事情，陛下事務繁忙，可能忽略了此事。」

「嗯，朕記起來了，是有這麼回事。」韓孺子有點印象。

王家人都是鄉農，一時半會沒有可用之人，慈寧太后仍覺勢單力薄，於是又找來一些遠親，給予重賞，但是沒有求官，韓孺子也就沒有太在意。

「你做得很好。你叫『王平洋』，這不是本名吧？」韓孺子覺得「平洋」二字頗有意味，似乎專為平定東海而起。

王平洋回道：「陛下看得真準，這是進京之前家父替微臣改的名字，陛下若是不喜歡，微臣立刻改回去。」

「不必。」韓孺子聊了幾句，勉勵一番，派人送走王平洋。

張有才送人，回來之後欲言又止。

韓孺子正在低頭看一份奏章，餘光看到張有才，「有話就說。」

張有才笑道：「陛下不太喜歡這位親戚吧？」

韓孺子抬起頭，略感驚訝，「為什麼這麼說？」

張有才撓撓頭，說道：「我也說不清楚，跟隨陛下久了，連想法都跟陛下一樣了，不用想就知道陛下喜歡誰、不喜歡誰。」

韓孺子啞然，他一直以為自己掩飾得很好，沒想到卻被一名太監看得清清楚楚。

張有才輕輕一拍腦門，「我明白了，陛下對欣賞之人必談細節，對不太喜歡的人，則只是閒談。雖有誇讚，但都不是很具體。」

韓孺子大笑，「對外你可得把嘴閉嚴了。」

「那是當然，只要事關陛下，半個字我也不會說，打死也不說。」張有才將嘴緊閉。

韓孺子想了一會，「王平洋說是讀書人，但我覺得他更像經商之人，有那麼一點……油滑。」

王平洋其實表現得非常穩重，韓孺子只是憑感覺做出判斷，若不是張有才先提起，他不會對任何人說。

「還真讓陛下說準了！」張有才吃驚地說。

「你認得王平洋？」

張有才搖頭，「我去慈寧宮接大皇子的時候聽說的，王平洋的確讀過書，考中過秀才，然後跟著父親經商去了，在臨淄城的買賣不小，與鄉下斷了聯繫，後來不知怎麼又聯繫上了大舅，也入了外戚的籍。」

韓孺子點點頭，一下子明白了，王平洋敢於做事並非本人優秀，而是得到慈寧太后的授意。母親總是不放心自己，也總想壯大王家，韓孺子很無奈。

不到二百里的行程，走了整整七天。

前方修了一條小路，直通山頂。祭天要用木柴，韓孺子下令，隨行官員與侍從每人拾柴一根，送至山上，以表誠意。

次日一早，韓孺子只帶少量隨從登山，走走停停，黃昏時方到山頂，祭天的木柴已經堆好，中間夾雜著大量油脂，以助燃燒。

皇帝親筆寫下密祝之文，放到柴堆裡，祈禱上天護佑。

隨後皇帝退至百步之外，在臨時軍帳裡休息。子夜時分，經過一系列儀式後，射出一支火箭，點燃柴堆，火光衝霄，向上天發出信息。

皇帝退至半山處的一座平台上，遠觀火光，進行接下來的一系列儀式，直到四更以後才告結束。

跟隨皇帝登山的人只有三十幾名，其他人要麼留在山下、要麼圍守各方，以防閒人衝撞。儀式結束之後，隨行人等再往山下退卻，只留皇帝一人在平台上默禱。

要等天亮之後皇帝才能下山。

韓孺子向上天祈禱了許多事情，也詢問了許多事情，但是都沒有得到回答，火焰裡沒信息，他也沒有突然進入夢境，見到種種奇蹟。

天亮前的一段時間，韓孺子望向東方，他已經遠離京城、遠離朝廷，稍微自由了些，可是能做的事情卻更少了。脫離宰相與百官，皇帝就只是一支三千人隊伍的首領，對天下所能施加的影響微乎其微。

清晨時分，韓孺子向遠處的隨從招手，只有張有才明白皇帝的意思，攔住眾人，對趙若素說道：「陛下請你過去。」

趙若素很意外，但還是領命上山。

朝陽初升，韓孺子讚道：「果然是江山如畫。」

「是啊。」趙若素不太會說奉承話，隨口應道，也向遠方望去，除了朝陽艷麗，瞧不出特別之處。

韓孺子轉向趙若素，在這裡，皇帝影響不了天下，卻能影響身邊的人，而且不用擔心消息洩露，起碼不會洩露得那麼快。

「應當從何說起呢？」

「微臣不明白……」趙若素越發疑惑。

「你一直與中書省保持聯繫，還是後來改變了主意？」

趙若素臉色驟變，掀開袍子就要下跪。

韓孺子揮手制止，「這裡是祭天之所，朕非皇帝，你非臣子，可以暢所欲言，而且你也不用擔心，朝廷運轉良好，朕無意報復。」

趙若素是個極為沉穩之人，這時卻臉色大變，良久方道：「微臣離開中書省時，是真心要為陛下效勞，此心迄今未改，只是……只是……陛下的一些做法過頭了，微臣希望……」

「希望糾正朕的這些做法，但是又沒法直白地說出來，只好借助中書省與整個朝廷的力量，是不是？」

趙若素點點頭。

「告訴朕，你心目中的皇帝是什麼樣子的？」

第四百六十三章 被埋沒者

趙若素心目中的皇帝是什麼樣子？

首先要有當皇帝的心，他見過幾位活著的皇帝，還在書裡讀過極多不在世的皇帝，大多數人都沒有這顆心。他們以為自己天生就是皇帝，對這個最為崇高的頭銜從無敬畏之心。

皇帝一直存在，坐在寶座上的人卻經常更換，這說明崇高的是皇帝之位，而不是那個人。真正的皇帝應該像大臣那樣，對皇帝之位謙卑恭謹，常常反思自己是否配得上這個位置。

趙若素覺得當今皇帝符合這個條件，起碼比之前的武帝、桓帝、思帝要符合。

在他心目中的皇帝，還要擅長當皇帝。

每個人都曾有過夢想，絕大多數人不是敗在「夢想」上，而是敗在「如何實現夢想」上。太多人希望由別人幫助自己實現夢想，只有少數人默默地、持續地付出努力，不怕阻撓、不怕失敗，將問題一個個解決，攀登過一座一座的山峰，等他終於實現夢想的時候，已經將其他人落下一大截。

在這一點上，趙若素對當今皇帝有點不滿意。

朝廷是皇帝的工具，如果皇帝總是琢磨著與工具的好壞較勁，而不是如何使用這套工具，將會得不償失。

趙若素希望在皇帝與大臣之間做個中間人，緩和雙方的關係，所以猜出皇帝準備任命卓如鶴為宰相之後，他向中書省的舊日同僚發出暗示。

南直勁明白這位學生的意思，經過一番考察後，覺得卓如鶴會是位合格的宰相，於是刻意拉攏，在群臣之間穿針引線，使得新宰相受到的非難極少，能夠順利輔政。

皇帝不讓下跪，趙若素只好長揖到地，起身道：「微臣自知死罪，唯陛下處置，微臣並無怨言。只有一句相勸，大臣並非陛下的敵人。」

韓孺子很久沒聽過這麼直白的話了，讓他不由得想起楊奉。

晨風習習，吹在臉上很舒服，韓孺子說：「宰相輔政以來，所任命官員多是為了滿足各方勢力，這樣的『工具』，朕能放手？」

「人皆有私念，先滿足一己之私，再行公事。宰相如此、百官如此，便是陛下，也是如此。」

韓孺子冷笑一聲，卻沒法反駁，可「滿足一己之私」本應是皇帝的特權，於是他明白過來，趙若素所謂「當皇帝的心」，其實就是不當自己是皇帝，而當自己是宰相之上的大臣。

「若是私慾無限呢？就讓他們一直滿足下去？」

「朝中有百官，一人之私慾必然會影響到他人之私慾，某人若是做得過頭，自有大臣彈劾，陛下居中裁決即可。」

「這種時候我又得當無私的皇帝了？」

趙若素再次躬身，「陛下做得到。」

韓孺子搖搖頭，「自私的同時還要無私，朕做不到，誰也做不到。趙若素，你心目中的完美皇帝根本不存在。你以為大臣能夠彼此監督、彼此糾正，這樣的朝廷倒有可能存在，但必須是在太平盛世，外無強虜、內無天災人禍，官員們少做事、不做事也沒有太大關係，你覺得大楚現在很太平嗎？」

「或許不是最太平的時候，但也不是亂世。」趙若素說出自己的看法，「域內匪患已除，匈奴時強時弱，並非大楚的致命威脅。」

趙若素與普通大臣一樣，根本沒將極西方的強敵當真。
韓孺子當真，他在意的不是那夥使者，而是匈奴大單于。
大單于活著的時候是位了不起的人物，可就是他，在平靜之中對神鬼大單于充滿了恐懼，以至於他寧願向大楚挑戰，也不想面對滅國之敵。
「據說此山中藏有金礦。」韓孺子祭天之前看過禮部收集的史料，從中看到過相關記載。
趙若素一愣，「傳言而已，愚民挖過多次，從來沒見過黃金，本朝做這種事的人少了。」
「都是辛苦挖礦，挖出金銀者暴富，是聰明人；沒挖出來的落魄，是愚民，可後者真的愚蠢嗎？可能只是運氣不好。」
趙若素不作聲，他已經明白皇帝的意思。
「朕就是那挖礦的人，你對朕說繼續挖下去會當愚民，可朕若不挖到底絕不死心。」韓孺子頓了頓，「大楚絕非太平盛世，稍一鬆懈即有滅國之憂。趙若素，很遺憾，你是位好礦工，卻不能陪朕挖下去了。」
趙若素還是跪下，隨後恭恭敬敬地磕頭，沒有詢問皇帝要如何處置自己，而是說道：「陛下說過，不會報復朝廷。」
「無怨無仇，朕為什麼要報復？你說得對，人皆有私慾，朕允許大臣們先滿足自己，但是朕覺得已經差不多了，他們該專心為朕做點事情，起碼做些讓步了吧？」
趙若素再度磕頭，這不是他的預期，但他已經失去對皇帝的影響，沒有能力阻止。
「至於你，回倦侯府看門去吧。」
「謝陛下不殺之恩。」
韓孺子邁步向山下走去，趙若素跪在那裡半晌未起。
張有才等人立刻跟上來，有人好奇地望了趙若素幾眼，誰也沒有多問。

韓孺子一邊走一邊報出一連串人名，讓太監們分頭去傳，一個時辰之後，皇帝要在山腳下會集眾人。

太監們都很驚訝，因為皇帝報出的名字大都陌生，並非隨行的各部官員。好在皇帝對官職說得很清楚，原來都是國子監、翰林院的讀書人，好幾位是去年才考中的進士，另外一些則是隨行侍從，有勳貴也有普通人。

皇帝此前從來沒有召見過這些人，突然如數家珍地報出名字，還要召開集會，代替每日的朝會，實在是罕見之舉。

就連張有才也摸不著頭腦，自以為與皇帝心有靈犀的他，此時也完全糊塗了。

韓孺子並非一時興起，在日復一日批覆奏章過程中，他看到了許多隱藏的東西，他不向任何人請教，自己慢慢地尋找規律與線索，發現許多人才都與黃普公一樣，被埋沒在他人的光輝之下。

但朝廷大臣不是燕家，做事沒那麼絕，那些被埋沒者在奏章中總能露一面，通常放在某人的後面，作為「等人」名列其中，這樣一來，萬一皇帝追查，也不能說上奏者瞞功。

這是大臣的謹慎，也是皇帝所能看到的線索。

他將奏章中不起眼的名字記下來，如果又在其他奏章中看到這個名字，就加深印象。在選擇隨行隊伍時，他將這些人都圈進來，總共有三十七人。

韓孺子明白，自己費這麼大工夫，挖出來的可能不是第二個黃普公，而是一群平庸之輩。但他願意冒險，朝廷只會論資排輩、按勢力劃分官職，他曾經努力安插一位自己看好的宰相，結果宰相還沒上任，就倒向了群臣。從上層不易更改，韓孺子就從下層著手，他不急於封這些人當大官，而是要一邊觀察、一邊擴充。

皇帝祭天之後的直接召見，當然是一種殊榮，被選中者大喜過望，同時又莫名其妙，隨行官員則大吃一驚，不明白自己怎麼會被排除在外。

三十七人聚在皇帝帳中，年輕、年老的都有。

韓孺子也不客氣，直接發問，治軍、治吏、治民、治山、治水、治財全都涉及，正如張有才所言，皇帝遇到欣賞之人，談的往往是細節。每一條問題，韓孺子都指定某人回答，而此人往往正好對此事頗為熟悉，即使沒有真知灼見，也能對答如流。這下子大家更驚訝了，原來皇帝不僅知道他們的名字，還瞭解他們的所長。

氣氛很快變得熱絡，最先回答問題的幾個人，甚至要求再答一遍，他們終於醒悟過來，這是一生難遇的時機，一旦錯過，可能永遠不會再有出頭之日。

集會持續了整整一天，皇帝用膳時也沒停止，眾人邊吃邊說。

宰相與各部司長官都留在京城，隨行者職位最高的不過是侍郎，哪敢向皇帝進諫？只能誠惶誠恐地等待。

傍晚時分，皇帝終於召開正式的朝會，不做任何解釋。與往常一樣，聽取官員的報告，不到半個時辰就結束了。

皇帝回帳休息，官員們卻沒辦法入睡，不是寫信向京城告急，就是找來那些「幸運兒」，詢問集會的每一個細節。

鄧芸侍寢，她聽說了外面的事情，站在門口向外窺望了一會，說道：「外面人真多，跑來跑去的，連規矩都不守了。」

「嗯。」韓孺子應了一聲。

「陛下是要重用白天召見的那些人嗎？」

韓孺子沒回答。

鄧芸轉身道：「陛下也不保護他們一下，營中的官員只怕今晚就能將他們撕碎。」

「朕要的是精兵強將，如果這麼早就需要保護，還有何益？」

鄧芸笑道：「陛下的想法跟我哥哥倒是不謀而合，他常說為大將者在於識人，要是什麼事都自己操勞，憑什麼識人？所以我哥哥不愛管事，但是分派任務時，總能找出最適合做此事的人。」

韓孺子微微一笑，如果是在京城，如果是在那群老狐狸的眼皮底下，事情斷然不會如此順利，大臣們總能想到辦法阻止皇帝召見低級官吏，就算失利，也不會如此驚慌失措，而是會像對待卓如鶴一樣，慢慢地將這三十七人變成「自己人」。

只有在遠離京城的地方，官員們才會做出錯誤決定，直接找被召見者問話，將他們變成「另一種人」，早晚，「另一種人」會變成「另一股勢力」。

第四百六十四章 猜不透的皇帝

老將軍房大業的死訊最先傳來，韓孺子還沒有進城，就在郊外致哀。

房大業給皇帝寫了一封私信，其中並無個人請求，而是詳細闡述了自己的塞外策略。他以為長城如同士兵的盔甲，能擋住致命進攻，卻不足以取勝，若想長治久安，有自保的盔甲也得有進攻的刀槍，必須對塞外保持攻勢。

道理人人都懂，可大楚實力衰微，已經很難保持塞外的大面積領土，房大業也明白這一點，只是希望皇帝保持進取之心，不要一味退縮。兵力不足的時候，更要依靠良將，房大業從軍多年，認識的人頗多，一口氣向皇帝推薦了五十多名將領，雖然年紀都有點大，但是各有長處，足以彌補一部分缺憾。

看過書信，韓孺子感慨不已，這才是他最需要的大臣與將軍，想得長遠、也願貢獻真正的良策，而在數十里之外的京城，大臣們只想保住朝廷。這個朝廷累積了上百年的慣例與規矩，穩是穩了，銳氣卻已所剩無幾。

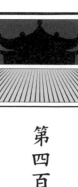

韓孺子遲遲不肯入城，數日之後，西域的消息也傳來了，鄧粹竟然主動進攻神鬼大單于！韓孺子聞訊也是大吃一驚，想阻止已經來不及，只能傳旨下去，要求鄧粹將軍隊駐紮在指定地點，未得朝廷命令，不得再輕舉妄動。

鄧芸對兄長的行為大為讚賞，「對啊，大楚為什麼只能防守不能進攻呢？神鬼大單于口氣挺大，沒準只是一個無知狂徒。」

「戰爭不是你想打就打、想停就停的，鄧粹敗了，敵軍趁虛而入，大楚需要派兵抵擋；鄧粹勝了，想保住極西方的領土，更要派兵，可大楚還沒有準備好，在西域駐軍極少。西域諸國眼下受大楚控制，一旦瞧出大楚的虛弱，很可能倒向敵人，無論怎樣都是得不償失。」韓孺子真希望將鄧粹揪過來，當面說這些話。

「現在準備來不及嗎？」

「即使大楚還在強盛時期，要向西域派兵也需一年時間準備。」韓孺子將寫好的聖旨拿起來又看了一遍，扔到一邊，提筆重新寫了一份。在新的聖旨裡，皇帝沒再要求鄧粹即刻回防，而是給予鼓勵，要求他得勝之後回京受賞。

鄧芸在一旁觀看，笑道：「陛下改變主意了，也覺得我哥哥做的對。」

韓孺子這道聖旨是給西域諸國看的，鄧粹已經率軍出征，而且率領的是諸國聯軍，眾王肯定以為鄧粹得到了大楚皇帝與朝廷的支持，這種時候絕不能顯露出君臣不和。

「鄧粹這個傢伙……」韓孺子真不知該說什麼才好。

百官過於保守，鄧粹過於激進，卻都同樣不服管束。

聖旨送出去了，鄧粹在西域兩年多，也該回來了，韓孺子決定親自監督這位時常出人意料的將軍。

將軍擅自出征乃是大事，皇帝不與群臣商量就直接發佈聖旨，城裡的大臣不能再無動於衷，派出一位代表來與皇帝「談判」。

瞿子晰擔任戶部尚書已有一段時間，頗有政績，又是皇帝比較信任的大臣，因此受同僚之托，來與皇帝推心置腹。

在大臣們看來，皇帝又在耍小孩子脾氣，需要哄一哄。

瞿子晰進帳的時候，皇帝正在看一封急信。

瞿子晰曾是皇帝的老師，可以不拘禮節，但他仍然極其正式地行禮，皇帝也以禮相待，放下急信，稍一欠身，「瞿大人來了，賜座。」

立刻有太監搬來凳子，瞿子晰謝恩之後坐下，沉吟片刻，說：「陛下打算什麼時候回宮拜見太后？」

「等下次巡狩計畫確定的時候。」韓孺子也不隱諱。

瞿子晰盯著皇帝看了一會，雖然名義上兩人是師生關係，但他沒講過幾次課，從來沒能揣摩透徹這位學生的想法。

「京城乃至重之地，從來只聞守京治天下，不聞路上治天下。」

「上古帝王一生都在巡狩四方，舜帝不就是死在巡狩路上嗎？瞿大人飽讀經書，不會不知道吧？」

「上古地狹，百官不全，帝王可以巡狩天下，大楚之地數倍於古時，百官齊備，陛下何必捨近求遠、捨本逐末，非要巡狩呢？陛下對京城有何不滿，說出來就是，朝中大臣皆願服從。」

韓孺子笑道：「瞿大人也不是讀書時的樣子了。」

瞿子晰變化不大，六部尚書中數他最為年輕，摸了一下自己的臉，起身道：「陛下是對中書省不滿嗎？」

「朕有什麼不滿的？」韓孺子示意瞿子晰坐下。

「陛下懷疑中書省探聽陛下機密，向大臣洩露，與大臣勾結，共同欺瞞陛下，對吧？」

「瞿大人繼續說。」

「唉，無話可說，中書省太愚蠢。中書令、中書監已經請辭，中書舍人南直勁待罪營外，隨陛下處置。」

趙若素已經被送回城內的倦侯府，不管他說與沒說、說了什麼，中書省都會明白事情已經敗露，他們反應倒快，直接來了一招壯士斷腕。

韓孺子搖搖頭，「中書省並不愚蠢，反而很聰明，揣摩聖意一直以來就是他們的職責，做得很好，既然無過，為何請辭、請罪？」

瞿子晰更加猜不透皇帝的心思，再度起身，「眼下陛下不相信任何大臣，臣也無話可說，只請陛下以天下為念，莫與群臣計較。臣告退，明日宰相會出城來見陛下。」

瞿子晰向門口走去，韓孺子叫住他，「瞿先生，你心目中的皇帝是什麼樣子？」

瞿子晰一愣，他好久沒從皇帝這裡聽到「瞿先生」的稱呼了，回道：「心懷天下，僅此而已。」

大概是覺得事態緊急，卓如鶴當天晚上就來求見皇帝。

他沒有瞿子晰那麼坦蕩，一進帳就向皇帝跪下，口稱「罪臣」。

韓孺子照樣命人賜凳，笑道：「卓相何以慌張至此？朕並無問罪之意。」

卓如鶴不能不慌，「臣為官不謹，與中書省勾結，擅猜陛下心意，實乃罪大惡極。」

韓孺子收起笑容，問道：「卓相自問政績如何？」

瞿子晰只是有點摸不透皇帝，卓如鶴則是根本摸不著邊，愕然看向皇帝，想起不起、想跪不跪，在凳子上如坐針氈，想了好一會才說：「臣不敢自誇，說到治官，臣不求有功但求無過，為了換取支持，任命了一些平庸之官。說到理民，荒地日少，盜匪日稀，但是天下依然疲弊，國庫依然空虛，臣有功有過。」

「朕任用卓相之時，就有人對朕說你擅理民，不擅治官，難決大事，可朕仍然重用你，為何？民為天下之根本，理民乃重中之重。卓相何不專心理民？大事決於朕，治官……也交給朕吧。從今以後，五品以上官員的任免由朕定奪，不過你放心，只要是正常任免，朕不會駁回。」

卓如鶴跪下，連連磕頭，還是拿不準皇帝的用意。

韓孺子也沒法解釋得更清楚了，拿起桌上的一份奏章，「東海來的消息，黃普公率軍剿匪，逾期未歸，怕是有意外。」

卓如鶴起身，仍是失魂落魄，「是，兵部已派人去查問詳情，目前瞭解到的情況是黃將軍很可能落入了海盜的埋伏。」

「東海遙遠，一去一回不知要多久，朕親自去看個究竟吧，請卓相安排一下，越早越好。」

卓如鶴目瞪口呆，「可是陛下……」

「有勞卓相看守京城。」

卓如鶴半天沒反應過來，本來大臣們都反對皇帝遠離京城，現在這卻不是最重要的問題了，「是，陛下，臣……臣盡快安排。」

卓如鶴告退，事情明明敗露了，皇帝收回了幾項極其重要的權力，卻仍然相信自己，甚至讓宰相留守京城，卓如鶴怎麼都無法理解這其中的含義。

韓孺子最初的計畫是去塞外，看到東海國的奏章後，他決定前去一探究竟，總覺得黃普公不是那種輕易落入陷阱的將軍，事情只怕有詐。

次日上午，崔騰來見皇帝，他可不在乎君臣之間有無矛盾，越熱鬧越好，一進來就笑道：「陛下可把城裡的大臣全給嚇壞了，誰讓他們以為陛下好欺負？呵呵，中書省的一個小官還在營外跪著呢，要不要讓我去揍他一頓？」

「南直勁？正好，宣他進來。」

「咦，陛下不會這麼容易就被打動了吧？至少也得跪個三天三夜才行。」

韓孺子敲敲桌子，崔騰只得退下，嘴裡嘀咕道：「早知如此，就不提起他了……」

南直勁年紀大，在外頭跪了一天一夜，身子骨就要吃不消，再得不到皇帝的召見，非死在外面不可。

對他，皇帝沒有微笑。中書舍人的官職實在太小，韓孺子不願與他一般計較，但也不想隨便原諒他。

南直勁匍匐在地，不停地自責、請罪。

等他說得差不多了，韓孺子問道：「你也是幾朝老臣了，對前面的皇帝也是這麼做的？」

南直勁面紅耳赤，「武帝、桓帝、思帝，都沒陛下……這麼難猜，微臣不求寬赦，只希望對陛下說一句話，微臣所作所作，皆是為了朝廷穩定，絕無惡意。」

「當然，大家都無惡意，只是一點『私意』。南直勁，你這麼想維護朝廷穩定，別做中書舍人了，去兵部吧，給朕查一件事情，弄清楚樓船將軍黃普公是生是死、又是怎麼落入陷阱的。」

南直勁比卓如鶴還要驚訝，最讓他驚訝的是，他還真對黃普公之事有所瞭解，此事若是查個水落石出，朝廷可不會「穩定」。

第四百六十五章 朝廷不可分裂

南直勁倉皇回到京城，卻沒有回家，直奔自己常去的一家茶館，坐了很久，緩緩心神，望著外面的車水馬龍，恍如隔世。

將近天黑，估計大臣們都該到家了，南直勁離開茶館，前去拜訪宰相卓如鶴。

卓如鶴這一天也是魂不守舍，但是慢慢冷靜下來，反覆思量皇帝的態度，覺得自己還沒有走到死路。因此，他很不願意再見到南直勁，但又不能不見，於是讓兩名隨從留在身邊，以防日後有人說三道四。

「你不該來。」卓如鶴直白地說，「陛下仁慈，咱們就該明哲保身，從此只做自己的分內之事。」

南直勁行禮，「一直以來，我做的每件事情都在分內。」

卓如鶴大為不滿，「南直勁，在我面前就不要說這種話了吧，自我上任以來，朝內官員的任免半數與你有關，這也在分內？你是吏部尚書？」

南直勁也不管有無外人在場，正色道：「宰相大人可以打聽一下，我是推薦了一些官員，可是我從誰手裡得到過好處嗎？南某迄今住在窮街陋巷，家無餘財，妻子兒女自食其力，可曾接受過幫助？」

卓如鶴的確派人調查過，南直勁所言不虛，否則的話，他也不會任一名中書省小吏為所欲為。

「你的『分內之責』究竟是什麼？整個中書省也沒有這個職責吧？」

有些話在皇帝面前不可說，對猶豫不決的宰相卻必須說個明白，南直勁道：「我的『分內之責』，也是每一位大楚臣子的『分內之責』，宰相大人以為朝廷是誰的？」

「當然是陛下的，南直勁，小心說話，我是當朝宰相，不是街邊百姓，由不得你信口胡說。」

南直勁笑了笑，「我的話百姓說不出來。再讓我換個問法，朝廷屬於哪位陛下？」

卓如鶴吃了一驚，冷冷地說：「大楚只有一位陛下。」

南直勁搖搖頭，「不對，大楚有九位陛下，當今天子是其中一位，還有八位，都在太廟裡。大楚朝廷不只屬於當今天子，而是所有九位陛下。」

「就憑這句話，你就該被處斬。」卓如鶴向隨從使個眼色，他準備逐客了。

一向拘謹的南直勁這時卻露出幾分狂熱神情，「就算死我也要說實話，九位陛下對朝廷的影響不可同日而語：太祖定鼎，功勞最大，隨後的皇帝不過子承父業，保位而已，再次塑造朝廷的是武帝，唯有武帝能夠延續太祖的功勳。」

「不必說了，南直勁，陛下恕你無罪，你就該感恩戴德……」

南直勁嘆了口氣，「我的確應當感恩戴德，所以我特意來對宰相大人說句話。」

卓如鶴示意南直勁說下去，不過心裡已做好拒絕的打算。

「陛下可以亂，朝廷不能亂；朝廷可以亂，宰相不能亂。」

「你想多了，南直勁，陛下未亂，我也未亂，朝廷依然穩定。」

南直勁上前一步，盯著卓如鶴，「宰相大人以為陛下一句寬恕，從此就能風平浪靜了？咱們都清楚，朝廷從來就不是鐵板一塊，文武百官聽到風聲，都在蠢蠢欲動，只等有人帶頭，很快就會有無數奏章彈劾宰相。到時候，宰相的罪名就不是勾結近臣、探聽聖意那麼簡單。」

「我問心無愧。」

「宰相大人為官的年頭不少了，『問心無愧』就能無罪嗎？」

卓如鶴沉默不語，其實他也說不上問心無愧，任免官員雖然常受南直勁影響，他自己也提拔了不少親信，難言公正。

「我不會再違背聖意，南直勁，我也勸你一句，到此為止吧，就讓陛下裁決一切，你我守住本分就好。武帝畢竟是太廟裡的『陛下』，不是你能挽回的。」

「我沒想過要違背聖意，恰恰相反，我希望朝廷固若金湯、百官一心，才能更好地為陛下做事，宰相大人也抱著同樣的希望吧？」

卓如鶴再次沉默，他已經明白南直勁的意思，越發猶豫不定。

南直勁又上前幾步，來到桌邊，鄭重地說：「宰相大人提拔過不少官員，也貶黜了一些。有人感恩，自然就有人懷恨在心，可是為何一直人人自安，沒有反對之聲？一是宰相大人治官有術，得到了朝中各方勢力的支持，二是有皇帝的默許。懷恨在心者自知無望，也就消了報復之心，可那是暫時的，不會一直忍下去。」

卓如鶴不得不承認，南直勁說得有道理。

「待事態平穩，我自會效仿申宰相。」

「將亂攤子留給陛下嗎？」

前進不得，後退也不得，卓如鶴又氣又惱，「你到底想讓我怎麼做？」

「我已經說過，朝廷必須穩定，不可分裂，對宰相大人、對陛下、對大楚，這都是好事。」

卓如鶴沉默的時間更久了些，最後揮揮手，兩名隨從識趣地退下。

南直勁稍稍鬆了口氣，周圍無人，他卻壓低聲音，「宰相大人想過沒有，陛下為何對你我二人如此寬容？」

「為何？」卓如鶴想過許多，但是都不足以解釋一切。

「因為陛下眼裡，朝中大臣上下一心，一損俱損、一榮俱榮，他不希望破壞現在的格局，所以暫時忍耐。

一旦有大批官員彈劾宰相大人，朝廷由此露出分裂跡象，陛下絕不會再忍。」

「你又能猜到陛下的想法了？」卓如鶴曾經依賴這位中書省老吏，如今對之卻是深惡痛絕。

南直勁微微點頭。

卓如鶴沒想到對方會承認，愣了一下，「事情已然敗露，趙若素再沒機會留在陛下身邊，你憑什麼……」

卓如鶴猛然醒悟，「不是趙若素！」

「是他，但不是唯一，趙若素透露消息只是希望彌合君臣之間的隔閡，但是內容太少，我自有其他消息來源以作補充，這個來源安然無恙，陛下一點也沒有懷疑。所以我仍然知道陛下的想法，陛下希望暫忍一時，等他培養的親信站穩腳跟，等大楚解決了內憂外患，再對朝廷下手。」

卓如鶴看著南直勁，突然覺得有些可怕，「你……你……」

「我是朝廷的守護者，像我這樣的人不只一位，宰相大人，連您也是其中之一啊，只要咱們緊密地聯合在一起，朝廷就不會亂，朝廷不亂，陛下就不會輕易改變現狀。」

卓如鶴身上出了一層冷汗，「別再說了，你走吧，我不會再與你聯繫，半年之後，我會交出相印。」

「宰相大人真以為自己能夠全身而退？」

卓如鶴面紅耳赤，不知不覺間，他已經捲入太深，上任以來，得到的支持越多，暗中埋下的仇恨也就越多，只是一直沒有顯露出來而已，恨恨地說：「除了趙若素，還有誰？」

南直勁雙手托起，「就算砍下這顆腦袋，我也不會說、不敢說。」

卓如鶴強壓怒火，「南直勁，你知道我的底線吧？」

「當然，絕不背叛陛下。」

「哪個陛下？」卓如鶴得問清楚。

「當今陛下。」南直勁微微一笑，「我已經說過許多次了，宰相大人，咱們的底線是一樣的，當今陛下雖有一些……缺憾，卻已是武帝以來最合格的皇帝，放眼整個宗室，再找不出第二人。南某指燈發誓，絕無二心，穩定朝廷也是為了防止有人謀逆。」

「你打算怎麼辦？」卓如鶴心不甘情不願，但還是被說服了。

「此時此刻，關鍵人物是戶部瞿大人。」

「瞿子晰？」卓如鶴有些糊塗了。

「瞿大人生性孤傲，一直不肯融入同僚，又兼弟子眾多，且多是不穩重的年輕人，朝廷分裂，另一方必舉他為首。」

卓如鶴又一次沉默，南直勁所言不虛，正是由於這個原因，之前在勤政殿上，大家才會推舉瞿子晰第一個去見皇帝。這是一招障眼法，如果讓皇帝以為瞿子晰也是朝廷的一部分，行事或許會更謹慎一些。

事實證明，這一招很可能生效了，皇帝在見過瞿子晰之後，的確變得寬容些。

卓如鶴越發無法「問心無愧」，長嘆一聲，「瞿戶部名聲甚佳，又得陛下欣賞，不可對他輕舉妄動。」

「當然，那會讓朝廷分裂得更快，我的意思是瞿大人在戶部做得夠久了，該調到吏部。」

吏部是六部之首，調為吏部尚書，品級未變，實權卻增加了，而且這是通往宰相之位的必經之途，卓如鶴沒當過，算是極特殊的例外。

這和讓瞿子晰去見皇帝的意思一樣，都是為了顯示朝廷的團結。

「就這樣？」卓如鶴不太相信。

南直勁微微一笑，「右巡御史空缺多時，瞿大人也可兼任。」

御史離宰相又近一步，雖然皇帝看好瞿子晰，這樣的速度也太快了些，而且宰相本人感受到了威脅。雖說心生退意，但是親手將位置讓給競爭者，卓如鶴還是有些不願。

「這種先例可不多。」卓如鶴冷冷地說，吏部與御史都是治官，職責卻不同，一個負責考核任免、一個負責監察督導，除了個別過渡時期，極少會允許同一人兼任。

「這麼大的事情，就讓陛下裁決吧，如果我沒猜錯，陛下肯定會同意任命瞿大為右巡御史，這就夠了。」

「嗯？」

「很快就將有樁案子落在右巡御史手裡，如果處理得好，朝廷就不會分裂，宰相大人也能因此重拾陛下的信任。」

「什麼案子？」

「燕家。」

卓如鶴神情微變。

第四百六十六章　無休無止

韓孺子回到皇宮，動用少府帑藏重賞房大業家人，遺憾的是房大業的兒孫當中並無出類拔萃者，老將軍後繼無人。

恢復勤政殿聽政的第一天，場面稍有些尷尬，卓如鶴假裝一切正常，其他大臣卻都悄悄地察言觀色，希望弄清楚皇帝的真實意圖。

韓孺子沒有表露出任何不滿，和往常一樣，與幾位大臣商議朝政。

第一件事就是前往東海國巡狩，皇帝的要求得到了滿足，剩下的問題就是時間與路線。冬季將至，卓如鶴建議明年春天出發，經由洛陽東進最為穩妥，經過的郡縣也比較多。韓孺子卻比較急迫，要求十天之後出發，不走洛陽，而是先南下、然後沿江東下，順便巡視新近安定的雲夢澤，入冬前到達東海國。

卓如鶴稍加反對，不過很快就代表群臣同意了。作為回報，韓孺子稱讚了宰相的功勞，表示自己不在京城期間，願將整個朝廷託付給宰相。

剩下的就都是些瑣事了，韓孺子將房大業推薦的數十位將領名單交給兵部，由兵部調集，盡快送到皇帝身邊，他要親自考察。

卓如鶴又提起右巡御史的空缺問題，認為應該早些補缺。

這個問題大家都感興趣，商議了一個多時辰。

韓孺子讓議政大臣們擬一份方案，希望在再次巡狩之前，將這個問題解決。

下午，韓孺子在凌雲閣召見了東海王等人，親自安排巡狩事宜。

平淡的一天，君臣和睦、朝廷穩定，韓孺子不到天黑就回到後宮，逗了一會女兒，又去給兩位太后請安。

慈寧太后將皇帝叫到自己的住處，問道：「陛下又與大臣鬧彆扭了？」

韓孺子笑道：「一點小誤會而已，已經沒問題了。」

慈寧太后知道皇帝不肯對自己說實話，輕嘆一聲，「其實我並不意外，咱們母子二人與朝廷總是隔著一層，陛下從小沒受過宗室與朝廷的好處，自然對大臣沒有什麼好印象。」

「太后多慮了，先帝當了多年太子，登基之初不也與群臣有過矛盾？朕在摸索，大臣也在摸索，雙方都摸清狀況之後，慢慢就好了。」

對韓孺子來說，「先帝」總是父親桓帝，而不是兄長思帝。

「陛下心裡有數就好，可別耽誤太久。」

「太后放心，目前進展順利。」韓孺子自信地說。

慈寧太后微微搖頭，改換話題，「那個王平洋，陛下覺得怎麼樣？王家也就他讀過幾天書，懂規矩、有點眼力，能為陛下效犬馬之勞。」

「不錯，這一路上他做了不少事情，頗合朕意。」韓孺子沒有完全說實話，王平洋的確很會做事，正因為如此，反而令皇帝不喜，猜測他受到了慈寧太后的指點。

「那就好，王家總算有人能為陛下效力，不至於擔著外戚的名號，卻每每置身事外。」

母子二人聊了一會，慈寧太后道：「陛下又要出京，走之前去探望一下慈順宮吧，那邊的狀況不太好。」

韓孺子和母親就是從慈順宮過來的，上官太后沒有露面，自從去年冬天以來，她的身體就日漸衰弱，似乎已近末年。上官太后還不算太老，但是已經失去了大部分活力，只在遭受到威脅時，才會奮力反擊。

「是，明天朕就去。」

韓孺子實現了諾言，次日下午特意前往慈順宮，事前打過招呼，上官太后正裝見駕，感謝皇帝的關心。

兩人並無母子親情，甚至彼此憎惡，但有一點相同，都曾面對大臣的阻力，以至於步履艱難。

「陛下此番與大臣交手，感覺如何？」上官太后主動提起此事，屋子裡還有兩名侍女，都是她的親信之人，另一位是太監張有才，是皇帝的身邊人，不至於洩密。

韓孺子本無意談論朝政，可是環顧身邊，楊奉去世、趙若素背叛、東海王等人各有私利，皇帝已經沒有可說話之人，反而是完全退居深宮的上官太后，與皇帝有一些共同語言。

「算不上交手，只能說是試探吧，一切都在預料之中。」韓孺子一開始還不能對上官太后開誠布公。

上官太后臉上的確有著明顯的病容，對朝政卻重新產生了興趣，微笑道：「陛下是在靜觀其變吧，想看看哪些大臣會站出來反對宰相和中書省？」

韓孺子勉強點頭，「朝廷有問題，但還沒到病入膏肓的地步，朕希望暫時維持現狀，不想再生變故。」

「陛下做得對，但是要小心，大臣們會利用這一點。」上官太后指點道。

韓孺子有些好奇，問道：「太后……執政之時，是如何與大臣打交道的？他們似乎都很害怕太后。」

「嘿，所謂害怕只是假象，陛下回想一下，除了公開的叛逆者，我可曾更換過朝中重臣？」

韓孺子搖搖頭，老宰相殷無害從武帝末期任職，歷經四代皇帝病死在相位上，他不動，百官的變動自然也是極少。

上官太后繼續道：「我曾經嘗試在廣華閣另起爐灶，結果卻是一場慘敗。刑吏也是官員、也是大臣，從我這裡得到權力之後，卻覺得不穩，總想再找靠山。陛下應當明白，在官吏眼中，朝廷總是比皇帝更穩定，所以更大的靠山還是朝廷。那些刑吏暗中投靠大臣，表面上為我做事，卻藉機排除異己。在我聽政期間，重臣未變，底下的變動卻很多，我原以為那是我一手造成的，最後才明白，我才是工具。」

上官太后神情黯然，她肯放棄權力，原因有許多，其中一條就是覺得自己再也掌控不住朝廷。

「經過武帝的強壓，大家都以為朝廷變得軟弱，可是換一種想法，能在武帝時期堅持下來的大臣，哪一位不是老狐狸？軟弱是他們的誘餌，誘使陛下放鬆警惕，他們就能為所欲為。」

「或許，是太后做錯了，執政者不該警惕大臣，就讓他們按自己的規矩行事吧。」

上官太后盯著皇帝，驚訝地發現皇帝似乎在說真心話，她搖搖頭，「如果全按大臣的規矩行事，陛下還活著的時候就應該住進太廟，每年出來幾次，接受群臣的朝拜，其他時間裡不聞不問。」

韓孺子微微一笑，最初將他當成雕像的人，恰恰就是上官太后。

「武帝是皇帝的楷模。」上官太后思考得越久，越佩服武帝，自覺相差甚遠，「武帝一生都在與大臣爭鬥，無休無止。他總是勝利者，唯一敗給了死亡，他駕崩後，朝廷恢復原樣，武帝的成果卻沒人繼承。」

上官太后承認自己毒殺了桓帝，而且一點也不後悔，因為在她眼裡，那實在不是一位好皇帝、好丈夫。

韓孺子不想追究此事，不代表就能坦然接受，對上官太后，他永遠都會保持警惕，比對朝中大臣更甚。

「無休無止？」

「對，無休無止，武帝越到晚年，與大臣鬥得越激烈，殷無害那班大臣能堅持下來，一是確有幾分真本事，二是僥倖，武帝再多活兩三年，誰也留不到現在。」

韓孺子突然明白上官太后想說什麼了，「太后是說大臣應當定期更換嗎？」

上官太后點點頭。

「太后本有機會，為何未做？」

「未掌兵權。」上官太后執政數年，南軍一直是她的心腹大患，卻一直無法除掉，「我終究是名婦人，難以取得將士效忠，上官家的人……不提也罷。陛下不同，陛下雖在軍中受過苦，卻也得到了將士的歡心。陛下自己或許還沒有注意到，陛下已有武帝之資。」

韓孺子笑了笑，「多謝太后高看，太后好好靜養，不宜勞神動念。」

上官太后也笑了笑，「我只是不甘心看到大臣們得意。」

韓孺子告退，時間還早，他去內書房坐了一會。

張有才在一邊服侍，見陛下沒有看書，忍不住道：「慈順宮可有點古怪。」

「嗯？你又看出什麼了？」

「她說的那些話，雖然我聽不大懂，但是都不該由她說出來。」張有才比皇帝還要警惕。

一個沉默已久的人，突然滔滔不絕起來，當然有原因，韓孺子卻不想對外人提起，是母親提醒他去探望上官太后的，原因當然就在此處。

「不懂最好。」韓孺子道。

「陛下……真打算更換大臣？」

韓孺子打量張有才，「你還說自己沒聽懂？」

張有才嘿嘿笑了兩聲，不敢再問。

三天之後，勤政殿大臣推薦數人擔任右巡御史，供皇帝挑選，韓孺子指定了瞿子晰。

又過兩天，一項不起眼的任命也被通過，當了幾十年中書舍人的南直勁，終於離開中書省，前往御史台，成為一名六品御史，正好是瞿子晰的直接下屬。

南直勁的第一項任務就是與兵部合作，前往東海國共同調查樓船將軍黃普公失蹤一事。

滿十天之後，皇帝再次出京巡狩，仍然只帶三千人。一群人沿江東下，目的地也是東海國，房大業推薦的數十名將領，都在路上與皇帝匯合。

南直勁覺得這是一次機會，只對一件事感到困惑：皇帝為什麼偏偏指定自己調查此案？

韓孺子也覺得這是一次機會，也對一件事最感困惑：除了趙若素，還有誰在洩露自己的想法？

第四百六十七章　財主

韓孺子堅持沿江東下，還有一個重要原因，景耀已經找到楊奉家人的下落，就在雲夢澤東邊的湖縣。

這段時間景耀非常努力，他已經毫無保留地指控上官太后，皇帝卻遲遲沒有採取行動。他有點驚訝，卻不完全意外，在宮裡做事多年，景耀太瞭解這裡的規矩，很多時候皇帝與普通人沒有兩樣，總是多一事不如少一事，上官太后毒殺先帝一事若是公開，會令天下聳動，卻對皇帝本人沒有多大好處。

按照慣例，皇帝肯定會想別的理由處置上官太后，景耀打聽到，慈順宮的確加強了守衛，名義上是不允許外人打擾病中的太后，其實是將她軟禁了。

景耀明白，自己要做的事情就是耐心等待，並且表現得毫不在意，以免被皇帝認為別有用心。他真是全心全意地尋找楊奉的家人，唯一的線索就是楊奉曾經寫過家信，當初的送信之人必然去過楊家。

楊奉做事極少留下漏洞，除了那半封信，再沒有任何痕跡。

景耀懷疑醉仙樓的廚子不要命，就是當初的送信人，他查到，不要命與楊奉很早就認識，交情非同一般。可不要命徹底失蹤了，楊奉在雲夢澤的時候，不要命偶爾出現一次，但楊奉死後，不要命就像是鑽進了地下，再也沒有露面。

景耀沒有死心，稍稍改變方向，他猜想，上官太后如此多疑的人，絕不會輕易相信楊奉的坦白，必然會派人查證之後才會放心，或許當年的查證者也去過楊家。

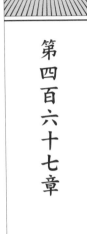

順著這條線，景耀再度深挖。

王府不是楊奉，做事總會留下很多紀錄，這些紀錄如今都歸東海王所有。

東海王在京城有府邸，去過幾次東海國的王府，但從來沒將那裡當成自己的家，更沒藏過見不得人的東西，於是寫了一封命令，任由景耀在府中查看所有簿冊、詢問所有人。

景耀查到了，那只是簡單的一句話，記錄某位太監去往湖縣並歸來，奇怪的是，東海國與湖縣並無正式聯繫，來往只有這一次，而且沒有帶去或帶回任何東西，與其他紀錄截然不同。

「某位太監」已經過世多年，景耀不死心，繼續調查，終於找到這名太監當時的一名隨從。

隨從已經離開王府，在東海國成家立業，面對詢問異常謹慎，不肯透露半個字。

景耀拿出東海王的命令，稍稍威逼利誘一下，得到了至關重要的信息，將楊奉家人的住址縮小到湖縣的一條街上。

事隔多年，也不知楊家人搬過沒有，景耀沒有立即前往調查，而是給皇帝寫了一封密信，請求指示。

皇帝命令他留在東海國。

韓孺子的巡狩隊伍規模不大，只有三千餘人，或騎馬，或乘船，沿江東下，在雲夢澤兜了半圈，召見吏民，觀察風土人情。

所見所聞讓韓孺子比較滿意了，當年的土匪巢穴，如今已成良田沃土，但仍難自給自足，耕牛不足、糧食產量也不高，仍需從各地調配。這種事情無法只依靠皇帝身邊的幾十人操作，必須運用朝廷力量多方協調。

韓孺子在一座古城裡逗留了整整十天，匯集隨行大臣以及地方官員，公開議事、公開解決，並將自己選中的一些年輕官員安插到地方，以考察他們的能力。

只有一件事讓韓孺子略感不滿，想當初流民眾多，幾乎威脅到大楚的生存，如今需要開墾荒地，招募到的流民數量卻沒有他預料得那麼多。

官員回覆是，由於百姓思鄉，回到原籍後，只要還有一口飯吃就不願離開。

時至深秋，巡狩隊伍來到湖縣，在城外駐蹕。只停留一夜，次日正常出發，不給當地增加太多負擔。

金純忠提前多日就已來到湖縣，沒穿官服，帶著六七名隨從裝作東下的商人，帶著一船貨物，暫停城內。湖縣不大，城內就三條街道，主街寬敞些，另外兩條街道與小巷差不多。

這天下午，金純忠一個人走出客棧，信步閒游，很快就拐入後街。

後街比較冷清，但也有一些商鋪開張，小販守在街角，無精打采地兜售已經蔫了的果菜。

景耀提供的消息語焉不詳，只說是後街的一戶人家，對面有個茶館，相隔十幾年，也不知還在不在。

老實說，金純忠不太理解皇帝的執著。楊奉就是楊奉，死得有些蹊蹺，但也僅此而已，其家人不見得能提供真相。

但聖旨就是聖旨，金純忠奉旨行事，沒有半點懈怠之心。他從街頭走至街尾，每有商鋪，都要進去打聽一番，沒得到多少有用的消息，東西倒是買了不少，都讓商家送到客棧。

他路過兩家茶館，一家的對面是戶新婚不久的夫妻，繼承祖屋，數代居於此地，與楊家無關。另一家的對面住著商販，幾年前搬來的，再往前的住戶沒人記得。

眼看天黑，金純忠回到客棧，打算明天再去另外兩條街上查看，等皇帝趕到的時候，他總得提供一個明確的說法。

一連三天，金純忠走遍了大街小巷，沒找到楊家人，倒是得到一個「財主」的名聲，甚至有商鋪掌櫃親來客棧拜訪，希望能賣點什麼。

隨從不知道金純忠的目的，還以為皇帝是要暗訪本地的出產與風俗，於是細心地將買來的各種東西分門別類、登記在冊。

金純忠也不多說，接下來幾天，仍然獨自一人在城裡閒逛，將幾條街又走了一遍。

金純忠沒找到楊家人，自己卻被找到了。

這天傍晚，剛回到客棧，掌櫃就笑呵呵地迎過來，「金老爺回來了。」

客棧一天一結帳，金純忠以為掌櫃為此而來，「昨天的帳沒結嗎？」

「結了結了，我對夥計說了，今後不用一天一結，等金老爺住夠了再說。」

越有錢越容易借錢，金純忠笑笑，「隨你，反正我們跑不了。」

掌櫃賠笑，大聲叫來夥計，擺上一桌上等酒席，算是客棧送的。

隨從們很高興，金純忠卻有點納悶，但也沒特別在意，好吃好喝了一頓，若非接下來發生的事情，他還以為這真的只是掌櫃的一番好意。

次日，金純忠繼續東游西逛，發現自己所到之處，總能獲得熱情歡迎，但是再想問點什麼，卻是難上加難。人人笑臉相迎，人人守口如瓶，將左鄰右舍的情況視為機密。可就在昨天，他們還有問必答，與「財主」聊得很開心。

僅僅相隔一夜，態度就發生了變化。

金純忠早早回到客棧，掌櫃越發熱情，又要送一桌酒席，金純忠斷然拒絕。

幾名隨從都在屋子裡，一看到金純忠，全都迎上來，一人笑道：「咱們可發財了。」

「怎麼了？」

「剛才來了一位真財主，說是要將咱們帶來的一船貨物全買下來，隨咱們出價。」

「人呢？」

「剛走不久，說是想好了價格就告訴掌櫃一聲，他會派人將銀子送來，貨物留在船上不用動。」

「姓甚名誰？做什麼的？」

隨從搖頭，「只說姓宋，別的都沒說，口氣倒是挺大，說咱們儘管開價，多少錢他都拿得出來。」

金純忠知道事情不對勁，他是為皇帝暗訪，居然惹來這麼大的關注，實在是失策。

來到外面，金純忠叫來掌櫃，問道：「今天這位是什麼來歷？」

「宋大官人？本地的一位財主。」

「我那船上沒有奇珍異寶，不過是些布帛，他為何非要購買？」

掌櫃笑道：「宋大官人生性豪爽，最愛結交朋友，在本縣無人不知無人不曉，他一定是仰慕客官大名，特來示好。客官不必多想，開個價，贈上一筆，也免去一趟舟車勞頓，豈不甚好？」

金純忠笑了一聲，這位宋大官人前來示好，卻故意挑選他不在的時候登門拜訪，必有問題。

「好，那我就開價了。」

「客官請說，宋大官人有錢……」

「十萬兩。」

掌櫃一下子呆住了，好一會才道：「多少？」

「白銀十萬兩。」

「呵呵，那一船布帛頂多值一千兩吧？」

「開價在我，買不買在他，傳不傳話在你。」

掌櫃又發了一會呆，笑道：「傳，當然傳，客官稍待，我很快就能回來。」

掌櫃回來得確實很快，神情比走時更加古怪，像是走在路上狠狠摔了一跤，打個滾正要罵街，結果看到絆倒自己的竟是一塊金子。

「十萬兩？」掌櫃問道。

金純忠點頭。

「今日夜間，會有人將銀票送來，客官在洛陽、臨淄和京城都能兌換。」

金純忠笑道：「當我是第一次做生意嗎？我連人都沒看到，憑什麼相信幾張銀票？不見到真金白銀，那船貨不賣，我人也不走。」

掌櫃湊近金純忠，「客官也在本地待了幾天，結識了不少人，不妨再去打聽一下宋大官人的底細，或許您就不會有這麼多的疑慮了。」

「打聽過了。」金純忠讓隨從去打聽的，就在客棧周圍找了幾名商戶，一問便知，「再請掌櫃轉告宋大官人，敢送錢就得敢露面。」

第四百六十八章 古怪的求情

宋闔是湖縣有名的財主，人稱宋大官人，在族中行四，又被稱為「宋四老爺」。像這樣一位人物，按理說與京城來的暗訪官員不會發生聯繫，金純忠一開始以為自己露財，被地方豪強盯上了，派人出去打聽一下，才明白自己可能猜錯了。

據傳，宋闔的一個妹妹乃是前宰相殷無害長子殷措的夫人，殷無害已然過世，家人還在京城為官，有這樣的靠山，難怪宋家在本地備受尊崇。

金純忠卻覺得有些奇怪，以殷家的地位，兒媳婦怎麼也得是世家之女，宋家再有錢也是平民百姓，與宰相之家門不當戶不對。

金純忠來不及仔細打聽，當天傍晚，宋闔派管家來客棧邀請外地的客人赴宴。

金純忠接受了邀請，心裡卻有一些好笑，他雖然不是朝中大官，但是屬於皇帝身邊的近臣，妹妹又是貴妃，在京城多少官員想要巴結他尚不得其門而入，遠在湖縣的一名土財主卻在自己面前擺架子。

宋闔若是不知道自己的真實身份，那就是豪橫慣了，見不得外人在本縣撒錢；若是知道，那就是太愚蠢。

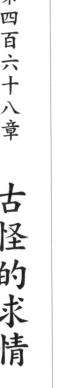

宴席安排在當地的一戶私娼家裡，門口沒有任何裝飾。金純忠是勳貴之子，雖然從前在圈子裡沒地位，但多少見過世面，一進大門，看見熱情相迎的僕人與婆子，就知道這不是正經人家。

主人沒有出門相迎，金純忠被帶入客廳，裡面擺好了一桌豐盛的酒席，一名嬌艷的女子起身笑臉相迎，仍不見主人。

「宋大官人何在？」金純忠抬手，示意女子不要靠近。

女子倒也識趣，笑道：「四老爺馬上就到，官人何不坐著等會？咱們隨便聊聊。官人是從外地來的吧？探親還是訪友？」

「經商路過。」

「原來如此，湖縣可沒什麼特產，別人都是停一宿就走，官人留了這些天，是有相好的吧？告訴我是誰，沒準我們認識呢。」

女子努力找話，金純忠敷衍以對，最後問道：「妳在這裡多久了？」

女子抬手，豎起三根手指，「三年，早就待膩了，想去繁華之處，可惜無人引薦，官人是要去哪？路上寂寞，要不要人相陪？」

金純忠本想打聽一下楊奉家人的線索，聽她只住了三年，失去了興趣，起身道：「宋大官人若是來了，請轉告他，我很忙。」

女子急忙起身，抓住金純忠的一條胳膊，向婆子頻使眼色，嘴裡說道：「官人別急著走啊，宋大官人來了，還以為奴家招待不周……」

金純忠也不客氣，伸手便推那女子，兩人正廝扯不休時，門外走進來一人，大笑道：「這划的是什麼拳？算我一個。」

男子四十來歲年紀，又高又壯，外穿一身綢緞大氅，內穿武師緊衣，加上聲音洪亮和一臉的落腮鬍子，頗有幾分豪傑氣勢。

女子鬆了口氣，同時也鬆開客人的胳膊，笑道：「四老爺，客人要走，我在這裡苦留呢。」

宋闓對女子一點也不客氣，向金純忠拱手道：「湖縣地處偏遠，只有這等殘花敗柳，萬望兄台見諒。」

女子面紅耳赤，訕訕地坐到一旁，不敢多說什麼。
金純忠還禮，「閣下盛情，在下心領，只有一事疑惑，閣下認得我嗎？」
宋闔大笑，「赫赫有名的金玄衣，天下何人不識？恕我眼拙，過了這幾天才認出兄台，失敬。」
玄衣使者是臨時職務，金純忠早已上交，如今他只是普通的散騎常侍。
對方認出自己的身份，金純忠不再掩飾，掃了一眼屋裡的其他人，宋闔心領神會，喝道：「都出去，這是京城來的貴客，妳們看一眼就得了，沒資格服侍。」
女子與僕婦全都笑著退出房間，顯然是被罵慣了。
金純忠只有一名隨從跟進來，站在門口沒動。
宋闔請客人落座，端起一杯酒，「敝縣沒啥好東西，請兄台聊飲一杯薄酒。」
金純忠按住身前的酒杯，「先說事，再喝酒，否則的話，我心中不安。」
宋闔又一次大笑，放下酒杯，收起笑容，說道：「兄台直爽，我也不客套了，金兄來我們湖縣，是替上面做事吧？」
金純忠心中一驚，據他所知，皇帝只對他下達過命令，當時周圍再無別人，連跟來的幾名隨從都不知情，宋闔何以得知？難道殷家餘威尚在，還能探聽到宮中祕密？可楊奉家人與殷家能有什麼關係？
見金純忠不作聲，宋闔臉上重新浮現笑容，「我就直白地說吧，金兄昨天開過價碼，絕無問題，湖縣雖小，這點銀子還是湊得出來，只是一時拿不出現銀。金兄說吧，送到哪裡？京城還是洛陽？人到銀子到，絕不會晚一天。」
金純忠一愣，發現自己可能猜錯了，「我總得知道這些銀子是用來買什麼的，如果那船貨物這麼值錢，我就去再進一批。」
宋闔每到尷尬時就放聲大笑，「金兄真會說話。」他的笑聲來得快，去得也快，「話說到這個份上，金兄還不明白我們湖縣想買什麼嗎？金兄為何而來，我們自然就要買什麼。」

金純忠更加納悶，臉上卻不動聲色，尋思了一會，「閣下既然知道我是為誰做事，就該明白我擔著多大的關係，一次買賣，可能就要了我的命。」

「金兄多慮了，我們又不是讓金兄做什麼、說什麼，只要一句『並無異常』。」

金純忠在湖縣逛了好幾天，可沒看出任何異常，沉默不語，等對方多透露一些內容。

宋闔探身向前，「金兄跟隨上面夠久了，別人加官晉爵，金兄還是一名常侍，為何？」

金純忠自己不願做官，皇帝想讓他去刑部，他也拒絕，只是偶爾與刑吏們配合，這時卻道：「為何？」

「朝中無人。」

金純忠眉頭微皺，宋闔笑著解釋：「金兄背靠大樹，可也得有樹上的枝枝葉葉遮擋，才好乘涼。像東海王、崔二公子，哪個不是親友遍布朝廷？他們升官，而金兄止步，原因就在這裡。」

一名土財主，竟然能說出這種話，金純忠越發驚訝，扭頭向門口的隨從示意，讓他退下，然後拱手道：

「恕在下有眼不識泰山，宋大官人攀的是哪根枝葉？」

殷家絕沒有這等本事，金純忠相信宋闔背後另有他人撐腰。

「哈哈，金兄不問，我也不說，既然問了，實不相瞞，前宰相殷大人乃是舍妹的公公。」

金純忠大失所望，勉強笑了笑，「原來如此，宋大官人怎麼沒進京？」

宋闔瞧出了金純忠的冷淡，「果然是陛下身邊的人，眼界夠高。前宰相不是現宰相，就算殷大人的兒子親自出面又能怎樣？」

金純忠沒有否認。

宋闔繼續道：「有些事情呢，我也不好明說，只請金兄回京後多看多聽，殷大人是過世了，殷家可沒倒。」

「殷相的長子在禮部任職吧？」金純忠記得，殷無害的長子名叫殷措，在禮部領閒職，不過五品，在京城這算是小官。

「沒錯，殷大爺就是舍妹的夫婿，不過請金兄將眼光放長遠些，不出三年，殷大爺必定高昇。」

金純忠笑著點點頭。

「金兄不相信我？」宋闔瞪起眼睛，一副將要發怒的樣子。

「不是不信，只是……初到貴地，不瞭解這裡的風俗……宋大官人以為多高的官算是『大官』？」

宋闔微微一愣，這樣問話有點瞧不起人，他笑得更大聲，笑畢說道：「金兄謹慎，終歸還是不肯相信我。也對，宋某湖縣鄙夫，當地人視為豪傑，在京城看來，不過尋常百姓。我再說一人，金兄覺得夠不夠大。」

宋闔伸手沾了一點酒，在桌上寫了一個字，筆劃較多，金純忠扭過身子才看清那是一個「蔣」字。

「蔣兵部？」

朝中姓蔣的大臣有幾位，官職最高者是兵部尚書蔣巨英，金純忠先想到他。

宋闔點頭，「舍妹嫁與殷大爺為妻，殷大爺的女兒嫁入蔣府，親如一家，至於蔣大人，不用我多說了吧？」

蔣巨英掌管兵部十幾年，並非世家出身，卻與朝中各大世族都沾親帶故，的確是大樹上的一根「強枝」。

金純忠笑了笑，拿起酒杯一飲而盡，宋闔大喜，立刻陪著喝了一杯，「金兄是明白人。可惜此地沒什麼好貨色，不過也巧，前些日子從京城來了一位絕色，待會送到金兄房中，若是看得過眼，暖暖床也好。」

金純忠搖頭拒絕，「心領了，在下不好這口，宋兄不必費心。」

兩人推杯換盞，越聊越投機，酒過三巡，金純忠問道：「別怪我多心，還得多問一句，這十萬兩……蔣兵部會認吧？」

「當然，我沒事白花十萬兩銀子幹嘛，閒得嗎？」宋闔有點喝多了。

「蔣兵部想讓我在陛下面前說什麼，宋兄也得給我提個醒，別拿了銀子辦不好事情，反而惹出麻煩。」

宋闔大著舌頭說：「跟蔣大人……沒多大關係，但他會感謝金兄，反正金兄只要對皇帝說……說湖縣一切正常，就……就行了。」

金純忠再怎麼引誘，宋闔也不肯多說，只是勸酒，說些女人的下流話。

喝了一個多時辰後，金純忠告辭。

他的幾名隨從沒閒著，一回到客棧就對他說：「原來這個宋闔不是什麼大人物，他妹子給殷措當妾，他也就在縣裡抖抖威風。」

金純忠越發迷惑不解，宋闔究竟在替誰說話？以為皇帝在調查什麼？

第四百六十九章 御狀

金純忠喝了不少酒，腦子昏沉沉的，沒辦法仔細思考，只得先上床睡覺，打算明天再仔細打聽，那個宋闓自作聰明，肯定會說漏嘴。

此行雖然沒找到楊奉家人，卻可能意外釣上一條大魚，也算是給皇帝一個交待，因此金純忠睡得很踏實。

夜裡，他隱約覺得身邊似乎多了一個人，可是太睏了，不想睜眼，於是告訴自己說這是一場夢。這夢太真實了，身邊的人伸手過來摟抱，金純忠驚醒，猛地坐起身，只聽旁邊啊的一聲尖叫，真的有人！是名女子。

「何人？」金純忠喝道。

「四老爺送來……」女子顫聲道，著實被嚇得不輕。

金純忠想了一會，終於記起宋闓的確說過要送一名京城來的女子過來陪寢，自己明明拒絕了。

金純忠揉揉眼睛，緩和語氣，「別怕……妳怎麼進來的？」

「我……他們把我送進來的。」女子似乎沒明白他的意思。

隨從都已經睡著，肯定是客棧掌櫃開門送人，金純忠覺得自己該換一家客棧了，縣城太小，除了這家，就只有另一家又小又破的客棧。

金純忠覺得頭疼，「點燈。」

「是，官人。」女子也顯得自然許多，下地摸索，金純忠指點方向，過了一會，女子找到了火絨、火石，熟練地點燃了油燈。

那是一名二十多歲的年輕女子，容貌秀麗，身上僅著小衣，兩條胳膊露在外面，看上去有些冷，臉上努力擠出笑容。

這的確比之前的庸脂俗粉強上許多。

「妳是京城人士？」金純忠問。

女子微笑，「無根之萍，四海飄零，的確在京城待過一陣子。」

女子邁步走向床邊，金純忠指著床頭的衣物，「穿上。」

女子微微一愣，卻沒有疑問，慢慢穿衣，每個動作都舒緩有度、裊娜多姿，不像是穿衣，更像是解衣。

金純忠不得不挪開目光，他是正常男人，可是身兼重任，實在不敢稍有放縱，怕自己胡思亂想，於是隨口問道：「妳叫什麼名字？」

「奴家邀月，未請教官人怎麼稱呼？」

「我姓金，從京城來的，路過這裡……」金純忠含糊道，這個邀月只是過來陪寢，什麼都不知道，他也不想多說。

「京城物華天寶，公子相貌不俗，想必是世家之子。」邀月將稱呼由「官人」改為「公子」。

金純忠不肯回答，餘光看到她已經穿好衣裙，便說道：「妳可以離開了，就對宋闔說……妳隨便說吧，怎麼都行。」

邀月微笑，「謝謝公子關心。」

邀月向門口走去，金純忠卻動了惻隱之心，宋闔這種人不會有憐香惜玉之心，邀月沒能引誘客人，回去之後必遭懲罰。

「要不，妳多留一會吧，回去也好交待。」

邀月轉身道萬福，低低地了說一聲「多謝公子」，走到桌邊坐下，低眉順目，不露風情，身上更無半點風塵氣息。

金純忠沒法入睡，也穿上衣服，坐在床邊，腦子慢慢轉動，突然想起可以向這名女子打聽一下消息。

「妳來湖縣不久吧？」

「差不多半個月。」

「京城繁華，大家都想去，妳卻為何離開？」

「身不由己，何況萬紫千紅都是泥土裡長出來的，繁華之下必有卑賤。公子看到的是繁華，像我這樣的人，位在卑賤，在哪都是一樣。」

金純忠頗感驚訝，覺得此女不俗，「妳家老爺倒是真捨得本錢，把妳從京城帶來，肯定花了不少銀子吧？」

「我是自願來的，沒花費四老爺一文錢。」

金純忠越發意外，「這是為何？」

「我要去一個地方，可是身無分文，又是婦道人家，難以行路，正好四老爺進京，聽說湖縣離東海國比較近，所以我自願委身，跟著來了。」

「妳要去東海國？離這裡還遠著呢，先要沿江東進，然後登岸北上，至少也要半個月路程。」

「有什麼辦法，只好走一步算一步了。」邀月輕嘆一聲。

金純忠同情心驟升，差點就說出要帶她一同前往東海國的話，轉念想到自己是為皇帝做事，帶一名女子在身邊委實不妥。

「妳若是能多等幾天，或許我可以幫忙，送妳一程。」

「多謝公子。」邀月大概是聽慣了許諾、見慣了沒有下文，謝得不是特別真誠。

金純忠卻在認真思考，「我正好要去東海國，妳在那邊有家人嗎？我可以給妳帶句話，讓他們來接妳，這樣會更方便些。」

邀月抬起頭，「公子要去東海國？」

「對，等同伴到了就走。」

邀月想了一會，輕輕搖頭，「我在東海國沒有家人。」

「那妳去東海國要投奔誰？朋友嗎？」

邀月依然搖頭，「我從來沒去過東海國，在那裡沒有熟人。」

金純忠對此女越來越好奇，「既然如此，妳何必非去那裡？」

邀月沉默了一會，大概是覺得這位金公子不像壞人，開口道：「我要找一個人，是我……從前的主人，他在東海國出海，下落不明，我想弄清楚究竟是怎麼回事。」

這樣一名女子竟然忠於舊主，金純忠驚訝之餘還有些敬佩，「海上風波險惡，難免出事，妳去了東海國也打聽不到什麼。」

邀月咬著嘴唇，沒有吱聲。

金純忠本想打聽消息，結果卻被對方的事情所吸引，想了一會，說：「不如這樣，我在這裡給妳租一間屋子，我去東海國幫妳打聽家主的下落，若有消息，派人通知妳，妳覺得怎麼樣？」

邀月起身，盈盈跪拜，「多謝公子一番好意，可我要打聽的不是主人下落，而是……他是怎麼被陷害的。」

「請起。妳的主人不是出海遇難嗎？怎麼又有陷害之說？」

邀月起身，「公子既是京城世家子弟，我還是不要多說的好。」

「怎麼，妳家主人是被官員陷害嗎？正好，我認得幾位大人，或許能為他平冤昭雪。」

邀月咬著嘴唇又想了一會，「公子要去東海國，與燕家關係不錯吧？」

「國相燕康？有過數面之緣，不熟。」

「燕家的公子呢？」

「燕朋師？見面的次數多一些，但也不熟，妳希望燕國相替妳家主人洗冤？我倒是可以說上話。」

邀月搖頭，「陷害我家主人的就是燕家。」

金純忠大驚，猛然想起一件事，站起身道：「妳家主人是誰？」

「樓船將軍黃普公。」

金純忠目瞪口呆，慢慢坐下，「黃將軍怎麼會……他從前也是燕家的人吧？」

「是，連我也在燕家待過一段日子，所以我知道燕家對黃將軍極為不滿，一直想要置他於死地。」

「妳有證據？」金純忠與刑吏接觸多了，想到的第一件事就是證據。

「黃將軍出海未歸的消息是八月初傳到京城的，可是此前十幾天，燕朋師就上門對我發出威脅，聲稱沒人能保護我，要讓我生不如死。但是，他怎麼會提前知道黃將軍會出事，再也不會回京城了？」

這可算不得證據，燕朋師是權貴公子，一時氣惱什麼事都敢做。

金純忠想了一會，打量邀月，「妳知道我是誰吧？」

「我從四老爺那裡聽說公子可能是皇帝身邊的人，別的我就不知道了。」

「所以妳是想借助我告御狀？」

邀月又跪下了，「黃將軍是陛下親手提拔的愛將，陛下對他的失蹤就沒有半點懷疑嗎？公子立此一功……」

金純忠抬手阻止邀月說下去，讓她起身，原以為這是一次巧遇，原來是安排好的，這名女子可不簡單，來陪寢肯定是自己爭取到的，她說的話不能全信，「妳先說說自己是怎麼來到湖縣的吧？」

「燕朋師向我發出威脅，然後又傳來黃將軍失蹤的消息，我知道情況不妙，當天就逃出了黃府，無處可去，只能投奔從前認識的姐妹，在那裡見到了四老爺，偷聽到他說無論如何要攔住皇帝，我以為能藉機告御狀……沒想到會被帶至湖縣，走又走不了，只好留下。」

「攔住皇帝？他還說了什麼？」

「我聽到的不多，『財路』、『田地』、『膽子要大』一類的話。」

「宋闓是做什麼生意的？」

邀月想了一會，「沒見他帶什麼貨物，哦，他可能是人牙子。」

「嗯？」

「他見人總要先估個價，所以我猜他是做這行的。」

金純忠是自己要了個價，他更糊塗了，一名人牙子能有多大勢力，竟然放出狂言要攔皇帝？

「天亮之後妳回宋家。」

「是。」

「我會對宋闓誇妳幾句，他會再把妳送過來。妳想辦法弄清楚宋闓究竟要對皇帝做什麼，立了這一功，妳什麼狀都告得。」

「公子……真是皇帝身邊的人？」

「宋闓要出十萬兩銀收買我，妳說我是不是？」

邀月笑了一下，鄭重地點頭，「我會問清楚，四老爺的嘴不嚴，之前是我沒太在意。」

金純忠讓邀月睡在床上，邀月不肯，只願伏桌而睡。

次日天還沒亮，邀月悄悄離去，金純忠起床之後也沒閒著，派兩名隨從出去繼續打聽宋闓的底細，又讓掌櫃給宋闓送去拜帖，要回請一席。

小小一個湖縣，要出大事。

第四百七十章　成千上萬

韓孺子總覺得自己身邊還有洩密者。

趙若素的確能夠提前瞭解皇帝的諸多計畫，但是遠非面面俱到，他與皇帝只算是合作關係，既無寵信、也算不上朋友，應該無從得知皇帝心中那些隱私與含糊的想法，可朝中大臣似乎住進了皇帝的心裡，拿捏得極為準確，總是在安撫皇帝與惹怒皇帝之間平安行進。

韓孺子沒辦法相信任何人，但也不能因此逐退身邊所有人，他攆走了趙若素，然後默默觀察、尋找證據。迄今一無所得。

來到湖縣，韓孺子頓生感慨，楊奉是他最好的老師、臣子與同伴，說是朋友有些過了，但是互相理解、極少犯錯。

楊奉並非沒有私心，但他的私心與皇帝井水不犯河水。

韓孺子早已下旨，巡狩路上免去各地的大規模拜見，只允許當地主要官員進營見駕，勉勵幾句就讓他們退回衙門。

王平洋正式入職禮部，官不大，專門負責前驅與沿途官員溝通，做得不錯，總能合乎皇帝的心意，一切從簡，盡量減少浪費。

如此一來，韓孺子也能有更多休息時間，但他通常二更才會上床，今天睡得更晚，為的是等候金純忠。

金純忠提前多日來湖縣調查，臨行前得到皇帝的指示，無需通信，一切見面再說。

直到三更過後，金純忠終於來了，一身酒氣，領他進帳的張有才皺著眉頭，十分不滿，還有點意外。金純忠向來恭謹，竟然也會出錯，在見駕之前飲酒。

金純忠跪拜，身子微微搖晃，很難保持平衡，「陛下見諒，微臣不得不喝這頓酒。」

「起來說話。」韓孺子向張有才點頭，太監退出帳篷，臨走時朝金純忠的背影搖搖頭。

「找到了嗎？」韓孺子問，心裡有一點期待。

金純忠起身之後搖晃得更加明顯，「毫無線索，楊奉的家人很可能已經搬離此地。」

韓孺子的眉頭也皺起來了。

金純忠看不清楚皇帝的神情，他心中只剩一線清醒，要將這些天打聽到的大事告訴皇帝，於是上前一步，急切地說：「陛下上當了。」

「嗯？你在說笑話嗎？」韓孺子沒反應過來，還以為金純忠之前的話是在騙自己，心想所謂酒後無行，還真是準確。

金純忠使勁搖搖頭，讓自己再清醒一些，「笑話？沒有笑話。陛下記得邀月姑娘吧？她也在湖縣，多虧了她，微臣此番湖縣之行沒有白來……」

金純忠覺得自己說得很清楚了，在皇帝聽來卻是一團糟，嚴厲地打斷，「哪來的邀月？朕怎麼會認得此等女子？金純忠，你在湖縣到底做了什麼？」

被皇帝一喝，金純忠嚇了一跳，酒氣上湧，心裡明白嘴上卻更加笨拙，「陛、陛下息怒。陛下不認得、不認得邀月？哦，是、是微臣記錯、記錯了。是這麼回事，邀月先在坊裡做歌伎，後來被梁家買走，又到了張家，再到李家，又到燕家……不是她做錯了什麼，而是太會做事，不是遭到正室的嫉妒，就是被別人看上……」

韓孺子招手，讓金純忠過來，「喝幾口茶，坐在那邊醒醒酒，再過來說話。」

皇帝的話就是聖旨，金純忠立刻執行，抓起桌上的茶壺，沒找到茶杯，直接舉起茶壺，對嘴灌了半壺，胸前濕了一片他也不在乎，放下壺，急迫地說：「事情重大，陛下……」

「去那邊坐下，先醒酒。」韓孺子將話打斷，實在不想再聽胡言亂語，他對金純忠已經很客氣了，換成別人，早就攆出帳篷。

帳篷裡唯一的椅子被皇帝坐著，還剩幾張圓凳，金純忠挑了一張坐下，深呼吸，努力控制身體，想要證明自己很清醒。

三次呼吸後，金純忠一頭栽倒，趴在地毯上，竟然睡著了。

外面的張有才聽到聲音，進帳查看，見到金純忠的樣子，不由得愣住了。

韓孺子起身，「不用管他，就讓他睡在這裡吧。」

韓孺子沒必要熬夜了，回自己的寢帳休息，張有才送走皇帝，又回到書房帳篷，將金純忠扶好，蓋了一張薄被，搖頭走了。

淑妃鄧芸早就睡了，她已經有點習慣巡狩生活，但是一定要保證睡眠，也不管皇帝怎樣，反正她得早早上床休息。

韓孺子躺在床上，仍按習慣運行呼吸法門，將要入睡的時候，突然想到，自己能逐退身邊的人，卻沒辦法逐退他們留下的習慣。

第二天他起得很早，按照原計畫，午時之前他就會離開湖縣，不用當地官員相送。這裡並非重鎮，皇帝只是路過，要到東海國後才會再度久駐。

韓孺子的生活極為規律，起床之後先看連夜送來的新奏章，大致瀏覽一遍，若是沒有重要奏章，與後起床的淑妃一塊用早膳，接下來是召見隨行官員與將領，為時都不長，午時前一個多時辰就能結束。

到了這時，前鋒隊伍已經出發，前去肅清道路，皇帝大概有半個時辰的自由時間，準備好了就能上路。

一忙起來，韓孺子幾乎將金純忠給忘了，出發前一刻才想起來，問張有才：「金純忠呢？」

「昨天後半夜醒的，一直等著見陛下。」張有才回道。

韓孺子想了想，傳旨下去，讓隊伍再等一刻鐘，他來見金純忠。

帳篷裡的桌椅等物都已搬空，只剩一頂空帳，金純忠面紅耳赤地站在裡面，一見到皇帝就要下跪。

韓孺子抬手阻止，「你是要現在說，還是隨朕出發，路上再說？」

皇帝沒有指責，金純忠的臉更紅了，但他已經完全清醒，知道什麼事情最重要，馬上道：「微臣在這裡偶遇黃普公將軍身邊的一名丫鬟，她要告御狀。」

「就是那位邀月姑娘？」

金純忠已經忘了昨晚說過什麼，聞言一愣，「陛下恕罪……」

「恕你無罪，既是黃將軍的丫鬟，怎麼不在京城告狀，卻跑到湖縣？」

金純忠將邀月受到燕朋師威脅只得逃走的經歷大概說了一遍。

「她的懷疑有些道理，可是燕朋師既然不願意讓出丫鬟，當初為何又將她送給黃普公？」

「邀月也是不解，當時燕朋師氣哼哼地回家，什麼也沒解釋。」

韓孺子想了一會，「你留下，帶上邀月前往東海國，不要跟得太緊。」

「是，陛下。」

邀月並非普通丫鬟，出身伎坊，不宜留在巡狩隊伍之中。韓孺子已經派人調查黃普公出海失蹤之事，到了東海國，有可能需要邀月做人證。

外面還有一大批人等著，都已上馬列隊，韓孺子轉身要走，金純忠急忙道：「還有一事，陛下得要知道。」

「說吧，簡短些。」韓孺子猶豫了一下，決定給金純忠機會。

「這個宋闔很不簡單，專門買賣人口，出入將門侯府，與朝中許多權貴相識。」

嚴格來說，大楚禁止買賣人口，只允許簽為奴契約，有時限、也有工錢，但是在民間，這就是「賣身契」。許多窮人一輩子為奴，到期之後也會續約，韓孺子的母親當初就是這樣進入王府的，生下兒子之後，更不會離開了。

「嗯。」韓孺子知道這種事不太合乎律法，但是沒精力干涉。

「微臣昨晚與他喝酒。」金純忠臉上又是一紅，「終於引他酒後透露真言，原來他不只是買賣女子，生意大得多，他自稱是『成千上萬』。」

一般的人牙子經手的人口不過數十，上百就算多了，韓孺子道：「他不是吹牛吧？」

「微臣原本也是這麼以為，於是嘲笑他，宋闔又說，『成千上萬』都是謙虛的，他有官府配合，買賣大得很，各地王侯的田莊裡，都有他賣去的奴僕。他還說，這幾年生意尤其好，在湖縣就有幾千人待售。宋闔以為微臣是來暗訪的，所以收買微臣，出手就是十萬兩。」

韓孺子心中一動，「他哪來這麼多人？」

「他沒細說，我急著來見皇帝，也沒來得及追問。」

韓孺子在帳中來回踱步，張有才兩次掀簾探頭，無聲地催促皇帝。

韓孺子止步，「那你就多留幾天，將事情問清楚，然後來東海國見朕，需要幫手嗎？」

「不必，人多反而會惹來懷疑。」金純忠有現成的逗留理由，就是邀月。他表現得很迷戀這名女子，已經得到宋闔的信任。

韓孺子出帳上馬，隊伍出營。

此次巡狩，淑妃獲准乘坐馬車，其他人都是騎馬。人數不多，種類卻不少，有南、北軍、宿衛軍、勳貴侍從、隨行官員、太監、宮女，還有多名皇帝親選的顧問，光是簡單的排序問題，就讓禮部頭痛了好幾天。

隊伍井然有序，皇帝身邊都是近臣與侍衛，各守其位，誰也不能超前或是落後。

東海王與崔騰是近臣，又是宿衛軍名義上的將領，因此離皇帝最近，東海王笑問道：「是金純忠嗎？陛下不帶他一塊上路？」

「等他找到人再說吧。」韓孺子冷淡地說，表現得對金純忠有些不滿。

皇帝沒有多少祕密，金純忠正在尋找楊奉家人之事，身邊的幾個人都能猜到，但是皇帝不承認，他們也不提起，正好成為極佳的掩飾。

當天傍晚，韓孺子翻閱奏章時一直思考：當初安置流民時，曾經招募不少士兵，這些人哪去了？會不會就是宋闔「生意大好」的原因？

雲夢澤開荒少人，卻有奸徒「成千上萬」地倒賣人口，韓孺子心中的震怒難以言喻，正因為如此，他表面上更要不動聲色。

第四百七十一章　敗得蹊蹺

金純忠先去湖縣，另有一批御史台官員則先行一步趕到東海國，調查樓船將軍與一支水軍的離奇失蹤。

一名皇帝欽點的將軍、數千將士、幾十條戰船，莫名消失在海上，不能不令人感到驚奇，瞿子晰擔任右巡御史後接手的第一件案子就如此棘手，他打起十二分精神，不敢稍有疏漏。

準確地說，御史台並不負責查找失蹤者，他們的職責是監督相關衙門與官員的工作，在此案中，主要對象是兵部與東海國。

東海王一直沒有就國，也從來不參與本國事務，全盤交給國相燕康處理，倒是給相關各方省下許多麻煩，不用再找他了。

皇帝一行離得越來越近，瞿子晰盯得也越來越近，一個多月了，除了傳言，還沒有任何準確消息，實在沒法向皇帝交待。

這天下午，燕康派人來請，說是終於有了確切消息。

兵部的官員已經趕到，與燕康一同站在大門外迎候右巡御史一行。

右巡御史離宰相只差一步，乃是朝中重臣，無論在京城還是外地，都備受尊崇。

燕康雖是世家子弟，早年間也曾苦讀經典，考中過進士，對儒生一向尊重，年紀雖長，每次見到瞿子晰卻都執弟子禮，十分恭敬。

瞿子晰每次也都還禮，不因位尊而驕，進了衙門，也不肯坐主位，「做事的是諸位，御史台只是提前跟隨，負監察之職而已，不可逾越。」

一番謙讓，燕康還是坐了主位，瞿子晰居右，位置稍近一些，兵部來了一位侍郎，側身而坐，不敢與右巡御史並列。

又是一番客套，燕康終於說到正事，「樓船將軍此前去進攻孤木島，逾期未歸，本官立刻派人前往調查，結果島上空無一人，並無戰鬥痕跡。於是本官擴大了搜索範圍，並且懸賞徵集線索，就在今天上午，一船漁民返港，說是親眼見到了樓船將軍。」

「怎樣？是死是活？」兵部官員問道。

燕康重重地嘆息一聲，「倒是活著，還不如死了。」

兵部官員一愣，「難道……」

燕康點頭，「那些漁民親眼所見，樓船將軍已投降海盜，成為首領之一。」

「什麼？怎麼會有此等事？」兵部官員大吃一驚，看了一眼右巡御史。

瞿子晰沒開口，默默地聽。

「黃普公被封為樓船將軍，前途無量，為何要背叛朝廷？」兵部官員不解地問。

燕康搖搖頭，「本官也納悶，漁民只是遠遠地看上一眼，沒敢靠近，立刻逃走。本官已經再次派人出海，這回有了方向，應該很快就能得到確切消息。」

兵部官員緊皺眉頭，「果真是不如死了好，燕國相，黃普公曾是你家的僕人，你猜一猜，他為何做出這種背信棄義、棄明投暗之事？」

燕康沉吟多時，「不好說，黃普公為人沉穩有大略，勇猛無畏，實是難得的大將，唯有一點，生性好賭，平時賭也就罷了，到了戰場上，也是賭性難改，只是贏的時候多，別人看不出毛病，這回，他大概是賭輸了。」

兵部官員連連搖頭，「說實話，黃普公制定出海策略時，兵部就覺得不妥。再等一兩年，朝廷水軍就能完全佔據上風，將海盜一舉掃蕩，何必在戰船不足的時候急於出戰？黃普公自恃勇猛，拿陛下的信任和朝廷的水軍做賭注……唉，果真如此的話，咱們怎麼向上報告？」

兩名官員都看向右巡御史。

瞿子晰開口道：「如實上報，陛下要的是實情，不是虛飾。」

兩官諾諾稱是，燕康道：「眼下只知道一件事，黃普公還活著，其他事情都是本官的猜測，做不得準。按行程，陛下五日後會到，沒有意外的話，在這之前應該能有確切消息。」

瞿子晰嗯了一聲，說：「那船漁民，御史台要見一見。」

「當然，他們就在城裡，隨傳隨到。」

三人又聊了一會，瞿子晰告辭，出了衙門，指定手下的一名御史去見漁民，拿一份口供回來。

回到住處，瞿子晰埋首於舊公文之中，查找黃普公失蹤的蛛絲馬跡。

黃普公的確有幾分賭性，但是出征之前的準備極為充分，小到要帶多少淡水、多少備用木料都標注得清清楚楚。

瞿子晰雖不懂軍務，卻也覺得這樣的將軍理應百戰百勝，敗給海盜就是一件奇事，竟然還投降，更加不可思議。

外面有人敲門。

「進來。」

御史南直勁推門進屋，拱手道：「大人找卑職？」

瞿子晰點頭，指著桌上、桌下的一疊疊公文，「你都看過了？」

這些公文都是東海國與兵部提供的副本，時間跨度將近一年，黃普公的經歷幾乎都在上面，還有失蹤之後的查找經過，也都詳細記錄在案。

「看過了。」南直勁從中書省調至御史台，因為經驗豐富，被指定為閱書人。

「看出什麼了？」

南直勁閉口不言。

「怎麼，不能說嗎？」瞿子晰略顯不滿，他雖然年輕些，但怎麼也是右巡御史，屬於南直勁的頂頭上司，不該受到冷遇。

南直勁行禮，「卑職不敢無禮，可卑職所言皆是猜測之辭，不知大人是否想聽？」

「既然是猜測，就當是參考好了，不會記錄。」

南直勁又一次行禮，「以卑職所見，樓船將軍敗得蹊蹺。」

「此話怎講？」

「一年多來，樓船將軍連戰連勝，海上群盜幾個月前就已作鳥獸散。突然集合在一起，擊敗大楚水軍，實在令人難以相信。卑職以為，群盜再集，可能是因為有了必勝把握，而這把握只怕來自官府的人。」

「有人洩密，出賣了樓船將軍？」

「有這個可能。」

「會是誰？」

南直勁指著那些公文，「黃將軍戰前計畫頗為細緻，這本是好事，卻也容易被人利用，有機會提前看到計畫的人，自然有機會洩密。」

瞿子晰沉吟片刻，「國相燕康聲稱黃普公生性好賭，你以為呢？」

「若是只看黃將軍所寫的作戰書，這可不是一位好賭之人。」

瞿子晰點頭，覺得南直勁不愧是中書省老吏，「你聽說了吧，剛來的消息，說是黃普公投降海盜了。」

「人皆貪生，樓船將軍被俘之後若是選擇投降，並非沒有可能，可御史台的職責只是查清楚他之前為何會戰敗。」

「嗯，有道理，你去一趟國相衙門，查問清楚有誰能提前看到黃普公的作戰書。」

「是，大人。」

瞿子晰覺得自己離真相越來越近了。

吃晚飯時，一名僕人頻頻偷瞧右巡御史，似乎有話要說，瞿子晰察覺到了，飯罷，單獨留下此人，問道：「你叫趙豪？」

趙豪是東海國指派的僕人，立刻下跪，「大人好記性，還記得小人的姓名。」

「嗯。」

趙豪抬起頭，急切地道：「小人有話要對大人說。」

「說吧。」

「東海國內有一人，即將承受千古奇冤，唯有大人能救之。」

「誰？」瞿子晰馬上想到了黃普公。

「東海國都尉陸大鵬。」

瞿子晰皺眉，他見過陸大鵬，都尉名義上是一國的最高武將，其實手中沒多少兵馬，只負責糧草徵集與文書往來，與軍吏無異。御史台來到東海國之後，從未懷疑過此人有問題。

「誰要冤枉他？」

「就是大人您。」

「混帳話，本官何時要查他了？」

「馬上就要查了。」

瞿子晰先是大怒，隨後心中一動，「把話說明白。」

「已經有人對大人說過，樓船將軍戰敗，是因為遭到出賣了吧？」

瞿子晰沒回答。

趙豪繼續道：「無論大人現在懷疑誰，最後都會指向陸都尉，他就是準備好的替死鬼，給御史台和朝廷一個交待。」

瞿子晰臉色微變，「你怎麼會知道這些事？」

趙豪磕了一個頭，「實不相瞞，小人與陸都尉府中的廚子是結拜兄弟。陸都尉受到國相逼迫，已經同意認罪，這些天正與家人告別。小人聽說此事之後，路見不平，來向大人道明，一則不希望看到好人受冤，二則不想看到大人與朝廷受到蒙蔽。」

瞿子晰十分驚訝，「好，本官明白了，如果事情真如你所說，本官斷不會坐視不理，如果你在撒謊，御史台不僅治官，也治得了你這種刁民。」

趙豪連連磕頭，「小人就算有一百個膽子，也不敢對大人撒謊啊。」

「退下吧，此事不要再對任何人提起，尤其不要對陸都尉一家提起，明白嗎？」

「明白，大人，小人明白。有大人做主，小人心裡踏實了。」趙豪恭敬地退出

瞿子晰思考了半晚，次日看了漁民的口供，然後坐等回話。

午時前，南直勁回來，交上一份名單，都是有機會提前看到黃普公作戰書的人，共是七名，都尉陸大鵬的名字赫然在列，但是排在第一位的是國相燕康。

瞿子晰放下名單，問道：「誰最可疑？」

「燕國相與陸都尉。」

瞿子晰心中微微一震，「理由呢？」

「黃普公原是燕家之僕，如今平步青雲，肅清海盜之後更是前途無量，據說有可能掌管南軍，地位超過舊主，不免引來嫉妒。」

「嗯，陸都尉又是什麼原因？」

「黃普公初返東海國剿匪時，因為戰船安排與陸都尉發生過多次衝突，兩人的不和在東海國人所共知。如今海盜已經肅清大半，大批戰船即將成軍，無論誰指揮作戰都可能取勝，陸都尉可能是想報仇，並且搶功。」

瞿子晰點頭，心裡卻想，這個南直勁好大膽子，剛在京城得罪陛下，尚未得到原諒，就敢在東海國再行欺君之事。

南直勁不動聲色，沒人能猜透他的心思。

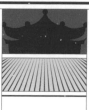

第四百七十二章 陛下不要的東西

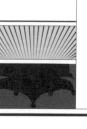

皇帝即將到達東海國，右巡御史瞿子晰卻宣布休息一天，除非聖旨降臨，不准任何人打擾自己靜休。

此時的東海國，右巡御史就是最高長官，沒人敢對此提出反對，只能腹誹一番。

皇帝要在東海國停留至少五天，地方的準備工作可不少。前驅使者提前三天趕到，提出諸多意見，每一條都能讓東海國官府從上到下忙上一會，靜休的瞿子晰因此更顯突兀。

王平洋是臨淄人，離東海國不算太遠，王家又是東海國查找出來的，他這算衣錦還鄉，受到的待遇自是不同，所到之處，總有一大群官員跟隨，國相燕康更是寸步不離。

「陛下力行節儉，這些彩棚全拆掉，還有這些房子，是不是重新涮過漿？店鋪招牌也都是新換的吧？唉，你們這些人，真不知怎麼說才好，弄得這麼明顯，陛下一眼就能看出來破綻。全換，換回原來的樣子。」

有人小聲提醒，只剩不到三天，時間可能有點來不及。

「兄台，我知道困難，可是有什麼法子？想輕省些？倒也容易，咱們什麼都不做，等陛下來了龍顏大怒，大家一塊回家種地去吧。」

官員立刻驚慌失措地道歉，燕康指天發誓，兩日之內就能讓街道恢復舊貌。

檢查結束，王平洋前往國相府參加宴會，一進大廳就皺起眉頭，「怎麼搞的，說了一路的節儉，我這裡口乾舌燥，你們還弄這一齣？」

廳裡擺了三桌，上面堆滿了山珍海味，幾名美艷女子侍立周圍，手中托著酒壺，見大人們進來，立刻嬌滴滴地齊聲問安。

燕康笑道：「王大人說要節儉，這就是節儉啊。」

王平洋一愣，「是我離鄉太久嗎？東海國的節儉跟別處不太一樣啊。」

燕康請王平洋入席，他們這一桌只有三人，其他官員緊緊擠在另兩桌周圍。

燕康先端起酒杯，王平洋也端起，只聞得一股異香，身後的侍女過來斟酒，衝他嫣然一笑。

王平洋瞥了一眼，急忙擋住杯口，「燕大人，話不說清楚，這酒我可不敢喝。」

燕康笑道：「王大人有所不知，這些酒菜都是東海國本地特產，原本是要用來接待陛下，我們想得單純，以為沒費多少錢，還算節儉。今日聽王大人一說，如醍醐灌頂，明白自己錯在何處。可是東西已經準備好了，用錢再少也是花費，總不能就這麼扔掉吧，那樣的話豈不更加浪費？」

王平洋沉吟片刻，「所以咱們這是在打掃陛下不吃的食物？」

「正是如此，王大人，您得原諒我們，沒給您專門準備一桌。」

「無妨，這樣更好，節儉，一定要力行節儉。」王平洋挪開手，侍女再度斟酒，幾乎貼在了大人的身上，王平洋意亂心迷，酒還一口沒喝，已有三分醉意。

眾官輪流上前敬酒，攀同鄉、論交情，個個都是一見如故，其中兩人論來論去，還真與王平洋是遠親。賓主雙方都很盡興，燕康暗示，本想送給皇帝但卻撤下來的東西不少，王大人若是不嫌棄，都可以拿走。

王平洋不嫌棄，覺得一路走來，就屬東海國官員最會做事，但他也有一點擔心，用目光瞥了一下同桌的另一人，小聲道：「沒問題吧？」

兵部的侍郎名叫張擎，來得比較早，與當地官員早已成為至交好友，燕康大笑道：「王大人放心，老張是自己人，陛下不要的，給王大人，王大人不要的，才給老張。」

王平洋忙拱手向張擎道：「這可不敢，張大人是兵部侍郎，品級比我高，我一個禮部小官，來得又晚，怎可奪人之美？張大人，您先挑。」

張擎急忙放下酒杯，「王大人太客氣了，我們兵部的人都實在，王大人想抬送東西，找我，一兩百人我能提供，千萬別說誰高誰低、誰先誰後的話，大家都是朋友，王大人來得晚，更應該您先挑。」

三人同時大笑，別桌的官員也跟著笑，氣氛越發熱烈、融洽。

喝著喝著，王平洋突然眉頭一皺，將酒杯放下，問道：「瞿御史怎麼沒來？」

東海國眾人嘿嘿，張擎道：「瞿御史今天休息，不准外人打擾。」

「休息？陛下即將駕臨，大家忙得團團轉，瞿御史卻要休息？」

「瞿御史說了，他的職責是監督查案，不參與接駕事務。」

「這、這叫什麼話？人人都有職責，難道因此不理陛下了？」

燕康小聲道：「新官上任三把火，瞿御史正在火頭上，咱們別去惹他就是了。」

「嘿，他以為自己給陛下當過幾天講經教師，就可以端架子是吧？」

燕康笑道：「只是一天而已，明天應該就能出府，我們都習慣了，王大人也忍一忍，或許瞿御史不知道王大人到來。」

王平洋被激怒了，向門口招手，叫來自己的隨從，大聲道：「去，給右巡御史大人送份拜帖，就說我天黑前要登門拜訪。」

燕康與張擎急忙勸阻，王平洋卻更加堅持，讓隨從立刻出發，然後道：「瞧你們這副樣子，怕什麼？我又沒做出格的事，不過是要親自登門打聲招呼而已，我不當他是右巡御史，只當他是陛下的老師，我是陛下的外戚，代表陛下提前趕到，當然要見個面。放心，瞿御史肯定會見我，他在外面待得久了，需要從我這裡瞭解陛下的動向。」

眾官附和。
沒多久，隨從回來了，走到主人身邊，小聲說了兩句。
「什麼？瞿御史不接拜帖？」王平洋怒氣沖沖，「你說了我是誰嗎？」
隨從點頭，「說了，可那邊說，除了聖旨，一概不接；除了陛下，一概不見。」
王平洋大怒，拍案而起，將身後的侍女嚇了一跳，灑出不少酒來。
「真狂啊，還沒當上宰相呢，他哪來的脾氣？」
燕康拉著王平洋坐下，笑道：「御史是言官，不愛與其他官員接觸，也是應該的。」
「我是『其他官員』嗎？真論官位，我也不會去見他，還不是看在都是陛下身邊人的份上，才會給他一點面子？」
「瞿御史這個人……怎麼說呢，書讀得多，事見得少，講究『天地君親師』，在他眼裡，老師怕是比外戚重要些。」
「『親』可在『師』的前面！」王平洋越發惱怒。
眾官上前敬酒勸慰，這些人都是老狐狸，說是勸，暗中卻是火上澆酒，王平洋本想說幾句就過去了，最後忍無可忍，也不喝酒了，向眾人告辭，非要親自去見瞿子晰一面不可。
「他以為自己一定能當宰相嗎？我一句話，讓他連現在的位置都保不住。」
眾官攔阻，一路將王平洋送出國相府，到了外面，再沒人跟隨。
瞿子晰的住處離國相府很近，天色將晚，王平洋喝得又多，也不騎馬，在隨從的指引下，很快來到宅院前，命人上去砸門。
沒多久，大門打開，從裡面走出一名少年僕人，打量幾眼，問道：「何人？何事？」
風一吹，王平洋清醒些，沒敢立刻發作，上前道：「在下禮部參事、巡狩前驅使者王平洋，特來拜見右巡御史瞿大人。」

少年微皺眉頭，「不是對你的人說過了嗎？瞿先生今天不見客，明天再來吧。」

少年退回門內，隨手要關門，王平洋上前一步，伸手擋住，「你向瞿大人通報過嗎？」

「瞿先生靜休，我也不能去打擾，怎麼通報？」

「你還是通報一聲的好，瞿大人肯定不會怪你，他認得我……應該認得我。」

少年搖頭，「先生的話說得很清楚，我不能違背。而且先生認識的人可不少，人人都像你這樣，永遠也沒機會靜休了。」

王平洋惱羞成怒，只覺得眾官員都在遠處窺望，自己若是無功而返，將就此淪為笑柄，還有何臉面接受「陛下不要的東西」？

「我不是普通人，我姓王，是陛下的表親。」

「陛下的親戚多了，瞿先生可沒說過哪位能見，你還是……」

王平洋向前衝去，撞開少年，大聲道：「我見皇帝也沒這麼難。瞿御史！瞿大人！瞿子晰！」

少年要攔，王平洋的幾名隨從一擁而入，替主人開道，少年根本攔不住。

王平洋大步往裡走，直奔正房，裡面沒人，他又找了幾間屋子，都不見人，回頭讓隨從抓住少年，厲聲問道：「瞿御史人呢？躲哪了？快說，要不然……」

身後一聲咳嗽，王平洋轉身，認得是瞿子晰，立刻笑著躬身行禮，「瞿御史，可算見到您了，在下王平洋，乃是巡狩前驅，今天剛到，特來給您請安。」

瞿子晰點點頭，轉身走向一間屋子，王平洋邁步跟上，轉身瞪了少年一眼，待會他要好好告上一狀。

這是間書房，瞿子晰走到桌前，仍不開口，自己研墨，提筆寫字，王平洋站在一邊，笑道：「瞿御史這是修閉口禪嗎？還好陛下沒提前到，否則的話您可有麻煩了。」

瞿子晰寫字極快，完畢之後放下筆，轉身示意王平洋過來。

王平洋走到桌前，看了幾眼，嚇得渾身酥軟。那是一份彈劾，直指他這個巡狩前驅，說他飲酒亂性、不知禮儀。

王平洋酒醒七分，撲通跪下，正要哀求，瞿子晰揮揮手，王平洋愣了一下，隨即明白過來，起身抓起桌上的彈劾奏章，轉身就跑。

少年過來將房門關好，瞿子晰站在桌前不動。

王平洋沒注意到，桌上還有一張紙，上面寫著好幾個名字，黃普公、燕康、陸大鵬、趙豪、南直勁等人全都在列。瞿子晰提筆，將王平洋的名字加上，思忖片刻，在「南直勁」三字外面畫了個圈。

這一天的靜默思考有些效果，瞿子晰覺得自己看出了破綻。

第四百七十三章 吏首如賊

瞿子晰端坐在書房中，桌上乾乾淨淨，筆墨紙硯各在其位，公文都已裝箱，整齊地靠牆碼放。

南直勁敲門進來，掃了一眼潔淨的屋子，來到瞿子晰面前，雙手捧上一疊紙，躬身道：「瞿大人，國相府送來的新報告。」

瞿子晰點點頭，示意南直勁將報告放在桌上，拿起掃了一眼。

燕康派出去的斥候回報，樓船將軍黃普公確已投敵，不僅如此，還派人給楚軍戰船上射過來一封信，信的內容附後。

南直勁解釋道：「信是副本，原件在國相府，大人可以派人隨時查看。」

瞿子晰又點點頭，草草瀏覽一遍信的內容，通篇是黃普公向皇帝表示歉意，聲稱自己不得不降、無顏見駕，絕不會與大楚為敵，從此遠遁海上，云云。

瞿子晰將報告推到一邊，不怎麼感興趣，反而盯著南直勁，好像真正的信息都在這位老吏的臉上。

南直勁略顯困惑，回視右巡御史，半晌方道：「大人……有何吩咐？」

瞿子晰等了一會才開口，說道：「南大人有過這種經歷嗎？好事接二連三發生在自己身上，運氣好得就像是在做夢。」

南直勁微笑道：「運氣無常，唯有德者受其青睞，大人有德，卑職無德，運氣向來一般。」

「未必，其人無德而運氣極佳者，比比皆是，有德者卻可能終生困苦潦倒。」

「大人之見高深，卑職難解。」南直勁當然不敢與右巡御史爭辯。

瞿子晰卻抓住這個話題不放，「運氣無常，可能落在任何一個人身上，可是能否承受得起，卻是另一回事。許多人貧賤之時其行堪稱表率，一朝富貴，即變得粗蠢不堪。」

「是，大人肯定能承受得起。」

「呵呵，我希望如此，可事實上，我花了整整一天才擺脫掉一個可笑的想法。」

「什麼可笑想法？」南直勁不得不接話。

「以為好運就該降在我頭上。」

「不應該嗎？」

瞿子晰搖搖頭，回道：「一次還說得過去，兩次就有點奇怪了，三次？而且還都是主動送上門的，就不得不小心應對了。」

「抱歉，卑職不擅長猜謎，不太明白大人的意思。」

「我來東海國已久，事情遲遲沒有進展，就在陛下即將駕到的時候，突然間，所有難題都得到解決。」瞿子晰掃了一眼桌上的報告，輕笑一聲，「黃普公有了確切下落，陷害他的人暴露在我的眼前，就連新來的巡狩前驅使者，也給我送來一份『禮物』，胡鬧一番，讓我這個言官有事可做。」

「這都是好事，有何可疑？」

「是好事，但是來得太集中，而且太緊迫，『運氣』落在我頭上，卻不想讓我看得太清楚。」

「既然是運氣，往往如此。」

瞿子晰盯著南直勁，「我只要真相，不要運氣。」

「當然，御史台的職責之一就是查找真相，大人打算從何處著手？」

瞿子晰抬手指指南直勁。

「我？」南直勁面露驚訝，「卑職只是大人手下的一名小小御史……」

「關於你的傳言可不少，我不是太相信，大楚朝廷文武百官，怎麼可能受一名小小的中書舍人操縱？在東海國，我有點信了。」

「大人何出此言？」南直勁笑了，「卑職若有這等本事，何至於得罪陛下，由中書省調任御史台？」

瞿子晰冷冷地說：「後天陛下駕到，你以為我會隨便交一份奏章應付了事嗎？黃普公根本沒有投敵的理由，就算投降，也用不著計算好時間，非得等到現在才送來這樣一封信。東海國都尉陸大鵬也不是什麼替死鬼，這種把戲騙不了誰，燕康才是。陛下早已厭惡燕家，將罪名栽給燕康，正好讓陛下滿意。還有那個王平洋，如果沒有意外，陛下肯定不太喜歡此人。」

南直勁沒有應聲。

「說白了，所有這些安排都是在討好陛下，讓陛下安心，將目光轉開。南大人威風不減，仍然能猜到陛下的喜好，比我這個『帝師』強多了。」

南直勁仍然不肯應聲。

「我只納悶一件事，為什麼選中我？彈劾燕康和王平洋是兩件大功，朝中有的是官員，南大人不交給『自己人』，偏偏將『運氣』送到我頭上，為什麼？」

南直勁深吸一口氣，「朝中官員雖多，唯有瞿大人尚能得到陛下的一些信任。」

「嘿，既然如此，當初又為何推我去見駕？」瞿子晰也不笨，事後明白過來，當初皇帝屏退趙若素，正在氣頭上時，自己去見駕實在是個錯誤，也是宰相等人對自己使的手段。

「當時比較慌亂，沒想那麼多。」

瞿子晰冷笑一聲，「黃普公究竟是怎麼回事？是死是活？是否投敵？來信是真是假？」

「大人真想知道？」

「或者對我說，或者對陛下說。」瞿子晰頓了頓，「或者對刑吏說，你既有『吏首』之稱，也不知他們是否會對你手下留情。」

南直勁長嘆一聲，「『吏首』如賊，一旦人人皆知其為賊，還如何盜竊？朝中並沒有真正的吏首，我不過是在中書省任職久了，看得通透一些，不忍看到陛下與臣子彼此猜疑、互相爭鬥，所以在中間調節一下。可惜事與願違，我做得越多，陛下與臣子的隔閡越深。」

「不在其位不謀其政，南直勁，你越界了。」

南直勁躬身行禮，「卑職認罪，願向大人交待一切真相。」

瞿子晰有點意外，這位老吏表現得太鎮定了，似乎早料到會有這一刻。

「先說黃普公。」

「黃普公是死是活、是否投敵，我不知道，也不關心。但燕康不是替死鬼，的確是他向海盜洩露了作戰書，將黃普公引入陷阱。也是他一手策畫，要將罪名栽給都尉陸大鵬。」

「向我告密的趙豪受誰指使？」

「兵部張侍郎瞭解燕康的計畫，找到陸大鵬，勸說他反戈一擊，趙豪是陸大鵬找到的。」

張擎與燕康一直表現得非常友好，居然在背後使陰招。

「張侍郎與燕家有仇？」

「無仇，他是為兵部做事。」

瞿子晰心中一震，這可不是他預料到的事情，「繼續說。」

「我得到消息，待海戰結束之後，陛下極可能任命黃普公為南軍大司馬，對兵部來說，這是一場災難。」

「為什麼？黃普公不會打仗嗎？」

「與打仗無關，是出身。」

瞿子晰一愣，沒太明白，「就因為黃普公當過海盜？」

「這的確是個問題，但不嚴重，軍中有不少草莽出身的人，最後稱將封侯，可黃普公不同，他不是真正的將士。」

瞿子晰又是一愣，隨後明白過來，「黃普公是陛下一手提拔的將軍，與兵部無關。」

「如果只是提拔他當將軍也就算了，南軍？那可是大楚最重要的一支精銳之師，黃普公一旦掌軍，不受兵部節制，不聽大將軍府調令，只服從陛下一人之旨。瞿大人，您也是朝中大臣，應當明白這其中的危險。」

「兵部不希望陛下掌軍？」

「陛下應當掌控朝廷，由朝廷掌軍、治民，這在歷朝歷代都是太平之根基，以陛下之英明神武，一旦大權在握、必將為所欲為，瞿大人……」

「夠了，陛下也不是第一次提拔官員，我也是陛下提拔的，還有北軍的柴將軍、西域的鄧將軍。」

「不同，柴將軍世家出身，鄧將軍乃鄧遼之後，大人是前科狀元，從一開始就是朝廷的一部分，無論如何，知禮儀、懂規矩，明白各部司的重要。像黃普公這種人，只該做一員猛將衝鋒在前，憑此建功立業、封侯拜將皆可，唯獨不能掌控一軍。」

「你們擔心他會背叛？」

「恰恰相反，我擔心他太忠誠，陛下或有萬一，黃普公到時候怎麼辦？他不受朝廷節制，偏偏手握京城重軍，此時不除，將來必是大患。」

「黃普公年長，怎麼可能……死在後面？」

「萬一。而且一旦陛下發現獨掌南軍的好處，就會有第二、第三個黃普公。」

瞿子晰沉吟良久，雖然不認可南直勁的做法，卻有些理解他的意思，「兵部對黃將軍做了什麼？」

「什麼也沒做，只是默許燕康動手腳，可陛下的反應比預想得要激烈，兵部希望能夠置身事外，只好犧牲燕國相。」

「兵部不怕燕康反咬一口嗎？」

「燕康沒有證據，兵部從來沒在公文中留下任何痕跡。」

瞿子晰再度沉思，然後問道：「王平洋又是怎麼回事？為何要攛掇他來我這裡胡鬧？」

「一是讓瞿大人更能取信於陛下，二是預防一下。」

「預防什麼？」

「預防宮中干政，大楚剛擺脫一位太后，不能再迎來另一位。」

瞿子晰站起身，「你以為我會聽憑擺布，全按你的計畫行事？」

南直勁跪下，先磕一個頭，隨後挺身道：「吏首如賊，我就是已經暴露行跡的賊，再無價值，請瞿大人據實相告，將我送給陛下處置，只希望瞿大人有朝一日成為百官之首後，能夠維護朝廷，保住大楚江山。」

瞿子晰大吃一驚，這才明白，連南直勁本人，也是送上門來的「運氣」。

「你只是一名吏員，為什麼？究竟為什麼？」

南直勁微微一笑，有些事情連大儒也理解不了。

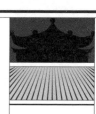

第四百七十四章 紙上談兵

皇帝此次巡狩帶的兵少，由各地駐軍接替護送，也算是一種形式的練兵與閱兵，但是不能太靠近皇帝，只負責數里、十幾里以外的警戒。

房大業臨終前推薦的數十名將領陸續趕到營中，韓孺子透過閱讀奏章選中的將領一直跟在身邊，兩夥人加在一起有七十多位，得到的任務就是臨時治理地方軍，從京城出發以來，他們已接管過七支軍隊。

韓孺子十分滿意這些將領，相信假以時日，他們個個都會是了不起的將軍。

地方軍則讓韓孺子看到了大楚的另一面，與精銳的京城、塞外軍隊相比，地方軍數量不足，少則數百人、多不過一兩千人，衣甲破舊、看似未經訓練，很多時候連隊列都不齊，遠遠望去，像是一群被追趕的敗兵。

在這種情況下，尤其考驗將領們的能力，有些人束手無策，也有人能在極短時間內令一群烏合之眾變成稍微像樣的軍隊。

陳囂就是這樣的一名將領。

此人三十來歲，出身於行伍世家，數代人一直當兵，直到祖父時才熬得一個小小武職。陳囂十六歲從軍，在邊疆待了七八年，隨後調回南方，負責剿除雲夢澤群盜，因為兵少，沒立過顯赫的戰功，但是所守之城從未遭到掠奪，韓孺子也因此在奏章中注意到他的名字。

韓孺子騎馬立於一座小丘之上，遙望遠處的東海國軍隊，說：「東海國常與海盜作戰，軍隊果然與別處不同，陳囂，你覺得呢？」

這回陳囂沒輪到管軍隊，留在皇帝身邊擔任顧問。

皇帝身邊的人可不少，層層疊疊，陳囂的名字一被叫到，立刻有人將他推向前。

陳囂為人與名字完全不同，一點也不囂張，小步前行，向皇帝行軍禮，回道：「陛下看得仔細，此軍進退有度，平時顯然訓練有素，不過據末將所知，這不是東海國軍，而是陛下降旨成立的水軍。」

韓孺子想起來了，笑道：「沒錯。」

韓孺子兩年前下令成立的水軍，如今已具雛形，他最看重的將軍卻不知去向。

「陳囂，這樣一支軍隊，再加上一支普通的地方軍隊，都交給你，你會如何使用？」

陳囂略一沉吟，「視情況而定。」

「你自己假設幾種情況吧。」

「若是陸戰，若是敵弱我強，則水軍與地方混成一軍，由精兵帶弱兵，一同作戰；若是敵我勢均力敵，弱兵為正、專守而已，精兵為奇、側翼衝鋒、一舉破敵；若是敵強我弱，精兵打第一戰，向敵我雙方示勇，隨後全軍退回可守之處。」

「若是水戰呢？」韓孺子問。

「水戰不可用弱兵，若是末將用兵，寧可將弱兵留在岸上接應，也不讓他們上船。」

陳囂已經省略許多「假設」中的情況，真到了戰場上，形勢只會更複雜，沒有一定之規。

韓孺子點點頭，扭頭在人群中尋找兵部隨行官員，問道：「水軍是朝廷軍隊，東海國本地的駐軍呢？」

官員急忙上前，回道：「在更外圍，離得比較遠，這裡看不到。」

「接管者為誰？」

「這支軍隊只是負責肅清道路、設立關卡，因此……沒有派將官接管。」

旨意明明說得很清楚，到了具體執行的時候，仍會出現種種違背本意的解釋，韓孺子沒有顯出惱怒，平淡地說：「朕身邊這麼多將領閒著呢，多派人去接管東海國軍。」

兵部官員倉皇告罪，接旨退下，立刻安排將領去往東海國軍。

韓孺子又向東海王道：「你不去看看？」

東海王就在皇帝身邊，而且是少數騎馬者之一，聞言一愣，「啊？陛下讓我去……我就去看看，其實也沒什麼可看的，地方軍全是那樣，平時不是種地，就是修路修牆，根本沒時間訓練，與其說是軍隊，不如……嗯，我去看看。」

東海王是宿衛軍大司馬，前往一支散亂的地方軍，有點紆尊降貴的意思，他不情願，可皇帝盯著，他只能同意。

韓孺子看了一會，又指定陳囂為臨時的「水軍大將」，前往水軍統領眾將。

韓孺子騎馬下山，繼續上路，眾侍從也都上馬隨行。

前方就是東海國地界，離治所還有一日路程，東海國按規定只派來軍隊與少量文官，主要官員都留在治所，沒有出城接駕。

當天傍晚，巡狩隊伍紮營，韓孺子臨時召集群臣，宣布一條令眾人意外的旨意：在東海國界停駐三日，水軍與東海國軍演練戰法，皇帝要親往閱視。

當今皇帝主意太多，經常一天一變，官員們早已習慣，可私底下還是頭疼不已。皇帝隨便一個想法，他們就得熬上半夜，書寫命令、然後傳送各方，事後還要連夜督察，以免出現意外，別想踏踏實實地睡覺。

其實皇帝也沒閒著。

韓孺子知道自己的一道旨意會帶來多少麻煩，眾官員忙碌的時候，他也沒睡，單獨下達了幾項旨意。

右巡御史瞿子晰將提前出城來見皇帝，旨意一來一往，他大概後天能到。

陳囂當晚再被召見。

「白天時只是遠觀，陳將軍接手之後覺得這支水軍如何？」

皇帝的帳篷裡極為簡樸，不過一桌、一椅、數張凳子，七八只箱子放在一旁，裡面的東西都沒取出來，唯有腳下的地毯顯示出幾分特殊。

陳囂一點也不以為意，反而越發恭謹，躬身回道：「這支水軍數量不多，兩千餘人，但是曾得樓船將軍調教，末將暫管之後，更覺得是一支精兵。」

韓孺子點點頭，黃普公是難得的大將，他訓練出來的軍隊，自然不會差。

「你覺得此軍可否一戰？」

陳囂微微一愣，「末將斗膽一問，要與誰戰？」

「海盜。」

陳囂是名謹慎的將領，即使在皇帝面前也不願假裝勇敢，這樣的性格讓他從軍十幾年默默無聞，現在也改不了，仔細想了一會，「末將問過，東海國尚有戰船五十餘艘，其中大船九艘，可為主力。若是普通剿匪，足夠了，若是面對曾經伏擊黃將軍的那群海盜，只怕不夠。」

「東海國還有大量受降的海盜，可用否？」

陳囂又想了一會，「受降海盜人心不穩，只可為引導，不可為依靠，若是能找出幾名熟悉海情的人，或可一戰，以奇襲為主，不可戀戰。」

「就當這是一道題目吧，你去寫一份作戰書，朕要瞧瞧。」

「遵旨。」

皇帝在巡狩路上經常出類似的題目，路過某城某山某水都要問問如何攻守，有時甚至指定一方攻，另一方守，各出戰法，爭論不休，但大都是紙上談兵，並不真的實施，一開始將許多人嚇了一跳，後來也就習慣了。

因此陳囂並不意外，接旨之後回歸本軍，連夜召集眾將，查問海上情況，制定作戰計畫。水軍原有的將領不知情，大驚失色，得到解釋之後才平靜下來。

次日下午，韓孺子前去閱軍，水軍沒問題、東海國軍卻是一盤散沙，東海王親臨也沒辦法一夜之間讓他們改頭換面。總共一千五百餘人，連盔甲都不齊全，將士們手持刀槍，一個個神情緊張，想見皇帝、又怕被皇帝看到。

數百名宿衛軍隔在中間，這是兵部堅持的做法，地方軍良莠不齊，不能讓他們離皇帝太近。

東海國軍雖弱，也沒比其他郡縣更差，因此東海王也不掩飾，直接呈現給皇帝。

水軍與東海國軍進行了一次對陣演練，高下立判。水軍人數多些，幾次變陣之後，將東海國軍分割成三大塊，互不銜接，還沒開戰，就已處於必勝之地。

韓孺子犒賞兩軍，不做任何評判。

回到營地，韓孺子剛在帳篷裡坐下，崔騰走進來，笑呵呵地說：「陛下真是喜歡閱軍啊，這一路走來，看過多少軍隊了？」

「大楚地方廣大，不能只有幾支精兵，多多益善。」

「那是當然。」

「你有事？」韓孺子問。

崔騰天天跟在皇帝身邊，可是除非真有事，不會主動過來說話。

「那個……東海王適合管軍嗎？」

「怎麼了？」

「他可是……」崔騰做了幾個莫名其妙的手勢。

「只是臨時而已，頂多三五天。」

崔騰鬆了口氣，說道：「那就好，那就好，嗯……陛下什麼時候也給我一支軍隊？我的要求更低，管一天也行啊。」

東海王好歹懂些治軍之法，崔騰卻是不學無術，連紙上談兵都做不到，更不用說親自領兵，韓孺子笑道：「你們都去帶兵，朕身邊留誰？」

崔騰一拍腦門，「對啊。」

韓孺子正好有事想問，隨口道：「崔騰，你家的田地不少吧？」

「應該不少吧，反正每到秋天的時候，進府報帳、送東西的人排成長隊。」

「奴僕也不少吧？」

「跟宮裡肯定比不了，但也不少，我見過名冊，疊起來有這麼高。」崔騰比劃了一下，「我一看就頭疼。」

崔騰是個有問必答的人，韓孺子嗯了一聲，沒再追問，低頭看奏章。

崔騰意猶未盡，還想再吹噓幾句，見皇帝似乎不太感興趣，只得退下。

當晚二更，金純忠從湖縣快馬加鞭趕來，帶來的消息正與田地、奴僕相關。

韓孺子不肯立刻前往東海國治所，等的就是他。

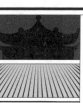

第四百七十五章 後事

瞿子晰準備出發去見皇帝，只帶貼身隨從，將御史台的下屬都留在城裡。

眾人送行，南直勁也在其中，從容不迫，沒有半分驚慌之意。

瞿子晰心生衝動，真想下令將南直勁捆綁起來一塊帶去見皇帝，他忍住了，將南直勁單獨叫到一邊，低聲道：「你明不明白這是多大的罪？」

南直勁拱手，「魚與熊掌不可兼得，放任皇帝在錯誤的道路上越走越遠、眼看著大楚朝廷四分五裂，才是更大的罪過。這幾年來，卑職一直在觀察瞿大人的所作所為，相信瞿大人會是千古賢相。身為宰相，大人不僅需要陛下的信任，更需要同僚的支持與配合。請大人上路，向陛下道出所有真相吧，經此一事，陛下對大人不會再有懷疑。」

「所有真相？兵部默許燕康除掉樓船將軍、你在暗中干預朝政，這些真相也要道出？」

南直勁微笑道：「誰能阻止大人呢？卑職無所謂，不過是在死罪之上再加一條罪，至於兵部，卑職相信大人自有選擇，而且是最正確的選擇。」

揭發兵部意味著還要收集大量證據，並且得罪大批同僚，對於瞿子晰來說得不償失，甚至對皇帝也沒有好處，反而會破壞皇帝的種種計畫。

黃普公很可能再也回不來了，他在朝中毫無根基，消失也就消失了，再挖出真相已經沒有任何意義。

對瞿子晰來說，這就是「最正確」的選擇。

瞿子晰厭惡南直勁，自己苦讀聖賢之書，憑本事得到明君賞識，到了最後，命運卻好像被一名小吏操縱在手裡。

同時他也佩服南直勁，在心中自愧不如。

「陛下的心思沒那麼好猜，接任宰相的人很可能不是我。」

「還好，這麼久以來卑職猜得都很準。」

瞿子晰冷笑一聲，轉身離開。

南直勁目送瞿子晰離開，與幾位同僚一同完成剩下的文書，然後回到自己的房間，讓僕人去外面買來一壺酒、三四樣小菜，自斟自飲，筆墨紙硯都放在順手的地方，喝幾杯就寫一封信，或長或短，都是一揮而就。

僕人進來通報：「兵部張侍郎來了。」

「有請。」

兵部侍郎張擎進屋，面帶微笑，看著桌上的酒菜與紙張，笑著說道：「南兄好雅興，以酒配文，還是以文配酒呢？」

南直勁起身相迎，兩人寒暄一會，等僕人退出，張擎臉上笑容消失：「陛下不肯進城，提前召見瞿御史，這是什麼意思？」

「與拒入京城一樣。」

皇帝西巡之時，逐退了趙若素，回京之後也是遲遲不肯進城，與大臣們進行了一次「交鋒」。

張擎微嘆一聲，「陛下終究還是不肯相信大臣。」

「別怪陛下，此乃人之常情，想挽回陛下的信任，唯有依靠瞿御史。」

「瞿御史……可靠嗎？」張擎還是有點沒把握。

「如果只是看人，天下有誰可靠？」

張摯笑了一聲，「瞿御史憂國憂民，他想做成一番事業，必須依靠整個朝廷。」

「張大人稍等片刻。」南直勁想起了什麼，走回桌後，提筆寫字。

張摯的官職比南直勁高得多，這時卻坐在一旁耐心等候。

南直勁將信寫完，一一折好，共是七封，分別放入函中，寫好收信者姓名，起身直接交給張摯，「有勞張大人代轉。」

「這是什麼？」

「一些需要處理的私事。」

信函沒有封死，張摯看向南直勁，得到默許之後，拿出信挨封掃了一遍，的確都是私事：還某人銀兩若干，向某人索債若干，向某人表示所承諾之事無法做到，對妻子兒女各提出要求……

張摯再嘆一聲，收起信，說：「我等必將盡自己所能，絕不至於禍及南兄家人。」

「不必，陛下心細，不可讓他看出破綻，而且陛下生性仁慈，絕不會降罪於無辜之人。」

「南兄殺身成仁。請放心，待風頭過去，南兄家人自會得到照顧，南兄的幾個孫子都在讀書吧，聽說長孫南冠美頗有令名。」

「年紀還小，看不出什麼。」南直勁露出微笑，卻沒有多說什麼，既未誇讚長孫，也沒有開口託付，反而道：「前宰相申大人的兒子後年應該參加大試，請張大人記得此事，申大人是不會忘的。」

張摯搖搖頭，「這位申大人，從前當御史的時候就沉不住氣，現在也還是這樣，只要他那個兒子有些才華，何必擔心出不了頭？同朝為官，難道大家還會故意使壞不成？朝廷自有規矩，大家遵守即可，何必非問個清清楚楚呢？」

申明志聽說南直勁得罪皇帝之後，派人進京四處打探，惹得一些大臣不太高興。

「只要他別做得太過分，急迫之情可以理解。燕國相那邊怎麼樣？」

張擎神情微黯，「他還不知情，自以為能夠脫罪。唉，這個燕康，也是太急了些，讓黃普公慘敗一次，失去陛下的信任，也就可以了，何必非要趕盡殺絕呢？惹來陛下的注意，他還指望著用陰謀詭計遮掩。我想他是在東海國作威作福慣了，全忘了按規矩行事。」

張擎搖頭，對燕康感到失望。

南直勁盯著張擎，說：「燕國相願意逃亡海上，從此不再回歸故土嗎？」

「什麼？他對咱們的計畫毫不知情，我一個字也沒透露，不知道他是怎麼想的。」

「張大人與燕國相結交多年，熟知其為人，可以猜上一猜。」

張擎沉吟良久，「燕家全族都在東海國，扎根已久，走不得。」

「原來如此。」南直勁點點頭。

張擎明白南直勁的意思，他剛才流露出同情之意，南直勁在提醒他，不要提前洩密，燕康已經沒有挽救的可能，洩密只會惹禍上身。

張擎心中終獲輕鬆，起身深施一躬，「南兄走好。」

南直勁是一名小吏，平時在哪位大人面前都表現得畢恭畢敬，今天卻坦然接受兵部侍郎的一拜，喃喃道：「希望陛下能真的滿意下一位宰相。」

張擎問道：「我們該對瞿御史支持到什麼地步？」

「各司其職就好，張大人剛才還說有些規矩只可遵守，不可明說，瞿大人會明白的。」南直勁頓了頓，「現在不明白，以後也會明白，他是個聰明人。」

張擎再次躬身行禮，告辭離去。

南直勁回到椅子上，已經沒信可寫，繼續喝冷酒、吃殘餚，絲毫不以為苦，突然笑了一聲，想起了自己的孫子，自言自語道：「南家會出頭的。」

城裡的兩位官員心安理得，行在路上的瞿子晰卻沒法平靜，心中患得患失：按南直勁的計畫行事，自己就將成為朝廷「規矩」的一部分，從此前途無憂，卻會失去獨立與自由，尤其是心中難安；向皇帝合盤托出一切真相，則朝廷大亂，即使自己成為宰相，也難做成大事。

在國子監時，瞿子晰冷眼旁觀朝中事務，總覺得迂腐可笑，自從進入戶部任職，他才發現為官之難。讓他想不明白的是，錯的究竟是整個朝廷？是某些大臣？還是皇帝？

聖旨發出的第三天上午，瞿子晰趕到巡狩營，遠遠望去，營地依山傍水，與普通軍營無異，直到接近之後，才能看到眾多與眾不同的旗幟，表露出營中之人乃是至尊的皇帝。

瞿子晰從十里外就開始接受檢查，此後每走兩三里就要查一次。在營門口，更是有官員出來，認出右巡御史之後，才允許他進營。

當今皇帝喜歡自行其是，所謂巡狩治國，更像是少年人的幻想，難見實際效果。瞿子晰發現自己正逐漸接納南直勁灌輸的想法，不由得一驚，急忙收束心神，專心等候皇帝召見。

韓孺子上午又去了一趟水軍營地，聽取眾將制定的作戰計畫，提了一些問題，最後誇讚一番，午時前返回宿衛軍營地。

水軍沒有大將指揮，戰船、裝備不足，對新來的陳囂等將領也不是特別信任，都不願出海，見皇帝真的只是「紙上談兵」，他們鬆了口氣。

韓孺子飯後小憩片刻，召見早已在營中等候的瞿子晰，身邊只留金純忠一人。

瞿子晰進帳，先正常報告情況。

聽說黃普公沒死，竟然投降海盜，韓孺子很意外，接過信反覆看了幾遍，「這真是黃普公所寫？」

「無法確認，這是副本，原件還在國相府，就算真是黃普公的筆跡，也說明不了什麼。」瞿子晰開始講述黃普公遭到陷害的事情，最後道：「此事有人證、物證，燕康意欲嫁禍於他人，反而露出馬腳。」

韓孺子看了一眼金純忠，對瞿子晰道：「瞿大人做得很好。」

瞿子晰接著說起王平洋，他自己做了一些調查，發現王平洋不止行為不端，還收受大量財物——據稱是用來招待皇帝，但是要力行節儉而用不上的諸多金銀布帛。

韓孺子嘿了一聲，母親太相信親情，沒有看清王平洋貪財好利的本性。

「瞿大人不負朕之重托，此行大有收穫啊。」

「實不相瞞，這些並非臣之功勞。」

「哦？有人幫忙嗎？」

「臣一直不得進展，是手下的南直勁查出這些事情。」

「南直勁。」韓孺子一下子心生警惕，「他還做從前的勾當，揣摩朕的心思？」

「是，他還想將臣拉下水。」瞿子晰深吸一口氣，迄今為止，他說的一切都在南直勁的計畫之內，接下來要說到什麼程度，他仍然沒有做出決定。

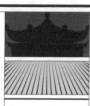

第四百七十六章 支撐

少說一句，南直勁就是普通的奸臣，利用豐富經驗揣摩皇帝的意圖，提前洩露給大臣，讓他們有所準備、決定取捨，他則從中漁利，類似於那些陰險狡詐的太監。

多說一句，南直勁則是一朝重臣的聯絡人，他們都在維護與當今皇帝存在矛盾的一套規矩與慣例，為此互相通風報信、互相幫助扶持。

瞿子晰不希望看到後一種結果，因為他也是朝中一員，他有理想，還沒來得及實施，如果今天就將朝廷鬧個天翻地覆，以後他就永遠沒法得到百官真心的支持。

「是南直勁給燕康出的主意，並且希望用王平洋之事吸引陛下的注意，從而草草了結對東海國的調查。」

韓孺子微微睜大一些眼睛，不怒反笑，「這個南直勁……看著很老實，膽子卻這麼大，朕給了他一次機會，他反而變本加厲，還好瞿大人盯得緊，沒讓他得逞。」

「那是因為有陛下事先提醒，臣對南直勁不放心，對他想得比較多。」

韓孺子點點頭，「瞿大人隨朕一塊進城，先不要做什麼，繼續收集證人、證物，務必要讓此案無懈可擊。」

「遵旨，陛下。」瞿子晰忍不住抬頭看了一眼皇帝，覺得有些奇怪，南直勁做出如此明顯的欺君行為，皇帝為何無動於衷？

韓孺子也正看著瞿子晰，兩人對視片刻，瞿子晰急忙低頭。

「燕家陷害黃將軍，兵部知情嗎？」韓孺子問。

瞿子晰心中一顫，回道：「臣迄今未發現線索。」

韓孺子嗯了一聲，沒有追問。

瞿子晰告退，心中仍覺不安，君子坦蕩蕩，小人長戚戚，他今日的所作所為絕對稱不上坦蕩，違背了他一向引以為傲的準則。

帳篷裡，韓孺子向金純忠道：「瞿大人似乎有話未說。」

「微臣眼拙，沒看出來。」金純忠雖是近臣，卻不肯事事順著皇帝的意思說話，他一直謹守本分，目光低垂，只看腳下一小塊地方，沒有觀察皇帝與大臣的神情。

韓孺子笑了笑，隨後變得嚴肅，「湖縣真有數千名奴隸待賣？」

「微臣親眼所見，還從宋闔手裡買了一百名，但他說不能送往京城，所以微臣要在東海國買一塊田宅，然後他將人送去，所有錢都從那十萬兩裡出，宋闔唯一的要求就是讓微臣對陛下說一句『湖縣並無異常』。」

「嘿。」韓孺子冷笑一聲，他派金純忠去湖縣是為了尋找楊奉家人，沒想到陰差陽錯，竟然挖出一件大案子，「各地共有多少人口被賣？」

「不可計數，宋闔只是人販子之一，各地都有他這樣的人物。從地方軍營裡拿人，賣給大莊園為奴，駐軍則以傷亡上報，兵部不知參與有多深，至少是失察。前幾年天災不斷，安置流民時各地駐軍招募頗多，數量膨脹，宋闔等人從中大賺了一筆。」

「被賣者那麼多，為何沒人告官？」

「微臣問過，陛下本意雖好，到了地方卻常有變動，就說招募流民為士兵吧，陛下本意是給流民一口飯吃，然後讓他們返回本鄉各安其業，有些軍營卻會欺騙流民，對他們說，陛下開恩，只是允許他們吃飯，不包括衣物、住處、牲畜等花費，這些都要流民自己出錢，有時候營裡將官還會故意引誘流民賭博，允許他們記帳，累積到一定程度，就讓他們賣身還債。」

流民大都不識字，又都怕官怕兵，真以為自己欠皇帝許多錢，只能接受被賣的安排。

宋闔等人比較謹慎，絕不將人口賣到京城。

賣身契都有時限，少則五年，多則二十年，被賣者一旦習慣了大莊園的生活，很少有人願意離開，而且他們會發現，自己欠下的債沒有減少，反而越來越多，更加離不開舊主。

宋闔的生意做了許多年，從沒出過問題，只是這幾年數量太多，他感到心虛，因此一聽說有京城口音的人在城裡四處打聽，立刻想到了自己的事，於是拿出慣用手段，直接花大錢收買。

韓孺子想了一會，「宋闔在朝中的靠山是誰？」

「宋闔經常將朝中大臣掛在嘴上，據說他的一個妹妹是前宰相殷無害長子殷措的小妾，但此人常有誇大之辭，微臣覺得不能太當真。」

這便是金純忠謹慎之處，就連查證人口買賣，他也要自己買一批，有了真憑實據，才敢向皇帝說明一切。

韓孺子點頭，「你去東海國買田宅吧，小心，宋闔是個糊塗蟲，背後卻可能有精明的靠山，如果有官員來試探口風……肯定會有，你不要露出馬腳。」

「是，陛下。」

黃普公、燕家、南直勁、兵部、宋闔……諸多事情趕在了一起，韓孺子需要一個穩妥的處置方案，他還在思考。

金純忠沒忘記自己本來的任務，「微臣在湖縣打聽到，縣裡的確有一位楊婆，據說丈夫在外地，從來沒回過家，偶爾會托人送來銀兩。楊婆為人口碑不錯，就是脾氣暴躁，時常與人……與男人打架，她有個兒子，讀過書。一年前，楊婆母子搬走，不知去向。微臣可以繼續調查下去。」

「不急，此事……以後再說吧。」韓孺子明白，楊奉提前安排妻子搬離，大概就是不想讓皇帝找到他們。

金純忠告退，韓孺子坐在帳中思考。

最簡單的做法是雷霆一怒，直接抓人，快速而有效，名聲也佳，可是到底能維持多久卻很難說，地方官員和將領總有辦法曲解皇帝的旨意，繼續從中撈好處，被抓者不過是倒霉蛋。

最重要的是，朝廷將因此遭受重創。

大楚就像是一座四處漏風的危房，急需修補。為了防止房子徹底坍塌，卻不能大修大補，必須找準最重要的位置，先建立幾處支撐。

韓孺子獨自坐了將近一個下午，誰也沒見。

第二天早晨，巡狩隊伍出發，向東海國治所行進，於當晚進城。

接下來幾天，皇帝的行程與在雲夢澤差不多，親耕勸農、會見宿老、召集眾官、演練將士……忙碌而緊張，幾乎沒有休息時間。

大多數官員對此感到滿意，極少數人卻猶疑不定，預料中的驟風暴雨沒來，反而讓他們更覺不安。

第四天，皇帝宣布，要將駐蹕時間由五日延長為十日，他要親赴船塢，觀看新船下水，並且正式任命新的水軍將領。

皇帝似乎不想再提黃普公，那是他提拔的大將，結果卻兵敗投敵，實在是一件很沒臉面的事情。

這回改由兵部按正常程序選將，兵部推薦了三個人，一位是在雲夢澤立過戰功的邵克儉，一位是熟悉水戰的老將軍狄開，還有一位是隨行將領陳囂。

皇帝全都接受，眼下水軍規模不大，很快就會擴充，三人皆可為將，但他沒有指定統領整支水軍的大將。

黃普公一事剛剛發生，皇帝謹慎一些的確沒錯。

停留在東海國的第八天，瞿子晰最先忍耐不住，他求見皇帝，希望問個清楚。

皇帝巡狩力行節儉，不准新建宮館，行宮就設在城內的一座空宅子裡。此宅原本屬於一位富商，佔地不小，足夠容納皇帝的隨從隊伍，離國相府比較遠，無需比較誰好誰差。

時值初冬，瞿子晰走進宅院，見不到多少皇帝居住此地的跡象，只是來往的太監稍多一些，許多擺設還顯露出明顯的商人氣息。

瞿子晰忍不住想，無論如何，皇帝畢竟不是昏君，他想做大事，只是手段還顯生澀，沒能得到朝廷的認可與全力支持。

瞿子晰心中更覺羞愧。

皇帝喜歡在書房裡見客，這裡的書都是他帶來的，瞿子晰進來的時候，皇帝正在看一本書。

韓孺子放下書，示意瞿子晰坐下，問道：「皇帝經常向大臣低頭吧？」

瞿子晰一驚，站了起來。

韓孺子笑著擺手，「瞿先生不要誤解，朕看史書，發現歷代皆有君臣矛盾，因此一問。」

瞿子晰稍稍安心，「皇帝怎麼會向大臣低頭？史書中應該記載得很清楚，最後低頭的都是大臣。」

「表面看來確實如此。比如本朝，從太祖定鼎之初就說要輕法省刑，之後的皇帝也都這麼說，還處置過不少酷吏。」

「大楚講慈孝，與前朝相比，的確減輕了許多刑法。」

「可有一件事相當奇怪，減來減去，為什麼後來的皇帝還是在詔書中說刑法太重呢？到底減在哪了？朕不由得懷疑，許多減輕的刑法，後來又都恢復了原樣，史書中卻沒有記載。」韓孺子拍拍手邊的書，「皇帝讓大臣低頭，都記在了史書裡，大臣讓皇帝低頭，卻在史書之外，悄無聲息，只留下一點點破綻。」

瞿子晰沉默不語。

韓孺子繼續道：「瞿大人當官，是為國？為民？為君？為家？為己？」

「為一腔正氣。」

「好，眼下有樁大案，瞿大人以『一腔正氣』觀之，看看該如何處置。」韓孺子指著桌上的一厚疊文書。

瞿子晰求見皇帝，沒想到皇帝早有準備，他困惑地走到桌前，先行禮，隨後拿起文書一份份瀏覽，越看越驚、越看越怒。

地方軍營倒賣人口的事實清清楚楚地寫在裡面，雖然還沒有直接證據，但要說兵部毫不知情，瞿子晰一點也不相信。

「原來這就是朝廷所要保護的『規矩』。」瞿子晰羞怒交加，虧得自己還為是否保護兵部猶豫多日。

他終於決定說出全部真相。

韓孺子等著，他迫切需要先建立一根支撐，再修繕破舊之屋。

第四百七十七章 傳染的不安

國相燕康這幾天有些心神不寧，皇帝已經駐蹕九天，卻遲遲不提黃普公投敵之事，也不對「陷害者」陸大鵬下手，好像將整件事忘得乾乾淨淨，這可不像皇帝一向的行事風格。

燕康將兒子燕朋師叫來。

燕朋師是在宿衛軍中跟著皇帝一塊回來的，當初離家的時候，他信心滿滿，覺得自己一定能成為新任水軍大將，結果卻只是一名普通的將領，這讓他既失望又羞慚萬分。見兒子一副沒精打采的樣子，燕康沉下臉，喝道：「家裡又沒死人，擺什麼臉色？」

燕朋師苦笑道：「父親，我怎麼笑得出來？皇帝在東海國家門口任命三人為水軍將領，我連候選資格都沒有，這不是……這不是公開在我的臉上狠狠搧了一巴掌嗎？」

「那是皇帝，打你的臉你也得笑著承受。」

燕朋師笑得更尷尬，「我笑還不行嗎？反正被打臉的又不只我一個，黃普公投敵，皇帝的臉……」

「閉嘴。」燕康怒聲道，走到門口看了看，雖在自家，也不敢大意，「當初我就不應該同意這件事，早點將黃普公除掉，反而少了些麻煩。」

「不給皇帝一點教訓……」燕朋師強壓怒火，用緩和的語氣說道：「總得有人讓皇帝明白，他自己選的將領不可靠。而且哪來的麻煩？一切都在計畫之中，皇帝瞧不出破綻。陸大鵬不會反悔吧？」

「他沒這個膽子。」燕康對本國人很有把握，想了一會，說：「你去兵部張侍郎那裡探探口風，我現在不好再去見他。」

「探什麼口風？」燕朋師雖然失落，卻不覺得會有危險。

「跟他隨便聊聊，把他說的話記住，回來告訴我。」燕康看著英俊的兒子，心中暗暗搖頭，兒子足夠聰明，可是在東海國待得太久，早已習慣唯我獨尊，到了勳貴遍地的京城，不免四處碰壁，早知如此，就該一早將兒子送到京城歷練。

「好吧。」燕朋師勉強同意，心裡自有計較。

皇帝一到，兵部侍郎張擎便成為隨行官員之一，與其他官員一樣，住在臨時行宮附近，隨傳隨到。燕康不好公開前去拜訪，身為宿衛將領的燕朋師卻可以自由進出，不受關注。

兵部最近比較忙，不過燕朋師還是順利見到了張擎。

燕張兩家算是世交，關係非同一般，張擎將燕朋師帶到自己的住處，在客廳裡命人上茶，笑道：「最近也是真忙，世侄回來好幾天，咱們也沒機會見個面。」

「是啊。」燕朋師隨口敷衍，僕人一退出去，他就放下茶杯，皺眉問道：「張大人，別怪我心直口快，皇帝選水軍將領的時候，兵部為何不肯推薦我？皇帝同不同意再說，起碼讓我臉上過得去啊。」

張擎笑道：「原來世侄為這件事惱火。你得體諒一下，兵部也有難處，明知陛下正在氣頭上，怎麼好去拔虎鬚？何況世侄若是得到推薦而不被選中，更加難堪。世侄一表人才，今後必有大用，何必急於一時？」

兵部侍郎不是小官，燕朋師不敢表現得太過分，勉強點頭，「張大人說得也對，我就是……唉，嚥不下這口氣。對了，張大人，陛下那邊是怎麼想的？不會有意外吧？」

「不會。」張擎笑著搖頭，「陛下明顯是要在駐蹕的最後一天降旨，不給下面爭論的機會，這樣也好，省下許多麻煩。世侄放心，回去告訴你父親，一切都在掌握之中，一旦陸都尉認罪，萬事大吉，剩下的事情兵部自會處理。」

燕朋師拱手，「那就多謝了，燕家不會忘記大人的恩情。」

張擎親自將燕朋師送到房門口，看著世侄的背影遠去，臉上的笑容慢慢消失，喃喃道：「皇帝給的氣都嚥不下去……燕家這是自尋死路啊。」

張擎遠遠沒有表面上那麼鎮定，皇帝遲遲沒有動作，他也很慌張，見過燕朋師後，派人去請御史台的南直勁，聲稱一份文書有點小問題，需要核對一下。

南直勁很快到來，張擎盯著他不放，半天沒說一個字。

「大人找我有事？」南直勁先開口。

屋子裡沒有外人，張擎微微皺起眉頭，「還能看到南兄自由自在，我真是……既欣慰又疑惑。」

南直勁笑了一下，「欣慰就夠了，何必疑惑？」

張擎搖搖頭，「事情還沒結束，不得不疑惑啊，最近發生的一件事，讓我很不安。」

「何事？」

「說來也是意想不到，陛下身邊的金純忠，前些日子不知為何突然去了一趟湖縣，在城內四處打探。」

「金玄衣乃陛下最信任的爪牙之一，搜尋情報是他的分內之職，據我得到的消息，他可能是在尋找前中常侍楊奉的家人，陛下很在意這名太監。」

「如此說來，倒也不是什麼大事，可湖縣的一位豪傑，唉，其實是個笨蛋，會錯了意，以為自己受到了注意，竟然主動收買金純忠。」

南直勁問道：「湖縣的一位豪傑，怕就怕了，與兵部和朝廷有什麼關係？」

「此人與朝中官員多有結交，又愛吹牛，就怕他胡說八道，金純忠當了真，說給陛下，陛下也當真，那就麻煩了。」

南直勁也皺起眉頭，「金純忠被收買了嗎？」

張擎點頭，「一開始他不願意，後來還是沒過美人關，收了十萬兩銀子，帶走一名侍妾。金純忠是歸義侯之子，當然喜歡這些。」

「大人見過金純忠？」南直勁平淡地問。

「昨天見了一面。」

「覺得他怎麼樣？」

「還好吧，動貴子弟，仗著妹妹是不在冊的貴妃，有點驕傲。這種人我見多了，還是挺好打交道的，就是胃口有點大，又提出不少要求。」張擎覺得沒問題，金純忠要得越多，他越放心。

南直勁也點點頭，「那就沒什麼可擔心的了，耐心等候吧。」

「燕家有點不鎮定。」張擎道。

「他們聽說什麼了？」

「沒有，陛下遲遲沒有動作，他們擔心夜長夢多。」張擎又一次盯著南直勁，「老實說，連我也有一點擔心，南大人消息靈通，陛下究竟是怎麼想的？」

「與其猜測陛下是怎麼想的，不如揣摩陛下的為人，陛下天性多疑，且又好大喜功，不到極有把握的時候，不肯輕易動手。他此時按兵不動，是在收攏本地軍隊。」

張擎驚訝地說：「陛下怕有人造反嗎？這個……不可能吧。」

「陛下從軍中再興，相信將士甚於朝廷，自陛下來到東海國後，所作所為大都與軍務有關，無非是要一個心裡踏實，咱們都覺得不會再有造反這種事，陛下未必這麼想。」

張擎長出一口氣，覺得南直勁說得有理，「如果是這樣，那我就放心了。」

南直勁拱手告辭，「就算又一次訣別吧，張大人不要再找我，以防引來猜疑，對你不是好事。」

心情放鬆後，張擎的態度緩和許多，起身道：「南兄莫怪，明天是陛下駐蹕的最後一天，應該會有結果，我不會再麻煩南兄。」

南直勁告辭，說服了張擎，他的心裡卻開始不安，這種不安早已產生，如今越來越強烈，尤其是金純忠一事，讓他看到了一個極大的威脅。

當了多年中書舍人，南直勁對各部司的一些不法行為都有耳聞，但他從來不過問，以為這是朝廷固有的一部分規矩。可他知道，皇帝，尤其是當今皇帝，絕不會認可這部分的規矩。

他更知道，金純忠不像是會被收買的人。

他沒回住處，徑直求見右巡御史瞿子晰。

瞿子晰正在處理公文，頭也不抬地問：「有事？」

南直勁等了一會，說：「沒事。」

瞿子晰抬起頭。

一位是年富力強、冉冉升起的朝中大員，一位是垂垂老矣，卻不肯服輸的小小官吏，這時卻像無事生非的街頭混混一樣，冷冷地對視，揣摩對方的底細，決定是否出手。

「瞿大人都說了？」南直勁問。

瞿子晰沒有回答，對自己沒能保守祕密感到惱火，但他的確不擅長做這種事。

「朝廷即將刮起腥風血雨，這就是瞿大人想看到的？」

瞿子晰向前探身，「朝廷、朝廷，你心中只有朝廷，沒有天下嗎？南直勁，朝廷腐壞的程度比我預想得還深。如果你知情，那就是為虎作倀；如果你不知情，就是愚昧無知。我決定站在陛下這邊，即使得不到百官的支持，也要一鬥到底。」

南直勁平靜地聽著，突然露出微笑，「瞿大人就是陛下需要的宰相，你會做得長久。」

瞿子晰厭惡再受到這種操縱，挺身道：「你錯了，我已經向陛下提出請求，也得到了同意。我會一直留在御史台，為陛下監督百官，至於宰相，陛下自會另選他人。」

南直勁臉色微變，隨後搖頭，「暫時而已，陛下選來選去，還是會選中瞿大人。」

「你還以為自己瞭解陛下的心思嗎？」瞿子晰同情地搖搖頭，「陛下會讓你意外的。」

南直勁默不作聲，神情卻顯示，他仍然相信一切盡在預料之中。

瞿子晰不想再多說什麼，昂首道：「南大人請回，你是御史，先把自己的活做好，接下來很長一段時期，御史台都會很忙。你也會。」

右巡御史的話讓南直勁一愣，他已做好慷慨赴義的準備，怎麼還會有「很長一段時期」？

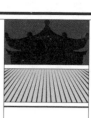

第四百七十八章 放虎歸山

欒凱有個習慣，每到吃飯的時候，必搶別人面前的食物，同時還要怒目而視。他武功高、脾氣古怪，沒人願意惹他，可是都感到奇怪，欒凱平時明明是個極為隨和的人，挨罵也不生氣，跟大家一塊笑，唯獨一見到食物就變了性子。

有人在他吃完飯後問過他原因，欒凱茫然回道：「不都是這麼搶飯嗎？你們竟然各吃各的，真是奇怪，還能吃出滋味嗎？」

欒凱從小生活在雲夢澤，在那裡，只有性子狠暴的人才能活得好。欒凱並不明白狠暴的含義，只知道自己做出凶狠的樣子就能得到欒半雄的賞識，而欒半雄又總是在吃飯的時候出現，以顯示自己是眾人的衣食父母，於是欒凱養成了「搶飯」的習慣。

他現在是劍戟營的一名普通士兵，連侍衛都算不上，但不用參加警戒，每日不是行軍、就是與其他人一塊練功，在侍衛們臨時需要人手的時候前去幫忙。

副都尉王赫來的時候，欒凱正在搶飯，那人被連搶了三天，心中不滿，而且也想試試欒凱的功夫，於是較量起來。

兩人都是同樣的姿勢，左手托碗，盡量轉往身後，右手在前，以拳掌搏鬥，欒凱怒目而視，那人卻是凝神屏息、全力以赴。其他人看熱鬧，起鬨叫好，見到王赫進來，立刻噤聲，與欒凱搏鬥的士兵也要收手。

王赫擺擺手，示意他可以繼續。

欒凱也看到了王赫，根本不在意，趁著對方稍一分神，右手閃電般探出，將那人拽往自己身邊，擦身而過時，隨手奪過一碗飯菜，左右睥睨幾眼，回到自己座位上，抱著兩只碗埋頭大吃。

被奪飯者很不服氣，又得到上司暗示，大步走來，「欒凱，你趁我不備才贏了半招，不公平，咱們再打。」

欒凱仍然埋頭，嘴裡嚼飯，含糊地說：「再打？」

「再打，公平比武，誰也……」

那人話未說完，欒凱坐在凳子上一腳踢出，上半身卻不動，仍是一手護食，一手往嘴裡扒拉飯菜。

這一腳來無影去無蹤，距離又近，那人全無防備，只能以雙手阻擋、順勢後跳，落地之後站立不穩，踉蹌後退，終於一屁股坐倒。當著上司的面，那人更不服氣，惱羞成怒，一躍而起，又要衝上去，這回不打算說話，直接開打。

王赫只想看看欒凱的身手，不想引起是非，抬手阻止那人，走到欒凱對面坐下。

屋中恢復正常，宿衛營不缺食物，被搶者又盛了一碗，與同伴坐在一起，接受大家的輕聲嘲笑。

劍戟營副都尉本人在場，離他最遠的士兵也覺得不太自在，吃飯時盡量小聲，離他最近的欒凱卻不在乎，專心吃飯，風捲殘雲，好像這是牢中的最後一頓飯。

別人一碗飯才吃一半，欒凱兩大碗飯都吃光了，挺起身子，肆無忌憚地打個飽嗝，長長地吐出一股氣，拍拍肚子，心滿意足，笑呵呵地看著王赫，似乎在等待對方的表揚。

王赫不得不後仰一些，以躲避撲面而來的氣息，說道：「飯量不小。」

「不比從前了。」二十來歲的欒凱模仿老江湖的語氣，「想當年，這點飯菜只能墊個底。」

「現在怎麼不吃了？」

一個極簡單的問題也能讓欒凱皺眉撓頭，想了一會，「這裡的飯菜油水太多，吃完不餓啊。」

宿衛軍的地位比南、北軍還要高一點，劍戟營在八營當中更是獨尊，普通士兵當中也有不少勳貴後代，伙食自然不差。雖然與別的軍營一樣，也是一只大碗同時盛飯盛菜，可飯是白米飯，菜裡葷多素少，的確耐飢。

王赫笑了一聲，起身道：「跟我來。」

欒凱也不問原因，起身跟上去，經過剛才的對手時，在那人頭上拍了一下，笑道：「有意思，同樣的飯菜，盛在你碗裡，就比我碗裡的香。」

那人又沒防備，差點一頭栽在飯碗裡，急忙抬起頭，滿臉通紅的看著欒凱和上司離開，向同伴們苦笑道：「欒凱是我兒子，教子無方，讓大家笑話了。」

眾人大笑，那人打不過欒凱，只能在嘴上討些便宜。

王赫將欒凱帶到自己房中，盯著他瞧了又瞧，心中猶豫不決。

欒凱看不懂別人的神情，在屋子裡四處打量，「你住的地方比我的好。」

「因為我是官，你是士兵，當然要有區別。」

欒凱點頭，說道：「就跟寨子裡一樣，寨主住最大的房子，吃最好的飯菜，擁有的女人也最多，在咱們這，你就是寨主。」

「我可不是寨主。」王赫笑道。

「對，皇帝才是寨主，你算第幾把交椅？」

「我算……我們沒有交椅，我是劍戟營副都尉，從四品武職。」

「那就是第四把交椅。」欒凱只明白一個「四」字，自動得出結論，「還算不錯。」

「從前在雲夢澤，你能排第幾？」王赫問道。

欒凱傻笑了幾聲，「我還沒排上，欒半雄那個狗雜種說，要等我多立幾次功勞才給我位置。」

自從得知欒半雄殺父奪子之後，欒凱就恨上了義父。

此子倒是愛憎分明，王赫想了又想，說：「眼下有一份功勞，你若能做成，加官晉爵，不再是普通士兵。」

「能，說吧，要殺誰？」欒凱問都不問，在他看來，立功就是殺人。

王赫搖頭，「這回不是殺人，是救人。」

「我又不是郎中，怎麼救人？」

「我問你，雲夢澤與東海群盜往來多嗎？」

「還行吧，一年下來，總能互相贈送幾次禮物，不是給我，是給狗雜種欒半雄。」

「你認得東海的人嗎？」

欒凱搖頭，「海上的人說話怪裡怪氣，我不喜歡。」

「雲夢澤被攻破的時候，一部分人逃入海上，這些人你總認識吧。」

「你得說出名字來，雲夢澤那麼多人，我哪知道認不認得？」

王赫從桌上找出一張紙，找了一會，念出一連串名字，欒凱聽著，突然道：「這個人我認識，武游是狗雜種欒半雄的拜把子兄弟，總說不求同生但願共死，我還以為他死了呢，原來跑到海上去了。」

「嗯，武游逃到海上去了，夥同群盜，抓了大楚的一名將軍。」

「呵呵，他倒挺厲害，就是不夠義氣，說好一起死，卻自個兒跑了。」

「這位將軍叫黃普公，是陛下欣賞的人，你能去一趟海上，把他救回來嗎？」

「能，把海盜殺光，把姓黃的帶回來。」

「海盜人多……」

「沒事，我一個個殺，總能殺完。」

欒凱還有一個脾氣，不允許別人懷疑他的身手，王赫只好道：「要是海盜殺了黃將軍呢？」

「那我就給他報仇，然後把他的人頭帶回來。」

「陛下要的是活人。」

「這樣啊，可有點難。」欒凱撓頭。

「所以才要你去，不是去殺人，是去談判，讓海盜將黃將軍活著放出來。」

「談判……談什麼？」欒凱一下子失去了信心，滿臉茫然。

王赫難以下決定，總覺得欒凱會壞事，可這是皇帝選中的人，他也想不出別的辦法，「對了，你要記住，黃普公是我最好的朋友，救他是我的意思，與陛下無關。」

大楚天子不能跟海盜談判，王赫本想說清楚些，轉念改了說法，以免欒凱理解不了，或者四處亂說。

欒凱抬手拍了拍王赫的肩膀，笑道：「原來如此，早說嘛，我就說皇帝喜歡的將軍，跟咱們有什麼關係？」

「你願意幫我這個忙嗎？」

「你人不錯，幫忙沒問題，就是不知道該怎麼談。」

「我寫好了一封信，你交給武游，請他轉交給海盜頭目。若對方同意，你就將黃將軍帶回來；對方不同意，你也不用多說，自己回來，別發生衝突，明白嗎？」

欒凱似乎沒太明白，王赫解釋道：「別打架、別殺人。」

「哦，明白。」

「活著回來。」

「哈哈，當官的也會說傻話，不活著怎麼回來？咦，不對，人頭能被帶回來，可身子回不來……這算回來還是沒回來？」

「連頭帶身子一塊回來才算數。」

「好，什麼時候出發？」

「即刻。」

欒凱緊緊腰帶，轉身就要走，根本不問獎賞是什麼，也不拿書信。

王赫急忙將他叫住，將信給他，又叮囑一番，然後親自帶他去碼頭，拿著水軍將領陳囂的一紙命令，調派一艘小船載送欒凱。

這是皇帝到達東海國第二天的事情，王赫望著小船遠去，心裡一點底也沒有，擔心這是放虎歸山，沒準欒凱救不回黃普公，被人勸說幾句，自己反而也投靠海盜；或者脾氣太倔，在海盜群中一言不合大打出手，當場就會被殺死。

那封信裡寫了什麼他也不知道，總覺得那更像是催命符，海盜看到之後會將黃普公一殺了之。

整整八天過去了，欒凱人沒回來，也沒有消息，王赫越發惴惴不安，明天一早皇帝就將離開東海國，整件事還一點影子都沒有呢。

駐蹕東海國的最後一天，皇帝要在碼頭上檢閱水軍，眾多官員隨行，並且破例允許百姓在遠處圍觀。

韓孺子準備得差不多了。

第四百七十九章 以民為本

碼頭外面人山人海，連房頂上都站滿了人，大家看的不是戰船與士兵，而是皇帝。雖然什麼都看不到，每個人還是努力向任何一處皇帝可能所在的位置望去。

一批新戰船加入水軍，比之前的更大、更高，船上旗幟飄揚，終於吸引了圍觀者的目光。

經過十餘天的相處與磨合，新任將領得到了水軍將士的認可，指揮得比較順暢，雖然沒有展示複雜的戰術，但是已能顯出幾分實力。

岸上搭建了三處高台供皇帝與眾官員選用，能從不同方向觀賞水軍演練，同時也是一種掩飾，不讓外人輕易看到皇帝的確切位置。

演練從清晨持續到中午，非常順利，皇帝也看得非常滿意，還連換了幾次位置，與群臣討論哪艘船個頭更大、威力更強，東海國的一些武將被叫到皇帝身邊，講解船上的裝置，氣氛融洽而熱烈。

午時過後，水軍眾將前來覆命，皇帝犒賞全軍，賜食給群臣。更當場頒旨免除東海國五年賦稅，消息由幾隊宿衛騎士傳至碼頭以外，於是分散在各處的官府公差引導圍觀眾百姓山呼萬歲，氣氛更加熱烈。

皇帝畢竟年輕，喜歡熱鬧，官員們也願意配合，東海王名義上是這裡的諸侯，率領當地眾官員連續三次向皇帝磕頭謝恩，一跪一片，碼頭外面的百姓看不到這邊的情形，卻總能恰逢其時地山呼萬歲。

韓孺子接受跪拜，忍不住想，負責調控百姓的官員今天大概會很累。
皇帝再換高台，這回只允許少數品級較高的官員跟隨，總數不到三十人。外面的歡呼聲偶爾還能傳來，皇帝卻保持沉默，臉上也沒了笑容，群臣立刻明白，熱鬧該結束了，一個個也都不作聲，眼觀鼻、鼻觀口、口觀心。
韓孺子的目光掃過眾人，開口道：「朕要向眾卿提一個問題：大楚以何為本？」
皇帝突然提出這麼嚴肅的問題，眾人都很意外，但是這個問題並不難回答，千百年來，早就留下標準答案，只不過是朝代名稱換一下。
「兵部張侍郎，你來回答。」
「回稟陛下，大楚以民為本。」張擎吃了一驚，按品級，他可不是這裡最高的，被皇帝第一個點名，有些古怪。
韓孺子嗯了一聲，又道：「東海燕國相，你的意思呢？」
燕康也吃了一驚，邁步出列，躬身回道：「以民為本，臣與張侍郎的想法一樣。」
「有別的答案嗎？」韓孺子的目光再次掃過，群臣紛紛搖頭。
「如此看來，道理人人都懂，可惜未必人人都能做到。」
張擎和燕康還沒有退回隊列，這時互相看了一眼，急忙挪開目光。
「燕國相，朕問你，家中奴僕多少？佃農多少？」
燕康一愣，不明白皇帝問這件事幹嘛，同時也稍感輕鬆，只要不是黃普公事發，他沒什麼可怕的，立刻回道：「臣多年不問家事，對此不太瞭解，估計……奴僕上百，佃農二三百口吧。」
這不算很大的數字，韓孺子沒說什麼，又問道：「東海國駐軍多少？」
這不是家事了，燕康回道：「大概一千五百餘人，東海國都尉在此，軍務可以問他。」

都尉陸大鵬站在武將隊中，身子一顫，皇帝卻沒有叫他的名字。

韓孺子向張擎問道：「一千五百人是實數，張侍郎，東海國按編該有兵多少？」

「回陛下，該有三千。」

韓孺子看向兩位大臣，「相差一半，這些兵去哪了？」

兩人又互視一眼，張擎回道：「連年多戰，北邊、雲夢澤、水軍各調去一些，再加上一些死亡，故此差額較多，不僅東海國如此，各地也都與此類似。兵部今年以來連番下文，督促各地充實兵員，又因為朝廷需要分撥錢糧推動墾荒，因此徵兵一事就緩了下來。」

這番回答無懈可擊，韓孺子的確看到過兵部的這些督促之文，甚至親自在批覆中表示，徵兵可暫緩。那時他還不知道背後有這麼多門道。

「這就奇怪了。」韓孺子話說一半，不提究竟「奇怪」在哪，停頓片刻，道：「瞿御史，你來說吧。」

「是，陛下。」瞿子晰排在文官第一位，上前兩步出列，從袖中取出幾張紙，大聲道：「我這裡有幾份文書。大概兩年前，東海國奏稱共收聚流民一萬五千七百三十七人，其中五千餘人編入軍中，在諸國郡縣中名列前茅。這是去年戶部收到的計數，東海國歸籍者九千六百餘人。這是兵部收到的計數，東海國駐軍實數一千五百二十人，兩者總計一萬一千多人，與流民之數相差四千五百多人，不知去向。」

這些奏章分別送往不同部司，時間相差幾個月，根本沒機會被擺在一起，除非刻意調查，絕不會有人想到其中的偏差。

燕康大驚，怎麼也沒想到皇帝發難居然與黃普公無關，一時不知該如何回答，只好看向張擎，尋求暗示。

張擎更驚，立刻想到了金純忠，他已經找過，金純忠不在這裡。

「流民缺衣少食，亡故得可能比較多。」張擎勉強回道。

「四千五百多人，將近總數三成，流離失所的時候沒有亡故，被官府收聚之後，卻紛紛得病死去？」瞿子晰一句話將張擎問住。

張擎獨木難支，改口道：「兵部只收集各地計數，確實不知實情，還是……還是燕國相來回答吧。」

燕康惱恨張擎的推卸，卻不敢表露出來，只得道：「確實是亡故了，東海國去年發生過一次疫情、兩次颶風，海盜也比較多，所以死得多一些。」

「傷亡如此之多，東海國可曾向朝廷上報？」瞿子晰逼問。

「臣、臣一時糊塗，以為……以為不算大事，所以……沒有上報，臣願認罪。」燕康實在沒法回答了，只好先承認有罪。

「以民為本。」韓孺子在座位上冷冷地說，「瞿御史，朕命你留在東海國，將這四千五百人找出來，活要見人，死要見屍！速查速報，不得耽誤！如有違法之人，朕許你便宜行事，二品以下官員，隨你先捕後奏。」

「遵旨，陛下。」瞿子晰領旨。

東海國除了東海王，最高官員國相也只是正三品，皇帝這一道旨意，等於將東海國整個交給了右巡御史瞿子晰。

張擎撲通跪下，終於明白過來，大事敗露，皇帝這一劍砍向的不是東海國，而是兵部、是自己。

皇帝拂袖離去，除了一些近臣，高台之上的幾十名官員都不敢跟隨，站在那裡個個噤若寒蟬。

瞿子晰再不客氣，當即宣布，國相燕康、兵部侍郎張擎由御史台扣押，其餘官員各回衙門，隨時接受查問。在朝廷另有旨意之前，東海國大事小情，全部交由御史台處理。

皇帝撥調一百名宿衛士兵給瞿子晰，方便他抓人。

除了燕康與張擎，瞿子晰抓的第一個人是東海國都尉陸大鵬。

陸大鵬早等著被抓，不過罪名卻與預料全然不同，交談不到一刻鐘，陸大鵬全線崩潰，交待了一切。原來他也做過不少枉法之事，曾經殺過一名婢女，諸多把柄都在燕康手中，為了保住家人，只得同意頂替陷害黃普公之罪。

但這不是瞿子晰想要的證詞。

陸大鵬身為東海國都尉，對軍中情況比較瞭解，交待了一切：流民入軍之後，燕家直接要走了兩千人，送到各地莊園耕田，卻撥國庫供養，再慢慢將這些人以種種理由消籍，從戶冊中消失，成為「不存在」的私奴。

這些人根本沒得選擇，莊園大都偏遠，他們無法得知朝廷的種種旨意，只知道自己吃在燕家、住在燕家，欠下一大筆債，必須留下來還清，他們根本不知道，自己已經不是大楚百姓。

另外一些人則被兵部的人要走，陸大鵬從未過問去向。

陸大鵬甚至不覺得這是多大的罪過，他自己也要走數十名士兵，以為這是該有的權力。

事實上，流失人口遠高於四千五百人，為了迎接皇帝，許多士兵都是從莊園臨時叫過來湊數的，皇帝一走，他們又得回各家去當奴隸。

瞿子晰連夜調查，允許一部分官員戴罪立功。

從兵部以至東海國，千方百計防的都是黃普公之事擴大，全沒料到皇帝從別的方向發起一擊，突然之間，黃普公是死是活、是降是戰都不重要了。

韓孺子卻沒有忘記這位大將。

當天晚上，金純忠來到大牢，手持右巡御史的命令，進入宿衛軍把守的大牢，來見燕康。燕康剛剛被審問過，慌亂之餘說了許多不該說出的話，此時失魂落魄，一看到金純忠，嚇得渾身發抖。

金純忠看著燕康，心中竟然有幾分同情，可是一想到此人所作所為，又變得厭惡，「燕康，你可知罪？」

「我、我不服，大家都這麼做，為什麼偏抓我？陛下想要查清真相，只怕天下沒有一個人能做官了。」

「這件事已經交給御史台，我只問你一句話，想要立功嗎？」

燕康一愣，「這是……這是陛下讓你來問的？」

金純忠不回答。

燕康就當是這麼回事，撲過來，隔著柵欄道：「要立功，我要立功，陛下想讓我揭發誰我都同意，就算是兵部尚書，我也能拉下來。」

金純忠冷冷地說：「朝廷的事情不用你管，你把黃將軍活著弄回來，就是大功一件。」

韓孺子的「進攻」才剛剛開始，布下一片疑雲之後，他還是要將黃普公救回來。

數十里外，被海盜扣押的欒凱，也在等這個消息，一群海盜裝成漁民，兩天前就來了，是那封信「邀請」他們來的。

第四百八十章　群盜無主

即使被當成囚犯，欒凱也改不了搶飯的習慣，而且搶的是看守者。

數名海盜裝成漁民混入碼頭附近，不敢登岸，吃住都在船上，被搶的看守罵了一句髒話，「餓死鬼投胎嗎？非得搶別人手裡的飯碗？我吃的和你一樣，都是豬食，看到沒？都一樣！」

的確一樣，一碗糙飯，配兩條鹹魚。

海盜的生活近來比較淒慘，他們的「衣食父母」是那些來往的商船、漁船，行情好的時候還能上岸劫掠，搶來的東西多，日子就好過，喝不完的酒往海裡倒，吃不完的肉隨手拋擲；搶來的東西少，就只能勒緊腰帶，有什麼吃什麼了。

近兩年來，海盜根本不敢大規模上岸，只能派幾個人偷偷摸摸地進城，不敢明搶，花錢買點必需之物，然後去遠海遊逛，看到什麼搶什麼，實在不行也只好捕魚自保。

這可不是他們想要的生活，但他們仍然聚集在一起，為的是能做一筆大買賣。

他們這次前來，就是為了查看風向，確認買賣能否做成。

「不好吃，什麼玩意？」欒凱一邊指責一邊大口吃飯，很快吃光兩碗，伸手道：「再來一碗。」

另外三名看守立刻加快動作，將剩下的飯吃光。

被搶者大怒，起身走過去，揮手就是一拳，「難吃還要？老子還餓著呢，哪來的飯？」

欒凱臉上挨了一拳，事實上，他早已鼻青臉腫，顯然經常挨打，但他不躲避也不還手，除了搶飯，平時特別老實，所以還沒有受到捆綁。

他嘿嘿一笑，「沒有油水，不經餓，所以要多吃，真沒了？」

另外三人將手中的碗倒過來，給欒凱看，齊聲道：「沒了。」

欒凱不情願地坐下，揉揉肚子，「還是皇帝那裡比較好，肉比飯多，一碗不餓、兩碗能吃飽。」

一名看守不太相信地問：「你真是侍衛？」

「跟你們說過多少遍了，我現在是小兵，等我將黃普公帶回去，就能升職當侍衛了，皇帝手下第四把交椅的大官，是我的上司。」

海盜們也分不清楚「第四把交椅」是多大的官，聽上去不小，但誰也沒好意思提出疑問。欒凱一通吹噓，說宿衛軍吃的有多好、平時有多閒。

若在從前，這些事情吸引不了海盜，可現在不同，一人沒吃飯，三人沒吃好，聽不得別人描述大魚大肉，不停地嚥口水，最後一人感慨道：「還是皇糧好一些，吃得好，還穩當……」

有人推門彎腰進艙，厲聲道：「想吃皇糧，等下輩子投胎吧，這輩子沒機會了。」

欒凱呵呵地笑，「我不用等下輩子。」

四名看守訕訕地離開。

來者四五十歲，乾瘦精悍，目光偶爾一閃，盡是戾氣。

「武游，給我帶飯來了？」欒凱問道。

武游原是雲夢澤的匪首之一，與欒半雄結拜為兄弟，跟欒凱很熟同時也極為憎恨他，斥道：「賣父求榮的逆子，還想從我這裡討食？」

欒凱不服氣，直著脖子生氣地說道：「王八蛋才賣父，狗雜種欒半雄不是我父親，就是他殺死我全家，我這是替父報仇。」

「可他將你一手養大……」

「你爹娘也將你一手養大，還是親爹親娘，你孝順他們了？我可知道，你娘是氣死的，你爹是病死的，你都不在身邊，在外面吃喝玩樂呢。」

武游張口結舌，竟然被駁得沒話說，半晌才道：「誰教你說這些話的？」

欒凱自己絕計想不出這樣的反駁，嘿嘿笑道：「楊奉那個死太監，他活著的時候，教我不少東西，說我早晚用得上，還真讓他說準了。」

欒凱背叛雲夢澤、違背江湖道義，必定會受到諸多指責，楊奉提前替他想好應對之辭，這也是為了說服欒凱本人。

欒凱記性差，唯獨將這些話背得極熟，脫口而出，「不只是你武游，這些當強盜的，有幾個真孝順父母了？不都圖自己快樂，哪管家人死活……」

「禮物呢？」

「算了，我不和你爭。」武游口才一般，說不過死太監與活欒凱，只能高掛免戰牌，「我來找你有事。」

「嗯？」

「找我有事不帶禮物嗎？你當年對狗雜種欒半雄可不是這樣的。」

武游瞭解欒凱的脾氣，在身上摸了幾下，掏出一塊碎銀子扔過去，「拿去。」

欒凱一把抓住，笑道：「謝了，說吧，啥事？」

「真是侍衛頭目王赫讓你來找我的？」

「跟你說過多少次了，當然是他。在宿衛軍裡，我只聽他的命令，別人管不著我。」欒凱得意洋洋，以為這是優待。

「那這封信呢，究竟是誰寫的？連落款都沒有。」武游拿出一封信，正是欒凱帶來的。
欒凱瞧了一眼，「我不知道，信裡寫什麼了，讓你這麼在意？」
武游本不想說，想想還是開口道：「寫信的人很狂，邀請我們來看水軍演練……」
「原來昨天外面的響聲是這麼回事，那幾個混蛋，居然對我說是漁民賣魚，不讓我出去觀看。」
「寫信者還發出威脅，說數月內必將肅清東海，海上群豪要麼投降，要麼遠走高飛。」
「要我說，投降算了，跟我一塊給皇帝當差，不是挺好？」
武游冷笑一聲，欒凱能當差，他可當不了，就算免去死罪，也要在牢裡過一輩子。
信裡的內容不只這些，武游沒再說下去，「王赫沒提過這封信是誰寫的？」
「沒有、沒有，還要我說多少遍？」
又有一名強盜進艙，是海盜的頭目之一，名叫林阿順。又矮又壯，站在船上倒是穩當，冷著臉，「問清楚了？是皇帝親筆信嗎？」
「這個傢伙什麼都不知道。」武游回道，在林阿順面前，他是客人。
林阿順臉色更加陰沉，「怎麼辦？官府水軍沒了一支還有一支，燕家也完蛋了，沒人給咱們通風報信，以後的仗沒法打。」
「大家都是英雄豪傑，怕死、怕官就別當強盜。」武游還想堅持。
欒凱插口道：「你不怕死、不怕官，怎麼從雲夢澤跑了呢？和狗雜種欒半雄一塊送死啊。」
武游狠狠瞪了欒凱一眼。
林阿順道：「信裡的提議其實可以考慮。」
「投降，還是遠走高飛？」
「都不是，另一個。」

武游拿起信，信裡還指出一條出路，「拿黃普公換一艘大船？」
林阿順點頭，「有了官府造的大船，咱們就能遠走高飛了，據說南方有不少富庶之島，搶誰不是搶？」
「當心這是詭計。」
「那怎麼辦？燕家派人來了，說三天之內若不給回信，水軍就將出港給黃普公報仇。」
武游沉吟片刻，罵了一句，「乾脆，捨得一身剮，敢把皇帝拉下馬，一切事情都是狗皇帝指使……」
「不准說『狗皇帝』。」欒凱怒道。
「怎麼，你現在也是朝廷忠犬了？」武游冷冷地說。
「忠個屁，欒半雄是狗雜種，豈不成了狗皇帝的雜種？歲數可配不上。」
武游忍了又忍，沒說什麼，繼續對林阿順道：「海上豪傑好不容易聚在一起，回去一說換船，立刻就會四分五裂，莫不如冒把險，多派高手一塊去刺殺皇帝，成了，從此再無後患；不成，也能名揚天下！」
林阿順猶豫不決，外面突然有人進來，一名出去探風的強盜回來了，「皇帝走了。」
「走了？」
「嗯，清晨出發，說是早就定下的日子。」
「水軍呢？」
「水軍沒動，但是開始向外派船了，我不敢靠近。」
「皇帝走了，誰在處理燕家的事？」
「一個叫右巡御史的官，據說是皇帝親信。城裡城外都轟動了，說燕家變兵為奴、私藏人口，這回徹底毀了。皇帝要回那些士兵，水軍是不是就更強了？」
林阿順沒法回答，看向武游。
刺駕計畫還沒實施就失敗了，武游臉色不太好看，「回去與其他首領商量一下吧。」

「官府只給三天時間。」
「燕家不是派人來了嗎？讓他回去告訴官府，多等兩天，官府要是連這都不同意，也不用談了。」
林阿順沒別的辦法，只好同意，下令開船回島。
黃普公兵敗之後，水軍有一段時間沒有出港，海盜得以重拾失地，分散躲在幾個近海的島嶼上。回來之後，林阿順立刻派人去邀請各島首領。
黃普公也在其中，表面上他是群盜的大首領，其實是囚犯，坐在主位上，腳上卻栓著鐵鍊，比欒凱還受人忌憚。
一共幾十名頭目，聽說東海國的形勢之後，爭吵不休，幾方意見誰也說服不了誰。海盜當中自有強橫之人，絕不投降，更贊同武游的刺駕計畫，然人數不多，沒有得到其他海盜的支持，一怒之下當場退出。剩下的人還是沒法統一想法，有人想接受招安，有人想再次躲入遠海，可是對要不要拿黃普公換大船，各持己見。
黃普公聽了半天，已經明白大致形勢，開口道：「諸位聽我說一句。」
沒人搭理他，黃普公提高聲音，又喊了兩遍，終於吸引眾人的注意，「我有一個主意，能讓你們壯大勢力、不必擔心官府的剿滅，還能得到不只一條大船。」
「什麼主意？」有人問道。
黃普公目光掃過眾人，「你們劫過一些從遠方來的海上商旅，可曾聽說過極西方有一位神鬼大單于？」

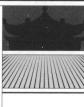

第四百八十一章 謀自己的反

韓孺子離開東海國，將後續事務全都交給瞿子晰和御史台，他總得依靠朝中的一股力量，不可能事事親為。但是一路慢行，隨時能夠接到東海國傳來的消息。

剛過東海國邊界，巡狩隊伍停下，名義上是要最後一次檢閱地方軍，實際上是給瞿子晰助陣。就是在這裡，韓孺子進行下一步計畫，頒發一連串的聖旨，其中最重要的有兩道。

一道是退兵歸農，要求各地駐軍進行一次徹底清理，允許士兵返回原籍或是前往新開荒地區落戶，根據情況免除若干年的租賦，並由官府貸給種子、耕具等物。

另一道是借奴墾荒，向天下的勳貴、富戶「借」奴，按數量給予爵位補償，無爵封爵，有爵提升，最高可到小侯，爵位已為列侯者，可以推恩給子孫，或者延續最多三代。

總之一切以農為本。

韓孺子沒法將所有勳貴統統按燕家這樣處理，必須恩威並施。這兩道聖旨是「恩」，給勳貴們放行奴隸的機會；接下來就是「威」，一是拿東海國做榜樣，從嚴處置，不僅燕家落網，其他私自蓄奴者都被抓起來，不僅得不到爵位，還要自己拿錢給官府，為超額的家奴贖身。

聖旨一道接一道地發出，宰相卓如鶴接到命令，即刻準備，三個月後進行一次全國清查，再有蓄私奴者，一律按東海國的辦法處置。

兵部尚書蔣巨英接旨，要去洛陽迎駕。

消息傳出，天下震動。

私奴不入戶籍，不用交納稅賦也不用服役當兵，對大楚來說，這是一群不存在的人，卻是眾多大家族的重要財富，自然不會輕易交出，即使皇帝「恩威並施」，大多數人仍選擇觀望。

但韓孺子的退讓卻到此為止，不想再做妥協，為了保證成功，他在暗中做了一些準備。早在十多天前，韓孺子剛到東海國的時候，就向京城發佈旨意，藉口匈奴人有異動，將南軍調往碎鐵城、北軍調往馬邑城，共同防守北疆，絕大部分宿衛軍離京來與皇帝匯合。

當時大家都以為這又是皇帝好大喜功的一個表現，現在才明白，皇帝這是有意掏空京城，只留一批手中無兵的文官，又與皇帝相隔數千里，根本無法反抗。

韓孺子的確緊張了一段時間，如此大規模的軍事調動，萬一出現意外，大楚又將陷入內戰。他留在東海國邊界，也是為了觀察事態變化。

這天上午，數名御史台的官吏來到皇帝軍營中，帶來一份右巡御史瞿子晰的命令，要帶走巡狩前驅使者王平洋。王平洋是臨淄人，但是自從攀上皇親後，在東海國添置了大批產業，也擁有不少私奴。

王平洋被嚇癱了，當眾大哭大叫，嚷著要見皇帝，被宿衛士兵直接架走。

一名御史奉命留在營中，向皇帝解釋情況。

南直勁被打個措手不及，幾天過去也沒緩過勁來。當天下午，他受到皇帝的召見。

皇帝正與幾名年輕的顧問共同擬定聖旨，還有東海王、崔騰等數名近臣守在外圍，隨時提供意見。帳篷裡人不少，說話聲音卻都很輕，偶有爭議也都迅速解決，不會沒完沒了。

南直勁站在門口，看著這一幕，知道這就是皇帝一手製造的小朝廷，與勤政殿的風格截然不同，這裡的人只為皇帝一個人服務。

他能認出大多數人，發現其中的勳貴子弟很少，經由吏部正常推薦上來的人更是一個沒有，無一不是皇帝親自選定的人。

規矩全壞了，南直勁心想。

整整一個時辰後，眾人散去，要將寫好的聖旨交給隨行的官員，分送各地。

朝廷失去了最重要的決策權，成為一個單純的執行者。

眾人經過南直勁身邊，都好奇地看一眼這名老吏，南直勁誰也不瞧，等眾人走光，只剩兩名太監、兩名侍衛的時候，他前趨幾步向皇帝磕頭。

韓孺子很疲憊，但是也很興奮，坐在桌後，說：「平身。」

南直勁起身，拱手道：「外戚王平洋違法蓄奴，御史台奉命捉拿歸案，卑職特來告知陛下，請陛下裁決。」

「王子犯法與庶民同罪，外戚也一樣，無需請示，照常執法即可。」

「是，陛下。」南直勁明白，皇帝將自己留下來還有別的原因。

韓孺子示意太監和侍衛離開，四人互望一眼，陸續退出，但都守在門外，一有異常，立刻就能進來。

韓孺子一點也不擔心南直勁會做出格的事，就像不擔心一名飽讀詩書的儒生，會突然拿起刀劍當刺客，儒生手中有筆，那才是他們最有力的兵器，南直勁的兵器則是朝廷的規矩與慣例。

「南直勁，朕這幾天頒布的旨意，你都看到了？」

「看到了，陛下。」南直勁不願撒謊，他現在是御史台的普通御史，沒資格查看全部聖旨，可他的確都看過了，一份不落、一字不差。

「你替朕揣測一下，朝中大臣以及天下大族，會遵從旨意嗎？」

「微臣曾因揣測獲罪，不敢再行此事。」

「朕赦你無罪。」

南直勁抬頭看了一眼皇帝，「陛下這是要眾人交出自家的『命』，大概不會得到太多遵從。」

「朕也是這麼想，還要問一句，按朝廷規矩，這種事該怎麼解決？放任自流？還是等大家幡然悔悟？」

南直勁無言以對，沉默良久，回道：「微臣明白陛下意欲力挽狂瀾的一片苦心，陛下不希望看到大楚慢慢衰朽，可是如此傷筋動骨，只怕大楚……衰落得更快。」

「這又是為何？」韓孺子是在真心請教，從「敵人」這裡，他能得到更多幫助。

南直勁將心一橫，拱手道：「百姓是烏合之眾，他們的喜好與支持對陛下毫無意義，所謂以民為本，應該是以『治民』為本，萬民不亂、朝廷無憂，陛下更無憂。可是靠什麼『治民』？肯定不是陛下一人所能辦到，陛下自行選用了一些人，他們是朝廷的雛形，卻沒有朝廷的穩定與經驗，依靠他們，陛下能治一郡，卻治不得天下。最終，陛下還是得用朝廷，京城的那個朝廷，正在被陛下打得七零八落的朝廷。陛下肯定能夠擊敗朝廷，卻也擊敗了自己的左膀右臂，陛下壯士斷腕，等到無手可用的時候，悔之莫及。」

「即使雙手已經不聽使喚，也要忍受？」

南直勁輕嘆一聲，「權貴之家的腐敗，的確出乎微臣預料，可壞手也比無手強，陛下……做得太急了些。」

「不得不急，你剛才說得對，朕自行選用的這些人數量太少、權力也太小，治理不了天下，只能治一郡。」

韓孺子停頓片刻，「大楚共有郡國四十七處，朕一地一地治理，大概要用四年吧。」

南直勁驚得目瞪口呆，一個字也說不出來。

「當然，朕明白，這不符合朝廷的規矩。皇帝本應高高在上，透過朝廷治理天下，如此一來，才能事半功倍。可是朕不理解，開國太祖一生都在馬上度過，即使稱帝後也是馬不停蹄，後世皇帝為何深居宮中，不肯效仿祖先？」

「大楚定鼎之初，天下不穩，各地常有叛亂，太祖不得不前往四處平亂，非其所願。」

韓孺子探身，問道：「南直勁，你覺得大楚今日的狀況比定鼎之初更穩定嗎？齊國謀逆、群匪作亂、匈奴入侵、宮變不止。凡此種種，不都是在要求皇帝離開皇宮嗎？」

南直勁再度無言以對。

韓孺子挺身，「韓氏穩坐江山百有二十餘年，已經夠久了，朕要再度『奪』得天下。」

南直勁跪下，驚訝至極，「陛下這是要……這是要……」

「嗯，我要謀自己的反。」

南直勁不敢相信自己的耳朵。

韓孺子笑道：「也沒有那麼誇張，朝廷仍會保留，朕相信，不是所有官員都沆瀣一氣，下以猛藥，朝廷還有的救。比如宰相，朕很想留下，希望卓如鶴能夠明白朕的心意。」

南直勁終於明白自己為何沒有受到處罰，又為何受到皇帝的召見。

皇帝要透過他給大臣們帶個口信。

南直勁不知該如何回答。

外面突然有人說道：「陛下，劍戟營副都尉王赫求見，說有要事。」

「宣他進來。」

王赫匆匆進帳，看了一眼南直勁，拱手道：「陛下，外面抓到五名刺客。」

「嗯。」

「刺客來自海上，為首者名叫武游，正是欒凱……經過初審得知，刺客原本更多，中途散去了一大批，據稱海上群盜決定釋放黃將軍，只是要提出條件。」

「除非見到黃將軍本人，大楚不與任何人談判。」

「是，陛下，卑職明白，卑職告退。」

王赫退出，韓孺子向南直勁道：「朕的狀況比當初的太祖要好多了，起碼能保住十步之內的安全。有人對我說，皇權只在十步以外、千里之內，既然如此，朕要離天下更近一些。」

「恕微臣斗膽直言，皇帝不是這麼當的。」

「朕不會坐視大楚衰落。」韓孺子冷冷地道，隨後緩和語氣，「不如這樣，咱們打個賭吧。」

南直勁一愣，他曾經自以為摸透了皇帝，現在才發現他連皇帝最簡單的想法都猜不透。

「趙若素之外，還有人向你告知朕的一舉一動，不管還有幾位，五天之內，朕必將他們找出來。到時候，你替朕向大臣傳話，如果找不出來，你回御史台，朕也不處罰你。」

南直勁想了好一會，「還有一位，陛下若能找出來，微臣一敗塗地，隨陛下安排。」

第四百八十二章　盯得最緊

一艘小船趁黑將欒凱送上岸，海盜頭目林阿順說：「神鬼大單于什麼的我們不關心，只要皇帝肯給我們一個名份，我們自願離開，從此不再踏進大楚地界，絕不搶劫大楚的船隻，你給皇帝講清楚。」

欒凱點點頭，「說完了？」

「嗯，就這些，快點給回信，黃普公還在……」

欒凱站在船頭，突然飛起一腳，林阿順全無防備，小腹被踢到，啊的一聲慘叫，倒飛進水裡。

林阿順身邊還有六名嘍囉，全吃了一驚。在他們的印象裡，欒凱是個打不還手的老實傢伙，雖然據說武功很高，卻從來沒有顯露過，臨到分別且肩負傳話使命時竟突然出手，著實出乎所有人的意料。

欒凱要打的卻不只是林阿順一個人，腳一落地，整個人衝過去，拳腳齊施，眨眼間就將六名嘍囉全都擊落水中，反應最快的海盜也只來得及拔出兵器，卻沒有還手的機會。

七個人在冷水中翻騰，林阿順破口大罵，威脅說回去就要殺了黃普公，欒凱全不在乎，大笑道：「王赫說不准打架，好，我聽他的，現在我要上岸了，不用再遵守他的命令。這些天我挨了不少打，把你們打下水可不夠，以後再還。」

欒凱跳上岸，大步離去。七名海盜水性都不錯，陸續爬上船，時值深秋，在水中沒待多久也凍得渾身發抖，你一言我一語地咒罵欒凱，可是也都佩服這小子的武功高得出奇。

欒凱不進城、也不見官，自己找地方躲了半夜。清晨打聽到巡狩隊伍已經離開，大概問清楚方向，一路追趕，遇到哨卡與巡邏士兵就繞路躲過去，他身手矯健，攀山涉河全都不在話下，平時吃得多，兩三天不吃飯也沒事，只是要經常勒緊腰帶。

劍戟營副都尉王赫正在睡覺，被推醒的時候嚇得差點從床上跳起來，伸手就去摸刀。

「嘿，頭兒，是我。」欒凱在黑暗中說。

王赫認出這聲音，稍稍放心，只覺得渾身汗津津的，連衣服都濕透了，隨後大怒，「你、你怎麼回來了？」

「他們讓我回來傳話。」欒凱在床邊坐下，脫掉靴子，輕輕揉腳。

王赫發現自己問錯了話，又道：「你是怎麼回來的？為什麼沒人通報？」

「通報多麻煩，我一路走，自己進來的，你的帳篷跟別人不一樣，而且位置也總是固定在一個方向，我一下子就認出來了。快去告訴皇帝，我要見他，然後給我準備一頓大餐。」

王赫鬆開握刀的手，披衣下地，點燃帳中的蠟燭，看著風塵僕僕的欒凱，又好氣又好笑，同時感到不可思議，「你早就不是強盜了，乃是劍戟營士兵，給皇帝當差幹嘛還要偷偷摸摸回來？光明正大不好嗎？」

欒凱愣了一下，繼續揉腳，嘿嘿笑道：「習慣了。」

王赫還感到後怕，這小子竟然能繞過十幾重護衛，悄悄潛入營地，萬一直接去見皇帝，麻煩可就大了。

王赫沒敢把這個念頭灌輸給欒凱，和氣地說：「你不是有宿衛腰牌嗎？有這個，宿衛營會讓你進來，用不著偷偷摸摸。拿給官府看，認得的人也會為你提供一切必要的幫助。」

欒凱摸出一塊牙牌，看了一眼，「原來這東西的用處這麼大，你怎麼早不告訴我？這兩天可把我累壞了，就喝了幾口溪水，一口飯沒吃，瞧我的腰帶，收緊了這麼多。」

「待會有你吃的，先告訴我，海盜怎麼把你放回來了？黃將軍人呢？」

「黃將軍還在海盜那邊，寫了一封信，讓我帶給皇帝，海盜還讓我捎幾句話……反正跟信裡的內容差不多。」欒凱從懷裡掏出皺巴巴的信封，遞給王赫。

王赫接過信，知道皇帝對黃普公極為重視，於是決定立刻去見駕。

穿好衣服，王赫驚魂未定，囑咐道：「你留在這裡，哪也不准去，待會我讓人給送吃的來。」

「好咧。」欒凱往王赫的床上一躺，不脫衣服也不蓋被，片刻之後，鼾聲大作。

王赫走出帳篷，立刻叫來六名侍衛守住帳篷，又叫來值夜的軍官，命令他們加強巡視，然後拿著信去找太監張有才。

張有才睡得迷迷糊糊，聽說事關黃普公，沒有多問，立刻去皇帝的帳篷，只輕輕叫了一聲，就得到回應：「稍等。」

韓孺子睡得不太踏實，這幾天他一直關注著天下各地尤其是京城的動向，沒法安然入睡，一聽到「陛下」的叫聲立刻坐了起來，他身邊的淑妃鄧芸睡得倒沉，翻了個身，嘟囔一句什麼，繼續睡。

韓孺子披衣走出帳篷，張有才輕聲道：「黃將軍那邊來信了。」

張有才幫皇帝穿好衣服，轉到旁邊的書房帳篷裡，王赫隨後跟進，雙手捧上書信。

韓孺子打開看了一遍，疑惑地抬頭，隨即又看一遍，問道：「欒凱回來了？」

「是，陛下，剛到不久。」

「帶他來見朕。」

「陛下……」王赫覺得不太妥當。

「無妨。」

王赫十分敬畏年輕的皇帝，不敢多說，立刻退下。

將熟睡中的欒凱叫醒是個力氣活，兩名侍衛上前左搖右晃，欒凱突然暴起，擊出一拳、踢出一腳，無辜的侍衛倒地，王赫急忙喝止，對欒凱道：「洗把臉，隨我去見陛下。」

欒凱這才清醒過來，看著兩名倒地的侍衛，不好意思地嘿嘿笑了兩聲，卻不道歉，「今天睡得死了，平時你們一近身，我肯定就醒了。」

侍衛起身，悻悻地拍打身上的塵土，當著上司的面不敢多說什麼。

有人端來一盆水，欒凱胡亂洗了兩下，「好了，去見皇帝吧，說起來我也好久沒見過他了。」

王赫在路上好說歹說，進入帳篷後，欒凱總算單腿跪下，叫了一聲「陛下」，不等允許，自己就站了起來。

韓孺子並不介意，仔細詢問黃普公與海盜的情況，最後問道：「你還記得海盜所在的島嶼嗎？」

「當然，我記性好著呢。」

「海況複雜，你也能找到？」

「呵呵，皇帝你別忘了，我可是在雲夢澤長大的，那裡的水勢更複雜，皇帝要去島上嗎，我給你帶路。」

韓孺子當然不會去，他要派一支軍隊去。

隨行的兵部官員被叫來，侍郎張擎在東海國入獄，剩下的官員個個心懷忐忑，被叫來的這位主事，半夜被叫醒之後嚇得面無人色，一進帳篷就跪下，皇帝連說兩遍，他才明白過來，原來是要通知水軍發動一次奇襲，臉色這才緩和下來。

在皇帝眼皮底下，誰也不敢敷衍，聖旨很快寫好，兵部盡快將聖旨轉化為具體的軍令，凌晨前發出，即使有些官員懷疑這是海盜的陷阱，也沒人敢說出口。

王赫親自帶著欒凱前往東海國，為水軍引路。

金純忠也跟著去了，他的職責不是督戰，而是談判。

韓孺子願意與海盜談判，但是只能在水軍圍島的情況下談。

天快亮了，韓孺子已無睡意，與南直勁的打賭已過去四天，再次天黑前，他得給出確切答案。

究竟還有誰在透露皇帝的想法？

黃普公的信打亂了思路，韓孺子仔細考慮了一下信中的提議，覺得這只是黃普公用來迷惑海盜的手段，他配合一下就好，一切等黃普公人回來再說。

從海上進攻極西方的神鬼大單于，韓孺子從未有過這樣的想法，對遠海的情況更是近乎一無所知。

他坐在帳篷裡，讓張有才熱了一壺酒，飲了兩杯，覺得暖和不少。

天一亮，韓孺子又開始執行皇帝的職責，召見群臣，隨後與自己選定的小圈子商議朝政。他能明顯感覺到，官員在自己面前變得越發小心翼翼，有時隨口問句話，半天得不到回應，非得點出某人的名字，才能得到模稜兩可的答案。

小圈子則是另一種情形，人人表現踴躍，都想給皇帝留下一個良好印象。

忙碌了一上午，下午韓孺子還有許多事情需要處理，只在中午有一小段空閒，他單獨召見了東海王。

東海王也在小圈子當中，但是很久沒有得到過單獨召見，所以很意外，還有一點惴惴不安，皇帝越來越難揣測，他心裡也害怕。

「在東海國，你見過譚家人了？」韓孺子笑著問道。

譚家人除了王妃都被遷到東海國，一直以來都很老實，這回的清查私奴，也沒有受到牽連。

東海王回道：「見過一次，譚家人都對陛下的寬宏大量感恩戴德。」

韓孺子並不相信，但也不會較真，沉默了一會，收起笑容，說：「只怕朕身邊還有第二個趙若素。」

東海王臉色一變，急忙道：「不是我，陛下，真的不是我……」

韓孺子揮揮手，「朕知道不是你，但是朕覺得你能猜出是誰。」

東海王神情稍緩，「陛下高看我了，真讓我說，我也只能胡亂猜測。」
韓孺子搖頭，「不對，你不是胡亂猜測，朕身邊的人，數你盯得最緊，肯定有所察覺。」
東海王的神情又變得尷尬，「陛下何出此言？我從來……從來沒盯過，更說不上盯得最緊。」
韓孺子微微露出笑容，說道：「難道你沒想過替崔太妃報仇？沒有時刻盯著朕的舉動，打算在適當的時候給予上官太后一擊？」
東海王臉色驟變，半晌才勉強擠出笑容，「原來我這點小心思，陛下……都知道了。」
「你做得不算出格，朕原諒你，但是你得就此收手了。」
「是，陛下，其實我也一直沒有出手。」
「現在你可以告訴我，你懷疑誰了吧？」
「只怕陛下不信，而且會覺得我挾有私心。」
「只要你能拿得出證據，有私心也無所謂。」韓孺子已經猜到答案了。

第四百八十三章　無心之失

東海王很清楚，自己的身份過於敏感，不可能直接報仇，只能借刀殺人，於是他暗中觀察，尋找上官太后潛在的敵人。

景耀是一個，但他對皇帝的影響過於微弱，告了一狀就再也沒有下文，令東海王十分失望。

平恩侯夫人算是半個，但她頂多能傳傳閒話，潛移默化地將慈寧太后對上官太后的好感消磨殆盡，迄今尚未成功。

東海王必須尋找更得力的幫手。

他一直冷眼旁觀皇帝的種種做法，揣測誰將興起、誰將衰落，以備未來所需。

韓孺子對此心知肚明，思考多時，覺得只有東海王能看出洩密者的破綻。

皇帝身邊的人見駕時無不小心謹慎，只有離開皇帝的視線，才會顯露出一些真實面目，韓孺子看不到，時時都在觀察的東海王卻能。

「還是要先說一句，我真的只是猜測，可能一點都不準，陛下務必查清後再做定論。」東海王比從前謹慎多了，不敢輕易在皇帝面前指控他人。

韓孺子點點頭，東海王還是不肯開口，走到桌前，拉起袖口，用右手食指在桌上輕輕寫了一個名字。

「證據呢？」韓孺子對這個名字並不意外。

東海王又寫了一個名字。
韓孺子微微皺眉，「這兩人怎麼會聯繫在一起？」
東海王笑道：「陛下可能不知道，這兩人爭寵爭得厲害。從不在陛下面前顯露，私底下卻經常打賭，我偶爾聽到一兩句，他們打賭的內容就是看誰更擅長揣摩陛下的心思。」
「他有這麼聰明？」韓孺子很是疑惑。
東海王退後兩步，「聰明的未必是他。」
韓孺子醒悟，「朕自會調查清楚，你退下吧。不要再插手宮中事務，你盯著朕，也有人盯著你。」
「是，陛下。」東海王向門口退去，實在忍不住，又說了一句，「思帝絕不是我母親毒死的，她若有這個心思，就該準備得妥妥當當，絕不會一時驚慌，讓我毫無準備地被景耀帶進皇宮。」
韓孺子點點頭，表示明白東海王的意思，但是未必贊同。
「此事不查清，宮中永無寧日。」東海王還想勸說，皇帝揮揮手，東海王只好退出帳篷。
韓孺子也對思帝之死存有疑惑，但是現在他不能查，那會惹來諸多猜疑，破壞好不容易才恢復的宮中穩定，而且毫無線索，他也沒辦法徹查到底。
這件事只能等，等朝廷穩定之後再說。

見過東海王後，韓孺子一切照常，閱讀奏章、召見顧問，忙碌個不停。
京城的回覆還沒有到來，但是已有一些地方官員送來奏章，極其委婉地表示本地私蓄奴僕的情況並不嚴重，多是一些富商所為，即將採取手段給予打擊。
官員們在保護權貴世家，也是在保護自己，萬一皇帝雷聲大雨點小，最後下不了狠手，那麼最初表現得過於積極的官員，就要遭到報復。

懲處東海國燕家，震動了天下，卻不足以表明皇帝的決心。因此韓孺子需要南直勁，這名老吏有時候比聖旨還管用，他能讓大臣們相信，皇帝真的要背水一戰。如此一來將減少許多爭鬥，「背水一戰」反而沒必要了。

眼看天色將晚，韓孺子結束這一天的事務，眾顧問告退，幾名太監收拾帳篷。

張有才問道：「陛下在這裡用膳，還是回寢帳與淑妃一塊用膳？」

「就在這裡。」

張有才立刻安排，帳篷裡很快就井然有序，飯菜也送上來了，很簡單，一碗米飯，四樣菜餚。從廚房送到這裡，要經過多次檢查，因此稍有些涼。

韓孺子很快吃完，張有才親自過來收拾碗筷，韓孺子道：「讓別人做。」

張有才讓開，示意門口的兩名太監過來，將碗筷帶走。

帳篷裡只剩下兩人，張有才東張西望，查看有無遺漏之處，韓孺子則盯著張有才。

張有才終於察覺到皇帝的注視，茫然道：「陛下……有何吩咐？」

「你猜不出來？」韓孺子問。

張有才撓撓頭，「猜不出來，陛下提個醒吧，是要某件東西，還是要見某個人？」

「聽說你最近常與人打賭？」

「打賭？我沒有……哦，是說崔騰吧，誰在陛下面前亂嚼舌頭？我們根本不是打賭，沒有賭注，怎麼能叫打賭？」張有才氣憤難平。

韓孺子微笑道：「好吧，不叫打賭，可是也有輸贏吧，說說，你是輸多還是贏多？」

張有才沒忍住，咧嘴一笑，「十次當中，我能贏七次，崔騰贏三次，至少一次要靠耍賴。」

「你們兩個為人為什麼要玩……這個遊戲？」

張有才收起笑容，有點緊張地說：「陛下，我沒做錯什麼吧？以後我再也不跟崔騰比輸贏了。」
「沒關係，朕只是好奇。」韓孺子不想嚇到張有才，盡量緩和語氣與神情。
張有才還是察覺到什麼，臉色微變，「其實……其實也沒什麼，崔騰說我……說我失寵，還說我只是一名太監，武不能打仗、文不能治國，一點用處也沒有，我說……我說誰能比我更會服侍陛下？陛下一皺眉我就知道陛下在想什麼……」
張有才聲音漸小，馬上又抬高，「我知道亂說是不對的，可那是崔騰，天天在陛下面前露臉，陛下最信任他，崔騰不會……應該不會亂傳吧？」
「不會，崔騰沒那個膽量，也沒那份聰明。」
張有才終於露出微笑，「但是我亂說也是不對的，今後我只專心服侍皇帝，不跟別人玩了。」
「無妨，玩一下沒有大礙，從什麼時候開始的？」
「是，陛下，一年多了，算起來可能快要兩年。」張有才答應著，心裡卻決定再也不跟崔騰「打賭」了。
「以後崔騰再說你，你就告訴他，皇帝連唯一的皇子都肯託付給你，這還叫失寵嗎？」
張有才笑逐顏開，「是啊，我怎麼沒想到呢？」
「因為你和惠妃都是『苦命人』，你去服侍她的時候，不覺得是在幫朕，而是在幫惠妃，對不對？」
「陛下猜我的心思，比我猜陛下的心思準多了。」
韓孺子笑了笑，「『苦命人』那麼多，我只派你一個去服侍惠妃，這就是信任。」
「我明白了，陛下，我再也不會多想了。」
「嗯，退下吧，把南直勁叫來，如果沒有要事，今天朕就不再見其他人了。」
「是，陛下。」張有才退下，腳步輕鬆許多。
韓孺子寧願相信張有才只是無心之失，十步之內，他只剩下這一名太監，實在不想將他也攆走。

南直勁很快就到了，神情恭謹，但也鎮定自若，顯然不相信皇帝真能找出洩密之人。

韓孺子先沒說洩密之事，指著已被收攏好的奏章說：「附近幾個郡縣的官員上奏，都不肯承認蓄私奴情況嚴重，好像一切問題都是東海國獨有。」

「這些奏章按理應該先送住京城，再轉給陛下。」南直勁只關心「規矩」。

「都是副本，原本正在送往京城。」韓孺子並沒有將規矩完全打破。

「陛下有心，那就沒什麼了。」南直勁還是不肯提供建議。

韓孺子沉默了一會，說：「你很久沒和洩密者聯繫了吧？」

南直勁不肯回答。

「你說洩密者只有一位，朕卻覺得不止一位。」

「確實只有一位，陛下想多了，而且此人只提供參考，微臣揣摩聖意，主要靠的還是批覆，每位皇帝的批覆都有自己的特點，摸清之後，能猜出許多事情，除非……唉。」

南直勁沒猜到皇帝會從私蓄家奴這裡著手，被打個措手不及，至今耿耿於懷。

其實這是意外，韓孺子巡狩途中才瞭解有這種事，自然沒辦法在批覆中顯露用意，「朕的特點是什麼？」

「不重要了，微臣自知死罪，已無它想。」

「咱們還打著賭呢。」

「臣不與君賭，微臣認輸便是。」

認輸，卻不肯提供幫助，南直勁用另一種方式拒絕認輸。

「別，朕正覺得有趣呢。」韓孺子重重地嗯了一聲，說出一個名字：「崔宏。」

南直勁低著頭，聲音沒有變化，「陛下是在猜，還是在問？」

「不用猜，也不用問，事情明擺著，皇后並未產下太子，崔太傅卻心甘情願交出南軍，必是另有所恃。」

「崔太傅遇刺之後身體不好，大概是真心想要退養。」
「有這個可能，但是朕有證據。」
南直勁抬頭看了一眼，「哦？」
「崔騰一直在與朕身邊的小太監張有才打賭，看誰更擅長猜測朕的心意。」
「崔二公子向來以胡鬧聞名，此舉並不能說明什麼。」
「破綻就在這裡，崔騰以胡鬧聞名，向來沒長性，與張有才的打賭卻持續多時，他可沒有這種毅力。」
「人不可貌相。」
「當然，所以將崔騰叫過來一問便知。崔騰是個糊塗蟲，與張有才一樣，都不知道自己在做什麼，但他肯定得到了父親的鼓動，朕只要一問，他什麼都會說出來。」
南直勁再度沉默。
「朕只要叫來崔騰，就不是隨便問問了，必須一查到底。崔宏要為此擔責，依靠崔家獲得任命的官員，一個也不能留。」韓孺子頓了一下，「皇后不會受到影響，但她從此與崔家再無瓜葛。」
南直勁抬頭，「陛下英明神武，何不用於天下，非要與朝臣對抗呢？」
「朝廷即朕，朝中官員的一言一行，最終都會被百姓算在朕的頭上，朕欲治天下，必先治朝廷。南直勁，你想殺身成仁，朕不會給你這個機會，你有兩條路可以走，一條是繼續擔任御史、繼續揣摩朕的心思，咱們來一番較量，看看到底是你猜得準，還是朕瞞得住；另一條是助朕一臂之力，讓大臣們明白，該是他們讓一步的時候了。」
南直勁盯著皇帝，良久方道：「陛下知道為何大臣常常虛與委蛇，不願真心幫助陛下嗎？」
「為何？」
「因為陛下的想法不長久。這不是陛下的錯，所有皇帝都是這樣。可朝廷的規矩一旦確立，卻是幾十年、上百年的事情，不變、少變的朝廷怎麼可能迎合善變、多變的陛下？」

「朕心不變，農為根本，興大楚必先興農，私蓄家奴者，朕絕不放過。」

南直勁一躬到地，「好，請陛下先從自己開始。」

第四百八十四章 一場硬仗

南直勁被皇帝逼到了絕路，就像是一名孤獨的將軍，獨自受到敵軍包圍，麾下將士非死即傷，而且被隔絕在遙遠的地方，來不及過來搭救。

敵軍卻不肯立刻發起進攻，只是圍著他打轉，像是在戲耍，又像是別有用心。

南直勁幾十歲了，是一名經驗豐富的老吏，如今卻有一點惱羞成怒，帳篷裡沒有外人，更沒有史官記錄一言一行，他帶著孤注一擲的心態，說：「請陛下先從自己開始。」

韓孺子稍作考慮，回道：「那就從朕開始。」

南直勁微微一愣，隨後冷笑一聲，「陛下真的明白微臣話中之意？」

「少府卿喬萬夫是朕選定並任命的，他整理了一份詳盡的資料，朕看到，皇帝雖是大楚天子，但是也有私產，而且每一代都在增加。一部分是為了祭祀，每有一位皇帝的牌位擺進太廟，就要劃撥一塊田地，專門用來供應每日的香火。還有一些，應該說是很大一部分是歷代皇帝自行增加的『私產』，比如東海國，有一大片海域被劃歸少府，每年上交大量珍珠，類似的產業還有許多。雲夢澤本是烈帝劃出的園苑獵場，因此原住居民才被遷出，導致其地荒蕪，後來的皇帝不愛去南方，那裡慢慢就變成了盜匪的淵藪。」

南直勁呆呆地看著皇帝，越來越感到難以理解。

韓孺子繼續道：「少府本是一個很小的衙門，吏員不過十餘人，所管理的產業都在京城附近，宮中所用皆由戶部定量劃撥給少府。成帝繼承高祖之位，大概是覺得這樣很不方便，而且皇帝好像是由朝廷供養，因此擴充少府、增設司局，將劃撥改為少府直接掌管各項產業。自此之後，少府歷代皆有擴充，武帝中期時規模最大，分派各地的吏員多達五百餘人，晚年稍有收縮，迄今還剩三百多人。至於所掌管的工匠、奴夫，不計其數。」

南直勁終於回過神來，緩緩搖頭，「陛下做不到。」

「做不到什麼？」

「將皇室產業全交出來，陛下或許還沒有完全瞭解這些產業對皇宮的重要，沒有各地的供應，皇宮養不起那麼多的太監、宮女，陛下的生活……」皇帝生活儉樸，所費不多，南直勁改口道：「太后與眾嬪妃、皇子、公主的生活都將受到影響，陛下再想隨意賞賜某人，就沒那麼容易了。」

韓孺子沉吟片刻，「的確很難，朕本想先立外再治內，你覺得朕應該首先治內？」

「這才只是第一步，縱使陛下放棄諸多產業，權貴世家也未必就會效仿。陛下還得對宗室、外戚下手，然後是身邊的寵臣，等到陛下大獲成功，陛下的追隨者也就所剩無幾了。」

「你說得很對。」韓孺子竟然真的思考起來，完全不像是在與南直勁對抗，倒像是一塊商議大事。

南直勁迷惑不解，補充道：「陛下若不能以身作則，就只能依靠酷刑峻法，這又回到最初的問題：陛下要依靠朝廷，而不是毀掉朝廷。」

「權貴與富人私蓄家奴、不落名籍，無非是為了隱瞞人口、拒交租稅，朕若是大幅減租，反對者會不會少一些？」

「會少一些，但是大楚國庫空虛，陛下若是再行減租，只怕國庫難以為繼。」

「省一省，總能堅持過去，朕不求三年、五年見效，朕規畫的是十年、二十年之後的大治。」

「這種事情微臣不大熟悉，微臣只明白一點，陛下這是在傾覆朝廷，謀……」南直勁說不下去，雖然皇帝親口說過要「謀自己的反」，他卻不能重覆。

「對，你更瞭解朝廷的規矩。朕的計畫是這樣的，供應太廟的田產保留，少府其餘產業，凡為供應稀罕之物者一律裁撤、放民開荒，至於宗室與外戚，朕會勸他們交出隱藏的產業與家奴。」

「勸？」

「朕自有主意。」韓孺子微笑道：「你可以猜上一猜，不會獲罪。」

南直勁稍一尋思，「崔家，陛下要先對崔家下手，崔宏已經將自家送到了皇帝面前。」

韓孺子點點頭，「崔宏要麼聽朕一勸，要麼按律接受嚴懲，我相信他會選擇前者。」

崔家女兒是皇后，與皇帝情投意合，崔家兒子是皇帝近臣，備受寵信，皇帝卻要拿崔家開刀，以示公正。

「陛下既然已有計畫，還留微臣做什麼？」

「你曾經猜測朕的想法，現在朕需要你猜測大臣的想法，好讓朕能打一場有準備之戰。」

「君臣之間不該有戰爭。」

「那就讓朕提前做一點準備，好『配合』大臣的想法吧。」韓孺子並不計較字眼。

「陛下何必如此？縱使成功，後世的筆也握在大臣手中，陛下難免留下……罵名。」

「非如此不可，朕既然做了皇帝，就不能讓大楚在朕手中衰落，乃至滅亡。朕寧願做史書中的千古罪人，也不做弱國昏君。」

南直勁長嘆一聲，皇帝希望透過他向大臣傳遞堅定的意志，首先他自己得相信皇帝真有破釜沉舟的決心。現在他開始相信了。

「陛下不會徹底傾覆朝廷？」

「只要得到配合，宰相還是卓如鶴，兵部尚書還是蔣巨英，崔家也還是崔家。」

南直勁再嘆一聲，「陛下容微臣考慮一天。」

「好。」

南直勁向門口退去，韓孺子補充道：「不要再想什麼『殺身成仁』，你一死，朕與朝廷之間唯一可靠的聯繫就會中斷，只能互相猜忌，朕就不得不先發制人。」

南直勁深深躬身，什麼也沒說，退出帳篷。

韓孺子長長吐出一口氣，覺得無比疲倦，他不得不打點起全副精神對付南直勁，打了一場硬仗，耗費的精力比整個白天還要多。

事實上，韓孺子還沒想那麼多、那麼遠，一些計畫是他「順勢而為」說出來的，可他最終的目的卻不是「順勢而為」，是要「逆勢」。

「天下在朕一人手中。」韓孺子喃喃自語。四下無人，他可以不再說什麼大楚江山、以民為本之類的話，這就是他的天下、他的利器。從楊奉那裡，他得知這件利器蘊藏著極其強大的威力，唯有能用者、會用者，方能發揮出來。

韓孺子握住了這柄天下無雙的利器，卻發現早已鏽蝕不堪，必須重新打磨。

「天下皆在朕一人手中。」韓孺子感到難以言喻的孤獨與驕傲。

夜已經深了，韓孺子大聲叫張有才進來，準備就在書房帳篷裡休息。

張有才很快鋪好了被褥，「陛下不再見人了嗎？」

韓孺子已經換好衣服，微笑道：「讓我猜猜——崔騰在外面？」

張有才睜大雙眼，「還好我從來沒與陛下打賭……呃，比輸贏。」

韓孺子很累，的確不想再見人，但是想了一會，還是道：「讓他進來吧。」

見崔騰不用太講究儀表，韓孺子坐在床上，雙腿蓋著被，打算待會就睡覺。

崔騰踅進來，笑呵呵地說：「陛下這就要睡啦。」
韓孺子點點頭。
張有才沒有離開，小聲道：「你跟陛下說清楚，別讓陛下誤解。」
崔騰撓撓頭，「就是一個小遊戲，真的，陛下，我們倆的嘴都很嚴，從來沒對外人洩露過一個字。」
「當然，朕相信你們兩人。」韓孺子心裡卻明白得很，所謂的外人不包括崔宏，崔太傅有的是辦法讓兒子知無不言、言無不盡。
崔騰如釋重負，對張有才道：「你差點嚇死我，我還以為自己要被燕家連累呢。」
「你一說我倒想起來了，你和燕朋師關係不錯吧？」韓孺子道。
崔騰苦著臉，「我就不該多嘴。還行吧，一塊玩過，那時覺得這小子人還不錯，沒想到他們父子二人表裡不一，不僅私蓄家奴，還設計陷害黃普公。」
御史台只查燕家變兵為奴一案，對黃普公失陷之事隻字未提，但私底下傳言甚多。
「你們崔家私蓄了多少家奴？」
「一個也沒有！」
「只要三個月之內交出來，朕不會問罪，你若是向朕隱瞞，就是辜負了朕對你的信任。」
「我是……真的不知道。」崔騰快哭出來了，真心後悔來見皇帝，「家裡的事情都是父親和幾位叔伯在管，根本不讓我過問，私蓄家奴這種事，要說崔家沒有吧，的確不太可能，但是要說究竟有多少，我得寫信問問才知道。」
「那你就寫信問問吧，告訴你父親，別亂猜，也別緊張，朕不會專門針對崔家，朕此時正需要你們崔家的支持。」
「那是當然，崔家不支持陛下，還有誰能？」崔騰又鬆了口氣。

「你們家會理解朕的一片苦心吧？」

「理解，太理解了，這些私蓄的家奴都不用交租稅，也不用當兵，大楚就因為這個才會國庫空虛。」崔騰馬上回道，這些天大家天天議論的都是這件事，他也學會了幾句。

韓孺子笑了笑，「對了，你在信中告訴太傅，朕會派一個人親自向他解釋。」

「不用這麼麻煩。」

「太傅是朕的岳父，理應受到優待。」

崔騰咧嘴而笑，「派誰去，陛下決定了嗎？」

韓孺子想了一會，「御史南直勁。」

「明白。」崔騰高興地應了一聲，全然不知南直勁的重要與敏感。

第四百八十五章　三招

南直勁晉見皇帝，行禮之後直接說道：「陛下希望微臣揣測大臣的應對之法？」

「嗯。」韓孺子身邊需要一位軍師式的人物，從前是楊奉，後來是趙若素，現在則是南直勁。

「無需揣測，不出十天，陛下將接到大量告罪請辭的奏章，陛下可以體驗一下沒有朝廷的難處。」

「朕也料到了，所以希望你能向大臣們傳遞信息：這次朕不會屈服。」

「陛下高估微臣的能力了，微臣此前揣摩陛下心思的時候，何曾違逆過陛下？無非盡力滿足陛下的需要，使得陛下忽略某方面的事情。」

「順勢而為。」韓孺子立刻想到這個詞。

「正是，順勢而為。」南直勁並不知曉這個詞的來歷，「陛下卻是要逆勢而動，微臣只能提供一點預測，別的做不到，即使微臣向大臣們指天發誓，也是沒用，他們只會相信自己的期望，而不是微臣的說辭。」

「那你就再揣測一下，大臣的請辭是真心的嗎？」

「沒人想丟掉官位，但是無路可走的時候，也只好如此。朝中此刻必然大亂，陛下遠離京城，可以為所欲為，卻也給了大臣們輾轉騰挪的餘地，他們可以隨意拉攏、硬逼、利誘，群臣將團結一致。」

「即使如此，朕也不會退讓。」韓孺子冷冷地說。

「讓群臣爭鬥，陛下居中裁決，這樣不好嗎？卓宰相上任之後多提拔世家子孫，已然得罪不少人，左察御史馮舉爭奪宰相之心並未完全消失，眾多年輕的讀書人則支持右巡御史瞿子晰，這都是朝中現成的裂痕，只因為陛下逼得太緊，這道裂痕並未擴大，反而越來越小。」

南直勁還是希望皇帝用更傳統的方法治理朝廷。

「現在的問題不是朕能否掌控朝廷，而是朝廷能否掌控天下。朕此次巡狩深有感觸，離京城越遠、朝廷的影響越弱，若非朕親臨東海國，燕家永遠不會倒。朝廷派來的人，不是被蒙在鼓裡，就是早被收買。」

南直勁沉默片刻，輔佐一位思路完全不同的皇帝，難上加難，唯有一個辦法，或許能讓皇帝做些讓步，那就是讓皇帝感覺更難。

「群臣告罪請辭只是第一步。」

「接下來呢？隨行官員也會步京城大臣的後塵嗎？」

「應該不會，只要是在陛下眼皮底下的官員，都會明哲保身，正如微臣剛才所說，陛下遠離京城，得到了自由，也給了大臣膽量。」

韓孺子笑了一聲，「你繼續說吧，大臣的第二步會是什麼？」

「軍心不穩。」

韓孺子沉默了一會，這的確是他最為擔心的事，「怎麼個不穩法？」

「陛下提前從京城調走了南、北軍與宿衛軍，這是一著好棋。可軍中將領多半是世家後代，陛下意欲收回私奴，這些人的家裡受影響最大，一旦受到父兄的鼓動，他們很可能做出點事情。」

「謀反？」

南直勁搖頭，「幾支軍隊分散各處，沒有哪一支佔據明顯優勢，彼此忌憚，應該不至於走到謀反這一步，最重要的是，他們找不出眾望所歸的人代替陛下。依微臣的經驗，軍中將領更常見的做法是告病，聲稱自己舊疾發作，沒法再帶兵。」

「文臣告罪，武將告病。」韓孺子忍不住冷笑一聲。

「正是，招數雖舊，可歷朝歷代極少有皇帝能對付得了這兩招，無非事後抓幾名為首者撒撒氣，當時卻只能選擇退讓。」

「還有嗎？就這兩招？」韓孺子問道。

南直勁看了一眼皇帝，回道：「還有一招，對京中大臣來說，這招並非根本，卻能保護他們的安全。陛下遠離京城，失去了地利，也會失去人和，如無意外，這次太后會被大臣拉攏過去，群臣告罪、告病之後，太后的求情就會來了。」

「太后會為大臣求情？」

「太后會為大楚求情，希望陛下以江山社稷為重，不要一意孤行。太后還會為自己求情，希望陛下……」

南直勁沒再說下去。

太后當然要提起母子親情。

韓孺子再度沉默，大臣的應對之法一招比一招狠準穩，他只有堅定的意志，還沒有成熟的反擊計畫。

南直勁躬身道：「陛下若覺得為難，還有轉圜的餘地，只要正常懲治燕家，收回『借奴開荒』的聖旨、改為鼓勵開荒，與朝廷原有的規畫合而為一，然後繼續巡狩，參照東海國，逐地解決問題，而不是像現在這樣囫圇吞棗。」

宰相卓如鶴一直在推進開荒，苦於人口不足，進展比較緩慢，只有雲夢澤一地情況稍好一些。

南直勁要將皇帝的旨意塞進宰相的策略之中，以此減少阻力。

韓孺子明白他的意思，也明白這的確是一個辦法，稍作思考之後，他還是搖頭，「朕心意已決。」

韓孺子必須向南直勁顯露不可動搖的意志。

南直勁嘆了口氣，「既然如此，微臣沒什麼可說的了，微臣只能揣測到這一步，但是想不出應對之策，陛下若能成功攻克這三道關卡，再說以後的事情吧。」

「多謝。」韓孺子真心說這兩個字，南直勁的難得之處是他站在大臣這邊說話，揣測的事情更尖銳，也因此可能更準確。

韓孺子得盡快想出辦法應對大臣的「三招」，單憑自己畢竟考慮不周，他迫切需要另一位「軍師」，南直勁不願做，其他人要麼不可信、要麼沒才華，韓孺子一時間還真找不出幫手。

「如果楊奉還在……」韓孺子只能嘆息一聲，接下來幾天，輪番召見隨行的顧問，希望找出一兩位可用之人，同時自己也在深思熟慮，常常熬到半夜才睡。

京中大臣的請辭奏章還沒到，黃普公先回來了。

欒凱性子有些糊塗，記憶卻極準，帶著大楚水軍，順利找到了海盜的藏身之島，金純忠親自上島談判，終於要回了黃普公。但是一大批水軍俘虜仍被扣押在島上，海盜們仍不肯就此投降，要等黃普公實現諾言。

給予眾海盜大楚水軍的名號，讓他們去遠方「進攻」神鬼大單于，這是黃普公向海盜們提出的建議，許多人真當回事了，一想到能打著大楚旗號去海外劫掠，心中興奮不已。

韓孺子可沒想同意，大楚名號至尊至重，怎麼可能給予海盜？

黃普公被連夜送到皇帝營中，沒有受到敗將的指責，反而立刻得到了召見。

韓孺子起身相迎，笑道：「黃將軍平安歸來，朕不虛此行。」

黃普公身穿普通人的衣裳，看上去又像是燕家的奴僕，立刻跪下，「敗軍之將，不值得陛下費此周折，末將無能，失陷賊中，折損大楚將士，伏乞陛下降罪。」

這些話顯然不是黃普公能想出來的，他就算有這些想法，也說不出「伏乞降罪」的話，隨行的禮部官員在發揮作用，即使對皇帝心存不滿，他們仍然盡忠職守，保證禮儀不亂。

「將軍為奸人所害，何罪之有？黃將軍平身。」韓孺子也要按「禮」回應。

君臣二人聊了一會，陪同者陸續退出，最後只剩下七八人，有太監、侍衛、將領，還有兩名官員。

黃普公畢竟是海盜出身，各方都不放心讓他單獨見皇帝。

「黃將軍既然回來了，就繼續擔任樓船將軍，統領水軍。黃將軍覺得什麼時候能再度向海盜開戰？」

黃普公拱手道：「末將在信中寫過，海盜剿之不盡，不如引向敵國。」

韓孺子微皺眉頭，「朕以為那只是營救黃將軍的權宜之計，眼下海盜猶疑不定，正是進攻的最佳時機，或可一戰而定，救出被俘的大楚將士。」

「末將在島上見過幾位被擄的西方商人，聽他們說，大楚水域與西方相通，神鬼大單于的軍隊已攻克諸多港口，但是他們不愛乘船，所以將船隻全數摧毀，禁止商人通行。末將確實覺得，由海路西進，或有奇效。」

「黃將軍相信一群海盜？他們半路上就會操持老本行，四處劫掠，南洋之中頗有向大楚進貢之國，大國怎能將禍水引向此等小國？」

「陛下如果相信末將，末將自願帶領海盜西進，只需一道聖旨，請求沿途諸島國提供給養。」

韓孺子吃了一驚，「大楚正值用人之際，朕對黃將軍寄予厚望，黃將軍為何竟要遠走？」

「末將出征之前，曾聽聞西域鄧將軍率軍出擊，說過的一句話末將頗為認可：大楚為什麼非要坐等敵人攻來呢？」

韓孺子還是搖頭，一個鄧粹就夠讓人頭疼的了，迄今沒有下文，絕不能再失去黃普公。

「黃將軍受苦多日，先去休息吧。」

黃普公跪下謝恩，「陛下既有遠慮，也該有遠招。只想不做，想得再多也是無用。」

帳篷中的人都皺起眉頭，覺得黃普公不會說話，尤其是禮部的一名小官，深深自責，覺得這都是自己的錯，沒將黃普公調教好。

韓孺子心中卻是一動，眾人退出後，他一個人沉思默想多時，考慮的不是黃普公，而是即將到來的大批請辭奏章。

黃普公想從海上出其不意地進攻神鬼大單于，朝廷一方未設防的「海域」又在哪裡？

韓孺子想起一個人，就在營中，充當皇帝的眾多顧問之一，或許可以叫過來幫忙。

第四百八十六章　辯才

康自矯剛過二十歲，出身寒門，沒有任何說得過去的背景與靠山，卻偏偏恃才傲物，因此人緣不是很好。

他去年高中榜眼，傳言都說他本應是狀元，因為卷子上的一點筆劃錯誤，與魁首失之交臂；另有一種說法，聲稱狀元早已內定，試官雞蛋裡挑骨頭，將康自矯硬生生貶為第二名。

不管怎樣，康自矯大名遠揚，比狀元還受關注。

更讓他聲名鵲起的是，放榜不久，他就給皇帝寫了一份萬言書，指點江山、點評朝臣，好像自己就是未來的宰相。萬言書不僅送交給皇帝，康自矯還留了一分副本，供人傳抄，歡迎任何人上門辯論。還真有好事之徒登門，結果全都鎩羽而歸。

康自矯越發得意，也因此越發沒人緣，同一年的進士都已外派當官，至少也能去翰林院、國子監這類的地方暫時棲身，他卻一直在吏部待職，遲遲得不到任命。

韓孺子對此人的印象不是特別好，那份萬言書他仔細看過，覺得其中太多浮誇之辭，康自矯將萬言書四處傳播，更是令韓孺子不喜，上回巡狩時沒帶康自矯，這回也是多次猶豫之後，才將其列為顧問。

康自矯能言擅辯，會議只要有他在場，別人幾乎插不上嘴，因此韓孺子很少召見他，從未有過單獨交談。

韓孺子要破例一次，覺得自己既然能容忍南直勁，不妨也給康自矯一次機會。

韓孺子做了一下安排，召見康自矯在內的五名顧問，現場交給他們一項任務，與樓船將軍黃普公辯論。

這不是朝堂之爭，比較隨意，韓孺子坐在書桌後頭，兩名太監、兩名侍衛站在身後，其他人賜凳，但是所有人都寧願不坐，既顯氣勢，也是對皇帝的尊重。

黃普公平安回來才一天，仍未換上甲衣，腰身微微佝僂，怎麼看都像是出來公幹的奴僕，對面的五人都很年輕，四人進士出身，另一人幾年前棄文從武，在軍中頗有令名。

黃普公向皇帝躬身行禮，更加詳細地講述自己的想法，「末將曾常年在海上討生活，去過南洋一帶，在那裡見過八方物產，有大楚的絲綢、紙張，也有極西方的種種珍寶，說明海路可通。末將在島上時，與幾名西方商人關在一起，聽他們說，神鬼大單于近些年來勢頭極盛，已經佔據西方的大片土地，眾多王族被迫逃亡海上。神鬼大單于因此下令禁船，凡有靠岸者，焚船殺人，不留活口，以為用這種辦法能將海上的逃亡者餓死，這說明他並不知道海上還有諸多小國，更不知道海上能與大楚相通。我知而敵不知，正可發起奇襲。」

平時最愛辯論的康自矯，今天卻一反常態，站在一邊沒出聲，一名顧問先開口道：「由海路去往西方，費時多久？」

「順風的話幾個月，算上中途停留以及招募船員，至少要一年，也可能兩年。」

「途中可安全？我聽說海上風波險惡，十船出海，平安回來的不到五成。」

「沒那麼誇張，七八成是有的，如果船隻夠大，帶隊者又經驗豐富，基本上不會出問題。」

質疑者搖頭，「一群海盜，最遠去過南海，卻要前往西方，談何經驗豐富？」

「橫行東西的航行者不多，但是一路走一路尋找嚮導，不會中斷，商船能走，水軍也行。」

另一人上前道：「假如成行，將軍準備帶多少人？」

「不必動用朝廷軍隊，只需一些船隻以及聖旨。人的話，海盜有幾千人，途中再招一些，最後應該能達到七千到一萬人。」

「費時一到兩年，可能更久，卻只有不到一萬將士能夠登岸，如果神鬼大單于真有傳說中那麼厲害，這點人能做什麼？」

黃普公微微一笑，「兵者，詭道也，在皇帝與諸位面前，我說實話：到了海上，自有另一套說辭。南洋小國會以為我帶兵十萬，到了極西方，那邊的人則會以為我有戰船千艘、雄兵數十萬，再不濟，也能牽制神鬼大單于的兵力。」

第三人上前，「這就不對了，將軍一開始說是要奇襲，如今又要虛張聲勢，神鬼大單于豈不是會有準備？沒準也會建立水軍，以逸待勞，專待將軍自投羅網。」

「還是那句話，兵者，詭道也，我這邊做好種種準備，到了戰場上隨機應變。」

第四人開口道：「海盜皆是亡命之徒，分屬不同團夥，將軍一人，又曾為海盜所俘，憑什麼服眾，能帶他們一路去往極西方開戰？」

「我就是海盜。」黃普公稍稍挺直身子，臉上帶著微笑，他知道，這件事遲早會被提起，不如自己先說出來，「諸位對海盜的瞭解都來自於傳言，我卻是親身經歷。如果說海盜與什麼人最相似，不是軍隊、不是混混無賴，而是商人。商人好利，海盜也好利，別相信那些海盜多麼勇猛、多麼凶殘的傳言，真正的海盜只打弱者，危險越小越好，除非利益夠多，不然他們不會輕易冒險。」

「黃將軍莫非是要以利誘之？可是朝廷除了船隻與名號，什麼也不能給你。」顧問瞥了一眼皇帝，相信的確如此。

「船不重要，名號就夠了，大楚在南洋的地位頗高，與西域相似，鄧將軍能組建諸國聯軍，我也能。」

康自矯終於開口，「不一樣，西域處於神鬼大單于與大楚之間，兩強相爭，西域必然先受其殃，因此願意向鄧將軍提供士兵與糧草。南洋諸國遠離紛爭，如黃將軍所言，神鬼大單于甚至有可能不知道海上有這麼多小國，諸國完全可以置身事外，為何要向將軍提供幫助？」

黃普公被問住了，猶豫片刻，「南洋那邊的情況尚不明確，可以到時候再說。」

「隨機應變？」

「對，隨機應變。」

「聽起來，黃將軍是要糾集一批海盜，拿著皇帝的聖旨、打著大楚的旗號，在海上四處招搖撞騙，成了，就去西方海上轉一圈；不成，就在南洋『討生活』，進退兩宜，大楚拿這支『水軍』可是一點辦法也沒有。事成，將軍建千古奇功；事不成，罵名皆歸大楚。」

黃普公也是棄文從武之人，嘴上並不笨，面對康自矯卻是力有未逮，臉色微紅，聲音也低了，「這個……在外打仗，總得先信任將軍，如果不相信，我說什麼也沒用。」

「朝廷要信任將軍，將軍也得努力取得朝廷的信任，孤軍遠赴萬里之外，將軍憑什麼取信於大楚朝廷？」

「呃……西域的鄧將軍如何取信於朝廷的？」黃普公反問。

「鄧將軍名門之後，人雖在外，親友家眷皆在大楚，因此得到信任。」

「這可難了，我就是一個人，連房遠親都沒有，可那些海盜一般人管不住，非得我親自跟著才行……要不然朝廷另派一位將軍，我擔任副將輔佐他，怎麼樣？」

「海盜都是你的人，朝廷就算派十位將軍，又能怎樣？還不是你說的算？」

黃普公無言以對，思忖片刻，轉向皇帝，「言已至此，末將沒什麼可說的了，一切唯請陛下裁定。」

韓孺子不是非常瞭解黃普公，說不上信任還是不信任，但他真心不想將一位大將放走，去進行一場前途難料的遠征，鄧粹那邊迄今沒有消息傳來，已經讓他很擔心。

「今天先到這裡，改日再論。」韓孺子沒做決定，但有些事情需要他馬上拿主意，大楚水軍正在海上包圍海盜，是攻是退，需要皇帝盡快下達命令。

韓孺子決定讓海盜再擔驚受怕幾天。

眾人告退，韓孺子單獨留下康自矯。

康自矯在論戰中表現不錯，獲此殊榮其他人無話可說。

「不做辯論，康卿說說自己的想法。」韓孺子說道。

康自矯畢竟是儒生，注重禮儀，拱手之姿完美無缺，回道：「黃將軍在冒險，陛下若派黃將軍出征，也是在冒險。」

「哦？朕冒什麼險？黃將軍會背叛，破壞大楚的名聲？」

康自矯搖頭，「目前來說，極西方的確有一位神鬼大單于征戰諸國、勢如破竹，也曾派使者來大楚挑釁。可是這位大單于能在西方堅持多久、究竟會不會東攻大楚，都是未知之數。蠻荒之地，梟雄時起時落，神鬼大單于並非第一位。假如未來真有威脅大楚生存的一戰，則海上遠征是陛下的深謀遠慮，也是黃將軍的千古奇功；如果沒有這一戰，或者神鬼大單于只是虛張聲勢，在西域就被攔住，則陛下免不了好大喜功的指責，黃將軍更是別有用心，乃是千古一奸臣。這才是陛下的冒險，敵強，陛下強；敵弱，陛下會很尷尬。最終結果不取決於陛下與黃將軍，取決於神鬼大單于。」

韓孺子也被說得無言以對，笑道：「康卿說得有理。」

韓孺子輕輕抬手，身後的太監與侍衛明白意思，陸續躬身退出帳篷。

皇帝端正坐姿。

剛才的辯論只是一次考驗，康自矯通過了，真正的挑戰才剛剛開始。

大臣有狠穩準的「三招」，韓孺子要聽聽一名從未有過為官經驗的榜眼如何應對。

第四百八十七章 夜飲

向皇帝告退，黃普公回到自己的帳篷裡，進去就是一愣，邀月竟然在等著他。

「妳……邀月姑娘怎麼在這？」黃普公十分意外，在他的記憶裡，邀月應該在京城，住在自己的府中。

邀月站在那裡，臉上勉強擠出一絲微笑，顯得有些緊張與侷促，「一位姓金的公子帶我來的，這是什麼地方？到處都是帳篷。」

「這裡是皇帝的巡狩營地。」

「怪不得，這麼說我離皇帝應該不遠了？」

「不遠，相隔不到半里。」

邀月的笑容自然了些，「也不知我哪來的好運氣。看到將軍無恙，我就放心了。」

「姓金的公子……是皇帝身邊的金純忠吧？」

「好像是。」

「他為什麼把妳從京城帶到這裡？」黃普公還是沒明白。

「京城是我自己離開的，金公子在湖縣幫了我一個大忙。」邀月將自己受到燕朋師威脅，追隨富商逃亡，打算來東海國探聽消息的經過說了一遍，「還好遇到金公子，否則的話我可能就陷在湖縣，再也離不開了。」

「金純忠是個好人。」一下子輪到黃普公緊張與侷促，想了想，又說：「邀月姑娘請坐。」

這是一頂普通的帳篷，擠一擠能住十名士兵，地方不大，與黃普公身上的衣服一樣簡樸，只擺著一張床和幾只箱子。邀月四處看了看，沒有坐床，而是坐在一只箱子上，抬頭看著黃普公，臉上帶著微笑，這是她多年養成的習慣。

黃普公原地轉了一圈，希望找點東西招待客人，可是除了盔甲與兵器，帳篷裡什麼也沒有，他可以命令外面的士兵去要，卻不想這麼做。

兩人對視一會，都等對方開口，結果誰也沒說話，這樣的對視不免顯得過於意味深長，於是同時挪開目光，黃普公張開嘴，還是沒話可說。

最後還是邀月笑道：「我想金公子可能是誤解了。」

「誤解什麼？」

「他以為我是將軍房中的人，其實我只是一名飄零的婢女，蒙將軍好心，為我贖身，許我暫住家中。金公子還誤解了，以為我去東海國是多了不起的事情，其實我只是逃難。」

「東海國是燕朋師的老家，逃難不應該去那裡。」黃普公得為邀月辯解一句。

「我也只是嘴上說說，並沒有不顧一切地真來東海國，沒準在湖縣住慣了，我也就不走了。對我這種人來說，哪裡都一樣，侍候男人、討好男人，無非如此。」

黃普公看向邀月，正色道：「邀月姑娘如果不嫌棄黃某性子粗鄙、年老貌醜，就……嫁給我吧。」

邀月不是那種愛臉紅的女子，只是有些意外，「若說嫌棄，也是將軍嫌棄我，將軍知道我是怎麼從京城一路到湖縣的？」

「妳既無名無份，又是身不由己，所作所為沒有錯誤。而且，妳嫁給我，也是幫我一個忙。」

「嗯？」

「我在大楚無親無友、無妻無子，得不到朝廷的信任，咱們成親之後，起碼我有了一樣。」

邀月點點頭，「原來是這樣，以將軍今日的身份與以後的前途，該選一位世家貴女為妻，將軍若是有意，留我做一名丫鬟就可以了。」

「不妨明說，成親之後我就要出海遠征。可能幾年回不來，更可能永遠也回不來，世家不會願意與我結親。邀月姑娘幫我這個忙，京城的宅子、還有皇帝的賞賜，都留給妳，妳也不必委屈自己，想怎麼生活就怎麼生活，不受束縛。」

邀月低下頭，「這麼說即使成親，我也不能隨將軍一塊出海？」

「不能，此行過於危險，我要統領的人又是一群海盜，女子不可同行。」

邀月抬起頭，笑容更多一些，卻稍顯僵硬，「我竟然能成為將軍夫人，從前的姐妹不知有多羨慕。」

黃普公當這是同意了，「妳在這裡休息，我去……給妳要點吃的。」

黃普公出帳叫來士兵，命他給帳裡的人安排酒食，自己卻沒有回去，兜了半圈，可在營中不能亂走，他只好找人幫忙。他在這裡不認識幾個人，金純忠是皇帝寵臣，黃普公不願接觸，最後只有一個選擇。

欒凱由普通士兵晉升為侍衛，獨佔一頂帳篷，很高興有客人到訪。一老一少，一個曾當過海盜，一個在雲夢澤匪窩裡長大，倒是頗為合得來，毫無緊張、侷促。

黃普公叫來食物，欒凱親自出馬，不知從哪弄來兩壺酒，兩人邊喝邊聊，興致高漲，甚至嬉笑怒罵起來。外面的士兵不明所以，還以為兩人打架，樓船將軍可不是欒凱的對手，於是探頭進來，卻見兩人笑容滿面，明顯喝得盡興，一點也不像是在鬧矛盾，尤其是黃普公，平時顯得極為老實，現在卻是神采飛揚。

離此不遠，皇帝卻享受不到兩人的輕鬆，正與康自矯一來一往地拆招。

如果諸多大臣請辭怎麼辦？

接受一部分、斥責一部分、惋惜一部分、恐嚇一部分，總之要讓群臣分化。

如果軍中將領告病怎麼辦？

讓告病者就地養病，軍隊調往其他地方，使得將離兵、兵離將，然後靜觀其變。

如果太后以孝道施壓怎麼辦？

派最受信任的人回京，親自向太后解釋原委，以大道對孝道。

這就是康自矯給出的辦法，並無出奇之處。韓孺子沒有失望，可也沒有驚喜，事情不像康自矯想像得那麼簡單，南直勁所說的問題仍然存在：皇帝遠離京城，本來應該分化的群臣，這時都會抱成團。

只有右巡御史瞿子晰支持皇帝，因為他就在皇帝身後的東海國，相隔不遠。

韓孺子結束談話，他還是找不到朝廷明顯的漏洞。

這是一場硬仗，只能憑實力與意志打下去。

天已經黑了，韓孺子回寢帳休息，淑妃鄧芸知道皇帝睡眠沒規律，因此從來不等，早早上床安歇。韓孺子躺在她身邊，一邊練功、一邊反覆琢磨即將到來的「大戰」。

康自矯有一句話說得沒錯，皇帝的所作所為最終是遠見卓識、還是好大喜功，不只取決於自己、更取決於敵人。如果忙碌一番，最後卻撲了個空，不免為天下人所笑。

韓孺子迷迷糊糊地似睡非睡，突然被鄧芸的尖叫聲驚醒了。

韓孺子側身抱住她，「淑妃、淑妃。」

「陛下？」淑妃顫聲問道，像是受到了極大的驚嚇。

外面的太監與宮女聽到聲音，立刻衝進來數人，韓孺子在鄧芸額上拭了一下，覺得沒什麼大事，「淑妃做噩夢，你們退下吧。」

鄧芸也道：「我沒事了。」

張有才等人退出。

「做什麼夢了?」韓孺子問。

鄧芸緊緊依偎在皇帝懷中，抽泣兩聲，「我、我夢到哥哥，他渾身都是血，站在我面前，向我求助……」

「日有所思夜有所夢，妳哥哥太久沒傳來消息，妳這是擔心了。鄧將軍自有主意，他敢率兵出征，肯定有把握，會平安回來的，沒準已經回到西域，消息還在路上。」

「嗯。」鄧芸仍在瑟瑟發抖，好一會才平復下來，在皇帝懷中睡著。

韓孺子卻更睡不著，鄧粹出征已久，仍未傳來消息，的確是不祥之兆。

後半夜，鄧芸睡熟，韓孺子悄悄起身，自己穿好衣靴，悄悄向外走去。

皇帝的帳篷很大，中間以厚厚的帷幔相隔，分為內外兩層，內層是皇帝與淑妃的住處，外層睡著幾名太監與宮女，隨傳隨起。

韓孺子沒有叫醒任何人，躡手躡腳地走出帳篷。

外面的侍衛可沒睡，看到皇帝出來，立刻就要下跪，韓孺子抬手制止，示意四名侍衛跟隨，其他人留下。

王赫不在，沒有侍衛敢反對皇帝的命令。

韓孺子沒有明確去處，只想在寒冷的夜風中清醒一下，於是在營中信步閒逛，也不知是誰將消息傳出，身後跟隨的侍衛越來越多，很快達到十六七人，連王赫也來了，但是沒有打擾皇帝。

營地比較安全，外圍警戒也都得到加強，王赫相信就算是欒凱也闖不進來。侍衛們跟隨皇帝，更多是為了防止一些小意外，比如某人夜裡出恭，不小心驚嚇到皇帝。

寒風吹來，韓孺子的確清醒許多，卻沒有想出什麼好主意，乾脆什麼也不想，走出一段路，突然聽到一陣笑聲。

笑聲粗獷純粹，在寂靜的夜裡顯得分外突兀，韓孺子驚訝地望去，立刻有侍衛前去查看情況。

笑聲停止，侍衛回報：「樓船將軍黃普公與侍衛欒凱深夜飲酒、違反軍令，有司正在糾察。」

「不必了，朕許他們飲酒。」韓孺子有點好奇這兩人怎麼會混在一塊，「帶朕去看看。」

侍衛一愣，不由得看向皇帝身後的王赫。

「朕在這裡。」韓孺子道。

侍衛嚇了一跳，急忙躬身，隨後側轉身，在前面帶路。

黃普公與欒凱站在帳篷門口，一個滿臉通紅，一個呵呵傻笑。

「末將一時失態，請陛下降罪。」黃普公是那個滿臉通紅的人。

「請罪的人馬上就會成群結隊地湧來，還輪不到你們。」韓孺子看著兩人，突然想起，他們都曾是強盜，如今卻為自己所用。

「皇帝要不要……喝兩杯啊？」欒凱是那個呵呵傻笑的人，也不管別人怎麼使眼色，一點也不害怕。

「為什麼不呢？」皇帝的回答讓侍衛們吃了一驚。

韓孺子繃得太緊了，需要放鬆一下，他還想問個清楚，黃普公為何非要離開大楚。

第四百八十八章 一醉

黃普公骨子裡還是一位豪傑，本來就有七八分醉意，與皇帝對面而坐，又喝下三杯酒之後，他再無顧忌。

「我為什麼要留下來呢？」黃普公反問，臉還是那麼紅，卻沒有了奴僕的謙遜與自卑，換以一種無所畏懼的灑脫，「整個朝廷也就皇帝看得上我，我留下，陛下為難，我也為難。陛下為難，因為陛下要因我而與朝廷抗爭，我為難，因為我不擅長做這種事。將我扔進戰場，我有把握給陛下回報，將我扔進朝廷，就是人為刀俎我為魚肉，連怎麼死的都不知道。」

「朕與朝廷早有矛盾，與黃將軍關係不大。」

黃普公搖頭，「那我也不想參與，陛下對我有恩，我總不能旁而觀之，可是，真的幫不上忙。」黃普公又用力搖搖頭，「把我送到海上吧，陛下，我馬上就要成親了，算是有家有室的人，她會留在大楚。」

「邀月？」韓孺子問。

黃普公點點頭，「她是好姑娘，嫁給我委屈了，所以請陛下多給些賞賜，如果今後她犯了錯，只要不是謀逆的大錯，請陛下原諒。」

韓孺子大笑，飲下一杯酒，「朕真不想讓黃將軍離開，神鬼大單于不來，天下太平；若來，大楚也不懼他。黃將軍留下也不需要做什麼，無非是領軍打仗，保證這支軍隊不要參與朝廷紛爭也就是了。」

「就當我是頭野獸吧，是陛下解開我脖子上的繩套，把我放到野外，讓我恢復野性，讓我像忠犬一樣老老實實地守在一邊，我真做不到。我就應該去海上闖蕩，只有想到明天可能遇到風暴、以至船毀人亡，我才能興奮起來。實不相瞞，在陛下營地裡待了兩天，我甚至懷念起在海盜那邊當俘虜的日子。」

韓孺子再次大笑，「黃將軍話說到這個份上，朕還能說什麼呢？來，滿飲此杯，權當是朕為將軍送行。」

君臣二人同時舉杯，正要飲下，一邊的欒凱突然拍膝而起，將旁邊幾名侍衛嚇了一跳，全都伸手握刀。

「我也要出海！」欒凱抓起酒壺，「跟黃將軍一塊出海！他是野獸，我也是啊，跟隨陛下雖說吃得好、穿得好，可是太沒意思了。」

韓孺子斜睨欒凱，「黃將軍會帶兵打仗，你除了當刺客，還能做什麼？」

欒凱茫然地想了一會，轉頭問黃普公：「我能做什麼？」

黃普公點點頭，「我還真需要這樣一個人，當我的爪牙，海盜不服管的時候，你可以幫我鎮壓一下。」

「殺人嗎？」

「嗯。」

欒凱仰脖喝光剩餘的半壺酒，將壺往地上一扔，「就是這樣！陛下，我沒老婆留下……」左右看了一眼，「王赫對我不錯，陛下有賞賜就給他吧，他要是犯錯，也別殺，等我回來。」

王赫面紅耳赤，當著皇帝的面卻不敢發作，只能怒視欒凱。其他人都憋著笑，連幾名侍衛也不例外。韓孺子招手讓欒凱坐下，與黃普公飲下杯中之酒，嘆息道：「看來朕留不住人啊。」

「天子志在四方，我等所到之處，即是大楚江山，無論走得多遠，我們都是陛下的臣子。我在海上學過一首曲子，願為陛下獻醜。」

黃普公豪性大發，向一名侍衛道：「麻煩借刀一用，權當樂器。」

侍衛看向王赫，王赫看向皇帝，得到示意之後，侍衛輕輕拔刀，雙手捧著送過去，王赫與一名侍衛上前一步，靠近皇帝。

黃普公橫刀膝上，左手拿起一根筷子，敲打刀身，幾聲之後，居然隱約有一點調子，然後他扯著嗓門唱起來，既不婉轉、也不動聽，不像曲子，更像是站在船頭對著無盡的海洋吶喊。

他用的是東海國方言，韓孺子等人聽不太懂，只明白大概意思，是說一名男子出海闖蕩，記掛著家中的父母與年輕的妻子，海上風大浪大，可是男子的志向更大，定要闖出名堂，帶著滿船的金銀回鄉。

欒凱聽了一會，竟然也拿起筷子，時不時敲擊酒杯，與黃普公的調子相和。

黃普公看他一眼，以示鼓勵。

到了下半闕，曲風一變，低沉而悲傷，男子在海上不幸遇難，同船人將死訊帶給他的家人，稱他是「乘風破浪男兒漢，縱死留魂在海間」。

一曲歌罷，帳中諸人既悲且振，胸中一股熱氣上湧，黃普公長嘆一聲，「我當了十年海盜、十年奴僕。一個極險，一個極穩，不說哪個好哪個壞，可我更適合在海上。陛下大恩大德，黃普公無以為報，只望數年之後，海上諸國不僅知道大楚，更知道我大楚天子的威名。」

黃普公離席，跪地磕頭，欒凱跟著照做。

韓孺子親手扶起兩人，「得君等二人，足以證明大楚未老。」

三人再度坐下喝酒，談天說地，韓孺子也有幾分醉意，命令侍衛們解下腰刀，也來共飲，直到天邊放亮，夜飲才告結束。

韓孺子回到帳中倒頭便睡，張有才等人才起不久，聽說昨晚的事情，都是既意外又擔心，將侍衛們指責個遍，然後給皇帝更衣，讓皇帝睡得舒服些。

淑妃鄧芸也已起床，看著熟睡中的皇帝，面帶微笑，似乎很欣賞此舉。

「淑妃娘娘，陛下醒來看到您的樣子，更不以為自己昨晚做錯了。」張有才不滿地說，只有他敢對淑妃這樣說話。

鄧芸笑道：「有什麼錯？皇帝也是人，天天繃著，誰受得了？再說陛下又不是小孩子，是對是錯自己還不知道？你們出去吧，我服侍陛下。」

張有才等人只得退出，留兩名宮女幫助淑妃。

皇帝喝醉的消息很快傳開，眾人都是大吃一驚。自從巡狩以來，皇帝每日上午先見隨行官員、再見諸多顧問，從未中斷過，偶有變化，也是皇帝要見某位重要人物，像這樣放縱的行為，可是破天荒第一次。

日上三竿，韓孺子終於醒來，一睜眼，看到了跪坐在身邊嫣然而笑的淑妃。

「什麼時候了？」韓孺子一驚，騰地坐起來，只覺得頭昏腦脹。

「快到午時了吧。陛下別急著起身，當心晃到。」淑妃扶住皇帝。

「今天的早朝……」

「大臣可以等，真有大事、要事，張有才會來叫醒陛下的。」

韓孺子長出一口氣，實在不想動，「給朕弄點水。」

「是，陛下。」鄧芸親自下床去斟茶，又叫宮女去端來早就準備好的醒酒湯。

韓孺子喝下之後，感覺舒服一些，有些歉意地說：「沒想喝酒，一時大意……」

「率性而飲，就屬這種酒最有意思，每到盡興的時候，如在雲裡霧裡，和做神仙一樣。」

韓孺子笑了笑，淑妃好酒，出巡以來卻極少碰酒。

「神仙自在，皇帝卻不得自在，朕還是做回皇帝吧。」韓孺子隨即下床，穿好衣靴，走出帳篷與張有才等人匯合。

今天的朝會氣氛有些微妙，官員們還是跟平時一樣恭謹，但是經常有人快速地瞥一眼皇帝，好像人人都在學南直勁，努力揣摩皇帝的心意。

的確沒什麼大事，於是韓孺子宣布，樓船將軍黃普公招安海盜，乘船西行，向海上諸國宣告大楚善意。

重要官員都不在，沒人反對皇帝的決定，兵部官吏接旨，立刻去擬定聖旨。

當天下午，黃普公拿到了聖旨後去找欒凱，要帶他一塊出發。此行只是招安海盜，至於何時出發還要待定，他與邀月的婚事也有許多禮節要走，沒有十天半個月無法完婚。

欒凱睡得正死，被黃普公扯耳拽起來，一臉茫然，「幹嘛？」

「出發。」

「去哪？」

「海上。」

「為什麼要去海上？」

「你不是要和我一塊出海，給我當爪牙嗎？」

「我說過嗎？什麼時候？」

「昨晚與陛下一塊喝酒的時候。」

「記不起來了，不過——走吧。」欒凱什麼也不帶，隻身跟隨黃普公出發。

韓孺子沒有送行，整個下午他都在書房帳篷裡查看奏章，不見任何人。

京城大臣的請辭奏章來了，不是很多，共有三份，分別來自不同部司，職位都在三四品，不高不低，連先鋒都算不上，只算是過來打探情況的斥候。

韓孺子壓下不做批覆，親筆寫下幾道聖旨，一道同時給禮部和兵部，要求兩部盡快弄清楚西域形勢以及將軍鄧粹的去向。一道給宗正府，要求宗正卿監督宗室子弟交出私蓄的家奴。一道給塞外的柴悅，命他即刻入關前來洛陽見駕，又有一道給隨行官員，表示三日後出發，繼續巡狩行程。

太監們將聖旨帶出，自然有官吏重新謄寫，再送還給皇帝，加蓋印璽之後，成為正式旨意，分送各方。

入夜之前，韓孺子只召見了南直勁，對他說：「你回京城吧，想對大臣們說什麼，隨你的心意。」

南直勁微微一愣，覺得今天的皇帝又有變化，越發讓人摸不準，「陛下……」

「大臣可能不會相信你，你得自己想辦法重新取得他們的信任，至於你想怎麼說朕……有一句話送給你，『乘風破浪男兒漢，縱死留魂在海間』，據說這是海盜之詩，朕拿來一用。朕在意大楚嗎？說實話，朕不知道大楚是什麼、在哪裡，人人都將之掛在嘴上，可是沒有一個人能說清楚那究竟為何物。無論如何，朕要成就一番功業，這番功業對朕來說，就是大楚，就是朕的『海間』。」

第四百八十九章 進諫

南直勁離開皇帝的第二天，大臣的待罪請辭奏章終於如同雪片般湧來，最多的時候，一天有四十餘份。

理由全都出奇地相似，先是盛讚皇帝的英明與決絕，大楚積弊已久，確實需要強力手段掃除，接下來是告罪的內容，自己都是清白的，但是親友、門生等等卻有違法之處，私蓄數量不等的家奴，最後是自責無能，愧對朝廷俸祿，甘願交出官印，待罪家中，請皇帝另選賢臣、能臣。

只有一個人的請辭奏章稍微特別一點。

宰相卓如鶴寫了一份極長的奏章，主要意思只有一個，自己面對朝廷亂象已是無能為力，他願意為皇帝效犬馬之勞，可是「髮墜齒搖、心慌意亂」，縱有捕獵之心、已無奔走之力，最後他請求親自來見皇帝，但是需要皇帝先指定一位留守大臣。

韓孺子找不到留守大臣，除了少部分閒官，三品以上大員幾乎都遞交了請辭書，只有瞿子晰一個人還在東海國苦苦支撐，據說也接到許多私信，都是勸他從眾。

韓孺子一份也沒批覆，全部留在手中，就像沒收到一樣。

南直勁走了，盯著皇帝一舉一動的人卻更多了，整個營地裡的隨行官員以及勳貴子弟，包括許多皇帝親自選定的顧問，都在揣摩皇帝的心意。

在這場狹路相逢的較量中，比的就是誰更能堅持，只要後退一步，就等於全軍潰散。韓孺子無時無刻不注意自己的言行，絕不顯露出半點猶豫，即使是在淑妃鄧芸面前，也保持著一股冷酷與滿腔鬥志。

不久之後，各地武將的告病請辭奏章也來了，沒有預料得那麼多，文官的請辭書已經達到百份以上，武將的卻只有不到二十份。

韓孺子提前將幾支軍隊從京城調走，這招影響極大，留在京城的文臣團結一致，分赴各地的武將卻各有算盤，相隔千山萬水，他們的每一步都要謹慎小心。

巡狩隊伍重新上路，按原定行程前往洛陽，出發的前一天，韓孺子再下聖旨，與請辭無關，而是加封黃普公為海西大將軍，奉使持節，統領南海、西海諸國軍務，得便宜行事，事後上報即可。

韓孺子還送給黃普公二十條兩年之內新建成的大型戰船，允許他自行在大楚兵民當中招募船員，但是期限只有一個月。

總之他給了黃普公想要的一切，憑藉這道聖旨，黃普公能帶著水軍在海上橫行無忌，唯有一點要求：大楚餘威尚在，海上諸國歡迎楚軍的到來。

巡狩隊伍在陸上緩緩西行，黃普公在海上緊鑼密鼓地準備，接受招安的海盜越來越多，少量平民與士兵也加入這支奇特的水軍，願意追隨黃普公去海上冒險。

邀月與黃普公成親之後，由官府一路護送回到京城，成為正式的將軍夫人。

黃普公的事情算是告一段落，韓孺子不再想他，專心打擊私蓄家奴的行為。一方面，他扣押了所有的請辭奏章；另一方面，巡狩路上每到一郡，必然召見七品以上的所有官員，一一責問，虛辭以對者當場免官。

金純忠和景耀分頭行動，查證當地大莊園的情況，因此韓孺子能夠心中有數。

請辭之官不予回應，貪戀官位者卻被免掉十幾名，皇帝的心思越發令大臣們捉摸不透。

重新上路半個月之後，皇帝身邊的人開始行動了，他們不敢當著皇帝的面抱成一團，而是一個一個地前來進諫。

第一位是康自矯，因為一次單獨召見，他被視為新興的「寵臣」，受到鼓動後，正式求見皇帝，要做諍臣。

隊伍行進得比較慢，下午早早紮營，韓孺子在用晚膳之前召見康自矯，不打算給他太多時間。康自矯明白皇帝的意思，因此行禮之後開門見山，「陛下巡狩在外，京城人心惶惶，百官告罪請辭，朝廷已如大廈將傾，陛下可見否？」

「請辭奏章都在朕這裡，朕當然知道。」韓孺子平靜地說，他現在要用一切手段向群臣表露自己的決心。

「微臣曾向陛下進言，面對請辭之官，可加以分化，陛下卻按兵不動，微臣斗膽進言，以為陛下不可猶豫，或進或退，都可免除一場大動蕩。」

「百官因何請辭？」韓孺子反問道。

「因陛下欲改祖制，要對朝廷大動干戈。」

「朕只是廢私奴、開荒地，與朝廷何干？」

「私奴、奴田雖不合法，歷代皇帝卻都容忍之，當成朝廷穩定的必要代價。到了陛下這裡，卻要一朝廢除，三個月之內清理完畢，此為改祖制。為官者皆欲錦衣玉食，與世家聯姻結親者早成慣例，便是自家，一旦得勢之後，也要廣置田地、多蓄奴僕，以為十世、百世無憂，然後才能專心致志為朝廷效力，陛下放奴，無異於動搖百官家中根基，此為大動干戈。」

韓孺子大笑，「時移事易，先代皇帝容忍私奴、私田，只因規模不大、影響不深。可惜人心不足，一代比一代貪婪，如今竟然連官府所養的士兵都成為私奴，朕花費大力氣安置流民，結果也送到了各家的莊園裡。不是朕與百官爭利，而是百官在與朕爭利，若是太祖、烈帝、武帝在世，還會容忍嗎？至於身後無憂，朕只放奴，並不收田，不至於讓諸家破產，他們只是不肯放棄眼前之利而已。」

「那陛下打算如何？就這麼一直拖著，等百官幡然悔悟？」別人都在揣摩皇帝心思，康自矯卻直接發問。

「朕自有主意，但是朕絕不會讓步。」

康自矯想了一會，深躬到地，起身道：「如果陛下真能堅守不退，微臣願為馬前一小卒。」

康自矯受眾人所托來向皇帝進諫，結果稍一交手他就倒戈，其實這才是他的本意，之前的勸說只是想聽聽皇帝是否明白自己在做什麼。

韓孺子微微一笑，他需要馬前卒，可也不是隨便什麼人都接納，「康卿打算怎麼做？」

「人人為利而當官，卻沒有一官肯言利，掛在嘴上的都是忠孝二字，這是他們的門面，也是他們的軟肋。微臣無權無勢、無兵無武，只有三寸不爛之舌，專戳軟肋。」

「你得到朕的許可了。」

「遵旨。」康自矯告退，當晚洋洋灑灑地又寫下一份萬言書，這回不是給皇帝看的，而是先後對百官、讀書人、天下人發聲，或指責、或勸說、或激勵，總之希望眾人支持皇帝。

此前的鼓動者都很尷尬，拒絕再與康自矯來往，萬言書沒人傳抄，康自矯就自己抄寫，專門送給那些意見相左者，他打著皇帝的旗號，對方還不敢不接。每到一縣，康自矯都將萬言書分送當地官員與讀書人，請前者賞鑑，請後者代為傳揚。

數日之後，第二位進諫者求見，同樣是在傍晚得到召見。

東海王不會開門見山，與皇帝閒聊一會，笑道：「陛下聽說了嗎？康榜眼如今得大名了，天下皆知。」

「進士三甲，皆當揚名。」韓孺子裝糊塗。

「這位康榜眼與眾不同，並非靠文章成名，而是用陛下的名義為自己造勢，人人都說他是狐假虎威，卻又不敢肯定。」

「他說朕什麼了？」

「那倒沒有，他寫了一份萬言書，言辭狂妄，然後聲稱自己是『奉旨傳書』，別人不接不行、不看不行。」

韓孺子嘆息一聲，「這是朕的錯，朕的確允許他做點事情，沒想到他抓住不放，竟然當成聖旨，可是沒辦法，君無戲言，只要不是太出格，就隨他去吧。」

東海王心領神會，笑了幾聲，「也對，一名在吏部待職的進士，能折騰出什麼？無非能得些名聲。對了，我也要向陛下告罪。」

「何罪？」

「治家不嚴之罪，我還以為自己是位清廉諸侯，可陛下降旨，要求各家三個月內交出私蓄的家奴，我得遵旨行事，於是給家裡寫信詢問情況，昨天剛接到回信。萬萬沒想到，京城沒事，東海國沒事，我在洛陽、南陽卻各有一塊地，佃農數百，其中……有幾十戶沒入籍，屬於私蓄之奴，也不知是什麼時候留下來的。我已經寫信回去，王妃很快就會派人去這兩地，讓所有人入籍，該怎麼辦就怎麼辦。」

「離三月之期還遠，你不用著急。」

「陛下不怪罪我？」

「你既遵旨，自然無罪。」

「謝陛下大恩，老實說，接到家信之後，我還真是擔心了一陣。」

「擔心什麼？」

東海王嘿嘿笑道：「擔心陛下拿我當出頭鳥，狠狠處置，以儆效尤。」

韓孺子心中一動，「大家都以為朕會虎頭蛇尾，處置幾名不得寵的大臣後，就將此事草草結束吧？」

東海王笑道：「陛下莫要見怪，陛下此舉所圖甚大，百官卻都請辭、不肯配合，此時天下人觀望，也是正常之事。」

韓孺子稍稍向前探身，「等到了洛陽，朕會讓大家明白朕有多認真。」

「不用到洛陽，我現在就看到了陛下的認真。」東海王識趣地告退，一句進諫也沒說。

韓孺子準備安歇，張有才跑進來通報，「宮裡派人來了，剛到。」

文官告罪、武將告病，太后的人也終於來了，韓孺子重振精神，說：「帶進來。」

第四百九十章 朕知道了

自從在那個寒冷的夜裡被楊奉帶走之後，韓孺子與母親漸行漸遠。

他常常想起小時候的場景，母子二人相依為命。王美人雖然讀書不多，卻盡自己最大的努力教育兒子，教他認字，教他做人的道理。

韓孺子那時最大的夢想就是永遠留在母親身邊。

他永遠都會感謝母親，但是夢想卻發生了巨大變化，他堅持出京巡狩，一部分原因就是為了躲避母親。

他還不知道該怎麼與母親打交道，好在母親迄今為止還沒有做出特別過分的事情，免去了一大難題。

如今難題終於還是來了。

慈寧太后不只寫了一封信，還派來一個人。

孟娥奉命千里迢迢來見皇帝，帶來慈寧太后與皇后兩人的書信與口信。

皇后的信內容比較簡單，主要是替崔家私蓄家奴告罪，崔宏與南直勁勾結的消息尚未公開，她沒有提及，可能並不知情。

慈寧太后的信比較長，言辭謙卑，不像是太后面對皇帝，更不像是母親對兒子說話，而是以臣子的語氣自責，聲稱自己昏聵無能，為外戚所蒙蔽，選中了王平洋這樣的人服侍皇帝，希望皇帝將王平洋押回京城，她要親自質問。

信的後半截內容是勸說，希望君臣和睦，不要發生爭鬥。

韓孺子放下信，喟然長嘆，他是皇帝，卻不能讓母親和妻子顯耀人前，甚至不能讓她們無憂無慮，他的每一個計畫都會順帶打擊外戚，崔、王兩家首當其衝。

太后的這封信將會留存在史官之府，皇帝的不孝之名只怕會被記在史書之中。

韓孺子沒有立刻召見送信來的孟娥，而是回寢帳休息，次日下午閒下來的時候，抽空讓張有才叫來孟娥。

孟娥一直留在皇后身邊，穿著、舉止與普通宮女無異，只是神情仍跟從前一樣冷漠，天天待在皇帝身邊時是這樣，分別多時也還是這樣。

這不是單獨見面，張有才等幾名太監在場，孟娥行禮，開始轉述慈寧太后與皇后的口信，「太后說，『陛下這是怎麼了？如果覺得我做得不對，直接說出來就好，何必為難王平洋？他原是商人出身，貪些小利，不懂朝廷規矩，為奸人所誤，應該沒犯什麼大罪吧？我安排王平洋隨侍陛下，原是一片好心，不料落得這樣的下場，從此再不敢給陛下引薦一人一物。王家皆是庸碌之輩，不入陛下法眼，我會將他們全送回鄉下老家，不許他們再踏進京城一步，希望陛下滿意。』」

書信要由史官記錄下來，語氣還算委婉，口信就比較直接了，孟娥語氣呆板，但是慈寧太后的怒意還是顯而易見。

張有才等人都低下頭，假裝一個字也聽不見，韓孺子嗯了一聲，示意孟娥繼續。

「皇后說，『陛下在外奔波，若有閒暇，請記得皇子與公主。』」

韓孺子也垂下頭，崔小君還是跟從前一樣，總是站在他這邊，說不出嚴厲的話，她這樣做，不知要承受多少來自各方的壓力與指責。

他很快抬起頭，相隔千山萬水，不用直接面對母親與皇后，心腸更容易變硬，「朕已明白，朕會寫信回覆，妳和張有才一塊帶回京城。」

孟娥應是，張有才驚訝地「啊」了一聲。

韓孺子轉向張有才，「你是朕的心腹，唯有你能向太后、皇后說明情況。」

「是，陛下。」張有才偷偷瞄了一眼孟娥，她臉上的神情沒有半點變化。

孟娥告退，韓孺子提筆寫信，就像康自矯建議的那樣，在信中以大道對孝道，花費大篇幅講述私蓄家奴對大楚的危害，「譬如病入膏肓之人，唯有猛藥可治，若再耽擱下去，雖壯士斷腕、雖剖心挖腸，亦難醫治。」

這封信同時寫給慈寧太后與皇后，將會被史官收存，因此韓孺子叫來康自矯等三名顧問，命他們加以潤色修改，並重新謄寫。

韓孺子讓張有才帶幾句口信，「告訴太后，『顧國難顧家，顧家難顧國，孩兒不孝，不能兩全。請太后靜養，孩兒回京之後，當面謝罪。』告訴皇后……告訴皇后……」

韓孺子沉默良久，「皇后問你什麼，你照實回答就是了。」

「是，陛下。」張有才道。

康自矯等人改過的信送回來了，加上不少內容，有一些明顯是康自矯的手筆，「正人先正己，外戚之罪雖小，卻為天下所矚目，百官獻媚，自以為可效仿，因此其惡甚大。」這類的話比較多。

韓孺子再次修改，然後交給顧問謄寫清楚，成為正式信件，加蓋印璽，交給張有才，他與孟娥次日一早就會出發，快馬加鞭趕回京城。

朝廷的三招用過了，韓孺子也一一還招。雙方僵持，勝負難料，韓孺子決定到了洛陽之後，再進行下一步計畫。

這天傍晚，韓孺子用膳時心不在焉，飯後又回到書房帳篷，反覆閱讀群臣的請辭奏章，從千篇一律中尋找差異。他相信，大臣們不可能真的團結一致，其間必有分歧，只是不敢公開表露出來。

將近午夜，韓孺子放下奏章，猶豫一會，決定還是回寢帳休息，淑妃早已習慣皇帝的晚歸，睡得很熟，不會受到打擾。

今天卻是例外，淑妃竟然沒有早睡，坐在床邊，正與孟娥手拉手聊天，看到皇帝進來，兩人都站了起來。

韓孺子很意外。

淑妃笑著說道：「陛下真是狠心，孟娥姐姐遠道而來，不給接風洗塵也就算了，竟然讓她明早就走，怕她沒累著嗎？」

淑妃稱孟娥為「姐姐」，顯然不當她是普通宮女。

「這是公事……」韓孺子想說孟娥習武之人，受得了奔波，想想又嚥了回去，「為何不早些休息？」

「等陛下回來，有話要說唄。」淑妃笑著向外面走去，「你們先聊，我去外面看看還有沒有茶水什麼的。」

「太后和皇后還有話要說？」韓孺子問道。

孟娥點頭，「皇后沒話了，太后想問陛下，要與大臣鬥到什麼時候？」

「到大臣讓步為止。」

「好，我就這麼回太后。」

「還有嗎？」

「沒了。」

韓孺子覺得這句話真沒必要私底下問，「好。請諒解，朕現在的一言一行都會受到關注，絕不能流露出半點猶豫，如果大臣們覺得太后或皇后是朕的軟肋，他們會做得更加過分。」

「我明白，我想太后其實也明白，她只是覺得太過丟臉，與另一位太后相比，她的權力太小，幾乎是可有可無。」

「這句話不要傳到宮裡：太后本來就不應該干政，上官太后是大楚的異數，絕不可再有。」

「嗯。」

兩人沉默了一會，氣氛有些尷尬，韓孺子道：「我還在堅持練功。」

「陛下太忙，內功不會再有提升，但是多練總有好處。」

「是，起碼能熬夜，也能經受奔波之苦。」

「練功畢竟不是靈丹妙藥，陛下能熬夜，主要是因為年輕，萬望陛下注意身體，否則的話，中年以後會有影響。」

韓孺子露出一絲微笑，覺得孟娥變化很大，似乎與從前不太一樣。

孟娥沒笑，等了一會，見皇帝沒開口，她說：「吏部元尚書願意支持陛下。」

韓孺子一愣，「元九鼎？」

元九鼎本是禮部尚書，後來改任吏部尚書，最擅長投機，先後討好過上官太后、慈寧太后，如今又向皇帝獻媚。

「他……找上了太后？」

「不，他托人直接找我。」

韓孺子的眉毛一揚，心生警惕。

孟娥繼續道：「太后、皇后命我給陛下送信，元九鼎得知後，托平恩侯夫人找我，說他願為陛下效勞，該怎麼做，只需一句吩咐。」

「哪都少不了這個平恩侯夫人。」

「平恩侯夫人說，她家的田宅很少，私蓄家奴一個沒有，如果陛下需要，可以拿她家警示群臣。」

「她不怕平恩侯一家成為朝廷公敵嗎？」

「她說平恩侯一家，她特意強調平恩侯的兒子苗援，願為陛下赴湯蹈火。」

韓孺子想了一會，「妳覺得呢？元九鼎與平恩侯夫人可信嗎？」

「無所謂可信與不可信，平恩侯一家失勢已久，田宅大都被賣掉，用來給兒子鋪路，平恩侯夫人說自家沒有私奴，應該是真的。至於願為陛下赴湯蹈火，乃是富貴險中求，不管以後的事。元九鼎卻有幾分可疑，我猜他是在試探，如果陛下急迫地給予回應，甚至重用元九鼎，則表明陛下孤立無援，快要堅持不住了。」

韓孺子十分驚訝，呆了一會，說：「妳還在學帝王之術？」

「陛下堅持練功，我也沒有放棄。」

韓孺子笑了笑，心中湧出一股懷念，若非孟娥經常隱瞞祕密，真想將她留下來。

懷念之情很快便消失無蹤，韓孺子必須讓自己變得跟石頭一樣又冷又硬，這與孟娥無關，與太后、皇后更無關，而是要透過一切可能的管道，向外展示自己的堅持。

「告訴平恩侯夫人，謹守婦道，莫要干政，苗援就在朕的隊伍裡，他想要為朕赴湯蹈火，先得顯示出赴湯蹈火的本事。」

「嗯。元九鼎呢？」

「元九鼎……」對這個老狐狸可不好回答，太急露怯，太冷自斷退路，元九鼎是吏部尚書，有機會接任宰相，沒準真能爭取過來。

韓孺子思忖片刻，「對他說，『朕知道了』。」

第四百九十一章　兩軍歸一人

巡狩隊伍到達洛陽時已是初冬，路上一片蕭瑟，城內也不是很熱鬧，當地官員秉承節儉之旨，沒有大張旗鼓地迎接皇帝，好奇的百姓被隔在幾條街外，只能看到旗幟飄揚。

東海國傳來消息，瞿子晰仍在查案，黃普公則已率軍出發，他要在冬天趕往南方，然後利用明年春夏兩季，遊說海上諸國，再度擴充水軍。

黃普公是一支已經射出去的箭矢，能飛多遠、能否擊中目標，都要等一段時間才能知道結果。

在洛陽，有許多事情需要皇帝盡快處理。

柴悅已經從塞外趕到洛陽，他是庶子出身，與家族的關係不是特別融洽，名下也沒有多少田宅奴僕，因此一點也不反對皇帝的決定。

經過一番長談，次日柴悅被加封為南軍大司馬，加上原有的北軍大司馬，他一人統領兩軍，大楚開國以來，前所未有。

韓孺子必須牢牢掌握住軍隊，只要沒有大規模叛亂，他就能與大臣一直對峙下去，一旦軍心混亂，再強硬的皇帝也得低頭。

黃普公拒絕參與朝政，韓孺子失去一位南軍大司馬，放眼望去，滿朝武將再無合適人選，不是太年輕，就是不可信。

柴悅同時掌管大楚最精銳的兩支軍隊，一支駐紮在碎鐵城，一支駐紮在馬邑城，職責由拱衛京城變成了保衛邊疆。

這項任命招致一面倒的反對。

隨行官員品級稍低，一直比較忍耐，沒像京城大臣那樣告罪請辭，當皇帝宣布將南、北兩軍交給同一個人，並且兩軍要在塞外駐紮至少一年時，他們不幹了，當場就與皇帝發生了爭執。

韓孺子仍住在上次的宅院裡，客廳不大，大部分官員只能在庭院裡列隊，想說話要先通報再進屋，即使這樣，也擋不住他們的反對。

最先發難的是兵部，兵部尚書蔣巨英就在洛陽，但他是待罪之身，三次上書請求致仕，因此沒有參加今天的朝會。兵部的一名主事，年近六十，皇帝剛一宣布決定，他就站了出來。

「陛下，此舉萬、萬萬不可。」主事姓劉，一著急，說話有些結巴。

「為何？」韓孺子料到了會有反對的聲音，也做好了駁斥的準備。

「南軍、北軍歷來皆由兩位大司馬分別統領，從太祖時就已如此，一百多年來，從未變過，怎可輕易改動？且京城乃天下至重之地，兩軍專職守衛京城，偶爾派出去抗敵，怎能長駐塞外，成為邊疆之軍？如此一來，京城空虛，無兵可守，便是兩軍將士，也會寒心。」

韓孺子點點頭，嗯了一聲，沒有馬上發起反擊。

又有一名官員站出來，比兵部主事還要激動，「陛下，兵者，國之利器，南、北兩軍乃大楚最利之器，絕不可授予同一人。柴悅年輕，既無顯赫戰功，又非宗室重戚，獨自統軍在外，這個……這個……絕不可以。」

他開了一個頭，接下來的官員找到了更合適的目標，紛紛對準了柴悅，都覺得他沒有這個資格。

柴悅站在一旁，恭謹地低著頭，一聲不吭，更不辯解。

庭院裡的一名官員獲准進廳，先向皇帝行禮，隨後指著柴悅說：「柴將軍從龍有功，但是絕不能同時掌管南、北兩軍，因為他品行不端。幾年前，就是皇帝登基那年，柴悅酒後無德，與人打架，還公開聲稱大楚將要天翻地覆、尊卑顛倒，真英雄就該早謀立身之術，這豈不是叛逆之心？此案由禮部核查，詳細記錄在案，陛下隨時可以調閱。柴悅，你說這是不是真的？」

柴悅得到過皇帝的命令，仍不作聲，但是臉有點紅，官員所言顯然不是捕風捉影。

十七位官員先後提出反對，分別來自不同部司，頗有不死不休的架勢。

等官員們勢頭稍緩，韓孺子開口道：「理不說不清，事不辯不明，諸卿反對柴悅掌管兩軍，朕已聽到，可有人支持？」

廳內廳外近百名官員，沒一個人站出來。

兵部的劉主事上前，拱手準備再度開口，無論如何得給皇帝一個台階下，可是不等他說話，角落裡傳來一個聲音，「微臣覺得這項任命最合適不過。」

眾人驚詫，四處尋找，終於在靠牆的位置看到了說話者。

這是每日例行的正式朝會，隨行官員參加，皇帝選中的諸多顧問通常要等官員散去之後才來見駕，今天卻有幾名顧問留在大廳，沒有加入隊列，而是遠遠地靠牆站立，一直沒受到關注。

「康自矯，這裡不是你說話的地方。」劉主事斥道。

康自矯連個正式的官職都沒有，名聲卻大，人人都認得他。

康自矯前行數步，「我該不該說話，應由陛下決定。」

韓孺子抬手，「說說你的理由。」

皇帝下令，沒人敢反對，兵部劉主事悻悻地退回隊列。

康自矯走到皇帝面前，深鞠一躬，然後側身面對劉主事等官員，大聲道：「諸位只說了壞處，我來說說好處吧。第一，大楚百廢待興，不宜勞動天下，南、北軍是現成的軍隊，用來守衛邊疆對天下的影響最小……」

劉主事搶道：「難道京城就不需要守衛了？」

康自矯微微一笑，「盜匪臨家，主人是守院門還是臥房之門？京城的敵人從何而來？當然是塞外，塞外不守，專守京城又有何意義？邊疆若是穩固，京城又有何懼？」

「別忘了齊國之亂。」劉主事冷冷地提醒，京城的敵人並不都來自塞外。

「別忘了陛下。」康自矯轉身向皇帝行禮，「陛下巡狩四處，就是最強大的威懾，何地還敢仿效齊國？」

劉主事冷笑，「你說沒有就沒有？」

康自矯向劉主事深揖，「劉大人在兵部任職，似乎知道一些什麼，不如直接說出來，好讓陛下有所防範。」

劉主事一驚，急忙向皇帝道：「微臣沒有隱瞞，更不知何地會是隱患，只是……只是有備無患，有些事情不得不防。」

兵部的警惕有其道理，大楚剛剛平定幾起內亂不久，還沒到高枕無憂的地步，說不定哪裡就會出事。

可韓孺子願意冒這個險，想要恢復國力，就得多減稅、少徵兵，兵少則面臨兩難，守內還是守外，怎麼都是冒險的選擇。

韓孺子點點頭，表示自己不會怪罪任何人。

康自矯又道：「何況還有數萬宿衛軍，足以保護陛下吧？」

宿衛軍也已奉旨趕到洛陽，正駐紮在城外。

另一名官員開口道：「就算如此，也沒必要將南、北兩軍都交給同一人，更不應該交給柴悅。」

康自矯搖頭，「非也，南、北軍在京城時，統領者即陛下本人，因此分屬兩位大司馬。塞外不同，匈奴已合為一家、令出一人，若生意外，邊疆向京城請示，一來一回，戰機早已貽誤，非得有位大將隨機應變不可。」

「數十萬精銳盡歸一人，柴悅擔不起此項重責，起碼得是一位宗室王侯。」

「兵部劉大人剛才提起的齊國之亂，最初就是由宗室王侯挑起的。」康自矯用這句話堵住對方的嘴，隨後抬手指向柴悅，「禮部剛才聲稱柴將軍品行不端，可我想問一句，事情發生的時候柴將軍年紀多大？」

柴悅現在也不到三十歲，皇帝剛剛登基那年，他才二十出頭，正是年輕氣盛的時候。

康自矯又道：「禮部當年既然查過案子，卻沒有對柴將軍做出任何處罰，想必也是因為覺得事情不大吧？」

禮部的官員還在大廳裡，聞言臉色微紅，無言以對。

「在我看來，諸位以為柴將軍不可統領兩軍，原因無非有二：一是利器不可以授予外人，對此我沒什麼可說，我今天才見到柴將軍，對他不瞭解，可陛下瞭解，陛下相信柴將軍，我沒有理由懷疑。第二個原因就是諸位的私心了，天下皆知，京城三軍當中，宿衛軍裡勳貴子弟多，南、北兩軍當中官員親眷多，塞外苦寒、又多危險，偶爾去一趟立個軍功也就是了，常年駐紮卻不合算……」

眾官員七嘴八舌地呵斥，康自矯坦然面對，等聲音稍歇，他說：「我只問一句，諸位誰敢站出來，說一句南、北軍中沒有自家親戚？」

廳裡一下子靜了下來。

南、北軍的地位比宿衛軍稍低一些，但是駐紮在京城繁華之地，待遇比普通軍隊高得多，每次出征皆能立功，因此許多人都願意加入，官員們自然近水樓台先得月。

但兩軍的士兵主力仍是京城周圍幾個郡縣的良家子弟，裝備精良、供應充足，戰力一直不弱，因此也就沒人計較。

韓孺子也不會，與變兵為奴相比，這實在不算什麼大事。

無言以對就像是默認，幾名官員反應過來，急忙向皇帝下跪，賭咒發誓，聲稱自己提出反對時絕無私心。

韓孺子仍沒有怪罪任何人，宣布廷議結束，明日會有正式旨意。

散朝後，韓孺子留下柴悅，對他說：「委屈柴將軍了。」
柴悅慌忙拱手道：「臣得陛下信任，乃是天大之恩，有何委屈？」
「昨日朕問你，匈奴是否會再次侵邊，你說自己要考慮一下，可有結果？」
「臣仔細考慮過了，有七成把握，覺得匈奴人會在明年春天進犯大楚。」
雖然無法宣之於口，可是韓孺子心裡「盼望」著這場戰爭。

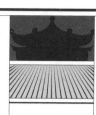

第四百九十二章 收服罪臣

南直勁奉旨回京，比皇帝提前幾天到達洛陽，在這裡，他與兵部尚書蔣巨英見了一面。兩人聊了差不多一個時辰，不歡而散，如果只看神情的話，蔣巨英似乎更加不滿一些。

南直勁在洛陽住了一晚，次日一早上路，返回京城。

這是景耀收集到的消息，他的確是名收集情報的好手，攤子越鋪越大，尤其是在京城、洛陽這樣的重地，眼線眾多，所需花費皆由少府承擔。

景耀十分謹慎，極少出現在皇帝身邊，也不與其他大臣接觸，從前他是中司監的時候，朝中的朋友不少，如今全都斷絕聯繫，他很清楚，自己還沒有得到皇帝的完全信任，多立功勞才是眼下最重要的事情。

韓孺子的確不太信任這名老太監，但是很依賴景耀所獲得的情報，哪怕是隻言片語，對他也有幫助。

但是韓孺子極少關注京城的情報，皇帝不在，留守的大臣彼此間頻繁往來，反而失去了揣測的價值。

信息太多還不如沒有信息，楊奉說過的這句話，韓孺子一直記在心中。

廷議是否應該任命柴悅為南軍大司馬的當天下午，韓孺子召見蔣巨英。

蔣巨英身著素服、不戴官帽，進廳後跪地磕頭，向皇帝請罪。

他的確有罪，各地駐軍的數額與調動都要報給兵部，若是聲稱自己不知道有大量士兵被變為私奴，實在說不過去。

皇帝身邊的人不多，只有兩名太監和兩名侍衛，蔣巨英雖然承認有罪，但是也給自己找了一個藉口。

「罪臣也是沒有辦法，各地駐軍皆由當地勳貴世家掌握，朝廷委派的官員不過虛有其位，比如東海國駐軍，皆由燕家做主，都尉位同家僕。兵部若是查得太嚴，世家不滿、捅到京城，兵部反而要擔上無事生非的指責，上一任兵部尚書就是因此遭免職的……」

蔣巨英沒敢說得太詳細，韓孺子卻已聽明白，問道：「蔣大人入主兵部多少年了？」

「十幾年了。」蔣巨英含糊答道，他的這番辯解實際上是將責任推到了前幾位皇帝頭上。

「如此說來，你是支持朕收回軍奴了？」

「支持，當然支持，再這樣下去，大楚只有京城和邊疆軍隊才能打仗，應付小麻煩足矣，真有大事，只怕一時間徵集不到可用之兵。」

「蔣大人能作此想，朕心甚慰。問一句，蔣大人家中挪用了多少兵奴？」

蔣巨英一直沒起身，這時再次磕頭，「罪臣不敢有所隱瞞，前後挪用過一千餘人，都已放歸本隊，任其選擇為兵還是務農。」

韓孺子點點頭，這與他瞭解到的數字相差不多，「蔣大人執掌兵部多年，對朕說說，挪用兵奴之風何時興起、因何難治？」

蔣巨英抬頭看了一眼皇帝，發現這與自己想像得不太一樣，皇帝似乎不是特別惱怒，極為平靜，反而更讓他惴惴不安。

「據臣所知……臣要先請罪，得到陛下寬恕之後，才敢知無不言。」

「今日無論你說什麼，朕都赦你無罪。」

「罪臣謝恩。據臣所知，此風始於和帝，當初卻是好意。」

「哦，仔細說說。」

和帝是烈帝之子、武帝之父，承前啟後的一位皇帝，在史官筆下評價甚高。

蔣巨英又一次叩首，「烈帝在位時，大楚進行過幾次戰爭，兵員倍增。和帝即位時有意休養生息，可是不能立刻修改先帝之命，於是做了一些調整，派出大量士兵在各地築城修堤，和帝之陵也由士兵修建，如此一來兵員未減，卻很少再動用民力，兩全其美。」

「的確是好意，後來為何卻變了樣子？」

「武帝時兵員再增，待匈奴分裂後大楚無事，卻不能立刻遣散軍中將士，於是又拾舊例，武帝……比較喜歡宮室苑囿，許多勳貴世家的莊園恰好也在附近，趁士兵清閒的時候借來一用。因為一直沒人管，此風越演越烈，終成今日之勢。」

「原來如此。」韓孺子突然想到，自己與和帝倒有幾分相似，都是承接前弊，希望透過休養生息以恢復民力、國力，本是一片好心，卻在後世釀成大患。

韓孺子此前收流民入軍，以及要將南、北軍交給同一人掌管，只怕在後世都會成為慣例。

韓孺子先不想這些事，說：「蔣大人在兵部任職已久，也該換個位置了。」

蔣巨英雖然是來請罪，聽到這句話還是吃了一驚，以為皇帝這就要處置自己，連連叩首，「臣罪該萬死，唯陛下懲治，臣不求……」

「蔣大人不要誤解，朕的意思是大將軍府一直缺人，蔣大人或可補缺。」

蔣巨英一直沒猜透皇帝的意圖，這句話最讓他感到震驚，以至於半天說不出話來。

大將軍雖是虛職，但是位居一品，對於沒機會接任宰相的武官來說，乃是最好的歸宿。可大將軍一職通常由武將和勳貴擔任，通常是宗室老人，上一任大將軍崔宏乃是皇后的父親。兵部尚書卻是文職，蔣巨英沒帶過兵、沒打過仗，家世一般，全靠著聯姻才與大世家攀上關係，由他擔任大將軍，比柴悅同時掌管南、北兩軍還要不合規矩。

「這個……陛下……這樣不妥吧？本朝沒有文官接任大將軍的先例。」蔣巨英小心應對，以為皇帝是在試探自己。

「這倒是，不如這樣，蔣大人先在軍中歷練一番，立下功勞之後，接任大將軍之職順理成章。」

蔣巨英嚇了一跳，急忙道：「臣願為陛下衝鋒陷陣，只是……只是臣乃進士出身的文官，自幼從文，若說選賢任能、徵兵收糧，臣還比較熟悉，若是排兵布陣、當機立斷，臣不敢自誇，確實不如普通一將。」

「不用你上戰場，先去大將軍府任職，掌管兵符、稽查各地駐軍，務要辨別清楚。兵是兵、民是民，不可混淆，寧可縮減規模，絕不許以虛數應對，你能做到嗎？」

蔣巨英終於明白過來，所謂大將軍只是一個誘餌，皇帝這是讓自己充當與朝臣對抗的急先鋒，事成之後才有獎賞。

「臣只怕……臣只怕……」

「怕什麼？」

「臣只怕笨拙無能，做事不合陛下心意，反而耽誤陛下大事。」

「嗯……那你就立個軍令狀，若是做不到公允無私，該當如何？」

蔣巨英又嚇一跳，皇帝表面上不動聲色，其實一步一步將自己引到坑裡，直接活埋不說，還要在上面跺幾腳，踩得更夯實些。

蔣巨英不停磕頭，「陛下饒恕，臣不能……臣真的沒辦法……」

「那就有點麻煩了。」韓孺子並不動怒，也不強迫，「朕的本意是由蔣大人查案，輕重自知，你若是不願意，朕也不能勉強，只好將此項任務交給御史台。」

蔣巨英臉色驟變，案子一旦交給御史台，首先就要從兵部、從他這裡查起，雖說大家同殿稱臣，關係都不錯，可是皇帝若是逼得太緊，沒人會保他。

「湖縣有一個叫宋闔的人，出言無忌，聲稱自己與蔣大人私交甚好，此人如今就被關在東海國……」

「罪臣認得宋闔，此人乃是無恥之徒，說話絕不可信，罪臣與他只有數面之緣，並無私交。」蔣巨英後悔莫及，南直勁見面時勸過他，說皇帝要在洛陽大展拳腳，他最好想辦法急流勇退，蔣巨英卻還存著萬一之想，以為能求得皇帝原諒，繼續留在朝中。

他的確能留在朝中，甚至可能升官，卻要付出預想不到的巨大代價。

「臣想明白了，無非是捨身向前、拚死一搏，臣眼睜睜看著大楚將士淪為奴婢，也該由臣挽回頹勢，臣願立軍令狀，若是……若是不能整肅軍隊，甘願身受極刑。」

「期限呢？」

「三年為期。」

韓孺子豎起一根手指，「一年為期，明年今日，朕要看到成效。」

蔣巨英磕頭領旨，越想越後悔，卻不敢提出來，突然想起一件事，說：「陛下，有一件事臣要先說清楚。」

「你說。」

「變兵為奴與私蓄家奴是兩碼事，臣只管收回兵奴，不管其他的私奴。」

「當然，私蓄家奴不入名籍，該由戶部查處，蔣大人只管兵奴就是。」

蔣巨英稍稍鬆了口氣，磕頭謝恩。

韓孺子揮手，示意一名太監準備筆墨紙硯，「既然是軍令狀，請蔣大人寫下來吧。」

太監將紙鋪在地上，蔣巨英跪著寫字，手一直在顫抖，寥寥百餘字，寫了好一會。

終於寫完，太監又拿來印泥，蔣巨英跟簽賣身契一樣，在上面按下手印。

太監將軍令狀遞送給皇帝，韓孺子看了一遍，稍稍滿意了些，「蔣大人明白朕為何要讓你寫下此狀嗎？」

「臣明白，臣之責甚重，免不了要得罪人，陛下越顯嚴厲，臣在執法時越好說話。」

「明白就好。」韓孺子微笑點頭。

君臣二人心知肚明，這可不是表面文章，蔣巨英若是真無法完成任務，皇帝就會按照軍令狀處罰，蔣巨英要受滅門之禍。

韓孺子冷下臉，「蔣巨英，是以大將軍之位善終，還是以罪臣之名流傳史冊，皆在此一舉，你好自為之。」

蔣巨英顫聲應是，全身已然虛脫。

韓孺子當然要分化大臣，但是他有自己的選擇，而不是等元九鼎這樣的人主動送上門。

現在韓孺子需要一位新的兵部尚書。

第四百九十三章 太后之難

皇帝在洛陽一待就是幾個月，新年在即，仍不肯起駕回京，反而熱衷於發佈聖旨，一道接著一道，任命了大批新官員，同時不停召見留守京城的重臣，每次只見一位，除了宰相，三品以上實權大臣幾乎都被叫到。

皇帝的應對之策由此變得清晰。

逐次召見大臣，是為了分化朝廷。這招確有效果，同在京城時，大臣們十分團結，一旦分處兩城，中間隔著函谷關，免不了彼此猜疑，只要是被皇帝見過的人，都要向同僚「自證清白」。

但大臣還是慢慢分化了，原兵部尚書蔣巨英調任大將軍府掌印官，專職調查兵奴一案，一有人來說情，他就雙手捧出軍令狀的副本給對方看，「本官的身家性命都在這上面，你說，我該怎麼幫你？」

皇帝的另一招則讓大臣們更加頭疼。

新官員都是皇帝親選的人才，品級不高，卻被安插在重要部司。這些人有皇帝撐腰，個個狂傲無比，以未來的尚書、侍郎自居，一上任就挽起袖子要大幹一場，令上司極為不滿，同時也心懷忐忑。

京城大臣多已上交請辭奏章，皇帝扣留不放，原來只是緩兵之計，只待親信成熟，就要將大臣全數換掉！

沒有幾個人真心想辭官，皇帝只是要求釋放私奴，並未沒收田宅，如果丟掉官位，損失可就大了。於是大臣們開始「反擊」，他們的做法是「在其位而不謀其政」，暗示手下老吏可以怠工，皇帝既然派來了新官員，就讓他們幹活好了。

朝廷逐漸陷入混亂，影響之大，遠在洛陽的皇帝也能感覺到。

奏章不再按時送達，晚個兩三天已成常態。奏章順序顛倒、不分輕重緩急，偶爾還會丟失，不是落在驛站、就是遺落在部司，追究起來全是推委，誰做事誰擔責，皇帝任命的新官員只好請罪。

皇帝仍不屈服，奏章混亂，他乾脆不做批覆。有了想法之後，直接下達聖旨，驛站不可靠，就派宿衛軍甚至身邊的太監將聖旨送往京城的宰相府，盯著宰相發佈下去。

卓如鶴總算是盡忠職守，他沒有完全站在大臣這邊，雖然不停地上書請辭，並且言辭懇切地請求皇帝以天下為重，稍退一步，但是沒像其他大臣那樣懈怠，只要是聖旨，都會照行無誤。

大雪紛飛的季節，皇帝與大臣鬥得熱火朝天，「戰場」逐漸擴張，最先加入的是一群讀書人。讀書人也發生了分裂，一派支持皇帝，一派支持大臣，或是當眾辯論，或是書信往來，各持己見，一些人甚至因此斷交。

瞿子晰曾算是讀書人的首領之一，如今卻彈壓不住當初的仰慕者。他還在東海國，各地書信絡繹不絕，府門下經常被塞進匿名信，大都是指責與咒罵，聲稱他失去了氣節，令天下讀書人寒心。

瞿子晰只給幾位好友回信，其他書信一概不回，親筆寫下四個大字，貼在大門上——公門無私。字跡被潑墨，他就安排工匠刻一塊木匾。

瞿子晰身為右巡御史，沒法參與讀書人之間的爭鬥，皇帝這方的「大將」是康自矯，他沒有被派回京城當官，仍然留在皇帝身邊充當顧問，白天與到訪的讀書人當場爭辯，晚上奮筆疾書，繼續為自己辯護。

康自矯很聰明，不以強權壓人，擅長以其人之道還治其人之身，對方說皇帝逾越規矩，他就問大臣的規矩在哪裡？對方說皇帝勞民傷財，他就問勞誰的民、傷誰的財？對方說天下紛擾，皇帝要負最大責任，他就說皇帝當然負責，所以才要頻繁下達聖旨……

這是場沒有輸贏的戰鬥，誰也說服不了誰，但是越來越多人開始相信，無論對錯，皇帝都不會改變主意。

韓孺子要的就是這種效果，接下來，他要等大臣出新招。

離新年還有半個月，這天午時過後不久，東海王求見。

東海王一直小心地置身事外，拒見外人，連信都很少寫，只在被皇帝問到時，才給一些不痛不癢的建議。

韓孺子剛用過午膳，正站在桌子旁發呆，桌上的公文擺得亂七八糟。

東海王進來之後笑道：「豈有此理，連陛下身邊的人也懈怠了，桌上這麼亂也不好好收拾一下。」

韓孺子轉過身，「何必呢？這就是真實的現狀，無需粉飾。」

東海王又笑一下，沒有接話，說道：「我今天上午接到一封信，陛下肯定猜不到是誰寫來的。」

「你既然說朕『猜不到』，那這封信十有八九是從宮裡來的，太后還是皇后？」

「是太后。」東海王躬身道，皇帝就像是即將入場比武的高手，氣勢外露，隨時都準備做出反擊，東海王只能甘拜下風，「慈寧太后拜託我一件事，要我勸陛下回京，過個年就好，年後隨陛下去哪都行。」

韓孺子沉吟片刻，「這是太后的新招。」

「嗯……倒也未必，思子心切，慈寧太后應該是真心希望陛下回京。」

「太后是真心，但是真心會被假意所利用。」韓孺子指著桌上的奏章，「你覺得亂嗎？這是兩個月來最準時的一次，數量也最多。你來之前，朕就在想，大臣此番服軟是為了什麼？」

東海王不願與皇帝直接爭辯，苦笑道：「這麼說，連我也被利用了。」

韓孺子微笑，「既然來了，就說說吧，你要怎麼勸服朕回京？」

「我有自知之明，陛下肯定不會同意，我又何必多費口舌？」

「你今日的說辭沒準就是大臣們以後的說辭，即使朕不接受，也可以提前有所防範。」

東海王撓撓頭，「其實我還真沒有好的說辭，來之前我是這麼想的，太后的面子不能駁回，我來求見陛下，隨便說幾句，就算是給太后一個交待。」

「你的本事不止於此，別謙虛，『隨便』說吧。」

東海王拱手，面露沉思之色，側行三步，轉身面對皇帝，說：「陛下允許我『隨便』說，我就斗膽一次。陛下覺得做皇帝很難，可曾想過太后也很難？」

東海王說中了要害，韓孺子沉默片刻，說：「太后難在何處？」

「陛下覺得大臣難對付，因此遠離京城，太后卻在京城，深處宮中，無時無刻不受大臣影響，所見所聞盡是陛下不好的事情，所謂三人成虎，太后必然以為陛下身處險境，慈母之心擔憂不已，此為一難。」

韓孺子無言以對，他多次派張有才回京城給母親送信，可信畢竟不是本人，抵消不了大臣的影響，他能想像得到，在母親眼裡，皇帝在外一定已是風雨飄搖。

東海王繼續道：「何謂『顯貴』？只是地位尊崇沒有用，總得人前顯耀，所以品級低些的實權之官，比位居一品的虛銜之官地位更高。太后母儀天下，天下女子當中，數太后地位最高，可是有貴無顯，淪為虛銜，此為二難。」

「朕將舅氏一家留在了京城。」韓孺子辯解道，慈寧太后曾向皇帝請罪，要將王家人都送回鄉下老家，韓孺子第一次派張有才回京，解決的就是這件事，留下了王家人，還給予許多賞賜。

東海王笑道：「陛下對舅氏與對太后一樣，富則富矣，算不上『貴』，更不是『顯貴』。」

韓孺子嘆息一聲，「王家若成『顯貴』，朕只怕群臣效仿，官官任人唯親，大楚衰落更甚。」

「陛下擔心得很對，外戚常是禍亂之源，史書上的記載不計其數。我只是想，陛下不能令王家『顯貴』，是否能在別的事情上抬舉太后，令太后臉上有光呢？陛下孝心可盡，太后也得心安，不會再以為自己的太后之位是虛銜。」

韓孺子盯著東海王想了一會，「你還真有幾分本事。」

東海王笑道：「一點小聰明而已，至於朝堂與天下，我就一點辦法也沒有了。」

東海王先將路堵死，韓孺子嘿了一聲，他現在不相信東海王還能奪取帝位，但是也不會重用他。

「等等再說吧。」韓孺子沒有立刻做出決定，就算要推崇慈寧太后，也要等大臣先請皇帝回京，拒絕之後再接受慈寧太后的請求。

「太后怎麼會給你寫信？」韓孺子有點疑惑，母親向來不喜歡東海王，甚至曾勸皇帝斬草除根，如今卻向東海王求助，實在有些古怪。

「我也不是特別清楚，大概是平恩侯夫人在太后面前把我誇了幾句。」東海王搖搖頭，「平恩侯夫人太愛管閒事了。」

「平恩侯夫人……他兒子還在洛陽吧？」

「苗援？在洛陽，驍騎營軍吏。」

韓孺子陷入沉思。

東海王等了一會，問道：「我該怎麼回覆太后？陛下請放心，陛下所言絕不會從我嘴裡洩露出去。」

韓孺子抬起頭，「為什麼朕一定要回京城？為什麼太后、皇后不能來洛陽與朕相聚？路途並不遙遠，道路也很平坦。」

東海王愣了一會，「應該可以，可是這樣一來……洛陽不就變成京城了嗎？」

韓孺子點頭，「東海王，你出了一個不錯的主意。」

東海王大吃一驚，這可不是他的主意。

第四百九十四章 遷都之爭

東海王奉旨回京，迎請太后、皇后一塊來洛陽，聖旨裡沒提「遷都」兩個字，只說「恭迎太后至洛陽賞雪，共迎新春」，可所有人都從中嗅出不祥的意味——皇帝、太后、皇后都不在，京城還叫京城嗎？

這天早晨，東海王帶領一隊人，剛走到城門口就被攔下。一群官員堵在街道上，氣勢洶洶，帶頭者是禮部尚書劉擇芹。

劉擇芹原在戶部當侍郎，曾經隨同皇帝參加第一次巡狩，立過一些功勞，升為尚書，後來又調至禮部，是最後一位奉旨來洛陽見駕的重臣。剛來三天，正好趕上這件大事，他要向天下人尤其是朝中群臣證明，自己並沒有在皇帝面前屈服。

「東海王，你要去哪？」劉擇芹不客氣地抓住韁繩，大聲質問。

空中飄著雪，四十多名官員堵在街上，這種場景可不多見，百姓遠遠觀瞧，不敢靠近，守門士兵更是視而不見。

東海王苦笑道：「我這不是奉旨回京嘛，劉尚書怎麼沒去參加朝會？」

「朝會不急。我問你，是不是要回京城迎請太后與皇后來洛陽？」

聖旨都是公開的，東海王沒什麼好隱瞞的，「是啊。」

「此事絕不可行，正月裡有祭天、祭祖等儀式，大臣正力勸聖駕回京，怎麼能將太后、皇后也接到洛陽？

你不能去。」

「劉尚書，你想勸陛下回京，我一點意見也沒有，可是我有聖旨在身，不敢停留，要不……」東海王彎下腰，小聲道：「我在路上走得慢點，劉尚書說服陛下之後，再發一道聖旨把我追回來。」

劉擇芹不上當，大搖其頭，「你現在就回頭，咱們一塊去見皇帝，勸皇帝收回聖旨。」

「劉尚書這不是強人所難嗎？領旨的人是我不是你，我這一回頭，可就是抗旨不遵。」

「你都敢建議皇帝遷都，還有什麼可怕的？」

東海王臉色一變，「劉尚書，你在胡說些什麼？誰說遷都了？」

劉擇芹抓住韁繩不放，「不用裝傻，我們都聽說了，迎請太后、皇后是第一步，然後就是宗正府、大將軍府、大理寺與六部，再後是宰相府，最後連太廟也要遷到洛陽，這都是你的主意，對不對？」

東海王急忙擺手，「不是不是，跟我一點關係也沒有。」

劉擇芹身後的一名官員衝上來，劈頭蓋臉地喝道：「就是你，前天你見過陛下，密談良久，昨天陛下頒旨迎請兩宮，今天你領旨出發，還有什麼好解釋的？」

眾人齊聲指斥，東海王連辯解的機會都沒有，也不敢辯解，只能用力掰劉擇芹的手指，大聲道：「你們不要亂猜，沒人說過要遷都，我是奉旨行事，奉旨行事！」

官員們將東海王團團圍住，甚至有人伸手要將他從馬上拽下來。

東海王焦頭爛額，身後的隨從有幾十人，被大臣隔開，不敢上前相助。

皇帝這招真是太狠了，東海王有苦說不出，只能一個勁地大喊「奉旨行事」。

這齣鬧劇持續了將近兩刻鐘，終於被一聲大喝結束，「讓開！通通讓開！」

一名極其高大的將軍大步走來，衝進人群，像拎小雞似地抓住官員，一個個往兩邊拋去，為東海王開道。

「我是禮部尚……」劉擇芹一句話沒說完，也被扔到一邊，那人倒有分寸，沒有太用力，眾官員頂多在雪地上摔個跟頭，無人受傷。

東海王拱手道：「多謝樊將軍。」

攀撞山也不還禮，在馬臀上一拍，大聲道：「快走吧！」

東海王率先出城，身後的隨從跟上，一路疾奔，大家心中都在想，到了京城還不知會是怎樣一副場景。

樊撞山轉身，攔住眾多官員，他說話總像是在吼叫，「別追了，兩條腿追不上四條腿。」

劉擇芹拍掉身上的雪，怒道：「樊撞山，說清楚，陛下若要遷都，你是支持還是反對？」

樊撞山聳下肩，「陛下去哪我去哪，陛下指哪我打哪，莫說遷都，就是遷國我也沒有意見。」

劉擇芹面紅耳赤，在這次持續數月的鬥爭中，朝廷一方之所以處於下風，最重要的原因就是沒掌握兵權。南、北兩軍被調至塞外，居然沒幾個人反對，告病的一些將領很快又「活蹦亂跳」地回到軍中，至於像樊撞山這樣的「愚忠者」，在軍中不在少數。

「咱們去見陛下，今天必須將事情說個清楚！」劉擇芹大聲呼籲，得到眾文官的回應，一塊浩浩蕩蕩地去往行宮。

韓孺子在大廳裡嚴陣以待。

一大早來參加朝會的官員比平時少了一半，韓孺子知道有事發生，於是派樊撞山去給東海王送行。

官員們站在廳內廳外，個個低頭不語，劉擇芹等人趕到的時候，對這些準時參加朝會者投以鄙夷的目光。

廳內狹窄，劉擇芹只能帶幾個人進去，全是禮部官員，再怎麼著禮節不能破壞，還是得向皇帝磕頭，等太監宣布平身，才能站起來。

「陛下，臣等晚來，只為一件事。新年將至，陛下不肯回京祭天、拜祖，卻要迎請太后、皇后來洛陽，更有傳聞聲稱陛下要遷都至此，臣等不解，請陛下說個明白。」

「遷都？誰說要遷都？京城乃本朝太祖選定，經營百有二十餘年，耗費無數財力，怎麼可能說遷就遷？是誰說這種話的，必須嚴懲！」韓孺子冷冷地說。

劉擇芹一愣，發現自己犯了一個巨大的錯誤，竟然拿一件還沒公開的事情來質問皇帝，氣勢一下子全消，輕聲回道：「原來不是遷都，那就好。」

「這不是好不好的問題，朕在問你，究竟是誰在散布這種居心叵測的傳言？」韓孺子更顯嚴厲。

劉擇芹撲通跪下，「是臣誤聽謠言，該當死罪。」

官員跪下一大片，韓孺子臉色仍未緩和，「劉擇芹，你是禮部尚書，專掌朝堂禮儀，乃朕之股肱大臣，不為朕排憂解難也就算了，為何帶頭鬧事？遷都這種無稽之談，你竟然當真，哪天若是有人謠傳朕駕崩了，你也相信嗎？」

劉擇芹汗流浹背，一個勁地磕頭請罪，唯一的安慰是，他並非第一個敗在皇帝手下的大臣，幾乎每位大臣都是鬥志昂揚地來到洛陽，灰頭土臉地返回京城。

皇帝的臉色總算稍緩，宣布繼續朝會，迎請太后、皇后之事再也沒人敢於反對。

朝會之後是顧問的小會，這些人大都被派去各地為官，只剩少數人還留在皇帝身邊，地位更顯重要。

康自矯隱然已是這些人的首領，一直以來，他都是皇帝的支持者，以猛將之姿與眾人爭論，今天他卻比較沉默，等小會結束，他請求留下，要與皇帝私談幾句。

「陛下真無遷都之意？」康自矯必須問個清楚。

韓孺子的態度緩和多了，「康卿先說說看法，遷都是好是壞？」

「遷都的確是一招釜底抽薪，可是對大楚的傷害更大，一百多年來，大楚的根基都在關中，一旦遷至洛陽，動搖甚大。」

「前朝也有遷都之舉吧？」

「有過，可情況完全不同，欲行遷都，得有天時、地利、人和。所謂天時，新闢疆土，比故地更加肥饒。所謂地利，舊都破損，修補比重建更耗財力。所謂人和，新臣來自新地，都有遷移之心。此三者大楚皆不具備，如果陛下只是為了與大臣爭鋒，遷都實在無益。」

韓孺子點頭，「康卿所言甚是，所以大臣們懷疑朕要遷都，豈不可笑？」

康自矯也有點糊塗，「如此說來，陛下真的無意遷都？」

「朕無意遷都，朕要再造第二座京城。」

康自矯愣住了。

「京城地處關中，與天下一半郡縣相隔甚遠，所謂『天高皇帝遠』，朕的旨意常常執行不下去。洛陽地處天下至中，前往各方都比較通暢，因此朕欲在洛陽設一永久行宮，有事則來、無事則去。也不耗費太多人力，對此府稍加改建就好。」

韓孺子頓了一下，「皇權只在十步以外、千里之內，朕不能令天下靠近朕，只能由朕去靠近天下，四方巡狩耗時費力，不如長久巡狩洛陽。」

康自矯躬身，「微臣明白了，陛下需要微臣向外人做些解釋嗎？」

「不必，就讓傳言多散布一會好了。」

康自矯明白皇帝的意思，這是轉移大臣的視線，如果現在就提出要建「巡都」，大臣還是會堅決反對，先用「遷都」吸引眾人，然後再以妥協的姿態提出只建行宮，就會容易得多。

康自矯行禮，「一直以來，微臣都堅決支持陛下，充當口舌先鋒，雖然沒說服多少人，但是起碼不令陛下這邊靜默無聲。」

「朕得益康卿甚多，不會忘記。」

韓孺子以為對方在要官，康自矯接下來卻道：「以正治國者長久，以奇獲勝者可一可再不可三。陛下半年來皆行奇招，微臣斗膽問一句，陛下打算何時當一名真正的皇帝？」

這是一次極其大膽的提問，康自矯生性狂妄，再加上深知皇帝願聽真話、實話，他才能問出來。

韓孺子眉毛微微一揚，思考多時後，決定給康自矯一個回答，說道：「如無意外，明年仲夏之時，朕即能返奇歸正。」

韓孺子盯著康自矯，這雖然只是一句簡單的承諾，如果落入大臣耳中，卻是一次重大洩密。

第四百九十五章　東海王的麻煩

慈寧太后拒絕離京前往洛陽。

「大過年的，去什麼洛陽？賞雪可以，讓皇帝回來，過年之後我們娘倆一塊去洛陽。」

平恩侯夫人轉述慈寧太后的原話，一臉無奈。

東海王更無奈，「這個……陛下傳旨迎請，太后這樣回答不好吧？」

「沒辦法，太后正在氣頭上。東海王，陛下派你回來，就是比較信任你，你先想辦法讓陛下回京，太后自會記得你的功勞。」平恩侯夫人眨了下眼睛。

「容我回去想想。」東海王告退，他現在不能進後宮，只能在凌雲閣透過平恩侯夫人向太后傳話，周圍的太監、宮女比較多，兩人無法暢所欲言。

出宮之後東海王先回家，遠遠看見家門口停著幾頂轎子，心知有麻煩等著自己，只好硬著頭皮前行，快到的時候跳下馬，笑臉迎上去。

左察御史馮舉、吏部尚書元九鼎等幾名大臣親自來堵東海王，只有王妃在家，他們便一直等在門外。天寒地凍，幾位大臣坐在轎子裡抱著暖手爐，依然凍得臉色發青。

東海王急忙將大臣們請入家中，來不及與王妃見面，一路風塵，卻要先盡地主之誼。

這些大臣比劉擇芹等人要客氣得多，分賓主落座，東海王這邊只有一個人，對面則是一排，按規矩排序，馮舉位於上首。

寒暄幾句，馮舉道：「東海王，我不妨直說吧，今天來見你只為一件事，請你向我們透露一句實話，陛下究竟是不是要遷都？會不會回京？何時回京？」

「這可不是『一句實話』，是三句。」東海王打個哈哈，隨後端正神色，「實不相瞞，諸位大人的疑惑，也是我的疑惑。不過聽聞陛下在洛陽已明確表示不會遷都，還要追究遷都謠言的來源，我覺得這就是定論了。既然不會遷都，陛下肯定是要返京的，至於什麼時候，咱們當臣子的不好胡亂猜測，不如靜候陛下的決定吧。」

幾位大臣互相看了一眼，都不滿意，元九鼎道：「東海王剛剛返京，咱們也不要逼得太緊，東海王要在京停留幾天？」

「難說，全看宮中的意思。」

元九鼎笑道：「估計早不了，明天吧，我們再來登門拜訪。」

東海王起身準備送客，也笑道：「諸位什麼時候來，我也是這幾句話，我真是毫不知情，說句大膽的話，我若是知道點什麼，陛下也不會派我回來，對不對？」

元九鼎哈哈一笑，幾位大臣拱手告辭。

預料中的大麻煩虎頭蛇尾，東海王有點意外，但也鬆了口氣，急忙去往後宅見王妃，兩人可是好幾個月沒見面了。

譚氏正坐在臥房裡等候，與春風滿面的丈夫相比，她表現得比較冷漠，平淡地說：「你回來了。」

「可不。」東海王皺眉，「王妃這是怎麼了，不高興看到我嗎？」

「當然高興，只是這股高興壓不下去我心中的煩悶。」

東海王笑道：「出什麼事了？告訴我，我來解決。」

「你能？」

「呃……你先說是什麼煩心事吧，再不濟，我也能開導一下。」東海王現在比較謹慎，當著王妃也不敢說大話。

譚氏嘆了口氣，「當你的王妃倒是清靜，什麼事情也沒有，唯一能讓我煩心的就是娘家人。」

「我問過了，譚家人在東海國好好的，田宅買來不到三年，家中奴僕都是正常採買來的，沒有兵奴、也沒有不入籍的私奴，算是因禍得福，躲過一劫。」

譚氏冷冷地說：「夫君還真是會『開導』。我說的不是這件事，是譚家的生意。」

「生意怎麼了？」

「自從譚家在洛陽向醜王服軟，闔家遷到東海國之後，生意就越來越不好做，勉強維持而已，可現在連勉強維持也難了，貨物過稅關時，常受官家刁難，照這樣下去，我們譚家就只能在東海國種地了。」

「種地不好嗎？是非更少。」東海王倒希望譚家能老實一點，可是看見王妃面帶寒霜，他笑道：「我明白了，有人故意為難譚家，知道是誰嗎？」

「人家都堵上門了，你還問我是誰？」

東海王吃了一驚，說道：「不會吧，那些人都是朝中重臣……再說我剛從洛陽回來，朝廷的反應不至於這麼快吧？」

「我只知道譚家從南方剛剛運到京城的一批貨被扣下了，必須繳納重稅才能放行。帶貨的管事說，稅官暗示了這只是開始，以後只要是譚家的貨物，進京、出京都要繳重稅。」

「那就別來京城了，譚家生意那麼大……」

「譚家的生意京城佔一半，而且官官相通，京城刁難譚家，以後其他地方的稅官也都會仿效，這是要將譚家逼上絕路啊。」

東海王嗯了一聲，沒有回應。

「怎麼辦？說句話啊。」譚氏催道。

「容我想想，這事可不簡單。」

譚氏嘆息一聲，「自從我嫁給你，譚家就沒遇到過好事。」

東海王笑道：「像我這樣婦唱夫隨、任你欺負的夫君，上哪去找？這就是好事。」

譚氏冷著臉，起身走到東海王身邊，右手掐住他的胳膊，「我不管，是你惹出的麻煩，你負責解決。你是個窮王，沒有譚家資助，咱們就得過更苦的日子。」

東海王一邊求饒，一邊順勢摟住譚氏，「放心吧，皇帝越來越狠辣，我都能在他面前如魚得水，這點小事，難不住我。」

到了傍晚，平恩侯夫人以探望王妃的名義登門，喝了一杯茶水，屏退僕婦，對東海王說：「你這是自找麻煩啊，稍一不慎就會同時得罪皇帝與太后，最好的結果也是得罪一方，你怎麼想的，竟然攬下這種事？」

東海王苦笑，「這哪是我攬下的？太后給我寫信，請我幫忙。」

「太后請你幫忙勸陛下回京，不是讓你來迎請太后去洛陽。」

「陛下能聽我擺布？我一開口，陛下就想出這個主意，非讓我來迎請太后、皇后，我這是身不由己啊。」

「話先說清楚，雖然好兄弟幫過我幾次，可這回我幫不了你，太后正在氣頭上，誰的勸也不聽。」平恩侯夫人欠東海王不少人情，不想在這件事上償還。

東海王笑道：「別害怕，我打聽幾件事，妳如實告訴我就是了。」

「我未必知情。」

「知道就說，不知道就算了，我不勉強。」

「那你問吧。」平恩侯夫人有幾分警惕，她好不容易才得到慈寧太后的信任，絕不想輕易失去。

東海王想了一會，問道：「太后為何生氣？」

「我還以為你要打聽什麼祕密呢，太后當然生氣，陛下一走了之，人不回來，還要將太后接到洛陽。你知道……」平恩侯夫人壓低聲音，「太后等了多少年、受了多少苦，才進到宮裡成為太后？皇宮對太后來說，就像天下對皇帝一樣重要，無論如何也不肯放棄。」

「誰也沒說要讓太后放棄皇宮啊，只是去洛陽小住一陣，與陛下一塊過年，然後就回來了。」

「陛下對你這麼說的？」

「是啊。」

「你相信陛下？」

「天子無戲言，當然相信。」

「陛下那麼聰明，過完年再想別的藉口挽留太后呢？不說放棄皇宮，也不說遷都，最後事實上卻常駐洛陽，你能保證陛下不這麼做嗎？」

「這個……我可不能保證。」

「太后是怕陛下犯糊塗，將好不容易才得到的一切付之東流。」

東海王點頭，表示明白，如果當初他奪得皇位，絕不會隨便離開皇宮，在這件事情上，他佩服當今皇帝的決絕，心裡卻不是特別認同。

「所以太后是擔心去了洛陽之後被皇帝留下，再也回不了京城？」

「對，就是這樣。」

「陛下不是派人解釋過好幾次嗎？太后為什麼還不肯相信陛下？」

「陛下與大臣鬥得這麼激烈，一副寧可魚死網破也絕不認輸的架勢，太后怎麼知道陛下派人來說的話哪些是真，哪些是故意傳給大臣聽的？」

東海王再次點頭，皇帝使的手段太多，反而讓親人也分不清真假，「陛下的確有點做過頭了，照這樣下去，天下人都將無所適從。」

「抱怨也沒用，麻煩是你的，看你怎麼解決。」平恩侯夫人有點幸災樂禍。

東海王笑了笑，繼續問道：「皇后那邊怎麼樣？」

「還能怎樣？皇后老實得不像是小君妹妹，每日裡就是照顧慶皇子與公主，什麼也不參與，太后怎麼說怎麼是。」

「嗯……另一位太后呢？」

平恩侯夫人立刻警惕起來，「現在可不是你報仇的時候。」

「妳想多了，我就是隨便問問，慈順太后若是相勸，慈寧太后還會聽嗎？」

「反正慈寧太后對慈順太后還跟從前一樣尊敬，可是你想讓慈順太后幫忙，比直接勸說慈寧太后還難。」

東海王笑了笑，隨口問道：「除了妳，最近還有哪些命婦經常進宮？」

「不少，大家都搶著討好太后。」

「除了妳，還有誰比較得寵呢？」

兩句「除了妳」，讓平恩侯夫人臉上露出笑容，「我可是立過實實在在的功勞，才得到太后的寵信，別的命婦不過嘴上說些好聽的話，怎麼能跟我比？也就是王家的幾位女眷，仗著親情，比較得寵。」

平恩侯夫人收起笑容，「尤其是那個王翠蓮，嚴格來說都不算外戚，就因為小時候叫過太后幾聲『小姐』，現在一步登天，在皇宮裡經常一住就是好幾天，她算什麼？連朝廷命婦的身份都沒有啊。」

「事情往往如此。」東海王勸道，又問了幾件事，心裡卻已明白，問題以及解決問題的關鍵，都在那個王翠蓮身上。

第四百九十六章　媒婆

東海王最近較少與外人聯繫，消息也不那麼靈通了，送走平恩侯夫人，回後宅向譚氏問道：「太后寵信的那個王翠蓮，妳聽說過嗎？」

譚氏的態度比昨天好了許多，馬上回道：「當然，她雖不是命婦，所有命婦卻都要討好她，只是為了與太后搭上關係。其實那就是一個長舌婦，到處傳閒話。據說她在鄉下當了多年媒婆，能說會道，因此頗得太后歡心，現在也沒忘了舊業，經常給貴人家裡說親。」

東海王笑道：「妳討好過她嗎？」

譚氏臉色一寒，「我們譚家雖非大貴，但還要些臉面，想讓我討好，她還不配。」頓了頓，她又道：「再說妳這種情況，人人都像防賊一樣防著咱們，也就平恩侯夫人偶爾登門，我還能討好誰？」

東海王笑而不語，心中在想，怎樣能見王翠蓮一面，親自登門肯定不行，諸侯拜見民婦，實在說不過去，而且王翠蓮未必在家。

東海王看向一臉氣惱的譚氏，有了主意，笑道：「妳說得對，咱們家怎麼能討好一個媒婆？得讓她來討好咱們才行。」

譚氏冷冷地盯著丈夫，「你瘋啦？」

「我？當然沒瘋，不對，是有一點瘋，既然別人都像防賊一樣防著咱們，那咱們乾脆就當一回賊……妳派人去給王媒婆問喪。」

「她又沒死，問什麼喪？」譚氏吃驚地問。

「到時候妳就知道了，派人去，就說……你們都怎麼稱呼她？」

「王姨母。」譚氏一臉厭惡地說。

「『聽聞王姨母命不久矣，東海王王妃特派我來問候。』」

譚氏越發吃驚，愣了一會，「為什麼要用我的名義？」

「妳們都是女人嘛，我又不認識她，妳們總見過面吧？」

譚氏想了一會，「你是想逼王媒婆上門問罪？」

東海王笑著點頭，「不必多問，妳讓我解決問題，就按我的辦法來，等我的大問題解決了，譚家的小問題自然迎刃而解。」

譚氏打量丈夫幾眼，「做成了，你是一家之主，做不成，看我怎麼收拾你。」

次日上午，譚氏派去的僕婦被罵了回來，到家的時候臉上還是紅的，「王妃，咱們這回可是將人家給得罪了，王姨母不在，她家裡的人不好惹，什麼髒話都敢罵，差點就要動手打人。」

僕婦心有餘悸，譚氏也有點緊張，東海王卻無所謂，坐在家中靜候回音。

當天下午，馮舉和元九鼎又來了一趟，東拉西扯，在暗示中威逼利誘，東海王全當聽不懂，笑臉相迎、笑臉相送。

王翠蓮是傍晚來的，乘著一頂小轎，隨行的一名婆子向看門人喝道：「你家王妃呢？讓她出來，王姨母有話要問！」

王翠蓮四十多歲，長著一副刻薄面相，滿臉堆笑時看著還算親切，滿面冰霜的時候，就像是要吃人。

僕人將王翠蓮迎入正廳，譚氏出來相迎，一個勁地道歉，「誤會，全是一場誤會，東海王這不是剛從洛陽回來嘛，在那邊不知聽說了什麼，竟然……總之是誤會，王姨母千萬不要放在心上。」

王翠蓮面帶狐疑，「東海王在洛陽也能聽說我的消息？」

譚氏笑道：「無人不知無人不曉的王姨母，在哪沒有您的消息啊？」

王翠蓮的氣勢消了一些，「妳讓東海王出來見我，我要聽他解釋。」

東海王早就準備好了，一進廳就拱手笑道：「萬分抱歉，竟然鬧出這麼大的誤會。」

王翠蓮只是一名普通民婦，面對諸侯卻不站起，倨傲地說：「都說東海王小聰明多，果然名不虛傳。」

「過獎過獎，我哪來的小聰明？我是一點聰明也沒有。」

「那倒是，你若真聰明，就不會只當諸侯。」王翠蓮直戳東海王的痛處。

東海王卻不上鈎，依然笑道：「諸侯很好啊，此生無憾，倒是王姨母……」東海王仔細打量王姨母，顯得不太禮貌。

王翠蓮越發惱火，「你在洛陽聽說什麼了，居然咒我死？」

譚氏站在一邊旁觀，倒要看看丈夫怎麼對付這位有名難纏的王姨母。

「王姨母是在試探我吧？這麼大的事情，消息靈通的王姨母怎麼會沒聽說過？」

王翠蓮來之前心裡就有三分懷疑，這時增加到五分，「我一個平民百姓，消息一點也不靈通，就聽到你一個人在亂嚼舌頭。」

「王姨母真不知情？」

「別玩花樣，有話就說，這裡是京城，鬧起來，我可不怕你。」王翠蓮有點心虛。

東海王眉頭微皺，「糟了，那我就是犯下大錯了，王姨母，請原諒我的無心之失，我向您道歉，您要是不滿意，明天我親自登門道歉，送上一份厚禮以表歉意。」

東海王越不想說，王翠蓮越好奇、越忐忑，跟她一塊來的婆子不太識趣，誤解了主人的意思，插腰道：

「好你個東海王，現在知道服軟了，道個歉就行了？想得美，告訴你……」

「出去。」王翠蓮喝道。

婆子嚇了一跳，嘴上收不住，又說了一遍「告訴你」，隨後滿臉通紅地退出正廳。

「這回能說了吧。」王翠蓮明白東海王的顧忌。

東海王拱手，問道：「王姨母大禍臨頭，真的一點都不知情？」

「不知，我不過就是陪太后聊聊天、敘敘舊，哪來的大禍？」

「罪不在人，在事。」東海王上前一步，這是王府，他卻像客人一樣，繼續說道：「王平洋的下場，王姨母總該聽說了吧？」

「削奪官職、發配邊疆、永不錄用，可這跟我有什麼關係？雖然都姓王，卻不是一家人，王平洋算是外戚，我算什麼？」

「王平洋說是外戚，也比較勉強吧？」

「嗯，他是後來認的親……說他幹嘛？」王翠蓮有點不耐煩。

「要不是王姨母今日登門，我絕不會透露半句，可您既然來了，我不能再有所隱瞞。陛下為什麼要收拾王平洋？」

「他犯法了唄。」

「對，可也算不上不赦之罪，陛下之所以不肯寬容，有兩個原因，一是向天下顯示王法無私，就算是外戚也不能置身法外，二是……嘿，咱們私底下說，王姨母不會亂傳吧？」

「當然，你去問問，我是那種多嘴多舌的人嗎？」

「我相信王姨母。」東海王收起微笑，「二是提醒宮中，不要再干涉朝政。」

王翠蓮愣了一會，「你這越說越遠了，陛下與太后的事情，和我更沒關係。」

東海王嚴肅地搖頭，「不對，大有關係。陛下處置王平洋，是希望給太后一個提醒，可太后顯然有所誤解，似乎對陛下心懷怨氣，陛下遠在洛陽，不可能親自回來解釋，唯有繼續給太后提醒。」

東海王又一次盯著王翠蓮，若有深意地微笑。

王翠蓮心中發慌，「這還是跟我沒關係啊。」

「王平洋已經被發配邊疆，接下來陛下拿誰給太后提醒呢？至親肯定不行，那只會惹怒太后，陛下也不忍心，非得是王平洋這樣的人，太后比較在意，但又沒到完全捨不得的地步。」

王翠蓮臉色微變，「陛下……知道我？」

「陛下有什麼不知道的？京城的大事小情，每天都有人報給陛下，陛下隱而不發，等的就是一個時機。」

王翠蓮臉色變白，「我與太后情比姐妹，太后不會……絕不會……」

「只要太后願意，肯定能保住王媖母，可王媖母因此得罪洛陽，值得嗎？」

王翠蓮臉色變換不定，「你說的話都是真的？」

東海王笑道：「說不說在我，信不信在您。」

王翠蓮喃喃道：「你知道了，陛下肯定也知道，就算現在不知道，你回洛陽也會告訴陛下。」

這個媒婆倒是不笨，東海王沒什麼可說的了，得意地向一邊的譚氏瞥了一眼。

譚氏面無表情，心裡卻佩服丈夫，頓生柔情。

「你想讓我怎麼辦？」王翠蓮問道，對問喪一事已不在意。

「不是我想，是王媖母妳能怎麼辦。」

「我能怎麼辦？」王翠蓮問，已經沒了主意。

「要找源頭，王媖母的危險皆源於陛下與太后關係不睦，若能母子和諧，王媖母何險之有？還會兩邊立功，地位更穩。」

「讓我勸說太后去洛陽？」

「眼下也就這件事能讓太后與陛下恢復親情吧。」

王翠蓮沉吟良久，抬頭道：「東海王，奉命迎請太后的人是你，可不是我。」

東海王點頭，「奉命者是我，立功者卻能是任何一個人。」

「我不要功勞，只要太后開心就好。」

「太后開心，陛下就開心，陛下開心，自然不會多增是非。」東海王不提自己。

王翠蓮站起身，臉上總算擠出一絲微笑，「你果然是個聰明人，可你找錯人了，東海王。」

「我不覺得自己找錯了人。」東海王還以微笑。

「我真的只是陪太后聊天，阻止太后去洛陽的另有其人。」

「誰？」

「東海王也有不聽明的時候啊，當然是在京城做主的人。」

「在京城做主……宰相？」東海王難以相信，一直以來，卓如鶴表現得都很忠於皇帝。

王翠蓮笑道：「男人都是這樣，以為管事的都是男人。別問我，去問王妃吧。總之我不惹事就是，東海王若能打通關節，我願意勸太后幾句。」

王翠蓮也不告辭，大步離去。

東海王反而疑惑了，向譚氏問道：「不是宰相，還能是誰？總不會是太后本人吧？」

譚氏已經醒悟，「是公主。」

「哪位公主？」

「當然是卓家的公主，難道你忘了，宰相也是駙馬。」

二三二

第四百九十七章　親上加親

卓如鶴是留守宰相，東海王是皇帝派回來的使者，兩人應該見一面，可東海王沒有提出請求，卓如鶴也沒有發出邀請，兩人都願意裝糊塗。

東海王裝不下去了，他剩下的時間不多，必須盡快說服慈寧太后。

卓如鶴接到拜帖之後很意外，當著僕人的面表現出明顯的猶豫，最後還是同意見東海王一面，約在次日上午，卓如鶴在勤政殿結束議政之後、回宰相府之前。

這算不上正式見面，卓如鶴沒打算邀請東海王進入勤政殿。

這也不算私下會面，勤政殿外有大臣、衛兵等人，都能看見他們交談。

皇帝不在，議政很快結束，卓如鶴等大臣走出來的時候，東海王正站在門外等候，臉上掛著微笑，向幾位大臣點頭致意。

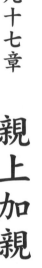

大臣們回禮，沒有立刻離開，站在門外小聲交談，只有卓如鶴走過來，拱手道：「太后那邊給消息了？」

東海王搖搖頭，「看來這趟我要空手而歸，回去沒法向陛下交待啊。」

「只要是太后的決定，想必陛下都能理解。需要我幫什麼忙嗎？」

東海王笑吟吟地看著卓如鶴，「我要宰相大人幫我一個大忙。」

「別的事情好說，勸說太后可不行，身為外臣，不好參與宮裡的事情，而且……」卓如鶴嘆息一聲，「我現在不過是尸位素餐，只要陛下一句話，我立刻交印讓賢。」

「宰相大人千萬別這麼說，如今陛下正依仗你呢，每次看見宰相大人的請辭奏章，都要唉聲嘆氣，一連沉悶數日，連我們這些人的日子也不好過。」

卓如鶴搖搖頭，表示不信，「說吧，什麼事，我今天比較忙。」

東海王側身，示意卓如鶴向一邊走出幾步，離大臣稍遠之後，他說：「若非走投無路，我也不找宰相。」

「我說過，太后的事情……」

「宰相大人身為外臣不好過問，公主呢？」

卓如鶴一愣，「哪位公主？」

「當然是宰相家裡的公主，也是我的姑母。」東海王笑道。

卓如鶴臉色一寒，「公主與這件事情一點關係也沒有。」說罷轉身就要走。

「宰相大人還是回家問問吧。」東海王稍稍提高聲音。

卓如鶴大步離開，再沒回頭。

大臣們很快散去，東海王站在原處，抬頭看了一眼勤政殿，扭頭又望了一眼不遠處的持戟衛兵，心裡輕嘆一聲，也向外面走去，一眼也沒看附近的同玄殿。

東海王不想枯等回信，離開勤政殿之後，又去宗正府拜見韓踵。

韓踵是宗室老臣，臨危受命，代替韓稠掌管宗正府。本意只是過渡一下，結果事情卻是一件接一件，令他十分為難。

「陛下到底是怎麼想的？」韓踵比卓如鶴客氣得多，將東海王請進宗正府正堂，上茶之後屏退了僕人與屬下官吏。

「陛下的心思誰也猜不透，陛下如今的防範之心比較重。」

韓踵重嘆一聲，「也難怪，大臣們做得過分了些，竟然派專人揣摩陛下的心思，真不知他們是怎麼想的。南直勁、趙若素兩名小吏有何本事，竟將朝廷攪得天翻地覆？陛下放過他們，真是不可思議。」

「這就是我所說的，陛下的心思如今誰也猜不透。」

韓踵笑了兩聲，「是啊，你來見我是有事吧？」

「太后拒絕去洛陽。」

「要我說，這的確不合規矩，正月是宮裡最忙的時候，人都走了，誰去祭天、祭祖？誰來評判元宵燈會？誰來朝會宗室子孫？一堆事情沒法解決，我現在完全不知所措，真後悔當初接掌宗正府。」

韓踵比卓如鶴更狡猾，不等東海王開口，就給拒絕了。

東海王笑道：「船到橋頭自然直，老大人不必擔心，太后拒絕接受陛下的迎請，這才是大麻煩。」

「是啊，大麻煩，東海王，你可得小心，走錯一步，你就要遭殃。」

東海王連笑數聲，「我遭殃不怕，就怕太后與陛下母子不睦，甚至影響到朝堂穩定。」

「那你得想辦法啊。」韓踵正色道，表現得很關心，但是暗示得也很明顯，他絕不會插手此事。

「老大人的孫子與卓宰相的一個姪女定親了吧？」

韓踵招手，示意東海王靠近一些，輕聲道：「算來算去，大家都是親戚，宰相夫人是你姑母，她還叫我一聲叔父呢，你想從這裡找幫助，錯得不能再錯。」

東海王嘿嘿乾笑，「都是親戚，願意親上加親的卻不多，老大人說我錯了，可我除了一錯到底，還能怎麼辦呢？總不能空手回去見陛下吧？請老大人體諒，我的身份跟你們不一樣，說是如履薄冰、危如累卵也不為過。你們走錯一步，大不了告罪請辭，我可不行，所以只好硬著頭皮往下走，不碰南牆不回頭，碰到南牆……也得頭破血流再說。」

韓踵冷冷地看著東海王，突然露出笑容，那是由內而外的笑容，並非敷衍，「你先回府吧，等我消息，或許我真能幫你一把，都是宗室子孫，做長輩的要照顧晚輩。」

「晚輩自然也要孝敬長輩。」東海王笑道。

回到家裡，東海王當著譚氏的面，將卓如鶴和韓踵罵了一通，「這兩個老糊塗，以為留下太后，就能擊敗陛下嗎？陛下的手段我最瞭解，別看現在隱忍，真出手的時候，大臣必然一敗塗地。」

譚氏坐在那裡傾聽，最後道：「陛下真要撤換整個朝廷？」

「整個不至於，但是大臣們若是還不肯服輸，陛下真會下狠手撤掉一半。」

「嗯。」

「妳可別亂想，軍隊都在陛下的掌控之中。」

「呸，我想什麼了，把你嚇成這樣？我是說，諸多新人將要興起，不知誰是最後的大贏家？」

「別想了，如今陛下最忌諱這種事，沒人知道陛下最賞識的人是誰，有一個康自矯最近比較得寵，可我覺得這是陛下的障眼法，陛下真正要重用的人，很可能已經被派到某處當個不起眼的小官，說不定哪天就能一步登天。」

「柴悅呢？他現在統領南、北兩軍，風頭正勁。」

「不用說，他是陛下最信任的人之一，妳幹嘛問這個？」

「當然是給未來鋪路，難道咱們就這麼一直卑微地活著。」

東海王嚇了一跳，「我不是剛對妳說過，別胡思亂想……」

「哎呀，你才是胡思亂想，咱們說的根本不是一回事，柴悅有個同母弟弟，如果譚家能與柴家結親，豈不甚好？」

東海王鬆了口氣，搖搖頭，「動手晚了，柴悅得勢多久了，早有人惦記上他那個弟弟了，據我所知，崔家、鄧家都在爭，別人家沒機會。」

譚氏想了一會，「那你就得努力了。」

「努力什麼？」

「陛下最近任命的這一批新官當中，必有未來的宰相，你若能猜中，讓譚家提前與之結親，就是給未來鋪了一條光明大路。」

東海王笑著搖頭，「妳還沒明白，第一，我猜不出來；第二，無論是譚家，還是某個世家，與此人結親，立刻斷送此人的前途。」

譚氏又想了一會，「皇帝好難對付。」

「噓。」東海王走到門口看了一眼，「當然難對付，我能堅持到現在，已經算是本事了。」

「這麼說來，譚家想要復興，就只能從自家推出一位能人了。」

「幹嘛，不看好我嗎？」東海王笑著問道。

「除非太陽從西邊出來，皇帝怎麼可能重用你？」

東海王也知道不可能，可還是忍不住想了一下，「算了，我先睡會，如果有人來找，馬上把我叫醒，我就不信卓如鶴和韓踵能挺過今晚。」

東海王說對了，天黑之前就有人來拜訪，不是卓如鶴，也不是韓踵，而是南直勁。

南直勁仍然擔任御史，從前的地位卻丟得乾乾淨淨，皇帝固然不可能信任他，大臣對他也有頗多懷疑，只在要向皇帝傳話的時候才會想起他。

幾個月不見，南直勁更顯瘦削，整個人好像只剩下一副皮囊包裹著骨架，禮節倒是沒忘，也不坐，站著說道：「慈寧太后與皇后三日後出宮前往洛陽，慈順太后可能不會去。」

東海王心中如釋重負，臉上卻不顯露，微笑道：「有勞南大人告知。」

「東海王回洛陽會怎麼對陛下說？」

「一切順利，陛下思念太后，太后也思念陛下，母子之情擺在那裡，任何挑撥離間之舉都不會成功，我絕不會當那個亂說話的人。」

南直勁面無表情，點點頭，「現在的確不是亂說話的時候，大楚需要穩定，朝堂也需要穩定。」

「可不就是這個道理，大家若是都像南大人這麼想，天下太平。」

南直勁目光冷峻，「東海王還沒有聽說？」

「聽說什麼？」東海王有些糊塗。

「今天剛剛傳來的消息，鄧將軍在西方大敗，匈奴人也參戰了，但他們幫的不是大楚，而是神鬼大單于。陛下的擔心是正確的，大楚的確面臨著強敵，而且這股強敵已經收服了匈奴。」

東海王目瞪口呆，「這、這麼快？」

「陛下希望用五到十年恢復國力，怕是沒有機會了。」

第四百九十八章　家事國事天下事

最終太后、皇后沒有去洛陽，皇帝起駕回京了。

韓孺子一得到消息，立刻出發，身邊只帶著千餘人。

他希望有一場戰爭，可即將到來的戰爭卻可能遠遠超出期盼，與之相比，君臣之爭變得微不足道。

新年即將到來，京城百姓即使聽說了西方的戰敗也不放在心上，頂多當作茶餘飯後的談資，仍在熱熱鬧鬧地忙著採購年貨、訪親探友。

皇帝畢竟是皇帝，可以倉促離開洛陽，可以不作停留直過函谷關，卻不能隨隨便便進入京城，大臣們一直盼著皇帝回來，待到皇帝風風火火地趕到，他們卻一致反對皇帝在沒有儀駕的情況下進京。

「百姓會怎麼想？難道大楚已經慌張到這種地步，天子連最簡單的威儀也不顧了嗎？」宰相卓如鶴帶領文武百官出城迎接皇帝，勸皇帝稍等兩天，等洛陽的輦駕、儀衛趕到之後，再舉行進城儀式。

韓孺子同意了，事實上，還在路上的時候，他就已經反思自己的反應是不是過於激烈。

但他需要馬上瞭解第一手消息。

韓孺子停在北軍大營裡，北軍正在塞外駐守，營內空虛，正好成為臨時行宮。

西域的消息大都傳給兵部、禮部，兵部尚未任命新尚書，禮部尚書劉擇芹跟在皇帝後面，尚未到達京城，因此宰相卓如鶴指定兵部的另一位侍郎向皇帝報告情況。

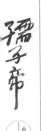

「十二月十三西域傳來消息，說西方發生了一場大戰，但是說法比較混亂，禮部的四方司接下，沒有立即上報。隨後的十二月十七、十八、十九三日，西域傳來更多消息，都是傳給禮部，說是有幾位國王逃難至大楚，懇請入關。可這只是西域一位國王寫來的信，沒有我大楚官員的印章，因此也沒有上報。此後幾天，常有消息傳來，彼此矛盾、來源不清，或到禮部、或到兵部，也都沒有上報。一直到十二月二十二，崑崙山虎踞城將軍張印，與西域都護申經世聯名寫來一封正式奏章，終於說清了事實。」

奏章就擺在桌子上，韓孺子早已看過，心中還是有諸多疑惑。

奏章不是很長，主要內容是張印寫的。

大概是在兩個多月以前，鄧粹率領西域聯軍與敵軍相遇，兩戰皆勝，正在撤退的時候，匈奴人不知從何處趕來，突然加入戰場，使得聯軍大敗。

張印寫奏章的時候，鄧粹依然下落不明。

虎踞城還沒有完全築成，張印立即停工，給工匠分發兵器，臨時拼湊了一支軍隊，他之所以寫奏章，一是為通報情況，二是請求朝廷盡快給予支援。

韓孺子一路奔馳的這些天，西域又傳來大量消息，來源極其複雜。有大楚官員、有各國王公、有來往商旅，說法更是多種多樣，鄧粹一會死一會被俘，最好的消息則說他已經安全逃回虎踞城。

關於匈奴人的說法更為矛盾，一說整個匈奴都投降了神鬼大單于，一說那只是部分匈奴人，匈奴人主力沒敢迎戰，早不知逃到哪裡去了。

身為皇帝，韓孺子大多數時候只是聽，宰相卓如鶴主持朝議，兵部無主，禮部尚書還沒到，卓如鶴按品級、地位指定大臣們一一說出自己的想法。

第一個陳述意見的是左察御史馮舉，「臣以為，鄧將軍兵敗固然是一件憾事，但也不必過於驚慌，由崑崙山至大楚相隔數千里，中間的西域土地貧瘠，支撐不起大軍經過，對楚軍如此，對敵軍也是如此。千古以來，中原從未遭受西域方向的入侵，可為明證。值得警惕的還是匈奴，匈奴若是真的投降敵軍，大楚北疆堪憂，好在陛下有遠見，南、北兩軍已經駐守塞外重城。眼下的當務之急是盡快弄清楚匈奴的狀況。」

群臣一一發言，大都與馮舉意見一致，也有幾位大臣覺得西域不可放棄，應當盡快給予支援，否則的話，西域諸國離心，虎踞城也白建了。

朝議持續了整個下午，韓孺子遣散群臣，單獨留下卓如鶴。

「宰相乃百官之首，卓相也該說說自己的想法。」韓孺子道。

君臣二人數月未見，心中都有芥蒂，這時卻裝作什麼事情也沒發生，卓如鶴躬身施禮，說：「陛下垂問，臣不敢不回，臣斗膽進言，西域不可守。」

「為何？」

「西域空虛，路途遙遠艱辛，糧草由大楚出發，到西域之後，所剩不過一成，且曠日持久，來不及與敵軍交戰，反而會成為資敵之糧。」

「西域三十幾國，以及即將完工的虎踞城，就這麼放棄了？」

卓如鶴再度躬身，「在崑崙山築城，實是陛下的遠見卓識，若是再有三到五年時間，哪怕只有一年，大楚軍糧陸續進入西域，依託虎踞城、背靠西域，可與敵軍一戰。如今那虎踞城卻是空城，按辟遠侯張印所言，尚有一角尚未完工，敵軍卻已壓境，大楚不是不想救，實在是來不及救。」

韓孺子點點頭，示意卓如鶴繼續說下去。

「左察御史馮大人的意見很有道理，大楚無力支援西域，敵軍也很難通過西域進攻大楚，威脅仍然來自於北方。」

「塞外可有消息？」

「正值隆冬，塞外並未見到匈奴人的蹤影，大概要到明天春夏，匈奴人才會有所動作。大楚還有三五個月的準備時間，與其費力保護西域，不如招回西域楚人，轉而加固北邊。」

「鄧將軍生死未知。」

「鄧將軍若是僥倖逃脫敵軍之手，可與辟遠侯、西域都護一同回京，若是不幸，大楚鞭長莫及，也沒有別的辦法，而且他是擅自出征，回來也該受罰。」

「等消息明確一些再說吧。」

「是，陛下，不管怎樣，先要把年過了。」

「嗯。有勞宰相。」

卓如鶴突然跪下，磕個頭，「臣愧對陛下。」

「朕是大楚天子，你是大楚宰相，意見或有不同，卻都是為大楚著想，何來愧意？」韓孺子從桌上找出幾份奏章，「域外騷動，該是君臣攜手同心、共度難關的時候，望卓相勉力支撐，再為朝廷效力幾年吧。」

那都是宰相此前的請辭奏章，卓如鶴再次磕頭，「臣不敢推辭，唯有披肝瀝膽，為陛下效命。」

留住了宰相，自然也就留住了百官，一項危機算是解決，危機的根源卻還在，卓如鶴沒有起身，仍跪在地上，問道：「外患既生，內憂還要如期解決嗎？」

韓孺子給出三個月時間，要求天下富貴人家出交私蓄的家奴，或入籍，或放歸為民，期限馬上就要到了。

「也等年後再說吧。」韓孺子道。

卓如鶴磕頭告退。

韓孺子獨坐多時，他現在左右為難，西方強敵來得太不是時候，不馬上開始防範的話，將有大患。若要盡快著手，則必須依靠大臣與世家的支持，整肅朝廷的行動就得中止，留下一個遠憂。

他懷念楊奉。

雖然楊奉直到最後也沒有找出「淳于梟」，但他從不猶豫，總是知道自己該做什麼。這點其他人都比不了，即使趙若素等人還受到皇帝的信任，在這種時候也提供不了幫助。

後面的儀駕跑得也很快，第二天就到了，皇帝得以正式進城。

還有大批隨從在路上，尤其是淑妃鄧芸，走得比較慢。

韓孺子回宮的第一件事是去拜見兩位太后，上官太后仍然告病，慈寧太后表現得比較客氣，母子二人之間已有隔閡，比君臣矛盾還難化解。

慶皇子又長大不少，已經能說出簡單的話了，卻不肯叫「父親」，躲在祖母懷裡一直不抬頭。

孺君公主倒是很活潑，躺在小床上，衝著父親手舞足蹈。

崔小君站在皇帝身邊，看著女兒，微笑道：「瞧她的眼睛，大家都說很像陛下。」

「朕哪有這麼美的眼睛？」韓孺子心中生出暖意，伸手輕輕捏了一下公主的臉頰，公主不怕，反而呵呵地笑出聲來。

「陛下在外辛苦了。」崔小君看向皇帝，心中的憐惜與對女兒的一樣多。

「還好。」韓孺子仍盯著女兒。

「陛下……很為難吧？」

「為難什麼？」韓孺子驚訝地扭頭。

「內憂外患趕在了一起，我知道陛下是個不服輸的人，肯定不想放棄任何一項計畫。」

韓孺子沉默無語。

「陛下不如從崔家著手吧。」

韓孺子更加驚訝，「崔家……」

「陛下已經以身作則，裁撤皇家在天下各處的園囿宮室，可效仿者不多，那就是心中仍存疑慮，以為陛下不會一以貫之。王、崔兩家皆為外戚，王家勢弱，有一人獲罪；崔家勢強，卻未聞陛下降罪，天下人會因此覺得不公，以為陛下有所偏向。」

「朕不會降罪於無辜之人。」

「崔家並不無辜，父親已對我說過，他與人勾結，探聽陛下心思，早為前計，給崔家安排了不少官位。」

韓孺子其實已有計畫，只是覺得時機未到，沒想到皇后竟然提了出來。

「皇后明白崔太傅的罪有多重嗎？」

「明白，所以我有一個請求，崔家願意認罪，但是請陛下能夠大發慈心，給崔家一條活路。」

家事、國事、天下事，全趕在了一起。

韓孺子未做任何決定，還是先將年過了。

第四百九十九章　寒城

崑崙山正處於一年之中最冷的時候，萬古不化的積雪又添一層，只在極少數地方還保留著一點雜色。虎踞城背靠懸崖，扼守唯一的過山之路，前後百餘里範圍內，幾無人煙。

辟遠侯張印當初選擇在這裡築城，為的是易守難攻，可是也有一個不小的問題，便是糧草運輸極為困難，囤糧比築城還要困難。如今城已基本建成，城內餘糧卻沒有多少，勉強能供養千餘人過冬。

越到緊張時刻，張印口吃越顯嚴重，到了難以發號施令的地步，只能依靠身邊的幾名貼身隨從，再經由通譯向城裡的西域工匠發佈命令。

但他就像一頭被蒙上眼睛、只知不停前進的拉磨驢，即使大難臨頭，還是一步一步地往前走，仍在督促工匠們夜以繼日地修建最後一段城牆，唯有看著巨石一塊塊壘起來，心裡才能舒服一些。

不是所有人都像他這麼執著。

西域都護申經世的治所本在後方，奉旨前來宣召鄧粹回京，沒想到竟然聽到了兵敗消息。

環顧整座虎踞城，真正的士兵不到二百人，剩下的全是各國工匠，一閒下來就用本族語言悄悄交談，申經世看在眼裡心跳不已、眼皮也跟著跳，預示將有大禍降臨。

這天上午，城外哨所傳來的消息讓申經世下定決心來找張印。

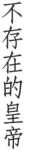

「張將軍，走吧，不能再耽擱了。」

「嗯？」石屋裡，張印坐在炭盆旁邊，全身裹著厚厚的毛皮大氅，盡量少說話。

一半因為寒冷，一半出於恐懼，申經世臉色鐵青，「哨所傳來消息，有陌生的騎兵在遠處窺望，此地百里之內並無人家，哪來的騎兵？必然是西方人。」

「嗯。」張印已經聽到消息，伸手拿著鐵鈎，輕輕撥弄盆中的木炭，木炭也是緊缺之物，除了少數將領，大部分士兵與工匠都享受不到這點溫暖。

申經世急了，「敵軍就要打來，虎踞城守不住，咱們得馬上撤走。」

張印想了一會，搖搖頭，吐出一個字：「不。」

西域都護兼管文武，名義上是大楚在西域的最高長官，可是並沒有太多實權。自從大楚實力衰落，不再向西域大規模派兵，各國又都恢復各自為政的狀態，鄧粹能聚集一支軍隊，靠的全是他個人的本事，至於辟遠侯張印，直接領受聖旨，在崑崙山築城、守城，不用聽從其他人的命令。

一個「不」字令申經世大怒，明知張印口吃，並非故意做出冷傲姿態，他還是雙眉倒豎，「張將軍不想撤離，可以，把城裡的士兵交給我，我要帶走，不能白白損失在這裡。」

鄧粹大敗，西域諸國震動，對大楚肯定不像從前那麼尊崇，沒有士兵保護，申經世已不敢在西域走動。

張印搖頭，「聖、聖旨。」

旁邊的老僕小聲解釋道：「侯爺是說，要等朝廷的旨意……」

「我知道他在說什麼，用不著你多嘴多舌。」申經世斥道，搬來一張凳子，坐在張印對面，稍稍緩和語氣，「朝廷的反應沒這麼快，等聖旨到來，虎踞城已成一片平地。而且我敢保證，朝廷的旨意肯定也是撤離。」

張印看了一眼，表示不信。

申經世耐心解釋，「我們申家與兵部蔣家乃是姻親，我叔叔的女兒，嫁給了蔣兵部的侄子，兩家通好多年，所以我能聽說許多朝內的消息。實不相瞞，朝廷並不支持在崑崙山築城，全是因為陛下堅持，才不得不派張將軍、鄧將軍來西域。朝廷的想法是，反正築城主要由西域各國承擔，不費大楚太多物力，等城好之後，慢慢向陛下解釋由大楚向西域運兵、運糧的艱難，將虎踞城交給最聽話的西域小國也就是了。至於張將軍、鄧將軍，照領築城之功，並不受影響。」

張印低頭看著燒紅的木炭，沒有開口。

「如今城未築完，敵軍已到，糧草更難運來，情況比預想得還差，朝中大臣必然苦勸陛下放棄此城，召回兩位將軍。陛下再怎麼堅持，這種情況下也沒有別的選擇。早些棄城，起碼不墮國威，若是在城裡再敗一場，大楚在西域威風盡掃，咱們想回大楚，只怕連路都沒有了。」

張印深吸一口氣，放下手中的鐵鈎，緩緩起身：「陛、陛下信、信任我，我、我、我不能、不能棄城。」

申經世怒氣又湧上來，騰地也站起身，大聲道：「張印，我知道當初就是你給陛下出的主意，為的是給孫子贖罪，可你不能拿大家的命贖罪，城裡的士兵我要帶走。」

張印不回應。

申經世等了一會，伸出手，「交出官印。」

官印才是一切問題的關鍵，申經世想走、城裡的將士大都也想走，但是沒有官印，就沒有正式的命令。撤退就會變成逃亡，回到大楚之後沒法交待，很可能會因此獲罪下獄。

張印還是搖頭，「聖旨。」

申經世再也忍不住，罵了一句髒話，怒道：「你比築城的石頭還硬，有這個本事，你一個人去擊退敵軍。」

申經世拂袖離去。

老僕上前道：「侯爺三思，申都護的話有些道理，就算是聖旨到來，只怕也是讓侯爺放棄此城。」

在僕人面前，張印說話較為通順些，但也盡量簡短，說道：「張家不能再次辜、辜負陛下的信任，聖旨不來，我不退。」

老僕不敢再勸，說道：「那我出去看看，城裡人心不穩，申都護又急著撤離，別鬧出事來。」

張印點頭允許，老僕離開後，他又坐在凳子上，繼續烤火，心裡只琢磨著一件事：照現在的速度，多久才能將最後一段城牆修成。

不知過去多久，出去查看情況的老僕突然推門闖進來，驚慌地說道：「大事不好，城中軍士受到鼓動，要來奪印！」

「關、關……」張印一緊張，結巴得更嚴重。

老僕明白主人的心意，立刻關門上門，退後兩步，看著門，好像它會變成怪物。

敲門聲一響，老僕嚇得一哆嗦，轉身看向主人。

辟遠侯張印不知何時拿起了靠牆放置的鐵槍，雙手握持，對著房門，皮毛大氅放大了身軀，又恢復幾分年輕時的威風。

老僕受到鼓舞，也到牆邊拿起一口刀，握在手裡，站在主人側前方，心驚膽戰。

敲門聲停止，有人推門，推不動，一個聲音喊道：「張將軍開門。」

主人口吃，老僕代為回答，「侯爺問，有什麼事情？」

「眼看敵軍就要攻來了，我們來跟張將軍商量守城事宜。」

「不用撒謊，我聽到你們說話了，想來奪取侯爺的將軍印。侯爺說得很清楚，沒有聖旨、絕不棄城，申都護不歸侯爺管，他想走，帶自己的人走好了，其他軍士都得留下。」

外面沉默了一會，突然又響起砰砰的敲門聲，然後是一個惱怒的聲音，說道：「張將軍，都是有兒有女的人，我們上面還有爹娘要養，沒法跟將軍一塊給朝廷盡忠，請你要麼交出官印，要麼寫一道撤退命令，讓我們離開虎踞城。」

老僕轉身又看了一眼主人，大聲回道：「既拿朝廷俸祿，就該盡忠報國，怎可輕言退卻？虎踞城即將完工，一夫當關、萬夫莫開，敵軍再強，也無法輕易奪走，貿然撤退，身後無險可守，反而更難逃出西域。」

外面有人說道：「這不是張將軍，是他身邊的老傢伙。」

另一人道：「少聽他胡說八道，張將軍不肯交印，是怕回京之後沒法向皇帝交待，孫子性命難保，所以拿咱們當替死鬼。」

張印無言以對，老僕道：「你們休要亂猜，張將軍平時待諸位不薄，不會追究今日之事，你們速速退去，督促工匠築城，早日將最後一段城牆建好，才是大家的保命之資。」

這番話沒有說服任何人，外面又響起敲門聲，聲音更響，像是在用什麼東西撞門。

門很厚，門閂也夠硬，外面的人砸了一會，放棄了，有人道：「乾脆放火吧。」

老僕心中一驚，石屋不怕火燒，木門卻不行，屋裡還有木炭等易燃之物。

好在馬上有人反對，「不行，咱們不能擔殺將之罪，何況若是燒壞了官印，咱們更沒法離開了，堵上幾天，屋裡沒吃的，張將軍自會開門，到時候再好好商量。」

外面的人散去後，老僕悄悄走到門口，透過門縫看了一會，隨後轉身來到主人面前，小聲道：「有人在外面看著呢。」

張印坐回凳子，將鐵槍放在身邊，看著炭火漸弱，沒有再拿鐵鈎撥弄。

「咱們堅持不了多久，沒吃的還好說，沒有水……」雖然老僕一直替主人辯解，不過心裡卻希望主人能夠妥協。

張印沉默多時，開口道：「寧死、寧死不退。」

老僕輕嘆一聲，拿著刀又走到門口，靠門站立，做好準備，要與主人同生共死。

夜色降臨，木炭卻燒沒了，屋子裡越來越冷，主僕二人輪流睡覺。

次日一早，申經世親自來了，表面上是要調停將軍與士兵的矛盾，其實還是在勸說張印撤離。

張印隻字不回，老僕偶爾說幾句，很快也放棄了。

辟遠侯張印頑固不化，外面的軍士開始商量自行撤離，可是一想到回大楚之後要面臨軍法處置，誰都不敢甩手就走。

第三天，申經世又來了，「張將軍，出來看看吧，工匠都快跑光了，就剩咱們楚人了，虎踞城生不逢時，注定無法完工。」

老僕肚子餓得咕咕叫，脾氣不太好，大聲道：「工匠就是你們放走的，看你們以後怎麼向陛下解釋！」

申經世哼了一聲離開。

到了下午，老僕透過門縫看到軍士們抱來木柴堆在門口，臉色一白，轉身向主人道：「侯爺，咱們不會渴死、餓死，會被燒死。」

「比、比凍死……強。」張印說了這麼一句。

老僕點點頭，向門外大聲道：「要燒就多來點木柴，暖暖和和的。」

木柴堆好了，卻遲遲沒人過來點火，軍士們互相推諉，申經世也不肯親自動手。

夜裡，主僕二人又渴又餓，都睡不著覺，坐在凳子上默默相對。

「小主真不值得侯爺這麼做。」老僕死到臨頭，說了一句實話。

「我不為他。」張印道，不在乎別人相不相信。

外面響起叫聲，「敵軍攻來啦！」

老僕起身，外面又叫道：「不對，是鄧將軍！」

第五百章　不退

鄧粹大敗而歸，說是死裡逃生也不為過，走時率領萬餘名西域士兵，如今身後只跟著三四百人。可鄧粹卻沒有表現出一點敗相，騎馬直入虎踞城，大呼小叫要酒要肉，好像腰纏萬貫的旅人走進一家不起眼的鄉間小店似的。

城裡已經沒有多少人，申經世說得沒錯，工匠的確跑光了，他們是為大楚築城，一旦發現楚人不和，頓生離意。

鄧粹突然現身，讓城裡近二百名楚軍士兵心生惴惴，他們困住了一位將軍，正要放火燒死。申經世尤其緊張，鄧粹回京之後能夠直接見皇帝，若是告上一狀，他可受不了，於是擠過人群，來到鄧粹面前，驚訝地說：「鄧將軍回來了，我們還以為……鄧將軍怎麼回來的？」

鄧粹將手中的韁繩扔給申經世，「先拿酒肉來，吃飽了再說。」

鄧粹畢竟是大將，而且帶回來的士兵數量更多，申經世將馬匹轉交他人，下令準備食物。

廚子也跑了，士兵們端上來冷酒冷肉，不等加熱，鄧粹等人狼吞虎嚥地吃起來，好在肉是熟的，只是吃起來多了一些冰碴。

楚軍士兵站在大廳門口，不知如何是好，全都看向申經世，申經世示意眾人不必著急，一切包在他身上。

鄧粹吃得差不多了，大聲道：「張將軍呢？怎麼不來見我？」

申經世走上前，笑道：「張將軍睡得早，我們不想打擾他。」

「嗯，人老了是這樣。」鄧粹揮揮手，讓身邊的西域士兵讓開，給申經世挪出位置，然後問道：「城裡的其他人呢？」

「聽說前方兵敗，全都跑了，楚軍人少，彈壓不住。」

鄧粹撇撇嘴，「一群膽小鬼。」隨後打量申經世，「別人都跑了，你怎麼來了？」

「我奉旨來召鄧將軍回京。」

「奉誰的旨？」

「當然是陛下的聖旨。」申經世驚訝地說。

「我正打得高興呢，幹嘛要回去？我不走。」

申經世又吃一驚，「鄧將軍，這可不是鬧著玩的，你已經大敗，麾下將士所剩無幾，敵軍就在你們身後吧？若是攻來，虎踞城決計守不住，而且這是聖旨，鄧將軍怎可抗旨不遵？」

鄧粹笑了幾聲，「我不推辭一下，回去怎麼向陛下交待？」

申經世一愣，隨後恍然大悟，也笑道：「鄧將軍放心，回京之後，我一定在奏章中將鄧將軍雖敗不餒的意思寫得明明白白。」

鄧粹用沾滿油脂的手拍拍申經世的肩膀，說道：「那就謝謝了，把張將軍叫起來吧，讓他別睡了，要走咱們就快點。」

鄧粹急於離開虎踞城，申經世鬆了口氣，探身向前，小聲道：「張將軍比較麻煩，他拒絕離開，說是一定要等聖旨到來。」

「你不是有聖旨嗎？」

申經世搖頭，「我是在兵敗之前來的，聖旨只召鄧將軍一人回京，不包括其他人。」

「原來如此。」鄧粹點頭。

申經世繼續勸說，「鄧將軍率軍出征，陛下都要召回，若是聽說兵敗，肯定是要全軍召回，咱們先離開虎踞城，路上慢慢走，迎上聖旨，回京後也別說提前離開的事——我沒有別的意思，只是想保住西域這點兵力。」

「大家的想法和你一樣？」鄧粹用下巴指向大廳門口的一群楚兵。

「完全一樣，只有張將軍固執。」

「那張將軍現在沒睡覺？」

「應該沒有，他拒絕與將士交談，將自己關在屋子裡不出來。」

鄧粹站起身，「這還不簡單，我去勸勸，他肯定聽我的。」

「是是，鄧將軍不用太麻煩，只要有官印就行。」

鄧粹大步向外走去，突然轉身，「你不和我一塊去？」

申經世急忙跟上，心裡踏實許多，張印與鄧粹一個築城、一個領軍，共用一印，名義上，鄧粹的地位要更高一些，又是皇帝的外戚，應該能說服張印棄城。

石屋前還堆著木柴，鄧粹笑道：「這是幹嘛？擔心張將軍晚上太冷嗎？」

申經世臉一紅，急忙命令楚兵將木柴挪走。

幾名士兵舉著火把站在後面，鄧粹大步上前，重重敲門，「張將軍開門，是我，鄧粹。」

裡面的老僕開口道：「鄧將軍也是要勸侯爺棄城嗎？」

「一座破城而已，你家侯爺為何戀戀不捨？大家一塊回京解釋清楚，陛下肯定會諒解的。」

「侯爺說了，將近三年的心血不能白費，而且這也不是破城，此城一失，西域諸國肯定會投降敵軍，神鬼大單于不費一兵一卒，就能佔據大楚的西部屏障。匈奴騎兵由北方大舉南下，西方敵軍經由西域不停叩關騷擾，大楚兩面受敵，更難支撐。」

鄧粹轉身對申經世說：「說得倒也有幾分道理。」

申經世急忙上前，「可虎踞城根本守不住，總共幾百名士兵，糧草也不夠……」

屋裡的老僕搶道：「人少了，糧草反而足夠，挨過冬天，朝廷知道咱們還在堅守，肯定會派人支援。只要虎踞城還在，敵軍就不能大舉進入西域，對大楚利莫大焉。」

申經世惱羞成怒，又上前幾步，「西域皆是反覆之國，楚軍孤守虎踞城於事無補，張將軍想給孫子贖罪，別拿大家的性命邀功，鄧將軍是此地主將，他的命令大家都要服從。」

「侯爺說了，他只服從聖旨。」

申經世無奈地搖搖頭，向鄧粹道：「就是這麼固執，也不知是張將軍本人的意思，還是那個老僕在使壞。」

鄧粹挪開兩步，招手示意申經世過來，小聲道：「事情既已至此，莫不如……」

申經世探身問道：「莫不如什麼？」

鄧粹一挺身，拔出腰刀，再不多說，一刀砍下，申經世人頭落地，至死也沒反應過來。

屋內屋外全都大吃一驚，尤其是一群楚兵，更是驚懼莫名，鄧粹此舉實在太出人意料，他甚至沒帶西域士兵，隻身一人與申經世來勸張印，居然就敢當著眾人的面動手。

鄧粹漫不在乎地收起刀，說：「再有提議棄城者，與申經世同罪。」

沒人敢作聲，可是也沒人領命。

鄧粹大笑道：「瞧你們的鬼樣子，十萬敵軍圍攻，我都能逃回來，還守不住一座虎踞城？你們看看我，像是要死之人嗎？鄧家單傳，就我這麼一個男子，以後回大楚，我可是要傳宗接代、封侯拜相的，在虎踞城，我只立功，不送命。」

鄧粹神采飛揚，沒有半點敗軍之將的樣子。

申經世已死，楚兵群龍無首，一下子被鄧粹的氣勢所折服，終於有人開口道：「怎麼守城？」
「敵軍兵多勢眾，可這裡是崑崙山，前後百里沒有人煙，更沒有糧草供應，敵軍來得越多，堅持的時間越短，咱們什麼都不用做，輕輕鬆鬆就能熬過這個冬天。我敢保證，敵軍只會派人來查看情況，城裡無人，他們趁虛而入、城裡有人，他們根本不會發起進攻，若是說得不準，我砍下自己的人頭，讓鄧家就此絕後好了。」
鄧粹胸有成竹，楚兵全受他影響，再沒人發出疑問。
大廳裡吃飯的西域士兵也出來了，全都聚在鄧粹身邊。他們經歷過一次慘敗，十人九亡，對率領他們出征的將軍卻沒有任何怨言，沒人逃跑，反而都露出一副願意為鄧粹拚命的神情。
「都去睡覺吧，天大的事情明天再說，等等，先把屍體抬走，待會和地面凍在一起，可不好收拾。」
幾名楚兵過來抬走屍體，其他人散去，鄧粹轉身又來到門前，「再不開門，我就真放火燒啦，到時候就說你家侯爺與申經世勾結，意欲獻城投敵……」
門開了，老僕走出來，臉色蒼白，「那可是朝廷封的西域都護。」
「我還是朝廷封的將軍呢，沒事，鄧家兒子少，女兒多，大不了再向皇帝獻一個妹妹。」
張印也出來了，臉色也很蒼白，不是受驚，而是因為又冷又餓。
「餓了？」
張印點頭。
鄧粹親自扶著張印去往大廳，那裡還有剩下的酒肉。
鄧粹看著張印吃東西，對老僕說：「你也別看著了，吃吧。」
張印吃得不多，問道：「你……」
「我遇上了西方敵軍，把他們打敗了，沒想到匈奴人突然出現，而且數量不少，我沒打贏，但是逃了出來，繞了一個大圈，總算回來。後面還有一些散兵，加上城裡的楚兵，估計能有一千出頭，足夠守城了。」

「缺、缺口。」

兩人共事多時，張印一開口，鄧粹就明白他的意思，「不用修了，就留在那吧，我敢保證敵軍不敢進攻。」

張印不是普通士兵，一句保證打動不了他，又問道：「萬一呢？」

鄧粹笑道：「萬一天崩地裂呢？萬一明天山就倒了呢？萬一突發惡疾呢？該準備的時候做好準備，該死的時候，那就笑著死吧！哭沒用，怕也沒用。你說得對，虎踞城不能丟。我跟西方敵軍打過，他們沒有傳說中那麼厲害，咱們堅守，就是大楚在堅守；咱們撤退，就是大楚在害怕。要說守城最大的用處是什麼，那就是告訴敵軍，大楚寸土必爭。」

張印嗯了一聲，低頭繼續喝冷酒、吃冷肉，不過身邊的老僕卻沒胃口了，原來鄧將軍所謂的保證並非萬無一失。

第五百零一章　崔家認罪

鄧粹和張印在西域做出了決定，卻沒辦法將這項決定及時通報給朝廷，派出去的使者被寒冬與西域諸國的疑慮攔住，前進不得。這隊楚軍在虎踞城淒涼地慶賀新年時，京城還不知道鄧粹已經安全返回城內，更不知道兩位將軍打算死守寒城。

韓孺子的這個新年過得頗不痛快，身為皇帝，他必須盡快做出決定，可與他與大臣的分歧並未解決，如今又添上新的一條：皇帝覺得西方敵軍是更大的威脅，大臣們卻認為北方的匈奴才是大患。

大臣的證據很充分，西域不利於大軍行進，西方敵軍不瞭解大楚地勢，匈奴人卻是中原上千年的敵人，投降神鬼大單于之後，必定引敵南下。

還有一項證據，虎踞城最後的公文裡說得清清楚楚，鄧粹曾率軍擊敗西方敵軍，卻敗給匈奴大軍，更說明匈奴更值得防範。

韓孺子手裡卻沒有拿得出手的證據，他只知道，匈奴老單于絕非膽小怕事之輩，卻毫不掩飾自己對神鬼大單于的恐懼，最終匈奴也還是選擇投降。

他向塞外派出多名使者，其中包括金純忠，只為了弄清楚一件事，匈奴人是全體投降，還是再度發生分裂，迄今還沒有回信。新年過後，韓孺子不能再等，終於傳旨，要求鄧粹和張印返回京城，將虎踞城轉交給西域國家。

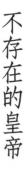

兵部接管了與西域的一切聯繫渠道，立即派人前去送達聖旨。

韓孺子離開勤政殿，心中總是不安，可他沒有別的選擇，大臣的理由十分充分，鄧粹下落不明，單憑張印一個人極難守住虎踞城，當初的築城決定沒有錯，可惜時不我待，敵人來得太早了些。

在凌雲閣，皇帝的諸多顧問又都聚齊，也都支持朝中大臣，自大楚定鼎以來，匈奴總是最強大的敵人，這個觀念根深蒂固，即使匈奴已經投降另一股強敵，也很難改變楚人的看法。

聖旨已經發出，後悔無益，韓孺子開始與眾人商量北疆戰略，他現在急需一位兵部尚書，一時間卻找不到合適的人選。

傍晚，韓孺子回後宮時，心情好了一些，接受大臣的建議有一個好處，無論最終勝敗如何，責任都不在皇帝身上。

這個年過得很是倉促，初十還沒到，宮裡已經沒有多少喜慶氣氛，韓孺子照例給兩位太后請安之後，立刻前往秋信宮，在皇后與公主這裡尋找片刻安寧。

孺君公主不知煩憂，每次見到父親總是咯咯地笑個不停，令韓孺子更生憐愛之情。韓孺子想留在秋信宮過夜，崔小君勸道：「鄧將軍生死未卜，陛下應該多去安慰淑妃。」

鄧芸極為掛念兄長，回京之後一直心神不寧，皇帝來的時候，她正對著燭火發呆，甚至忘了起身相迎，過了一會才記起規矩，急忙起身，「陛下……」

韓孺子示意她坐下，卻不知該如何安慰，「鄧粹擅長出奇制勝，沒那麼容易被殺，頂多三個月，他肯定能安全返回。」

鄧芸勉強笑了笑，「陛下還記得我對你說過的那個夢嗎？」

巡狩途中，鄧芸曾夢到哥哥滿身血跡，韓孺子點點頭，「夢不可當真。」

「仔細算來，我做那個夢的時候，與哥哥在西域遇險正好相合。」

韓孺子坐下，握住淑妃的一隻手，輕聲道：「就算真出了意外，妳也不要太傷心，鄧粹是將軍，免不了會遭遇種種危險。」

「我擔心的就是這一點，我哥哥的脾氣向來是知難而上，越危險越要往前衝，他若陷在陣中也就算了，若得安全，必然不會遵旨回京，一定會在西域再戰幾場。」

「朕的旨意很明確，他會遵旨的。」韓孺子心裡也不是特別有底氣。

鄧芸又是勉強一笑，另一隻手按在小腹上，「我有了。」

韓孺子一愣，隨後大喜道：「真的？」

「我已超過十天沒來月事，御醫今天確診，說我已經有了。」

「怎麼不早說？太后、皇后還都不知道吧？」

「我讓御醫先不要透露，我想親口告訴陛下。」

韓孺子站起身，「太好了，朕總算聽到一點好消息，此子在危難時刻孕育，必然不同凡響。」

鄧芸笑道：「可能是位公主呢，我瞧陛下更喜歡公主。」

韓孺子笑了笑，「妳不害怕了吧？」

鄧芸曾經被惠妃佟青娥生孩子給嚇到了，聲稱再也不想要孩子，這時道：「有點怕，不過還是挺盼望的，這個孩子不只是韓氏子孫，也是鄧家的希望。」

鄧芸向來口無遮攔，韓孺子也不在意，立刻派人將消息通報給太后、皇后，下令宮中慶祝，恢復一點喜慶氣氛。

妃子懷孕所帶來的喜悅很快便消失，韓孺子又陷入連串的事務當中，元宵燈節過後，他決定解決崔家。

外患即起，大臣們都以為皇帝不會再執著於私奴問題，韓孺子必須向天下人表明決心。只要敵人還沒有打到大楚境內，韓孺子就要先除內憂。

勤政殿內，韓孺子向宰相等大臣出示一份奏章，詢問意見。

這份奏章的內容是彈劾太傅崔宏，稱他身為外戚，表面上致仕，卻不肯放棄手中的權力，與外臣勾結、探聽宮中祕事以為己用，為崔氏一黨謀利。尤其罪大惡極者，在皇帝下令「借奴墾荒」之後，崔家只放出少量私奴以塞責，繼續隱瞞大量人口。

卓如鶴等人面面相覷，最近一段時間裡，類似的奏章比較多，不只是彈劾崔宏，宰相等大臣也都隔三岔五地受到指責，皇帝一直沒有追查，誰也沒想到，就在群臣以為事情已經過去的時候，皇帝突然發難，選定的第一個目標竟然是自己的岳父。

「三月之期已到，年也過完了。」韓孺子掃視殿內的幾位大臣，「該是追責的時候了，大楚不能拖著內憂去對付外敵，必須先解決私奴問題。」

大臣無語，宰相卓如鶴只好上前道：「陛下所言甚是，私奴問題的確該解決了，可是不是太急了一點？大楚需要穩定，此時動搖天下……」

韓孺子嚴肅地說：「允許眾家繼續蓄養私奴，才是動搖天下。」

左察御史馮舉開口道：「天下私奴少說有數十萬，多說可能逾百萬，這麼多人……一時間該如何安置？墾荒需要官府提供種糧、耕具等物，過去幾年已經貸出太多，迄今尚未收回，再難供應。」

韓孺子早想到了這個問題，說道：「邊疆正值用人之際，可以允許私奴入軍，服役三到十年，分為若干等級許以田地，官府正好收回舊具，貸給新人。」

「私奴不只男子，還有家眷。」禮部尚書劉擇芹提醒道。

「各家蓄私奴多年，交少多少糧租？不能只是放人了事，得支付一定的錢糧。」

大臣們目瞪口呆，皇帝不僅要繼續廢私奴，手段還更狠了。

「先不說那麼多，崔宏該當何罪，你們定個意見。」

幾位大臣互相看了一眼，都不敢開口，皇帝再次催促，最後還是卓如鶴道：「且不說崔太傅乃是皇后之父，單憑他為大楚立過的赫赫功勳，朝廷也該對他網開一面，臣以為，陛下應該先發書責問，崔太傅若是執迷不悟，不肯認罪、也不肯交出私奴，到時再予嚴懲不遲。」

宰相開頭，皇帝似乎比較認可，其他大臣立刻跟上，全都表示支持。

責問書由幾位大臣當場擬定，交給皇帝過目，韓孺子接連三次提出修改意見，要求加重措辭，午時過後才予通過，立刻交給宰相府，由府中官吏送到崔府。

崔宏已經聽說消息，準備好了香案等物，以接聖旨的姿態收下這份責問書，磕頭謝罪，當天入夜之前，就交上一份請罪奏章。

說是請罪，崔宏還是為自己做了辯解，否認與外臣勾結探聽祕事，只承認曾為一些好友向朝廷求過官職。至於私蓄家奴，他表示崔家已按旨意行事，所有私奴不是入籍、就是釋放，若是還有隱瞞，很可能是下面辦事的人自作主張，崔家馬上就會進行一次複查。

第二份責問書沒有經過勤政殿與宰相府，直接由宮中發出，措辭更加嚴厲，質問身為一家之主的崔宏，何以盡是推脫之辭。

韓孺子沒有召見崔宏，所有問答都以公文進行，來回三次之後，崔宏終於認罪。

事情還沒完，韓孺子立刻要求宰相與刑部定罪，一開始的處罰意見只是罰俸與斥責，韓孺子駁回，又經過一番拉鋸，最終的處罰的是奪爵、收田、放奴，崔家一門兩侯都被削奪，連崔騰也不例外。

處罰本應更重，但是皇帝允許崔家以舊功抵罪。

消息傳出，京城轟動，沒過多久，傳遍四方，引發更大的反響。

廢私奴令僵持數月進展不大，直到崔家領罪之後，才有大量富貴之家交出私奴。

正月剩下的日子與整個二月，韓孺子都在忙這件事，對朝廷逼得越來越緊，同時也一直關注著疆外消息。

西域陷入一團混亂，虎踞城再無消息傳來，送去的聖旨也下落不明。

二月底，金純忠等使者回京，帶來確切的消息，匈奴沒有全體投降，而是再度分裂，堅持不降的一部分匈奴人，以大楚貴妃金垂朵和大楚公主崔昭的名義，向皇帝求助。

差不多在同一時刻，被迫交出私奴的幾大世家，再也無法忍耐，聯手向皇帝發難。

第五百零二章　百官怠工

世家的地位不只體現在自家子弟身上，透過聯姻、親友、同鄉、同窗、門生等多種途徑，每一家都能組成一股範圍廣泛的強大力量。

世家，以及世家羽翼之下的各小家，擁有最多的兵奴與私奴。當皇帝越來越嚴格，真要動手的時候，他們最為不滿。

在此之前，朝中官員雖然接二連三地提出請辭，但都是試探，並非真心。皇帝若是直接發出聖旨，他們也會遵守，但這回不同，他們也要動真格的。

二月最後一天上午，早早起來，打開大門準備恭迎各官員進府的小吏與公差，驚愕地發現，老爺們沒有按時出現，而是派來家中奴僕，稱病告假。

吏、禮、兵、戶、刑、工六部，御史台、大理寺、宗正府……但凡是朝廷重要部司，官員都不肯來，只有尚書與侍郎現身，留下一兩人看守衙門，最高長官則是去勤政殿通報情況。

勤政殿的大臣倒是聚齊了，一共五人，宰相、左察御史、吏部尚書、禮部尚書和戶部尚書，沒說幾句話，其他大人陸續趕來，在殿外候旨，很快獲召。

大楚官職最高的十幾位官員大多都到了，只有右巡御史瞿子晰和大將軍府掌印官蔣巨英還在外面奔波。

眾臣一一上前說明本衙門的缺席情況，總共五百多人，集中在四品到七品之間，更高的官員不想當出頭鳥，更低一些的不夠資格參與，還都堅守崗位。沒人提出任何訴求，只是告病，聲稱自己起不了床，實在沒辦法，只得請假數日。

韓孺子聽完，看著殿內的大臣，心裡清楚得很，這些人並不無辜，沒有他們的暗中許可，官員們不敢做出這種事。

大臣們心裡也很清楚，皇帝已經看破一切，能不能讓皇帝重新遵守規矩，就看這一遭了。

「最近比較忙，大家的確辛苦了，傳朕的旨意，全員休假三天。」韓孺子起身離去。

殿內的大臣跪下恭送，皇帝的身影一消失，眾人立刻七嘴八舌地議論起來。

韓孺子前往凌雲閣，顧問們還都在，沒人缺席。韓孺子命令他們各回本衙門，什麼也別做，更不要多說，就在大堂上坐著就行。

獲封官職的顧問只有四十餘人，支撐不起朝廷的運轉。

韓孺子照常與剩下的顧問議論時事，得空就批覆幾份奏章，中書省倒是沒人告病，仍在正常為皇帝服務。

到了下午，事態變得嚴重起來，告病之風擴展到京兆尹府等地方衙門，一些好事的小吏，也紛紛聲稱腰酸腿疼，或公開、或暗中回家休息，衙門裡更空了。

皇帝仍無動作，只是傳旨宣布休假三日，可是傳達聖旨需要諸多官員的配合，如今人都休息了，聖旨只能張貼在少數幾個部司的大門上，然後由大家口口相傳。

這一天，皇帝不動聲色，好像早就料到會有這種情況發生。

次日上午，皇帝正常前往勤政殿，與大臣們聊了幾句不相關的話，又去凌雲閣了。

皇帝不急，自然有人急。

崔騰已被削奪爵位，但是留任宿衛軍，仍是皇帝的近臣，而且比一般顧問更容易見到皇帝。

「陛下怎麼還跟沒事人一樣？」崔騰看樣子已是驚慌失措，「這是明擺著的挑釁啊，若是不給他們一點教訓，以後還不得造反啊。」

「不急，等休假結束再說。」韓孺子道。

「那就來不及了。」崔騰上前，毫無必要地壓低聲音，「我聽說，軍中將領也在密謀，要參與此事。」

南、北兩軍都在塞外，京城唯有宿衛軍，軍中的世家子弟極多，當然不會置身事外。

韓孺子抬起頭，「將領也要鬧事？」

「是啊，我是這麼聽說的，他們的意思是守衛皇宮與陛下的將領正常履職，輪休以及宮外的將領告病，跟那些文官一樣。」

韓孺子問：「你覺得朕該如何應對？」

崔騰認真地想了一會，「這個我真拿不準，只是覺得要盡快解決。否則的話，咱們怎麼跟匈奴打仗啊？」

「是啊，匈奴……朕本想趁著匈奴分裂之機，徹底將未降的匈奴人收服，以為北方屏障。現在看來，不止文官不可信，武將也有異心，朕需要另想辦法了。」

「別啊，我覺得陛下只需要稍退一步，文武百官還是會同心協力支持陛下的。」

「退？怎麼退？朕如今走在懸崖上，退一步可能就要墮入萬丈深淵。你且退下，朕自有主意。」

崔騰無奈，只得退下，行禮之後又道：「陛下，崔家跟這事沒關係，真的，一點關係也沒有。」

韓孺子微笑道：「朕知道，這裡有你父親的奏章，將事情說得很清楚。」

崔騰鬆了口氣，退出房間。

韓孺子繼續瀏覽奏章，站在他身邊的張有才實在忍不住，開口道：「這個崔騰，今天可有點古怪。」

「別又犯錯。」韓孺子頭也不抬地說。

張有才吐吐舌頭，急忙閉嘴，再不敢亂說亂猜。

東海王下午求見，他本不想見皇帝，是被崔騰攛掇來的，「我對他說，陛下肯定有辦法應對，他卻急得不行，非說我的話陛下肯聽，讓我來勸勸陛下，真是可笑。」

「有什麼可笑的？」韓孺子認真地問。

東海王長長地呃了一聲，「陛下肯定早有準備，崔騰完全是杞人憂天。」

「朕有哪些準備？」

東海王苦笑，「這我哪知道啊，我只是覺得陛下向來謹慎，廢私奴也不是一天兩天的突發奇想，對大臣的怠工肯定已有應對之策。」

「朕允許你猜上一猜，赦你無罪就是。」

東海王嘿嘿乾笑兩聲，「胡猜啊，陛下在各部司任命了一批官員，他們忠於陛下，必要的時候，陛下完全可以撤掉一批帶頭的告病官員，讓陛下的人代替。按道理，官員們不可能如此齊心，大多數人大概是受到了蠱惑、或是礙於人情，不得不參與鬧事，一旦陛下殺雞駭猴，我相信，他們立刻就會回到衙門。」

「那樣的話，朕與大臣的隔閡將會更深，不到必要之時，此計斷不可行。」

「魚死網破，乃是下下之策，所以我也只是胡猜。」

「繼續猜。」

東海王撓撓頭，「陛下前些天從各地召回一批將領，想必是要重整宿衛軍，只要將士們仍然聽命於陛下，朝中官員的鬧事不足為慮。」

「朕召回的將領不過十餘人，宿衛軍中盡是世家權貴子弟，只靠這點人，如何重整？」

「也對，而且陛下已經掌控宿衛軍，最重要的劍戟營，從上到下都是陛下的心腹，又有樊撞山這樣的猛將坐鎮，其他營不敢生事。」

「再猜。」

「陛下這是在難為我嘛。」

「與其在背後猜，朕更願意聽你當面猜。」

東海王硬著頭皮說下去，「陛下召回將領，若不是為了接管宿衛軍……那就是為了組建新兵部了，只要兵部完整，陛下就能繼續進行與匈奴人的戰爭，其他部司發現自己失去重要性，立刻就會向陛下屈服。」

「總算有點接近了，可百官怠工，朕總不能放三天假了事，你再猜。」

東海王後悔來見皇帝了，可是也有一點興奮，振作起精神仔細想了一會，「如果我是皇帝……」話一出口，把自己嚇了一跳，撲通跪下，「陛下恕罪，這只是無心之失……」

「朕已說過，赦你無罪。」

東海王慢慢起身，臉色仍然蒼白，好一會才恢復正常，繼續道：「百官如此齊心，背後必有主導之人，擊其首腦、餘黨自散。」

「嗯。」韓孺子表示鼓勵。

「第一可疑之人是宰相卓如鶴，他是百官之首，說話有人聽，而且……」東海王一直沒向皇帝提起卓家公主，現在也不想，「卓家也算世家，一直不太支持陛下的廢奴令。」

「還有嗎？」

「第二可疑之人是那個南直勁，此番怠工者，以四品以下的官吏為主，像是南直勁能挑動的事情。」

「還有嗎？」韓孺子重覆問道。

東海王抬頭看向皇帝，前兩人嫌疑大些，但是也有不足之處。宰相太顯眼，而南直勁被皇帝識破之後，早已失去從前的影響力。

東海王終於明白皇帝要讓自己「猜」什麼，不由得輕嘆一聲，「再來就是崔家。我瞭解崔宏，只要還有一口氣在，他就不會放棄權力。沒有軍隊，他就要利用各大世家的子弟。這回，只怕崔騰也參與了，所以他才會這麼急迫地勸說陛下讓步，這小子對陛下還是有一點忠心的，只是……只是先要為自家著想。」

韓孺子沉默良久，「就因為這點忠心，朕猶豫未決，你有什麼好主意？」

東海王就知道，皇帝又要交給自己極難的任務。

「崔騰追隨陛下已久，為人……有些魯莽，還有些恃寵而驕，總以為能得到陛下的原諒。按理說，這種人就得逐退，送到苦寒之地受點罪，他若能反躬自省，尚可召回，若是頑固不化……」東海王沒再說下去。

韓孺子嘆息一聲，對崔騰，他有一點虧欠之意，「你去和他談談吧。」

東海王知道，自己這回是要將崔家徹底得罪了。

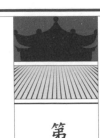

第五百零三章 罪有應得

東海王很久沒來過崔府了，一路走過，覺得一切都那麼陌生，不敢相信自己曾在這裡生活過十幾年。

「這座院子一直這麼小嗎？」東海王問。

崔騰迎面走來，困惑地左右看看，「一直都是這樣……你來幹嘛？我可沒請你。」

「我來找你說件事，單獨說。」東海王看了看崔騰身後的兩名隨從。

崔騰搖頭，「是公事，當面說；私事，我不想聽。」

東海王笑道：「陛下讓我來的。」

崔騰不太相信，「真的？」

「我膽子再大，也不敢在這種事情上撒謊啊。」

崔騰還是不想邀請東海王進屋，擺擺手，將隨從屏退，「說吧。」

雖是初春，天氣仍然很冷，東海王緊緊外袍，又等了一會，確認周圍無人之後，說道：「崔二，你做了一件傻事。」

「別來這套，又想唬我吧？」

東海王走到崔騰面前，正色道：「記得嗎，咱們小時候經常在一起玩耍？」

崔騰猶豫著點點頭，「從前的事情，提來做什麼？」

「當時誰能想到會有這麼大的變化？崔家還是崔家，我還是東海王，如今卻是各走各路，好像連親戚都做不成了。」

崔騰忍不住挖苦道：「那是因為你無能，崔家起起伏伏，總能再度興起，你卻一蹶不振，當然要各走各路，難道崔家還要跟你一塊衰落不成？」

「當然不用。」東海王笑容不變，「我現在這樣也挺好，無欲無求、不爭不搶，反而過得踏實。」

「有話就說，我沒空聽你做詩。」

東海王大笑，很快收起笑容，「陛下知道了。」

「知道什麼？」

「知道崔家在背後搗鬼。」

崔騰臉騰地紅了，「血口噴人！我說的是你，不是陛下！崔家與怠工一事毫無瓜葛。」

「我問過了，他們都說是這是崔家的主意，說你們崔家信誓旦旦地保證，陛下肯定會在這件事上讓步，如果出事，崔家願意擔責。」

「你聽誰說的？找他來對質。」崔騰臉更紅了。

東海王沉默了一會，「你沒跟舅舅商量，自作主張吧？」

崔騰一把揪住東海王的衣領，面紅耳赤，目露凶光，「少跟我耍小聰明，想報復崔家，你可沒這個本事，走，咱們一塊去見陛下。」

東海王也不掙扎，等崔騰放手，他整整衣裳，平淡地說：「不用去見陛下，咱們先去見舅舅吧，他若說這事與崔家無關，我就相信。」

「用不著，咱們去見陛下，現在就去！」崔騰拉著東海王往外走。

「陛下明天會頒布聖旨，撤換一批新官員。」

崔騰止步，「陛下親口說的？」

「聖旨已經擬好，就等三日休假結束後公佈，各部司的四品官員將全部撤換，從四品官員裡提升，如果新任官員繼續告病，就接著免職，重新再選，直到有人願意擔任為止。」

崔騰的臉色由紅轉白。

東海王繼續道：「官員們能承擔幾次免職？我猜就一次，聖旨中還有一條，此次被免官員，永不敘用。」

「陛下……真的不會讓步？」崔騰喃喃道。

「陛下沒必要讓步，有一批官員支持陛下，目前的官職還不高，正好可以藉機提拔。咱們都瞭解朝中那些人，一旦被免官、而且是永不敘用，他們會恨死你，到時候不用對質，出賣你的人會排成長隊。」

崔騰臉更加蒼白，「他們會恨死我……」

東海王拍拍崔騰的肩膀，「我理解你的做法……」

崔騰甩開東海王的手，怒氣沖沖地吼道：「理解個屁，你什麼都不懂！」

東海王冷笑一聲，「我不懂嗎？你現在是崔家唯一的兒子，是皇帝最信任的近臣之一、屢立大功。放在從前，你就是貨真價實的權臣，比舅舅掌管南軍時還要威風。可事實並非如此，陛下信任你卻不重視你，陛下每次召集顧問商議大事時，你都站在旁邊，難得插上一句話，偶爾開口也是逗大家一笑而已。在外人眼裡受寵非常的崔二公子，其實只是一名弄臣。」

「弄臣」兩個字深深刺痛了崔騰，他的臉又紅起來，吼道：「那也比你強。」

「當然比我強，我再怎麼努力，也洗刷不掉當年與陛下爭奪帝位的污點，縱使陛下已經相信我，仍忌憚天下人悠悠眾口，不會真正重用我。我沒希望，但是你有，所以你不服氣，非要想辦法證明自己的本事。」

崔騰懼憤交加，還很困惑，「陛下為什麼要找你？只要對我說一句話，一夜之間我就能平定事態。」

「用我無需封賞，用你卻越來越難。」

「我連侯位都丟了，還有什麼難的？」崔騰大怒，好像皇帝就在眼前，憋悶多日的心裡話奪口而出，「出生入死！有幾個人能做到？我做到了，而且是在陛下處境最危險的時候做到的，結果換來了什麼？」

崔騰狠狠地罵了一句，「什麼事情都拿崔家先開刀，崔家做錯了什麼？是因為我妹妹沒生出太子嗎？是因為我不夠忠誠嗎？我不服！」

崔騰再也忍不住，髒話一句接著一句，又蹦又跳，好像地上躺著仇人，非得踩個稀巴爛才能宣洩他心中的憤怒。

東海王瞭解崔騰的品性，也不勸，靜靜地看著、聽著。

最後崔騰累了，終於停下來，粗重地喘息，心中怒意漸去，開始感到恐慌，面無血色，低聲問道：「陛下讓你來的？」

東海王點點頭。

「陛下……怎麼說的？」

「陛下什麼也沒說，只是讓我來跟你談談。」

崔騰幾乎站立不穩，庭院裡卻沒有地方可以坐下，他深吸一口氣，努力站穩，茫然地說：「談什麼？」

「嗯……先說說你是怎麼做成這件事的吧，這麼多官員，竟然都聽你的話，我可有點意外。」

「不全是我的話，主要是……」崔騰嘆了口氣，「還有柴家和蕭家。」

「我明白了，柴家曾在奪位時支持過陛下，蕭家出了一位敵前殉難的蕭聲，結果卻都沒有得到陛下的信任與重用，柴悅同掌南、北兩軍，自家人並未得到好處。」

崔騰點點頭，「他們來找我，問我願不願意給他們傳話，讓陛下做些讓步，我想……我想……」

「你想與其讓陛下蒙在鼓裡一無所知，不如你居中傳話，既能向外人顯示自己的地位，又能立一功。」

崔騰嗯了一聲。

「唉，崔二啊崔二，你可真是……舅舅果真不知情？」

「父親不知情，他聽從妹妹的建議，打算退隱一段時間。他提醒過我，讓我老實留在陛下身邊，不要參與……」崔騰心裡空落落的，「我真蠢，竟然會與陛下作對，陛下一定氣壞了。」

崔騰的確很蠢，東海王將這句話埋在心裡，說：「想想下一步該怎麼做吧。」

「陛下……還會原諒我嗎？」崔騰期待地問。

「我可不知道，但是我想，陛下既然沒有直接找你對質，而是派我來和你談談，大概就是要給你一次機會，就看你能不能抓住了。」

「抓住，我一定抓住，可是……東海王，你教教我該怎麼做？」

「你肯聽我的話？」

「聽，你說的話我全聽，就像小時候那樣。」

東海王嘿了一聲，「陛下可以撤換一部分官員，但那意味著陛下與朝廷的關係會更加僵持，乃是下下之策。明天一早，如果告病的官員都能回到衙門裡，陛下自然不必撤換任何人。」

「我去說，明天早晨誰敢不去衙門，我親自去家裡把他拖出來。」

東海王笑了笑，說道：「不過你還是得請罪，真心請罪，任何處罰都得接受，就算陛下要砍你的頭，你也得磕頭謝恩。」

「我認錯了，陛下還要砍我的頭？」崔騰捂著脖子，有點捨不得這顆腦袋。

「看你的造化了，別去猜測陛下的想法，記住一點，你是罪有應得。」

「我……我……罪有應得。」崔騰垂頭喪氣，銳志盡消。

「剩下的事情就是聽天由命了，陛下決定一切。」

「我真的還有機會嗎？」

「陛下決定一切。」東海王拱手告辭，出了崔府，駐立馬前，半天沒有上去。

他說服了崔騰，其實崔騰也「說服」了他。身為皇帝唯一的弟弟、東海王、宿衛軍大司馬，他所擁有的只是一堆虛銜，無論怎麼努力，都沒辦法爭得真正的權力。崔騰還有機會，自己的機會在哪呢？

東海王跳上馬背，悲從中來，快到皇宮的時候，他調整好了心情。

皇帝還在凌雲閣，正與康自矯交談，沒有別人在場，東海王等了一會才得到召見，心裡有點嫉妒，對康自矯笑了笑，向皇帝施禮。

「怎麼樣？」

皇帝竟然沒有屏退外人，東海王略感驚訝，口中回道：「一切順利，據崔騰所言，他是受到柴、蕭兩家的蠱惑，為他們居中傳話。他還說，崔太傅並不知情。」

「這麼說朕不用撤換官員了？」

「應該不用了。陛下打算如何處罰崔騰？」東海王小心問道。

「送到邊疆待幾年。」韓孺子頓了一下，補充道：「或許醜王能教他一些道理。」

東海王吃了一驚，皇帝竟然要借助一名江湖人訓導崔騰，不知這是羞辱，還是重視。

皇帝揮手，東海王告退，臨走時又向康自矯一笑，心裡納悶，一名連正式官職都沒有的小小顧問，能有什麼重要的事情佔據皇帝這麼久的時間？

東海王退出房間，康自矯繼續道：「陛下與滿朝官員一樣，並不真正懂得民間疾苦，自以為在做好事，結果卻害苦了百姓。」

第五百零四章　家奴子

康自矯出身寒門。在吏部的公文中是這樣記錄的，事實上，他的家世比「寒門」還低，幾乎沒有門。十歲之前他是家奴子，因為年紀小，幹不了重活，陪主人家的孩子讀書，因此識文斷字，教書先生稱讚有加，但他卻沒資格考取功名。

在他十歲那年，父親陪主人出門經商時，獨戰數名攔路強盜，救了主人一命，自己卻身負重傷，僥倖揀回一條命，卻再也沒法下床。

主人還算心善，替康家人贖身，給他們一小塊田地，聽說康家的兒子讀書不錯，又利用自己的關係幫康家修改戶籍，抹去家奴子的記載，好讓他能夠參加科考。

父親卻沒有這麼大的野心，更希望兒子經商或是務農，做個老實本分的人。十歲的康自矯已經看清自己的路，堅持讀書並改名「自矯」，因為他知道，在這條路上，他必須自我鼓勵、自我提升。

戶籍修改了，身份卻沒有，在學堂裡，康自矯仍被同學當成「家奴子」，尤其是舊主的孩子，對他呼來喝去，要他端茶倒水，命他替自己寫作業……

康自矯都接受了，因為父親幾乎每天都提醒他：「你得感恩，是主人家給了你現在的身份，你一個家奴子，能識字就不錯了，努力考個秀才，也算對主人有個交待。」

康自矯每次都點頭，心裡卻感到憋悶，在學堂裡，他沒有朋友，偶有閒暇，一塊玩的夥伴還是莊農與奴僕之子。

康自矯順利考中了秀才，還想繼續讀書，為此與父親大吵一架，父親起不了床，管不住兒子，咬牙道：「讀吧，看你什麼時候能將家裡的幾畝田敗光。」

父親的預言成真，不到十年，康自矯的確「敗光」了家產。為了進京趕考，他只能賣掉田產籌措盤纏。可父親沒看到，他已經去世，沒多久母親也隨父而去，家裡的地一直租給別人耕種，倒是沒受影響。

從當秀才開始，康自矯就擺脫了舊日的同學，包括主人家的兒子在內，同村的孩子只有他一個人考中秀才，能夠進城繼續讀書。

可他仍是「家奴子」，縣學裡經常有人拿這件事開玩笑，甚至表示願意出錢雇他當隨從。

但康自矯不再忍受，每遇嘲諷，必以更刻薄的言辭還擊，性子也越來越孤傲，除了一位教書先生，沒人喜歡他。

康自矯卻沒有與兒時的少數好友斷絕來往，每次回家仍去探望，隨便聊幾句，因此一直覺得自己比絕大多數讀書人更瞭解百姓的疾苦。

他不僅這麼想，也是這麼說的，甚至敢在皇帝面前說出來。

韓孺子真心不太喜歡康自矯，因此雖留在身邊，但遲遲沒有任命為官，欣賞他的心直口快，卻也感到惱怒，「大敵當前，朕仍不忘釋放私奴，不忘減租、墾荒，你卻說朕不知民間疾苦？」

「陛下真在窮人中間生活過嗎？」

「沒有，但是朕見過，朕身邊的宿衛軍裡有許多人就是窮人出身。」韓孺子指的是那些漁民，雖然只有幾百人，卻是他身邊最為可靠的保護者。

「各家的私奴呢？陛下見過多少？」

「沒見過。」韓孺子實話實說，康自矯的咄咄逼人用在別人身上時，皇帝還是很高興的，現在自食其果，加倍覺得尷尬，「難道私奴不願離開舊主？」
「為什麼願意呢？天塌了有主人家頂著，如今卻是淨身出戶，天塌了誰來扛？」
韓孺子皺起眉頭，「為什麼非要說『天塌了』？」
「從前生活被打亂，原來有房居住、有飯可吃，現在卻是居無定所，吃飽一頓擔心下一頓，民以食為天，對私奴來說，吃不飽就是『天塌了』。」
「朕已傳旨，私奴離家時，要得到補償，而且願意從軍或是墾荒的話，官府還會分給田地。」
「陛下傳旨了？」
「當然，而且是你親眼所見。」韓孺子心中越來越惱怒，只是還不想完全顯露出來。
「旨意傳給誰了？」
「康自矯，你想說什麼，直說好了，用不著拐彎抹角。」韓孺子冷冷地道。
康自矯拱手謝罪，「陛下的聖旨先進宰相府，再到各部司，由驛站分送天下各郡，郡裡抄送各縣，縣轉鄉，鄉告民。一道聖旨要被百姓得知，需要經過幾道手續，每一手都在官員的控制之中。而這些官員，不是世家出身、就是與世家有著千絲萬縷的聯繫，正是陛下所要打壓的一批人，試問，他們願意如實傳達這道聖旨嗎？」
韓孺子心中怒氣一下子消失得乾乾淨淨，語氣也緩和下來，「康卿聽說了什麼？」
「不是聽說，而是親眼所見，就在京城以外，許多私奴在路上嚎啕大哭，不肯離開舊主，以為從此再無著落。」
韓孺子沉默了一會，他一直集中精力與大臣爭鬥，官員們的激烈反應讓他自以為與勝利只差一步，現在才明白，他中了「聲東擊西」之計，正在錯誤的地點進行一場無關大局的戰鬥，雖勝猶敗。
「私奴可願從軍？」

「只有很少一部分願意，他們種慣了地，極其畏懼打仗。北方正要開戰，無論給多少田地，許多人也不想從軍，何況陛下所許下的田地要三至十年後才能到手，窮苦人怕官、不信官，一聽說是三年後，更不信了。」

韓孺子沉默得更久。

當皇帝真難，但這句話只能藏在心裡，韓孺子開口道：「你說的這些都有實據？」

「陛下可以派人去查，不用太遠，京城以外就有不少大莊園，問問他們瞭不瞭解聖旨的全部內容、願不願意離開舊主自立門戶？」

韓孺子當然要派人調查，「康卿可有妙計解決困境？」

康自矯回道：「本朝定鼎之初為何官民和諧而政令通順？乃因功臣皆由民間出，熟知百姓疾苦，兩三代之後，世家子弟從小錦衣玉食慣了，視富貴為天生，偶有不順，只覺得自己苦。哪知世上還有更苦、真苦？陛下問妙計，微臣只有一計，多用寒門子弟當官，或可令朝廷再度知民。」

韓孺子點點頭，覺得康自矯此計不夠「妙」，「你先退下，容朕考慮一下。」

康自矯拱手告退，最後說了一句，「康某不謙，自認為有宰相之才，陛下若是欲用寒門，可從康某開始。」

韓孺子大笑，揮手命令康自矯退下。

康自矯並不掩飾自己求官的野心，韓孺子也不在意，而是在仔細思考他所說的話。韓孺子是皇帝，即使是在被迫退位的情況下，所遇到的人也大都願意為他所用，更灑脫者則是事了之後急流勇退，所以他很難理解，竟然還有人甘願為奴，而不願自立門戶。

不能只聽一面之辭，韓孺子必須調查清楚，想了一會，金純忠和景耀都不適合，便讓張有才召來晁鯨。

養尊處優久了，晁鯨已不再像是窮苦的漁村少年，只是眼睛閃亮，到哪都亂瞄，賊兮兮的，也不像是宿衛軍將士。

韓孺子將事情交待清楚後，讓晁鯨去京城以外打聽情況，還特意提醒道：「不要洩露身份，你現在這個樣子可不行。」
「衣服不行嗎？我換一身。」
「嗯……不只是衣服，你從前挺黑的，現在好像變白了些。」
「是嗎？」晁鯨在自己臉上摸了一下，「跟張有才比，我還是挺黑的。」
張有才咳了一聲。
「而且也胖了。」韓孺子上下打量幾眼，「你平時不參加練兵嗎？」
晁鯨臉上一紅，他倒聰明，明白皇帝的意思，「我明白了，陛下想找一個人，能與普通百姓說得上話，不被認出真實身份，對不對？」
韓孺子點點頭。
「這個簡單，讓馬大和我一塊去，他黑不溜秋的，擦粉都蓋不住，還跟從前一樣又矮又壯，只要換身衣服，沒人能認出他是宿衛軍士兵。」
「馬大的脾氣……」
「有我看著，陛下就放心吧。」晁鯨竟然轉身走了，好像這不是皇帝的命令，而是熟人相托。
「這麼久了，他也沒學會規矩。」張有才不滿地說。
韓孺子笑了笑，「規矩與真話，朕更願意要後者。」
張有才躬身道：「真話傷人，也就陛下能受得了。外面還有幾位將軍，陛下今天要見嗎？」
「明天吧。」韓孺子實在累了，回轉後宮，給太后請安之後沒去秋信宮，也沒去看望淑妃鄧芸，徑返泰安宮，他需要獨自待一會。
天黑不久，皇后派人送來皇帝常穿的睡衣。

孟娥放下衣物，轉身要走，韓孺子叫住她，「公主今天怎麼樣？」

「很好，打碎了一只杯子。」孟娥回道。

韓孺子露出微笑，可這並不是他叫住孟娥的真正原因，他在猶豫，最終問道：「朕曾自誇掌握了帝王之術，現在卻沒那麼有把握了。」

孟娥等了一會，回道：「陛下曾經對我說過，人一生有兩次成熟，第一次知道自己能做什麼，第二次知道自己不能做什麼。」

「這是楊奉的話。」韓孺子心中一動，突然沒有那麼多話要傾訴了，「謝謝。」

孟娥嗯了一聲，躬身退出。

「不能做什麼。」韓孺子輕聲自語，恍惚中，楊奉似乎就站在對面，冷冷地看著他，等他給出答案，「皇帝不能做什麼？」

第五百零五章 找事

沒人能認出身穿普通衣裳的馬大是宿衛軍士兵，可是也沒人覺得他像好人。

馬大長相凶惡，又不會說客套話，吆來喝去，目光亂掃，被當成前來踩點的強盜，全村的男人出來圍堵，手持鍬鎬，高喊「打死報官」。

馬大踹倒一人，轉身狂奔，可是不認路，被村民包圍，險些死於亂棍之下。

晁鯨及時趕到，聲稱這是他的僕人，因為迷失了方向，過來問路，未曾想言語得罪眾人。

晁鯨穿著綢衫，像是有錢人家的少爺，得到了村民的信任，饒了馬大一命。

接下來的事情就簡單了，晁鯨油嘴滑舌，很快取得村民的好感，藉口天色已晚，需借宿一晚，村民們不敢私自留宿客人，將兩人送到莊裡。

莊上管事見過世面，一眼就判斷這主僕二人不是真正的有錢人，頂多算是暴發戶，於是客氣地留下，提供酒菜，幾杯酒下肚，邀請晁公子賭博。

晁鯨忍住賭性，聲稱自己不會，讓僕人代勞，自己是出來觀賞風景的，想到處逛逛。於是，馬大在莊裡賭錢，晁鯨在村裡信步閒逛，見到人就過去搭訕，他現在算是莊上的客人，村民的態度客氣多了，東家長西家短，什麼都聊。

馬大好賭，賭技卻一般，等「少爺」回來，他已經輸光了幾十兩銀子。莊上的人更客氣了，次日上午歡送出莊，熱情地邀請他們再來遊玩。

天快黑時兩人才回到城裡，立刻換衣裳去見皇帝。

皇帝還在淩雲閣，但是沒有立刻召見兩人。

張有才守在樓下，小聲道：「陛下在與將軍們議事呢，昨天、今天，兩個下午了，陛下交待過，說是你們回來之後就稍待一會，陛下要見你們。」

馬大哈欠連天，趴在桌子上睡覺，晁鯨站在一邊，琢磨著待會怎麼對皇帝講述情況，隨口問道：「朝裡官員還在告病嗎？」

「都回衙門裡了，個個生龍活虎。」張有才不屑地說。

七名武官正在樓上爭得熱火朝天。

這七人都是韓孺子親自選中的，有勾引人妻、風評不佳的賴冰文，有在枯燥的奏章中被發掘出來的陳囂，有老成持重、經兵部推薦的老將狄開，有在雲夢澤剿匪時表現出色的邵克儉，還有年紀輕輕就受到皇帝欣賞的勳貴子弟謝存，另外兩人則是房大業臨終前力薦的將領。

他們爭論的內容只有一個：該不該從西域撤軍。

大多數人支持朝廷的決定，以為大楚應該專心應對北方威脅，西域可以暫棄，等北方穩定，再派兵奪回。只有賴冰文和謝存反對。

謝存年輕氣盛，以為大楚寸土必爭，西域附庸大楚已有多年，不可說棄就棄。

賴冰文則以為，西域之所以成為藩屏，乃是因為大楚強盛，楚兵一退，西域諸國必定倒向敵人。雖然西域承受不起大軍行進，但是大楚西邊的防禦也很弱，只有一座玉門關可作門戶，若是受到頻繁騷擾，反而令大楚更加分心，無法專守北方。

「好比兩軍對陣，敵強我弱，我軍縱有退意，也不可顯露出來，必須步步為營、穩扎穩打，示敵以必戰之意，然後再圖進退。陛下即使有意從西域撤軍，也不該直接發佈聖旨，應該給予西域將領便宜之權。鄧將軍生死不明，還有張將軍呢。臣等在京城誇誇其談，不如張將軍在虎踞城一人之見。」

就是這番話打動了韓孺子，他一下子醒悟，也後悔了，他不該發出那份召回楚兵的聖旨，正如賴冰文所說，應給予張印和鄧粹更多的自主權。

若非顧及皇帝的威嚴，韓孺子真想立刻補發聖旨，可他必須保持冷靜，眼看天色將晚，結束了商議。

眾將走了之後，張有才上樓問道：「晁鯨和馬大回來了，陛下要見嗎？」

「見。」韓孺子今天仍很疲憊，但是精神卻很充足。

馬大哈欠連天，只記得自己差點挨打，輸了幾十兩銀子，全是晁鯨向皇帝報告情況，「我們去的莊子屬於柴家，幾十年了，村裡大半人口沒有入籍，他們聽說過聖旨，都不願意離開，說柴家勢大，能護著他們，自立門戶的話，更容易受欺負。」

韓孺子皺起眉頭，「柴家對他們很好嗎？」

「說是很好，村民個個感恩戴德，可我知道這是怎麼回事。」晁鯨笑著搖搖頭，「村民根本見不到柴家人，只知道自己種的地屬於柴家，哪敢說柴家壞話？有幾個膽大的人，對我說莊頭兒心狠，經常找藉口多收租子，並不交給柴家，而是自己截留，但是村民不敢上告，以為莊頭兒在柴家肯定有靠山，告也沒用。」

「村裡的男子可願從軍？」

晁鯨搖搖頭，「我問了，沒有一個願意當兵，都覺得那是有去無回的危險行當，不如在家老老實實種地。」

這與康自矯說的情況幾乎一樣，韓孺子長嘆一聲，思忖片刻，「同樣是村民，為什麼你們就願意從軍呢？」

「不一樣，他們是莊農，幾乎一輩子不離莊，頂多去附近趕趕集，別說去邊疆當兵了，進趟城都能把他們嚇得半死。晁家村是漁村，光靠打魚養活不了全家，村裡的男子年輕時都出去闖蕩過，有經商的、有當苦力的，也有入夥當強盜的，比當兵過得還慘，所以陛下一說管吃管住，大家就都來了。」

韓孺子笑了，當初為了養活這支部曲，可花了他不少錢，甚至需要崔小君回家硬要，隨後他又嘆息一聲，崔家雖然並不情願，但是的確對他幫助甚大。

「百姓也都各有各的想法。」

「那是當然，俗話說『一樣米養百樣人』，就是晁家漁村，也有不愛當兵的人，現在還以打魚為生。我曾經回村裡過，他們倒是挺羨慕我們，說我們眼光好，竟然跟了皇帝，可是問他們願不願意當兵，他們還是搖頭，說是太危險，得拚命才能保住富貴，他們寧願過踏實的苦日子。」

韓孺子無話可說，晁家漁村的士兵在晉城損失甚大，他們享受到了富貴，必要的時候也以命效忠。

「有些事情，真是左右為難。」韓孺子感慨道。

晁鯨點點頭，他並不覺得有何為難，只是不想反駁皇帝，身邊的馬大突然挺起身子，瞪眼吼道：「有什麼難的？闖就是了，反正怎麼都是錯，還不如硬氣一點。」

韓孺子大笑，讓張有才送走了兩人。

張有才回來收拾東西，忍不住多看了皇帝兩眼。

「你又在想什麼？」韓孺子問。

「陛下今天好像……很高興。」

「你覺得奇怪？」

「官員們是回衙門了，可是問題並沒有解決，聽陛下的意思，好像變得更難了，所以……」

「難，真難，比朕最初的預想難上百倍。」韓孺子嘴上這麼說，語氣卻顯得很輕鬆。

張有才越發困惑不解，皇帝卻不做解釋。

韓孺子回到秋信宮，皇后崔小君憂心忡忡地說：「我哥哥……他不明白陛下處置崔家的深意，以為自己再也得不到陛下的原諒，在家裡要死要活，已經幾天沒吃東西了，母親給我寫信，我真不想麻煩陛下……」

「朕明白，皇后可以給家裡回信，就說你已求得朕的同意，過兩天會召見崔騰，讓他養好身體來見朕。」

「陛下真的要見我哥哥？」

「不為別的，就為崔騰為朕冒過的那些危險，朕也該見見他，但是他還是得去邊疆，就當是送行吧。」

「崔家讓陛下為難了。」崔小君很是羞愧。

韓孺子搖搖頭，看了看女兒，「皇帝若不為難，那必然是因為無所作為。」

他照常去給太后請安，事後隨母親來到慈寧宮，屏退太監與宮女，「朕回京多日，還沒有向太后請罪。」

「請什麼罪？」慈寧太后驚訝地說。

「朕在外做出諸多惹怒太后之事，要請不孝之罪。」

慈寧太后嘆了口氣，「陛下是我的兒子，無論怎麼做都不是罪，何況你是為天下著想，我縱然當時不解，過了這麼久也該醒悟了，陛下事務纏身，我的確不該再添亂。」

「朕的確事務纏身，所以有件事要請太后代勞。」

慈寧太后真的吃驚了，兒子當皇帝這麼久，這可是第一次向她請求幫助。

「什麼事？」

韓孺子沉默了一會，「調查思帝之死的真相。」

慈寧太后臉色驟變，「不是已經查清那是崔太妃所為嗎？」

韓孺子搖頭，「此事疑點頗多，只怕上官太后是弄錯了。」

「那也沒有必要替崔妃洗冤。」慈寧太后不滿地說。

「與洗冤無關，若是當初下毒之人還在宮裡，朕怎麼能夠放心？」

慈寧太后盯著兒子，「陛下說的是真心話？」

「真心，朕本想整肅朝廷之後再調查此事，現在看來，以後的事情只會越來越多，朕一時半會騰不出手來，所以要請母親幫助，此事只可暗中調查，必要的時候，可請景耀幫忙。朕只有一個要求，無論牽涉到誰，請母親告知朕一聲。」

「當然。」慈寧太后仍顯困惑，「陛下為何不讓皇后調查此事？」

「皇后心軟，做不了這種事。」

慈寧太后想了一會，點頭應允，「皇宮裡不只住著陛下，還有皇子與公主，我絕不允許暗藏危險，如果下毒者另有其人，我一定要將他挖出來。」

「不可張揚。」韓孺子提醒道。

慈寧太后揮揮手，表示自己明白。

韓孺子告退，他給母親安排了一項任務，接下來，還要給更多人找事做，他開始領悟到自己之前錯在哪裡了。

第五百零六章 重獲信任

自從卓如鶴當上宰相之後，還從來沒在凌雲閣獲得過皇帝的單獨召見，因此得到消息之時他感到十分意外。走進凌雲閣，心中則生出頗多感慨，覺得自己應該是大楚歷來最難做的宰相。

皇帝起身相迎，兩名太監搬來一張椅子，而不是常見的凳子，卓如鶴行禮之後坐下，暗自警惕。

「朝中官員可還盡心？」

「一切正常，各衙門的人都齊了，前幾天耽誤了一些事情，總算還能彌補過來。」

「廢私奴之事，有勞宰相了。」

卓如鶴起身，「臣不敢推脫，臣自會盡心竭力，只是困難比較多，眼下又值多事之秋，臣的身體狀況也不大好，還請陛下多做準備，以防萬一。」

韓孺子笑了笑，示意卓如鶴坐下，「卓相可還記得你我第一次見面？」

「臣畢生難忘。」

「那時候卓相說過一句話，『官府似乎有糧又似乎沒糧』，朕也畢生難忘。」

卓如鶴既感動又羞愧，還有一絲困惑，不明白皇帝提起這句話有何用意，難道是諷刺自己「似乎有病又似乎沒病」？

韓孺子沒想那麼多，繼續道：「那時朕以為各地官員不以民生為念，皆是貪官、惡官。也是朕太年輕，如今仔細想來，官員這麼做，無非是為了應對更緊急的突發情況，更是為了應對上方的無盡索取，所以，根源不在官員，而在朕。」

卓如鶴回道：「陛下不必對自己苛責太甚，貪官、惡官都是有的，與陛下無關。」

韓孺子沒有繼續「反省」，問道：「墾荒之事進展如何？人手還緊缺嗎？」

墾荒是卓如鶴執政的核心，他馬上回道：「去年豐收，對墾荒助益甚大，人手依然緊缺，不過這種事無需急迫，墾荒者若是太多，官府反而提供不了足夠的耕具，而且此時人多，以後必然人少，到時多出來的耕具會遭到浪費。」

韓孺子點頭，稍稍向前探身，很嚴肅地問：「在卓相看來，宰相的職責是什麼？」

卓如鶴明白，這才是今日談話的重點，起身行禮，「臣以為，宰相為陛下之輔，在政務上不求精而求全，不求功而求穩。」

「皇帝的職責又是什麼？」

這個問題更難回答，卓如鶴打點精神，小心回道：「皇帝坐擁天下，垂拱而治，首要職責為選官、用官。」

「卓相所言乃太平天子，若是亂世呢？皇帝也要垂拱而治？」

「若在亂世，天子與宰相一人平亂一人守成，平亂者征戰四方，守成者更需求全求穩，為平亂者提供所需的一切應用之物。」

「卓相覺得你我二人誰該平亂？誰該守成？」

卓如鶴再行禮，「臣以為眼下並非亂世。」

「西方有強敵，北方有匈奴，卓相以為這不是亂世？」

「西方強敵相隔甚遠，且是驟興之國，鋒芒所至，一時無兩；假以時日，其敗也速。大楚嚴陣以待即可，無需過於擔心。至於匈奴，為禍不是一天兩天了，即使是在武帝之前，匈奴也沒讓大楚成為亂世，如今其內部分裂，大楚雖稍弱，並不懼它。」

韓孺子點點頭，這就是多數大臣的看法了，所以他們才不著急，甚至抽空弄出一次怠工。在他們眼裡，眼下的危機很尋常，完全可以正常應對，皇帝沒見過世面，才會如此認真。

「希望一切皆如卓相所言。」韓孺子曾經盼望過戰爭，現在卻改變了想法，戰爭只是他一人所欲，大臣不支持，最重要的是，百姓也不支持。大多數人寧願過平安的苦日子，也不願拋妻棄子去邊疆立功。

「平亂是一時之功，守成乃萬世之業，朕貪一時之功、不擅守成。眼下雖非亂世，朕守成也有些力不從心，守成之重責，唯有交給宰相。」

卓如鶴做好了準備，要與皇帝唇槍舌劍一番，甚至可以小小地得罪一下，然後藉機請辭，絕沒料到皇帝居然順水推舟，要讓自己擔守成之責，既意外又有點驚恐，竟不知該如何回答。

「陛下……」卓如鶴好一會才吐出兩個字，仍不知該說什麼。

「卓相放手去做吧，朝廷又是你的了。」

卓如鶴撲通跪下，「江山是陛下的，臣民是陛下的，朝廷更是陛下的，臣代管而已。」

韓孺子笑了一聲，有時候大臣對這種事比皇帝本人還敏感，「那就繼續代管吧，朕相信卓相有這個能力。」

「可是……」卓如鶴沒有起身。

韓孺子稍顯嚴厲，「廢私奴之事還是要進行，卓相可酌情變通，但不可停止。你說江山與臣民都是朕的，那就不要讓大楚出現化外之地與法外之民。」

卓如鶴終於相信皇帝真是要將相權還給自己，磕頭道：「臣才質粗陋，常令陛下失望，廢私奴任重而道遠，臣也是有心無力，恐令陛下更加失望。」

「宰相覺得私奴該取消嗎？」

「應該，再不取消，這些無籍之民將變成國中之國。雖在大楚境內，卻非大楚臣民。」

「似乎有民又似乎無民？」韓孺子微笑道。

「正是。」卓如鶴覺得身上在出汗。

「楚運不佳，其罪只在朕一人，朕欲重振祖業，唯有依靠朝廷，首先就是宰相。無論如何，卓相有一顆護民、濟民之心，如此足矣，至於具體事務，勉力而為。」

「臣不敢懈怠，必定盡心竭力。」

「卓相請坐，不必跪著說話。」

卓如鶴起身坐下，心中還是一片茫然，不明白皇帝對自己的信任從何而來。

「朕身邊有一位康自矯，寒門出身，比一般人更知民間疾苦，或可對宰相有所助益。」

卓如鶴心中稍寬，覺得這才是皇帝正常的手段，「宰相府少一位知事，康自矯榜眼出身，可為此官。」

「如此甚好。」

知事並非大官，但是常在宰相身邊行走，能夠參與政務，卓如鶴任命康自矯為此官，也是接受皇帝對自己的監督。

「兵部尚缺掌印之官，卓相可有推薦？」韓孺子又問道。

突然重獲信任，卓如鶴還沒反應過來，心中慌亂，想了一會，「按慣例，兵部尚書應由侍郎升任，或者由別部尚書調任，皆是文臣。如今邊疆多事、軍務繁雜，應該選一位文武兼通的大臣擔任。」

韓孺子嗯了一聲，等待卓如鶴的答案。

卓如鶴又想一會，「有一人倒是合適，只怕陛下覺得不妥。」

「為何不妥？」

「此人剛剛待罪家中，身體也不是太好。」

「崔太傅？」

「正是。」

韓孺子驚訝了一會，突然覺得這條建議也不是太匪夷所思，「說說理由。」

「崔太傅身經百戰，雖非必勝之將，但是熟知軍務，且他從前本是文官，後來被武帝派到南軍，才改為武職，對部司之責比較瞭解。」

「崔太傅曾是大將軍，擔任兵部尚書豈不是貶職？」

「崔太傅早已卸任，最近又被奪爵，出任兵部尚書乃是戴罪立功，並非貶職。」

韓孺子搖搖頭，「朕剛貶黜崔太傅，突然又委以兵部尚書，外人不知，還以為朕此前是在虛張聲勢。」

「唯陛下裁定，崔太傅若是不妥，戶部孫尚書可為備選，兵部周侍郎也可。」

「宰相酌情商定吧，明日遞一份奏章。」韓孺子沒有完全拒絕。

「遵旨，陛下。」卓如鶴知道自己應該告退了，可心裡總是不安，迫切地想要知道皇帝的真實想法，於是說道：「臣有一言不可不說，請陛下垂聽。」

韓孺子揮揮手，示意宰相可以說。

「驟廢私奴，傷筋動骨，大楚承受不住突然增多的大量人口，陛下委臣以重任，臣請先為私奴入戶籍，其他事情一概緩行。」

這離收回聖旨只差一步，皇帝若是同意，卓如鶴自可放手去做，若不同意，則所謂信任只是一時之興，當不得真。

韓孺子陷於沉默，良久方道：「宰相先與群臣商量一個具體計畫吧。」

「是，陛下。」卓如鶴心中又信了兩三分，只是納悶究竟是什麼事情改變了皇帝的態度。

卓如鶴告退，一直站在皇帝身邊的張有才忍不住道：「宰相分明是要藉機抬舉崔家，背後必有交易。」

「別管太多，你這麼閒，朕交給你一件重要任務吧。」

張有才面露喜色，「好啊，私訪？還是查案？」

「都不是，從今以後，你替朕掌管寶璽。」

張有才嚇了一跳，中掌璽在宮裡可是不小的官，論地位，通常只比中司監低一些，他現在是皇帝的貼身太監，相當於一步登天。

「陛下是說真的？宮裡不是有人掌璽了嗎？」

「可以調離，你是朕相信的人，由你掌璽朕更放心。」

「可我不想離開陛下，別人服侍陛下，我還不放心呢。」

「中掌璽也可以留在朕身邊。」

「那我願意！」張有才喜形於色。

韓孺子笑了笑，「宰相有事做了，御史台絕不能閒著，你去問問，瞿御史回京了嗎？」

張有才一溜煙地跑出去，很快回來，「樓下的中書舍人說了，瞿御史還在路上，還要至少三天才能到京。」

「嗯，不用著急。」韓孺子手指輕敲桌面，突然停止，「派人去倦侯府，傳趙若素。」

第五百零七章　罪上加罪

趙若素是個很有耐心的人，被貶回倦侯府之後，他沒有一句怨言，也沒有異常舉止，比從前更認真地履行府丞之職，修修補補，當後花園的雞鴨數量太多的時候，他向皇后上書，希望能夠定期處理一批。

這份請書輾轉一個多月才送到皇后手中，皇后十分驚訝，想不到一名被貶的小吏，以待罪之身竟然還想著這種事情，於是做出回覆，表示多餘的雞鴨不得宰殺，以皇帝的名義送到京南的晁家漁村，由那裡的村民自行處置。

趙若素在府中做的事情大抵如此，好像他一生的願望就是管理一座沒有主人的府邸，值得他兢兢業業，付出大量心血。

宮裡太監趕到的時候，趙若素正親自監督兩名工匠置換幾塊破損嚴重的地磚。

趙若素官職太小，召見他不用聖旨，太監徑直走過來，「趙若素，放下手中的活，隨我進宮去。」

趙若素愣了一下，「這麼快？」

「什麼快？」太監沒聽懂。

「沒事，等我換身衣服。」

「別耽誤時間，天要黑了，咱們這就走，你又不是朝中大臣，換什麼衣服？」

趙若素顯得有些手足無措，尋思一下，對工匠說：「今天先到這，明天繼續。」

趙若素隨太監進宮的時候，身上穿著舊衣，風塵僕僕，像是剛剛遠道歸來。

凌雲閣樓下，張有才笑道：「趙府丞這身行頭不錯，既有失寵之後的落魄，又有見駕的急迫，上樓吧，陛下等著呢。」

趙若素臉色微紅，張嘴想要解釋幾句，想想又算了，邁步上樓，發現太監們沒有跟上，心裡稍感意外。

皇帝正在寫字，聽到進來的腳步聲，沒有抬頭，繼續寫完，拿起紙張看了一遍，向跪在門口的趙若素說：「大將軍府是什麼時候設立的？」

趙若素又是一愣，但還是馬上回道：「微臣記得是成帝初年，太祖駕崩不久，時任宰相頗有反意，於是成帝分宰相的統軍之權給大將軍，此後幾經改動，武帝七年左右確定為現在的格局：大將軍府掌管兵符，兵部制定調軍計畫，各地將軍負責練兵、統兵，各司其職。」

「大將軍有點類似於宮裡的中掌璽。」

「是，所以常由宗室或勳貴擔任，寧缺勿濫。」

「朕打算任命原兵尚書蔣巨英為大將軍。」

趙若素抬頭看了一眼皇帝，「蔣兵部並非武將，又非勳貴，如此任命並無先例，但是只要陛下願意，不會有人反對。」

「你明白朕的用意，不必遮掩，說出來就是。」

「微臣不敢，微臣有罪。」

「你想要一句『赦你無罪』？不行，趙若素，這不行，你的確有罪，尚未得到朕的寬恕，所以無論你說什麼，也不過是罪上加罪，有鑑於你的罪已經很重，再加上一點也沒什麼。」

趙若素想了想，覺得皇帝所言有理，於是不得命令就站起身，說：「陛下要讓蔣巨英以大將軍之職致仕？」

韓孺子點點頭，「蔣巨英最近一段時間做得不錯，從各地追回了十幾萬的兵奴，這些兵奴一部分自願為民，還有七萬多人願意繼續從軍，加上原先的地方駐軍，大楚能夠集結至少十五萬人支援邊疆，但這些軍隊兵甲器械不全，訓練更是不足，需要半年時間練軍。」

「是，陛下。」趙若素沒明白皇帝的意思，治軍練兵並非他的專長，他也提不出意見。

「你剛才說練兵之責歸屬將軍，若是將軍都在前線，練兵該歸誰管？」

「呃……按道理應該是兵部，但通常是交給郡尉或是屬國都尉，真有實權的則是郡守與國相，兵奴之弊正是因此而起。」

「如果朕要將練兵之責交給大將軍府呢？符合慣例嗎？」

趙若素想得更久一些，「此事並無慣例，所以也就無所謂打破或是符合，陛下只需注意一點，大將軍手握兵符，一旦加入練兵之責，即是有了部分調兵之權，大將軍之銜由虛轉實，只怕就是從此開始。」

「所以在蔣巨英之後，擔任大將軍的人必須極受信任。」

「並不好找。」趙若素提醒道。

「那就只好由朕親自擔任了。」

趙若素大吃一驚，脫口道：「這、這不合規矩！」

「你剛才還說此事並無慣例。」

「陛下此舉打破的不是大將軍府的慣例，而是天子的慣例，天子至尊，哪有自貶為臣的道理？」

「可朕除了自己還能信任誰呢？」

「這個……陛下為何非要改變大將軍府的格局呢？維持現狀不好嗎？」

「大將軍府名存實亡，無異於收藏兵符的倉庫，曾經被一群亂兵所攻破，兵符如寶璽，乃調兵之信物，卻無可靠之人把守，朕怎能放心？」

趙若素上前一步，退後一步，再上前一步，「陛下若要直接掌管大將軍府倒也簡單，只需不任命大將軍即可，不必自己擔任此職。」

韓孺子想了一會，「有道理，你再替朕想想辦法，如何讓這件事做得既合規矩又迅捷，不至於引起他人的胡亂猜疑與反對。」

「容微臣想一下……等蔣巨英致仕之後，陛下可以直接收回大將軍印。如此一來，雖無大將軍之號，卻有大將軍之實，然後需要兩位比較可信、可靠之人，一人掌庫，專職保管兵符，一人主事，替陛下分擔日常職責，再然後……」

趙若素突然停下，發了一會呆，說：「陛下召微臣進宮就是為了這件事？」

「你的辦法不錯，以後每天來凌雲閣待命，不必再去倦侯府了。」

「可微臣依然有罪在身。」

「對，而且你別指望朕會寬恕你，別人待詔，你待罪；有功不記，有過加罪。所以你也不用想著戴罪立功了，有話直說、想猜就猜，想跟誰來往，皆隨你意，就這麼一直罪上加罪吧。什麼時候朕真的被激怒，或者覺得你無用了，無需調查，直接就能將你處死，或者發配到邊疆。」

趙若素目瞪口呆。

「退下。」韓孺子揮揮手。

趙若素呆呆地下樓，張有才笑道：「恭喜趙大人，升官了吧？陛下這幾天心情不錯，你算是撞上大運了。」

「嗯，陛下封了我一個『待罪之官』。」趙若素說。

「待罪之官？這是什麼官？幾品幾級？」

「無品無級，開口即是罪，罪上加罪，直到陛下想殺我的那一天為止。」

張有才也愣住了，「你……可太倒霉了，陛下心情這麼好，都沒原諒你。」

趙若素突然大笑一聲，既不行禮，也不告辭，邁步揚長而去。

幾名太監面面相覷，張有才小聲道：「陛下這是……把他逼瘋啦？」

只有韓孺子知道自己在做什麼，他不再要什麼忠誠，任人唯才，也不再事必躬親，居中監督，然後親自接管最弱的一項。

次日下午，韓孺子召見了崔騰，當著眾多太監的面，將他狠狠地罵了一通。

崔騰一開始跪在地上瑟瑟發抖，很快痛哭流涕，一個勁地自責，甚至自搧巴掌。

韓孺子終於消氣，屏退外人，對崔騰說：「你犯過的錯不少，可這一次最讓朕痛心，明白為什麼嗎？」

崔騰滿臉淚痕，「明白，之前……之前都是無心之失，這一回是……有意為之，都是我太笨、太虛榮，總想做點大事。」

「你想做大事，這很好，可是沒有必要非在朕面前顯露。朕最欣賞之人，不是在邊疆，就是在外地巡視。朕留顧問在身邊，無非是為了檢驗是否有真才實學。你想做大事，就去邊疆努力。你此行雖是發配，但是朕給你指定了一位師父，到了馬邑城，跟隨王堅火多學多問，明白嗎？」

「洛陽醜王？」崔騰擦乾眼淚。

「你不必學他的本事，只需觀察他如何為人。」

「是，陛下，我明白，我要重新做人。」

「嗯，你父親身體還好嗎？」

「好了些，只是被我氣得又躺了兩天，御醫說並無大礙，就是急火攻心，靜養即可。」

「回家問問你父親，可願重新出山、執掌兵部？」

崔騰面露喜色，他不在乎官大官小，父親重新做官就意味著崔家重新得到皇帝的信任，馬上道：「願意，太願意了！」

「回家問你父親，有何想法，給皇后寫信。」

「是，陛下。」崔騰連連磕頭，離開的時候一邊哭一邊笑。

太監們見怪不怪，張有才搖搖頭，「這是怎麼了？這幾天每個見過陛下的人都……都不正常。」

韓孺子在排兵布陣，他任命金純忠為使者，再去邊疆會同柴悅與獨立未降的匈奴人談判，大楚可以支援匈奴人，但是匈奴人要仿效此前的東匈奴，向大楚稱臣。

西域使者也出發了，攜帶新的聖旨，允許辟遠侯張印和可能還活著的將軍鄧粹便宜行事。

皇帝的改變令所有人感到意外，尤其是朝中大臣，既困惑不解，又都鬆了口氣，畢竟皇帝逼得沒那麼緊了，宰相卓如鶴恢復實權，什麼事情都能商量著來。

韓孺子並非對朝廷甩手不管，但不再是親自監管，他在等瞿子晰回來，建立一個剛正不阿、敢於對抗宰相的御史台。

他希望在邊疆生亂之前，還來得及做完這些事情。

第五百零八章　一舉一廢

皇帝放權給宰相，自己終得閒暇，攜皇后、皇子與公主前往倦侯府小住，在這裡，皇帝召見了皇后的父親崔宏。

崔宏與皇帝的明爭暗鬥從未中斷過，但是兩人很久沒見過面了，上一次是韓孺子前往崔府探病，結果遭到刺殺。

崔宏的確一直有病在身，比從前瘦了整整一圈，容貌也更顯老，皇后倒是經常與父親有書信往來，卻沒怎麼見過面，看到父親的第一眼，差點哭出來。

父女二人唏噓一番，覺得差不多了，皇后請父親去後花園散散心。

皇帝就在後花園等著崔宏。

兩人彼此間從未有過信任，每次見面都有些尷尬。

韓孺子坐在亭子裡，望著池塘對面的一群宮女，她們正護著幾位皇子與公主，逗弄亂躥的小雞和戲水的鴨子。

崔宏進來，正要下跪，韓孺子轉身笑道：「這裡不是朝堂，太傅不必拘禮，請坐。」

「謝陛下。」崔宏坐在皇帝對面，春風吹來，身子的袍子更顯寬大，他也向池塘對面望去，「被抱著的那位就是慶皇子吧？」

「嗯，他受太后寵愛，習慣被人抱在懷裡。」

聽說慶皇子要出宮，慈寧太后特意加派人手，三名老成持重的宮女，輪流抱持，慶皇子幾乎腳不沾地。

與之相比，三位小公主就自由多了，年紀大些的已能滿地亂跑，最小的孺君公主也在毯子上爬來爬去。

「第一位皇子，難怪太后愛不釋手。」崔宏張望幾眼，「孺君公主在哪？」

「毯子上的那個，抓住泥土往嘴裡塞的就是孺君公主。」

對面的宮女正費力地從公主嘴裡搶奪泥土，崔宏大笑，「公主真是活潑，這樣很好，說明身體不錯。」

「朕與皇后皆非愛動之人，公主的淘氣不知像誰？」

崔宏微笑道：「陛下不知，皇后如今嫺靜，兒時卻不是這樣，爬樹、攀牆，與男孩子相差無幾，七八歲的時候才變了性子。」

韓孺子輕笑一聲，「原來如此。」

幾句閒聊，消除了不少尷尬，韓孺子轉身，面朝崔宏，正色道：「皇后說，太傅不願出來任職。」

崔宏拱手，長嘆一聲，「非不願也，實不能也。陛下也看到了，老臣一身病痛，又是待罪之身，入職兵部，只怕會耽誤朝廷大事。」

「太傅半生戎馬，兼又熟知朝廷掌故，區區一個兵部，不會牽扯太傅多少精力。」

宰相卓如鶴既然首先推薦，就表明崔宏已有出山之心，只是按規矩，必須推辭一番。

韓孺子瞭解這套規矩，於是「苦勸」一番，最後崔宏跪頭謝恩，接受兵部尚書之職。

「朕有一人推薦給太傅，請太傅在兵部多加考驗。」

「陛下推薦之人必不會錯。」

「難說，此人做事還算穩妥，也能出謀劃策，只是風評不佳，朕因此頗為猶豫。」

「不知陛下說的是哪位？」

「水軍將領賴冰文。」

崔宏點點頭，「老臣聽說過此人，棄文從武，據說是因為……」

「那件事是真的嗎？」韓孺子問道。

崔宏已不像剛見面時那麼尷尬，但也沒自在到無話不說的地步，「耳聞而已，不知實情。」

「多事之秋，先論才再論德吧。」韓孺子沒再問下去，繼續問道：「太傅執掌兵部之後，要如何應對西方之敵與北方匈奴？」

「靜觀其變。」

「請太傅細說。」

「西方之敵根底未知，但也不必過於恐慌，此敵若從西域來，則其數量必然不多；若繞路由北方來，與匈奴合流，不過是更多匈奴人而已。大楚防範匈奴一百多年，或攻或守，皆有成規。眼下大楚尚無力遠攻，以守為主，塞外碎鐵城、馬邑城一西一東扼守門戶，背後長城橫斷，再後是邊塞郡國。依過往之策，塞外駐兵不宜多，多則空耗錢糧，且敵蹤不明、塞外無路，不利楚軍調動，只可向邊塞諸郡國加強駐軍，塞外有事，出城接迎，若是匈奴專攻一處，關內調兵也方便些。」

若在從前，韓孺子必然要與崔宏爭辯一番，以證明「過往之策」未必適用現在的情況，但他只是點點頭，「這正是朕所依仗太傅的地方。」

崔宏臉上顯出一絲明顯的意外，很快消失，「老臣守成而已，難圖進取，無論何時，陛下若有他選，老臣立即交印讓賢。」

「望太傅勉力支撐，總得邊疆穩定，朕才放心讓太傅休養。」

崔宏稍稍寬心，知道自己並非臨時任命。

崔宏告辭，韓孺子送出一段路，又回到亭子裡，向對面望去，正好看到慶皇子在宮女懷中大哭，不由得暗自搖頭，心想等慶皇子再大一些，必須要讓母親放手。

皇帝與皇后在倦侯府一住數日，皇子與公主都被送回宮內，兩人仍留住了三天。

皇帝好不容易表現出妥協的一面，對他的這點小小喜好，再沒人提出反對。

崔宏出任兵部尚書，崔家又一次絕地逢生，令眾人驚訝不已，只能感慨崔家生了一個好女兒，都以為是皇后保住了崔太傅。

原兵部尚書蔣巨英被提升為大將軍，同樣令眾人驚訝，但是所有人都明白，蔣巨英的仕途快要到頭了。大將軍府悄無聲息地發生變化，皇帝接連派出七名顧問入府任職，大將軍府向來位高而權輕，因此沒有太多人注意到這點。

與之相比，皇帝對御史台的改變更加惹人注意，讓許多人覺得，皇帝的變化或許也沒有那麼大。

瞿子晰回京了，一連三天前往倦侯府與皇帝長談。

第四天，韓孺子召見左察御史馮舉。

馮舉也是第一次受到皇帝的單獨召見，比宰相卓如鶴更覺意外，也更加忐忑。

見面地點在大廳，皇帝端坐，馮舉跪下磕頭，禮畢之後又過去一會，太監才請他平身。

馮舉預感到不妙。

「馮御史知道朕為何召你來吧？」

「臣不知。」馮舉低頭道。

韓孺子嘆息一聲，「最近彈劾馮御史的奏章可不少。」

馮舉心裡一顫，馬上拱手道：「臣在御史台司督察之職，難免得罪同朝之臣，受到彈劾也很正常。」

「馮御史所言極是，可朕有一點不明，馮御史在御史台任職至今，未見幾份彈劾他人之奏章，何以得罪同朝之臣，反受彈劾？」

馮舉吃了一驚，身上出了一層冷汗，立刻跪下，想要辯解，卻想不出合適的話來，只得道：「臣自忖無錯，不知奏章裡彈劾臣什麼，望陛下告知。」

「你先起來。」

馮舉慢慢起身。

「有一份奏章，彈劾你身為監察之官，卻與朝臣來往甚密。」

「絕無此事，臣只是……只與親友往來，人之常情。」

韓孺子微笑道：「馮御史的『親友』好像不少，朝中大臣多半都與馮御史沾親吧？」

「沒那麼多。」馮舉額上滲汗，「臣、臣知錯了，今後再不與朝臣往來。」

「嗯，偶爾往來一下也沒什麼，畢竟有些人是真正的親友。」

馮舉越來越不自在，怎麼也沒想到皇帝會拿自己開刀。

「還有一份奏章，說馮御史人雖已離開吏部，手卻留下來，吏部上下皆聽使喚，任命了一批『馮氏官』。」

馮舉又跪下，與剛才的彈劾不同，插手吏部可是重罪，「污蔑！這是污蔑！臣自從擔任左察御史以來，再沒有去過吏部，頂多……頂多與相熟的官吏偶爾相聚，閒聊而已，絕未干涉過任何事務。」

「朕也不太相信，朝廷大官任命由朕親定，次一級官員決於宰相，吏部不過推薦而已，如何給『馮氏』立官呢？」

「陛下英明，有陛下此言，臣無憾矣。」馮舉心裡越發惴惴不安。

「另有一份奏章，說馮御史不滿廢私奴之令，與大臣勾結，陽奉陰違……」

「血口噴人！」馮舉顯得極為憤怒，臉上青筋畢露，「臣敢問一句，是誰在彈劾臣？有何證據？」

韓孺子沉默一會，說道：「彈劾者不只一人，不說也罷，至於證據，倒是有一些，但朕並不相信，皆需再加求證。」

「臣願對質，也願接受查證，以表清白。」馮舉硬著頭皮說。

韓孺子搖搖頭，「朕不想折騰了，馮御史乃武帝朝老臣，功勞顯赫，縱不得賞，也不該受此羞辱。」

馮舉連連磕頭，「陛下之恩，臣肝腦塗地不足以為報……」

馮舉大表忠心，聽得幾名太監都皺眉頭了。

等他說完，韓孺子道：「以馮御史多年之功，該封太師。」

馮舉呆若木雞，又是一個意想不到，好一會才道：「臣、臣受之有愧……」

「不必推讓，馮御史該受此封。」

太監上前，馮舉只得告退，頭暈目眩，如在雲裡霧裡，怎麼都沒想明白，剛剛究竟發生了什麼。

在二門外，馮舉遇到了趙若素。

送行的太監轉身回去，趙若素迎上前，拱手道：「馮大人見過陛下了？」

馮舉認得趙若素，卻沒怎麼說過話，眉頭一皺，突然明白些了什麼，急忙上前一步，湊近道：「陛下究竟是何用意？」

「馮大人總得先告訴我發生了什麼。」

「陛下先是說有奏章彈劾我，然後……然後說是要封我為太師。」

趙若素點點頭，想了想，「馮大人覺得自己該受此封嗎？」

「這個……只怕有些勉強，我最近……沒立過大功。」

「太師已是極品之官，馮大人半生勞碌，還不請求致仕，回家頤養天年，尚待何時？」

馮舉終於醒悟，踉踉蹌蹌地離開倦侯府。

新任中掌璽張有才正好進府，看到馮舉的樣子，忍不住向身邊人笑道：「又瘋一個。」

第五百零九章　大兵壓境

玉門關是前往西域的必經之途，多年未有戰事，幾乎由邊關轉為商關，城裡城外，稅官比軍吏更多。將軍邵克儉幾個月前來到玉門關，重整駐軍、修補城牆，同時遠派斥候，監視西域的動向。

最後一批楚人兩個月前從西域返回，在那之後，偶爾有西域人叩關，帶來諸多混亂的消息，虎踞城再沒有人去過。西域諸國反覆無常，但也只是在嘴頭上凶狠，對楚人尚還尊敬。

初夏一天傍晚，斥候回城通報，又有一群人從西域而來要求進城，身份比較特殊，據說都是極西方的王公貴族，一路逃避神鬼大單于的軍隊，請求進入大楚避難。

總共一百餘人，穿著奇怪而華麗的衣服，說著誰也聽不懂的語言，進城之後一見到楚軍將領，就雙手捧出大量珠寶，隊伍中有一名通譯，聲稱捧珠寶者乃是一位國王，只要大楚肯收留，他願意獻出更多珠寶。

邵克儉讓客人收起財物，派人送他們進入城內的驛館，跟往常一樣，詳細詢問消息。

這些人兩年前就逃到了西域，因此不清楚虎踞城的狀況，但是聽到傳言，說城內將士因為分歧而自相殘殺，又遭到敵軍襲擊，那裡早已是一座空城，神鬼大單于之所以還沒有進攻西域，唯一的原因是要時間集結大量兵力。

據說在極西方，北至草原南抵大海，都已臣服神鬼大單于，將共同組建一支多達百萬人的大軍，一舉吞併大楚，完成神鬼大單于最終的宿願。

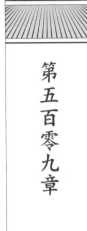

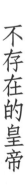

邵克儉寫了一份公函，以急信送往京城，如何接待這批逃難的客人，要由朝廷做主。

此後幾天，又有幾批逃難者到來，數量越來越多。有極西方的貴族，也有西域土著，其中一些人信誓旦旦地表示，自己不久前路過虎踞城，那裡的確已是空城、廢城，城牆都被推倒了。

半個月後，邵克儉接到朝廷的命令，讓他詳加調查，各國王公連同通譯可以送往京城，隨從人等留在玉關門。邵克儉是名聽話的將軍，立刻遵命行事，打算花十天時間進行甄別，然後送客人前往京城。

玉門關數十年未有戰事，即使在當初大楚與匈奴戰事頻仍的年代，這裡也未受波及，邵克儉得到的一切消息都表明，西域不穩，但還不至於發生戰爭，諸國雖有異心，頂多偷偷向極西的強敵獻媚，不敢對大楚不敬。因此，又有一批逃難者到來的時候，整個玉門關，包括邵克儉在內，都沒有特別在意，按常規接待，送往驛館居住。

玉門關常有外國人來往，此地的驛館比京城還大，而且建在城內，佔據了城內一角，足以容納上千人。

當天晚上，新來的逃難者動手，屠殺此前逃難至此的王公貴族，同時一面在城裡四處放火、試圖搶佔一座城門。

邵克儉聞訊大驚，親率士兵鎮壓，折騰了整整半個晚上，終於平息事態，可損失已經無可挽回。數十名貴客被殺，他們萬里迢迢逃至大楚，結果這裡卻是真正的終點。

刺客大都被殺，剩下十餘名俘虜，嘴裡大叫大嚷，通譯膽戰心驚地說：「正天子……神鬼大單于有仇必報，有仇必報，絕不手軟，絕不寬恕，楚人……大楚必亡……」

刺客們還交出幾口箱子，上面堆著金銀珠寶，下面卻是幾只小箱子，裡面盛著數顆人頭，他們並不隱瞞，得意地宣稱，這些都是楚使，作為禮物獻給大楚皇帝。

邵克儉認得其中一人，果然是朝廷冬天派往西域的使者，他們一直努力前往虎踞城，沒想到卻命喪他方。一怒之下，邵克儉斬殺所有俘虜，從此緊閉城門，不再接納西域客人，並向朝廷寫急信，希望得到支援。

西域已不再是大楚的屏障，而是敵人。

入春以來，匈奴人回到大楚北方，大批軍隊停在碎鐵城對岸，與楚使反覆談判。

大楚要求匈奴人仿效前例，向大楚俯首稱臣，遭到斷然拒絕，雙方僵持幾個月未有進展。

夏季漸熱，匈奴人需要放牧，不能久駐一處，大單于決定東進，扔給楚使一句話：「等大楚能夠阻擋神鬼的時候，再來談判吧。」

他拒絕承認還有一位大單于，因此只稱「神鬼」。

楚軍斥候遠遠跟隨匈奴人，發現他們的確遠遁東北，而且越走越分散，分別前往不同的牧場，看樣子今年沒有作戰的打算。

匈奴人退卻之時，正值玉門關遭到偷襲，兵部迅速做出反應，從碎鐵城調一支軍隊前去支援玉門關。西域看來真是拋棄大楚投降強敵了，諸國又組建一支聯軍，這回的進攻方向是東方。

幾位國王悄悄送來書信，聲稱自己也是迫於無奈，神鬼大單于的使者已經進入西域，命令諸國立即投降，猶豫者滅族、不降者屠國。

楚人都已退出西域，諸國沒有選擇，只好出兵出糧建立聯軍，以示效忠，等神鬼大單于的大軍到達之後，就將正式向大楚開戰。

綜合各方消息，以及西域諸國的實力，兵部推測神鬼大單于頂多派兵十萬，加上西域聯軍，也不到十五萬，雖不至於動搖大楚，對玉門關的壓力卻不小。

兵部建議盡快向玉門關提供更多支援。

皇帝有些猶豫，但是玉門關連發急信，兵部催得也緊，他沒有太多選擇，於是批覆同意。

神鬼大單于為何不直接從北方繞路進攻大楚？那條路雖然長些，但是比較通暢。

兵部給出解釋，神鬼大單于必定以為大楚與匈奴已經聯手，不願同時對抗兩股力量，因此通過西域，只與大楚一家交戰。

韓孺子還是有些疑慮，但是玉門關告急，不能置之不理，於是調兵五萬前去支援，另有幾支大軍入關駐守，與西邊的玉門關和北邊的神雄關距離相等，以備不時之需。

戰爭真的要到來了，崔宏新官上任，決心要在此戰立一大功，以贖回自家爵位，因此親赴玉門關指揮。

崔宏身體虛弱，家人以及皇帝都不想讓他受累，崔宏卻堅持己見，三度上書，詳細講述此戰的重要，以及為何自己必須親往督戰。

「大楚示敵以弱，以至西域諸國投降外敵，此一戰雖能守住玉門關卻於事無補，非大軍西進一舉破敵，不能挽回西域。」

韓孺子被說服了。

崔宏趕到玉門關，召集後備軍隊，湊到八萬人，主力是四萬南軍，於夏末秋初，向西域進攻。

他的計畫是不等神鬼大單于的軍隊與西域聯軍匯合，先將西域奪回，然後酌情再定，寧可將西域變為戰場與廢墟，也不能讓它成為敵軍的領土。

初戰大勝，西域諸國本無鬥志，一觸即潰，又都紛紛投降楚軍，轉而帶路，迅速平定諸國。

皇帝記掛著虎踞城以及城裡的將士，崔宏也沒忘，派出一支三千人的先鋒，前去查看情況。

在距離虎踞城數百里處，這支軍隊與神鬼大單于的軍隊遭遇了，彼此不知底細，互相觀察了整整兩天，楚軍首先發起進攻，敵軍還擊，戰鬥力比西域人強多了，雙方戰了一個上午，各自收兵，陷入僵持狀態。

崔宏率軍支援，他必須在入冬之前返回大楚，因此急於擊敗敵軍。

韓孺子每天都能接到西域的通報，雖然都是勝利的消息，他卻沒法完全安心，這些消息最快也是十幾天甚至一個月以前的事情，他希望瞭解當下的情況。

但他還有別的事情要忙，朝廷總算按照他的想法初具雛形，宰相卓如鶴重新掌管朝廷，雖然與皇帝算不上同心同德，但已比較穩定。

在此同時，御史台的力量強化，馮舉以太師之位致仕，右巡御史瞿子晰獨掌監察之職。他對官員看得比較緊，三天兩頭上書彈劾，令群臣苦不堪言。

大將軍府成為皇帝的直屬衙門，專門負責各地練兵，半年多過去，頗有些成效。

韓孺子覺得時間還夠用，只需再有一到三年，大楚雖然不能恢復武帝的巔峰時期，但是足夠騰出手來大戰一場。

可事情總是不能如計畫那樣順利。

時值深秋，天氣漸寒，塞外傳來消息，碎鐵城斥候在西方觀察到一支大軍，像是匈奴人，很可能是投降神鬼大單于的匈奴人。

不等皇帝與朝廷做出反應，更多的消息如雪片般傳來，大軍人數之多超乎想像，斥候甚至沒法做出大概的估計。

碎鐵城派軍迎戰，敗。

碎鐵城遭到圍攻，一日被破。

碎鐵城守軍逃回關塞，所剩無幾。

神雄關遭到進攻。

……

僅僅十天，意外消息變成了噩耗。

這天下午，兩封加急公文一先一後送到皇帝面前。

一封來自神雄關，情況危急，需要朝廷立刻派軍支援。

另一封來自西域，寫這封信的時候，崔宏還不知道北邊的情況，很高興地宣稱西域已定，敵軍覆滅，大軍正在返回途中，入冬前可至玉門關。崔宏的信裡還通報了一條好消息，虎踞城尚在，他已派人前去查看，或是繼續守城，或是帶回城裡的楚人。

韓孺子終於明白，他上當了，崔宏上當了，整個大楚都上當了！西域只是疑兵，引走了一部分楚軍。神鬼大單于不僅凶殘，還很奸詐，他對大楚的瞭解，顯然遠遠多於大楚對他的瞭解。

韓孺子放下公文，他一直很重視西方之敵，結果還是大意了。

太監張有才匆匆跑進來，不知道皇帝的心事，高興地叫道：「生了，淑妃生了，是位皇子！」

第五百一十章　朕要親征

神雄關是京城最北邊的門戶，一旦被突破，敵軍將可長驅直入，雖然途中還有數道關卡，但都不如神雄關易守難攻。

此關遇險，京城聳動。

不過接下來的消息又讓眾人稍稍鬆了口氣，由碎鐵城前往神雄關，途中多半是山間小路，敵軍數量再多，也無法一擁而入。守關將士在最初的驚駭後，終於穩住軍心與陣腳，一連三日、不分晝夜的擋住一次又一次進攻，隨後，敵軍停止攻勢。

崔宏以兵部尚書的身份親自征伐西域，兵部日常事宜交給了侍郎賴冰文。

賴冰文人品頗受詬病，能力卻沒問題，他只比皇帝早半個時辰接到神雄關遇險的消息，受到召見時，卻已制定出一套詳細的應對計畫。

崔宏沒有帶走全部南軍，剩下的數萬人全都前往神雄關，正是他們在最危急的時候穩住了軍心，保住了這座至關重要的關卡。

許多大臣建議盡快從馬邑城調兵支援神雄關，賴冰文卻表示反對，「神雄關易守難攻，敵軍無法傾巢而至、楚軍也難排兵布陣，數萬南軍足矣，兵力再多也無益處。少則三五日，多則十天半月，敵軍久攻不克，必然調轉鋒頭，下個目標極可能就是馬邑城。馬邑城之軍不可動，反而應予增兵。」

皇帝接受了賴冰文的建議，派陳囂前去協防神雄關，賴冰文則前往洛陽，親自調動各地軍隊，前去支援馬邑城以及長城諸關卡。

老將軍房大業生前奪回了遼東，解決了一個大隱患，那裡邊城林立、互為犄角，成為大楚守衛最為牢固的地區，楚軍因此不必分兵多處，可以專守神雄關與馬邑城。

馬邑城守將是柴悅，麾下兵多將廣，尤其是有北軍精銳，力量最為雄厚，在兵部制定的計畫中，神雄關以守為主，馬邑城則要伺機進攻，給予敵軍一次重擊。

一切安排妥當，只待崔宏率軍回來後，楚軍就將在入冬前後發起一次反擊。

淑妃已經生下皇子十多天了，皇帝終於得空，能夠仔細看看兒子的模樣，並且安慰一下仍虛弱的淑妃。

「已經得到證實，妳哥哥還活著，就在虎踞城裡，很快就能回來。」

鄧芸笑了笑，「他真是命大，可我覺得他不會回來。」

「妳的預言不準，之前做的夢就是錯的。」韓孺子笑道，看著熟睡中的兒子，心想母親這回應該滿意了。

「做夢是做夢，我這回說的不是預言，是我哥哥的脾氣，只要沒打勝仗，他就不會回來。」

韓孺子微皺眉頭，「虎踞城只有數百將士，加上西域士兵也不過一兩千人，鄧將軍拿什麼打勝仗？」

「崔太傅不是率領一支軍隊在西域嗎？」

韓孺子搖頭，「那支軍隊要回來保衛北疆，不能留在西域，崔太傅絕不會同意分兵給鄧將軍。」

「唉，我也不關心了，哥哥從小就固執，聰明的時候好像天下沒有他做不成的事件，發起脾氣來卻是一個徹底的糊塗蟲，盡做些讓人哭笑不得的荒唐事。相隔千山萬水，我管不著他，只怕陛下也難讓他聽話。」

鄧芸坐在床上，伸手在兒子的小臉上輕輕撫摸，愛憐地說道：「我現在只在意他，沒想到這個小東西會這麼可愛。」

「朕要御駕親征。」韓孺子試探道。

鄧芸抬頭看了一眼皇帝，「陛下得先給皇子起個名字才能走。」

韓孺子哈哈一笑，覺得鄧芸的脾氣有點像她的哥哥。

「噓，別吵醒他，小東西只在睡著的時候才這麼可愛。」鄧芸馬上提醒道，她現在眼裡只有孩子，沒有哥哥，也沒有皇帝。

韓孺子又去秋信宮，這裡也是孩子的地盤，孺君公主已經會走路了，還是那麼活潑，一看到父皇就撲上來，嘴裡咿咿呀呀地亂說。

韓孺子沒法不喜歡這個女兒，立刻抱在懷裡，逗了一會，向皇后道：「朕要御駕親征。」

崔小君一直微笑著旁觀，聽到這句話，臉上的笑容一下子僵硬，呆了半晌，開口道：「一定要這樣嗎？」

「大楚將士正在前線浴血奮戰，朕不能總坐在皇宮裡等候消息，而且這一戰很重要，如果戰敗，或者僵持不下，北方觀戰的匈奴人很可能因此倒向敵軍，兩敵聯手，大楚危矣。」

「陛下如果覺得有必要，那就去吧，只是……只是一定要策畫周全。」

「會的，楚軍精銳多半都在馬邑城，如果這一戰打不贏，朕坐在皇宮裡反而更加危險，還會連累你們。」

崔小君笑了笑，隨後輕嘆一聲，「為什麼陛下總是這麼艱難呢？」

「妳該慶幸，在這種艱難時刻，大楚是朕在做皇帝。」

崔小君又笑了，走過來，從皇帝手中接過公主，輕聲道：「孺君，聽到了嗎？父皇是個了不起的皇帝。」

公主大聲道：「不起！不起！」

韓孺子總是能從皇后這裡得到支持，信心增強了幾分，又來拜見母親慈寧太后。

慶皇子又大了點，學會了一些規矩，向父親行禮，叫了一聲「父皇」，退到祖母身邊，將手交給祖母，生母佟青娥站在太后另一邊，如婢女一般恭謹。

韓孺子閒聊了幾句，再度提起御駕親征之事。

慈寧太后面無表情，突然扭頭，向惠貴妃佟青娥道：「妳覺得這是一個好主意嗎？」

佟青娥明顯一愣，沒想到自己會被問及，低聲回道：「臣妾不懂軍務，陛下想要出征，總有道理吧。」

「陛下不只是皇帝，也是妳的夫君，是妳孩子的父親，就要拋下你們親上戰場，妳就沒什麼可說的？」

佟青娥臉色微紅，更不敢說話了。

慶皇子突然大聲道：「父皇不准去！」

慈寧太后笑著在長孫頭上摸了一下，抱起來交給惠貴妃，「妳呀，太老實，難怪不得陛下歡心。你們母子兩個先回去吧，我跟陛下說話。」

佟青娥臉上又是一紅，抱著兒子匆匆離開。

慈寧太后將太監與宮女也攆了出去，房間裡再無外人，她說：「陛下老大不小了，怎麼還是小孩子脾氣？」

「這不是小孩子脾氣。」韓孺子詳細解釋了自己的想法，最重要的理由就是大楚必須在馬邑城打贏這一戰，否則的話，匈奴人將會全部投降敵軍。

慈寧太后安靜地聽完，「朝中無臣，非得陛下親征？再說馬邑城不是有柴悅嗎？那是陛下最信任、最欣賞的武將，真到了用人之際，他卻沒用嗎？」

「柴悅有大將之才，但是生性謹慎，作戰守正、不擅用奇招，如果是對付知根知底的敵軍，有他足矣。神鬼大單于卻是陌生的敵人，從他聲稱要從西域進攻，卻移大軍於碎鐵城來看，這股敵軍十分狡詐，朕擔心柴悅應付不了。而且軍情瞬息萬變，朕在這裡做出決定，前線只怕早已錯失時機。」

「我理解陛下的心情，可是……陛下也不是將軍啊？御駕親征能比柴悅指揮得更好？」

也就母親敢說這種話，韓孺子微微一笑，「兩軍相爭勇者勝，朕即使不能指揮得更好，至少也能鼓舞士氣，令楚軍將士勇於征戰。」
慈寧太后沉吟良久，「陛下不會忘了晉城之事吧？」
「畢生不忘。」
「唉，大臣們怎麼說？」
「朕還沒有向大臣表明此事。」
慈寧太后又沉默了一會，「陛下一向獨斷專行，這回怎麼想起先詢問我的意見？」
「兒行在外，慈母擔憂，朕年紀大了，懂得太后的難處，因此希望先讓太后安心。」
「唉，陛下親冒矢石，我怎麼可能安心？不過陛下一定要做的事情，我幫不上忙，但也不能阻擋。陛下去徵求大臣的意見吧，他們肯定比我這個老太婆更會出主意。」
這算是同意了，韓孺子躬身道：「謝太后。」
兒子雖然有些倔強，但是在自己面前從未失禮，慈寧太后心中既欣慰又難過，臉上卻不動聲色，說道：「陛下放心，宮裡由我看守，絕不會出問題。陛下此前說過的那件事，已經有些眉目，等陛下得勝回朝，或許就能看到結果了。」
慈寧太后暗中調查思帝之死的真相，事關後宮安全，她非常上心，特意將景耀調回宮中，盡量不惹人注意地追根問底。
「太后不要太辛苦。」韓孺子告辭。
他的確比從前更成熟了，既然大臣可能利用宮中的力量阻撓皇帝御駕親征，他乾脆先取得太后等人的同意，內憂既無，接下來就可以專心對外了。
次日下午，韓孺子將自己的決定告訴了趙若素，「大臣會反對嗎？」

「當然會反對，太祖以下，大楚天子只有過三次御駕親征，烈帝兩次，武帝一次，但是敵人都很弱小，甚至沒遇到敵人，所謂親征只是走走過場。陛下這次卻是要與強敵遭遇，諸多不可預測，這正是大臣們最為擔心的事情，便是微臣也要反對。」

韓孺子將趙若素當成大臣的代表，正色道：「規矩、慣例，朝廷賴之生存並延續，可是遇到預料之外的危機呢？還能用規矩與慣例解決嗎？碎鐵城和神雄關的公文你們都看到了，敵軍不僅數量龐大，其兵甲之利、器械之精，皆不弱於大楚，匈奴之降乃在情理之中。」

韓孺子頓了頓，繼續道：「大楚將與另一個大楚作戰，而且可能是鼎盛時期的大楚，諸卿可有現成的規矩與慣例可拿出來一用？」

趙若素跪下磕頭，「微臣願隨陛下出征。」

第五百一十一章 西進

淑妃鄧芸最瞭解自己的兄長，她猜得一點沒錯，鄧粹「扣」下了一部分楚軍。

數千名楚軍先鋒到達虎踞城，所見場景令他們大吃一驚，剛剛築好沒多久的新城，經歷過不知多少次火燒刀砍，已經變得如千年古堡一般破舊，但是依然屹立不倒，城內只剩二百餘名將士，個個面黃肌瘦，看人的時候目露凶光。

鄧粹本計畫開春之後獲取支援，結果一直等到深秋。糧草匱乏，戰士們吃光了馬匹，最後被迫無奈，甚至開始吃人！有戰死的同伴、也有倒下的敵人，敵軍發現這點之後又驚又恐，退後數十里，每次攻城失敗後，都要盡快將屍體帶走。

鄧粹不降，張印也不降，麾下的士兵則到了不思不想的境界，麻木地遵從兩位將軍的命令，麻木地看著同伴一個個倒下，麻木地吞下入口的一切東西。

但他們守住了虎踞城，全仗著張印最初的堅持，建牆時務求厚重高聳，令敵軍好不容易運來的器械難以發揮作用，只能憑人力硬攻。

城牆的缺口也被堵住了，鄧粹最初利用這處缺口驚疑敵軍，堅持了幾個月，然後就地取材，用剩下的亂石與屍體築了一段城牆，又堅持了幾個月。

援兵終於來了，帶隊的將領名叫關頌，認得鄧粹，剛一進城就接到命令：「交出食物。」

倖存的士兵狼吞虎嚥，目光在馬匹上掃來掃去，令新到的將士心驚膽戰。

先鋒軍只帶著隨身口糧，關頌請求鄧粹等人立刻隨自己離開，去與崔太傅匯合，共同返回大楚，「戰爭已經結束了。」

鄧粹只管吃，幾乎吃下三個人的飯量，終於抬起頭，問道：「結束了？」

「是啊，敵軍已經被逐出西域，諸國聞風而降，楚軍大勝，我會留人守衛虎踞城，兩位將軍苦守孤城已久，也該回京受賞了。」

「是啊。」

張印不吱聲，鄧粹打了一個久違的飽嗝，「關將軍與敵軍交過陣了？」

「覺得敵軍如何？」

「很強硬，只進不退，但是不知變通，楚軍只要擋住最初的攻勢，就能反擊，將其剿滅。」

「你遇到的只是僕從軍，他們更像是奴隸，而不是戰士，都有家人被神鬼大單于扣押，進則一人死，退則全家亡，敵軍主力根本就沒來西域。」

「敵軍還沒有準備好嗎？」

「笨蛋，這是聲東擊西之計，不對，是『聲西擊東』，神鬼大單于假裝進攻西域，吸引楚軍到來，真正的進攻方向必是北方，有匈奴人帶路，他們知道該打哪裡。」

「那兩位將軍就更應該隨我一塊回京了。」關頌不是特別關心，他只管自己的任務，大楚的整個防衛要由兵部以及朝廷決定。

鄧粹掃了一眼，大廳裡盡是野獸一般的飢餓士兵，新到的士兵盯著角落裡的骨頭，悄聲議論。

「關將軍遭遇的敵軍數量有多少？」

關頌不明白鄧粹為何總是對這件事感興趣，可鄧粹官職更高，他只得回道：「四千多人，不到五千。」

「關將軍有沒有想過，敵軍聲勢浩大，為何進入西域的只有區區數千人？」

「他們……沒準備好吧？」

關頌笑道：「我明白了，因為有兩位將軍守衛虎踞城，堵住了前往西域的要道，敵軍無法大規模通過，只能一點一點過去。」

「敵軍攻打虎踞城將近一年，還有什麼沒準備好？」

鄧粹點頭，「敵軍害怕後路被斷，因此全力進攻虎踞城，你遇到的幾千敵軍，本是用來攔截我們的後路，嘿，好像我們會逃走似的。還有一個原因，入夏以來，敵軍攻勢放緩，我與張將軍當時就有猜測，敵軍很可能調走了一部分，正是趁勢反擊的最佳時機，可惜我們手中士兵太少……」

關頌大吃一驚，也不管官職大小了，立刻搖頭，「不行，我奉命帶這支軍隊尋找兩位將軍，頂多留五百人守城，你們都跟我走！立刻就走！去見崔太傅！他現在是兵部尚書，鄧將軍有什麼想法跟崔太傅說就是。」

「崔太傅當了兵部尚書？」鄧粹看了張印一眼，「陛下做事……也挺出人意料。」鄧粹向前探身，語重心長地說：「關頌，你從軍也有十幾年了，熬到現在不過是名普通將領，封侯了嗎？」

關頌搖頭笑道：「沒那個本事，也沒那個福分。」

「本事，封侯者個個都有本事嗎？福分，你做什麼虧心事了，好運就不能落到你頭上？單說辟遠侯，他憑什麼封侯？就是因為當年膽子夠大，在沙漠中迷路，貽誤了軍機，他一想，反正已經如此，往後退要受罰，不如闖一下，於是率軍深入，竟然遇見了戰敗逃亡的一批匈奴王公，來個一鍋端，立功封侯。」

張印張張嘴，嗯了一聲。

關頌呵呵笑了兩聲，「還有這種事，可我不同，我是奉命撤退，回去之後能夠領功，不會受罰。」

「能有多大功勞？大功屬於崔太傅，他家不知又要多幾位列侯，你頂多官升兩三級……」

「真能那樣，我就滿足了。」

「你的父母滿足嗎？兄弟子侄滿足嗎？夫人滿足嗎？」鄧粹察言觀色，「關夫人是大家閨秀吧？下嫁給關將軍，就是看中你前程似錦，關將軍卻不思進取，送到手裡的大功不要，升個小官就滿足了，回去之後怎麼向夫人交待？」

關頌臉紅，「怎麼叫『下嫁』？我與夫人是……算了，功勞真那麼容易到手？」

「當然，敵軍主力已經轉向北方，留在西域的兵力不多，只有七八千人，被關將軍剿滅數千，剩下的不過三四千人，只會衝鋒送死，絕不是咱們楚軍的對手。」

鄧粹一開始還是猜測，現在則當成了事實，順口就說，旁邊的張印埋頭吃飯，老僕卻是目瞪口呆，他們一直被困在城裡，連斥候都派不出去，根本不知道敵軍還有多少。

關頌皺起眉頭，「這樣算不上大功啊。」

「關將軍怎麼糊塗了？神鬼大單于主力移往北方，後方必定空虛，此去再往西，風俗與西域相似，盡是一些小國，被迫歸順敵人，聽說楚軍來了，必定搶著投降，這還不是大功？」

關頌有點心動，但是仍猶豫不決。

鄧粹又道：「我給你分析一下，敵軍會從北方進攻大楚，這是確定無疑的，很可能已經動手了，咱們現在回大楚，至少需要一個月的時間，到時候有兩種可能，一是楚軍大勝，咱們沒機會立功，連熱鬧都沒得看；二是楚軍大敗，咱們仍然沒機會立功，卻要立刻頂上去，面對敵軍主力，指揮作戰的不是你也不是我，勝亦無功、敗則有罪。」

「敵軍真會繞路北方？」

鄧粹重重地一拍桌子，將整個大廳的人都嚇了一跳，「我們在虎踞城堅守將近一年，幾乎天天與敵軍打交道，連這點消息都探聽不出來？」

關頌更是嚇了一跳，他年紀大些，在與鄧粹交往時卻一直處於下風，被鄧粹連勸帶嚇，什麼疑問也沒了，

「我帶的糧草不多，只夠十天之用。」

「入鄉隨俗，到了西域，你得學會就地取材，糧草不夠，邊打邊搶啊。」

關頌笑了一聲，既覺得不妥，又感到興奮，看向老將軍張印，「辟遠侯覺得呢？」

「我……只守城。」張印道。

「別管他，人家已經封侯了，只要守住虎踞城就算立大功，跟咱們不一樣。」

關頌尋思再三，也一拍桌子，「那就聽你的，大丈夫立世，總得冒一次險。可是有一句話說在前面，鄧將軍官職比我高，進退都是你的命令、不是我的，若能立功，首功也是鄧將軍的，我沾點餘光就好。」

鄧粹起身，大聲道：「此戰若不令關將軍封侯、眾將士富貴，鄧某賠命給你們！」

關頌帶兵五千，鄧粹也不謙虛的接管軍隊，分五百人護送虎踞城殘兵去見崔太傅，留五百人給張印繼續守城，他與關頌帶著剩下的四千人，只帶三日口糧，次日出城，竟然追擊敵軍去了。

崔宏接到人與信的時候，已經是半個月以後了，正在返回大楚的途中，看信之後怒不可遏，可是一切都遲了，再快的馬匹也追不上那四千人。

又過數日，離楚界玉門關不遠，崔宏接到消息，敵軍主力出現在塞北，碎鐵城失守，神雄關岌岌可危。崔宏驚愕不已，原本做好準備，要在回京之後重重地參鄧粹一本，這時卻要默祝鄧粹旗開得勝。

鄧粹在虎踞城裡信口開河，但他的猜測是對的，神鬼大單于的確將主力軍隊全都調往北方，在他的預計中，楚軍絕不會繼續西進，一聽說北方有險，更是會快馬加鞭地返回楚地。

鄧粹與關頌擊敗了一支敵軍，搶到了所需的糧草，一路西進。

鄧粹並不糊塗，他有一個計畫，無論如何，自己這點軍隊不是敵軍主力的對手，所以敵軍轉北，他就往南偏移，以避其鋒芒。

一個月後，關頌又開始害怕了，翻越一座小山時，他問：「鄧將軍，咱們究竟要打到哪裡？」

「聽說神鬼大單于的領土北抵草原，南至大海——我要看看大海。」

鄧粹的心沒有盡頭。

第五百一十二章　是楚軍還是海盜？

鄧粹又一次孤軍深入，大楚還有一支軍隊被困在了海上。

欒凱在雲夢澤長大，自以為熟知水性，在海上待過幾天，沒覺得有何特異之處，直到進入遠洋，他才明白自己低估了海洋的威力。船上的晃動永不停歇，無論晝夜，他連做夢都是在游泳，疲憊至極，陸地明明就在眼前，他卻怎麼也游不過去。

欒凱早早醒來，乾嘔了幾下，摸黑走出船艙，呼吸一下新鮮空氣。

「出來多久了，怎麼還不到冬天？熱得人心發慌。」欒凱大聲問道。

天還沒亮，甲板上坐著另一個人，嘿嘿笑道：「傻瓜，這裡沒有冬天，總是這麼熱。」

欒凱走到那人身邊，靠著船幫向外望去，漆黑無比的夜色中，隱約可見遠處的幾點燈火，那就是陸地，相隔不遠，卻不允許他們上岸，「沒冬天？這裡是地獄嗎？地獄也得讓人上岸吧。」

林阿順從前是一名海盜頭目，現在是副將，卻沒有半分將軍的模樣，坐在那裡像是一只木桶，「黃將軍這回失算了，大楚的名號沒用，南洋諸國根本不承認咱們是楚軍，只賣食物，不准咱們上岸。」

欒凱感到頭暈，轉身坐下，「咱們多久沒上岸了？」

「半年了吧。」

「這麼久？我覺得……我快要不行了。」欒凱耷拉著腦袋，有氣無力地說。

「嘿，武功高強的欒凱，黃將軍手下第一猛將，竟然被大海打敗了？」

「誰說我敗了？」欒凱抬起頭，慢慢地又垂下，「敗就敗了吧，敵人太強大，而且沒完沒了。你說咱們今天能上岸嗎？只要一天，能踩在實地上不晃來晃去，我就能恢復。」

「誰知道，看黃將軍怎麼跟爪哇使者談吧，弄不好連食物和水也不賣給咱們了，那才是倒霉。咱們都會餓死在船上，聽說過鬼船嗎？」

「沒有，什麼是鬼船？」欒凱的聲音微微發顫。

林阿順稍轉過身，刻意壓低聲音，「當船上的人都死了以後，大家怨氣不散，就會變成鬼，船也變成鬼船，永遠在海上漂泊，連地獄都去不了，更沒機會投胎。」

「啊？變鬼了還要晃蕩下去？」

林阿順點頭，「運氣好的話，爪哇國會派人把船燒掉，咱們也跟著化成灰，就不會變鬼船了。」

「我寧願化成灰，等使者來了，咱們好好跟人家說，讓他們把咱們燒了吧，燒乾淨一點。」

林阿順大笑。

欒凱怒道：「你在騙我？」

「我沒騙你，我是說你既然願意懇求使者燒船，幹嘛不求上岸？」

「那是黃將軍的事，我管不著。」

「這是大家的船，人人管得著。」

「真的？」

「當然，我們海盜……現在不是海盜了，船上掛著大楚旗號，可是既然人家不認，咱們不如再當海盜。」

「海盜能上岸？」

「不僅能上岸，還能搶他們的財物、睡他們的女人，一手人頭、一手酒，這才是英雄好漢該過的生活。」

「對啊。」欒凱興奮地說。

「雲夢澤的好漢也是這樣吧？」

「差不多，但我們手裡不拎人頭。」

林阿順往甲板上啐了一口，沉默了一會，「其實大家都願意再當好漢，就是黃將軍不願意。」

「勸勸他，他從前不也是好漢嗎？」

「此一時彼一時，黃將軍現在要當忠臣了。」

「忠臣有屁用，能讓咱們上岸嗎？」

「不能，忠臣只能讓咱們在海上飄蕩，一直到死，黃將軍沒準還有人記得，咱們算什麼？生是無名之人，死是無名之鬼。」

「我叫欒凱，不做無名之鬼，待會我去勸黃將軍，爪哇國要是讓咱們上岸，一切好說，要是不同意，去他娘的，黃將軍搶財寶、你們搶女人，我就想要張床，擺在最穩當的地方，踏踏實實睡一覺。」

林阿順嘿嘿地笑，正要開口，欒凱突然喝道：「餓不死的王八蛋，好大膽啊。」

林阿順自知不是欒凱的對手，聽到這句話，嚇得魂飛魄散，一翻身打算滾到一邊去，剛彎下上半身，手肘還沒碰到甲板，欒凱已經站起來，衝著斜前方道：「是誰？給我滾出來。」

林阿順這才明白過來，欒凱呵斥的不是自己，只覺得全身虛脫、冷汗直冒，隨即遷怒於偷聽之人，也站起身，幾步走過去，從桅桿後面拽出一個人來。

那是一名十幾歲的少年，瘦瘦小小，相貌頗為清秀，使勁甩動手臂，想要掙脫林阿順的掌握。

天邊泛亮，林阿順打量少年，「你叫什麼？是誰的人？不睡覺跑出來幹嘛？」

「我叫什麼不關你事，我是黃將軍的手下，你們不也沒睡覺？」

「呵呵，小子嘴挺硬。」林阿順手上加勁，論武功他比不上欒凱，卻有一膀子蠻力。

少年吃痛不過，唉呀叫了幾聲，服軟了，「鬆手，快鬆手，我也姓黃，叫黃武兒。」

欒凱也走過來，「我有印象，你是黃將軍在東海國招來的人，給他當親兵。」

林阿順減弱力道，卻沒有鬆手，皺眉道：「黃將軍怎麼連這種小兔崽子也帶上船了？浪費食物。」

「我會寫字，你會嗎？沒有我，你們這一路上的所作所為永遠無人知曉，有朝一日回到大楚，想領功都沒個憑據。」黃武兒大聲道。

「嘿，小兔崽子口氣不小，難道你是黃將軍的乾兒子？」

「他倒是有這個意思，可他沒這個資格。」黃武兒語氣狂傲，再次掙扎，「放開我！」

林阿順鬆手，不等黃武兒走開，一把將他夾在左臂下，右手堵住他的嘴，向欒凱道：「去我的住處。」

林阿順是頭目，擁有獨立房間，大步走去，少年掙扎得越用力，他的手臂夾得越緊。

欒凱跟在後面，困惑地說：「幹嘛？你是要把這小子吃了嗎？」

林阿順不回答，進到房間裡，先用破布將黃武兒的嘴堵住，又找來繩索將他牢牢捆住，扔在一邊，拍拍手，對欒凱道：「這小子偷聽咱們說話，要向黃將軍告密。」

「告密？告什麼密？」欒凱更加困惑。

林阿順笑道：「接著剛才的話說，如果黃將軍不聽勸，你要怎麼辦？」

「我這人嘴笨，我勸不服，你們接著勸，總得讓黃將軍同意當好漢。」

少年唔唔地叫喚，林阿順上去踢了一腳，等少年老實了，他向欒凱道：「我們也勸不服呢？大家就這麼陪葬？黃將軍是忠臣，咱們能得到什麼？」

欒凱撓頭，「黃將軍對我不錯，他要是真讓我陪葬……」

林阿順呸了一聲，「對你不錯？上船之後，你睡在哪？」

「船艙裡啊，跟大家擠一塊。」

「黃將軍呢？獨自住在大屋子裡，寧可與這種小兔崽子分享，也沒讓你去同住，這叫對你不錯？呸，他根本沒將你當回事。」

「閉你娘的嘴，我跟黃將軍一道喝過酒、唱過歌，你敢說他對我不好？」欒凱翻臉快，前一刻還是有氣無力的病貓，眨眼間就變得生龍活虎，而且是要吃人的龍虎。

林阿順馬上堆起笑臉，「逗你玩呢，你還當真了。」

欒凱推開林阿順，過去給黃武兒解開繩索，「老大不小了，還玩？」

黃武兒自己掏出嘴裡的破布，呸呸幾聲，急切地說：「欒凱，別信他，林阿順要背叛黃將軍，他在勸你殺死黃將軍呢。」

欒凱轉身看向林阿順。

屋子裡很黑，林阿順只顯露出大致的輪廓，嘿嘿笑道：「小兔崽子胡說八道。說真的，欒凱，我有個主意，能讓咱們今天就上岸，你願意加入嗎？」

「你想殺黃將軍，我先殺你。」

「誰說要殺黃將軍了？咱們殺爪哇使者，使者一死，爪哇國必然大怒，到時候黃將軍沒有別的選擇，只能幹回老本行……」

「你們是大楚水軍，不是海盜！」黃武兒躲在欒凱身後喊道。

「當不當海盜不重要，爪哇國對大楚不敬，得懲罰一下他們，黃將軍猶豫不決，咱們幫他拿主意。」

欒凱不語，覺得這個主意不錯。

黃武兒急忙道：「別聽他的，是楚軍還是海盜，只在一念之間，今天殺死一國使者，在南洋諸國眼裡，咱們就與海盜無異。」

「嘿，你這個小兔崽子……」林阿順上前要打，卻不敢靠欒凱太近，只得止步。

欒凱轉身道：「當海盜沒啥不好，只要能上岸就行。」

「咱們能上岸。」黃武兒肯定地說。

「你保證？」

「我保證。」

「你憑什麼保證？」林阿順不屑地說。

黃武兒卻很自信，「南洋諸國之所以不相信咱們是楚軍，是因為軍中沒有真正的大楚使者，從黃將軍到你們，都是一副強盜模樣，自然難以取信諸國。」

「難道你能變出真正的使者來？」林阿順更不屑了。

「不用變，我就是。」

「你只是個會寫字的小兔崽子，什麼時候成大楚使者了？」

黃武兒再也忍耐不住，側行兩步，叉腰站立，朗聲道：「林阿順，放尊重些，我的真名不叫黃武兒，我姓韓，叫韓鉠，乃是武帝幼子，當今皇帝是我的侄兒。此次出海，是要在海上建立新朝，我當皇帝，你們當大臣，與大楚平起平坐。」

欒凱呵呵笑道：「原來你是皇叔，可你怎麼比皇帝還小呢？」

林阿順根本不信，「原來這就是黃將軍想出來的主意，要用你來欺騙爪哇國使者？」

「黃將軍還不知道我的身份，我有證據，今天就會向爪哇使者出示，這樣一來，他們肯定會接納這支楚軍，讓咱們上岸。」

林阿順還是不信，欒凱卻當真了，「太好了，只要能上岸，皇帝、皇叔、太上皇……隨便你當。」

第五百一十三章　決戰在即

韓孺子第二次駕臨晉城。

大臣們勉強同意皇帝御駕親征，但是絕不同意皇帝出塞，他只好駐蹕在關內的晉城，路上多設臨時驛站，與馬邑城隨時保持聯繫。

兵部與大將軍府的大半官員都跟來了，協助皇帝調兵遣將、轉運糧草，盡一切努力支援前方的楚軍。

韓孺子沒來得及完成大楚的復興計畫，但是他所做的一切終究有些效果，在很短的時間內，馬邑城集結了二十餘萬兵力，數量本還能更多一些，但是糧草供應有會麻煩，兵部建議量力而行。

賴冰文成為皇帝身邊最重要的助手，雖然在兵部任職的時間不長，做起事來卻是有條不紊，就連多年老吏也挑不出紕漏。

天還沒亮，他就來拜見皇帝。這是慣例，在早朝之前，君臣二人會先見一面。

韓孺子起得更早，兵部侍郎趕到的時候，他正在覽閱公文。

「敵軍數量又增加了，估計已經達到三十萬。」韓孺子抬頭說道，只要是前線的公文，即使深夜裡也能進城。城門不能打開，公文放在籃子裡，由城頭的衛兵提上去。

賴冰文抖擻精神，行禮之後走到桌前，指著攤開的地圖，「敵軍數量雖多，然輜重也多，而且這支敵軍與匈奴人不同，不只有騎兵、還有大批工匠與奴隸，運送攻城器械，輜重因此更多。陛下請看，敵軍顯然以為馬邑城會是決戰之地，兵力多在這一帶佈置，楚軍只需截斷其後方糧道，頂多十天，其軍必潰！兵力越多，潰敗得越快。」

這是早已制定的計畫，柴悅率軍二十萬在馬邑城吸引敵軍，老將狄開等人率軍一萬繞行北方，約定日期進攻敵軍糧道，將碎鐵城敵軍與馬邑城敵軍從中截斷。

還有三天，約定日期就要到了，瞭解這個計畫的人都有點緊張，因為此計能否成功，不僅取決於狄開這支奇兵，還要看匈奴人的反應。

大單于率部北遁，聽說決戰在即，再度南下觀戰，楚軍奇兵要經過他們的地盤，匈奴人無論是進攻還是告密，都將令楚軍計畫失敗，迄今為止，大單于的態度仍然十分曖昧，只說自己此次絕不會參戰，沒有給出保密的承諾。

「東海王今天該回來了。」韓孺子道。

東海王和金純忠被派去與匈奴人談判，只有他們帶回肯定消息之後，韓孺子才能安心讓楚軍開戰。

「此戰關係到匈奴人的存亡，匈奴人應該不會拒絕，據說大單于十分在意自己的地位，不至於向敵軍投降。」

韓孺子點點頭，問道：「神雄關那邊有消息嗎？」

「暫無變化，敵軍大都退出山道，每日以騷擾為主，其意是阻止楚軍出關，而不是攻城了。」

韓孺子又點點頭，神鬼大單于顯然要主攻馬邑城。

兩人談了一會，群臣分批到來，談的仍是軍務，數字、地名一個接一個，一般人早聽糊塗了，皇帝卻都記得清清楚楚，立即與昨日的進展銜接上，偶爾有記不清楚的地方，賴冰文就會出面提醒。

早朝一直持續到午時才告結束。

韓孺子用膳時沒忘了提醒張有才，「別人看情況，如果是東海王回來，馬上帶來見朕。」

東海王沒回來，馬邑城送來一封加急公文，賴冰文親自送來。

韓孺子放下碗筷，只看了一眼，就再也沒有胃口了，「『敵軍發起進攻，我軍堅壁不出，互有傷亡。』嘿，敵人沉不住氣了。」

「正是，敵軍遠道而來，輜重繁多，比楚軍更急於速戰速決。」

韓孺子沉吟未語。

賴冰文明白皇帝的心事，「陛下還在擔心敵酋會出奸計？」

「咱們連神鬼大單于在哪都不知道，此人狡詐，手握重兵卻慣用奇計，不可不防。」

「馬邑城之戰結束之後，敵酋必然露面。」

韓孺子笑了笑，揮手命太監們將飯菜收走，準備開始下午的忙碌。

太監們出屋，賴冰文上前一步，說：「陛下有什麼人需要從馬邑城調回來嗎？」

「朕自己都想去馬邑城參戰，怎麼會往關內調人？」

皇帝不喜歡拐彎抹角，賴冰文只好直接說道：「崔騰是太傅之子，此時太傅督兵西域，獨子似乎不宜再冒矢石之險。」

「此事不必再提，先保大楚再說吧。」

「是，陛下。」賴冰文躬身後退。

韓孺子忍耐多日，好奇心終於還是戰勝了謹慎，開口道：「賴大人當初為何棄文從武、離開京城？」

賴冰文抬起頭，「沒人告訴陛下詳情嗎？」

「有些傳言，朕想聽聽你自己的講述。」

賴冰文臉色微紅，「既然陛下想知道，臣年輕時喜歡吟花詠柳，在京城小有名氣，所寫之詩倒也有人傳看，不知怎麼，被一位夫人看到了。臣不願提及大臣姓名，望陛下原諒。」

「嗯，你就說事情吧。」

「這位夫人化名，以男子身份寫了幾首詩，派人送來，希望臣能指點。臣也是年輕不經事，逐字點評，一來二去，通了幾回書信。後來臣發現此人的詩過於旖旎，頗有脂粉氣，猜出她是女子。唉，臣一時糊塗，雖然在信中勸她停止，可還是來信必回。臣不敢隱瞞，臣當時心裡確有邪念。」

「然後呢？」韓孺子問。

賴冰文沉默了一會，「書信被發現了，夫家鬧了一通，臣無顏在京城立足，於是遠走他方。」

「那位夫人呢？」

「臣……離開京城之後，再沒有聽說過她的消息。臣後悔當時的少不經事，但是絕未行過苟且之事，從沒與那位夫人見過面。」

韓孺子微笑道：「自古英雄多情，賴大人何必自責？」

「陛下不罪，臣感激不盡。」

賴冰文告退，走到外面，心中悵然若失。呆呆地站立一會，連自己也說不清是在後悔，還是在懷念。眼下不是兒女情長的時候，賴冰文收束心神，正好迎上皇帝身邊一名太監的目光，急忙加快腳步離開。

張有才對皇帝佩服得五體投地，一邊搖頭一邊往裡走，「陛下，崔騰寫來一封信。」

「說誰誰到。」韓孺子接過信，看的時候皺眉，看過之後卻是大笑，「這個崔騰，說什麼要對朕『有始有終』，還說『來世為人，再為陛下奔走效勞、執帚除塵』，他明不明白『執帚』的意思？」

「陛下真不打算將他調回關內？」

韓孺子收起笑容，「必要的時候，朕也要親上戰場，何況是崔騰？崔太傅和崔騰應該明白這個道理。」

「我擔心的不是太傅父子，是皇后。」

韓孺子沉默一會，「皇后更會理解朕的決定。」

張有才躬身後退，韓孺子明知無用，仍然問了一句：「東海王和金純忠還沒有消息？」

「沒有，我一直盯著呢。」

韓孺子揮手讓張有才退下。

整個下午，韓孺子都有些心不在焉。馬邑城的消息不停傳來，前線戰事正酣，敵軍十分頑強，而且手段多變。馬邑城外圍的哨所與小城紛紛失守，楚軍逐漸退縮。

驛兵速度再快，路上也需要時間，留在晉城的皇帝與官員只能看到幾天前的事情，韓孺子真想插翅飛到塞外，親眼看一看現在的狀況。

可他不能動，真去了也起不了多大作用，他已經給予柴悅一切必要的權力，接下來就要看柴悅是否擔得起這份信任。

直到入夜，東海王和金純忠也沒消息，韓孺子不等了，上床睡覺，做了幾個不好的夢。

次日，韓孺子仍是天沒亮就起床，夜裡又來了幾份加急公文，馬邑城戰況越來越激烈，柴悅的應對之策很簡單，就是堅壁不出，拒絕與敵軍決戰。

即使沒有那支繞行的奇兵，柴悅也要等敵軍氣勢衰落之後，再求一戰。

賴冰文匆匆走進來，防守神雄關、決戰馬邑城是他最早提出來的戰略，如今戰鬥開始，他不能不緊張。

「陛下，前方送來敵酋的一封信。」

「朕為什麼沒看到？」韓孺子有點意外。

「敵酋出言不遜，群臣皆以為不宜入陛下之眼。」

「哈哈，難道神鬼大單于還能用信殺死朕不成？好吧，不看就不看了，他說什麼？又讓大楚投降？」

「是，而且很狂妄，說是要踏平京城，將楚人全都變成奴隸。」
「信是用楚文寫的？」
「用了好幾種文字，包括楚文。」
「這個神鬼大單于，對大楚恨意不淺啊。」
「據說敵酋對所有國家都是如此。」
「如果傳言沒錯，他也的確將拒降之國的子民全變成了奴隸。」
「大楚非他國可比，敵酋之敗，必在馬邑城。」
韓孺子笑了一下，「這封信朕就不看了，你們可以傳抄一下。」
「陛下，此信言辭粗俗……」
「粗俗的是敵人，不是大楚，朕就是要讓天下人看到他們的凶殘，賴大人，馬邑城之戰只是開始，無論勝負，接下來都會有更多戰爭。」
賴冰文明白了皇帝的用意，「是，陛下，旬月之間，此信將會傳揚天下。」
韓孺子正要開口，張有才跑進來，氣喘吁吁地說：「東海王回來了。」
東海王與金純忠連夜趕路，終於及時回到晉城。
東海王開口道：「大單于承諾置身事外，但是……」
「但是什麼？」
東海王看向金純忠。
金純忠道：「貴妃率兵三千，要與狄將軍匯合，共擊敵軍。」

第五百一十四章 請兵三千

老單于死後，新任大單于對大楚滿懷疑慮，金垂朵在匈奴人之中的地位因此下降許多，要不到所需兵馬，只能去找一個人幫忙。

大單于閼氏是晉陽公主崔昭，雖說出身名門、自幼嬌生慣養，她卻很快習慣了塞外逐水草而居的生活，從服飾以至坐姿，都與匈奴女子無異，甚至學會了騎馬，能夠跟隨丈夫馳騁。

人人都知道，大單于極為寵愛這位閼氏，對她有求必應。

金垂朵進帳的時候，崔昭正坐在一堆氈毯上，與幾名匈奴婦女一邊縫補衣物一邊閒聊，身前兩個小孩子摔跤打鬧，像是兩隻爪牙未全的小貓，大人也不管，任他們胡鬧。

見到金垂朵，匈奴婦女退後讓出一塊地方，崔昭笑道：「妳今天怎麼有空？」

金垂朵跪坐在閼氏對面，兩個孩子撞過來，她不客氣地推開，開門見山地說：「我來是有事相求。」

兩人用楚語交談，旁邊的匈奴婦女聽不懂，低頭只管穿針引線。

「又想讓我勸大單于參戰？妳高估我啦，事關匈奴人的存亡，大單于不會聽我的話，妳若是想要一塊好的牧場，我倒是能幫忙。」

牧場是匈奴人的命根子，每年分配的時候都是一連串的明爭暗鬥。

金垂朵搖搖頭，「我不要牧場，也不求大單于參戰，只希望大單于能給我一些將士，讓我去參戰。」

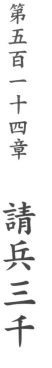

崔昭很驚訝，兩個孩子撲過來，在她膝前打成一團，崔昭費力地將他們分開，一手一個，摟在懷中，說：「何必呢，妳並不虧欠大楚，也不虧欠皇帝，妳的冊書遲遲未到，連個消息都沒有，那就是宮裡沒打算承認妳這個貴妃。」

金垂朵昂然道：「我欲參戰，與大楚和皇帝沒有關係。」

「那又是為什麼呢？」

「匈奴人想要坐山觀虎鬥，可是大單于有沒有想過，此戰過後，無論誰勝誰負，匈奴人都將淪為附庸？」

「此話怎講？」兩個孩子在閼氏手臂下面也不老實，還在互相打鬧。

「三方之中，匈奴最弱，想與任何一方平起平坐都很困難，大楚要求大單于稱臣，神鬼則要將匈奴人全變成奴隸。馬邑城一戰過後，勝者更強，到時匈奴只怕連談判的資格都沒有了，而敗者則會記恨匈奴，肯定會想方設法將禍水引向北方。」

崔昭想了一會，稍不注意，兩個孩子掙脫她的手臂，又抱在一起摔跤，嘴裡咿咿啞啞地大叫。

金垂朵咳了一聲，一瞪眼，兩個孩子立刻停止打鬧，連滾帶爬地逃到閼氏身後，探頭出來偷瞧，既顯調皮又有畏懼。

崔昭笑了笑，隨後正色道：「我替大單于說一句吧，就算匈奴人要參戰，也該幫助更強的一方，我是楚人，但我要說句公道話，在這場戰事中，大楚處於弱勢。」

「請閼氏轉告大單于，正因為大楚表面上處於弱勢，助大楚一戰才有意義，神鬼強橫，並不認為自己需要匈奴人的幫助，他只要投降者，不需要盟友。」

「若是敗了呢？」

「神鬼戰勝大楚之後，轉頭就會進攻匈奴，匈奴與其早晚都有一戰。大單于如果擔心，給我士兵之後，就宣布我為叛逆者，大楚若勝，可以據此取得好處；大楚若敗，不耽誤他投降為奴。」

崔昭搖頭笑道：「還好妳沒有直接去見大單于，像妳這樣說話，只會惹怒大單于，要不來一兵一卒。」

金垂朵知道自己脾氣不好，可就是忍不住，回道：「所以我來找閼氏幫忙，妳是明白人，而且大單于肯聽妳的話。」

「大單于只在小事上聽我的，他繼位不久，還沒有完全取得族中老人的認可，發出的命令分量不足。」

「我的要求並不高，一萬騎兵足矣，少一些也沒關係。匈奴絕不能置身事外，現在一時的安寧，換來的將是絕境。」

崔昭嘆口氣，「老天真是瞎眼，讓妳生為女兒身。好吧，我試著勸勸大單于，可能給不了妳一萬人，有多少算多少吧。」

「謝謝閼氏，妳一定要將我的話轉述明白。」

崔昭笑道：「剛說完妳不該生為女兒身……妳的那些話很有道理，但是不能用來勸說大單于。我會說，神鬼要讓匈奴人男兒為奴、女子為婢，據說此前投降的諸國，連王后都要送上去遭受蹂躪，大單于若有降意，請早些告知，妾擇時自盡，免受此辱；大單于若無降意，請出兵昭告天下。」

金垂朵愣了一會，「這樣就行了？」

崔昭搖頭，她與金垂朵年紀相仿，這時卻顯得成熟許多，「妳呀，都已經有夫君了，還是這麼不懂男人。等著吧，不出三天，大單于必定找妳，請妳出兵。」

金垂朵臉上一紅，「好吧，我等著。」說罷站起身，準備告辭。

崔昭從身後拽出一個孩子，「教你的規矩呢？」

「母親慢走。」孩子低聲說，不敢抬頭。

金垂朵嗯了一聲，轉身向外走去。

「妳真的不打算告訴妳哥哥嗎？」

「二哥會告訴皇帝，皇帝肯定會派人索要。他既然不承認我的身份，我為什麼要將孩子給他？」

「皇帝必有難處，大楚規矩甚多，他在京城肯定比大單于更不自在。」

「那我就更不能將孩子送回去，讓他在大楚再受一遍我們金家的苦頭嗎？」

崔昭沒再說什麼。

金垂朵給皇帝生了一個兒子，但她不會養、也不願養，於是交給閼氏，崔昭倒是很高興，正好自己的兒子也有一個玩伴。

崔昭顯然更瞭解大單于，次日下午，金垂朵接到去見大單于的命令。

在大帳裡，大單于向兩名大楚使者表示，匈奴人絕不會進攻大楚奇兵、更不會洩密，而且還要派一支匈奴人騎兵與楚軍並肩作戰。

東海王與金純忠都吃了一驚，直到金垂朵站出來，兩人才明白，原來要與楚軍聯手的人是她。

大單于未做解釋，給的兵也不多，只有三千，金垂朵對此很滿意。

一離開大帳，金純忠追上來，兄妹二人邊走邊說話。

「妳要親自率軍參戰？」

「當然，二哥不就是為此而來的嗎？」

「我希望匈奴參戰，不是希望妳參戰。」

金垂朵扭頭看著兄長，「怎麼，覺得我沒資格？」

「當然不是，我只是……妹妹，我看妳在這邊也不得志，跟我回大楚吧。」

金垂朵止住腳步，「二哥，你想回大楚，我不阻攔，我想留在匈奴，你也別勸，這叫人各有志。再不得志，我也能要來一支軍隊，回大楚我能做什麼？坐在宮裡給皇帝縫袍子嗎？」

金純忠嘆口氣，「坐在宮裡起碼是安全的，妹妹，妳是我在這世上唯一的親人了。」

金垂朵一時衝動，險些將孩子的事說出來，話到嘴邊又嚥了回去，改口道：「天下紛擾，不是多愁善感的時候，匈奴與大楚唇齒相依，咱們兄妹比別人更有責任令兩國聯手對敵。」

金純忠從小就比較聽妹妹的話，長大了也還是如此，點頭嗯了一聲，可還是擔心，「一定要注意安全，東海王會寫一封信，交給狄開將軍，以免誤會。」

金垂朵說了聲「好」，也不告辭，轉身離開。

金純忠心中嘆息，金家最勇敢的人竟然不是男子。

東海王與金純忠快馬加鞭回晉城向皇帝覆命的同時，金垂朵率軍三千疾馳南下，名義上是要趕赴馬邑城參戰，中途卻繞路與狄開率領的楚軍匯合，準備伏擊神鬼大單于的糧道。

韓孺子得到消息的時候，一切都在進行中，大楚天子也無能為力，唯有靜觀其變。

金垂朵不肯坐在皇宮裡縫補袍子，韓孺子卻要在關內的晉城行宮裡苦等一條又一條的消息。每次想到這些消息都是幾天前的事情，韓孺子都感到難以忍受。為了保密，狄開與金垂朵再沒有消息傳來，只有馬邑城每隔兩三個時辰就有驛兵趕到。

這些消息勾勒出前線大致的狀況。

神鬼大單于的軍隊與匈奴完全不同，騎兵、車兵、步兵多種多樣，甚至還有騎著駱駝與大象的士兵，器械之精良更是不弱於楚人。

這幾年來，馬邑城外圍修築了不少城寨哨所，如今都被一一摧毀，沒有一座能堅持過一天。

柴悅採取守勢，一邊加強加厚城牆，一邊在城外挖掘大量壕溝，敵軍的勢頭卻是一撥高過一撥，似乎沒有完結的時候。

戰鬥越來越激烈，一連三天，韓孺子接到的消息盡是某城某寨被破、將士傷亡若干的內容。

第三天，該是金垂朵與狄開按約襲擊敵軍糧道的時候了，前線的戰鬥已經進行了七八天，楚軍仍處於守勢，馬邑城外卻已沒有屏障。

韓孺子睡不著覺，每到前方軍情傳來的時候，不用人叫，自己就醒了，如果公文到得晚了，他就坐等，根本沒法合眼。

大臣們更是緊張，兵部與大將軍府沒夜沒日地調兵遣將，一是支援馬邑城，二是預防萬一，馬邑城若是守不住，長城一線就是第二個戰場，再往後則是晉城。

所有人都明白，馬邑城之戰至關重要，此戰若敗，楚軍過半精銳將會覆滅，士氣更是會受到嚴重打擊，再想守住第二、第三道防線，難上加難。

馬邑城之戰持續了整整十一天，這也是韓孺子一生中最難熬的十一天。

第五百一十五章　一勝一敗

聽說碎鐵城失守、神雄關遇險，正從西域返回大楚的崔宏不由得又羞又惱。他是兵部尚書，力主出兵西域，本意是西域勢弱，一舉平定之後，既能威嚇敵軍、又能輕易立功，沒想到敵方如此狡詐，西域只是誘餌，卻被他一口吞下。

崔宏將軍隊分為三部，前部隨他星夜兼程，盡快趕回楚地，中部正常行軍，以備不時之需，後部護送輜重緩緩而行。

神雄關若是失守、京城告急，他在西域取得的大勝將變得無足輕重，甚至是一種罪。崔宏心急火燎，半途中又拋下一半軍隊，只帶五千人輕裝疾進，在入冬之前趕回了玉門關。

聽說神雄關還在堅守，皇帝正在晉城親自指揮馬邑城之戰，崔宏稍稍鬆了口氣，打算住一晚，等後方軍隊追上來再做定奪，前往馬邑城已經來不及了，或許可以伺機從神雄關出兵，截斷敵軍退路。

崔宏睡了一個踏實覺，只在凌晨的時候做了一個夢，以為自己還在西域帶兵打仗，四面八方似乎都有敵軍，可是衝過去之後卻看不到一個人影，沒過多久，連身後的將士也沒了，只剩他一個人東奔西跑……

崔宏突然驚醒，呆坐半晌仍心有餘悸，他的身體本來就不太好，這時更覺舊傷隱隱作痛。他沒有叫人，準備躺下再睡一會，這幾天他實在太累了，連日的急行軍，就算是青壯年都難以承受，更何況是他這樣一位虛弱的老人。

身子剛剛後仰，門外傳來急促的腳步聲，隨後是一個急迫的聲音，「尚書大人？」

「什麼事？」崔宏下床。

「有緊急軍情。」

崔宏一開口，睡在外間的隨從也起來了，立刻點燃油燈，打開房門。

崔宏披著衣服走到門口，嚴肅地盯著來報信的將軍邵克儉，從對方手裡接過一封公函，只看第一行字就臉色突變。

神雄關失守……

昨天的消息還說神雄關無憂，決戰將在馬邑城進行，一夜之間怎麼就失守了呢？

崔宏繼續往下看，信的內容很簡單，沒有詳述經過與原因，只說神雄關失守，請玉門關立即支援。信送來的時候，神雄關還不知道兵部尚書已經趕回來，因此只向玉門關守將邵克儉求助。

「送信的人呢？」

「在外面。」

崔宏馬上穿好衣服，心中還是不大相信，忍不住問道：「會不會是誤報？敵軍主力不是都在馬邑城嗎？神雄關易守難攻……守將是誰？」

「將軍陳囂。」邵克儉回道。

「嗯，陛下親選之人，應該沒問題。」

崔宏匆匆趕往前院的正廳，驛兵還等在那裡，但是提供不了更多消息，他在半路接信，之前不知倒了多少手，他甚至不知道信中的內容。

崔宏不是那種當機立斷的人，急行軍趕回玉門關就是他最急迫的表現了。

他又等了一個上午，召集眾將與官吏，制定了多個方案，以應對不同的情況。

求援公文接二連三送來，午時過後，崔宏不再猶疑，命令邵克儉立即率領玉門關守軍出發，作為先鋒前往小周城。

小周城是座古城，也是一座極其重要的關卡，神雄關失守，它就是第二道防線，此城若是再失守，則關中再無險可守，西邊的玉門關、東邊的滿倉城以至南邊的京城，都將面臨敵軍的直接進攻。

尤其是滿倉城，乃是關中最重要的存糧之地，函谷關以西的軍隊，都要依靠此城供應糧草。

崔宏心中焦躁，第一次感覺到敵人是如此強大，甚至讓他心生恐懼。

他又等了半天一夜，另外五千士兵趕到之後，先期到達的五千人立即出發，也去小周城增援。

前方不停傳來消息，邵克儉趕到了小周城，只比敵軍早幾個時辰，接著就是一場大戰，楚軍堅守，勉強穩住陣腳，可神雄關的消息卻中斷了。

崔宏不能再留在玉門關了，次日一早率兵五千出發，給中後兩部留下命令，到達玉門關之後不得停留，立即前往小周城。

崔宏趕到的時候，小周城已是一片狼籍。

自從神雄關建成之後，小周城地位下降，已經多年沒有整修，敵軍來得匆忙，沒有器械相助，因此沒有立即攻克城池，可是仍造成極大的破壞，古舊的牆磚散落一地。

崔宏進城，登牆觀看，只見遠方黑壓壓一片，全是陌生的敵軍，他們暫時放棄了硬攻，排列陣勢，中間留出空地，明顯是在等候後方的攻城器械到來。

小周城守不住，崔宏心裡咯噔一聲，心中越發恐慌，第一次生出可怕的念頭：大楚要亡。

事發突然，皇帝與朝廷大員都不在，兵部尚書就是楚軍的主心骨，一切事情都要他做決斷、拿主意，崔宏有點敬佩自己的女婿，年輕的皇帝似乎更擅長應對這種情況。

崔宏轉過身時，勉強保持住了鎮定，下牆召集眾將，首先詢問神雄關究竟是怎麼失守的。

城裡有一些神雄關退下來的敗兵，眾說紛紜，有說內奸開門納敵的、有說天降神火燒城的、有說山搖地動震塌城牆的……

只有一個人的說法稍微可信些，他說敵軍在城外山谷裡隱藏了一批攻城器械，趁夜組建，凌晨時分發起進攻，當天下午撞破了城門，守將陳囂堅持不退，很可能已經陷於城中。

敵軍不僅有器械，而且十分精良，神雄關若是抗不住，小周城更不行。

崔宏不提此事，命令邵克儉守城，「城在人在，城亡人亡，棄城而逃者，死罪。我要立刻回京，調軍前來支援。十天，你最少要堅守十天。」

邵克儉領命，崔宏留下自己的軍隊，只帶少數親兵南下返京，經過通往滿倉城的路口時，他派人去給守城將領下達死守的命令。

絕不能露怯，這是崔宏唯一的想法。

京城裡已經亂成一團，街上到處都是人，都嚷著要逃跑，卻不知逃向哪裡。

崔宏受到最高級別的禮遇，眾多大臣在城門口相迎，宰相卓如鶴召他前往勤政殿議事。勤政殿裡聚集著十餘名大臣，一看到崔宏，全都迎上來，把他當成了大救星，七嘴八舌地詢問前方的情況。

崔宏更想知道京城的情況。

卓如鶴比較鎮定，喝令眾人閉嘴，親自解釋道：「事情都趕在一起了，晉城消息，楚軍在馬邑城大勝，敵軍潰散，沒想到神雄關卻……唉，我已派人去送信，陛下還沒回信。」

「敵人哪來這麼多兵力，能同時在兩地開戰？」崔宏難以相信。

卓如鶴等人解釋不了這個問題。

「京城有兵多少？」崔宏問道。

「一部分宿衛軍，加上臨時徵調的士兵，有五萬多人。」卓如鶴沒閒著，這些天來盡其所能調集軍隊。

「五萬人，太少了。」崔宏一路上都在思考一個問題：神雄關失守，小周城將破，滿倉城必敗，京城該怎麼辦？

現在他將問題拋給宰相，「敵軍勢眾，小周城堅持不了多久，就在此時此刻，可能已經失守，敵軍不日將要攻至京城，五萬人於事無補，是戰是退，請宰相大人定奪。」

群臣聞言大驚，如果連兵部尚書都沒把握，那京城真有危險了。

「戰如何？退如何？」卓如鶴問道。

「戰的話，立即將前線將士全調回來，放棄小周城，燒掉滿倉城，專心守衛京城，是勝是敗，聽天由命。退的話，都去關東，也得立即動身，扼守函谷關，擋住敵軍的機會更多一些。」

眾人無言，目光全都看向宰相。

卓如鶴沉默片刻，突然嘆息道：「今日方知皇帝之難，如果陛下在的話……」

所有人不約而同地發出嘆息，與宰相一樣，他們無比懷念皇帝。

「當初就不該同意御駕親征。」吏部尚書元九鼎顫聲道。

「陛下留在京城，並不能守住神雄關，反而有可能失去馬邑城大勝，那樣的話，咱們連退往關東都做不到了。」崔宏要為女婿說句話。

眾臣再度無言，最後還是卓如鶴說道：「此時就不必謙虛了，大家有話儘管說，崔太傅，你先說，怎麼做比較穩妥？」

崔宏明白，宰相等人怕擔責任，必須由自己拿主意了，「退。」

「放棄京城？」卓如鶴驚愕地說。

崔宏暗罵，嘴上道：「起碼要將宮中諸人送往洛陽避難，京城要守，函谷關也要守，尤其是函谷關，很快就將是最重要的防線，我會親自督守，至於京城……」

崔宏目光掃過，群臣紛紛低頭。

卓如鶴道：「守衛京城是我的職責。」

崔宏看向卓如鶴，心想老狐狸也有勇敢的時候。

按規矩，眾人這時候應該勸說幾句，可是人心慌亂，規矩也沒那麼重要了，誰也沒開口。

卓如鶴道：「事發緊急，陛下又不在，只好由我決定。崔太傅，我再問一句，小周城真的守不住嗎？」

「守不住。」崔宏十分肯定。

「京城呢？也守不住。」

「難說。」

卓如鶴沉吟片刻，「既然如此，宮中要移往洛陽，有勞崔太傅進宮敦請，函谷關至重，也有勞崔太傅據守。戶部備好圖籍、禮部裝好禮器，情況如果更加危急的話，兩部也遷至洛陽。」

卓如鶴頓了頓，「其他人隨我留守京城，除非陛下有旨，不得離開，你我皆為楚臣，該是盡忠的時候了。」

第五百一十六章　皇后的承諾

崔宏連家都沒回，直接由勤政殿前往後宮，請求面見太后與皇后。

他是皇后的父親，由他勸宮最合適不過。

請求立刻得到了允許，在中司監劉介的引領下，崔宏匆匆趕往慈順宮——雖然上官太后失勢已久，但她這裡仍然是宮中的核心區域，只比皇帝居住的泰安宮級別稍低。

遷宮的消息大概傳開了，一路走來，崔宏見到大量驚慌失措的太監與宮女，他們忘記了森嚴的規矩，三五成群地切切私語，劉介偶爾會訓斥一些人，但他自己也是心事重重，到了慈順宮直接往裡走，邁過門檻才反應過來，急忙退出來，側身請太傅先進。

庭院裡擠滿了人，大都是宮女與命婦，崔宏看到了自己的女兒平恩侯夫人，來不及說什麼，點點頭，在另一名太監的引領下，進入客廳。

兩宮太后並肩坐在軟榻上，皇后與諸嬪妃站立兩旁，幾位皇子與公主被自己的母親抱在懷裡，察覺到大人的緊張，也都老老實實地摟著母親的脖子，一動不動，只有淑妃鄧芸的兒子還小，偶爾發出聲音。

崔宏不敢抬頭細看，前趨幾步，跪下磕頭。

太監請太傅平身，崔宏也不客氣，立刻道：「敵軍攻破神雄關，正向京城進發，太后與皇后宜遷宮洛陽，越早動身越好。」

慈順宮歸上官太后所有，真正管事的卻是慈寧太后，她開口道：「這是崔太傅一個人的意思，還是所有人的決定？」

「勤政殿內宰相等人共同做出決定，臣奉命進宮奉請。」

慈寧太后沉默了一會，扭頭問上官太后：「慈順太后覺得如何？」

上官太后一臉病容，倦怠地說：「你們決定吧，無論如何，我是不會走的，皇宮就是我的葬身之所，敵軍真的攻進來，我會自殺，不會給大楚增添麻煩。」

慈寧太后想了一會，「這也是我的意見。」

崔宏吃了一驚，「兩位太后，這可不是鬧著玩的事情，兩宮若是出了意外，臣等日後沒法向陛下交待。」

慈寧太后道：「皇后以下，遷宮洛陽，留幾個人照顧我們即可，這樣總可以向陛下交待了吧？」

皇后等人立刻跪下，淑妃懷中的孩子哇的一聲哭出來，佟青娥抱著的慶皇子也向祖母伸出手，想要進入她的懷抱。慈寧太后嘆了口氣，伸手叫來淑妃與惠貴妃，一手抱著嬰兒，一手摟著慶皇子，上官太后則是往旁邊讓了讓。

嬰兒在祖母懷中停止了哭泣，慶皇子咬著手指，盯著崔宏，似乎在思考前面這個人究竟是誰，能讓大家如此恐懼。

皇后要開口，慈寧太后衝她搖搖頭，說道：「此事已定，妳們去收拾東西，崔太傅看什麼時候出發比較適合。都退下吧。」

「太后請三思。」崔太傅道。

「太傅進宮之前，我便已『三思』過了，不必多言，請盡快安排遷宮事宜，需要慈順宮與我做什麼，儘管提出來就是。」

崔宏再度跪下磕頭，這種時候實在沒必要客氣，說道：「有請兩宮頒布懿旨。」

遷宮是大臣的決定，但在名義上，只能是太后的旨意。

慈寧太后點頭，「待會派人送給你。大家還跪著幹嘛？快去收拾東西，別帶太多，以後你們還會回來的。」

不知是誰帶頭，客廳裡突然哭聲一片。

慈寧太后不耐煩地揮手，劉介與幾名太監、宮女分頭勸離眾人。

崔宏也告退，出門之後場面有些混亂，他只來得及與女兒說幾句話，「我會將妳母親和崔格送過來，妳要保住他們的安全。」

崔小君嗯了一聲，問道：「京城真的守不住嗎？」

崔宏盯著女兒的眼睛，點點頭，「馬邑城大勝，如果妳哥哥還活著，一定要求陛下將他留在身邊，崔家的安危都在妳一個人身上。」

崔小君心生不祥，「父親……」

「快去收拾東西。」旁邊的太監在催，崔宏跟上，快步離開皇宮。

崔小君將女兒交給身邊的孟娥，「妳先回去，我馬上到。」

孟娥接過公主，先回秋信宮。

院子裡的眾命婦個個驚慌失措，也不請辭，爭先恐後地離開，要回家商量逃難之事。

崔小君逆行回到客廳。

上宮太后斜倚在榻上，慈寧太后正與兩個孫子告別，對慶皇子說：「聽母親的話，多親近父皇，以後你會當皇帝，明白嗎？」

慶皇子不明白，他只知道一件事，祖母似乎要離開自己、不要自己了，於是放聲大哭，抱著祖母的手不肯鬆開。

慈寧太后心酸不已，先將小皇子還給淑妃，將慶皇子抱起來，親了兩下，交給惠貴妃，抬頭看到皇后，說道：「正好妳來，我要對妳說句話。」

「太后請說。」崔小君急忙走過來。

慈寧太后抓住皇后的一隻手，「答應我，要讓慶皇子繼承帝位。」

「太后……」崔小君驚訝至極，想抽手回來，慈寧太后卻越握越緊。

「我不為難妳，妳若是生下嫡子，皇帝自然是妳的兒子，如果妳沒這個運氣，我要妳支持慶皇子。」

「太后，現在說這些還太早，而且……而且這種事不由我做主啊。」

「不用謙虛，皇帝聽妳的話，我就要妳一句承諾，在必要的時候，全力支持慶皇子。」

「太后……」

「惠貴妃沒有家人，對你們崔家不是威脅。」

佟青娥聽到自己被提及，急忙抱著兒子跪下。

「好吧，我會盡自己所能……支持慶皇子繼位。」崔小君本來是要勸太后一塊離京，沒想到會接下這樣一個難題。

「皇后養過慶皇子一段時間，他也是妳的兒子。」

「是，太后，我會待他如親生子一般。」

慈寧太后點點頭，又對淑妃鄧芸說：「是妳的就是妳的，不是妳的不要爭，惠貴妃先生皇子，這是她的運數，你們鄧家沒這個命。」

「我不爭。」鄧芸淡淡地說。

慈寧太后鬆了口氣，揮揮手，「都走吧，別在我面前礙眼。」

鄧芸行禮之後先走，佟青娥隨後，崔小君收回手掌，沒有馬上走，說道：「太后，陛下若在，肯定不會讓您留下。」

慈寧太后笑了一聲，「所以我很慶幸陛下不在。妳是個好皇后，我之前對崔家有偏見……算了，不說那些，妳心腸軟，這未必是壞事，今後好好服侍皇帝，盡量讓他少冒些險。妳是崔家的女兒，早就知道自己會當皇后，不會明白我的心情，此刻就算天塌下來，我也不會離開。走吧，別在我這裡耽誤時間。記住妳今日的承諾，否則的話，我在陰間也會找妳質問。」

崔小君心中一寒，有點後悔剛才的承諾，可是來不及反悔，只得行禮，匆匆退下。

屋子裡只剩下兩位太后，隨身女官與侍女都不知去哪了。

安靜了一會，上官太后道：「慶皇子有什麼好的，值得妳如此煞費苦心，連崔家都能原諒？」

「慶皇子由我一手養大，是我的長孫，也是我的第二個兒子。而且由他繼位，外戚勢力干擾最小。」

上官太后冷笑一聲，「那也不值得原諒崔家。」

慈寧太后起身，轉而面對上官太后，「思帝不是崔太妃毒殺的。」

上官太后仍不抬頭，「隨妳說吧，反正我已經報仇了。」

慈寧太后真想將自己知道的事情全說出來，最後也是冷笑一聲，「沒錯，妳已經報仇了。」

慈寧太后走向門口，她對上官太后一直存有敬畏之情，現在卻消失得一乾二淨，上官太后再怎麼擅長權術，都是一名失敗的母親，不值得羨慕。

兩宮太后的女官和侍女、太監都站在外面，慈寧太后大聲道：「想留者留，想走者走，我會寫份懿旨，赦你們無罪。」

沒人離開，眾人突然一塊跪下，仍然沒人出聲。

慈寧太后也不多勸，目光停在劉介身上，「你不必留下，陛下還需要你。」

劉介搖頭，「有人替陛下掌管寶璽，我很放心，不會走。」

慈寧太后笑了笑，走到劉介身前，小聲道：「那就替我去趟秋信宮，將皇后身邊的侍女孟娥叫到慈寧宮。」

「是，太后。」

劉介帶著孟娥趕到慈寧宮的時候，慈寧太后已經寫好相關懿旨，連同太后之印一同交給劉介，吩咐他去找慈順太后，完成之後將懿旨連同印章都交給宰相卓如鶴。

孟娥站在太后面前，不明白自己為何被叫來。

「妳會跟隨皇后一塊離開吧？」

「嗯。」孟娥在誰面前都不太愛說話。

「那就好。陛下一直很信任妳。」

「那是從前。」

「不對，陛下雖然不讓妳留在身邊，但是將妳送到皇后宮中，這就是最大的信任，嘿，要知道，陛下甚至不放心將皇后交給我。」

孟娥沒有回應。

慈寧太后獨自深思片刻，微微揚眉，似乎剛想起孟娥還在，「見到陛下之後，轉告一聲，就說『宮裡沒事了，不必再擔心』。」

「陛下會問個清楚，如果我說不明白，陛下就會查個清楚。」

慈寧太后笑道：「還是妳更瞭解陛下。」隨後收起笑容，正色道：「告訴妳無妨，但妳只能說給陛下聽，絕不能洩漏給外人。」

「是，太后。」

慈寧太后又沉默了一會，「思帝的確不是被崔家所毒殺，他是自殺的，慈順太后與楊奉都有責任。」

第五百一十七章　陛下會怎麼做？

吏部尚書元九鼎慌慌張張地跑回家，一進臥室，夫人隨即抬頭問道：「什麼時候走？跟宮中一塊走，還是單獨走？」

元九鼎沉下臉，揮手將丫鬟攆出去，「走什麼？我是吏部尚書，要留在京城，只有戶部與禮部才能離開。」

「為什麼？」夫人驚訝地問，隨後面露怒容，「誰做的決定，宰相還是太傅？」

「婦人家別管那麼多事，妳收拾一下，帶著家裡人先走，不必等宮中，我弄了一份通關文書，你們過函谷關，直奔洛陽，投奔曾家，如果……」

夫人上前，「沒有你，我們孤兒寡母能去哪？曾家也要看你的面子，你若是有了萬一……誰肯搭理我們啊。你得跟我們一塊走。」

元九鼎臉色鐵青，「你以為我不想嗎？可宰相說得很清楚，只有戶部與禮部能走，其他大臣都得留下守城，等陛下的聖旨。」

「聖旨到了，人都死了。我去見宰相夫人，讓宰相放你走。」

「沒用，宰相自己也留下，他能放我走嗎？」

「我說能走就能走，甚至不必親自去宰相府，只需給宰相夫人寫封信，她自會幫你爭取到宰相的同意。」

元九鼎一臉狐疑，「你們這些婦道人家，又在搞什麼？」

夫人冷笑一聲，「當然是幫你們忙。事到如今，也不必隱瞞了，當初皇帝出京巡狩，幾位命婦天天在宮裡挑撥太后與皇帝的母子關係，背後的主使人就是宰相夫人。」

元九鼎大吃一驚，「妳參與了？」

「這不重要，反正我有宰相夫人教唆命婦的證據，如今太后不肯離京，我若是將這份證據交給皇帝，宰相夫人必受懷疑，全家都要完蛋。」

元九鼎臉色忽紅忽白，他知道朝中這些夫人經常在私底下策畫小陰謀，只要對自家有益，他並不干涉，沒想到竟然弄出這麼大的事情來。

「證據呢？」

夫人從袖中取出一封信交給丈夫。

元九鼎打開看，這是宰相夫人寫給王翠蓮的，感謝她的幫助，表示很快會給她的兒子安排一份肥差。

信裡沒提挑撥皇帝與太后關係的事情，但是有這樣一封信足矣，宰相夫人與太后身邊人勾結，許以「肥差」，本身就是令人懷疑的重罪。

「這封信怎麼會到妳手裡？」

「我在宮中候命時揀到的，肯定是王翠蓮不小心掉在地上。」

「妳沒對別人說過？」

「當然，若不是為了救你一命，我今天也不會拿出來。」

元九鼎想了一會，大笑，「走，也不必等宰相許可，咱們全家人現在就走。」

夫人大喜，「不用向宰相夫人求情？」

元九鼎將信收入自己袖中，「都這種時候了，還向宰相夫人求什麼情？我給宰相寫封信，等咱們出城之後再送過去，卓如鶴肯定會補發一道命令，這就夠了。」

卓如鶴也回了趟家，讓公主與家人收拾細軟之物，準備與皇后一塊遷宮洛陽。

公主免不了也要勸說一番，卓如鶴只回一句話，「我是宰相，全城人都走得，唯有我走不得，我一人留下，尚留忠名，我若棄城，全家遭殃。」

家人知道勸不得，只好放棄，派人去與宮中聯繫，準備一塊出京。

卓如鶴本應再去勤政殿，可他卻去了書房，屏退隨從，獨自坐了一會。

沒有外人在場，他終於可以無所顧忌地顯露真心，只覺得全身虛脫，連手都在微微顫抖，不得不小聲提醒自己：「你能做到，蕭聲能做到，你也能。」

前左察御史蕭聲在晉城投河效忠，已成為大臣的楷模，卓如鶴也曾慨然進軍匈奴大軍，可那時他的決定無關緊要，現在卻會影響京城乃至大楚的存亡。

約莫半個時辰後，卓如鶴終於恢復鎮定，起身出門，準備叫上隨從前往勤政殿。

隨從遞上一封信，「吏部尚書元大人送來的信。」

卓如鶴微微一愣，接信打開，粗略看了一遍。

「大人要出府嗎？」隨從問道，他服侍宰相已久，總能準確猜到主人的決定。

這回卻錯了。

「不，待會再走，先去見公主。」

「是。」

在府裡，宰相夫人被稱為「公主」，從她下嫁卓家時就是如此，就連公婆還在時，也要用這個稱呼。

公主正在指揮家人將值錢之物裝箱，箱子堆滿了半個院子。

卓如鶴皺起眉頭，「公主請進屋說話。」

公主又向僕人吩咐幾句，隨丈夫一塊進屋，屋裡空蕩蕩的，連桌椅都被搬空了。

「都是我的陪嫁之物，不能留給蠻子。」公主以為丈夫嫌自己帶的東西太多。

卓如鶴將信遞過去。

公主一愣，接信看了一遍，大怒，「原來那封信落在她的手裡！」

「這麼說，真有一封信？」

公主稍一猶豫，回道：「不是什麼大事，難道我不能與別人通信了？」

「王翠蓮的外甥是誰？已經安排了？」

「在戶部擔任小吏。」

卓如鶴心裡明白，戶部掌管圖籍錢糧，即使是一名小吏，也可能是個肥差。

「唉，妳把我害苦了。」

「我是為你好，你這個宰相當得朝不保夕，皇帝不信任你，大臣各懷異心，太后也對你不滿，總想用別人代替你，是我保住了你的位置，太后與皇帝的關係越緊張，越需要維持朝堂穩定，這個道理你不明白嗎？」

卓如鶴啞口無言。

「元九鼎不就是想要一道離京命令嗎？給他就是，到了洛陽，不用你插手，我自有辦法收拾他們一家。」

卓如鶴長嘆一聲，「看來我真是高估自己了，大概只有陛下能應付得了這種爛攤子。」

「還沒到山窮水盡的時候呢。」公主大聲道。

「妳快收拾東西吧。」

卓如鶴轉身要走，公主又道：「既然說到這了，還有幾個人也想去洛陽，希望能得到你的許可。」

卓如鶴扭頭，神情又驚又怒，「妳有多少把柄握在外人手裡？」

「與把柄無關，你簽署一道命令，至少能得五萬兩銀子，到洛陽兌付。」

卓如鶴大怒，「卓家就這麼缺錢嗎？」

「以後的日子說不定會更艱難，銀子當然越多越好。人不多，就十幾位……」

卓如鶴拂袖而去，乘轎出府，剛出大門就被攔住，隨從們叫叫嚷嚷，沒一會工夫，一名隨從來到轎前，「大人，王國舅求見。」

卓如鶴嗯了一聲，轎子落地，隨從掀開轎簾。

皇帝的一個舅舅撲過來，探身進轎，一把抓住宰相的胳膊，氣急敗壞地說：「卓大人，你失職啊，怎麼能讓太后留下呢？別人不走，太后也得走啊，否則的話，你以後怎麼見陛下？」

王國舅原是農夫，平時還能強迫自己遵守規矩，一著急就不管不顧了。

卓如鶴愣了一下，馬上明白過來，王國舅是替自家人著急，太后離京，他們自然跟隨，太后不走，他們也不好走，即使太后下令，王家人若是離京，也會落下壞名聲。

「這不是我能決定的事情。」

「你是宰相，陛下走的時候將京城交給你，你不能決定，誰能決定？別唬弄我們老實人，這件事就得落在你身上，你不管，我不撤手。」

卓如鶴甩手，王國舅手勁卻不小，他只好道：「我這不是正要進宮嘛。」

「我跟你一塊去。」王國舅說罷就往轎子裡擠。

兩邊的隨從急忙攔下，一人說：「國舅，你不是有自己的轎子嗎？」

王國舅這才醒悟，鬆手後退，「咱們一塊進宮，一塊勸說太后，總不能讓太后留在京城。」

卓如鶴還有一堆事務需要處理，卻接連被瑣事所困擾，心情越來越差。

「如果陛下在這裡……」卓如鶴在轎中自語，既愧疚又懷念。

沒走出多遠，轎子又停下了，卓如鶴跺跺腳，一名隨從掀簾道：「有百姓攔路，已經派人去驅逐了。」

遷宮洛陽的消息早已傳出，城內大亂，人人都想搶先離開，可是自從聽說神雄關失守以來，京城各門一直封閉，沒有朝廷的命令誰也出不去，因此百姓攔路求情，希望能開門放人。

卓如鶴不能下令開城門，那會引發更大的混亂，攔阻宮中諸人的道路，而且人若是都跑光了，只剩空城一座，更難守衛。

轎子緩慢前行，外面的叫喊聲越來越響，卓如鶴心中惴惴，打算一到勤政殿就下令全城戒嚴，不許百姓隨便出門。

砰的一聲，轎子一晃，差點傾倒，卓如鶴大驚失色，雙手扶住兩邊，以為遇到了刺客。

一個似男又似女的聲音高喝道：「讓我見宰相，憑什麼不讓我見宰相？我連皇帝也見得……」

轎子穩住，卓如鶴自己掀起轎簾，只見幾名軍士正奮力按住一人，怒道：「怎麼回事？」

隨從過來，雖是深秋，臉上卻全是汗珠，「一名老婦，力氣大得嚇人……」

老婦暴起，竟然將軍士推開，上前兩步，離轎子只有不到十步，轎夫根本不敢阻攔。

「宰相，我跟你說，我家男人與皇帝交情不淺，不信……」

更多軍士跑過來，合力將老婦按住，甚至有人拔刀。

「住手。」卓如鶴喝道，當街殺死民婦，一旦傳揚開來，可能會激起民憤，「送到京兆尹府，關起來就是，不可傷害。」

軍士拖走老婦，老婦嘴裡仍大叫大嚷。

轎子繼續前行，總算平安到達皇宮，停在勤政殿前。

王國舅又跑來，「停這幹嘛？進宮啊。」

「宮裡是想進就能進嗎？總得通稟一聲。」卓如鶴下轎，進入勤政殿，看到幾位大人都已趕到，唯獨沒有元九鼎。

「這種時候陛下會怎麼做？」卓如鶴一直在想這個問題，踏入大殿那一刻，他知道該找誰詢問了，「傳御史南直勁。」

第五百一十八章 站在陛下這邊

南直勁來到勤政殿的時候，天已經黑了，殿外站著一群官員，有人大聲叫喊著要誓死守衛京城，有人拐彎抹角地建議從長計議，還有人信誓旦旦地宣稱自己找人算過，敵軍過不了小周城。

殿內，十餘位重臣正圍著宰相，拋出一個又一個問題，卓如鶴應接不暇，一看到南直勁，便立刻招手讓他過來。

「話不多說，碰到這種事，必須由陛下做主，可陛下不在，一時半會聖旨也到不了，咱們只能先商議出一個辦法出來。南御史比較瞭解陛下，讓他猜測一下陛下會怎麼辦，咱們照做就是。」

群臣看向南直勁，有人對他比較熟悉，有人只聞其名，這時的神情卻都一樣，冷淡而嚴厲，好像他是一名被喚上大堂準備招供的犯人。

南直勁挨個向眾人行禮，準確地叫出每個人的官職姓氏，尤其是對頂頭上司瞿子晰，身子躬得更深一些。

卓如鶴揮手道：「時間緊迫，少些虛禮，南御史有話就說吧。」

連宰相都不想遵守「規矩」了，南直勁沉吟片刻，開口道：「猜測陛下的想法乃是重罪……」

瞿子晰道：「時移事易，這次不算你有罪。」

南直勁再次躬身行禮，然後道：「讓我猜測的話，陛下絕不會棄守京城。」

卓如鶴點頭，心裡稍微有底。

「陛下為人頗有深謀，兼又堅忍不拔，絕不輕言放棄，我不懂軍務，但我覺得，陛下若在，不僅會死守京城，還會派兵援助小周城、滿倉城和玉門關，寸土必爭。陛下的想法是這樣，狹路相逢勇者勝，楚軍只要退卻，就是在長敵人志氣滅自己威風，敵軍會趁勝大舉擴張，楚軍則會失去鬥志，一敗再敗。」

「可敵軍明顯比楚軍勢眾，一時間去哪調集足夠的軍隊？」崔宏問道。

南直勁搖頭，「我不知道，我只能猜到大概，陛下就算妥協，也要等到前線穩住陣腳，再與敵軍談判。」

論到軍務，眾臣當中只有崔宏最懂，他想了一會，搖搖頭，「京城守軍本來就不多，沒法分兵支援前方，此刻小周城駐兵將近十萬，其中有數萬南軍，能守住自然最好，守不住的話，再派人去也是無益。京城牆高且厚，更容易守衛，另外一道防線就是函谷關，也是一人當關萬夫莫敵的地方……」

「與神雄關一樣。」卓如鶴插口道，神雄關一度也被認為是固若金湯，最後卻失守。

崔宏壓下心頭怒火，拱手道：「當然，陛下不在，一切由宰相做主，宰相若覺得應該支援小周城，我即刻帶兵出發，大不了有去無回、為國盡忠。」

卓如鶴搖頭，「我不是這個意思，崔太傅還是應該去守衛函谷關，並且護送宮中諸貴人。」

崔宏嗯了一聲。

卓如鶴道：「小周城先不管了，守衛京城，就這麼定了，當務之急是選一位守城大將，諸位可有推薦？」

除了崔宏，勤政殿裡盡是文臣，能做決定卻不會排兵布陣，偏偏大半個兵部與大將軍府都被皇帝帶到了晉城，剩下的將領不多。

若在平時，大家會搶著推薦自己的人，這時卻沒有一個人開口，崔宏推薦了幾位，他剛回京，不瞭解情況，推薦的這幾個人都不在。

南直勁道：「我推薦兩個人，一個陛下會贊同，諸位不會，另一個諸位會贊同，陛下卻未必。」

「這種時候了，就別繞圈子了。」卓如鶴催道。

「贊侯之子謝存，雖然年輕，但是參加過晉城之戰、雲夢澤之戰，陛下幾次巡狩，他都追隨左右，頗受賞識，這回是因為得病，留在了京城。」

眾臣當中有人認得謝存，「他才剛剛二十歲吧，而且只是宿衛軍裡的一名小小參將。」

「用人之際，年紀與職位都不重要。」南直勁也不講規矩了。

「你推薦的另一位是誰？」卓如鶴問，覺得謝存不太合適。

「前俊陽侯花續，曾經帶過兵，頗得武帝讚賞。」

眾臣更是無語，花續犯過謀逆大罪，現在還被軟禁家中，能活下來已算是皇帝開恩，重新啟用實在沒法向皇帝交待。

中司監劉介匆匆走進來，將太后懿旨交給卓如鶴，「宮中已經準備得差不多了，什麼時候遷宮？」

卓如鶴看向崔宏，崔宏道：「今晚四更，盡量不要洩露消息，以免驚擾城中百姓。」

劉介退下。

眾人繼續討論守城大將的人選，都覺得謝存與花續各有問題，難堪大任，一時間又找不出更適合的人選。眼看夜色漸深，崔宏首先告退，他得準備出發事宜。

卓如鶴又叫進來幾位大臣，只是令爭論變得更加激烈。

南直勁被遺忘在一旁，沒人再問他的意見，也沒人讓他離開，南直勁默默觀察，悄悄走近左察御史瞿子晰，隔著數人向他點點頭。

瞿子晰剛剛發過言，口乾舌燥，看到南直勁點頭，不由得微微一愣，很快醒悟過來，又是一愣，再一思考，卻又覺得這是自然而然的唯一選擇，奇怪的是自己竟然沒有想到。

「我再推薦一個人，比謝存年長位尊，比花續忠誠可信。」瞿子晰大聲道。

群臣止聲，都看過來。

瞿子晰上前一步，「就是我本人。」

群臣全都呆住了，卓如鶴皺眉道：「瞿大人懂軍務？」

「看過一些書，守城也沒有那麼難，而且城中不是還有許多將領嗎？只是職位不夠高，有他們相助，應該沒問題。」

外圍的南直勁小聲道：「謝、花二人也可一用。」

「對，讓這兩個人過來幫我。」

瞿子晰掃視一圈，眾臣不說同意，也不說反對，都是一副沉思表情，瞿子晰怒道：「敵軍入境，京城危殆，諸位縱然不為滿城百姓著想，也該替自己考慮，還有誰願意出來負責守城，站出來就是，我讓賢，若是沒有，盡快做決定吧。」

卓如鶴道：「好，就由瞿大人領守城之職。」

宰相開口，其他人自然不會再反對，立刻以宰相的名義任命左察御史瞿子晰為關中提督，兼領兵部侍郎，就在南門外的兵部設立幕府，指揮關中一帶所有楚軍。

瞿子晰向卓如鶴拱手道：「守城我來負責，其他事情宰相處理，別干擾我就是。」

卓如鶴帶領群臣親自將瞿子晰送出勤政殿。

大事已定，宰相的麻煩才剛開始，好幾位大臣又來勸說宰相將朝廷遷到洛陽，「瞿大人守城，咱們一幫文臣留下只會誤事。」

卓如鶴斬釘截鐵，「誰也不能走，京城之所以是京城，就是因為朝廷在此，朝廷若是棄城，就會示弱於敵，大楚之傾自此而始，誰能負這個責任？」

好幾位大臣未得宣召就進入了勤政殿，王國舅也混在其中，這時大聲道：「要留就都留，為什麼戶部、禮部可以走？」

「兩部分掌圖籍與禮器，乃是大楚東山再起的根基，不可留於危地。」卓如鶴的這項決定沒有大臣反對，他們都明白這兩樣東西的重要。

王國舅還是不滿，「那吏部尚書元九鼎呢？我聽說他已經帶著家人出城了，誰放他走的。」

「元九鼎私自離城，乃是大罪。」

「不對，我聽說是宰相讓元九鼎離開的，他的家僕下午還給宰相送了一封信，而且還有一大批官員排隊等著宰相放行，反正這裡沒有外人，宰相不如開個價吧。」

「放肆！」卓如鶴再也忍受不住，退後幾步，從袖中取出信，大聲道：「元九鼎寫來的信在此，卓某不才，可也不至於在城危之時假公濟私，諸位同僚有誰看到我給任何人發出離城之令了？」

沒人回答，王國舅也閉嘴了。

卓如鶴憋悶已久，一開口就不想再隱瞞，「元九鼎聲稱我家夫人干預朝政，離間陛下與太后的親情，我沒話說，就是諸位的家眷，想必也不都是清白無辜。」

卓如鶴幾下將信撕碎，「城破人亡，身後之名任身後人評說，若是僥倖保住京城，我自會向陛下伏地請罪，誰也不用再拿此事要挾在下！」

這番話一出，更沒人敢開口了。

卓如鶴心中痛快，突然之間真的無所謂了，「明日遷宮，大臣之家最多可跟隨兩人，年紀十五歲以上的男子，不得離京，卓某兩子，幼者今年十六，全都留守京城！」

群臣駭然，可是也有人支持宰相，禮部尚書劉擇芹上前一步，「禮部要護送禮器離京，可禮部尚書不是非得親自護送，我留下。」

卓如鶴有點意外，劉擇芹並非他這派的人，與皇帝也不和睦，竟然在這種關鍵時刻站出來表示支持。

戶部尚書沒辦法，也站出來自願留京。

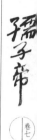

卓如鶴緩聲道：「諸位，咱們就是朝廷，大家多多少少都曾與陛下有過爭鬥，為的是什麼？就是為了證明朝廷是正確的，現在，證明對錯的不是說過什麼，而是要做什麼，你我皆為楚臣，大話說過許多，今天該做些實事了。」

群臣一塊躬身行禮，只有王國舅敷衍了一下，轉身向外跑去，要向太后本人求情。

兵部衙門裡，瞿子晰開始接管京城軍隊，命人將謝存與花繽都叫來。

謝存的病還沒好，臉色蒼白，說話帶著鼻音，見過瞿子晰之後立刻說道：「城外的道路、橋梁，瞿大人是守是棄？」

「該守還是該棄？」

「先派人守，情況不對的話，伺機毀掉。」

「你去擬一份方案出來。」

花繽心裡即使有意外，臉上也沒表現出來，說話更直接，「瞿大人派人燒掉滿倉城了嗎？」

「沒有。」

「滿倉之糧若是落入敵軍之手，京城必陷。」

瞿子晰這才反應過來，立刻叫來宿衛軍將領，調軍一千火速前往滿倉城，只要聽說小周城失守，立刻燒掉城中糧倉，在此之前，盡可能將糧草向京城轉移。

直到後半夜，瞿子晰終於理出大致頭緒，對身邊的南直勁說：「還有什麼事情沒辦，提醒我一聲。」

「朝廷只想守衛京城，不願支援小周城，可我知道，陛下一定會以進為退，所以請大人允許我徵集義軍，前往小周城。」

南直勁頓了一下，「這回我站在陛下這邊。」

第五百一十九章　牢中從軍

想組建一支義軍可不是那麼容易，楚軍本來就數量不足，不可能分兵給南直勁，去找豪傑，他不認識，站在街上招募百姓，估計沒人會搭理他，南直勁很快想到了辦法。

他去監獄。

南直勁透過瞿子晰要到一份赦書，所有囚犯，無論罪行大小，只要肯加入義軍奔赴戰場，即可免除罪名，立即釋放，連坐者無罪，家產歸還。

他先到兵部大牢，這裡關著一些犯罪的將士，是他眼裡的主力，「死在監獄裡，還是死在戰場上，你們自己選擇。」

有人願意死在戰場上，四十餘人自願追隨南直勁，只有一個要求，恢復自己的身份，這樣的話，家裡人便不再受影響。

南直勁當場派人去辦理，恢復這些人原有的軍籍，於是又有二十多人加入。

南直勁要來兵甲，這些人穿上之後與正常將士無異。

凌晨時分，他帶兵來到京兆尹府大牢，這裡關著輕刑犯人，多是普通百姓，這兩天城內混亂，抓起來的人更多，牢中擠滿了人。

「你們有膽子鬧事，可有膽子隨我去抗擊敵軍？」

所有人都看過來，但是沒人應聲。

南直勁又道：「從軍者，每人立發一百兩紋銀，家屬一人可由官府護送離京。」

「京城就要完蛋了，為什麼不讓百姓全部離城？」一個聲音喊道。

南直勁循聲望去，是名老婦，牢裡犯人太多，沒法分別關押，臨時抓來的幾名女子也都關在男監裡，但是獨佔一間牢房，老婦膽子最大，不僅敢說話，還盯著官員不放。

「京城百姓數十萬，加上城外的人，不下百萬，這麼多人擠在路上，誰也走不得，敵軍一到，逃難者沒有城牆保護，都會死於屠殺。所以走可以，但是要分批走，保證道路暢通。」

朝廷還沒想到如何撤離百姓，南直勁隨口一說，犯人們卻都相信了，紛紛點頭。

還是老婦開口：「我願從軍，銀子不要，讓我兒子離京就行。」

南直勁不想要老婦，但這是一個開始，他立即道：「好，還有嗎？是在這裡吃牢飯，等著敵軍攻城，還是吃軍糧，隨我建功立業……」

「去！匈奴人也不是三頭六臂，怕什麼？寧當英雄，不當狗熊！」一名男犯吼道，一掌拍在木柵上，震得木屑亂飛。

百姓分不清楚敵軍身份，還以為是匈奴人。

南直勁多看一眼，記下此人。

應和者甚眾，南直勁走遍京兆尹府牢房，募集到八百餘人，其中大多是這幾天鬧事進來的。

南直勁立刻召來軍吏，編造名冊，一是治軍方便，二是交給朝廷給予相應的獎賞。

老婦上前說道：「我姓侯，侯小蛾，不是女娥，是蟲蛾，會寫嗎？」

軍吏扭頭看向站在旁邊的上司，南直勁道：「巾幗不讓鬚眉，可這是打仗，用不到婦人。我看妳的罪名只是攔截宰相之轎，不是大事，回家吧。」

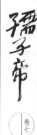

「我不回，我要從軍打仗。」侯小蛾舉起拳頭，「別以為女人不能打仗，叫個男人出來，看我三拳兩腳將他打趴下。」

周圍的士兵與犯人全笑了，誰也不相信，老婦矮而壯，看上去很強悍，卻不可能打得過男子。

侯小蛾大怒，回身一腳，踢倒了身後笑得最大聲的男犯，落地之後又撲向附近的一名士兵，連出三拳，士兵大駭，步步後退，連腰刀都來不及拔出。

一名壯漢出隊，跳到老婦面前，「我接妳幾招。」

老婦也不搭話，揮拳就打，拳腳生風，壯漢幾次發起反擊，竟不能佔據上風。

南直勁急忙道：「兩位英雄住手，我都留下了。」

壯漢後退，老婦追著又打了三拳，這才停下，豎眉道：「我是英雄？」

「妳是英雄。」南直勁拱手道。

侯小蛾又來到軍吏桌前，喝道：「我的名字寫對了嗎？」

軍吏連連點頭，調轉簿冊讓老婦看。

「我不識字。」侯小蛾揮揮手，還是看了一眼，「嗯，我認得『小』，認得蟲邊。」

軍吏問道：「夫家姓名？」

「已經死了。」

「那也得留個姓名。」

「姓羅，叫什麼忘了，有個兒子，叫羅世浮，『與世沉浮』的那個『世浮』，說好了，你們得將他送到安全的地方，他身子弱，受不得罪。」

南直勁在一旁聽到，心中略感意外，老婦雖然粗俗，其夫或許是讀書人。

那名壯漢也走過來，「我叫胡三兒，人稱鐵頭，沒家沒業，銀子如數給我，別的就不用了。」
南直勁對照紀錄，很快就查到鐵頭胡三兒的罪行，原來是賭輸時打了人，被事主扭送官府。
「今後你跟著我。」南直勁說。
胡三兒打量南直勁幾眼，「你是什麼官？」
「御史台右部御史，兼兵部前鋒將軍。」南直勁杜撰了一個官名。
胡三兒點頭，「還行，跟著你不算丟人，等我再去找幾個人來，人多熱鬧。」
南直勁真擔心此人一去不回，面露猶豫。
胡三兒冷笑道：「用人不疑，疑人不用，我見過更大的官，比你爽快多了。」
「給你二百兩紋銀，天黑前回來。」
胡三兒拱手告辭，領了銀子大步離去。
南直勁將士兵留在京兆尹府，自己只帶五人前往刑部大牢。
刑部關押的人不多，但都是重犯，其中不少是官員，因此獄吏非常謹慎，仔細查驗公文，南直勁在這種事情上不會犯錯，宰相、兵部、刑部的命令一應俱全，沒有任何瑕疵，很快獲准進獄。
他說了差不多同樣的話，以為重罪官員更願意從軍贖罪，結果得到的卻是更明顯的冷遇。
「我認得你，南直勁，你得罪了皇帝，想要立功贖罪，不對，你是要以死明志，你早就準備死了，可惜皇帝不允許，你沒死成。抱歉，我不想湊這個熱鬧。」
南直勁看去，認得是前宰相殷無害的兒子殷措，因為兵奴一案下獄。
「有大楚，才有皇帝與大臣，才有君臣之爭，如今大楚危殆，朝中的任何爭鬥都應該放在一邊，專心對敵。南某是要以死明志，但不是向陛下明志，是向大楚明志，向天下人明志。諸位三思，是身敗名敗，還是名傳千古，皆在此一朝。」

還是沒人應聲，南直勁輕嘆一聲，本來也沒抱太大希望，轉身要走，最裡面的牢房裡傳來一個聲音，「過來讓我看看你。」

南直勁愣了一下，還是走過去，獄卒提燈跟隨，小聲道：「那人叫羅煥章，在牢裡好幾年了。」

南直勁想起來了，羅煥章原是飽學鴻儒，因為參與崔家宮變，被捕入獄，沒想到現在還活著。

南直勁站在牢門前，門上的送飯孔裡露出一雙眼睛，「皇帝沒變？」

「沒變。」

「崔家呢？」

「崔家被奪侯，長子崔勝死於軍中，次子崔騰被發配邊關，不過皇后還是崔氏，崔太傅改任兵部尚書。」

羅煥章大笑，隨後又問道：「東海王呢？」

「隨陛下親征在外。」

羅煥章再次大笑，突然收起笑容，「淳于梟呢？」

南直勁搖搖頭，「我不太瞭解，據說根本沒有什麼淳于梟，那就是一本書，書已經被毀，再也不會有蠱惑人心的望氣者出現了。」

羅煥章長嘆一聲，「如果當初我們能成功……」

「如果你們成功，今日大楚仍在內亂，各地紛起、群龍無首，大楚江山拱手讓人，你我皆為異族之奴。」

「小皇帝的確有些本事。」

「陛下已經長大，本事也更大了，我願從軍抗敵，最重要的原因就是相信陛下最終能夠拯救大楚，我即使死在陣中，也不算白白犧牲。」

「我犯下的乃是謀逆之罪，按律永不可赦。」

「按律的事情多了，可敵軍並沒有按律留在塞外，而是直逼京城，今日之事皆不按律。」

「你能做主？」

「宰相卓大人與御史瞿大人做主，陛下也不是那種記仇之人，崔家與東海王都能獲得寬赦，何況他人？」

羅煥章退後，面孔消失，只有聲音傳出來，「我的罪行可以抹去，我的愚蠢卻永遠都在，好吧，我願從軍，拿不動刀槍，還可以拿筆，拿筆無用，還可以吶喊，吶喊無用，總可以充個人數。」

「歡迎。」

又有幾個人願意從軍，但數量終歸不多。

南直勁走到殷措的牢門前，往裡面看了一眼，想起宰相殷無害，心生感慨，卻沒說什麼，轉身離去。

京城戒嚴，街上人不多，南直勁回到京兆尹府時已是下午，胡三兒已經回來了，帶來數十人，看裝扮大都是街頭混混，府裡差人認得這些傢伙，向南直勁悄悄搖頭，南直勁卻不在意，著力讚揚一番。

「不管還有多少人願意從軍，明日上午出發。」

胡三兒道：「出城之後我還能再叫點人。」

胡三兒帶來的混混當中擠過來一人，就他穿著比較正常，像是一名小販，眉宇間卻頗有英氣，向南直勁道：「請大人到一邊說話。」

南直勁用人之際，對誰都客氣，走到一旁，拱手道：「未請教閣下尊姓大名？」

「我姓姚，賤名多年未用，不值一提，人家送我一個外號，叫『不要命』。」

「你是……你是楊奉的隨從？」南直勁有那麼一點印象，實在是此人的名字比較古怪，在公文中看一眼就能記住。

不要命點頭，「不是隨從，我虧欠於他，還人情而已，我今天來與胡三兒無關，是要替換一個人。」

「哪位？」

「侯小蛾。」

「你認得她？」南直勁很意外，抬頭看去，侯小蛾正在院子一角揮舞短刀，沒人敢靠近。

「她是楊奉之妻，陛下找她很久了。」

第五百二十章　不添亂

王國舅雖然是太后的親哥哥，也沒資格隨便進入後宮，他求太監通報了至少十次，才終於得到允許。

慈寧宮裡人不多，命婦們都不見了蹤影，裡裡外外只有不到十名太監與宮女，王翠蓮還在，正跪在太后榻前哭泣，看樣子已經到了許久。

王國舅心生不滿，至親被攔在外面，一個鄰居卻能隨時進宮，太后的做法不太公平，但他沒有表露出來，也撲到太后面前跪下，磕了一個頭，「咱爹都快急死了，太后，妳不能留下啊，咱們一塊走，盡快走，去洛陽，實在不行就回老家，王家如今也有錢了……」

慈寧太后苦笑道：「我的傻哥哥，大楚若是亡了，再多的錢又有何用？」

王國舅呆了一下，「咱們家真是幫不上忙啊，留在京城也是給朝廷添亂。」

慈寧太后嚴肅地說：「你沒去找大臣亂說話吧？」

王國舅猶豫著搖搖頭。

慈寧太后嘆息道：「還是陛下的眼力強一些，我還指望王家能有人輔佐陛下，現在看來，這只是我的一廂情願。你回去告訴父親，我是大楚太后，陛下不在，我就得留下與大臣共同守城。」

稍頓一下，慈寧太后又道：「皇宮就是我的家，我哪也不去，寧願死在裡面。」

「可是……可是……」

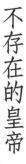

「你們若是有心，就留下陪我，向陛下和天下人表明，王家人雖無將相之才，卻都有一顆忠誠之心，如果怕死，我寫一份懿旨，放你們出城就是。也別去洛陽，直接回老家，繼續種地，就當京城是一場夢，我從來沒找到過你們，你們也沒真正來過這裡。」

王國舅不停磕頭，他怕死，全家人都怕死，可是太后說出這種話，他沒法再提離京的事，只能回道：「太后不走，王家人一個也不會離開。」

慈寧太后輕嘆一聲，「你回去把家人都帶進宮來。」

王國舅磕頭，退出房間，只覺得雙腿發軟，小聲對自己說：「還有機會，我勸不動太后，老爹能。」

廳內，慈寧太后對王翠蓮說：「妳不是外戚，用不著守這些規矩，也別哭了，回去帶上妳的兒子，隨皇后一道離京。」

「太后……」王翠蓮還要再說話，慈寧太后不耐煩地揮揮手，她只好起身退下。

慈寧太后命人點燈，屋內屋外都點上，像是過年一樣。

將近子夜，皇后等人又來拜見，慈寧太后命女官擋門，不許任何人進來，兩名皇子也不例外，交待眾人少帶笨重之物，遷宮時不必再來告辭。

子夜過後，王家人都來了，近親、遠親幾十口，絕大多數人還是第一次進入後宮，卻沒心情觀賞景致，全跪下大哭。

慈寧太后親自扶起父親，自己也跪下了，「女兒不孝，連累老父親受難。」

王國舅跪在地上，向父親道：「爹，你勸勸太后……」

王老爹臉上鼻涕一把淚一把，轉身踢了兒子一腳，隨後將女兒扶起來，大聲道：「我明白太后的意思，王家一步登天，多少人看在眼裡、恨在心裡，總不能再讓他們說咱們貪生怕死，留下，都留下，真到了必要的時候，都去守城，拿不了刀槍，出力氣搬搬東西總還能做得到。」

王國舅吃驚地看著父親，連哭都忘了，在家裡老爹只是點頭，可沒說這些話。

慈寧太后既感動又悲戚，正要開口，王老爹轉身向自家兒孫道：「你們不要哭，也別覺得不公平，咱們這幾年過的是什麼日子？神仙一般的日子，從前夢都夢不到，這是老天有眼，讓咱們提前將一輩子的好日子都過完了，剩下的就是苦日子，沒什麼捨不得的。」

王家人只是磕頭。

慈寧太后道：「王家不能因我絕後，請父親挑選幾位兒孫，我交給皇后，一塊離京避難。」

王老爹放眼望去，全家都在眼巴巴地看著他，希望能被選中，他也是悲從中來，一狠心、一跺腳，「誰也別說我不公平，老三的兒子年紀最小，而且是在京城出生，好日子還沒到頭，就是他了。」

王國舅哭道：「爹，太后是說『幾位兒孫』……」

「少廢話，王家人若是有這個命，自然香火延續，要是沒這個命，全家人都離京也沒用。」

慈寧太后再次向父親下跪，「女兒謝父親成全。」

王家最小的孩子被送往秋信宮，慈寧太后命其母跟隨，女人卻不願意離開丈夫與一家人，說：「皇后身邊還缺人照看孩子？我留下，咱爹說得對，好日子都過完了，這是咱們的命。」

慈寧太后將家人都留在宮中，準備好酒好肉，金銀珠寶堆在地上，隨眾人把玩。

四更時分，皇后等人離宮，受命不得前來告辭，集中在一起，向慈寧宮的方向磕頭。

過後不久，宮女通報，王翠蓮又來了，她沒走，將兒子交給出宮的太監，自己來見太后。慈寧太后不再相勸，也留在宮中，與幾位女眷一塊閒聊，回憶不多的往事。天亮之後，慈寧太后終於睏倦，倒在榻上入睡，王翠蓮親自看護。

皇宮裡人數眾多，不能都跟著皇后離開，大多數人仍然留下，等候接下來的安排，兩位太后不管事，中司監劉介比平時更忙碌，送走了皇后等人，開始指派第二批、第三批人員以及要攜帶的物品。

他自己不打算走，要與皇宮共存亡，事實上，他也是宮裡最鎮定的人之一，做事仍然井井有條，任誰也挑不出毛病，有人想討好他換取一個出京名額，見到他之後也都放棄了。

一天過去，直到傍晚時分，劉介終於閒下來，要了一桌酒菜，命人去請景公。

景耀是劉介的老上司，兩人相識已久，一直是上下級，直到幾年前才反轉過來，關係說不上融洽，但也沒有深仇大恨，劉介親自相迎，請景耀入座，舉杯道：「請景公滿飲此杯。」

景耀也不客氣，做勢相請，隨後一飲而盡。

劉介喝過之後，又連請兩杯，然後道：「有件事我要請問景公。」

「現在你是中司監，不必說請。」景耀道。

劉介笑了笑，「景公有什麼事情必須告訴陛下嗎？」

景耀明白這個問題的意思，如果說有，他就能進入第二批離京名單，如果說沒有，則要留守京城。

景耀端起酒杯，也不相請，自飲一杯，回道：「沒有。」

「痛快。」劉介又連敬三杯。

景耀來者不拒，問道：「劉公又為何不肯去見陛下？」

劉介笑道：「與景公一樣，我沒有什麼事情非要去見陛下，既然於陛下無益，我還是留下吧。實不相瞞，跟隨陛下巡狩的時候我就在想，今後盡量不要再離開京城，最好能死在宮裡。」

景耀大笑，兩人推杯換盞，越聊越覺親近。

酒過三巡，劉介屏退服侍的太監，已是半帶醉意，說道：「宮中的規矩，至死不可多嘴多舌，今天我卻要問一句，景公究竟替慈寧宮查到了什麼？」

景耀微笑道：「劉公也有好奇之心？」

「當然。」

「你真想知道？」

「死前的最後願望，我知道這必定與思帝之死有關。咱們都服侍過思帝，如果思帝還在，也會是一位好皇帝，而且大楚不會出現那麼多的內亂，或許也不至於被外敵入侵，連京城都保不住。」

景耀收起笑容，面容倍顯蒼老，「規矩就是規矩，就算大楚亡了，規矩也還是會延續下去，我已將所知都告訴了慈寧太后，太后怎麼處理是她的事，但是祕密絕不會從我口中透露出去。」

劉介大笑，「景公說的對，我還是不夠資格擔任中司監啊。」

景耀又喝一杯酒，「但是有件事我可以告訴你。」

「什麼事？」

「思帝不如當今陛下，遠遠不如。思帝若在，可能與大臣的關係更融洽，可能不會出那麼多內亂，但是思帝擔不起大事、更沒有遠見卓識。面對強敵，大楚將毫無準備，更沒機會絕地逢生。」

景耀瞭解許多真相，他說的話極具權威，劉介也喝了一杯酒，說：「我與大臣一樣，希望一切穩妥、希望能有萬世基業，時間久了，把希望當成了事實，真以為永遠都不會有亂子。景公說得對，當今陛下雖然有點……但是也只有他能承擔起這樣的危機，大楚是存是亡就看陛下了，咱們都幫不上忙，不添亂就好。」

「兩個半死不活的老太監，竟然在背後議論皇帝，真是壞了規矩，該罰。」

「該罰！」

兩人一杯接一杯，直到昏沉倒下。

次日一早，劉介醒來，只覺得頭沉如山，景耀已經不見，不知是自己走的還是別人抬走的，他努力晃晃頭，叫來外面的小太監，洗臉漱口、穿戴整齊，準備繼續履行中司監的職責。

將近午時，有太監來通報：「宰相在勤政殿有請。」

劉介知道，事情該來了。

勤政殿裡的大臣比平時更多一些，卓如鶴看到劉介，也不客套，直接道：「小周城、滿倉城皆已失守，敵軍正急速南下，不日即將到京，前鋒義軍估計擋不住，宮裡還能再撤一批人，然後城門、宮門都要封閉，不再打開了。」

第五百二十一章　逃難路上

元九鼎一家最早出城，可他忘了，城門雖然關閉，城外卻還有不少百姓，一部分人逃進城裡，另一部分卻早早選擇向函谷關以東逃亡。

走出不到十里，吏部尚書家的馬車陷入人群、車群、牛馬群之中，只能跟著一點一點向前蹭。元夫人又急又怒，掀開簾子向外面望了一眼，扭身對坐在車廂最裡面的丈夫說：「尚書大人，給咱們開條道唄。」

元九鼎驚慌失措，急忙道：「別說『尚書』兩個字，小心惹來麻煩。」

元九鼎沒敢帶太多人，只有一妻兩子三孫，兒媳被留在京城，美其名曰看家，還有一名隨從以及五名車夫，五輛車上載著不少貴重之物，由不得他不小心。

他原計畫一路順利到達洛陽，自有新家、新僕，沒想到會被困在半路上。

一個兒子探頭進來，剛要開口，元九鼎嚴厲地說：「不准對任何人提起我，明白嗎？」

兒子點頭嗯了一聲，放下簾子，什麼也沒說。

走得雖慢，終歸還在前進，元家人心急火燎，卻又無可奈何。

次日下午，從京城來了一隊士兵，命令百姓全都移到右側通行，讓出半幅路面給「貴人」，士兵們很急，遇到不聽令者，揮刀恐嚇，甚至直接將車輛推到路外。

逃難的百姓慌忙讓路，本來就擁堵的道路，更是擠成一團，原來還能緩緩前行，現在都站在路邊旁觀了。

「肯定是皇后遷宮。」元九鼎猜道。

「哎呀，太好了，你亮出身份，咱們去見皇后，跟著大隊走，勝過夾雜在百姓中間。」元夫人大喜。

元九鼎高興不起來，壓低聲音道：「我是私自出城，怎麼能亮明身份？」

元夫人柳眉倒豎，「你不是說過，宰相大人一定會給你補發一份出城之令嗎？有什麼可怕的？」

「當時覺得很有把握，現在一想，可能有些托大……」

「真是沒用，我去說，只要找到王翠蓮，我就不信她敢拒絕。」

「王翠蓮是太后親信，太后不走，她怎麼會走？」

元夫人冷笑一聲，「太后做做樣子而已，我就不信她真敢留在京城。」

元九鼎沉吟片刻，「把老大叫來，我跟他說。」

元家長子探身進來，聽父親面授機宜，很快轉身擠出人群，尋找能說話的軍官。

開路的士兵不是很多，做不到處處有人，但是常有騎兵在路上往返馳騁，百姓們怕官都習慣了，誰也不敢越線。

元家長子不認為自己是百姓，邁過道路中間，來到左側，向一隊馳來的騎兵揮舞雙手，吸引對方注意。

騎兵馬上就注意到了這名膽大的「刁民」，其中一人快馬加鞭而來。

「請問帶隊的是哪位將……」

元家長子話未說完，騎兵一鞭甩來，喝道：「退後！」

元家長子劈頭挨了一鞭，臉上火辣辣地疼，慘叫一聲，急忙退回右側，雙手捂臉，氣急敗壞，管不了許多，大聲道：「我父親是吏部尚書馮大人……」

騎兵又是一鞭甩來，「不得喧嘩。」

元家長子手上再挨一鞭，放下手一看，手背上多了一條長長的血凜子，眼看著就要往外滲血，他哪受過這種苦，驚恐地看了一眼士兵，想要發出威脅，對方一瞪眼，他先怯了，立刻又後退兩步，進入百姓群中。

騎兵歸隊，繼續前行維持秩序。

一名老者對元家長子說：「孩子，第一次出門吧？民不與官鬥，忍一忍，等貴人通過，咱們就能上路了。」

「我不是民，我父親是官，大官！」元家長子怒喝，轉身擠向父親的馬車。

老者搖頭，向其他人道：「一看就是外地人，在老家是個小官，到京城還以為自己很大呢，結果也跟咱們一樣，陷在這裡走不了。」

聽到的人都笑了。

元家長子笑不出來，掀開轎簾的時候，全身都在顫抖，「我挨打了，母親你看，臉上，還有手上。父親，我認得那是虎賁營的士兵，您得給我報仇……」

元夫人既心疼又著急，元九鼎卻只有惱怒，「沒用的傢伙，連句話都說不明白，滾開。」

元家長子訕訕地退下。

「兒子挨打，你竟然不管！」

「我管得了嗎？這裡沒人認得我，再等等，隊伍通過的時候，咱們多看看，見到熟人喊一聲。」

元夫人無法，只好點頭。

半個時辰之後，宮中的隊伍終於到了，路邊的百姓又順從地退後幾步，許多人下跪，不跪者都躲在車、牛、馬的後面。

只有元家人例外，兩個兒子舉簾，元九鼎夫妻二人跪在車廂門口，伸脖望向路上的隊伍。

先頭是一隊儀駕，即使是逃難，皇家的排場也不能小。

儀駕之後是一隊華麗的馬車，至少有五十輛，誰也分不清哪輛屬於皇后，哪輛屬於命婦，車廂簾子遮掩得密密實實，裡外互相看不到。

天有些黑了，夫妻二人看不太清楚，隊伍過去快一半了，也沒見到熟人。

元夫人先急了，大聲喊道：「吏部尚書元九鼎在此……」

路上盡是馬蹄聲、車輪聲，她的聲音被淹沒了，只有附近的人能聽到，幾名跪在地上的百姓轉身，嚴厲地看著她，目光充滿警告。

元九鼎眼睛一亮，「寧肅，那不是驍騎營將軍寧肅嗎？」

「還不快叫。」元夫人催道。

元九鼎清清嗓子，朗聲道：「寧將軍，寧將軍！寧將軍！！是我！」

寧肅扭頭看了一眼，面無表情，目光未在元氏夫妻臉上停留，竟然揚長而去。

元九鼎目瞪口呆。

元夫人怒道：「他看到你了，明明看到了，寧肅的外甥能當縣令，還是你給安排的……」

眼看隊伍就要走完，元九鼎也忍不住了，舉起雙臂，「我是元九……」

左右的幾名百姓同時起身，將元氏夫妻與兩個兒子推進車廂內，一名相貌凶惡的男子小聲道：「老實點，別給大家惹麻煩。」

一家四口都被此人給嚇住了，躲在車廂裡不敢動。

元九鼎受驚尤重，他年少時考中進士，很快當官，仕途或有不順的時候，但也沒有離開過官場，早忘了普通人的生活是什麼樣子，現在才明白，自己犯下了多麼嚴重的錯誤，離開朝廷，他什麼都不是。

馬車竟然動了，元家的兩個兒子跳下去查看，很快回道：「宮中的隊伍已經過去了。」

元九鼎點點頭，心裡空落落的。

元夫人只會埋怨寧肅無情。

「先到洛陽再說。」元九鼎慢慢回過味來，「在路上亂喊沒有用，到了洛陽，透過曾家與宮裡恢復聯繫，卓如鶴若是補發了命令，萬事大吉，若是沒有，就得想辦法取得太后與皇后的認可。到時候需要妳出面，金銀珠寶不要吝惜，只要我的位置能保住，東西都會有的。」

「寧肅不可原諒，別的事情我不管，大人以後一定要給寧肅一點教訓。」

元九鼎嘿嘿笑了幾聲。

行進速度還是很慢，元家車多且重，因此速度比別人更慢，足足十天之後，總算到了函谷關，過關之後百姓分流各地，道路應該會暢通些。

元九鼎最近比較謹慎，讓兒子先去城門口打探情況。

長子也老實許多，甚至換下身上的華服，改穿普通人的衣裳。

很久之後，長子回來了，掀開轎簾，直接跳進車廂，隨後迅速將簾子拉下，一臉驚慌。

「怎麼了？」元九鼎心生不祥之感。

「不讓過關嗎？」元夫人也有點害怕了。

「可以過關，但是要挨個查驗面目，城牆上……城牆上貼著父親的人頭。」

夫妻二人一愣，元夫人罵道：「混帳，怎麼說話呢？」

長子急忙擺手，「不對不對，是畫像，父親……父親遭到通緝了！」

元夫人大吃一驚，元九鼎更是面無人色，喃喃道：「卓如鶴好狠，真是好狠啊。」

「卓如鶴公報私仇，咱們……咱們去告御狀。」元夫人話是這麼說，心裡卻一點底也沒有。

車夫在外面問道：「元大人，還走不走了？」

元九鼎又是一驚，車夫、隨從都知道自己的真實身份，若是洩露出去……他對夫人說：「我出去看看。」

「大人，牆上可有你的畫像。」元夫人抓住丈夫的袖子。

「沒事，我自有辦法。」元九鼎故作鎮定，下車去了。

元夫人對長子說：「別急，你父親有辦法。」

元家的兩個兒子騎著馬，元九鼎跳上長子的馬，正要走，看到次子在不遠處呆呆地看著自己，於是招手讓他過來，小聲道：「別出聲，跟我走。」

次子點點頭，順從地跟在父親身後，驚訝地發現父親不是進函谷關，而是背道而馳。

路上的人仍然很多，逆流而行更是艱難，但父子二人還是離家人越來越遠。

次子忍不住問道：「父親，咱們要去哪？」

「別問。」元九鼎冷冷地說，盡可能催馬前進。

入夜之後，道路稍微好走些，元九鼎馬不停蹄，無論次子怎麼詢問，都不開口，甚至不肯停下等候，次子好幾次差點追不上父親。

半夜過後，路上突然發生騷亂，到處都有人叫喊：「敵軍追來啦！」

次子驚駭，不停地叫喚父親，元九鼎根本不聽，反而催馬跑得更快，次子不肯追了，調轉馬頭，隨著百姓又向函谷關的方向跑去。

元九鼎不回頭，只管策馬奔馳，前方的人越來越少，他的速度也越來越快。

馬匹受不了這種跑法，突然向前摔倒，將背上的主人拋出很遠，元九鼎爬起來，不看馬，也不顧身上是否有傷，拚命向前奔跑。

路上已經沒人了，元九鼎累得氣喘吁吁，可他仍然在跑。

天邊放亮，前方出現一隊士兵，穿著、兵器都很怪異，顯然不是楚軍。

「我是楚國大臣！我投降！我投降！」元九鼎大聲喊道。

對面的士兵無動於衷，元九鼎突然覺得不對勁，停住腳步轉身望去。

身後竟然也有一支軍隊，不知是什麼時候趕上來的，旗幟在朝陽中飄揚，他一眼就認出了皇帝才能擁有的黃龍旗。

第五百二十二章 以虎驅狼

馬邑城大勝與神雄關失守的消息先後傳來，相隔不到五天，皇帝與群臣的高興勁還沒過去，就遭受重擊。晉城離馬邑城近得多，神雄關的戰報先到京城再到晉城，雖然晚了三天，卻意味著神雄關失守比馬邑城大勝要早一些。

兵部侍郎賴冰文不敢相信自己的耳朵，確認無誤後，他立刻來向皇帝請罪，「臣罪大惡極，請陛下懲處。」

皇帝身前的桌面上乾乾淨淨，沒有成疊的奏章，甚至沒有常見的筆墨紙硯。

韓孺子平淡地說：「賴侍郎何罪之有？」

賴冰文驚訝地抬起頭，「是臣擬定策略，以為神雄關固若金湯，敵軍必然轉而進攻東方，力勸陛下專守馬邑城，結果……結果卻是這樣，臣一念之差，釀成如此大禍，罪不可赦。」

「為臣子者，暢所欲言，說出你的真實想法乃是職責所在，最終做出決定的人是朕，朕在諸多建議當中選擇賴侍郎的策略，縱然失誤，也是朕的失誤，何況朕並不覺得有錯。」

賴冰文既羞愧又感激，接連磕頭，一邊的張有才接到皇帝的示意，上前兩步，「陛下賜賴侍郎平身。」

賴冰文又磕了一個頭，慢慢起身，忍不住還是說道：「敵軍先是『聲西擊東』，這回則是『聲東擊西』，楚軍主力調至馬邑城，還是上當了。」

「果真上當了？」

賴冰文一愣，呆呆地看著皇帝，沒明白其中的意思。

韓孺子從接到神雄關失守消息那一刻起，就在思考一個問題：敵軍是如何做到兩線開戰的？馬邑城傳來的大量消息顯示，楚軍遭遇到的是一支龐大軍隊，絕非簡單的誘兵，狄開與金垂朵率領的奇兵也證實，他們燒毀的糧草足夠維持數十萬大軍半月之費。

可是公文看得越多，韓孺子心中越是糊塗，神鬼大單于的攻勢強勁得不可思議，於是他讓張有才將所有公文都搬走，桌上不留一物，靜靜地坐在那裡思考。

楊奉說過，消息太多不如沒有消息。

問題一下子變得簡單。

「賴侍郎的策略沒有錯。」韓孺子道，語氣越發平靜，「敵軍並沒有所謂的這個計、那個計，單純就是兵多而已。大楚沒有別的選擇，即使早料到神雄關會失守，朕還是會選擇防守馬邑城。關中地方狹窄，北關失守，南下路上尤有可守之處，馬邑城一旦為敵所佔，則關東諸郡國皆需防守，對大楚更加不利。」

「可關中有京城。」賴冰文提醒道。

「是啊，有京城。」韓孺子明白京城的重要性，「不管怎樣，事情已經發生了，無需計較之前的對錯，先想未來的應對之策吧。」

「由神雄關進入關東共有兩條路線，北線路狹，途中盡是山區，臣已下令各地閉城自守，南線道路同樣不寬，但是只有函谷關可守，臣同樣下令防守，只是不知來不來得及。」

賴冰文是兵部侍郎，代行尚書之職，只能做些小的決定，至於大規模調軍，要由皇帝決定。

「京城不可輕易放棄，北方諸關卡城池，盡量防守，不可令敵軍大舉南下，還有滿倉城——守不住的話必須燒掉，不可資敵糧草。」

「是，臣即刻擬旨。」

「然後召集群臣，今日務必商量出對策來。」

「是，陛下。」賴冰文感到肩上的擔子很重，可是心裡卻不像一開始那樣無著無落，皇帝身上的鎮定給予他許多信心。

天黑了，張有才命人在大廳裡點起蠟燭與油燈，照得燈火通明，每處燈火附近都有人照看，以免發生意外，他想問皇帝是否要用晚膳，只看了一眼就將問題嚥了回去。

皇帝全部的心思都在別處。

兵部擬好的聖旨很快送來，韓孺子看了一遍，加蓋寶璽，立刻發出，以加急軍信送往京城。

兵部與大將軍府的官員很快趕到，一開始氣氛有些緊張，以為皇帝會先發怒，追查神雄關失守的責任，然而很快氣氛就緩和下來，大家都與賴冰文一樣，從皇帝那裡得到信心，專注於建言獻策。

「立即將塞外的軍隊全調回關內，只守長城，然後調集天下軍隊，全去關中，與敵軍決一死戰！」

「敵軍已經搶佔先機，再去支援京城根本來不及，莫不如退守函谷關，將敵軍封死在關中，伺機再戰。」

「莫不如命柴將軍趁勝追敵，沒準能從後方擊潰敵軍。」

「諸位所言皆非當務之急，現在的問題是朝廷和宮中怎麼辦？是撤是留？是守是走？」

既然有皇帝的默許，人人都說出自己的想法，卻沒有一個能得到皇帝的明顯贊同。

韓孺子只是聽，偶爾點頭，事實上，他在揣摩神鬼大單于這個人，接連遭遇出乎意料的失利，終於讓韓孺子明白問題在哪，眾人只看地圖與敵軍數量，得出的都是正常結論，神鬼大單于絕不是一個正常的人，他能在短短十幾年的時間裡統一廣大的領域，並且向大楚派出難以想像的龐大軍隊，必有過人之處。

猜不透敵軍首腦，自然也就猜不透敵軍的動向。

夜色漸深，廳內的蠟燭全換過一輪，皇帝下令眾人休息半個時辰，吃些宵夜，然後接著議事，今晚必要拿出一個合適的整體策略。

韓孺子自己也吃了一點食物，叫來趙若素，一邊吃一邊問道：「如果你是神鬼大單于治下的遠方官吏，從未見過他，只見他調兵遣將，並且聽說了種種傳言，會認為這是一個怎樣的人？」

趙若素沒料到會被問到這種事，想了一會，老實回道：「微臣要多想一會。」

「天亮前給朕一個回答。」

「是，陛下。」

韓孺子剛放下筷子，一名太監進來，向張有才俯耳說了幾句話，張有才轉身來到皇帝面前，「馬邑城派人送來一批俘虜。」

這是韓孺子早先的命令，當時還不知道神雄關失守。

他嗯了一聲，沒太在意，如今這已不是特別需要關注的事情。

張有才又加上一句，「是崔騰送回來的。」

韓孺子笑了一聲，「柴悅倒是會做人。」

柴悅是世家子弟，懂得不少「規矩」，讓崔騰參與馬邑城之戰立功，戰後則找藉口將他送到皇帝身邊。

「讓他進來。」韓孺子不想讓崔騰太失望。

崔騰很快到來，一身塵土，一進屋就跪下，「總算活著見到陛下了。」

「平身。」韓孺子冷淡地說，對崔騰絕不能太熱情。

崔騰起身，仔細打量皇帝幾眼，「陛下瘦了一些。」

「朕這裡比較忙，你若沒有要事，先去休息吧，明日再說馬邑城的事情。」

「我不累。」崔騰拍拍身子，塵土飛揚，站在他不遠處的張有才直咳嗽，繼續說道：「而且我有重要的事情要對陛下說。」

「說吧。」韓孺子還有一點時間，權當是休息。

「我聽說神雄關失守了？」

「嗯。」

「真是倒霉，好不容易馬邑城打勝了，西邊卻出了問題，不過我不意外，這些敵軍就是一群不要命的蝗蟲，只要看到一點破綻，立刻就會撲天蓋地飛過去。扯遠了，我要說的是，神雄關失守，京城可就危險了，皇后、太后等人怎麼辦？陛下不可能立刻回京，派我回去吧，我路上不睡覺，肯定比敵軍先到一步，將宮裡的人接出來，送到陛下這裡，免得……」

韓孺子半心半意地聽著，突然想到一件事，「停，你剛才怎麼說的？」

「啊？哪一句？」

「說敵軍像蝗蟲那句。」

「對啊，我在馬邑城可算是見識到了，他們打扮得怪模怪樣，兵器也跟咱們楚人不同，可是在戰場上真拚命啊，有進無退，我親眼見到他們踩著屍體往前衝，比蝗蟲還可怕。」

「可楚軍還是打敗了他們。」

「那是陛下制定的奇計生效了。糧道被截的消息傳來，敵軍沒有潰散，反而攻得更猛，柴將軍將計就計，假裝要撤離馬邑城，敵軍蜂擁而入，楚軍萬箭齊發，那一場大戰……嘖嘖，真是精彩，我一輩子都不會忘。陛下，允許我斗膽說句實話，我跟陛下也打過不少仗，都沒有這麼大場面。屍體堆得比城牆還高，楚軍一日之間射出的箭矢得有幾百萬支！最後箭囊都空了，可敵軍也終於退卻了，他們打仗時不要命，逃亡時更不要命，甚至會砍死自己人，就為爭一條道路。」崔騰兩眼發光。

「真是奇怪，神鬼大單于統一西方沒有多久，為何麾下將士肯為他如此拚命？」

崔騰笑道：「這不奇怪，柴將軍審過俘虜，我在一邊聽來著，原來敵軍並非一整支大軍，按照被征服的順序，早一些的位置靠後，晚一些的衝鋒在前，怕是有幾十、幾百支軍隊，後方監督前方，以此類推，只許進，不許退。」

「以虎驅狼。」

「對對，柴將軍也是這麼說的，俘虜還說，他們害怕的其實不是糧道被截斷，因為他們本來就沒帶多少糧草，全指望著盡快攻入楚地、就地取食，這是他們一貫的打法。可後方被截，虎就驅不著狼，他們一下子失去主心骨，因此才會大亂。」

「柴將軍還說什麼？」

崔騰一拍腦門，「瞧我的記性。」立刻從懷裡掏出一封信，交給張有才，再轉送到皇帝桌前。

韓孺子打開信，裡面的內容很簡單，柴悅希望皇帝給予更多軍隊，由塞外繞行，直搗碎鐵城。

柴悅寫這封信的時候，還不知道神雄關也已經失守。

韓孺子對張有才說：「召集群臣。」

他已經做出決定，無需商議，也不用再爭論，道路早就擺在那裡，就看他敢不敢走。

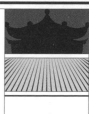

第五百二十三章　朕即誘兵

對韓孺子來說，眼前的道路是明擺著的，對大臣來說，皇帝又要冒一次奇險。

「兵部與大將軍府留在晉城，調集天下兵馬糧草，全力支援塞外楚軍，兵部侍郎賴冰文升任守兵部尚書。」

皇帝的第一道聖旨就讓眾臣吃了一驚，賴冰文資歷不足、風評低下，身為建議者，對神雄關失守負有不可推卸的責任，竟然被臨陣升官，雖然前面加個「守」字，意味著這個兵部尚書只是虛職，戰後還要交還，但也表明了皇帝極大的信任。

韓孺子沒有別的意思，朝廷規矩，品級低者在高者面前要保持謙卑，想讓賴冰文負責糧草徵調，必須先提升其官位，哪怕是暫時的。

「將軍柴悅統領塞外楚軍，伺機與敵軍再戰，長城以外一切軍事，由其便宜定奪。」

皇帝的第二道聖旨賦予柴悅更大的權力，同時也讓群臣心生猜疑：陛下這是要放棄關中、放棄京城嗎？朝廷和宮中諸貴人怎麼辦？

「朕將親赴洛陽，監督關中事態，絕不令敵軍湧出函谷關，望諸卿努力，不要有後顧之憂。」

大臣們互相瞧了幾眼，一開始有些糊塗的人，這時也都明白了，忽然間，不約而同全都跪下。

皇帝將塞外定為主攻方向，自己卻前往洛陽監督關中，這分明是要親自去守衛京城與函谷關。

關中朝不保夕，楚軍主力盡在塞外柴悅軍中，天下兵力也都向塞外調集，皇帝卻要反其道而行之，這是將自己置於險地、死地。

「陛下萬萬不可離開大軍的保護。」賴冰文剛剛升官，成為晉城品級最高的大臣，必須第一個勸說皇帝。

韓孺子擺擺手，「諸卿平身，不必多言。敵軍兵多將廣，分為兩路，一路南下，已破神雄關，一路東進，受阻於馬邑城。與之相比，楚軍勢弱，只能主攻一路，塞外既已獲勝，且又準備充分，理應成為主戰之地。關中慘遭塗炭，但是關中吸引的敵軍越多，對塞外的楚軍越有利。」

群臣不肯起身。

韓孺子繼續道：「敵軍急於一戰，京城能夠吸引敵軍，但是不夠，軍隊能夠吸引軍隊，但是大楚已沒有更多將士，唯一能引來更多敵軍的就是朕本人，朕要充當誘兵。」

群臣磕頭，賴冰文道：「陛下話雖沒錯，可是若有萬一……」

「朕督戰關中，或有萬一；朕若留在晉城，則兩路楚軍都難取勝，賴大人執掌兵部，連這點形勢也看不明白嗎？」

賴冰文當然明白，只是沒有料到皇帝會如此決絕，以額觸地，不敢抬頭。

「諸卿皆有家人、親友留在京城，如今關中形勢不明，朕不亂做承諾，只說一句，太后、皇后皆在京城，朕絕不坐視京城落入強虜之手。退下吧，明日一早，朕就出發。」

韓孺子回到後面書房，看到趙若素正等在門口，笑道：「你想明白了？」

趙若素點點頭，「依微臣所見所聞，神鬼大單于不是極狂妄，就是極恐懼。」

「此話怎講？」韓孺子進入書房。

趙若素看向張有才，得到許可之後才跟隨進屋，回道：「如各方所言，神鬼大單于統一西方諸國應該不久，看其戰法，對大楚也應該稍有瞭解，可是他卻不做囤積、不做試探，直接派大軍強攻。微臣據此以為，神鬼大單于要麼過於狂妄，百戰百勝之後看輕大楚，要麼是過於恐懼，大軍已如燙手鐵丸，必須盡快拋向它方。」

「神鬼大單于害怕自己的軍隊？」韓孺子覺得這個說法有些奇妙。

趙若素深施一禮，他如今是「罪上加罪」之身，什麼都可以說，「正如陛下初登基時害怕群臣，神鬼大單于以小馭大，統領百國之軍，心生恐懼也是自然之事。諸國將士初歸強主，難言忠誠，若是留在本國，早晚必生禍患，不如引向陌生的敵國，以戰止叛。」

韓孺子想了一會，放聲大笑，「趙若素啊趙若素，你將為人君者看得如此透徹，對你可沒有好處。」

「微臣並未求過好處。」

韓孺子收起笑容，「隨朕回關中，朕要看看神鬼大單于究竟是狂妄還是恐懼。」

趙若素拱手回聲「遵旨」，並無一句相勸。

離天亮沒剩多久，韓孺子也不休息，點選一千名宿衛軍，諸將之中只要樊撞山，午時之前離開晉城，前往洛陽。途中不允許提前通知郡縣，他要親自去吸引敵軍，但是不能太早洩露，要先看清形勢，確定何處可守之後，再公開自己的位置。

在洛陽，韓孺子終於得到比較及時的確切消息，京城以北大多數城池皆已失守，京城還在堅持。

這讓他大大地鬆了口氣。

在洛陽行宮，他見到了皇后等人，得知太后拒絕離京。

崔小君率嬪妃向皇帝請罪，韓孺子不想責怪任何人，也沒時間停留，洛陽離京城畢竟還遠，消息滯後，沒準就在他稍稍感到心安的時候，京城已經淪為敵區。

韓孺子赦皇后等人無罪，匆匆看了一眼幾位皇子與公主，來不及多說什麼，立即離開，率軍繼續前往函谷關。

在函谷關，消息就不那麼令人心安了，京城已經三天沒有公文傳來，前方斥候表示，一支敵軍正向函谷關攻來，不知是繞過了京城，還是攻下了京城。

崔宏聽說皇帝要來，大吃一驚，見到皇帝本人，又是大吃一驚，迎入城內軍營，欲要下跪，被太監扶起。

「陛下怎麼會來這裡？」

韓孺子將自己的計畫大致說了一遍，最後道：「函谷關還在，大楚仍有希望，如果京城也能守住，則勝算更多一些。京城具體情況如何？有兵多少？誰是守將？糧草可足？滿倉城可有及時燒毀？」

崔宏還沒從驚訝中恢復過來，但是一一回答，只有滿倉城的具體情況不清楚。

聽說瞿子晰擔任守城大將，韓孺子也吃了一驚，待得知謝存與花繽為輔，他又鬆了口氣。韓孺子只休息了不到一個時辰，又有消息傳來，敵軍正在迫近函谷關，大概有五千多人。

韓孺子要親自帶兵前去迎戰，崔宏絕不同意，「陛下已經親臨函谷關，不可輕涉險地，敵軍五千或許是伏兵，不如待守城中，等情況明瞭再戰不遲，即使要戰，也該由臣率兵出擊。」

「有太傅守城，朕心甚安。該是向敵軍宣示朕在此的時候了，出城迎戰乃是最好的手段。以朕所知，敵軍不會設伏，必是前鋒軍隊，趁其人數不多、立足未穩，正可一舉破之。」

皇帝是個固執的人，崔宏爭不過，只好交出城中一半軍隊，讓皇帝帶去迎敵，他留下守城，心情比皇帝沒到的時候更加忐忑。

韓孺子率軍八千出城，高擎黃龍巨旗、連夜行軍，於清晨時分與敵軍相遇，中間是私自離京的吏部尚書元九鼎。

元九鼎從來不是堅定的大臣，先後討好過上官太后、慈寧太后，皇帝與大臣爭執不下的時候，他兩邊邀功，表面上支持大臣，暗地裡卻向皇帝效忠。

這是他最後一次搖擺不定了。

元九鼎認出了黃龍旗，卻沒有看到皇帝本人、也不敢看，又望向對面的軍隊，覺得更近一些。

他跑得太久，兩條腿又軟又麻，幾乎站立不住，可他強迫自己邁動腳步，奔向全然陌生的敵人，大喊道：

「我是楚國重臣，我願投降……」

一小隊騎兵迎過來，元九鼎大喜，以為是來保護自己的，可是沒過一會，他的臉上就變了顏色，那些騎兵舉起了手中的兵器，而且加快了速度。

元九鼎撲通跪在地上，聲嘶力竭地大叫：「投降！投降！」

直到刀槍接二連三地落在身上，元九鼎才突然醒悟一件事：這些人聽不懂楚語。除了俘虜，韓孺子第一次見到戰場上的敵軍，從盔甲到兵器果然都與楚軍不同。

「有勞樊將軍出戰。」韓孺子道。

樊撞山早已急不可耐，立刻領命，率本部千人出戰。

道路狹窄，雙方軍隊沒辦法一字排開，只能分批交戰。

樊撞山身先士卒，第一個接觸到敵軍、第一個將敵兵挑落馬下。

戰鬥持續了整整一個上午，韓孺子親眼見識了敵軍的有進無退。

楚軍也不退，身後就是皇帝，前方的京城則是許多將士的家鄉，他們必須前衝，拚命廝殺。馬戰變成步戰、步戰變成混戰、混戰變成血戰……韓孺子先後投入了幾乎所有兵力，身邊只剩數十名護衛。

太陽高高昇起，敵軍退卻，正如崔騰所言，這些人進攻時不要命，一旦崩潰，更加不要命，互相踩踏，如有深仇大恨。

一身血跡的樊撞山回來覆命。

韓孺子坐在馬背上，微微躬身表示謝意與讚賞，再無其他表示，下令道：「上馬，繼續前往京城。」

敵軍以虎驅狼，韓孺子擊敗前鋒之後，則要隨狼追虎。

楚軍稍做休整，吃了一點隨身攜帶的乾糧，繼續行軍。

韓孺子猜對了，敵軍只是試探，大軍並未跟來，途中又遇到三次敵軍，數量都不多，而且有了怯意，一觸即潰。

連行數日，楚軍終於趕到京城外圍，在這裡，他們被攔住了。

曾經令太傅崔宏心生怯意的黑壓壓大軍，如今都在包圍京城，遠遠望去，京城竟也顯得渺小。

京城尚在，但已岌岌可危。

第五百二十四章 害怕

雙方互射了幾輪箭矢，不約而同地停下，發起衝鋒。

韓孺子登上戰車親自擂鼓，樊撞山率領二百騎衝入敵陣，其餘將士嚴陣以待，只等皇帝一聲令下，也要進入戰場。

敵強我弱，奇怪的是，沒有人感到害怕，不只因為皇帝親自督戰，更因為過去的幾天裡他們已經與敵人數次交手，摸清了路數，發現敵軍並非不可戰勝。

面對十幾倍於己的敵軍，韓孺子沒有退卻。第一，他要給京城守軍鼓勁；第二，他明白一個簡單的道理，撤退必須以進攻為保障，否則敵軍士氣更盛，己方將士則會變撤為逃。

樊撞山一生中的巔峰盡在這一天，手持長槍，縱馬衝入密密麻麻的敵軍群中，不管對面是人、是馬、是駱駝，都是一槍刺殺，他根本不在乎前方有沒有攔阻，只在意身後的目光和鼓聲。

樊撞山衝入敵陣里許，聽到收兵的鑼聲，又衝了一段距離，才調頭回來。

神鬼大單于的軍隊往往有進無退，今天卻出人意料地謹慎小心，沒有追趕，也退回原陣。

二百騎傷亡過半，樊撞山卻沒事，只是槍頭斷了，將槍桿往地上一拋，抱拳道：「請陛下允許我再入敵陣，以壯軍威，這回別太早招我回來。」

「不愧為真猛將，來人，賜酒。」

不等別人動手，崔騰搶先跳下馬，拿著酒囊跑到樊撞山面前遞了過去，一臉的崇敬神情。

樊撞山也不客氣，拿起酒囊灌了一大口，隨手扔掉，崔騰雙手接住。

樊撞山向本部士兵道：「一、二隊衝過一次了，三、四隊出列。」

二百士兵立刻驅馬向前，樊撞山招手，有人送來一桿新槍，他接在手裡，「不夠，再來一桿。」

樊撞山左手握韁，腋下夾著一桿槍，右手持另一桿槍，再次衝向敵陣。

就像約好了一樣，敵軍仍沒有射箭，也派出一隊將士，大概五百餘人，當先五名將領，同樣手持長槍，樣式不同，更長更粗。

韓孺子擂鼓，樊撞山率軍第二次衝鋒，與敵將相距十幾步的時候，他的左手鬆開韁繩，手臂鬆開，腋下長槍下墜，他一把抓住，雙手持槍，大吼一聲，再次加速，在最後一刻身子前傾，躲過對方的長槍，將自己手中的兩桿槍深深刺進兩名敵將的脖子裡。

敵將人仰馬翻，樊撞山只是速度稍緩，持槍繼續前衝，所向披靡，如入無人之境，敵陣又派出第二支隊伍上前迎戰。

樊撞山連破三撥敵軍，直至大軍陣前，舉起右手長槍，向敵陣中最高大的旗幟遠遠擲去，又吼一聲，調頭轉回，再入戰場。

這次樊撞山衝入戰場五六里，一去一回，損失的兵力卻更少，只有二十幾人亡於陣中。

樊撞山馳至皇帝車前，扔掉剩下的長槍，「還能再衝，只是槍不堪用，馬也不行了。」

「換槍，賜朕御馬。」

兩名將領送上新的長槍，東海王親自牽來皇帝的坐騎，崔騰再次遞上酒囊。

樊撞山喝下酒，對皇帝的馬卻有幾分猶豫。

「朕不愛一馬，獨望將軍平安歸來。」韓孺子道。

樊撞山這才上馬接槍，向本部大聲道：「三、四隊歸列，五至十隊隨我出戰。」

六百人前行，樊撞山指著遠處的京城，「這回要衝到離城牆一箭之地，讓守城將士知道陛下駕臨。」

敵軍派出千餘人迎戰，這回將領更多，共有二十多人，衝在最前一排，目標都是楚軍的猛將。

雙方的衝鋒已經與勝負無關，而是關係到士氣與名聲。

韓孺子第三次擂鼓，同時下令全軍備戰。

樊撞山被敵將圍住了，混戰中，他大吼了一聲，似乎受了傷。

韓孺子立即下令全軍前移。

樊撞山衝出包圍，手中只剩一桿槍，敵將倒下五六人。

楚軍主力緩緩前進，做出全軍出擊的架勢，敵軍調整陣形，選擇了撤退。

樊撞山看不到前後的變化，只知前衝，目標唯有一個，就是遠處的城牆。前方的人越來越多，可是他看不出有任何東西能夠阻擋自己。

樊撞山素以猛將聞名天下，今天他的發揮甚至超出了自己的想像，似乎擁有了十倍於往常的力氣，就算前面橫著一座山，也能一槍挑翻。

城牆近在眼前，樊撞山能望見城頭的旗幟與隱約的身影。他覺得自己還能再往前衝，胯下的坐騎卻不幹了，哀鳴一聲，重重摔倒在地上。樊撞山推開死馬，翻身站起，長槍不知哪去了，他赤手空拳，原地轉了半圈，向敵人發出嘶吼。

本部士兵追上來，護住樊撞山，有人將長槍遞到將軍手中。

樊撞山還要徒步前行，一名軍官大喊道：「將軍，已到一箭之地，請速退，勿讓陛下擔憂。」

樊撞山又向城頭望了一眼，跨上一匹空馬，與眾將士往回衝。

城牆之上，鼓聲雷動，喊聲直衝雲霄，為樊撞山送行。

這一戰規模不大，雙方主力皆未出動，影響卻極為深遠。
京城裡的人知道自己沒有被拋棄，皇帝親自率軍前來支援。
敵軍明白，雖然接連攻破城池，他們卻沒能讓楚軍屈服或害怕。
對韓孺子來說，最直接的影響就是他可以率軍撤退了。
不到一萬士兵，救不了京城，更不可能與敵軍進行真正的決戰，他得見好就收。
天黑之後楚軍才撤，在此之前，韓孺子於陣前犒賞全軍，人人賜爵一級，隨樊撞山衝鋒者賜爵二級，陣亡者三級。
爵位意味著身份、田地與金錢，陣亡者的家眷可以繼承這一切。
樊撞山被封為破軍侯，此賞賜當之無愧，全軍山呼萬歲。
東海王是這一戰的見證者，與別人一樣，他感到極度振奮，一度曾想與樊撞山一同衝鋒，幾番猶豫才放棄這個過於大膽的念頭。
他還非常困惑，對敵軍、對皇帝都感到困惑，當陣腳穩住之後，他忍不住抬頭向戰車上的皇帝問道：「敵軍明明勢強，又以拚死戰鬥聞名，今日為何膽怯？」
韓孺子扭頭看了一眼不遠處的趙若素，大聲道：「敵軍死戰，乃是因為身後有主人逼迫，圍攻大楚京城是首功，主人捨不得讓給奴隸，親自出動了。」
「神鬼大單于就在軍中？」東海王吃了一驚，與眾人一同望向對面，除了黑壓壓的人群，什麼也看不清。
「或者是他本人，或者是他的心腹，能夠自作主張，而不是沒頭沒腦地一直向前衝。」韓孺子笑了一聲，「主人越膽怯，對待奴隸越嚴苛，反之也是一樣，敵軍越不惜命，敵酋心中越怯。如樊將軍者，朕只怕他一去不返，見他平安歸來，如得一城，絕不想讓他陷入陣中。敵勢雖強、其心卻懼，朕因此敢與之一戰。敵酋不知底細，以為楚軍背後還有伏兵，又怕城裡軍隊內外夾擊，因此不敢放手一搏。神鬼大單于，不過如此。」

「非陛下親征，別人即使猜到敵酋心怯，也不敢出戰。」東海王佩服得五體投地。

入夜之後，楚軍撤往函谷關。

行軍途中，樊撞山才發現肋下血流不止，原來是受傷了，「嘿，無恥之徒，不敢明面射箭，卻以暗箭傷人，我當時把箭拔掉，過後卻忘了。」

韓孺子率軍奔往京城時是急行軍，撤回時卻是正常行軍，沿途橋梁、道路都不破壞，兩座城池也都留人駐守，並且設立大量哨所，監督敵軍動向。

韓孺子猜對了，準確地說是趙若素猜對了。敵軍果有怯意，鋒頭一過，沒有再來追擊，只是專心圍城，在外圍建立大量壁壘，看樣子是要採取守勢。

函谷關守將崔宏得知京城的消息之後，親率全體將士，出城三十里相迎。

皇帝這一戰絕非大勝，更沒有解脫京城之圍，卻令楚軍士氣大振。

韓孺子向崔宏下令，在沿途險要之處設立臨時關卡，以木石阻道，也做出防守之勢。

奇招畢竟是奇招，只能偶爾一用，想要打敗敵人，還是得步步為營。

進入函谷關，脫下戰甲，獨自坐在屋子裡，韓孺子才感到全身虛脫，手心冒汗，連心跳都變快了。

他根本沒有連日來表現得那麼鎮定與自信，派樊撞山出擊完全是迫不得已。敵軍膽怯，他與別人一樣意外，陣前對東海王說的那番話，倒有一半是臨時想出來的，而不是事前的深思熟慮。

無論走到哪裡，有幾本書韓孺子總是帶著，其中之一就是《太祖本紀》，他顫抖著雙手隨意翻開一頁，逐字讀下去，慢慢地心中踏實，手也不抖了。太祖每一次的死裡逃生都更像是運氣，但太祖有一個本事，能承受得起壞運，也能擔得起好運，不驕不餒，一遍遍地東山再起。

書中掉出三頁折起來的紙張，是造反之書《淳于子》僅剩的三頁，裡面記載了太祖韓符的一段故事，聲稱他曾向豪俠低頭。

韓孺子一直沒明白這個故事裡的含義，今天卻別有一種感覺。

「太祖也會害怕。」他喃喃道。

房門打開，張有才進來，笑道：「陛下，瞧我在軍中發現了誰？」

韓孺子抬起頭，驚訝地看著張有才身後的人。

孟娥竟然來了，身著宿衛士兵的盔甲，臉上抹灰，很難看出原來的樣子。

「皇后派我來的。」孟娥說，「陛下打了一場硬仗。」

「這才只是開始。」韓孺子很高興自己克服了心中的恐懼，也很高興看到孟娥，「圍困京城的敵酋不是神鬼大單于本人，但他會來的，等他一到，才有真正的硬仗。」

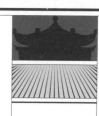

第五百二十五章　守城無計

由京城通往函谷關的道路，少數被敵軍佔據，多半由楚軍控制，臨時壁壘一座接著一座，哨所林立。無數雙眼睛盯著路上的一切，就是在這樣的情況下，不要命仍然一路潛至函谷關城門外，才被發現。

「帶我見皇帝，我有前線的消息。」不要命全身血跡與塵土，嘴唇乾裂、眼中布滿血絲，身體瘦骨嶙峋，像是剛從地下爬出來，已經很久沒吃過東西了。

士兵大吃一驚，層層上報，最後得令，將這人送往臨時行宮，皇帝竟真認得這個叫「不要命」的怪人。

不要命得到了很好的款待，吃了一點食物，洗了澡，換上新衣服。本來還想讓他先睡一會，不要命搖頭，「讓我先跟皇帝說幾句話。」

韓孺子很久沒見過不要命了，微笑道：「壯士從何而來。」

有人教過他簡單的規矩，不要命拒絕遵守，站在皇帝面前，不跪不低頭，只是稍一拱手，直接道：「大概一個多月前，關中前鋒將軍南直勁赦囚組軍，又在城外招了一批人，總共一千餘人，前去與敵一戰。」

「南直勁？」韓孺子大為意外。

南直勁品級不高，組建的義軍規模不大，在京城還能向外傳遞公文時，急事、要事眾多，並未提及這件小事，因此韓孺子一直都不知道。

不要命點點頭，像背誦一樣繼續道：「這支軍隊馬匹很少，沒走大路，由山中小路穿行向北，避開了大批敵軍。大概二十天前，我們偷襲了已被敵軍佔據的滿倉城，把它燒掉了。」

韓孺子騰地站起身，將身邊的幾名太監與侍衛都嚇了一跳。

「滿倉城被燒了？」

不要命又點頭，「我親眼所見，至於燒到什麼地步，我就不知道了。敵軍很多，大家浴血奮戰，南直勁對我說，燒掉滿倉城是件大事，應該讓京城的大臣知道。」

瞿子晰守城時已經下令在必要時燒掉滿倉城，結果命令尚未到達，敵軍已經攻破小周城，大舉南下，將滿倉城佔領了。

敵軍遠道而來，能堅持多久，全看糧草供應，滿倉城若是落入敵手，京城就得準備持久防守，士氣將會大受影響。

這幾天韓孺子一直被此事所困擾，前方撤下來的將士聲稱滿倉城沒能來得及燒毀，不要命卻帶來截然不同的消息。

做成這件事的竟然是南直勁，韓孺子怎麼也想不到。

「南直勁和其他人呢？」

「我沒看到，不過以當時的情況來看，除非有神仙相助，否則的話他們是逃不出來的。」

韓孺子嘆息一聲，緩緩坐下，「你們立了一件大功。」

「全是南直勁的功勞，剩下的人不是為錢，就是為了名聲。」

「知險而進，足為真英雄，錢與名聲，乃是當然之事。」

不要命短促地笑了一聲，「我去過京城，但是沒能進去，向城牆上喊了幾聲，上面的人說皇帝可能在函谷關，我想陛下也應該要知道這個消息，於是就來了。」

「多謝壯士義舉。」韓孺子對不要命比較客氣。

不要命打個哈欠，「話說完了，我該去睡覺了。」

「稍等，楊奉……」

「等我睡醒再說吧，真是睏了。」

看著不要命走出去，張有才忍不住道：「江湖人真是不懂禮貌。」

「他們懂禮貌，只是江湖的禮貌與朝廷不同，能得到不要命的一句承諾，有時比千軍萬馬還有用，可惜，朕得不到此人，楊奉卻能。」

張有才吃驚地看向皇帝，覺得陛下謙遜過頭了。

崔宏求見，再次代表群臣提議皇帝退至洛陽，「敵軍這些天來一直在向東調動，顯然是要在天氣更冷之前進攻函谷關，對京城的攻勢據說也是晝夜不停。臣等以為……」

「朕是不會離開函谷關的。」韓孺子道。

崔宏心中嘆息，他與皇帝名為翁婿，卻從來沒有過互信，關係最近的時候也只是平常的君臣，有些話很難說出口，可今天必須破例，即使屋子裡還有不少外人，崔宏也得說。

「雖經徵調，函谷關內外也只有不到兩萬楚軍，路上所設關卡壁壘，只能暫緩敵軍攻勢，一旦敵軍發起猛攻，少則半月，多則一月，必至關下。函谷關與神雄關類似，神雄關沒能擋住敵軍，函谷關也不能，比京城還要危險。陛下至尊之體，若是陷於城中，則臣等死罪，天下更將因此無主。」

韓孺子尋思一會，問道：「函谷關若是失守，敵軍東出，洛陽能守多久？」

洛陽更守不住，崔宏只得道：「楚地廣大，洛陽並非最後的退路。」

「天下雖大，一退就得再退，總有退無可退之時。太傅不必多言，朕明白形勢危急，可也明白一個道理，有些事情必須知其不可為而為之，朕別無選擇，大楚別無選擇，唯有死守關卡，直到塞外可以一戰。」

「如今天氣已冷，不到開春，塞外難以開戰，至少還要三個月。」

「所以京城和函谷關至少要守三個月。」

崔宏目瞪口呆，好一會才說：「這、這不可能啊。」

「想辦法，大家都要想辦法。嗯，剛剛有個好消息，滿倉城被燒掉了。」

「真的？」崔宏眼睛一亮。

「有人親歷此戰。」

「太好了！」崔宏心中一鬆，可這股高興勁沒能持續太久，很快就煙消雲散，「滿倉城一毀，敵軍難做長久打算，可是憑藉大半個關中的積糧，敵軍堅持幾個月還是可以的。」

「所以京城與函谷關一定要守住，將敵軍困在關中，數月之後，塞外楚軍才有大勝之機。」

崔宏還是覺得做不到，但沒再多說，躬身道：「望陛下三思，臣等死不足惜，唯陛下不可有一點閃失。」

「朕會三思，但是只思一件事，如何守城。」

崔宏告退，韓孺子知道，太傅還會再來，他必須想出一個辦法來增加守城的勝算，同時也能說服群臣。

能用上的招數都用上了，卻沒有一招萬無一失。

韓孺子沒法安坐在屋子裡，帶人出去巡視一圈，登上城牆查看，函谷關雖然比不上京城高聳，卻比一般城池堅厚得多。可崔宏說得沒錯，神雄關沒擋住敵軍進攻，函谷關也很難。

城外，眾多壁壘橫貫道路，只留小門以供出入，看似森嚴，可都是臨時建成，經不得猛攻。韓孺子還是想不出主意，回轉行宮，繼續翻閱奏章。

奏章分為兩疊，一疊是普通內容，另一疊更高些，全是眾人提出的守城建議，韓孺子一份份細看，沒有出色的奇計，基本上都已經實施過了。

入夜不久，太監進來通報，說那個「不要命」醒了，還想再見皇帝。

不要命吃飽了飯、睡足了覺，神色好了許多，舉止也客氣了些，拱手時稍稍彎了下腰，說話時仍然開門見山，「楊奉妻兒都在京城。」

「是你將他們從湖縣接走的？」

「嗯，楊奉生前交待我這麼做的。」

大敵當前，楊奉的事情不那麼重要，可韓孺子想守城之計已經想得頭疼，需要休息一下。

「你很早就認識楊奉了吧？」

「很早，那時候我才十幾歲，為了博取名聲，連命都可以不要，結果真的差點將命丟掉，是楊奉救了我，他對我說，你欠我一條命，從現在起，你的命是我的，不能再隨便捨棄。」

這一聽就像是楊奉說出的話，韓孺子露出微笑，「所以你叫不要命，其實是想要命？」

「這個名字用來提醒我自己當初的年少無知。」

「名聲……這麼說來，你應該非常瞭解楊奉了？」

不要命搖頭，「我和他相識多年，但是很少交談，他有事直接交待我做，我有事也是直接告訴他，楊奉在我眼裡是個怪人，對他，我一點也不瞭解。」

韓孺子沉默片刻，「在你眼裡，楊奉怎麼個怪法？」

「陛下會解京城之圍，救出楊奉妻兒吧？」

「當然。」

「只說一件事吧，楊奉一直在查找一個神祕組織，甚至不惜為此當太監。」

「望氣者。」

「望氣者是後來的事，楊奉一開始沒有明確的目標，只說這個組織必然隱藏極深，官越大，反而越看不清，所以他要當太監，從至微之處著手。齊王叛亂之後，楊奉將目標定為望氣者、定為淳于梟，幾乎到了發狂的地步。可是在雲夢澤，當他得到那本書之後，卻對我說『不過如此』。」

「什麼意思？」

「我不知道，也沒問，楊奉就說了這四個字，然後就天天抱著那本書，也不看，只是抱著，得病也不治，好像故意等死。瞧，這就是我覺得他奇怪的地方，執著的時候，比我當初追求名聲更甚，放棄的時候，卻一點理由也沒有。我是因為怕死，看破了名聲的虛幻，楊奉是為什麼呢？我想不明白。」

「名聲……名聲……真的虛幻嗎？」

「陛下應該比我更瞭解楊奉。」不要命看著皇帝，「我倒希望陛下能給我一個解釋。」

韓孺子也緩緩搖頭，「我跟你一樣，看不透這個人。那本書被毀掉了，只剩下三頁，記著一個故事，與名聲有些關係。」

韓孺子早已倒背如流，故事說太祖韓符追查陳齊後人，為此威脅天下豪傑，結果有數名豪傑寧肯當眾自殺，也不願意透露陳家人的行蹤，一位陳家子孫自殺謝恩，太祖不得不撤回威脅，以了結此事。

「名聲就是這麼虛無，那麼多豪傑白死了。」不要命說。

「可名聲也有實在的一面，太祖畢竟因此妥協了，陳氏後人也沒有滅絕。」

不要命皺起眉頭，「那只是一個不知真假的故事。」

「『一個不知真假的故事』，卻能蠱惑一批望氣者興風作浪，很有意思吧？」韓孺子笑了笑，「謝謝，朕希望你能多留幾天，我還要再與你聊聊楊奉，現在，朕要忙著守城了。」

第五百二十六章 以戰養兵

崔宏去了一趟前線，回來之後越發相信自己的判斷，京城與函谷關堅持不過這個冬天，想要擋住潮水般的敵軍，必須另想辦法。

他親自去拜訪破軍侯樊撞山，希望爭取到此人的支持。

樊撞山的傷勢比預料得更重一些，一路堅持過來，到了函谷關就倒下了，經過御醫精心治療，能夠坐起來吃飯，卻不能上馬參戰，聽說兵部尚書到訪，以為又有任務，強撐起身，命隨從給自己穿上全套盔甲，昂然出門相迎。

在客廳裡，兩人寒暄幾句，樊撞山問道：「又要開戰了？這幾天把我閒得心裡發慌，正好活動手腳。」

崔宏看出樊撞山傷勢未癒，笑道：「暫時無事，什麼時候開戰要看敵軍的動向。」

樊撞山皺眉，「敵軍不過人多一些，怕他做甚？給我一萬人，把他們全攆到沙漠裡去。」

樊撞山是猛將，卻不是大將，愛說大話，也不管能否實現。

崔宏道：「樊將軍說得對，敵軍就是人多。」

「那也不怕，大不了再來一個幾進幾出。」

「呵呵，樊將軍當世猛將，天下敬仰，陛下絕不想再讓將軍冒險。」

「怎麼，就把我這麼養起來了？」樊撞山一揮拳，牽動到傷口，臉上不由自主露出了痛苦神情，但馬上掩飾過去。

「當然不是，敵軍人多，楚軍也得增兵才行，只要人數相當，或者稍少一些也行，再有將軍這樣的猛將，楚軍就不必坐以待戰，可以直接進攻，收回京城。」

「那就增兵啊。」樊撞山不管那麼多，覺得這是一個好主意。

「兵都在塞外，連洛陽這樣的大城都沒剩多少人守衛，哪還能增兵？」

樊撞山深以為然地點頭，「是啊，這件事挺難。」

「如今之計只有徵兵。」

「徵兵？」

「嗯，徵發函谷關以東、洛陽以西諸郡縣的男子，以人多對人多，兵部估算，半個月之內就能徵集到十萬人，甚至更多。」

「對啊，咱們大楚地廣人多，還能比敵軍人數更少？」樊撞山畢竟不笨，聽到這裡，終於有所醒悟，「調兵、徵兵都是陛下與兵部決定的事情，太傅特意找我說這個？」

崔宏笑道：「兵部早做好了準備，可是陛下遲遲不肯同意。」

「為什麼？兵多不好嗎？」

「陛下想得長遠。敵軍征服一國之後，往往驅全國壯丁為兵，既壯聲勢、又能防止國內叛亂，可是長此以往，必然國衰民弱，此乃殺雞取卵之法，陛下以為不足取。」

「陛下說得對啊，我就知道，訓練過一年的百名士兵強過幾千名普通百姓，參加一次實戰的士兵強過訓練三五年的士兵。」

「話是這麼說，可值此生死存亡關頭，只能先解決眼前的問題，再論長遠之計。敵軍以戰養兵，大楚也可以仿效，不必太過，先徵集十萬士兵，然後逐漸向其他郡縣擴展，三個月之內可增兵至少五十萬。」

「五十萬！」樊撞山嚇了一跳，「這可真不少，可是沒訓練過，能上戰場嗎？」

「敵軍也不都是訓練有素的士兵，樊將軍剛才也說了，打過一戰的士兵強過訓練幾年的士兵，所謂的以戰養兵就是這個道理。五十萬楚軍輪番上陣，最後剩下的十萬人必是精兵強將。」

樊撞山默然，他明白皇帝為何猶豫了，以戰養兵也是殺兵，這是在用大楚百姓的性命充當城牆。

「這絕非妙計，事後大楚可能需要十幾年恢復國力，可這是眼下唯一可行的辦法，總比坐以待斃強。」

「太傅大人希望我能勸說陛下？」

崔宏點頭。

樊撞山低頭想了一會，「說實話，我也覺得應該徵兵，這是沒辦法的辦法，可我是個粗人，讓我衝鋒陷陣，二話沒有，讓我勸說陛下，這個……實在是力不從心啊，我說的話陛下也不當回事。」

「樊將軍只需向陛下要兵就是，別的不需要你多說。」

樊撞山撓頭，「陛下對我恩重如山，剛封我為侯，我有點不好意思再要東西了。」

崔宏笑道：「要兵不是為了將軍自己，是為了保護陛下。」

樊撞山又想一會，「好，我去向陛下要兵。」

崔宏滿意地告辭，回到住處，派人請來趙若素。

趙若素來得比較晚，站在門口，「太傅大人不怕惹禍上身嗎？」

趙若素身份特殊，乃是皇帝親賜「罪上加罪」之人，平時甚至沒人多看他一眼，更不用說請上門了。

「大禍在前，小禍無所謂了。想要守關，唯有徵兵，年十五以上、六十以下的男子，只要不是殘疾，皆可為兵。」

「好。」趙若素道。

崔宏一愣，「我還沒說完。」

「我會盡力勸說陛下。」趙若素拱手告辭。

崔宏又一愣，忍不住對身邊的隨從道：「趙若素從前挺正常的一個人，自從被陛下『定罪』之後，越來越古怪了。」

次日下午，樊撞山求見皇帝，立刻得到了接見。

皇帝總不得閒，書房裡已經有好幾個人，東海王、崔騰等人都在，樊撞山一進來，所有人都向他拱手致意，甚至有人上前躬身行禮，皇帝也以微笑相迎。

樊撞山極不適應，想要下跪，卻被太監扶住。

「臣乃一魯莽之將，擔不起諸位大人如此禮遇。」

崔騰笑道：「你可不是魯莽之將，你是猛將、名將，京城一戰，將軍已經名聞天下，我的僕人說，他出去買東西，人家聽說他見過樊將軍，直接給打了一個折扣，哈哈。」

樊撞山臉紅了，他一直在養傷，這是第一次出門，還不知道自己多有名。

韓孺子微笑道：「樊將軍傷勢好些了？」

「好了，只要一聲令下，我這就衝進京城。」樊撞山聲若洪鐘，努力挺直身體，不管傷口有多疼，臉上也不表露出來。

「將軍休急，繼續養傷。」

「謝陛下關心，其實我來是有事要說。」

「請說。」

樊撞山名聲太響，他要有話要說，別人都不開口，以崇敬的目光看著他，好像在瞧一尊顯靈的神像。

樊撞山更不好意思了，這才明白崔宏為何找自己幫忙，連咳幾聲，壯膽道：「函谷關的兵太少了，陛下應該多徵兵。」

樊撞山不會拐彎抹角，直接將話說了出來。

韓孺子一笑，沒有對樊撞山說話，而是轉向崔騰：「你父親找了一個好幫手。」

輪到崔騰臉紅了，「我不知道……樊將軍，我父親找過你嗎？」

樊撞山不敢撒謊，尷尬地點點頭。

「我父親也是一片好心。」崔騰急忙道。

韓孺子道：「當然，而且這不是崔太傅一人的建議，晉城、洛陽、函谷關的兵部以及諸將、諸臣，都有同樣的想法。」

「那陛下還猶豫什麼呢？」崔騰問道。

「朕不忍心看到大楚數年來的辛苦積聚毀於一旦。」

眾人無聲，皇帝自從二次登位以來，一直在努力提升大楚的實力，減租、安置流民、墾荒、釋放私蓄家奴等等舉措，皆是為此，大規模徵兵將破壞之前的大半努力。

「如今應以守國為重。」東海王插口道，其他人都點頭。

樊撞山見大家的想法果然一致，也道：「雖說我不怕敵軍人多，可是咱們兵多一些總是好事，沒準能一路打到西方去，將神鬼大單于的老巢端了。」

眾人大笑，韓孺子也笑了，看向角落裡的一人，問道：「你的看法呢？」

趙若素從不主動說話，被問到了，也不隱諱，說道：「此乃唯一之計，陛下雖有仁心，再猶豫下去，就是婦人之仁了。」

只有趙若素敢說這樣的話，而且是當著外人的面，皇帝也不生氣，反而點頭，其他人都覺得奇怪，卻不敢多問。

「是該徵兵了，但是不能毫無差別的全徵，家中獨子不可徵，父親早亡者，許留兄弟兩人……讓崔太傅擬個計畫吧。」韓孺子又向樊撞山道：「既然樊將軍能起床了，就請你助太傅一臂之力，前往各地徵兵。」

「啊？徵兵我可不在行，我更願意上戰場，而且我能打。」樊撞山舉拳在胸膛上擂了兩下，卻忍不住咳了幾聲。

「大戰之時，必然重用將軍，如今時機未到。將軍名震天下，正該四處傳揚，而且有將軍出面，徵兵也能更容易些。」

樊撞山臉又紅了，囁嚅著說了幾句。

眾人又聊了一會，見皇帝沒什麼重要的事情，一一告辭，自然有人去見崔宏，傳達皇帝的決定，盡快變成切實的旨意。

東海王也要告辭，皇帝卻示意他多留一會，別人沒注意到，只有崔騰看到了，也不開口告辭，最後只剩下他們兩人與趙若素。

趙若素養成了習慣，皇帝讓他來他就來，讓他走他才走。

「倉促徵兵，仍不足以擋住敵軍。」韓孺子道，沒有攆走崔騰。

東海王學乖了，一聲不吭，崔騰道：「那也比沒有強。」

「朕還有一個想法。」

「原來陛下已有妙計，怪不得同意徵兵。」崔騰笑道。

韓孺子笑著點點頭，仍然看向東海王，「朕決定派使者去向神鬼大單于求和。」

「什麼？」崔騰大驚，差點跳起來，「這、這……」

韓孺子擺手，「別急，朕還沒說完，如果神鬼大單于肯退兵，即使他提出一些苛刻條件，朕也可以接受。」

崔騰忍不住插口道：「他絕不會退兵的。」

「如果不退，使者要向神鬼大單于及其麾下將士傳遞一個消息，不，是兩個消息：一路楚軍已由西域進入敵軍後方，另一路楚軍由海路進攻，也快到了。提醒敵軍小心些。」

崔騰驚訝地說：「鄧粹和黃普公？這兩路楚軍……很久沒消息了吧？」

「朕敢肯定，兩路楚軍都還在。」韓孺子說，好像他擁有特別的消息管道。

東海王抬起頭，一臉苦笑，「如果陛下沒有更合適的人選……那就由我來當使者，去給敵軍傳話吧。」

趙若素沒吭聲，知道自己已被選中。

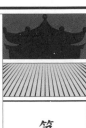

第五百二十七章 大楚使者

東海王默默祈禱神鬼大單于能夠拒絕和談，可事態進展偏偏不如人意，雙方來回溝通了好幾天，敵方居然同意接見大楚使者。

東海王別無選擇，開始思考如何傳遞消息，這可不是一件容易的事，首先語言就不通，需要三名通譯接力合作，雙方才能互相聽懂。

出發之前，東海王問趙若素：「你有計畫嗎？」

趙若素重重嘆了口氣，「見機行事吧。」

這話跟沒說一樣，東海王只好自己想主意，剛坐上馬背，崔騰匆匆跑出來，向東海王道：「陛下說他就不送行了，祝你們一路順風，能不能回來不重要，關鍵是一定要完成陛下交待的任務。」

「這是陛下說的話？」東海王面露惱怒之色。

崔騰笑道：「陛下就說他不送行了，其他話是我說的，真羨慕你，有機會為陛下盡忠。」

「那你跟我一塊去吧。」東海王冷冷地說。

崔騰連連搖頭，「呵呵，我本事沒你大、地位沒你高、口才沒你好、運氣沒你佳，就不跟去添亂了。記住，完成任務優先，就算不能嚇敵軍一跳，也要爭取多拖延幾天，好讓這邊徵集到足夠的兵力。」

東海王拍馬離去，崔騰在身後大聲道：「東海王，大楚就需要你這樣的忠臣！」

一隊十餘人馳出函谷關，由各處將領接力護送，通過一道又一道壁壘，每過一處東海王都想，此關能堅持多久？守關將士現在還都是活生生的，過不了多久就將伏屍雪地，這些人心裡知道嗎？不害怕嗎？

東海王差點開口問出來。

當天夜裡，一行人入住一座小小的軍營，東海王邀趙若素共同用餐，喝了幾杯熱酒驅寒，東海王問：「今天早晨出發的時候，你因何長嘆？」

趙若素不太愛說話，東海王笑道：「你是『罪上加罪』，我是『九死一生』，還有什麼話不可說、不敢說？」

趙若素終於開口，「我嘆陛下還是愛用奇招、虛招，指望用兩條亦真亦假的消息驚嚇敵軍。」

東海王一拍大腿，「對啊，我也覺得此招難以奏效。」

趙若素斜睨東海王，「你不相信此招有用？」

「啊？你不也是這個意思？」

趙若素搖頭，「我只說這是奇招、虛招，沒說不會奏效，恰恰相反，我覺得這招很可能激怒敵酋，楚軍只要能擋住最初的怒意，這兩條消息就會發生效力，令敵軍士氣大降，甚至發生分裂。」

「可你仍然嘆息？」

「我嘆息此招生效之後，陛下更愛用奇、用虛，這絕非帝王之術、大楚之福。」

東海王眨眨眼睛，他與趙若素正好相反，以為這種時候什麼招數都可以用，只擔心這招沒用。

「陛下為何派你跟來？」東海王疑惑地問，他是皇帝的弟弟、宿衛軍大司馬，起碼表面上地位極其尊崇，趙若素卻是一名連職務都沒有的待罪閒人。

「使者當中總得有一位不怕死的人。」趙若素平淡地說。

東海王發了一會呆，將杯中之酒一飲而盡，發現酒已經涼了，喃喃道：「陛下的手段真是越來越狠了，我總算明白陛下為何時常寬容得罪者了，分明是要物盡其用，讓咱們以死效忠啊。」

趙若素點頭讚道：「這才是真正的帝王之術，陛下若堅持以此治國，則天下太平。」

兩人都認可同樣的事實，態度卻截然相反，東海王嘿嘿地笑，不想爭論誰對誰錯。

第二天早晨，使者一行加快了速度。天寒地凍，東海王冷得直流眼淚，可還是注意到一件事，「楚軍在囤積冰塊，這倒是冬天阻敵的一個辦法。」

趙若素嗯了一聲，半晌才道：「敵軍遲遲不肯發起進攻，必是準備充分，冰塊能擋多久？」

東海王不出聲了，心裡納悶，皇帝怎麼會欣賞這樣的怪人，處處作對，就沒有一次肯順著自己說話。

三天之後，楚軍不能再護送了，從這裡開始，東海王一行由敵軍帶領。

「距離這麼短。」東海王自言自語，心裡有點發慌。

第一批敵軍是匈奴人，接下來不停更換，敵兵的裝扮各式各樣，越往後越華麗，有人的盔甲上鑲滿了寶石，陽光照耀，晃得人眼暈。

使者繞過京城，繼續北上，東海王遠遠地望了一眼，京城尚還屹立，但是城牆破損，累累傷痕、燒痕，令人觸目驚心。

「京城守不了多久。」東海王更小聲地說，瞧了一眼趙若素。

自從進入敵軍範圍之內，趙若素更不愛說話，但是腰板越發挺得筆直，就算騎在馬上跑一整天，也從不肯彎腰露出疲態。

東海王也挺起身子。

楚使被送到京北百餘里外的一座龐大軍營裡，東海王心中震驚，敵軍數量太多了，營地一座連著一座，縱馬馳騁也要跑上幾天幾夜。

楚使沒有立刻得到接見，而是被送到一頂帳篷，來了幾名奇裝異服的貴人，借助通譯向他們傳達面見「正天子」的規矩：

下跪時雙手著地，手心朝上，親吻地面三次，然後以額頭觸地，未得允許不可抬頭。

問什麼答什麼，不可擅自開口。

每次回答問題，都要口稱「天下共主」，自稱「惶恐之奴」。

先要沐浴更衣，一天之內只喝水不吃飯，待身上全無異味之後，才能面見「正天子」。

敵酋規矩繁多，說完之後，又拿出一捲紙，上面以三種語言將每一項規矩都清清楚楚地列出來，其中包括楚語。

貴人退出，東海王拿著紙對趙若素說：「咱們若是全數照做，也就沒臉再回去見陛下了。」

「走一步算一步吧。」

趙若素被分配到另一頂帳篷，轉身要走，東海王上前攔住，「趙若素，你到底想怎麼做，提前告訴我一聲，都到這裡了，我不可能再有別的想法，以死明志？可以，我能做到，讓我有個準備就好。」

趙若素盯著東海王看了一會，吐出幾個字：「那就準備吧。」

東海王真想狠狠一腳踹過去，勉強忍住，回道：「好吧，去見敵酋，但是不下跪？」

趙若素點頭，「不下跪。」

趙若素離開，東海王心裡空落落的，盡量什麼都不想。

很快有幾名僕人抬來一只大桶，讓客人沐浴。

在寒冬裡泡熱水澡，本應是很舒服的一件事，可東海王總擺脫不掉一個念頭，這不是沐浴，而是跟洗衣服差不多的清潔，換了好幾次水，每次都要加入不同的香料，其中一些頗為刺鼻，逐漸變得清香。

沐浴持續了大半天，除了喝水之外，不給任何食物，東海王又累又餓，快要虛脫了，躺在床上卻睡不著，翻來覆去，心想，自己和王妃還沒有一男半女，實在是失敗。

次日午時過後，東海王被叫出去，乘坐一頂樣式古怪的軟轎，前去面見神鬼大單于。
「其他人呢？」東海王問，只有他一人乘轎，趙若素等人都不見蹤影。
通譯沒在，護送者低頭前行，一個字也不說。
東海王臉色微變，不管怎樣，趙若素都是一種監督、一種鞭策，他不在，東海王心裡更加沒底。
「以死明志。」東海王小聲道。
差不多一個時辰之後，東海王已經被凍得全身顫抖不已，轎子終於停在一頂巨大的帳篷前，幾名奴僕上前，將客人從轎子上抬下來，送上另一頂小轎，這回行程比較短，直接抬進了帳篷。
帳篷墊起一人多高，帷幔重重，皆由華服貴人掌管，東海王下轎，踩著鬆軟的地毯，步步前行，肚子發空、雙腿發軟、心裡發虛，可他仍然能做到挺身而立。
眼前豁然開朗，至少三十人同時扭頭看向客人，有衣飾華麗的男子，還有戴著面紗但是並不羞怯的女子。
東海王做好了抗爭的準備，目光掃過，很快落在一名中年男子身上，在一群高鼻深目的異族人中間，此人更像是楚人或匈奴人，身邊沒有人靠近，地位應該最高。
東海王正要開口，忽然警醒，這人不是神鬼大單于，這間屋子甚至不是正廳，而是等候召見的前室。
東海王發現自己緊張了，咳了一聲，臉上擠出微笑，大聲道：「有人會說楚語嗎？」
中年男子走過來，其他人紛紛讓路。
「我會說幾句。」男子生硬地說。
「閣下怎麼稱呼？」
「我乃正天子堂兄，你該稱我『殿下』。」
「我是大楚天子的親弟弟，你也該稱我『殿下』。」
男子笑了，「果然是來送死的。」

男子的輕視反而讓東海王丟掉了恐懼，正色道：「我是來送信談判的，大楚天子有話要對神鬼大單于說。」

男子臉色一變，「注意你的用詞，送死者，死法有許多，你想挨個嘗試一遍嗎？」

有些話本應等見到神鬼大單于再說，可東海王忍不住了，擔心再過一會自己心中的鬥志與銳氣將會消失，於是大聲道：「我只知道一種死法，就是不屈而死。請你轉告神鬼大單于，大楚天子開出條件，如果你們立即撤出楚地，大楚就會召回已經攻入你國的兩支楚軍。」

「兩支？」

「一支由西域虎踞城出發，另一支一年前由海路進攻，此時已經登岸了。」東海王盡量表現得自信。

男子大笑，用別種語言說了幾句，帳篷裡的人全都發出笑聲。

東海王心中一緊，這兩個消息對敵人來說顯然不是意外。

第五百二十八章　再攻京城

中年男子大笑著轉身離開，其他人也都走出前室，東海王一個人愣在當場，不明所以，帳篷裡到處都是帷幔，稍一走神，他甚至分不清門在哪裡。

很快，另一名男子走進來，身穿窄袖長袍，頭戴尖帽，唇上留著一撇鬍子，看相貌像是楚人，一進來先掐滅幾根蠟燭，只剩三根維持照明。

「帳篷裡到處都是易燃之物，必須小心些。」男子走近東海王，抬頭看他。

「你是楚人？」東海王皺眉道。

「什麼是楚人？」那人反問道，笑了一聲，「楚國治下、受皇帝統治的才是楚人，我出生在西域，在更西方的國度長大，會多種語言，與王公貴族做生意，誰也不能說是我的主人。只有正天子例外，他讓我見識到什麼是真正的強大，於是我自願為奴，為正天子奔走效力。對了，我有一個楚國名字，丘洪。」

東海王笑道：「你不需要向我解釋當奴才的理由，你的模樣與裝扮已經說明一切。」

丘洪並不氣惱，「追隨正天子這些年來，我見識過無數人的狂妄，也見識過同樣多的慘敗與乞求。」

「我是來與神鬼大單于談判的。」東海王冷冷地說。

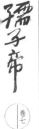

「你說的名稱是匈奴人亂叫的，最好不要再說。」

「『最好』常是奢望，比如你國，自以為攻入了大楚之境，卻不知後方危在旦夕，連回家的路都沒了。」東海王急切地想要弄清楚那些貴族在笑什麼。

丘洪哦了一聲，說道：「怪不得大家發笑，原來是為了這件事。」他走到一張榻前，坐在上面，卻沒有邀請東海王坐下。

「神鬼大單于讓一個奴才替他談判？」

「我不是來談判的。」丘洪平淡地說，停頓片刻，「我是來看看楚國使者究竟有幾分誠意，然後向正天子提出建議。」

「大楚很有誠意，可以不計較你國的無禮入侵，只要你們退出楚境，大楚也會召回你國境內所有楚軍。」

丘洪再次大笑，「你還真是不忘這件事，看來你們並不知道，也難怪，由此往西，一切路徑都在我們的控制之下，消息傳不到楚國。」

「不知道什麼？」東海王心中惴惴，臉上卻不動聲色。

「你們有一個叫做鄧粹的將軍，帶著很少的人進入我國，一開始打了幾場小小的勝仗，可是在神葉城全軍覆沒。」

東少王臉色微變。

丘洪繼續道：「你國曾派出一名使者，名叫韓息，自稱是皇親國戚。」

「他的確是宗室子弟。」東海王隱約記得幾年前皇帝曾派出一名使者，應該就叫韓息。

「他在神葉城待了很久，這次也一塊被殺了，正天子已經傳令，楚人西行者，一律格殺勿論，所以你瞧，我不是楚人，只是從祖先那裡繼承了一張楚人的面孔。」

「你的確不是楚人，真正的楚人不會數典忘祖。」

「哈哈。你們還有一路軍隊，從海上出發，將軍也自稱是皇親國戚，說是皇帝的叔叔。」

東海王一愣，「你說的是誰？」

「看來楚國的消息不靈通啊，或許那個人是在撒謊，但他的確自稱皇叔，在爪哇國搶佔了一座島嶼，自立為皇帝，不打算再走了。海上諸國沒向楚國通報消息嗎？真是奇怪，我們很早就接到了。」

丘洪笑吟吟地看著東海王。

東海王越發困惑，若說黃普公帶著一群海盜自立為王，他是相信的，可是自稱皇叔，並且自立為皇帝，卻大大出乎他的意料。

「當然，你可以選擇不相信，這都無所謂，我只是告訴你，不能再用這兩路楚軍跟我們談判。」

東海王半晌無語，不管消息真假，皇帝想用這兩條消息驚嚇敵軍的目的看來是達不到了。

可他沒有死心，突然也大笑起來，悄悄觀察對方的反應，見丘洪略不耐煩，他說：「你也可以選擇相信，我只是來告訴神鬼大單于，這是他最後一次平安返家的機會。」

丘洪收起笑容，起身離開。

很快從另一個方向走進來兩名奴僕，示意東海王跟隨他們出去。

東海王很想衝進帳篷深處，或者站在這裡大喊幾聲，但他沒敢，老老實實地跟隨奴僕回原來的住處，心慌意亂，如果丘洪所言都是真的……

「陛下肯定不會像我這麼驚慌。」東海王自語道，稍稍安慰一下自己，「我不是來爭論消息真假的，是讓敵人猶疑不定。」

東海王對剛才的反應很不滿意，下定決心，再有機會見到丘洪，一定要表現得胸有成竹。

僕人送來了酒肉，東海王真是餓了，卻沒有胃口，「怎麼？不用我空腹見神鬼大單于了？」

僕人大概聽不懂楚語，連頭都沒抬，放下食物轉身走了。

東海王狼吞虎嚥吃了半頓，突然想到這或許是斷頭飯，自己要死在這裡了，胃口再失。

僕人進來收走殘餚，東海王坐在床上呆呆發愣，想找趙若素說話，門口卻有衛兵把守，不許他出去。

東海王不停給自己鼓勁，可是只要一停下來細想，又覺得完全不可能，神鬼大單于與極西方必定保持聯繫，消息比大楚順暢得多，怎麼可能輕易受騙？

第二天一早，東海王又被叫出去，這回沒有軟轎，四名衛兵像押送一樣帶他到了一塊空地，在這裡，他見到了趙若素等人，心中一驚，以為楚使都要被處決了。

「兩國交兵不斬來使，看來神鬼大單于不懂這個道理啊。」東海王向趙若素大聲道。

趙若素沒作聲，雙手攏在袖子裡，像是在觀賞風景。

東海王敬佩不已，也閉上嘴，四處觀察了一會，發現不對，這裡不是刑場，周圍的士兵一批批調動，像是在奔赴戰場。

沒過多久，有人牽來楚使的坐騎。

東海王稍稍鬆了口氣，很快又緊張起來，趁著上馬的工夫，向身邊的趙若素問道：「這就要開戰了？咱們怎麼辦？」

「見機行事。」趙若素還是這四個字。

「見什麼機啊？」東海王有些惱羞成怒，「我根本見不到神鬼大單于，只見到一個堂兄和一個奴才。」

趙若素點點頭，跳上馬，什麼也沒說，仍然挺得筆直。

東海王也上馬，心想還是得自己拿主意。

楚使隨著大軍南下，敵軍前後望不到頭，東海王想找人說話，周圍士兵不少，卻沒有一個人會說楚語，他只好又向並駕齊驅的趙若素道：「這是要攻打京城，還是函谷關？」

「京城。」

「咦，你聽到消息了？」

趙若素搖頭，「神鬼大單于為人剛強不屈、有進無退，上次敵軍沒能攻下京城，還被陛下帶著數千將士驚嚇到，他肯定非常不滿，所以要強攻京城，以定軍心。」

東海王覺得有道理，「你再猜猜，神鬼大單于最後會見我嗎？」

「京城若被攻破，他挾餘威，可能會見東海王，京城若是不破——那就難說了，他這種人一怒之下什麼事情都能做得出來。」

東海王想不到自己的命運竟然與京城的存亡聯繫在一起，「那……京城會被攻破嗎？」

「我只猜人，不猜事。」

東海王患得患失，既希望京城能保住，又希望自己能活著離開，傳遞消息反而不那麼重要了。

軍隊走了一天，在一座山後紮營，看不到京城，敵軍士兵更顯眾多，一眼望去，像是無邊無際的海洋。

楚使又被分散到各個帳篷，東海王仍然獨佔一頂，但是沒有了木炭等取暖之物，入夜之後，外面寒風呼嘯，帳內冷得人睡不著覺，東海王哆嗦了一晚上，心裡詛咒敵軍能被凍死。

次日一早，楚使又被帶出來，這回騎馬只走了一個時辰，停在一處高地上，遠遠地能夠望見京城。高地上還搭建了一座巨大的高台，裝飾得極其華麗，大量士兵環繞周圍，楚使站在高台之下，有士兵監視，不准任何人抬頭，事實上即使抬頭也看不到什麼。

「神鬼大單于在上面。」東海王小聲說。

趙若素嗯了一聲，望著京城，如雕像一般。

丘洪不知什麼時候來了，站在楚使身後，突然開口，「今天你們就能回家了。」

趙若素沒動，東海王回頭，冷冷地看著丘洪，「你們卻在放棄回家的機會。」

「四海為家，正天子所到之處皆為家，運氣好的話，今天晚上你就能在皇宮裡見到正天子。據說楚國皇宮非常華麗，我一直想親眼看看。」

東海王轉回身，心中憤怒，卻無話可說。

一隊士兵押著一個人轉到高台前方，東海王驚訝地看到被押者竟然是神鬼大單于的堂兄。堂兄軟軟地跪在地上，顫抖不已，似乎在哭泣。

丘洪小聲解釋道：「他之前指揮攻城，膽子太小，面對幾千名楚軍，竟然不敢進攻，圍城一個月，毫無進展，這種人正天子是不會留下的。」

高台之上一聲鑼響，士兵退後，只剩堂兄一人跪在那裡，他用奇怪的語言叫喊，像是在哀求，又像是在向神靈禱告。高台之上射下來一支箭，正中堂兄頭頂，隨後是更多箭矢，堂兄倒地時成了一隻刺蝟。

鑼聲再響，敵軍發出呼喝之聲，一層一層向外傳遞，越來越遠，加入者越來越多，聲響不見減弱。

遠處，樣式奇怪的攻城器開始發射巨大的石彈，一隊隊士兵像螞蟻一樣抬著雲梯朝城牆行進。

「要麼爬上城頭，要麼死在城下，這是他們接到的命令。」丘洪輕嘆一聲，「我更可惜這座傳說中的楚國京城，今天之後就要面目全非了。」

第五百二十九章　京城之火

對京城的圍攻持續了整整一天，無數將士前仆後繼，坐在高台之上的神鬼大單于，就跟當眾殺死自己的堂兄一樣，對此無動於衷，偶爾有幾聲鑼響，總是意味著投入更多兵力。

這支軍隊擅用火攻，拋出的巨石、射出的箭矢，甚至連撞門的鐵頭槌，都帶著火焰，東海王等人沒見過這種打法，看得膽戰心驚。

午時前後，曾有一批敵軍士兵將要攻上城頭，丘洪很得意，對東海王說：「楚國美女不少，你有妻子吧？也住在城裡嗎？」

東海王怒不可遏，惡狠狠地扭頭看過去，丘洪大悅，笑道：「你得知道一件事，只要是我開口索取的人，正天子沒有不同意的。」

東海王氣得渾身發抖，明知這樣會令對方更加高興，他還是很難控制住，最後僵硬地扭頭，冷冰冰地說：「楚人尚在，京城不破。」

丘洪大笑，很快，他又笑不出來了，那支好不容易接近城頭的士兵，都被長槍挑落。

東海王很想反唇相譏，看了一眼趙若素，還是忍住了。

守城一方仍處於不利狀態，在看到最終結果之前，說大話毫無意義。

攻城繼續，冬日天短，將近天黑，敵軍撞破了一座城門。

前線敵軍齊聲歡呼，很快匯成一股整齊的聲音，像是楚人的山呼萬歲，待呼聲停歇，高台之上鑼聲連響，呼聲再度響起。

丘洪也跟著呼喊，甚至跪在地上，親吻台基，等他站起身面對楚使的時候，又換上那副得意洋洋的面孔，「今晚，我們將進入楚人的城池、住楚人的房屋、吃楚人的美食、擁楚人的美女，人生之快，莫過於此！」

眾楚使面如死灰，就連趙若素也沒法保持鎮定，神情驟變。

前方的士兵正挪開攻城槌，向城內蜂擁而入。

為攻破京城，敵軍付出了巨大代價，但是他們承受得起，剩下的兵力仍然龐大，足夠用來進攻函谷關。

東海王第一次有強烈的國破家亡之感，喃喃道：「大楚……大楚……」

趙若素第一個恢復平靜，開口向丘洪問道：「你們驅使被佔之國的士兵死戰，可大楚以東已無大國，假如你們攻佔大楚，還能驅兵去哪呢？」

丘洪輕蔑地瞥了趙若素一眼，沒有回答，顯然是看不起此人的地位。

東海王稍稍回過神來，「是啊，你們還能去哪呢？一旦無處可以征服，你們還能控制這支軍隊嗎？」

丘洪哼了一聲，「現在求饒已經晚了，正天子只獎賞那些最早醒悟的人。至於攻佔楚國之後去哪……正天子不會停下來，要繼續前行，直到大地盡頭、日升之出，然後調轉方向，再去日落之地，陽光普照之下，都將有正天子的足跡。」

東海王瞧了一眼趙若素，不明白他問這句話有何用意。

前方的敵軍似乎受到了阻滯，大批士兵擁堵在城門口，城頭仍在往下射箭，高台上鑼聲再響，對此聲敬若神明、畏如鬼怪的將士，努力向城裡前進，效果卻不明顯。

「怎麼回事？難道楚兵比城牆還要堅固？」丘洪有些困惑。

「京城未破。」東海王小聲道，精神振奮，恍若春暖花開時第一次出城郊遊，甚至感覺不到寒風的冷意，

「京城未破！」他提高聲音。

「閉嘴，楚城未破，你就危險了。」丘洪發出威脅，匆匆走開，拾級登上高台。

周圍士兵上前一步，將楚使看得更緊。

東海王不在意，既興奮又惴惴不安，向所有人發問：「京城沒有被攻破，對不對？」

趙若素踮腳遙望，不像其他楚使那麼高興，但是關切之意顯露無遺，「城門肯定是破了，楚軍在城內將敵軍攔住，不知能堅持多久。」

「一定能堅持下來，一定。」東海王握緊拳頭，指甲陷入肉中也不覺得疼。

天黑了，敵軍仍在進攻，大批士兵仍向城內推進，另一批士兵則開始攻打別的城門。

第二座城門也被攻破了，接著是第三座、第四座。

夜色越來越深，火焰照亮了地面，東海王的心又在陷落，「卓如鶴怎麼守的城？竟然這麼快就失去了城門，把城門堵死啊。」

從前方回來通報消息的士兵絡繹不絕，他們只能來至台下，然後由其他人將消息向上傳遞，這些人的話東海王一句也聽不懂，急得如同熱鍋上的螞蟻，偏偏丘洪不再現身，連個能問的人都找不到。

他突然想起自己帶著兩名通譯，轉身向一人喝問：「他們在說什麼？城裡究竟怎麼回事？」

通譯抖了一下，急忙搖頭，「我只會匈奴語，他們說的不是……」

東海王又向另一名通譯道：「你呢？」

第二名通譯回道：「我學的是西域通用語……」

「西域與神鬼大單于接近，你總能聽懂幾句吧？」

西域以西是高山與荒漠，與神鬼大單于的地盤相隔甚遠，絕非「接近」，通譯呃呃幾聲，被逼不過，只好道：「他們好像在說……在說牆的事情，我只能聽懂幾個詞。」

「牆？他們已經攻破城門，還在乎城牆？」東海王不明所以，覺得通譯肯定聽錯了。

敵軍移動了幾架攻城器，離城牆更近一些，巨大的火石越過高聳的城頭，落入城內，也不管是否會砸中己方的士兵。

東海王無人可問，只能自己猜測，如果是他守城，面對如此眾多的敵軍該怎麼辦？

突然間，他腦子裡靈光一閃。

「牆，城牆！我明白了，京城又建了一道牆，不對，是許多道牆！」

連趙若素也看過來，東海王哈哈大笑，「肯定是這樣，城裡面對城門又建了幾道牆，敵軍士兵進去之後就被攔住了，他們的攻城器械個頭太大，進不去！」

楚使全都點頭，覺得東海王猜得沒錯。

「這是誰的主意？肯定不是卓如鶴。」東海王興奮至極，沒過多久，又開始擔心，「京城被圍月餘，匆匆建成的牆肯定不高，也不牢固，真能擋住這麼多敵軍嗎？」

沒人能給他答案。

丘洪回來了，臉色不是很好，一開口就證實了東海王的猜測，「楚人很狡猾，竟然在城牆以內又建成幾道牆，不過沒關係，裡牆脆弱，我軍將士用雙手也能推倒，天亮之前，京城必將為我所有。」

「可惜，今天晚上你只能抱著別人睡覺了。」東海王知道不該激怒此人，還是忍不住開口譏諷。

「嘿，城裡的人惹怒了正天子，連當奴隸的運氣也沒了，城破之後，所有人都會被殺死，無論男女老幼，京城就是你們的墳墓。」

東海王心中一顫，可是卻沒有太害怕，反而多了幾分信心，「楚人比你們聰明多了，難道會只有牆內建牆這一招？你們還是小心些吧。」

丘洪哼了幾聲，似乎要開口反駁，突然轉身，又上高台去了。

東海王后悔不迭，「真是的，我怎麼能提醒敵人？閉嘴，你這個……」

東海王將嘴緊緊閉住。

丘洪很快回來，什麼也沒說，但是臉色鐵青，似乎受到了訓斥。

再沒人開口，所有人都靜靜地望著京城，黑夜畢竟不比白晝，雖有火光照耀，還是很難看清楚具體情況，騎馬回來稟報的士兵更加頻繁，東海王還是一句都聽不懂，卻寧死也不向丘洪打聽，只是偶爾瞄一眼，從丘洪的臉色猜測動向。

丘洪漸漸露出喜色，東海王的心隨之一點點沉下去，默默祈禱守城將士們還有奇招禦敵。

轟的一聲，京城東南方向火光沖天，遠遠高出城牆。

東海王的心沉到了底。

丘洪一躍而起，落地之後大笑三聲，「破了，京城終於……」

又有火光衝起，並且迅速向城西漫延，很快整個南城都在燃燒。

「火燒京城！火燒京城！」丘洪大聲道，像是終於達成夢寐以求的願望，「我要記住這一夜，記住這個場景，楚國京城，天下第一繁華之地，今夜毀於火海！」

東海王險些站立不穩，在他身邊，幾名楚使癱倒在地上，看到他們的樣子，東海王反而站穩了，向同樣站穩的趙若素道：「陛下會為咱們報仇吧？」

趙若素嗯了一聲，沒說話。

東海王抬頭向高台之上望去，幾名士兵的長槍立刻抵過來，東海王不在意，仰頭道：「你以為能嚇住天下所有人嗎？等大家被嚇到不怕死的時候，你又能怎麼辦呢？」

士兵上前，強迫眾楚使跪下，刀槍架在脖子上。

丘洪笑道：「我見過眾多狂妄，也見過同樣數量的慘敗與乞求，大楚不過是其中之一。」

東海王跪在地上，但是努力抬起頭，望向京城。

火光不熄，隱約有慘叫聲傳來，慢慢地，叫聲越來越響，城外的黑暗裡，大軍像麥浪一樣起伏。

東海王突然想起一件事，「這樣放火，不是連你們的人也燒死了？」

「嗯？」丘洪面帶微笑，沒有在意這句話。

敵軍的波動越來越明顯，東海王無所顧忌地縱聲大笑，就算當場被砍掉腦袋，他也要笑，他從來沒這麼快樂過，懷疑就算當初奪得帝位，也未必有這麼快樂。

「那不是你們放的火，是我們放的，燒的不是京城，是你們的人！」東海王大聲道。

丘洪不信，但是城外的軍隊隱隱有退縮之勢，已經攻入城內的士兵似乎正往外跑，逼得自己人不得不退。

慘叫聲稍歇，極遠方有鼓聲傳來，接著是更近、更多的鼓聲，不緊不慢，不急不徐，穩如群山。

東海王騰地站起身，兩名士兵竟然按不住他。

「京城的援軍來了。」東海王自信地說，雖然他不知道這支軍隊來自何處。

第五百三十章　皇帝的兩封信

建築多道壁壘、備置大量冰塊、派出和談使者……楚軍做出嚴陣以待的架勢，敵我雙方從上到下都是這麼以為的。

楚軍兵力不足，除了防守似乎別無選擇。

韓孺子卻偏偏要進攻，而且是不遺餘力的全軍出動。

崔宏驚呆了，可這項旨意由皇帝親口說出，他親耳聽到，由不得他表示懷疑。

「陛下，楚軍只有不到兩萬人……」崔宏還是要勸說幾句。

「朕知道。」韓孺子站起身，將崔太傅當成整個朝廷和全體楚軍，說道：「朕問一句，正面交鋒，楚軍有幾成勝算？」

崔宏一愣，硬著頭皮回道：「沒有勝算。」

「守正不行，唯有用奇。」

「可是……陛下已經用過一次，而且這回不同，敵酋親臨戰場督戰。」

「所以敵軍絕對料不到楚軍敢於出戰。」

崔宏還要勸說，皇帝抬手，表示自己還沒說完，「敵軍極可能繼續強攻京城，如果攻下，則士氣如虹。正面交鋒也好，暗中偷襲也罷，函谷關都不是對手，到時候只能另想辦法。如果攻城再次遇挫，敵軍士氣沮喪，奇襲就有可能事半功倍。」

崔宏張口結舌，不是被說服，而是覺得匪夷所思，就像聽到一名賭徒信誓旦旦地宣稱下一輪必勝，因此要將全部身家都押上去。

韓孺子繞過桌子，繼續道：「敵軍為何數量眾多？因其涸澤而漁，攻佔一國後，將其成年男子全編入軍中，不從者斬。這樣的軍隊人心不穩，不可留在本國，必須轉戰他國，越遠越好，而且不能停留，要一戰再戰。」

崔宏點點頭，馬邑城一戰楚軍在追敗逐亡的過程中抓獲不少俘虜，過後詳加審問，相關公文他都看過，皇帝所說倒是沒錯，只是不知與現在有什麼關係。

「朕一直在想一個問題，這樣的一支軍隊，其中的將士明知進亦死、退亦死，為何不肯反戈一擊，擊破神鬼大單于？」

這個問題崔宏能回答，「據臣所知，敵酋擁有一支本族軍隊，兵力在五萬到十五萬之間，除此之外，各國軍隊數量都不超過一萬，如果多於此數，就分到別的方向，甚至會被殺死。敵酋還刻意在各國之間製造矛盾，使得諸軍互不信任，無力挑戰敵酋的本族之軍。敵軍將士皆以為，全力圖進或有活路，退則必死，因此往往願意死戰。」

「神鬼大單于極少打敗戰，所以各國將士都以為進攻優於逃散，更優於造反。」

「正是，何況將士的家人還都在後方，受神鬼大單于控制。」崔宏道。

「敵軍只可勝，不可敗。」

「當然，神鬼大單于若非百戰百勝，單憑本族軍隊，控制不住這麼龐大的諸國聯軍。馬邑城一戰，敵軍敗逃，京城一戰，敵軍臨陣而怯，但這兩戰的指揮者都不是敵酋本人。他一到，必要取勝。」

「如果不勝不敗呢？」

「何為不勝不敗？」崔宏不解地問。

「攻破京城為勝，退走為敗，若是敵軍全力攻城而不破，但又不至退走，則為不勝不敗。」

崔宏思忖片刻，「敵酋親臨指揮而不能破城，則敵軍士氣必然大受打擊。」

「神鬼大單于會怎麼做？」

「應該不會退走，也不會伺機待戰，而是盡快發起下一次進攻，以一場大勝掩蓋之前的不勝不敗。」

「照此說來，敵軍士氣下降不會太久，只在兩戰之間，可能不到一天，甚至只有一兩個時辰。」

崔宏明白皇帝要說什麼，勉強點頭。

韓孺子嘆息一聲，說道：「敵軍士氣旺盛時，楚軍無論正奇都不是對手，必須趁其士氣下降時發起奇襲，或有勝算。」

「可是京城……能守住嗎？」

「必須守住，如果不能，」韓孺子又嘆一聲，「楚軍退回函谷關，再作打算吧。」

崔宏被說服了。

崔宏掌軍多年，不說百戰百勝，卻也頗通兵法，想了一會，說：「我會多派斥候，敵軍一有攻城跡象，楚軍馬上做準備。這幾天從鄰縣徵集到一些士兵……」

「全帶上，函谷關只留百人守城。」

皇帝這是在孤注一擲，崔宏繼續道：「楚軍可以多張旗幟，或許能迷惑敵軍。」

「也可能要在夜間作戰，多帶鑼鼓，十倍以上，百倍也可，務必要讓敵軍心慌意亂。」

崔宏上前一步，「臣請親自帶兵，陛下留下守城。」

韓孺子搖搖頭，「這一戰朕必須親臨戰場，否則的話，拿什麼穩定軍心？」

此次楚軍的戰術就是虛張聲勢，敵軍或許不明所以，卻騙不了己方士兵，能給他們帶來些許信心的唯有皇帝本人。

崔宏考慮再三，無可勸諫，再躬身道：「臣請為先鋒。」

「好。」這正是韓孺子的本意，崔宏既是兵部尚書，又是皇后的父親，理應與皇帝共進退。

崔宏也明白這個道理，所以主動提出，緊接著，他提出了條件，「既為楚臣，自當為大楚、為陛下盡忠，臣年邁體衰，於世間並無留戀，只有一事縈懷，長子死於軍中，幼孫尚稚，只剩次子崔騰一人以續香火。」

「崔騰可以留在關內。」

崔宏跪下磕頭，謝恩之後告退，開始調兵備戰。

韓孺子獨自在書房裡來回踱步，他在冒奇險，所謂退守函谷關只是安慰。如果京城被攻破，敵軍必然一鼓作氣直逼關下，楚軍的撤退很容易變成潰散，皇帝本人也鎮壓不住。

可他想不出還有別的辦法能打贏這一戰。

「生死存亡在此一舉，祖宗若是有靈，保佑朕旗開得勝，若是以為朕無德無能，朕甘願戰死沙場。」

韓孺子自言自語，他對神靈向來敬而遠之，這時卻忍不住向祖先求助。自己給自己鼓了一會勁，韓孺子再度平靜下來，走到門口，對張有才說：「請孟娥過來。」

孟娥很快到了，還是普通宿衛士兵的裝束，張有才剛要退下，皇帝將他叫住：「有才留下。」

韓孺子從桌上拿起一封已經寫好的信，遞給張有才，「這是密詔，朕離關之後，你即刻動身前往洛陽，將此信交給皇后，不得有誤。」

張有才大致明白皇帝要做什麼，心中一顫，撲通跪下，「陛下……」

「這不是謙讓的時候，朕心意已決，你執行旨意就好。」

張有才磕頭，起身之後顫抖不已，卻不敢再說話。

韓孺子又從桌上拿起另一封信，交給孟娥，「妳留在關內，只要一聽說前方敗績，立刻去洛陽，也將此信交給皇后。」

孟娥看了一眼信，沒有接，說：「讓張有才帶信，我留下。」

「這兩封信不能同時帶到洛陽，必須一先一後，而且必須是妳。」

孟娥還是搖頭，「我另外推薦兩個人，陛下肯定覺得合適。」

韓孺子很久沒被人這麼直白地拒絕過了，有些尷尬，「不可能再有人比你合適。」

「杜氏爺孫。」孟娥還是說了出來。

韓孺子吃了一驚，盯著孟娥看了好一會，最後說：「去哪找他們爺倆？」

「他們就在函谷關，跟張有才見過面。」

張有才臉一紅，急忙道：「我不是有意隱瞞，實在是陛下最近太忙……」

韓孺子笑了笑，表示不在意，手裡拿著信猶豫片刻，最後遞給張有才，「這封信你也拿著，等你出發的時候再將它交給杜老爺子，必須是他，不是小杜。」

張有才點頭。

「杜摸天要見皇后比較困難，你要與他約好如何在洛陽見面。」

張有才再次點頭。

「你要告訴杜摸天，如果前方大勝，他手裡的信立刻毀掉。」

張有才還是點頭，「陛下不見他們爺倆嗎？」

韓孺子露出微笑，「不必。你先退下吧。」

張有才拿著兩封信退下。

韓孺子看著孟娥，「妳知道信中寫了什麼？」

「第一封信，陛下要立慶皇子為太子，以免朝廷無主。」

「是，朕還讓皇后必要時帶著太子前往晉城，接受大軍的保護。」

「第二封信，如果陛下大敗，京城、函谷關接連失守，陛下希望有人能帶著皇后、皇子與公主藏於江湖，就像是當初的陳齊後人。」

都被孟娥猜中，只有一些小錯誤，韓孺子笑了一下，「只有孺君公主。皇后與皇子不可逃於民間，他們要為大楚盡忠。所以妳比杜氏爺孫更合適。」

「陛下錯了，我雖是陳齊後人，但我是被保護者，杜氏爺孫名滿江湖，朋友遍及天下，他們才是保護者。」

韓孺子退後兩步，「妳已經沒什麼可學的了，為何還要留下？」

「有始有終，陛下大敗，楚亡，陛下大勝，從此無需帝王之術，對我來說，這都是終結。」

「朕若大敗，楚未必亡，朕留在晉城的人足夠再建一個朝廷。」

「嗯，我又學到一招。」

韓孺子又笑一下，他很想向孟娥提一個問題，最後還是決定藏在心裡，說道：「有時候，朕更希望經歷大風大浪，是不是太自私了些？」

「那句話怎麼說的？一個人可以自私，但不要自私到以為別人不自私。陛下當然自私，只要還能考慮到別人就不為過。」

「妳的自私呢？只是為了學習帝王之術？」韓孺子忍不住旁敲側擊。

孟娥卻沒有回答，問道：「得有人去通知京城，讓他們多堅守一陣子。」

「不要命已經去了。」韓孺子迅速冷靜下來，思緒又轉到即將到來的大戰上。

第五百三十一章 亂猜

京城真的擋住了敵軍強攻，不僅搭建了多道牆內之牆，還放了一把火，形成一道火牆，這把火終於動搖了敵軍的士氣與鬥志。

但他們仍不敢立即退卻。

遠方鼓聲響起，來自四面八方，夜色籠罩中，似乎有無數的楚軍即將湧出。

「援軍，這是我們的援軍！你們包圍京城，現在自己也被包圍了。」東海王仍然想不明白楚軍哪來這麼多的兵力，但是一點也不妨礙他的興奮，扭頭看向丘洪，微笑道：「若論『聲東擊西』，神鬼大單于可比不上大楚天子。」

「你們將軍隊從塞外調回來了？」丘洪臉色微變。

「你說呢？」東海王反問道，回憶自己在函谷關的所見所聞，覺得不太可能。

丘洪再次登上高台。

東海王心中無比振奮，向遠處遙望，恨不得楚軍席捲而來，立刻將敵軍全部殲滅，突然想起一件事，心猛地一顫。

「敵軍若是大敗，會將咱們殺死洩憤吧？」東海王問道。

敵軍若是戰勝，會留下東海王等人以供羞辱，一旦大敗，卻可能惱羞成怒，將軍中楚人全部殺死。

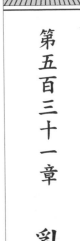

趙若素嗯了一聲。

東海王臉色蒼白，「陛下派咱們來和談，其實就是為了迷惑敵軍，讓他們以為楚軍不會發起進攻。」頓了一下，他又問道：「來之前你知道這件事嗎？」

趙若素搖頭，「陛下不可能冒著洩密的危險，將這件事提前透露給任何人。」

東海王想了想，臉上浮現一絲微笑，「也對。不管怎麼說，咱們這算是立功了。」

趙若素沒有回答。

高台之上鑼聲連響，十幾名身穿華服的貴人匆匆下來，上馬奔赴各處。

「他們要迎戰外圍援軍。」東海王猜道。

「援軍不是對手。」趙若素小聲道。

皇帝又在虛張聲勢，東海王也想明白了，心中大驚，這回的對手是神鬼大單于本人，敵軍不會被輕易嚇住，而是會拚死一搏。

東海王踮腳遙望，影影綽綽的敵軍的確出現一些混亂的跡象，但還沒到潰散的地步，到處都有人用古怪的語言叫喊，應該是在重新調集軍隊，準備投入戰鬥。

更遠處，鼓聲不斷，隱隱有嘶喊之聲，兩軍似乎已經交鋒。

「陛下千萬不要親自參戰啊。」東海王心焦如焚。

數名騎兵疾馳而至，停在台下，大聲通報情況，東海王側耳傾聽，一個字也聽不懂。

趙若素突然上前一步，大聲喊了一句。

東海王更加吃驚，因為他還是一個字也聽不懂，而趙若素竟然會說異國語言。

楚使當中的通譯也很意外，連他們都不能與神鬼大單于的人直接對話，需要借助對方的通譯，丘洪雖然會說楚語，卻不做通譯的事，每次商談仍然派出多人重重轉達。

更驚訝的是敵軍士兵，他們聽懂了。

趙若素繼續大喊，東海王很快明白過來，趙若素反來覆去喊的只是一句話。

東海王仍然不明白話中之意，但是看到敵軍士兵個個面露驚恐與迷惑，就連看守楚使的衛兵，也都面面相覷，竟然沒有阻止趙若素的叫喊。

東海王也大喊起來，趙若素的話很簡短，一學就會。

兩人齊聲大叫，終於惹來反應，丘洪走下來，站在幾級台階之上，大聲下令，衛兵們立刻拔刀橫槍，強迫楚使全都跪下。

樣式古怪的彎刀擺在眼前，東海王與趙若素閉嘴。

丘洪來到兩人面前，怒笑道：「楚人果然奸詐，竟想用謊言擾亂軍心。」

東海王正要反唇相譏，趙若素碰了他一下，示意他不要開口。

「這是事實，不是謊言。」趙若素道。

丘洪退後一步，第一次正眼打量趙若素。

衛兵退下，趙若素緩緩起身，盯著丘洪，一字一頓地說：「神鬼大單于什麼時候離開軍隊的？我猜已經有幾天了。後方發生什麼了？又有叛亂？由西域出發的楚軍，並未大敗吧？」

丘洪面紅耳赤，一字不發。

東海王也想站起來，卻被趙若素擺手制止。

「你是什麼人？竟敢如此胡說？」丘洪終於開口。

「我是大楚待罪之人，不敢胡說，只是做出一點合乎事實的猜測。神鬼大單于為人剛硬，若是對堂兄不滿，剛到京城的時候就會殺之示眾，絕不會等到攻城之前才動手。可他有更急迫的事情，提前離開，你們這些人假裝他還在，模仿他的命令，卻處處顯出猶豫。神鬼大單于不會是得病暴斃了吧？」

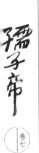

「閉嘴！神鬼……正天子好得很，此刻就在高台之上。」

東海王終於明白剛才自己與趙若素在喊什麼，不是「正天子已經逃走」，就是「正天子為假」，他只納悶趙若素從哪學來的這句話。

趙若素冷笑一聲，「他若在台上，根本不會派你下來，會直接下令將我處死，用不著任何解釋。我說了，你們假裝的神鬼大單于不像，只有他的凶殘無情，卻沒有他的果敢無畏，很快你就會看到，對此產生懷疑的不只是我，還有軍中將領，到時候你們還是猶豫不決的話，大家就要親眼看看高台之上都有什麼了。」

丘洪臉上變顏變色，正要開口，東海王也站起來了，他不想再這麼跪下去，「沒錯，奪城辱敵乃一大快事，神鬼大單于為什麼要讓給你？因為他根本就不在這裡。」

丘洪抬起手，要對衛兵下令。

遠處馳來一騎，上面的人看來是名大將，遠遠就大叫大嚷，語氣顯得又急又怒。

丘洪剛剛得到趙若素的「指點」，不想再顯得猶豫，抬起的手落下，立刻下達命令。

數名士兵舉起手中短槍，卻沒有立刻動手，丘洪與來者吵了幾句，更嚴厲地下達命令，士兵擲出短槍，竟將大將當眾射殺。

丘洪倉皇地向台上跑去。

「神鬼大單于真的不在這裡？」東海王小聲問。

「我是亂猜的。」

東海王嚇了一跳，「可你會說他們的話。」

「這幾天現學的，並不難，多聽就是，『正天子』他們天天掛在嘴上，拿起東西問他們是真是假，聽回答就行了。」

東海王敬佩不已，「敵軍會相信咱們的話嗎？」

「軍心不穩，什麼話都會相信，除非神鬼大單于親自露面，可我猜他不會。丘洪剛才做了一件蠢事，他應該先假裝請示一下再殺人，卻在台下直接下令，應該會讓軍中將士更增疑心。」

東海王左右看了看，的確，包括衛兵在內，視線內的敵軍全有驚慌之意，比剛才更加明顯。

一名滿臉鬍鬚的軍官跑過來，嚴厲地發問。

東海王聽不懂，也不知該怎麼回答，趙若素同樣聽不懂，但他敢於開口，極其簡潔，應該只是一個詞。

東海王也跟著重覆一遍，這是剛才那句話的後半截，大概是「虛假」的意思。

軍官臉色驟變，竟然抬頭看向高台。

高台之下，所有人都不准抬頭，這是規矩，軍官卻公然違背。

幾名衛兵上前，以刀槍相對。

軍官不理會，抬頭看了片刻，大聲對自己人說話，又有一些人靠過來，衛兵們反而退後，卻沒收起刀槍。

軍官又說了幾句，帶頭邁步向台上走去。

趙若素小聲道：「這些人是神鬼大單于的本族人，一直以來也被蒙在鼓裡。」

「你怎麼知道？」東海王驚訝地問。

「多看，族人與奴隸的神情是不一樣的，多聽，說話語氣更不一樣。衛兵是奴隸，這些人不是。」

十幾人向台上走去，東海王等楚使抬頭以目光跟隨，衛兵沒有阻止，很快，連他們也抬頭觀察。

又有數騎馳來，看到竟然有人拾級登上高台，他們遠遠停下，沒過一會，有人調轉馬頭跑了。登台者走得比較慢，直到過半也未受阻擋，他們加快了腳步。

突然，他們停下了。

台階兩邊排列火把，最高處卻是一邊黑暗，又有帳篷遮擋，下面的人看不清楚狀況，只見到登台者停下，很快，他們跪下了。

東海王心中一沉，趙若素似乎猜錯了。

一道身影走到火光照射的範圍內，停在十幾名軍官身前，讓台下的人看得稍微清晰一些。或許是仰視的緣故，那具身影顯得極其高大，穿著長袍，頭上戴著兜帽，容貌不清。身影沒有開口，右手下垂，摘下帶頭軍官的頭盔，隨手扔下，頭盔蹦蹦跳跳地一路掉下台階，隨後他輕輕撫摸軍官的頭髮，很輕柔，軍官一動不動，像是中了邪術。身影突然用力，緊緊抓住軍官的頭髮，向前一扯，軍官翻身從台階上跌落，期間一聲不吭，到了台下，全身蜷縮，瑟瑟發抖。

一名衛兵衝上去，一槍刺下，隨後是更多衛兵、更多槍刺。

東海王面無人色，趙若素小聲道：「神鬼大單于必有隱疾，不敢以真面目示人，可惜我不會說這句話。」

東海王驚愕地看向趙若素，「你還敢亂猜？」

「損失的又不是大楚，為什麼不可亂猜？」趙若素反問。

損失的不是大楚，卻可能是楚使，東海王抬頭又看一眼，心中大驚，覺得那道身影正盯著自己。

「我應該努力讓王妃生個兒子的。」東海王喃喃道。

第五百三十二章 戰場上的黑暗

身後的火把多如天上繁星，火光下卻沒有多少人。

楚軍將虛張聲勢發揮到了極致，鑼鼓、火把、旗幟全是正常數量的十倍以上，數十名將領的穿著打扮與樊撞山一樣，手持雙槍，帶著士兵橫衝直撞。

真正的樊撞山被強令留守函谷關。

敵軍或許會受到驚嚇，楚軍卻也很快失去了彼此間的聯繫，士兵迅速分散，從多個方向發起進攻，一開始還有人回來報信，沒多久就都迷失在黑夜中。

只有鼓聲不斷、殺聲不斷。

韓孺子帶著數百人留在後方，終於他也忍受不住，轉身對眾將士說：「這一衝要直抵京城。」

這種時候沒人勸說皇帝，人人都明白，離敵軍如此之近，逃亡是沒用的，反而更容易被追殺。

皇帝策馬在前，孟娥、王赫、晁鯨、馬大等人迅速追上，後面是大量侍衛與少量士兵。他們越過一條冰凍的小溪，偏離了大路，沒時間找路、認路，只奔著火光與叫喊聲而去。

敵人卻遲遲沒有出現，連自己人也消失了，韓孺子放慢了速度，手裡握著一桿槍，總覺得手滑，必須用力握緊才行。就跟他的心一樣，似乎懸在了某處，又好像無動於衷。

這真像一個古怪的夢，韓孺子想，隨後覺得可笑，生死存亡的危急關頭，自己竟然生出如此無聊的念頭。

前方有人慘叫，一名侍衛將火把先扔過去，幾名士兵躺在地上，分不清屬於哪一方，其中一人正在啊啊地大叫，不分族類，痛苦時的叫聲都差不多。

韓孺子沒有停下，繼續向前馳騁，右前方有一團火，突然躥起一丈有餘，照亮一大片黑壓壓的士兵，旋即收縮，士兵也跟著消失了，好像從未存在過。

韓孺子愣了一下，想要調頭衝過去，卻被其他人擋住，只能繼續前進，等他再轉頭時，不要說士兵，連那團火也消失得無影無蹤。

韓孺子開始感到尷尬，懷疑自己是不是跑錯了方向。

嗖的一聲，一支箭莫名其妙地射來，直到近前才被發現，一柄刀抬起，將它格開。

孟娥一手火把一手腰刀，緊緊跟在皇帝身邊，及時解除了一次威脅。

韓孺子的心猛地一跳，他剛剛與死亡擦肩而過，只差一點，他就要死在無名之輩的無名之箭下。

他稍稍偏離方向，壓著其他馬頭，迫使整支隊伍跟著自己一塊走。

終於，他看到了廝殺的場面。

一小隊敵兵看到了這邊的火把，正在衝過來，當先一名將領，手持西方樣式的長槍。

韓孺子用雙腿拍馬，他的坐騎千裡挑一，全速奔馳時比別的馬要快。

他超過了眾侍衛，自己卻沒有注意到，全神貫注於對面的敵將，將其當成衝破夢境的出口，好像只要刺中這個目標，一切的黑暗與寒冷都會消失。

身後有人在叫喊，韓孺子聽到了，卻不解其意、也不在乎，他只想前衝，將那名在火光中時隱時現的敵將刺落馬下。

兩人相遇，韓孺子甚至看到了對方戰馬鼻子噴出的大量白氣。

他相信自己能刺中，這信念如此強烈，以至於他根本想不到要躲避對方的進攻，將對方完全當成了會動的靶子。

砰的一聲，韓孺子胸前劇痛，身子一晃，險些從馬背上飛起來，坐騎長嘶，兩腿前立，隨即又向前衝去。

韓孺子眼裡仍然只有目標，用盡全身力氣狠狠一戳。

長槍刺中了，也脫手了。

坐騎帶著主人繼續前衝。

韓孺子無力控韁，想要挺起身體，只感到天旋地轉，分不清上下左右。

這樣的結局可不光彩，連敵人長什麼模樣都沒看清楚，韓孺子想完這個念頭後，從馬匹上掉下來。

他沒有昏過去，只是失去了對身體的控制，就像有意憋氣的人，時間長了，偶爾會突然忘了怎麼呼吸。

一隻手伸過來，將他從地上拽起。

韓孺子又能感覺到自己的身體了。

孟娥下馬，丟掉了火把，一手握刀，怒聲道：「這可不是我想學的帝王之術。」

孟娥從來沒發怒過，韓孺子很好奇，剛要說話，胸前再次劇痛，忍不住哼了一聲。

「能走路嗎？」孟娥問。

「能。」韓孺子試著邁步，有點艱難，問題不大。抬頭望去，驚訝地發現自己竟然身處一片戰場中間，到處都是人和散落的火把，身邊的侍衛除了孟娥，都不見了。

他不知道自己是怎麼衝過來的，甚至懷疑自己是不是暈過去了一會。

孟娥拽著皇帝前行，盡量避開士兵，實在避不開，就揮刀砍過去。

韓孺子甩開孟娥的手，去摸自己的腰刀，卻撲了個空，從馬上摔落的時候，刀不知掉到哪裡去了。

孟娥護著皇帝往黑處走，有一回甚至與楚兵交手，直到雙方都喊出楚語的「自己人」，才罷手分開。

那名士兵隱約聽出對面是名女子，明顯愣了一下，卻沒有認出皇帝。

韓孺子看到一桿斜插在地上的長槍，立刻跑去，用力拔槍，地面上傳來一聲慘叫，原來槍插在人身上。

慘叫之後再無聲息，也不知是敵是友，韓孺子握著槍走出一段路，突然想起這是楚槍，被刺中的必定是敵兵，於是心中再無歉意。

黑暗中有人衝過來，韓孺子搶先喊道：「大楚必勝！」

對方嗚啦嗚啦回了一句，韓孺子與孟娥刀槍齊施，將那人擊倒。

韓孺子用力拔出槍，大聲道：「往火光處走！」

孟娥用左手推皇帝，嚴厲地說：「不行，跟我來。」

「我……」

「誰也不行。」孟娥又推一下。

地上盡是冰雪、石塊、屍體，兩人深一腳淺一腳地行進。

「妳知道要去哪嗎？」韓孺子問。

「安全的地方。」

「哪來的安全之處？京城內外都是戰場。」

「那也用不著故意送死。」

前方有一棵樹，孟娥讓皇帝靠著樹幹，她握著刀四處觀望。

韓孺子的確需要休息一會，他一直覺得自己體力不錯，修行內功之後，可以連續幾夜只睡很短時間，之前也參加過戰鬥，都能完整地堅持下來，這回只經歷一次衝鋒、一次槍刺，就已累得氣喘吁吁。

「別繃得太緊。」孟娥說。

韓孺子點點頭，慢慢平復呼吸，沒錯，他太緊張了，毫無必要地浪費了大量力氣。

「樊擅山真是一員猛將。」韓孺子由衷讚嘆，現在才明白樊擅山有多麼難得，慶幸將他留在了函谷關。

「嗯。別動。」孟娥提刀跑出去，很快回來，不遠處地上的一支火把熄滅了，周圍更加黑暗。

「我可以了。」韓孺子說，感覺力量又回來了。

孟娥沒動，也沒作聲。

「咱們可以回戰場了。」韓孺子又道。

「你剛剛說過，到處都是戰場。」

韓孺子無言以對，半晌才道：「我要戰鬥。」

「多殺死幾名敵兵並不能取得勝利，你活下來才是勝利。」

韓孺子再次無言以對。

兩人就這麼靜靜地並肩站在樹下，傾聽周圍的殺喊之聲。

「有點冷。」韓孺子說，胸口也疼，伸手摸了一下，護心鏡凹下去一塊，他懷疑自己的骨頭可能斷了。

「走。」孟娥帶路，韓孺子緊隨其後。

幾名士兵呼喊異族語言跑過來，孟娥立刻轉身，拽著皇帝退到一旁，蹲下不動。

韓孺子將長槍放在地上，等敵兵從前方不遠處經過的時候，他突然一躍而起，挺槍衝了過去。

孟娥伸手沒抓住，只得持刀追隨。

敵兵被嚇了一跳，撒腿就跑，韓孺子追上去，一槍刺倒一人，另外三人跑得更快，等他拔出槍，只能隱約看到黑暗中的背影。

孟娥攔在他前面，低聲道：「不要命了嗎？」

「敵兵在逃跑，你瞧，他們沒有兵器，聲音也很急促。」

「才幾個人而已，楚兵肯定也有逃跑的人。」

孟娥繼續帶路，她就像一隻警覺的貓，透過聲音與火光，總能避開大大小小的戰場，只與少量散兵遭遇過，走走停停，從不在一個地方待太久。

只有一次，兩人還是不小心陷在一處激烈的戰場裡，雙方士兵浴血奮戰，孟娥不顧一切地揮刀，也不管砍中的是什麼人，開出一條路，又將皇帝帶了出去。

韓孺子胸前越來越痛，但他沒說，也沒再堅持參加戰鬥，握著長槍跟隨孟娥。

這一夜如此漫長，又好像只有一瞬間，不知不覺間，天邊放亮，周圍的景物與人逐漸清晰。

韓孺子驚訝地看到，京城就在數里之外，而附近不遠就有一處戰場，戰鬥剛剛結束，一群士兵正茫然地四處遊蕩。

「楚兵，那是楚兵。」韓孺子看得不是特別清晰，但他對自己的判斷極為肯定。

孟娥看了一會，「是楚兵，咱們過去，你先別說自己是誰。」

韓孺子的甲衣與普通士兵不同，但是頭盔丟了，身上沾滿了血泥，手裡拿著尋常的長槍，看上去就是一名僥倖脫難的將領。

韓孺子走過去，聚集到數十名士兵。

「是勝是敗？」

「敵軍呢？」

「太傅大人呢？」

「陛下呢？」

人人都有問題，誰也無法回答。

「去與其他人匯合。」韓孺子以將領的身份下令。

遠處還有散落的士兵，韓孺子帶頭走去，很快聚集到百餘人，甚至弄到了一匹馬。

對面馳來一名騎兵，大聲喊道：「敵軍潰逃！敵軍潰逃！」

韓孺子大喜，第一個想到的人是孟娥，轉身看去，卻已不見她的蹤影。

第五百三十三章 不明之戰

一開始，誰也說不明白整個戰鬥過程，只記得自己在浴血奮戰、在艱難跋涉，尋找敵人的同時，也在尋找自己人，但是每個人都有相似的感覺：在某個時候，敵兵開始逃散，不是同時，而是陸陸續續。

天亮沒多久，每個人都「記起」了更多事實，拍胸脯保證敵軍是被楚軍的氣勢嚇跑的。

韓孺子四處集結散落的將士，很快被人認出，再也不敢陪著他到處亂走，立刻分出一隊人，要護送皇帝前往京城。

韓孺子拒絕，仍然騎馬在戰場上跑來跑去，他要重新集結軍隊，還要尋找孟娥。

孟娥不見了，以她的本事，絕不會跟丟，只有一種可能，她走了，不辭而別。

將近午時，聚集的將士已達四五千人，韓孺子放棄尋人，開始專心調查戰鬥情況，希望盡快弄清形勢，制定下一步計畫。

城裡出來一小隊士兵，他們並非有意怠慢，實在是因為城門都被堵死，敵軍難以攻進去，裡面的人也很難出來，他們出城是來請示，需不需要清理道路。

「再等等，找到崔太傅和敵軍下落再說。」

城內居高臨下，雖然不能看得更清楚，卻有旁觀的優勢，而且他們與攻城者交戰多日，瞭解敵軍的習慣，「敵軍是撤走的。」

昨晚楚軍鼓響，連京城都分不清楚到底有多少援軍，心中振奮，卻沒法出來幫忙，而且當時的攻城之勢並未緩解，敵軍士兵還在瘋狂進攻，一個方向不行，就換另一個方向。

說不清是什麼時候，大概是子時以後，一支正在攻城的軍隊突然選擇撤退，最初還有條不紊，尚未離開守城一方的視線，突然變成了鳥獸散。

奇怪的是，在守城士兵看來，敵軍之退並非逐漸擴散，而是東一塊、西一塊，黑暗中，各支敵軍也沒法互相通信，都是獨自做出決定，一個多時辰以後匯成逃亡大軍，再也沒人能夠阻止。

但這不算潰散，很快就有人用鑼聲傳令，約束敵軍士兵朝同一個方向退卻。

韓孺子找到了失魂落魄的眾侍衛，他們跟丟了皇帝，正抱著必死之心到處亂跑，看到皇帝還活著，全都喜極而泣。

晁鯨也跑過來，倒是沒怎麼擔心皇帝，「馬大追一支敵軍，不知跑哪去了。」

在一條小土溝裡，士兵們找到了兵部尚書崔宏。

崔宏被數名親兵守護，面無人色，身邊聚集百名士兵之後，他迅速恢復鎮定，立刻下達一連串的命令，很難說這些命令有什麼用處，但是的確能夠穩定人心，讓士兵們明白一切都在控制之中。

趕到皇帝面前時，崔宏基本上已經恢復了兵部尚書的權力。

向皇帝下跪磕頭後，崔宏繼續下達命令，都很簡單，無非是找人、收集旗鼓、打掃戰場，甚至要求幾名士兵前去尋找皇帝的坐騎，生要見馬、死要見屍。

「敵軍潰逃，臣請趁勝追擊，不給敵軍喘息之機。」崔宏請戰。

韓孺子反而有些猶豫，「據聞敵軍並非潰散，數量仍多……」

「士氣一散，再多士兵也是烏合之眾，機不可失，請陛下速作決定。」

一名親兵壯膽開口，「太傅大人，您與敵軍奮戰多時，手刃敵兵無數，真的不能再勞累了。」

「放肆，這種時候還說什麼勞累？就算死，也要死在追敵的路上。」崔宏向親兵怒喝，又向皇帝拱手道：「陛下，請下令吧，我只需帶兵一萬，若是敵軍已有準備，我自會擇機退回。」

崔宏難得主動請戰，韓孺子只好同意，「太傅不可勉強，能戰則戰，不能戰則退。」

「遵旨。」崔宏帶人匆匆離開。

等崔宏稍稍走遠，晁鯨向皇帝小聲道：「太傅『奮戰多時』，身上可挺乾淨啊，臉上那點泥，倒像是自己抹上去的。」

「只看大略，莫問小節。」韓孺子無意追究真相，崔宏原本就不是衝鋒陷陣的將軍，年歲已大，又兼體弱，昨晚他肯率兵衝入戰場，已經算是極大的勇敢，沒必要再做苛求。

就是皇帝本人，雖然滿身血污，昨晚大多數時候也是在東躲西藏。

「你呢？殺了多少敵兵？」韓孺子問。

晁鯨一拍胸脯，「瞧我這一身的血跡，都是敵人的，至少十個，別看我長得小，可我靈活啊，貓著腰，趁敵兵注意不到的時候，上去一刀……」

晁鯨說得天花亂墜。

下午，終於有確切消息傳來，敵軍正向小周城退卻，數量未知，一路上丟盔棄甲，車輛輜重沿路堆積。

韓孺子心中警覺，立刻派人去追太傅崔宏，命他放慢速度，不可追得太緊，與此同時，傳旨讓京城立即開出一條通道。

京城做的是死守準備，清理比較麻煩，直到入夜之後，才開出一條能供軍隊進出的通道。

韓孺子進城，沒有儀衛、沒有龍輦、沒有旗鼓，只有一隊疲憊至極、飢寒交迫的將士跟隨，從皇帝到士兵，都像是從地下鑽出來的。

但就是這樣一支隊伍，受到了最為隆重的歡迎，留守京城的全體官員，從宰相以至九品小吏，列隊跪拜，遠處，「萬歲」的呼聲此起彼伏，雖不整齊，卻更顯真實。

韓孺子立刻下馬，親自扶起卓如鶴等幾位大臣，「諸卿勞苦功高，大楚賴諸卿以存。」

規矩沒法像從前一樣完整，但終歸還是要遵守，韓孺子在大臣的簇擁下進入同玄殿，他在這裡宣布，敵軍尚未剿滅，不是論功行賞的時候，傳旨城中軍隊備戰，明天一早出發支援兵部尚書崔宏。

軍隊需要休息，皇帝也需要，而且還有更重要的事情要做，傳旨之後立刻進宮給太后請安。

宮裡的人少多了，中司監劉介親迎皇帝，引路來到慈寧宮。

慈寧太后與王家人都在，韓孺子衝到母親面前下跪請罪，眾外戚全都伏地痛哭，這是真哭，死裡逃生之後的激動。

慈寧太后最為鎮定，從宮女手裡要來手巾，親自為皇帝擦去臉上塵土，微笑道：「我兒無恙，陛下無恙。」

韓孺子起身，說了幾句話，問道：「慈順宮呢？朕應該去看一眼吧。」

慈寧太后對家人道：「你們都退下吧，我跟陛下說會話。」

王家人告退，韓孺子親扶外公送到門口。

「上官太后薨了。」屋內沒有外人時，慈寧太后平靜地說。

韓孺子一驚，「什麼時候的事情？」

「就是昨晚，聽說敵軍攻破城門，上官太后懸梁自盡，命太監燒掉屍體，以免死後受辱。」

韓孺子大驚，「這……上官太后怎麼會做出這樣的事？」

慈寧太后盯著皇帝，「這不奇怪，這些天來，宮裡所有人都做好了自殺的準備，我的房裡也有一口劍、一條長絹，我更願意用劍，據說幾個老太監在爭宮裡的一口深井。」

韓孺子還是不能理解上官太后的做法，「可其他人並沒有自盡。」

慈寧太后沉默了一會，然後問道：「陛下見到孟娥了。」

「見到了。」

「她沒對陛下說什麼？」

韓孺子緩緩搖頭，「她昨晚隨朕作戰，後來走散了，迄今下落不明，更早之前……她沒說過特別的事情。這和她有什麼關係？」

「真是個嘴嚴的姑娘，可惜……」慈寧太后嘆息一聲，「陛下去問景耀吧，還能見到陛下，我已無憾，該休息一會了。」

「是，太后。」韓孺子困惑不解地退下，回到自己的寢宮，本想讓劉介立刻傳景耀，可事有輕重緩急，他得先顧及別的事情。

「一個時辰之後叫醒朕。」

「是，陛下。」劉介看上去並無疲態，雖然他很可能也是一天一夜沒睡。

「劉公辛苦了。」韓孺子道。

「陛下率兵在外苦戰，宰相領兵在內死守，臣等毫無作為，在宮中等候消息而已，哪來的辛苦。」

韓孺子笑了笑，沒再多說什麼，他必須休息一會了，好積聚精力處置更多事情。

一個時辰之後，幾乎是在聽到劉介呼聲的同時，韓孺子自己也醒了。

頭暈腦脹，比沒睡之前還要痛苦，但是精力的確更充沛一些。

「傳景耀，你們隨朕一塊去勤政殿。」

已是深夜，宰相卓如鶴等人仍守在勤政殿裡。

「崔太傅派人送來消息，他已率兵到達白橋鎮，佔領了一座敵軍營地，準備休整一夜再追敵軍。臣也派人送去陛下的旨意，請崔太傅稍待，等京城守軍明日趕上之後，一同進軍。」卓如鶴簡單報告情況。

韓孺子掃視一圈，目光落在瞿子晰身上，點了下頭，隨後向宰相問道：「守城之策是誰制定的？」

卓如鶴不會搶功，側身道：「瞿御史全權負責守城。」

瞿子晰這才開口，「臣負責守城，但出主意的另有他人，牆內建牆是花繽之策，以火攻火則是謝存之計。」

韓孺子吃驚不小，「自此之後，誰還敢說自己識人呢？」

瞿子晰道：「若非陛下當初秉仁厚之心、行寬容之道，也沒有花繽等人今日立功的機會。」

韓孺子在勤政殿與眾臣議事，擬定了一連串旨意，直到凌晨，聽說京城守軍開始出城，才算告一段落。

韓孺子回後宮，劉介等人跟隨，在寢宮裡，韓孺子屏退眾人，獨留景耀。

「上官太后為何自盡？」韓孺子直接問道。

景耀跪下，「陛下是要從頭聽起嗎？」

「嗯。」

「此事要從思帝駕崩說起。」

第五百三十四章 思帝之亡

有了慈寧太后的允許，景耀可以隨意、隨時訊問宮裡任何一名奴僕，但他很謹慎，沒有大張旗鼓，更不想打草驚蛇，他心中早有一個大致方向，順此方向慢慢摸索，最後查清的真相讓他也吃了一驚。

景耀向慈寧太后要了個官——內史官，假稱要為思帝實錄提供材料，挨個拜訪相關人等，思帝與上官皇太妃的侍者都被外放到城外看守園林與陵墓，對景耀的到訪有人緊張，有人不在意，還有人想利用這次難得的機會回到宮裡。

景耀深諳問話之道，利用每個人的不同心思，給予不同的許諾，但都含糊其辭，以後不用非得負責。

一名宮女提供了極其重要的回憶，她並非思帝身邊的侍女，只是負責打掃寢宮，事了離去，按理說，一輩子也見不著皇帝。

事實上，她的確沒見過思帝，但是聽到過聲音，當時她正在打掃裡間，思帝卻提前回來了，坐在外間的椅子上，屏退眾人。

宮女害怕，躲在裡間沒敢出來，更沒敢吱聲。

沒過多久，上官太后來了，也是一個人，將侍者留在了外面。

母子二人一見面就發生了激烈的爭吵。

思帝質問母親父皇因何而亡，上官太后嚴厲地斥責皇帝無禮，後來語氣有所緩和，對思帝說：「舊事何必再提？陛下現在位為至尊，還有什麼不滿意的？」

思帝卻更加憤怒，「朕若是連父仇都不能報，還有什麼資格自稱皇帝？」

這場爭吵最後不歡而散，上官太后離開時讓思帝好好想一想，思帝一個人生悶氣，嘴裡不停念叨：「朕就知道是這麼回事。」

小宮女更加害怕，在裡間大氣都不敢喘。

然後楊奉來了。

思帝很尊敬楊奉，什麼話都對他說，連心中的懷疑也不例外，「朕已猜出父皇因何駕崩，朕該怎麼做？」

「陛下想怎麼做？」楊奉問。

思帝沉默。

楊奉道：「陛下只有兩個選擇，一個是速戰速決，但不可提起先帝之事，上官家最近頗為囂張，陛下可以此為契機，將太后貶入冷宮；另一個是隱忍不發，等陛下長大些，掌握全部權力之後，再做打算。」

聽景耀說到這裡，韓孺子心中竟然有些嫉妒，楊奉向思帝提出了明確的建議，對自己卻總是留下疑問，不肯一次點透。

景耀沒看出皇帝的心事，繼續講下去。

當時思帝被說服了，同意做長遠打算，小宮女就聽到這裡，等皇帝與楊奉離宮之後，她也迅速離開，沒敢對任何人提起此事，她希望景耀能將自己調回宮中。

其他人的證詞沒這麼重要與直接，但是匯合在一起，勾勒出了比較清晰的過程。

思帝沒忍住，不久之後又與母親吵了一架，好幾個人聽到了聲音，事後，上官太后的一隻手明顯受傷。

楊奉對思帝的作為非常不滿，幾次與他長談，景耀推測，楊奉發現思帝不想再忍之後，建議思帝速戰速決，甚至有可能建議下死手，藉機將帝權全部奪回。

這只是景耀的一面之辭，韓孺子不是特別相信。

不管怎樣，那段時間思帝心神不寧，他想為父皇報仇，卻對母親下不了狠心，他想隱忍，又沒法忘記父親的枉死。

韓孺子從來沒想過要為父親報仇，桓帝在他的記憶裡形象模糊，甚至不如只有一面之緣的祖父武帝，在讀過完本與未完本的各代實錄之後，他對祖父的印象更深，桓帝在位時間不長，幾乎沒有能夠名垂青史的作為。

思帝不一樣，他從小在父親身邊長大，被當成未來的繼承者培養，對父親感情深厚。

楊奉督促思帝速作決定，上官太后則希望思帝忘記父皇之死。

幾個月之後，思帝平靜下來，有一次對貼身太監說：「人人都說皇帝是天下至尊，其實皇帝不過是一個普通人，力量不比別人更強、聰慧不比別人更多，唯一多的是苦惱，享受不到尋常人家的快樂。」

這名太監同樣沒敢對任何人透露這些話，直到景耀到訪，他別無所求，願意一直為思帝守墓，只希望能夠一吐為快。

韓孺子打斷景耀的講述，「等等，楊奉若是曾經督促思帝『速戰速決』，上官太后為什麼還會信任他？」

景耀微笑道：「即使事隔多年，臣仍然大費周折才讓眾人開口，回到當時，根本沒人敢透露半個字，在上官太后看來，沒準楊奉一直在幫她勸說思帝。陛下，這便是所謂的燈下黑，上官太后雖曾掌管宮中，卻不是每個人都會向她說實話，何況上官太后本人尤其不願提起此事，宮人避之唯恐不及。」

另一位太監作證，思帝曾有一次偷進過太后寢宮，時間不長，很快就出來了，三天之後，思帝開始出現中毒症狀。

景耀猜測，思帝從上官太后那裡偷出了毒藥，自己吃了下去，由此證明父皇的確是被母親毒死的。整個中毒期間，思帝幾乎不與母親說話，只與撫養自己長大的上官皇太妃談過幾次，每次談話後上官皇太妃都會哭著離開。

思帝顯然沒說出全部實情，因此在上官皇太妃看來，害死思帝的人就是姐姐。

韓孺子還是感到難以理解，「思帝為了這個自殺？」

景耀道：「陛下見過思帝嗎？」

「見過吧。」韓孺子對這位長兄的印象更淺。

「臣服侍過思帝，雖非近侍，但也算比較瞭解。思帝人很聰明，看書過目不忘，能與鴻儒辯論而不落下風，性子也很和善，對宮人比較仁慈。但思帝是天生驕子，只適應一帆風順，不適應大風大浪。」

「有一件事是臣親自所見，思帝還是太子的時候，身邊的兩名太監因為一點小事發生爭執，越鬧越僵，最後竟然去找太子作決斷。太子一開始興致很高，想要主持公道，可是兩人各執一詞，每個人都有道理，卻彼此矛盾，偏偏沒有外人能夠佐證。太子越聽越怒，當時臣就在旁邊，向兩名太監使眼色，讓他們其中一人認錯，化解此事。可惜那兩人沒能明白臣的意思，反而爭得更加激烈，賭咒發誓，聲稱自己所言為真。」

景耀嘆了口氣，顯然對當時的場景印象極深。

「太子突然就暴發了，跳起來說『你們要逼死我嗎？』那兩名太監這才反應過來，急忙謝罪，倉皇告退。兩人離開之後，太子面紅耳赤，對臣說，『我哪裡做得不對嗎？這兩人都不肯說實話。』」

韓孺子道：「或許這兩人說的都是實話，是他們自以為的實話。」

景耀點頭，「陛下所言極是，依臣所見，這兩人不過是意氣之爭，思帝從一開始就沒必要參與，或者打聲哈哈，讓兩人消消氣也就算了。可思帝非要查清真相，眼裡不容沙子，偏偏又看不到真相，這讓思帝極其憤怒。最重要的是，思帝以為錯在自己，以為自己不夠聰明、不夠威嚴，所以兩名太監都不肯說出實話。後來這兩人都被派去守墓，這次臣也找過他們，兩人仍然彼此懷恨在心，而且都聲稱思帝支持過自己，若非當時就在現場，臣也會無所適從。」

楊奉與上官太后就是互相爭吵的兩人。

楊奉對皇帝的標準很高，當然要督促思帝速作決定，結果卻令思帝更加痛苦。

「上官太后不知道是自己逼死了思帝嗎？」韓孺子問。

「或許知道，或許不知道，世上之事並無一定之真相，思帝至死不悟。總之在上官太后心中，思帝之死另有元兇。」

上官太后將仇恨轉嫁到崔家，殺死崔太妃之後，終得心安。

「上官太后又為何自殺？」

「聽聞敵軍將要破城，上官太后驚恐之餘，大概再也沒辦法對自己隱瞞真相，所以……」

韓孺子盯著景耀，整個講述的確釐清了許多事實，但是漏洞也不少，尤其是上官太后自殺的原因。

「上官太后並非遇事慌亂之人，即使敵軍真的破城，她也不會是第一個自殺之人。」

景耀躬身行禮，「正如臣所說，世上並無一定之真相，上官太后心中有鬼，比別人更脆弱一些，聽說敵軍將要破城，就以為是已經破城，因此懸梁焚屍，自稱是不願死後受辱，臣倒以為她是無臉去見桓帝、思帝與上官皇太妃。」

韓孺子沉默片刻，「是誰告知上官太后敵軍破城的？」

「是臣。」

再問下去就是誰派景耀去的，韓孺子卻決定到此為止，說道：「天下廣大，皇帝能做的事情有許多，思帝卻都錯過了。」

「思帝一開始就領略了皇帝的好處，在思帝看來，皇帝大概也就如此了。」景耀上前一步，「臣也老了，命不久矣，別無他願，只望陛下千秋萬歲、永保江山。」

景耀掌握了太多的祕密，知道自己會受到忌憚，但他一生中最大的失敗就是被上官太后貶黜，此仇一報，他已無憾。

「等敵軍退了，你也去給思帝守墓吧，聽說城外陵墓有不少遭到敵軍破壞，需要大修。」

景耀跪下跪頭，明白皇帝免去了自己的死罪。

「對楊奉，你的猜測不準。」韓孺子道，楊奉的妻兒就在城內，他有機會更深入地瞭解這名太監。

景耀再次磕頭，沒有爭辯。

屋外已是大亮，韓孺子只睡了一個時辰，卻無意休息，奇怪的是，他想的不是思帝之死，不是楊奉，不是宮裡的任何人，而是不見蹤影的孟娥。

回憶前晚的點點滴滴，良久之後，韓孺子忽然心中一動，大步向外走去，向外面的劉介等人招手，直奔勤政殿。

卓如鶴等人忙碌多時，全都回家休息了，只剩一名小吏在收拾東西，韓孺子進來之後問道：「城內守軍都出發了嗎？」

小吏急忙下跪，「是，最後一批半個時辰之前出城。」

敵軍是撤離而不是潰散，韓孺子心中對此越來越感不安，有些事情莫問太多，有些事情卻必須弄清真相。

第五百三十五章 追敵

白橋鎮一片狼籍，敵軍如颶風一般掃平了整個鎮子，房屋被拆得一乾二淨，拿去建造高台與攻城器械，鎮民大都已經逃入京城，剩下的少數人皆遭殺害，屍體掩埋、頭顱懸在河邊的木樁上。

看到這樣的場景，楚軍將士無不義憤填膺。

崔宏卻冷靜下來，停下腳步，先佔領敵軍的一座空營，打算看清楚形勢再作下一步打算。於是派出斥候前去追蹤敵軍，皇帝很快就派人送來旨意，也是命令他暫緩追敵，等候京城楚軍。

入夜之後，崔宏覺得身體不太舒服，舊傷又在隱隱作痛，裹著好幾層毯子，仍覺得寒意入骨。

「真是老了，凍一夜就成了這個樣子。」崔宏嘆道。

隨從捧著熱酒，一口一口地餵主人，笑道：「大人整晚力戰，仍能策馬追敵近百里，多少正當壯年的小伙子都做不到。」

崔宏面無表情，隨從總是這麼會說話，平時他很愛聽，今天卻有點意興闌珊，搖搖頭，表示不喝了，說：「拿筆紙來，我要寫封信。」

「大人有急事嗎？不急的話，明天再寫不遲，今晚好好休息一下。」

崔宏真不願意從毯子裡鑽出來，猶豫片刻，「我口述，你來寫。」

行軍匆忙，許多東西都沒帶，隨從正要出去找軍中文吏索要筆紙，崔宏又改了主意，「等等，不用寫信了，我說幾句話，你記住就行，以後轉告給皇后和崔騰。」

隨從面露驚訝，「大人即將凱旋，自己告訴皇后與二公子吧。」

「別想太多，我只是以防萬一而已，若能平安回去，自然不用你轉告。」

「是，大人。」

崔宏想了一會，「告訴崔騰，老大不小了，盡快給崔家多生幾個孫子，多孝敬母親，對醜王要執弟子之禮，對，一定要著力結交醜王，這是最重要的事情，比服侍陛下還重要。」

「是……大人。」隨從感到驚訝，他跟隨太傅多年，從來不記得崔家與洛陽醜王有過交往，只是最近一段時間，崔騰被發配到馬邑城時，可能得到過醜王的一點照顧。

「皇后……皇后很聰明，用不著多說什麼，但是有時候過於軟弱，只怕在後宮難以立足，陛下的恩寵終究不是一生的依賴，你告訴她，無論如何要生一位太子，如果不能，也要抱養其他嬪妃的皇子。」

「是，大人。」隨從回道。

崔宏裹緊毯子，仍然感到寒冷，沉默片刻，又道：「慈寧太后極有遠見，抱養慶皇子絕非寵愛長孫那麼簡單，她在給未來佈局，真擔心皇后能不能應付得了。」

「雖然皇后平時稍顯軟弱，該強硬的時候還是能做到的。」

崔宏點點頭，突然一扭頭，雙目圓睜，似乎發現帳中還有外人。

隨從了嚇了一跳，急忙上前，「大人……」

「關於太后，我什麼也沒說，你也沒聽到，明白嗎？」

「是是，我只向皇后傳一句話，早生太子，或者抱養一位皇子。」

崔宏嗯了一聲，神情緩和，「退下吧。」

「我留下服侍大人。」

「不必，有急事叫醒我。」

隨從只得退下，交待門口的衛兵，一發現異常，立刻叫他。

崔宏躺下，迷迷糊糊地睡了一會，不知過去多久，突然睜開雙眼，可是又等了一會才清醒過來，只覺得更加寒冷，渾身顫抖不已。

外面響起一個聲音，「尚書大人，斥候回報。」

崔宏強迫自己坐起來，強迫自己開口，「進來。」

一名滿臉冰霜的軍官走進來，帶入一股寒風。

「尚書大人，敵軍潰散，已不成隊伍。」

崔宏一喜，「你親眼所見？」

「是，我親眼見到一股敵軍分崩離析，甚至互相攻擊，然後朝各個方向奔逃。我在回來的路上遇見其他斥候，大家看到的情況都差不多。」

崔宏騰地站起來，「什麼時候了？」

「將近五更。」

「立刻召集眾將。」

崔宏不冷了，恰恰相反，他感到一股暖意油然而生。

一聽到消息他就意識到，一件百年難逢的大功正擺在自己面前，此功能讓他重返巔峰，還能給崔家奠定更加穩定的根基。

崔宏穿戴整齊後，前往中軍帳，麾下諸將都已到齊，他們已得到消息，與尚書大人一樣興奮，都急著率兵追擊。

崔宏迅速分派任務，敵軍原路逃走的可能最大，崔宏親率中軍一路北進，爭取與塞外楚軍匯合，將入侵之敵一舉殲滅，幾名心腹將領率左軍前往西邊的玉關門，那裡的逃兵估計也不少，其他將領就只能往東追擊散兵游勇了。

「追亡逐敗以快為上，多招降、少纏鬥，降後不安者，可殺。」

軍中開飯，天亮不久，崔宏率領主力七千人首先出發，對後續到來的京城軍隊，他也都有明確安排，多數將士仍然隨他北上，少數人分到東西兩個方向。

楚軍憋悶已久，前晚的戰鬥不清不楚，胸中的一口氣沒有全吐出來，這回聽說要追趕潰散敵軍，無不大喜，身上的疲憊一掃而空。

崔宏感覺極佳，舊傷不疼，身上也不冷了，騎在馬上，只想跑得更快一些。

當天下午，楚軍遇到第一股敵兵，這些異族士兵不認得路，在附近的山中兜了一圈，竟然又繞回來了。不等兩軍交鋒，敵兵紛紛跪下投降，他們沒有別的選擇，大多數人手中連兵器都沒有。

一千多名敵兵就這樣淪為俘虜。

如果說斥候的報告還有幾分不可信的話，這些沒頭蒼蠅似的士兵，確鑿無疑地表明敵軍已經大亂。

崔宏只留少數士兵看管俘虜，率軍繼續追擊，同時給後方軍隊留下命令，讓他們加快速度。

第三天，後方的一部分軍隊追上來了，崔宏麾下已有兵近兩萬，抓獲的俘虜則已多達萬人。

同一天，崔宏接到聖旨。

皇帝命令兵部尚書不可急躁，要步步為營，提醒他敵軍可能是在使詐，引誘楚軍追擊。崔宏一笑置之，皇帝一向愛冒險，如今卻太謹慎了，也難怪，皇帝留守後方，看不到前方的形勢，敵軍亂象如此明顯，沒有必要多疑。

崔宏繼續追擊，打算在小周城稍作整頓，補充一下軍中糧草。

小周城已成為一片廢墟，路邊用楚人頭顱堆起一座高台。

楚軍更怒，殺死了當天投降的數百名敵兵，都要繼續追擊。

崔宏畢竟不是魯莽之人，勝算再大也要做好準備，於是下令紮營休息，將人頭高台拆掉，就地掩埋，同時派兵四處蒐集糧草。

數十里之內找不到倖存的楚人，只是又抓到幾批俘虜，該這些人倒霉，趕上楚兵怒意未消、大開殺戒。循東而去的右路軍在滿倉城找到一些剩餘的糧草，及時送給中軍。

滿倉城已被燒毀，地下還藏有一些存糧，敵軍不知，留給了楚軍。

當天晚上，皇帝又有聖旨追來，表達了對敵軍使詐的憂慮，要求崔太傅切不可大意，須多審俘虜，務必弄清楚敵軍真正的動向。

此時崔宏已擁軍四萬，信心十足，將聖旨出示眾將，眾將也都覺得敵軍是真潰散，聖旨雖不可輕視，派人回京向皇帝詳加解釋即可。

次日凌晨，崔宏率軍繼續北上追敵。

這一天，楚軍迎來「大豐收」，在幾處山谷裡，接連堵住敵軍逃兵，數量多達三萬以上。崔宏再沒有任何懷疑，派人將這個好消息迅速送回京城，以安帝心。

崔宏命令麾下軍吏審問俘虜，可是軍中通譯不足，敵軍又說各種語言，幾乎問不出什麼。楚軍加快速度，崔宏甚至有點著急，希望能趕在塞外柴悅之前奪回神雄關，甚至生擒神鬼大單于。

這將是大楚定鼎以來最偉大的功勞。

敵軍確實凶殘，所過之處幾乎寸草不生，楚軍只能吃隨身攜帶的糧食，草料不足，馬匹吃的與士兵一樣。但是大家都不著急，這畢竟是大楚地界，只要打敗敵軍，自會找到供應。

大軍急行十幾日，終於在一天下午追上了最大的一股敵軍。

當時正在下雪，距離敵軍很近了，前方斥候才發現敵情，根據以往的經驗，敵軍毫無鬥志，一見到楚軍就會投降，因此崔宏沒有停下整頓隊形，立即下令包圍。

此地離神雄關不遠，人馬疲憊、糧草不足，崔宏希望最遲明日就能奪回關口，如果今天能抓獲神鬼大單于，那就圓滿了。

人人都急，大軍踏雪疾馳，甫一交鋒就發現不太對勁，敵軍竟然發起反擊，而且攻勢極猛，毫無亂象。前頭楚軍猝不及防，被擊退回來，崔宏與眾將並未驚駭，反而大喜，以為神鬼大單于必在敵軍之中，於是下令繼續圍攻，要以雷霆之勢壓垮敵軍士氣。

戰鬥持續了近一個時辰，楚軍節節敗退，坐陣後方的崔宏望著滿天飛雪，終於醒悟過來，他上當了。

相隔數十里，丘洪走進一頂小小的帳篷，抖掉身上的雪，向裡面的人笑道：「將計就計，這回你們知道正天子的厲害了吧？我們只是甩掉了一批不穩定的僕從軍，就將楚軍從京城引出，今天就是他們的滅亡之日。」

東海王面無人色，「何必留我？」

丘洪笑了笑，「西方的軍隊用來攻佔楚國，楚國人多，正好可以分一批去守衛西方，正天子需要一位聽話的皇帝。」

第五百三十六章 招降

林坤山想不到自己還有翻身的機會，送信者到來的時候，他正在盤腿打坐，一副高人氣派，心裡卻在哀嘆望氣者的一敗塗地。

他曾經幫助楊奉剿滅雲夢澤盜匪，算是立了一小功，因此得以逃過死罪，被送到湖中島上看守船隻，出屋就能望見皇宮，卻半步不得靠近，在十幾名士兵監督下，更是不能離島。

湖面結冰，晁鯨小心翼翼地走過來，不客氣地推開房門，看著打坐的林坤山，撇撇嘴，咳了一聲。

林坤山睜眼，認得這是皇帝身邊的宿衛軍官晁鯨，淡然道：「何事？」

晁鯨笑了幾聲，「你這一套可矇不了我。」

林坤山下床，笑道：「我準備好了。」

「準備好幹嘛？」晁鯨一愣。

「為陛下效勞。」林坤山莊重地說。

晁鯨又是一愣，隨後笑道：「我明白你的套路了，你猜到我是皇帝派來的，也不問，跳過這件事，直接說下一件事，稍微糊塗點的人就會被你說暈。可我不糊塗，林坤山，你騙不了我。」

林坤山微笑，「你在耽誤陛下的時間。」

晁鯨收起笑容，「你既然這麼能猜，猜猜陛下要讓你做什麼吧？」

「陛下欲用我，必然是要說服某人，至於是誰，我可猜不到。」

「嘿嘿，果然是假神仙，有你猜不到的事情。」

「我當然不是神仙，望氣之術人人皆可學之，並非不傳之祕。」林坤山的目光中若有期待。

晁鯨急忙搖頭，「陛下交給你一項任務，大功告成，還你自由，沒有成效……你還好意思活在世上嗎？」

「望氣者早看淡了生死，這是入門的第一步。」林坤山沒被嚇到。

晁鯨四處看了看，「你這間屋子比我的還好。」

「讓給你了。」

「呸，我才不要，屋子再好也是監牢。咳嗯。」晁鯨盯著林坤山，最後還是他沉不住氣，首先開口，「陛下讓你去說服敵軍俘虜。」

林坤山露出驚訝之色，只是一瞬間的事，還是被晁鯨看到，指著他大笑，「漏破綻了，裝得不像。」

林坤山笑了笑，「早跟你說過，望氣並非仙術。陛下想讓這些俘虜投降嗎？」

「不只投降，還要倒什麼……」

「倒戈？」

「對對，就是幫楚軍打仗的意思。」

「陛下願意給他們什麼好處？」

「好處？陛下可沒說，陛下只說讓你『順勢而為』。」

林坤山苦笑，皇帝這是用人還不想負責。

「你不是已經準備好了嗎？走吧。」

「稍等。」林坤山背負雙手，在晁鯨面前來回踱步，來回三趟之後，停下腳步，「走吧。」

俘虜都被關在城外的幾座軍營裡，地位比較高貴的將領則被安置在驛館。

驛館也遭到敵軍的破壞，只留下十餘間屋子，大部分敵將還是要住在帳篷裡。

敵軍來自多國，將領多是本國王公，共有百餘人被送進驛館，讓他們自己安排住處，十多名獨佔一屋的人，自然就是地位最高者。

林坤山奉命來勸說的就是這些人。

對他來說，這是一個不小的挑戰，首先語言就不相通，雖有通譯，卻很難準確表達他的意思；其次風俗不同，他這一身的仙風道骨，只怕對方根本就不當回事，甚至會覺得他太老。

林坤山在路上想出一個辦法。

十幾名敵軍將領被叫到一間屋子裡，各自心懷忐忑，同時又彼此忌憚，看了一眼鬚髮皆白的楚使，果然誰也不將他當回事，反而都瞧向軍官打扮的晁鯨。

林坤山也不在意，走到桌前，拿起茶壺、茶杯，隨手放置，動手緩慢，像是在找什麼東西。敵將終於被這個白髮老頭吸引住，在通譯的示意下走過去，誰也不明白有何用意。

林坤山擺好了，抬頭看向三名通譯，「我說，你們譯。」

通譯們點頭。

「這裡是大楚京城，也是你們所在的位置。」林坤山指著茶壺，等通譯說完，他移動手指，到了一只杯子停下，「這裡是神雄關與神鬼大單于。」

通譯分別譯說的時候，林坤山拿起一只裝水的茶杯，由「神雄關」開始，慢慢倒水，畫出一條水線，一直到桌邊。

「這條線是你們回家的路。」

聽完這句話，眾敵將立刻議論紛紛，林坤山一句也聽不懂，也不在意。通譯想要對他說話，他抬起手，示意不必。

「想回家，就必須——」林坤山推倒代表神鬼大單于的茶杯。

通譯們立刻轉譯，林坤山走到晁鯨面前，「我的任務完成了，剩下的功勞交給你了。」

晁鯨目瞪口呆，「就這麼幾句話？」

「順勢而為，重勢不重話，說明白即可，他們若是不在乎回家，說別的更沒用。」

眾敵將突然全擁到林坤山和晁鯨面前，七嘴八舌地說話，通譯甚至來不及轉達。

「停！停！」晁鯨抬起雙手，制止大夥人開口，然後向通譯道：「他們在說什麼？」

三名通譯互相看了看，一人道：「他們在問，真能放他們回家？」

晁鯨看了一眼林坤山，老傢伙臉上掛著微笑，一副事不關己的樣子。

「呃……可以，只要擊敗敵軍，陛下可以……別提陛下，你們就說『只要擊敗神鬼大單于，回家之路自然暢通』。」

通譯照翻，林坤山笑道：「不錯，話別說死，讓他們自己領會即可。」

晁鯨沉下臉，「我可沒想學你的那一套。」

「最好的神情就是沒有神情，如果做不到，等而下之的選擇是微笑，笑能掩蓋最多的情緒。一個人對你凶狠的時候，你不必在意，一個人對你無故而笑的時候，倒要小心應對。」

「這麼麻煩幹嘛？老子想笑就笑、想凶就凶、想哭……也不在你面前哭。」

三名通譯小聲溝通了一會，一人向晁鯨拱手道：「將軍，這些人願與神鬼大單于作戰，但有一個要求。」

「嘿，他們還敢提要求？」

通譯一呆，晁鯨揮手道：「說說他們的要求吧。」

「楚軍為主，他們為輔，而且楚軍得送他們回家，奪回諸國，保護他們與家人的安全。」

「胃口還不小，他們是俘虜、是入侵之敵，居然還想讓大楚送他們回家，真是白日做……」晁鯨又看一眼林坤山，望氣者臉上似笑非笑，說不清是有深意還是無所謂。

晁鯨立刻改口，「這些話先不要說，讓我想想……啊，有了，告訴他們，大楚已經派兵去往他們的家國，而且是兩支。」

通譯很快回道：「他們說這兩支楚軍都被消滅了。」

晁鯨笑著搖頭，「有人親眼見到嗎？有人看到楚將的人頭嗎？神鬼大單于害怕軍心不穩，騙你們說楚軍已敗，其實他心裡最清楚，楚軍正在連戰連勝，他就要完蛋了，所以才會急著開戰，才會拋棄你們。」

通譯說得比較細緻，敵將一開始不太相信，但是互相議論了一會，他們的神情發生了變化。

期間，晁鯨一直保持微笑。

通譯道：「他們說神鬼大單于有一段時間沒當眾露面了，而且這次潰逃，他們都沒見到神鬼大單于的本族將士，他們真可能被拋棄了，看來神鬼大單于沒打算讓他們回家，或許家中真發生了什麼。」

晁鯨笑道：「或許？他們一無所知，大楚可不是。我們有海上的消息，神鬼大單于後院早就著火了，數十萬楚軍將他的老巢端了，等等，別說這麼誇張，還是數萬楚軍吧，就要把神鬼大單于的老巢給端了。」

通譯一一照說，眾敵將大驚失色，全都看向大楚的「將軍」。

晁鯨笑而不語，任他們觀看。

通譯道：「他們詢問將軍的身份。」

「我是陛下身邊的人。」

不知通譯實際上是怎麼說的，眾敵將都露出敬畏之色，晁鯨保持微笑，不多也不少。

林坤山問：「我什麼時候能得自由？」

「等陛下覺得萬無一失的時候。」晁鯨笑道。

韓孺子急需軍隊，可他眼下能調動的精銳將士只有數千人，還有近萬名剛從函谷關外徵來的新兵，難堪大用，於是他想到了這些敵軍俘虜。

連日來，前方送回來的俘虜已達到幾萬人。中路軍不佔大頭，西路的玉門關抓回來的俘虜最多，敵軍不認得路，只知道往日落的方向逃跑，根本不知道前方有沙漠攔路。

楚軍在神雄關大敗，逃回者寥寥無幾，更多士兵不是陣亡、就是下落不明，連兵部尚書崔宏也失蹤了。京城再度面臨威脅，群臣慌張，卓如鶴與瞿子晰都力主再度封城、準備死守，同時勸諫皇帝離京，指揮塞外軍隊盡快發起進攻。

韓孺子不想走，也不想再度守城，「神鬼大單于擅使計謀，但有一點確定無疑，敵軍軍心不穩，神鬼大單于急需用幾場大勝挽回軍心，此時楚軍不可再退卻。狹路相逢勇者勝，敵軍已無最初的實力，楚軍可以一戰。」

韓孺子臨時拼湊了一支軍隊，投降的敵軍可不知道，所謂的主力楚軍大都是拿到兵器不久的新人。

白橋鎮百里之外有一座迎風寨，地勢險要，韓孺子決定在這裡迎戰敵軍，除了招降大批敵軍，他已經想不出更多奇計。

這將是真正的決一死戰。

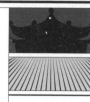

第五百三十七章 難解的楊奉

韓孺子來請母親遷宮前往洛陽，慈寧太后仍不想走，「陛下若能守住京城，我不必走，陛下若是不能，我不想走。」

韓孺子躬身道：「朕不會守衛京城，而且，不只是太后，朝中大臣也都要遷往洛陽。」

慈寧太后臉色一變，「陛下要放棄京城，放棄……皇宮？」

「有朝廷的地方就是京城，至於皇宮，只是皇帝的居處而已。」

慈寧太后怒容滿面，「陛下怎麼能說出這樣的話？咱們母子付出多少努力才……我不走，就讓我與皇宮共存亡吧。」

韓孺子知道有時母親會非常固執，早想好對策，沉默片刻，說：「若有萬一，洛陽就是新都，慶皇子將是新皇帝，他還年幼，其母惠貴妃無權無勢……」

慈寧太后被擊中軟肋，她之前不走，是因為皇帝還在外面，如今皇帝要留下來與敵軍死戰，慶皇子立時顯得無依無靠，「皇后會照顧他，她答應過我。」

「崔太傅下落不明，很可能已經殉難，崔家只剩下崔騰做主。皇后為人賢淑，不喜權勢之爭，等她覺得自己需要照顧慶皇子的時候，只怕大勢已去，什麼都來不及了。」

慈寧太后沉默良久，「陛下決定立慶皇子為太子？」

「慶皇子年長，理應由他繼位，旨意已經送到皇后手中了。」

慈寧太后長嘆一聲，「為什麼陛下不能像別的皇帝，留守安全之地，將守衛國土的事情交給朝中大臣呢？」

韓孺子微笑道：「時勢不同，大楚需要一位進取的太祖，而不是守成的皇帝。敵軍兵多勢眾，大楚只要稍微露出一點軟弱，北方的匈奴就會趁機參戰，到時候大楚將無路可退。」

慈寧太后再次長嘆，「咱們母子的命總是不好。」

韓孺子上前一步，「朕選擇不了『命』，但是朕能選擇如何應對。朕看史書越多，越覺得沒有皇帝擁有『好命』，皇帝既為天下之主，就要承受天下之難題，此乃必然之理。從太祖以至武帝，列祖列宗皆是如此。若論命之好壞，朕自以為比父兄二帝都要好些。」

桓帝中毒、思帝自殺，甚至來不及展現自己的治國才能。

慈寧太后凝視皇帝，明白自己已經徹底掌控不住兒子，「陛下若是大勝，還會改立太子嗎？」

「請太后不要問這種事，只有朕在前線駕崩後，皇后才會出示聖旨，朕若平安返回，則一切按規矩來。」

規矩就是皇后生不出嫡子，慶皇子才有資格成為太子。

「什麼時候出發？」慈寧太后問。

「明日一早。」

「唉，要麼是千古一帝，要麼是無知昏君，陛下這次賭的可大了。」

「名聲歸史書，勝敗歸自己，朕無遺憾。」

慈寧太后揮揮手，表示默許，韓孺子告退，命中司監劉介立刻做準備，然後前往勤政殿，正式傳旨要求朝廷遷往洛陽。

如何應對大臣們的反對，韓孺子已經做好準備，可是出乎他的意料，從宰相卓如鶴以下，沒人提出異議。

「城中百姓怎麼辦？」卓如鶴問。

「隨朝廷一同遷往洛陽，年二十以上、四十以下的男子留下。」

「百姓如散沙，倉促之間如何成軍？」瞿子晰驚訝地問。

「人多即可，不求戰力。」韓孺子頓了一下，補充道：「塞外壓力很大，神鬼大單于也騰不出太多軍隊，至多十萬人。楚軍主力是那些投降的西方將士，可他們需要一點信心，楚軍數量越多，他們的士氣越高。」

群臣呆若木雞。

韓孺子又道：「戰爭進行到現在，比的就是士氣，神鬼大單于自以為擊潰了楚軍，正是驕傲之時，必然率兵急速南下，楚軍以逸待勞、勝算不小，也算是以其人之道還治其人之身。」

卓如鶴良久方道：「京城百姓數十萬，頗有老弱，怕是來不及搬遷。」

「盡量吧，每家可留一名成年男子。」

「是，陛下。」卓如鶴勉強回道，帶領群臣躬身領旨。

「即刻傳旨，明晨出發。」

韓孺子離開勤政殿，親自前往京城武庫查看，那裡貯藏的兵甲足夠裝備七八萬人，他讓劉介將宮中武庫的兵甲也都拿出來，一件不留。

他又去太祖衣冠室，請出太祖寶劍，想起楊奉在鞘中留下的四個字「梟請收手」，本不想分心，這時卻忍不住了，傳旨給不要命，讓他去找楊奉的妻兒進宮。

傳召平民百姓進宮，往常都是很麻煩的事情，如今卻立刻得到執行。

凌雲閣裡，韓孺子正在欣賞寶劍，太監通報，楊奉妻兒到了。

侯小蛾帶著兒子羅世浮登樓，給皇帝磕頭，抬頭盯著皇帝，問道：「皇帝怎麼才見我們娘倆？」

跪在旁邊的青年小聲道：「母親……」

韓孺子露出微笑，表示不在意，仔細打量兩人。

即使侯小蛾年輕時，大概也不是美女，與楊奉沒有半點夫妻相，身材粗壯、看得出力氣挺大，臉上皺紋不少卻不太顯老，尤其是那雙眼睛，竟如少女一般清澈。

對視片刻，韓孺子突然明白楊奉為何娶此女為妻。

楊奉心機太多，幾乎到了草木皆兵的地步，必須與毫無心機的女子才能同床共枕。楊奉的兒子羅世浮很年輕，比韓孺子還要小一些，跪在地上微微低頭，與楊奉確有幾分相似。

「你們母子二人當初為何從湖縣搬走？」韓孺子問。

侯小蛾站起身，指著跟來的不要命，「問他。本來住得好好的，街坊鄰居都熟，他來了之後非要我們搬家，還不能通知任何人。」

「是楊奉的遺命。」不要命神情稍有些尷尬，「楊奉說若是天下太平，他的妻兒永遠不要見陛下，若是有事，倒可一見，一是尋求保護，二是……給陛下一些指點。」

侯小蛾衝皇帝揚揚頭，「皇帝有什麼為難的事情，問我就好。」

韓孺子笑了，「楊公真是個怪人。」

「可不，他從小就挺怪，長大之後就更怪了，既要改姓，又要當太監。」

「你與楊公自幼定親？」

侯小蛾搖頭，「呵呵，我倆同意，老夫人也不會同意。我原是羅家老夫人身邊的丫鬟，老夫人死後就服侍公子。一天晚上，公子心情不好，我就想說勸勸他吧，結果把自己勸給他了……」

「母親，不用說這些。」羅世浮再次提醒，臉有些紅。

侯小蛾愛憐地看向兒子，「小孩子靦腆。總之公子娶了我，我給他生了一個兒子。」

「楊公為什麼要易姓自殘？」韓孺子最迷惑的就是這件事。

侯小蛾長嘆一聲，「要不說公子是怪人呢。他最初本來是要進京考進士、當大官的，他們羅家在朝中有不少親戚，看他有才華，都願意提供幫助。可倒霉的是，事情剛有起色，沒等公子參與大考，羅家的一個親戚不知怎麼得罪了武帝，被滿門抄斬，老夫人受驚嚇而死，公子只好帶著我逃亡。」

「羅家曾被滿門抄斬？」韓孺子吃了一驚，楊奉從未提起過這件事，只說自己頻繁遭到陷害，無奈之下只好選擇隱姓埋名，甚至自宮以進王府。

「對啊，這在當時是件挺轟動的大事。」

韓孺子回想自己看過的武帝實錄，不記得有羅姓大臣遭此慘禍。

不要命上前道：「羅家曾有人在東宮任職，因太子一案受到牽連。」

韓孺子有了一點印象，因太子案而被殺的官員太多，羅家人並不顯赫，只留名姓而已。

他心中的疑惑沒有減少，反而更多，「可楊公從未支持過前太子遺孤。」

侯小蛾笑道：「當初公子也不支持太子，羅家被抄斬後，公子開始變得多疑，總說這裡藏著什麼、那裡藏著什麼，還說武帝被人控制了，我問他是誰，他說控制者必然不顯山不露水，非得是皇帝身邊的人才能知道。」

「這麼說來，楊公自殘是為了靠近皇帝？」

「對啊，他說別人能控制皇帝，他也能，還說要證明給我看。」

羅世浮面紅耳赤，不停地咳嗽，侯小蛾全不在意，「你老爹又沒說讓我撒謊，當然要實話實說了，何況皇帝看上去不錯，是個好人。皇帝，你被公子控制了嗎？」

韓孺子笑了一聲，沒有回答，「楊公……難以理解。」

「挺好理解啊，公子當太監不只是為了靠近皇帝，更是為了報仇。」

「替羅家人報仇？」

「羅家人、武家人、林家人，好多家人，公子說武帝以天下為玩物，不配當皇帝，他要給韓氏一點教訓，讓韓家人明白，皇帝並非無所不能。」

韓孺子呆住了。

羅世浮忙道：「陛下休聽我母親亂說，家父不是那種人……」

「『家父』不是哪種人？你出生不久他就拋下咱們母子，你根本不記得他。我最瞭解公子，他很驕傲，非常驕傲，卻一直不得志，他歸咎於武帝，常說皇帝無非一獨夫，只要進入十步之內，誰都能與皇帝抗衡。」

韓孺子一聽就知道這是楊奉的話，怪不得他不想讓皇帝找到妻兒。

韓孺子生出一股上當受騙的惱火，「楊公的確進入了朕的十步之內。」

不要命上前一步，「請陛下不要只看當年的楊奉，在雲夢澤，楊奉曾對我說，所有皇帝天生多苦，根本沒必要報復。他還說，陛下是位好皇帝，不怕陛下受不了苦，就怕陛下太得意，反而變成壞皇帝。」

韓孺子意興闌珊，「楊奉預見過大楚今日的危機嗎？」

不要命搖頭，「楊奉沒這種本事，但他關於皇帝的話，也可以用在神鬼大單于身上。」

韓孺子眉毛微挑，恍然間覺得楊奉似乎就站在角落看著自己。

第五百三十八章 解惑

楊奉的形象越來越清晰，留下的疑惑卻越來越多，韓孺子有點後悔，更希望回到從前，楊奉是名一心想要培養出合格皇帝的怪人，而不是藏著仇恨、要給皇帝一個「教訓」的復仇者。

又聊了一會，韓孺子派人送走侯小蛾母子，讓他們與太后一同前往洛陽，單獨留下不要命。侯小蛾只瞭解從前的公子，不要命卻看到了後來的權宦。

「隨朕走一趟。」韓孺子起身，帶領眾人出宮，輕裝簡行、沒用儀衛。

這是皇帝無所不能的時刻，他的行為不會受到任何阻攔。

街上已經亂成一團，百姓要遷走，家中男子卻要留下，生離死別之際，許多人就在街上嚎啕大哭。

韓孺子帶領數十人疾馳而過。

這些天城裡城外盡是騎馬橫行的士兵，百姓們早已習慣，自覺讓路，然後繼續哭著與親人告別。

城外人比較少，大都是前往軍營報到的壯年男子，在公差的看守下，十幾人一隊，默默前行。

敵軍俘虜都已被調往迎風寨，看不到京城的亂象與臨時徵兵。

韓孺子沒有進入軍營，馳上一座高地，望向左右兩座大營，鼻中呼出的白汽茫茫一團。

「楊奉是自殺的，對不對？」韓孺子問。

「我沒看到。」不要命回道。

「你肯定知道一些什麼，或者說能猜到一些。」

不要命沉默片刻，「楊奉的確說過，無所畏懼的皇帝是暴君、無所不知的皇帝是昏君，真正的皇帝應有所畏懼、有所不知。」

「嘿。」韓孺子冷笑一聲，「楊奉想不到短短幾年之後，大楚就會面臨生死危機，從皇帝以至平民百姓，全都有所畏懼、有所不知。」

「神鬼大單于孤軍深入，沒有立即大獲全勝，卻落入兩面受敵的局面，被迫拋棄大量僕從之軍，想必他更加畏懼。」

韓孺子笑了笑，「你是楊奉的好學生。」

「我只是學生而已。」

「楊奉歸還太祖寶劍時，鞘內留下四個字，『梟請收手』，你明白這是什麼意思？」

不要命點頭，「大致明白，如果我沒猜錯，這是留給太后的警告。」

「太后？」

「上官太后，陛下難道忘了，上官太后曾經冒充過淳于梟。」

韓孺子一愣，很快恍然大悟，上官太后本人沒有冒充過淳于梟，但她的確曾經派出幾名心腹太監，假裝是望氣者，引誘眾皇子皇孫參與奪位之爭。

不要命繼續道：「上官太后對望氣之術感興趣，手裡可能還留有一些毒藥，楊奉大概就是因此留下警告，讓上官太后老實些。」

「估計孟娥猜出了真相，所以將紙條的內容告訴了上官太后。」韓孺子又笑一聲，孟娥總是不肯對他說出全部事實，她與楊奉倒有一點相似，喜歡製造神祕。

疑惑消除，韓孺子沒有如釋重負的感覺，反而有些失望，「那本書又是怎麼回事？楊奉拿到之後為何意與闌珊，連病都不想治了？」

「那本書，有部分章節是楊奉寫的。」

「嗯？」韓孺子又一次感到意外。

「書早就有了，武帝時曾流入京城，那時楊奉還年輕，與一些讀書人評論此書，覺得意猶未盡，於是各寫一段，與此書訂在一起。」

「那時楊奉要造反？」韓孺子訝然。

不要命笑道：「陛下以為那是造反之書？」

「據說如此。」

「陛下有沒有想過，教人造反就是教人做皇帝，所以造反之書也是帝王之書，當初在京城讀書人眼裡，這本書與造反沒有半點關係。楊奉為何意興闌珊？因為他追尋了半生，結果源頭早在他手中，他卻沒有認出來。同樣一本書，有人以為是帝王之術，有人卻當成蠱惑人心的祕笈。最讓楊奉無法理解的是，有一部分內容就是他親自寫的，望氣者從中領悟的含義卻與他的本意背道而馳。」

「怎麼會有這種事？」韓孺子對這本書更加好奇了，可惜書已經毀掉，只剩下三頁。

「我不愛讀書，不明白這是怎麼回事，楊奉大概覺得世事如此，你所做的一切努力，在別人眼裡卻是另一回事。楊奉一開始想教訓皇帝，後來又想培養皇帝，結果都沒有如意。」

「楊奉……」韓孺子想問思帝的事情，話到嘴邊又嚥了回去，對楊奉，他已經知道得太多，不如留些祕密，「多謝，朕受益良多。」

不要命嗯了一聲，扭頭看去，不遠處，數十名侍衛與衛兵都在盯著他，其中幾人手握刀柄，在他們眼裡，不要命總是個危險人物。

「楊奉留給我的任務都已完成，他的妻兒今後也不需要我的照顧，不管陛下怎麼想，我可是終於解脫了。

告辭。」

「你要去哪？」

「看心情，可能跟著大家一塊去關東避難，可能留在京城靜觀其變，可能回老家看看，雖說沒人記得我，但我還記得一點東西，也有可能去刺殺個把人。」

「那樣沒用，你為什麼不加入楚軍，與眾人一塊抗敵？」

「陛下忘了，我加入過楚軍，和南直勁一塊去燒過滿倉城，老實說，戰場不適合我，人太多、場面太亂，我施展不開。」

「那也沒必要白白送命。」

「呵呵，我開始理解楊奉的意思了，我慷慨赴難，在陛下看來卻是白白送命。同理，陛下之決一死戰，在我看來……」不要命突然不說了，大笑幾聲，調轉馬頭，疾馳而去。

韓孺子沒動，也沒派人阻止，仍然遙望軍營。良久之後，對身後眾人說：「去軍營。」

這是一次意外到訪，營中將士都沒有準備，尤其是新兵眾多，連兵甲都沒領齊，對軍官的命令更是茫然不解，但是一聽說皇帝來了，全都擁來，擠在道路兩邊觀看。

一名衛兵前驅，一路大喊「陛下駕到」。

韓孺子騎馬馳過營地，目光與眾多士兵接觸，有人心慌意亂地跪下磕頭，有人興致盎然，笑呵呵地與皇帝對視……

韓孺子拔出太祖寶劍，高高舉起，兩邊突然響起「萬歲」的呼聲。

到了盡頭，韓孺子調頭，收起寶劍，等衛兵再次列隊之後，他控馬緩緩前行，向兩邊的人大聲道：「大楚必勝，朕與眾將士同戰。」

萬歲的呼聲又起，逐漸被「同戰」代替。

韓孺子連去多座軍營，入夜才回城裡。

函谷關的樊撞山與崔騰不召自來，尤其是崔騰，聽說父親下落不明，他一定要參戰。

韓孺子沒有勸阻，只要不影響大局，他願意讓每個人自主選擇。

他回寢宮坐了一會，命人叫來景耀。

景耀還沒來得及去守墓，很快便趕到。

韓孺子身穿戎裝，手扶劍柄，站在屋子中間，神情冰冷。

景耀心中一驚，立刻跪下，「陛下。」

「你好大膽啊，景耀。」

景耀又是一驚，連磕三頭，「臣膽子不大，陛下……」

「敵軍攻城那一晚，是你給上官太后傳信？」

景耀抬起頭，茫然道：「是，臣對陛下說過了。」

「嗯，你還有沒說的事情嗎？」

景耀神情微變。

「朕待你如何？」韓孺子問，握緊了劍柄。

「陛下不念舊怨，將臣由卑賤處拔救出來，大恩大德，臣雖萬死不足為報。」

「朕不要萬死，只要一句真話。上官太后藏著的東西去哪了？」

自從得知楊奉的四字留言是給上官太后的警告，韓孺子就知道事情尚未了結，殺死桓帝、思帝的毒藥肯定還在。

景耀接連磕頭，卻不肯開口回答。

韓孺子慢慢拔劍，劍身出鞘一尺，他停下了，「在慈寧宮？」

景耀磕頭更緊，仍不開口，但已默認。

韓孺子收回寶劍，「你一點沒留？」

「臣留之無益，臣將去守墓，再沒有回皇宮的機會……」

韓孺子相信景耀的話，大步出門，景耀癱坐在地上，半天起不來。

慈寧宮已經收拾妥當，宮裡人剩得不多，這回都要隨太后一同遷宮，只有劉介例外，「總得有人看守皇宮，我是中司監，責無旁貸。」

韓孺子停在慈寧宮門口，與劉介聊了幾句，同樣沒有勸阻。

夜已經很深了，慈寧太后尚未休息，站在屋子裡四處打量，「好多東西都帶不走，唉，真是捨不得。」

「帶不走的就留下吧。」韓孺子站在門口說。

慈寧太后看向皇帝，「除此之外還能有什麼辦法？」

「母親。」

慈寧太后露出一絲驚訝，皇帝很久沒叫她「母親」了，兩人一直以「陛下」、「太后」互稱，若在從前，她會糾正皇帝，今天卻感到親切，「陛下一定能大獲全勝。」

「母親還記得我被楊奉接走的那個晚上嗎？」

「當然，至死不忘。」

「臨別之時，母親對我說，『除了你自己，別相信任何人，也別得罪任何人。』」

「虧陛下還記得。」

「我該相信母親嗎？」

慈寧太后啞口無言，盯著兒子看了好一會，緩緩道：「景耀多嘴？」

「與景耀無關，是楊奉，他留下了一點線索，我今天才弄清楚。」

「嘿，陰魂不散的太監，我一直很討厭他。」

「上官太后毒殺先帝，本意是為思帝奪位，可在思帝眼裡卻完全是另一回事，上官太后之所以感到悲傷，皆源於此。」

慈寧太后轉身，走到一只箱子前，打開箱蓋伸手到最下層，摸出一個小木匣，雙手捧著遞向皇帝。

韓孺子走過來，接下木匣，「都在這裡？」

「有必要分開放嗎？」慈寧太后語氣稍顯生硬。

如果能用在神鬼大單于身上，這東西倒是不錯，念頭一閃而過，韓孺子告退。回到泰安宮，景耀已經不在，他讓太監找來一些菜油，澆在木匣上、一燒了之，從始至終沒有開匣。

終於，他了無牽掛，可以放心與敵軍一戰。

第五百三十九章　真心話

迎風寨內外，連同官道之上，成為一片相連的巨大軍營。前後是楚軍，中間則是投降的敵軍，因為來自多國、語言不通，被楚人稱為「百家軍」。

這支軍隊只有盔甲沒有兵器，按照原計畫，要到決戰的前一刻，才會將兵器分發下去，這些人原有的器物大都散失，雖然找回來一些，數量還是遠遠不夠，需要楚軍給予補充，至於用得順不順手，根本不被考慮。

一開始，楚軍少而百家軍多，雙方互相提防，心裡全都惴惴不安，楚軍擔心降軍反抗，降軍害怕楚軍殺人除患。沒過多久，楚軍數量越來越多，大都部署在後方。營地成片，一眼望不到頭，雙方的警惕反而因此減少許多。

只有楚人自己知道，這支突然冒出來的龐大軍隊，大都是臨時徵調的平民百姓，遠遠看去一團威風，真到了戰場上，只怕起不了多大作用，甚至能不能讓這些人衝進戰場，大多數將領都沒有把握。

唯一信心十足的人是皇帝。

韓孺子屏退繁複的儀衛，通常只帶五十幾名衛兵在軍營裡進進出出，也不提前開路，士兵們臨時讓開即可。總之，他更像是身先士卒的將軍，而不是高高在上的大楚天子。

他不停地發出許諾，向將軍們許諾加官晉爵、向士兵許諾金銀布帛、向平民許諾田宅減賦……四名史官跟隨左右，皇帝隨說，他們隨記，以示這一切並非空口無憑。

趕到軍營的第三天，韓孺子前往百家軍營地，仍然只帶五十幾名衛兵。

異族將士對大楚皇帝更感好奇，韓孺子所到之處，眾人圍觀。

向這些人發出許諾比較困難，最多的時候需要五名通譯合作，好在韓孺子的話很簡單，「助神鬼大單于，你們永無回家之日；助大楚，你們很快就能與家人團聚。」

每走過一處營地，就有楚軍將兵器分發下去。

數日間，整支軍隊士氣大振，就連事先最為悲觀的將軍，也生出幾分信心。

韓孺子將中軍帳設在迎風寨內，寨子邊緣建了一座木製望樓，天氣晴朗的時候，能夠望見遠處的開闊之地，那裡將是戰場。

臘月十一，敵軍趕到，發現前方有大軍阻擋，敵軍顯然相當意外，立刻在數十里外安營扎寨。韓孺子派使者送去戰書，內容極其簡單，只有四個字：明日決戰。

使者當晚返營，帶回來十餘顆人頭，都是楚軍將領，崔宏與南直勁也在其中。

兵部尚書總算有了下落，崔騰捧頭大哭，發誓要為父親報仇，請求充當先鋒。

韓孺子當然不能讓崔騰衝在最前面，強令他留在身邊，派出的前鋒仍是樊撞山。

樊撞山傷勢尚未痊癒，但已沒有大礙，他迫切地請求參戰，一天之內連請五次，韓孺子終於同意，「將軍此戰，不為破敵陷陣，只為向百家軍顯示我大楚威風，切不可冒進。」

韓孺子不放心，將自己的衛兵分出一半給樊撞山，唯一的任務就是保護將軍的安全。

第二撥軍隊就是百家軍了，他們將羅列陣前，按照命令逐次進入戰場。

楚軍雖然缺少真正的將士，軍吏卻有不少，他們沒日沒夜地計算數字、排兵布陣，將五十幾支軍隊安排得妥妥當當，孰先孰後、孰主孰輔，看什麼旗幟、聽什麼命令，都說得清清楚楚。

第三撥軍隊則是臨時徵調的楚軍，數量不少，韓孺子卻沒打算真派出去，這些人的作用是守住後方，給前方軍隊一點信心。

韓孺子未向任何人透露自己真實的想法，作戰計畫仍然制定出來，詳細分派下去，讓人人都知道明天要做什麼。

韓孺子命人將楚軍將領的頭顱送上高台，面朝北方戰場，要讓他們看到明日的大勝。

夜色漸深，韓孺子在寨內大廳裡宴請諸將，不設桌椅，所有人都站著。

迎風寨不大，敵軍第一次經過的時候卻沒來得及完全拆掉，大廳仍很完整，火把照得亮如白晝，韓孺子親自執酒，連敬三杯，向楚將道：「京城已無守衛，百姓尚在東遷途中，楚軍絕不後退，是勝是敗，全看明日一戰，望諸位努力。」

眾將豪飲，韓孺子又向百家軍將領敬酒，「終歸是要回家，逃回去，仍會落入神鬼大單于手中，打回去，卻能與家人團聚，從此擺脫奴役。」

異族將領的歡呼聲更加響亮。

酒宴為時很短，幾杯酒下肚，眾人告辭，回去休息，準備大戰。

韓孺子留在大廳，望著一地零亂破碎的酒杯，心中所想全是明日之戰，思考每個細節，力求不出意外。如果百家軍無法獲勝，後方的臨時軍隊將不得不參戰，那是最差的結果，而且獲勝的可能微乎其微……

有人走進大廳，韓孺子看去，是崔騰與侍衛頭目王赫。

韓孺子坐在廳內唯一的椅子上，兩人上前，在台階下行禮，崔騰先開口，「陛下可有最後的準備？」

「什麼是『最後的準備』？」

崔騰與王赫互視一眼，還是崔騰開口，「明日之戰勝負難料，若有萬一，楚軍能擋一陣，陛下還可退往關東，但是需要提前安排好路線。」

韓孺子笑了一聲，看向王赫，覺得這是他的主意，「勝負難料？大家都有這樣的想法嗎？」

王赫被皇帝盯得臉色微紅，再不能保持沉默，「勝敗乃兵家常事，從來沒有必勝之理。」

「沒有必勝之理，卻有必勝之心。朕思考多時，以為楚軍必勝，為何？所謂盈則必虧，神鬼大單于百戰百勝，攻打京城時卻被迫退去，雖是詭計，對軍心卻是一大打擊。敵軍雖盛，其實已是強弩之末，一旦鋒銳被破，大敗無疑。百家軍受壓迫已久，又懷著回家之心，必能越戰越勇，更不用說還有楚軍押後。」

崔騰已經為父親哭過了，這時只在意皇帝，上前一步道：「就是這些百家軍，真的……不值得相信啊，他們先是投降神鬼大單于，現在又投降大楚，保不齊明天陣前會站在哪一方。」

「用人不疑，朕倒覺得百家軍可信。」

崔騰無話可說，看向王赫，「還是你勸吧。」

王赫道：「就當是以防萬一，陛下也該準備一條後路。」

「你提醒了我，將兵部的人叫進來。」

王赫很快叫進來七八人，京城兵部只剩這些官吏，卻是皇帝向全軍發佈命令的第一層緩衝。

韓孺子下達兩條旨意，一是傳令後方楚軍，關閉壁壘，門戶全部釘死，不准任何人出入，二是送給百家軍將領一封信，讓他們帶往西方，擇機交給鄧粹與黃普公。

兵部官吏領旨而去，崔騰與王赫目瞪口呆。

「我早跟你說過。」崔騰小聲道。

王赫無可奈何，本想勸皇帝備條後路，結果皇帝卻將唯一的路給堵死了。

兩人告退，韓孺子卻不允許，「留下陪朕喝幾杯。」

酒有的是，杯子卻沒幾個完整的，崔騰找出兩只，給王赫一只，自己一只，用袖子仔細擦拭。

王赫抱來酒罈，先給皇帝倒酒，次是崔騰，最後是自己。

韓孺子笑道：「今夜此間並無君臣，你我痛飲，不必拘禮。」

王赫客氣地飲酒，崔騰卻將皇帝的話當真，連飲幾杯，大聲道：「痛快，可惜東海王不在，也不知他是不是還活著。」

「送回的人頭裡沒有他，他就是還活著。」

想起父親之死，崔騰又悲又怒，再次連飲三杯，也不用王赫倒酒，自己抱著酒罈自斟自飲，有了三分醉意，問道：「陛下為何不派我打頭陣？」

「因為你不是樊撞山。」韓孺子回答得很直接。

樊撞山威名遠揚，不只是楚軍，百家軍也都知道這是一員無敵猛將，崔騰自然不如，可他不服氣，「讓我給樊將軍當跟班也行啊，免得日後有人說我膽小，有仇不報。」

「有你出戰的時候。」韓孺子喝了兩杯，「不必總想著明日的大戰，說點別的。」

王赫不作聲，崔騰的醉意卻更加明顯，斜眼道：「陛下想聽我一句真心話嗎？」

「當然。」

崔騰沉吟片刻，「我哥哥死在軍中，但那是他自找的，與陛下無關；我父親死於敵手，但那是他自己不小心，怨不得陛下；小君妹妹深得陛下寵愛，更沒話說；崔昭是被陛下送入匈奴的，現在想來，對她可能是好事。至於削官奪爵，我都不在意，唯有一件事，我耿耿於懷，不是今天這種時候，絕不會說出來。」

王赫連使眼色，崔騰全當沒看見，死死盯著皇帝，說：「張琴言是刺客，但她死了，我真的心痛，就是現在，心還在痛。」

「你需要朕做什麼？」韓孺子問。

崔騰長嘆一聲，再給自己倒了一杯，舉起來說：「不用，說出來就好多了，平時在陛下面前總是小心翼翼，裝作什麼都不在意，能說真話，就是陛下最大的恩典。」

韓孺子大笑，也拿起杯子，王赫立刻過來倒酒，「好，朕自罰一杯。」

韓孺子正要舉杯飲下，一名兵部官吏匆匆跑進來，驚慌失措，甚至沒有下跪，說道：「大事不好，百家軍造反了！」

崔騰扔掉酒杯，轉身就要衝出去，韓孺子喝道：「崔騰留下。」然後向官吏問道：「是全軍造反，還是一軍鬧事？」

官吏愣了一會，「還不清楚。」

「那有什麼可驚慌的？百家軍自有將領，等他們將消息報上來，再來見朕，下去吧。」

官吏稍稍安心，可還是不踏實，「不用派人去查看情況嗎？」

「該睡覺睡覺，該值夜值夜，任何人不得輕舉妄動。」韓孺子頓了一下，飲下杯中之酒，「都退下吧，朕也要休息了。」

遠處隱隱有喊聲傳來，韓孺子卻打了個哈欠，面露倦意。

第五百四十章　臨陣之賭

韓孺子一覺睡到凌晨時分，侍衛王赫與一名太監進來將他喚醒，太監服侍皇帝穿衣，王赫道：「百家軍發生了一點小騷亂，據說是有人大喊楚軍要動手，營中將領自行彈壓，已經沒事了，後半夜過來報告了情況。」

韓孺子嗯了一聲，這不是昨晚一同飲酒的時候了，現在的他是皇帝，是一軍之主。

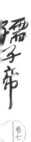

王赫一向沉穩，今天卻有點沉不住氣，猶豫再三，問道：「陛下是怎麼猜到百家軍不會叛亂的？我實在是想不明白。」

「對百家軍來說，時機已經過去了，他們若想叛亂，就該早些動手，然後北上迎接神鬼大單于。如今敵酋已至，列陣於前，百家軍就算提著朕的人頭去邀功，還是死罪一樁。」

韓孺子穿好了衣服與盔甲，「朕瞭解神鬼大單于，百家軍更瞭解，他們已被逼至絕境，除了與楚軍聯手，別無選擇。」

王赫敬佩不已，躬身道：「陛下知人，我等愚鈍，想不到這麼多。」

韓孺子微微一笑，身為皇帝，他的權威越來越高，身邊卻沒有可說真話之人，他再也不會告訴某人自己心中有多麼驚慌、雙眼緊閉卻不能入睡、好不容易睡著夢裡全是自己被殺的場景……他不會說了，一切都藏在心裡，所有人只能看到或聽說一個深謀遠慮、鎮定自若的皇帝。

外頭天還沒亮，將士們都已起床，營地裡各種聲音交匯，鼓聲、鑼聲、號聲、吼聲、甩鞭聲……不同的軍隊用不同的方式召集士兵，分派早飯，進行一次訓令與鼓動。

崔騰等人早已候在廳外，這時全迎上來，簇擁著皇帝登上望樓。

樓上，十餘顆頭顱一字排開，面朝北方的開闊地帶，準備「目睹」一場大戰。

崔騰跪在父親面前，低聲嘀咕了幾句，隨後起身，守在皇帝身邊。

作戰計畫早就安排好了，皇帝象徵性地擊了一下樓上的鼓，兵部官吏立刻通知樓下的傳令兵，十幾名士兵背著旗，疾馳出寨，分傳聖旨。

朝陽初升，韓孺子道：「今日天晴，正是決戰的好日子。」

崔騰翹首遙望，笑道：「敵軍好像也不是很多。」

敵軍數量的確不是很多，但絕不比楚軍少，而且都是神鬼大單于的本族精銳士兵。就是依靠這支軍隊，他征服了整個西方，驅使大批將士遠攻大楚。

最前線的楚軍已經列好陣勢，當先的應該是樊撞山，可是相隔太遠，望樓上的人看不清楚。

太陽又升起一點，雙方軍隊開始互射箭矢，造成的傷亡極小，三輪之後不約而同停止浪費行為，派出第一支隊伍，開始衝鋒。

崔騰心焦如焚，「哪個是樊將軍？一定要給敵人一個下馬威啊。」

王赫更關心皇帝，所以第一個看出異樣，小聲道：「陛下……」

韓孺子嚴肅地搖搖頭，也小聲道：「無事。」

王赫看著皇帝蒼白的面色，知道這絕非「無事」，他剛才分明看到皇帝面露痛意，顯然是身體不適。

上次京城夜戰的時候，韓孺子胸前受傷，斷了一根肋骨，事後只是由御醫草草治療一下，韓孺子禁止御醫再來，更不准他向外透露消息。

他相信自己能受得了，而且他必須受得了，這種時候，皇帝的一點小意外都可能惹來數不盡的猜疑。

遠方兩軍交鋒，那必定是激烈的一戰，遠遠望去卻不是那麼回事，所有馬匹跑得都太慢，嘶喊聲也聽不清楚，鮮血飛濺的場面更是見不到。

遠觀者只能用想像來描述戰場上的慘烈。

崔騰握緊了拳頭，半截身子探出望樓，被兩名衛兵硬拽回來，以防他掉下去。

韓孺子望了一會，坐到樓上唯一的交椅上，向陪同的將領與官員笑道：「左右無事，大家打個賭吧，今天這一戰什麼時候會分出勝負？」

眾人目瞪口呆，尤其是兩名百家軍將領，聽通譯小聲說完，比楚人更顯驚訝。

「朕賭午時前後結束，押一百兩銀子，有人願意賭嗎？崔騰。」

崔騰又向遠方的戰場望了一眼，「我賭申時結束，押……十萬兩。」

韓孺子斥道：「亂說，只能押一百兩，你們崔家比皇室還有錢嗎？」

崔騰不好意思地笑了兩聲，「那就一百兩，申時……前後，差一刻鐘也算我贏吧？」

「當然。」

其他人還是沒有參與的熱情，韓孺子繼續點名，「王赫，你也猜一個時間。」

「我希望越早越好，巳時吧。」

「只剩不到一個時辰，王赫，你這是明擺著要送錢啊。」崔騰瞪眼說道。

王赫笑笑，「難說，或許就是我贏呢？大家若是都不押巳時，我豈不是獨賺一大筆？」

「嘿，大家都押一百兩，總共也沒多少……」崔騰興致上來了，催促樓上的其他人說時間下注，連衛兵和兩名異族將領也不放過。

眾人沒辦法，紛紛下注，絕大多數人押酉時或戌時結束，那時候天色已黑，戰鬥只能結束。

這是一場正面交鋒，沒人願意在夜裡作戰。

一名兵部官員提筆一一記下，既感緊張，又覺好笑。

韓孺子看向人群中最年輕的一名將領，「謝存，你還沒下注吧？」

謝存曾經輔佐瞿子晰守衛京城，立下大功，尚未封賞，京城軍隊前去支援崔宏的時候，他也沒有跟去，逃過一劫。

「是押戰鬥結束，還是押分出勝負？」謝存問。

「分出勝負。」

「非得押今天嗎？」

「不必。」韓孺子道。

謝存又想一會，「我押後日。」

崔騰搖頭，「只能押某個時辰，不能押一天。」

「後日午時……不，未時前後。」謝存道。

「都記下了嗎？」崔騰問道，兵部官員點頭。

崔騰很興奮，搓搓雙手，「其實我也覺得今天不會分出勝負，陛下，我能再押一次嗎？」

「不能，一人就猜一次。」

崔騰想了想，「我替父親押一注，他也在這裡，應該算一份，對不對？」

「好。」韓孺子同意了。

「後日申時，比謝存晚一個時辰。」崔騰道，監督兵部官吏寫下。

遠方鑼鼓聲突然響亮起來，崔騰比誰都急，跑到樓邊遙望，「百家軍參戰了。」

這是一個關鍵時刻，兩名異族將領也來到樓邊，踮腳觀戰，互相說些什麼。

通譯上前，要向皇帝傳譯，韓孺子揮揮手，表示不用。

足足兩刻鐘之後，崔騰轉身，極莊重地向皇帝說：「百家軍勇猛無畏。」
韓孺子嗯了一聲，顯得很不在意。
王赫第一個輸了，上午巳時已過，遠方戰事正酣，全無結束的跡象。
「拿銀子來，一百兩。」崔騰伸手來討，對賭博，他向來認真。
王赫拍拍身上，尷尬地說：「沒帶，等我回帳取來吧。」
「可以嗎？」崔騰問道。
「簽字記帳。」韓孺子道。
「宿衛軍劍戟營副都尉王赫，欠銀一百兩，某年月日。」崔騰口授，讓兵部官吏記下，然後對王赫說道：「簽字。」
王赫無奈，提筆簽字，眾人驚訝，甚至對遠方戰鬥的關心都少了一些。
第二個輸的是皇帝本人，午時已過，崔騰上前笑呵呵地說：「陛下輸了，陛下不會也沒帶銀子吧？」
「等等，朕說的是午時前後，還有一刻鐘呢。」
軍中有人專門記時，每隔一刻鐘，樓下就會傳來鑼響，崔騰側耳傾聽，甚至忘了觀戰，鑼聲一響，馬上向皇帝笑道：「到了。」
「沒結束嗎？」韓孺子坐的地方看不到戰場。
「沒有，打得正激烈呢，百家軍快有一半參戰了。」
韓孺子身上還真沒有銀子，身邊的太監也沒有，「好吧，朕認輸，也記帳。」
兵部官吏沒敢落筆，不知道該怎麼寫。
韓孺子招手，叫來筆紙，親自寫下：朕欠銀百兩，某年月日。落款畫了一個小圓圈。
崔騰看了一眼，笑道：「我若是贏了，不要銀子，就要陛下這幾個字，拿回去封裱起來，價值連城。」

韓孺子哼了一聲，他的字跡不太好看。

好在崔騰也沒贏，這一戰由早打到晚，雙方僵持不下，天黑之後也沒分出勝負，只能各自退兵。

樊撞山活著回來了，滿身血跡，寨內早備好了酒肉，他先抓起一塊肉大嚼幾口，然後埋怨皇帝派去的衛兵，「比敵人看得還緊，根本不讓我衝鋒嘛。」

衛兵講述的卻是另一幅場景，樊撞山在戰場上幾進幾出，前後換了三匹馬、十幾桿長槍，挑落敵軍將士至少二十人。

崔騰踅到樊撞山身邊，小聲道：「下一注吧。」

「嗯，什麼注？」

崔騰雖然輸了，賭興卻更高，出示打賭的紙張，「打賭什麼時候能分出勝負，今天大家都輸了，就謝存一個人猜是後天。」

「我們在前線浴血奮戰，你卻在後方拿我們的性命打賭？」

崔騰臉上變色，急忙道：「這是陛下……明天，明天我跟你一塊上戰場，用自己的命打賭。」

樊撞山哈哈大笑，「我押明日天黑之前。」

「那就是酉時前後。」

「押一萬兩。」

崔騰讚了一聲「爽快」，隨後遺憾地搖頭，「陛下只許押一百兩。」

「那就押一百兩，等等，我手下的士兵能不能下注？」

崔騰扭頭看向皇帝。

韓孺子點頭。

「可以。」

「死人能不能下注？」

崔騰曾經替亡父下注，不用再問皇帝，直接道：「可以。」

「好，那就賭，前鋒軍一千一百六十人，全押明日酉時，一人一百銀，贏了大家分，輸了我出。」

崔騰好心提醒，「那可是十一萬多兩。」

樊撞山沒想到是這麼多，一下子含糊了。

韓孺子開口道：「將領百兩，士兵十兩就夠了。」

崔騰一邊寫，一邊笑著說道：「樊將軍不太會賭啊，你應該將一千多人分成幾次下注，賭不同時間，這樣一來贏面更大。」

樊撞山揮揮手，「賭就賭大的，要什麼贏面？」

賭局一下子擴大了，好幾位將軍擠過來，也要為自己和麾下將士下注，就連百家軍的將領也圍著通譯詢問賭局詳情。

韓孺子對身邊的太監小聲說：「你也押一注吧，賭後日午時。」

第五百四十一章 書還在

自從早晨吃過一點食物，東海王再沒有進食，不是他不想，而是沒人送。整整一天過去了，帳篷裡冰凍如鐵，他僵硬得似乎連血液都不流動，甚至對大戰的結果都失去了興趣。

「肯定是把我給忘了。」東海王喃喃道，緊了緊身上的毯子，分外懷念王府中的生活。

外面突然傳來腳步聲，東海王一喜，以為終於有人想到給他送飯了。

帳簾掀開，進來一個人，手持蠟燭，另一隻手卻是空的，沒有食物。

東海王立即拋開毯子，挺身站起，冷冷地打量來者，不肯做出屈服的動作。

丘洪同樣面無表情，緩慢掃視，最後目光落在那堆毯子上。

「沒打贏吧？」東海王想要冷笑一聲，結果臉上的肌肉卻不聽使喚，「你沒來炫耀，我就猜到了結果。」

丘洪哼了一聲，讓開位置，帳外又進來兩名士兵，手持長槍。

東海王心中一驚，那兩人挺槍對準的卻不是他，而是床上的毯子，戳了兩下，又在別的地方或捅或刺，沒有發現異常，退了出去。

丘洪也要走，東海王叫道：「慢著，你在找什麼？」

丘洪不回答，也不停留，徑直走了。

「他們這一戰肯定輸得很慘，真納悶，陛下又從哪找出一支軍隊？」東海王心裡稍微溫暖了一些，乾脆就在地上練起拳來，空間狹小，又沒有燈光，他不敢大展拳腳，只是伸伸胳膊和腿，因此肚子更餓，但是沒那麼冷了。

噗，東海王的一拳竟然擊中了什麼東西，更讓他汗毛倒豎的是，自己的拳頭被咬住了！

異族軍營、冰寒之夜、伸手不見五指……隨意伸出的手卻被一口咬住，東海王魂飛魄散，不由自主地張嘴就要尖叫。

胳膊一彎，咬手者靠近，又有東西堵住嘴巴，隨後是一個低低的聲音：「別叫。」

原來「咬」住拳頭的不是血盆大口，而是另一隻手。

東海王還是驚恐萬分，但對方既然是人，會說楚語，他放心許多，點點頭。

「我是楚人。」

東海王又點點頭。

「是來刺殺敵酋的。」

東海王終於緩過勁來，用力點點頭，那人鬆手。

「神鬼大單于不在這。」東海王極小聲地說，「他很小心，除了極少數人，沒人知道他住在哪頂帳篷。」

「我就是那極少數人。」對面說。

「原來丘洪要找的人是你。」

「嗯，我故意讓他們有所察覺，從而暴露敵酋所在。」

「聰明。」東海王心中突然生出一股新的希望，「你能把我救走？」

「不能。」對面的回答乾淨俐落。

東海王大失所望，「那找我幹嘛？刺殺的話，我可幫不了你。」

「以後你有機會返回楚軍。」

「你知道什麼？被殺死已經是我最好的結果，更慘的是被敵人帶到極西方去，我……唉。」對方不能救他脫離苦海，東海王言語間也不那麼客氣了。

對面的人卻不聽他的抱怨，繼續道：「告訴皇帝，那本書還在。」

「什麼書？」東海王莫名其妙。

「記住這句話，這對皇帝很重要。」

「你究竟是誰？」

握著拳頭的手一鬆，東海王退後一步，稍稍提高聲音，「你不表明身份，我可不會替你傳話。」

無人回答，東海王慢慢伸出手臂，到處摸索，帳篷裡除了他以外，再無別人。東海王心慌意亂，使勁揉眼睛，懷疑自己是不是做了個夢。

身上還是那麼冷，肚子也還是那麼餓，東海王重新裹起毯子，毫無睡意。

外面突然響起一片嘈雜，許多人在大喊大叫，像是在下命令。

東海王精神一振，如果那人真能刺殺神鬼大單于，敵軍必潰，楚軍必勝，至於楚使……他不敢想下去了。

叫喊聲持續了很長一段時間，隱隱還有兵器相撞的聲音，東海王走到帳邊側耳傾聽，心中患得患失。

丘洪又闖進來，一手握著蠟燭，另一手提著彎刀，看向東海王，「你在做什麼？」

東海王挺直身子，「聽聽你們在做什麼，楚軍攻進來了？」

「嘿，幾名大膽的刺客而已，楚軍無能，自知必敗，連這種招數都用上了。」

東海王心裡一顫，臉上卻能擠出一點微笑了，「你的樣子不夠悲傷，想必神鬼大單于還活著。」

「小小刺客，連正天子的邊都碰不著，他們都被殺死了。」

東海王搖頭，「不對，你的樣子也不夠得意，所以刺客跑了，你們沒抓住。小心，沒準刺客還會回來。」

丘洪上前兩步，舉刀對著東海王，「小心說話，我們可以選擇任何人當降軍的皇帝，不一定非得是你。」

「眼下趨勢，投降的是你們吧？我倒是能為你們傳話，大楚天子一向寬宏大量，或許會饒你們不死。」

丘洪手中的刀架在東海王脖子上，刀身冰冷，東海王打了一個寒顫，卻沒有躲避，反而露出更多笑容，但不敢再做更多挑釁。

丘洪盯著東海王，最終並未動手，說道：「楚國皇帝無恥，竟然招降正天子麾下僕從之軍與我們作戰，可這招注定……」

東海王大笑，放聲大笑，連脖子上的刀都不在意了，丘洪反而要將刀稍稍挪開，一臉的不明所以。

「陛下果然擅出奇招，竟然以敵之兵攻敵不備，哈哈。你們今天沒能打贏，就意味著降軍很賣力。」東海王一下子明白了許多事情，又笑了幾聲，身體由裡到外感到溫熱，「大楚天子就是有這個本事，神鬼大單于丟掉的士兵，大楚天子卻能拿去為其所用，而且還很應手，哈哈。」

丘洪臉色難看，「別高興，明天正天子一聲令下……」

「一聲令下？丘洪，你心裡也不信吧，事情到了這一步，你們的勝算可是越來越少了，僕從國士兵因為懼怕才替神鬼大單于賣命，今日一戰，他們發現你們沒有那麼厲害，還會再聽神鬼大單于的『一聲令下』？等到下一戰，他們必定士氣大振。」

丘洪大怒，「你以為正天子第一次遇到反叛嗎？叛軍必敗、楚軍必敗。」

「不同不同，從前有哪支叛軍能與神鬼大單于的軍隊正面抗衡？想必沒有，丘洪，究竟發生了什麼事，竟讓你們的士兵大不如從前？哦，對手不一樣了，你們現在的對手是大楚天子，你們以為他會退卻，他卻迎戰；你們以為他會驚恐，他卻無畏；你們以為他麾下無兵，他卻派出一支大軍，你們以為……」

丘洪手上用力，刀刃入膚，東海王不敢再說了，心情卻是越來越好。

「刺客假意刺殺，其實是來救你吧？」丘洪問。

東海王這才明白為何丘洪半夜跑到自己這邊來，本想否認，話到嘴邊又改了主意，「或許吧，以眼下的形勢，楚軍沒必要派出刺客，在戰場上就能將你們打敗，可大楚天子很在意我這個弟弟……」

丘洪舉起彎刀，「那我們就用你的人頭向楚軍示威。」

「好啊，這樣一來，大楚天子就不必對你們再存寬容之心了。」東海王心中忐忑，卻揚起脖子，露出一副無懼的神情。

丘洪沒有動手，停頓片刻，收起彎刀，「刺客敢來，就讓他死無葬身之地。」

東海王不屑地撇撇嘴，心裡卻有一點失望，刺客神出鬼沒的，可還是沒能殺死神鬼大單于。

丘洪做勢要走，卻又轉回身，將彎刀收起，從懷中取出一張紙，問道：「這是什麼東西？」

東海王湊近些，藉著燭光看了一眼，「『淳于子曰：強者因強而弱，弱者因弱而強，皇帝至強，一朝隕落，家國難繼，皇帝至弱，或生或死，與國無礙……』這是書中一頁，淳于子，淳于梟，你怎麼會有這個東西？」

「這是什麼書？」

「是……算命的書。」東海王道，心裡明白，這是刺客留下來的，卻不明白其中有何用意。

丘洪一臉困惑，不相信，卻沒有再問，轉身向外走去。

「你在哪發現的？肯定是神鬼大單于的床頭，刺客用這種方式告訴你們，他能殺死神鬼大單于，可大楚不需要……」

「它被放在了我的床頭。」丘洪大步離去，帳篷裡又是一片黑暗。

東海王心中喜悅，看樣子楚軍還有勝算，而且是很大的勝算，至於那頁書，則是刺客留下的，可他到底想表達什麼呢？丘洪疑惑，東海王同樣疑惑。

「那本書還在。」東海王小聲重覆刺客的話，原本沒太當回事，現在卻決定，若是真有機會，一定要向皇帝傳達，只有皇帝能明白其中確切的含義。

這一夜，東海王一會睡一會醒，次日天還沒亮，終於有士兵送來一盤冷肉和一壺涼奶，東海王狼吞虎嚥吞下去，肚中有食，人也變得耳聰目明，聽到外面鑼聲、號聲不斷，知道又要開戰了。

丘洪又來了，臉上沒有半點疑惑，恢復了從前的得意洋洋，「吃飽了嗎？願意隨我觀戰嗎？」

東海王當然願意，總比在帳篷裡一無所知強，「這種食物真不知道你們怎麼吃得慣。」

「那是你不懂美味。」

「你這麼高興，是因為神鬼大單于沒在一怒之下砍掉你的腦袋吧。」

「不用套我的話，東海王，今天你將看到什麼是『臨陣倒戈』，看看正天子和楚國皇帝誰才是那些僕從軍隊真正的主人。」

東海王不喜歡丘洪的得意勁。

第五百四十二章 皇帝來了

太陽逐漸升高，雙方軍隊嚴陣以待，卻都沒有發起進攻。

一名軍官騎馬匆匆回到迎風寨內，向皇帝報告一個意外的消息，「敵軍押出西方七王，聲稱將在陣前祭軍，以此要挾百家軍反戈。」

望樓之上眾人大驚，崔騰第一個跳起來，「我就知道異族人不可信，反覆無常，又要陣前倒戈。」

楚人看向樓上僅有的兩名百家軍將領，兩人惶惑，聽通譯說完，立刻跪下，激動地解釋了一通。

幾名通譯互相對了一下，其中一人上前道：「陛下，這兩人說事已至此，百家軍絕不會再度投降神鬼大單于，請陛下允許他們去往前線，督促諸軍發起進攻。」

「陛下別信他們，這兩人分明是想與百家軍匯合，一同倒戈。」崔騰大聲提醒。

韓孺子擺擺手，示意崔騰閉嘴，然後道：「問問他們，七王是怎麼回事？」

通譯詢問，兩將回答，說得頗多，通譯再向皇帝傳達時卻比較簡單：「極西方國家眾多，但是各家王族皆有親緣關係，所謂七王，是他們共認的嫡系王族，類似於咱們大楚的長房，備受尊崇，自從戰敗後，就被神鬼大單于留在身邊。其中一王，就是這位拉赫斯將軍的父親。」

拉赫斯大概聽懂了自己的名字，再次向皇帝磕頭，急促地說了幾句。

通譯道：「他說自己瞭解神鬼大單于，就算全軍投降，七王也未必能得到寬赦，一鼓作氣將神鬼大單于擊敗，反而可能救下七王，就算不能，也無遺憾，他願意去前線勸說諸軍。」
崔騰一個勁地向皇帝搖頭，其他人也都覺得不可放人，但是沒有開口，這種時刻他們已經習慣了由皇帝拿主意。
韓孺子思忖片刻，「讓他們去。」
不等通譯開口，崔騰急道：「陛下……派一個人去，留一個也好，就留這個拉什麼斯。」
「不必。崔騰，你不是想參戰為父報仇嗎？今日許你參戰。」
崔騰渴望參戰，卻不是這個時候，聞令不由得一愣，「陛下……」
韓孺子指著望樓邊上一字排開的十餘顆頭顱，「讓百家軍明白，敗給神鬼大單于，只有這樣的下場。」
崔騰終於醒悟，緊緊束帶，「遵旨，陛下。」
通譯也已說給兩名百家軍將領聽，兩人又磕數頭，起身下樓。
崔騰也要下去，忽然止步，對皇帝說：「我能帶著父親嗎？我要他親眼看到我打一場勝仗。」
韓孺子點頭，對王赫說：「帶全部衛兵跟去。」
皇帝的衛兵一半跟隨樊撞山，剩下的一半臨時賜給崔騰。
王赫躬身領命，崔騰親手將父親的頭顱裝入木匣，雙手捧起，與衛兵一塊下樓。
望樓上的人一下子少了許多，韓孺子在椅子上微微斜坐，似乎在思考什麼，不久之後他向兵部官員下令：「全軍戒備。」
「遵旨，陛下。」兵部官員早已驚慌失措，就等著皇帝傳旨，立刻下樓，很快，迎風寨內外響起了稀疏的鑼鼓聲。
韓孺子看向小將謝存，問道：「你以為如何？」
「百家軍不會倒戈，敵軍今日不會發起進攻。」

「為何？」韓孺子問，其實是替諸人說出疑惑。

謝存上前躬身行禮，「神鬼大單于晚了一步，他若是昨日招降，餘威尚在，百家軍驚恐之餘，或許有人願意屈服。可是經過一戰之後，百家軍懼心已去，願意倒戈的人不會很多。」

「可他們卻在猶豫，沒有按計畫進攻。」

「百家軍群龍無首，各王族雖有血親，彼此間的猜疑卻是只多不少，猶豫乃是因為無人肯出頭，拉赫斯將軍出面，能說服他們。」

韓孺子點頭，又道：「你剛才還說敵軍今日不會進攻。」

「敵軍拿七王當作人質，已露怯意，神鬼大單于今日必無戰意。」

韓孺子又點點頭，向眾人笑道：「軍心即人心，猜軍不如猜人，朕也以為百家軍必不至倒戈，但是朕猜測神鬼大單于必會進攻，此人知難而進，今日越是不宜開戰，他越要逆勢而行。」稍頓一下，他又道：「待會開戰之後，命楚軍列隊前移，是否參戰，要等朕的命令。」

另一名兵部官吏領旨，帶人走到望樓一角，這裡放著一面蚩尤大旗，豎起來就是楚軍前行的意思，再豎則意味著參戰，遠方有專人盯著，看到旗幟就會傳令下去。

楚軍大部分士兵都將是第一次參戰，許多人甚至沒學會騎馬，只能充當步兵。

時間一點一點過去，太陽越升越高，這仍然是一個好天，眾人心中急躁，比昨日戰事正酣時更覺煎熬。每當有人覺得再也忍受不了的時候，就扭頭悄悄看一眼皇帝，心裡又能踏實一會。

皇帝坐在椅子上，雙眼微閉，心思似乎根本就不在戰場上。

遠方鼓聲驟急，立刻有觀戰將領轉身道：「前方似乎開戰了，應該是樊、崔兩位將軍衝鋒。」

「嗯。」皇帝仍不肯多看一眼。

「百家軍未有動作。」將領加上一句。

謝存再度開口，「陛下，臣請去向百家軍傳令。」

「無需你去，按規矩傳令。」

兵部官員下樓傳令，立刻有士兵一聲聲傳出去，「前軍參戰！」

前軍共有四支軍隊，兩支昨日參加過戰鬥，另外兩支則是第一次進入戰場。

樓邊的幾名官吏與將領望眼欲穿，一人突然道：「百家軍未動，敵軍先出動了。」

眾人都是一驚，唯有謝存向皇帝道：「陛下言中，微臣自嘆不如，看來百家軍很快也會參戰了。」

韓孺子笑了一下，沒有開口。

樓上的觀戰者可沒有這麼鎮定，無不踮腳翹首，好一會後，終於有人喊道：「百家軍參戰了！」

一直顯得很悠閒的皇帝突然挺身道：「豎旗。」

沒人再對皇帝的命令產生疑問，早已準備多時的兵部官員與幾名士兵一同豎起蚩尤旗，這意味著第一批後備楚軍開始接近戰場，進入待戰區域之後停下，等候第二次豎旗。

韓孺子隨即下達一連串命令，百家軍的各支軍隊無一例外都接到了命令，或進攻、或輔戰、或防守、或繞行……誰都不能閒著，接下來是楚軍，將近一半接到前移命令，剩下的一半也都進入備戰狀態。

幾名兵部官員忙得手忙腳亂，有人記錄，有人下樓傳令、上樓回覆，累得氣喘吁吁。

皇帝終於部署完畢，又斜靠在椅子上閉目養神。

他的命令其實都很簡單，對正在進行的戰鬥沒有直接影響，但無論是傳令的官員，還是領旨的各支軍隊，都以為皇帝胸有成竹，對戰場形勢瞭若指掌，許多前方將士甚至以為皇帝本人已親臨戰場。

又是一場大戰，負責記錄賭約的官吏忙碌起來，輸者越來越多，好在銀子都不多，大家更在乎最後結果。

觀戰的將領不停轉身報告情況，今天這一戰開始得比較晚，規模卻更大，百家軍大多都已參戰，楚軍也是步步緊逼，只等皇帝最後一聲令下。

韓孺子遲遲沒有下令，事實上，他心裡很清楚，以新兵為主的後備楚軍無論如何不能投入戰場，那會暴露楚軍的最大軟肋，不僅會令敵軍士氣大增，還會讓百家軍失去鬥志。

他的心裡遠沒有外表那麼鎮定，他比誰都急，急於聽到戰事進展有利於楚軍，再這樣僵持下去，後備軍遲遲不戰就會顯得很奇怪。

眾人當中，只有年輕的謝存大致明白皇帝的心事，趁別人都在觀戰，他走過來，小聲道：「請陛下給我一支軍隊，前去救急。」

韓孺子想了一會，「左軍第九營兩千人當中多為老兵，你帶他們參戰，馳騁往返，盡量避免纏鬥、混戰。」

「是，陛下，微臣明白。」

韓孺子叫來兵部官員，傳旨、發令牌，謝存下樓去接管軍隊。

觀戰將領習慣報喜不報憂，只說楚軍、百家軍進展如何，很少提及敵軍狀況，韓孺子眼雖不看，心裡卻明白得很，像這種戰鬥，一旦開始很快就會變成混戰，必須持續不斷地投入軍隊，後參戰的軍隊看得更清楚些，他們的士氣會直接影響那些參戰已久的人。

謝存帶一支楚軍參戰，最大的作用不是擊敗敵人，而是給百家軍一個印象：楚軍果然能打硬仗。

戰場比較遠，等了半個多時辰，才有將領回報說左軍一部分將士參戰。

通報聲越來越少，因為戰場上的形勢實在太亂，站在望樓之上，根本分不清敵我，更無從判斷勝負。

雙方都知道今天這一戰有多麼重要，如果說昨天是試探，今天就是真正的交手，敵軍再打不贏，士氣將更加受挫；百家軍若是明顯戰敗，好不容易激起的鬥志很可能消失殆盡。

一名兵部官員實在看不下去了，轉身來到皇帝面前，說道：「陛下，讓楚軍參戰吧，雖然新兵居多，總比沒有強。」

「再等等。」韓孺子仍不想走出這一步。

斜陽西傾，又有幾名將領提議派出後備軍，皇帝終於起身，來到樓邊向戰場的方向望了一眼，說：「隨朕去前線。」

眾人一驚，可是沒人相勸，此時此刻，皇帝只要開口，他們就會執行，哪怕是下令從樓上跳下去，他們也會毫不猶豫地照做。

韓孺子扭頭看了一眼楚將頭顱，目光停在南直勁臉上，低聲道：「你為大楚而亡，朕亦為大楚而戰。」

韓孺子下樓上馬，命人舉起皇帝大纛，前方開道，一路吆喝著穿過備戰的楚軍，宣布皇帝來了。

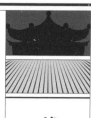

第五百四十三章 第三日

大楚皇帝親自來到陣前，旗纛飄揚，身後只有數十名官吏與將領，沒有衛兵。楚軍士氣大振，同時振臂高呼萬歲，響徹雲霄。

韓孺子派出最後一支百家軍，待此軍進入戰場之後，他下令擂鼓，率領前軍近萬名將士緩緩前移，後方的大軍也都緊握兵器，開始原地踏步。

楚軍大都是步兵，韓孺子派出大批將官騎馬在隊前馳騁，維持隊形不亂，事實上，第一線都是老兵。

戰場看上去很近，只憑雙腳卻要走一會，韓孺子勒住韁繩，盡量走慢一些，扭過頭，望見殘陽如血，天又要黑了，他不想再打夜戰，但是更不想在敵軍之前退卻。

這是一場士氣之爭，一口氣沒提上來，接下來就會再衰、三衰。

他沒有回頭，在來前線的路上，他已經見過眾多驚慌茫然的目光，太多新兵了，許多人連握兵器的姿勢都不對，在寒風中站得久了，凍得臉色發青。從未靠近過戰場的他們，面對強敵，不可能不心生懼意，能夠堅守位置不退，就是他們最大的士氣。

距離戰場一箭之地，韓孺子停下，身後的大軍也停下。

絕不能讓這些新兵進入戰場，韓孺子再一次提醒自己，向旁邊的將領小聲交待幾句，將領親自去傳令。他只能派出第一線的老兵，數百人而已。

太陽落山，光線迅速減弱，戰場突然變得既遙遠又迫近，遠到看不清面目，只見人影幢幢，近到殺喊聲就在耳邊，似乎下一刻就有刀槍刺來。

對面的號角聲突然變得急迫，像是在督促己方軍隊奮力戰鬥，韓孺子再不猶豫，立刻派出一線老兵，同時下令剩下的士兵擺出防守陣勢。

陣勢很簡單，前排士兵握持長盾短刀連成一片，後幾排士兵伸出長槍，更後面的士兵暫時放下兵器，只有一個任務，待會用肩膀抵住前面的人，保證大軍不退。

敵軍的強硬只是曇花一現，不等少量楚軍加入戰鬥，對面的號角聲一變，敵軍士兵開始退卻。

但這不是無序的潰退，而是穩扎穩打，士兵們互相尋找，盡量聚在一起，湊夠一定數量之後一起後退，與更多士兵匯合。

皇帝身邊的將領大喜，「敵軍退了，我軍可趁勝追擊。」

最愛冒險的皇帝卻變得異常謹慎，等了一會，在看到敵軍確實在後退，而太陽也即將完全落到山後時，下令：「收兵。」

將領很意外，但還是立即執行旨意，傳令鳴鑼收兵。

退卻通常比前進更難，即使是收兵，也要花很長時間，奮戰中的將士很可能忽略掉後方的聲音，非得由身邊其他人提醒，才能反應過來。

好在敵軍先撤，減少了許多不必要的糾纏，夜色漸深，韓孺子親自監督一批批士兵退下來。

一整天戰鬥下來，很難說誰勝誰負，但無論是百家軍，還是少量楚軍，都以昂然的姿態返回己方陣營，只在經過皇帝時低頭致意。

連續兩天的戰鬥，已經讓將士們越來越自信，尤其是那些百家軍，恍然發現之前被視為天兵天將的神鬼大單于將士，也沒有想像得那麼厲害，完全能夠戰勝。

後方楚軍讓出幾條通道，但是仍保持防守陣勢。

韓孺子駐馬觀望，心中漸漸不安，許多將領都回來了，聚在皇帝身邊，樊撞山和崔騰卻一直不見蹤影，也沒人聲稱見過他們。

韓孺子派出一名使者，帶著三名通譯前往敵軍陣前，提議共同收拾戰場、各自抬走傷員，以便明日再戰。

敵軍爽快地同意了，使者覆命，韓孺子倒有幾分意外，但是沒有多想，撤回迎風寨。按照約定，只留一千名士兵收拾戰場，特意傳令，找到樊撞山與崔騰之後，立刻送到寨子裡。

軍隊撤回各自營內時，已是後半夜，韓孺子召見數十名百家軍將領，表示自己看到了他們的勇猛表現，簡單地鼓勵幾句，暗示明日即是最後決戰，楚軍將在戰鬥中途全部參戰。

面對這些異族人，韓孺子不能表現得太親切，相反，他坐在唯一的椅子上，身前身後皆是身披重甲、手持長戟的楚軍衛士，百家軍將領則一律伏地回話。

皇帝沒有因為百家軍早晨的猶豫不決而發怒，他們已經很高興。

異族將領退下，只留下兩人參與御前會議。

全線進攻的計畫早已制定完畢，這時拿出來連夜修改，百家軍頗有傷亡，楚軍也有變動。

韓孺子時不時抬頭看向大廳門口，經常有人進來通報情況，卻一直沒有樊、崔兩人的消息，皇帝的衛兵只回來寥寥七八人，很早之前就與這兩人失散，說不出他們的下落。

小將謝存安全返回，累得不輕，衝鋒陷陣的確不是他的優勢，休息了一會才來參與會議，一來就提出諸多建議，「明日一戰必分勝負，楚軍不能只想著如何打敗敵軍，還要準備好追擊與包圍。既然必勝，就要大勝，不能讓敵軍逃回神雄關，與塞外軍隊匯合。」

塞外還有一支大軍，正與柴悅率領的楚軍主力對峙。

百家軍將領聽通譯說完，表現得很激動，大聲說了許多話，通譯道：「他們說塞外之軍大都也來自西方諸國，不足為慮，這邊打勝之後，他們就去勸降，十拿九穩。」

通譯加了一些修飾，但意思不變。

神鬼大單于百戰百勝，正因為如此，一次慘敗，就能令從前的僕從軍對他產生懷疑。

韓孺子接納了謝存的建議，諸將官當中，唯有謝存最瞭解皇帝的用意，御前會議一方面是真的排兵布陣，另一方面更是給百家軍豎立信心。

楚軍總是不參戰，畢竟會引發一些懷疑，因此皇帝希望第三日就能結束戰鬥。

計畫制定得差不多了，眾人告退，他們還來得及睡上一兩個時辰。

韓孺子沒睡，坐在大廳裡閱覽後方送來的公文，同時也在等候前方收拾戰場的消息，兩名太監陪伴皇帝，不停地修剪燭芯、更換火把與炭盆。

大廳空蕩，寒意還是越來越明顯。

廳外腳步雜沓，韓孺子抬頭，看見王赫匆匆跑進來，知道事情總算有了著落。

王赫一身血污，剛要下跪，就被皇帝阻止，「王都尉平身。」

王赫拱手道：「樊、崔兩位將軍受了重傷，正在回來的路上，臣先回一步向陛下報信，臣等失職，未能保得兩位將軍安全，請陛下降罪。」

韓孺子大大地鬆了口氣，起身來到王赫面前，拱手道：「侍衛並非衝鋒陷陣的士兵，朕早知如此，卻派卿等上戰場保護樊、崔兩將，實是強人所難，王都尉有功無過。」

對異族百家軍將領保持威嚴，對自己身邊的人卻不必虛張聲勢。

見皇帝拱手，王赫吃了一驚，聽皇帝說完，更是驚訝，又要跪下，卻被皇帝扶住，「不必多禮，還有多少侍衛回來？」

「大概三十多人，另有宿衛士兵五十餘人。」王赫回道，皇帝的衛兵損失慘重，傷亡過半。

韓孺子輕嘆一聲，「王都尉快去休息吧。」

王赫退下，心中感激。

韓孺子在大廳裡來回踱步，又過了兩刻鐘，士兵們終於抬回了樊撞山與崔騰。

樊撞山受傷最重，人還在昏迷中，立刻送到營房中，由御醫看視。崔騰好些，但是傷了一條腿，站不起來，只能坐著，雙手仍然抱著木匣，匣子繫著粗繩，掛在脖子上。

「陛下為什麼撤軍？再打下去，今晚就能活捉神鬼大單于啦。」

韓孺子笑著搖搖頭，「只知進攻，不懂自保。你可沒有大將之風。」

「我早就不想當大將了，而且我得向陛下說實話，我一名敵軍也沒殺死，只顧騎馬跟著樊將軍衝鋒了。」

崔騰武藝平常，雙手又要抱著木匣，除了亂衝，做不了什麼，他的腿也是掉下馬時被壓傷的。倒是樊撞山，不愧猛將之稱，橫衝直撞、殺敵無數，自己也多處受傷，全靠著皇帝的衛兵拚死保護，才沒有落入敵手。

韓孺子讓崔騰去休息，自己去看望樊撞山，御醫剛剛包扎好傷口，向皇帝小聲道：「樊將軍受傷太多、太重，或許能活下來，但是再想上戰場就難了。」

韓孺子嘆息，楚軍空虛，不得不過度使用樊撞山，「別管戰場，救活樊將軍，就是你最大的功勞。」

「是，陛下，微臣必盡全力。」

韓孺子一夜未睡。

第三天的戰鬥開始得比較晚，原因不在百家軍，而是敵軍不肯出陣，採取了明顯的守勢。等了一個多時辰，百家軍前進，雙方隔著很遠互相射箭，誰也不肯冒著大量傷亡的危險直接衝鋒。

將近午時，楚軍開始按照原定計畫向敵軍側後方繞行。

午時過後不久，楚軍尚未抵達位置，敵軍便開始撤退，最初有條不紊，可是沒過多久就顯出混亂跡象。

前方將領來不及向皇帝報告，立刻下令追擊。

韓孺子在望樓上看到了前線的變化，稍感困惑，突然醒悟，脫口道：「神鬼大單于已經逃走了！」

韓孺子後悔莫及，神鬼大單于若是逃走，這一戰不知又要持續多久。

第五百四十四章　獻城

比迎風寨之戰還要稍早幾天，塞外已經開戰。

規模更大，戰線綿延數百里，彼此犬牙交錯，勝利與失敗的消息交替傳來，個別軍隊甚至就此失去了行蹤，消失在風雪交加的草原上。

柴悅統領大楚一半多的軍隊，面對更加龐大的敵軍仍然捉襟見肘，但他充滿信心，經常對麾下的將士說：「敵軍糧草很快就將耗盡，只要堅持下去，大楚必勝。陛下率領區區萬餘人保衛京城以吸引敵酋，為塞外創造大好戰機，你我唯有拚死一戰。」

敵軍攻破神雄關之後，從關中蒐集到一些糧草，柴悅估計他們堅持不過這個冬天，如果連番交戰的話，消耗得更快，因此不停派兵施加壓力。

這天下午，柴悅迎來一位特殊的信使。

南軍將領劉黑熊曾追隨倦侯征戰，後又調回南軍，此次征戰歸屬左軍某營，數日前奉命前往百里以外伏擊一支敵軍，一直沒有消息，突然隻身回營，聲稱自己帶來重要消息，要立即面見大司馬柴悅。

劉黑熊一進中軍帳就向柴悅跪下請罪，「末將無能，所帶將士盡已陷沒。」

「你是怎麼回來的？」柴悅問，劉黑熊的確有罪，但是不必立刻給予懲處，可以等戰後再論。

「末將為敵軍所俘，前日獲釋，受託帶回一條消息。」

中軍帳裡還有十幾名將領，聽到這句話都沉下臉來，兵敗被俘就算了，受敵所托卻是重罪。

「什麼消息？」柴悅也有幾分不滿。

「希望楚軍立刻進攻碎鐵城，他們願意獻城納降。」

眾將大吃一驚，七嘴八舌地詢問、質疑，柴悅拍拍桌案，命眾人噤聲，然後問道：「是誰要獻城納降？為何要降？從頭到尾細說一遍。」

劉黑熊沒敢起身，跪在地上講述自己的經歷。

他帶兵伏擊，結果敵軍數量龐大，且有後備軍，反而將楚軍包圍，一番苦戰之後，楚軍死傷眾多，剩下的將士全被活捉。

劉黑熊以為自己必死無疑，沒想到前日夜間，一名敵軍將領帶著通譯突然造訪，聲稱神鬼大單于在南方遲遲未能攻下京城、擊敗大楚皇帝，反而損失巨大，以至軍心不穩。大家都想快些結束戰鬥，返回家鄉，因此願意獻城納降，只要楚軍進攻，碎鐵城裡就會有人打開城門。

劉黑熊絕處逢生，沒想太多，立刻應承下來，連夜離開敵方軍營，騎馬回來報信。他當時沒問太多，楚軍將領的疑問卻是一個接一個。

「對你說話的將領是誰？在敵軍中是什麼身份、地位？」

「誰要獻城，是他自己，還是有同夥？」

「他為什麼不直接率兵起義，非要借助楚軍？」

「你肯定這不是陷阱？」

……

劉黑熊面紅耳赤，一條也回答不出來，「那是一名異族人，長相古怪，不肯透露自己的身份。」

老將軍狄開上前一步，抱拳道：「大司馬，劉黑熊明顯是被敵軍欺騙，他不自知也就罷了，還來勸楚軍入轂，其心可誅，請大司馬速速將他斬首示眾，以安軍心。」

劉黑熊臉色更紅，他回來得急，一路上沒怎麼細想，這時被眾人逼問，自己也覺得事情不對勁，只能一個勁地請罪。

柴悅擅長提前制定計畫，幾十萬的軍隊也能安排得妥妥當當，絲毫不露破綻，卻缺少一點當機立斷的能力，揮手制止眾將喧嘩，說：「不管怎樣，劉將軍安全返回總是好事，就算敵人設下陷阱，也與劉將軍無關。先這樣吧，楚軍還是穩扎穩打，派斥候去碎鐵城查看情況。」

眾將消停下來，劉黑熊再次請罪，告退之後心中困惑不解，自己怎麼會如此糊塗，竟然不問清楚就替敵軍傳信？到了帳中左思右想，不得不承認自己其實是貪生怕死，當時太害怕了，只想著離開，根本沒關注對方說了些什麼。

來了三名軍吏，詳細詢問兵敗、被俘以及獲釋的過程，劉黑熊一一細說，期間免不了要回答一些疑問，比如為什麼敵軍將領非選中他傳信，既然要獻城納降，為何不肯透露真實身份等等。

劉黑熊越回答越憋悶，覺得自己像是犯人，同時也感到惶恐，戰爭還沒結束，自己就連犯過失，如今麾下已無一兵一卒，連個將功補過的機會都沒有。

「像我這樣，回去之後會受到什麼懲罰？」劉黑熊小心地問。

一名軍吏將筆送到劉黑熊手中，讓他簽字，另一名軍吏笑道：「我們只是例行公事，不管其他。劉將軍無需擔心，兵部自會公平對待所有人。」

劉黑熊茫然地寫下自己的名字，越是努力，寫出的字越是歪歪扭扭，剛寫完最後一筆，軍吏立刻收走筆紙，似乎生怕他再多看一眼。

三名軍吏告辭，劉黑熊長嘆一聲，喃喃道：「早知如此，我就該老老實實當個教頭，幹嘛非要領兵打仗，我根本不是這塊料啊。」

劉黑熊垂頭喪氣，除了送飯的士兵，一連幾個時辰沒人來找，他也不管了，吃喝一頓，倒下睡覺。心想自己只是傳信，並未送楚軍進入陷阱，應該不至於是死罪，只要能活著，比什麼都強。

他是被人推醒的，翻身坐起，發現天已經黑了，有人正舉著蠟燭站在床邊。

「這麼快？」劉黑熊吃了一驚，以為這就要處置自己。

「必須得快，要不然一切都來不及了。」那人道。

劉黑熊晃晃頭，覺得兩人說的不是同一件事，「閣下是……」

到訪者將蠟燭送到面前，照出一張如畫中惡魔般的臉孔。

劉黑熊又是一驚，出了一身冷汗，差點叫出聲來，但是馬上認出此人的身份，「醜王？」

「是我。」王堅火稍稍放下蠟燭，「劉將軍睡得倒是踏實。」

「沒別的事情……呃，閣下有事？」劉黑熊站起身，拱手致意，他與醜王並無來往，但也與其他人一樣，十分敬重這位豪俠的名聲。

「聽說你給敵軍將領帶信，說有人要獻出碎鐵城？」

劉黑熊臉上一紅，「大家都覺得這是陷阱，仔細一想，我也覺得有問題，當初就不該應承下來。」

「嗯。」王堅火尋思片刻，「劉將軍以後打算怎麼辦？」

「以後？」

「戰爭結束之後。」

劉黑熊悵然一嘆，「敗軍之將，除了領罪，還能怎麼辦？」

「劉將軍就沒想過將功補過？」

「怎麼補？我現在沒有一兵一卒，大司馬也不會再給我兵……」劉黑熊突然反應過來，抱拳道：「醜王以扶危濟困名滿天下，如今劉某就在危困之中，萬望出手搭救，我不在乎一己存亡，只是愧對陛下與朝廷的信任，更無顏回見家中老小。」

王堅火示意劉黑熊坐下，滴些蠟油，將蠟燭豎在旁邊的小凳上，「我只是軍中一囚徒，救不了任何人，倒是能給劉將軍出個主意，讓劉將軍自救。」

「但求醜王點醒。」

「敵軍要獻出碎鐵城，眾將都不相信，劉將軍何不自去收城？」

「可那是陷阱。」

「若是陷阱，劉將軍為國捐軀，前過盡免。但萬一不是陷阱呢？則劉將軍將立下不世奇功，何止將功補過，甚至功蓋眾將，封侯不在話下。」

劉黑熊呆住了，尋思半晌，「這是在拿命冒險啊。」

王堅火一笑，「劉將軍若是惜命，全當我沒說。」

王堅火拿起蠟燭，轉身向帳外走去。

「醜王稍等。」劉黑熊狠狠心，起身道：「我不在乎自己的性命，可敵軍將領說是要楚軍攻城，城內才有人開門，我隻身前往，他們不會當回事。」

「劉將軍不愛己軀，軍中自有敢死之士願意追隨，只是此事宜早不宜遲，戰事瞬息萬變，再過幾天，誰也不知道敵軍會不會生出變故。」

「好，我去，可是找兵這件事……」

「劉將軍自去向大司馬求兵吧。」

醜王離去，帳篷裡陷入黑暗，劉黑熊獨自站了一會，也走出帳篷，向外面把守的士兵說：「幫我通報一聲，我要見大司馬。」

柴悅很快召見了劉黑熊，聽完他的計畫，沉吟良久，最後道：「戰事緊張，我不能分出太多士兵給你。」

「三千足矣。」

「三千楚兵若是陷在碎鐵城，也是一大損失，最多五百人。」

五百人有點少，甚至擺不出像樣的陣勢，劉黑熊一咬牙，「五百就五百，我就說自己帶來的是前鋒，大批軍隊就在後面。」

「嗯，我可以命楚軍緩緩前移，給劉將軍造勢。」

劉黑熊謝過，也不睡了，請求立刻帶兵出發。

自從馬邑城大勝之後，楚軍西進，中軍距離碎鐵城不算太遠。

五百士兵也不好找，如果碎鐵城是陷阱，這五百人可一點回來的機會都沒有，柴悅許以重賞，總算在天亮前湊齊五百人。

劉黑熊率兵出發，只帶少量馬匹，翻越山路繞過正對面的敵軍大營，直到後半夜才趕到碎鐵城。

碎鐵城被敵軍佔領之後，重新得到加固，城外哨所眾多，楚軍剛下山就遇到一個，劉黑熊早將生死置之度外，當先大喊一聲：「楚軍攻城，還不速速投降？」

哨所裡敵兵不多，聽到喊聲轉身就跑，根本不做抵抗。

劉黑熊命士兵全點起火把，故意抻長隊形以顯然得人多，直奔碎鐵城下，沿途幾個哨所裡的敵軍全都聞風而逃。

終於到了城門下，上面沒有箭矢射擊，但也沒有開門，劉黑熊又大聲道：「楚軍來了，快快開門。」

上面沒有回應，良久之後，城門打開，有人用楚語說：「真是楚軍？」

「我乃大楚前鋒將軍劉黑熊，受約領城。」

城門又打開一些，有人走出來，「總算來了，碎鐵城是你們的了，正天子剛剛逃跑，你們要不要追？」

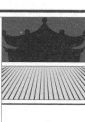

第五百四十五章 雪中追敵

戰事尚未完全分出勝負，敵軍數量依然龐大，可神鬼大單于居然在這種時候選擇逃跑，出乎所有人的意料，尤其是韓孺子。一直以來，他都在努力揣摩神鬼大單于的心思，已經越來越準，卻在最後一刻失效。

韓孺子深深自責，與此同時也抓住機會，揮師北上，掃除關內殘餘的敵軍。

神鬼大單于是這支軍隊最大的凝聚力，逃亡的消息傳開後，敵軍爭先恐後地投降，就連神鬼大單于的本族將士也不例外。

在神雄關，楚兵送來一名特殊的俘虜，據說此人是神鬼大單于身邊的近臣，會說楚語，而且只有他事先就已經知道主人將要逃回西方。

俘虜名叫丘洪，長著一張楚人的面孔，身上的華服已經破破爛爛，臉上盡是塵土與血污。這不是戰鬥時留下的，大軍潰敗之後，他沒命的逃亡，中途迷路、馬也累死了，若不是落入楚兵之手，他很可能會死在冰天雪地裡。此前的諸多俘虜都指稱丘洪最瞭解神鬼大單于，因此他是皇帝指名要活捉的人之一。

丘洪被士兵拖進廳內，士兵一鬆手，他就癱在地上，很快又反應過來，不停地磕頭、親吻地面，「大楚天子光照四方，最為卑賤的灰土也無所遁形……」

此人的楚語倒還流利，韓孺子揮揮手，一名士兵踢出一腳，丘洪全身一抖，立刻閉嘴。

「抬起頭來。」韓孺子道。

丘洪又磕幾次頭，才抬起頭來，雙手卻不敢離開地面，只能仰起脖子，目光低垂，動作相當古怪。

「據說你時常與大楚使者接觸。」

「是，小人曾奉命服侍大楚使者，盡心竭力，未敢怠慢。」

「使者人呢？」

「被神鬼大單于帶走了，這是他的慣用伎倆，扣留人質以作要挾。」

「神鬼大單于要用東海王要挾朕？」

「可能不是陛下，而是陛下派往西方的軍隊。」

韓孺子心中一動，臉上卻沒有變化，「如此說來，神鬼大單于也知道西方楚軍未被擊敗。」

「當然知道，神鬼大單于早就得到消息，但他口風極嚴，其他人都不瞭解真相，還以為兩路楚軍皆被消滅。其實正好相反，由虎踞城出發的楚軍接連得勝，所過諸城紛紛投降。因此神鬼大單于急於結束這邊的戰爭，一旦遇挫，就逃了回去，卻將我們留下替他賣命，讓我們堅持到春天，等他帶兵回來，這怎麼可能？」

「海上的楚軍呢？」

「實不相瞞，海上楚軍真的沒有消息，神鬼大單于不願看到臣民出海，毀掉了沿岸的碼頭與船隻，與海外隔絕。」

韓孺子動了下桌上的手指，太監點頭，士兵拽起丘洪，向外面拖去。

丘洪大呼：「陛下饒命！我什麼都說，沒有人比我更瞭解神鬼……」

士兵將丘洪拖了出去，韓孺子覺得自己對神鬼大單于的瞭解已經夠多了，接下來的事情是如何徹底贏得這場戰爭。

一名將官進來，「陛下，百家軍拉赫斯將軍求見。」

「嗯。」

拉赫斯與通譯一塊進來，跪地磕頭，十分恭謹，隨後用懇請的語氣說話，通譯代傳道：「陛下，他說百家軍已經實現諾言，希望大楚也能遵守當初的約定，放他們回家鄉。」

「問他，回家鄉之後要怎麼辦？」

拉赫斯的語氣變得激昂慷慨。

「他說神鬼大單于已經顯露出虛弱，他們不會再屈服為奴，回家之後立刻就會號召諸國自立。可神鬼大單于帶走了七王，還有一支精銳的親信軍隊，如今西方各城空虛，只有老弱婦孺，全是百家軍的親眷，一旦為神鬼大單于所控制，將會束縛許多人的手腳。」

「告訴他，朕明日給他回覆。」

拉赫斯臉上露出明顯的失望之色，起身向外退去，突然大聲道：「皇帝，我們……戰鬥過。」

拉赫斯的楚語很生硬，韓孺子卻聽懂了，他在提醒皇帝，百家軍曾為皇帝而戰，該是皇帝遵守約定放他們離開的時候了。

韓孺子召見群臣與眾將，多數人都反對立刻放走百家軍。

「西方之人反覆無常，神鬼大單于已經先逃一步，回國之後必佔優勢，百家軍可能會再度投降，不如留之半年一載，待神鬼大單于殺死人質、引發眾怒之後，再放他們回去報仇。」

謝存又是持不同意見的少數人，在迎風寨的賭局中，他押的時間最為接近，贏得不少銀兩，但他全捐出來犒賞軍隊，頗受皇帝賞識，因此敢於說話。

「此言差矣，百家軍思鄉心切，留之無益，反生禍患。西方之人反覆無常，乃是因為神鬼大單于反覆無常，大楚怎可步其後塵？天子無戲言，既然早有約定，就該及時放百家軍歸鄉，趁神鬼大單于威名掃地之時，收復各國，永絕後患。」

另一名官員上前道：「百家軍放回去，神鬼大單于的本族軍隊怎麼辦？塞外投降的大批士兵怎麼辦？」

「塞外降軍與百家軍一樣，來自西方諸國，若願臣服大楚，也可以放回去，至於神鬼大單于的本族將士，交給百家軍處置。」

「哈，百家軍不過替大楚打過一仗，就有這種優待？」崔騰瘸著腿走出來，「那我們這些浴血奮戰過的大楚將士，該得到什麼好處？」

謝存客氣地拱手，「這不是優待，而是觀其行，百家軍若是殺死神鬼大單于的本族士兵，則意味著決裂，正可放其回鄉，若是不肯動手，再另做決定。」

崔騰沒話說了，扭頭看向皇帝。

「照此辦理。」

神鬼大單于數萬同族將士的命運就這麼被決定了。

韓孺子只在神雄關停留一天，次日出發前往碎鐵城，在這裡與柴悅的大軍匯合，並且接受大批異族王公的投降與效忠。

柴悅已經派出數支軍隊循蹤追趕神鬼大單于，迄今尚無回信。

皇帝仍不久駐，從柴悅軍中分走五千南軍將士，親自去追趕神鬼大單于。

韓孺子心有不甘，覺得還有機會追上。如今皇帝的旨意沒有任何人敢於反對，柴悅派出精兵強將，悄悄將五千人增至七千，多備馬匹與糧草，將皇帝送出百里以外。

冬季不利行軍，但也會留下明顯的足跡，因此楚軍能夠緊追不捨。

數日之後，韓孺子追上一支楚軍，留他們在背風之處紮營，同時派人原路返回，再徵調一些糧草。

皇帝軍中的糧草最多堅持一個月，算上返程，只能追擊十五天，韓孺子打算沿途留下營地，這樣的話可以多追幾天，不用太擔心返程時的供應。

經過二十餘天的奔波，韓孺子追上了最早一撥出發追擊敵酋的劉黑熊。

神鬼大單于已如喪家之犬，一路奔逃，拋下大量輜重、馬匹與人員，楚軍俘獲甚多，一度接近目標，卻被一隊敵軍牽制，沒能將其包圍。

劉黑熊率兵三千，估計神鬼大單于就在前方一日路程之內，身邊的士兵只剩四五百。劉黑熊之軍已經疲憊不堪，韓孺子命其擇地紮營，將自己的軍隊也留下一部分，只帶兩千人輕裝追擊。

劉黑熊沒料到皇帝會親自追敵，不敢反對，但是提醒道：「軍中斥候曾在北邊見過匈奴人，他們似乎也在追擊敵酋，數量不知，陛下千萬小心。」

在這場戰爭中，匈奴人一直保持曖昧態度，除了派出一小支軍隊參與偷襲糧道，再沒有參戰，因此劉黑熊十分警惕。韓孺子還是要追擊，哪怕身邊將士不足一千，他也要追，這成了他的一份執念，非完成不可。

又是五天過去，逃兵足跡越來越清晰，路邊常有倒斃的人馬，韓孺子知道，他離目標已經很近。

這天中午，軍隊停下小憩，斥候前探，很快返回，他們在高處望見前方有一處營地，很可能是敵軍隊伍。

敵人也不能一路逃亡，必須停下休息，韓孺子立刻下令上馬，一千人前行，一千人隨後。馳過一處山坡，韓孺子看到了一小片營地，雖無旗幟飄揚，但是足跡相通，必是神鬼大單于的隊伍。

一路緊追不捨，在最後一刻，韓孺子恢復了幾分謹慎，傳令士兵散開，分為三隊，一隊進攻，一隊繞行截擊，一隊備用。

神鬼大單于有可能隻身逃亡，留下軍隊斷後，韓孺子得留下人手，一旦發現營中沒有目標，立刻派人繼續追趕。他又等了一會，正要下令進攻，一名將官提醒皇帝望向遠方。

遠處的高地上多出一支軍隊，看上去不多，人數卻在迅速增加。

「匈奴人。」將官小聲道，略顯驚慌，這裡是塞外，不屬於大楚疆界，而是匈奴人的地盤。

神鬼大單于的營地被兩軍夾擊，更顯渺小軟弱。

「以將軍劉黑熊的名義去慰問匈奴人，告訴他們，大楚只要神鬼大單于。」將官領旨，帶著幾名士兵，繞過營地，馳往對面。營地裡毫無反應，沒人出來迎戰，也沒人逃跑，像是已經認命，準備向強者投降。

韓孺子又指派一名將官，帶領數十騎同樣繞過營地，繼續向西查看，如果有足跡離去，就一直追趕，並派人回來報信。

第二名將官先送回信，營地以西並無逃跑足跡，他會繼續查看。

第一名將官回來得比較晚，還帶來一名匈奴使者。

匈奴使者是名女子，遠遠望見皇帝，笑道：「小姐猜得沒錯，果然是皇帝。」對面軍隊竟然是金垂朵率領的，韓孺子大大地鬆了口氣，向金垂朵的侍女蜻蜓問道：「妳們也是來追趕神鬼大單于的？」

蜻蜓騎馬來到近前，「咱們都來晚了一步，兩個大單于正在見面。」

第五百四十六章　先下手為強

金垂朵的音容笑貌如在眼前，韓孺子坐在帳篷裡，臉上不由得浮現微笑，身上莫名地感到一絲燥熱。

「陛下。」外面有人道。

「進來。」韓孺子收起笑容，也收回走神的心思，他現在的處境可不太有利，只帶兩千人孤軍深入，遠遠少於對面的匈奴人，一直沒有直接參戰的匈奴大單于，一下子成為左右局勢的關鍵人物。

金純忠原本留在柴悅軍中，在碎鐵城與皇帝匯合，隨駕追敵，正好充當使者，去與匈奴人談判。

天已經黑了，楚軍在避風處紮營，糧草只夠三日之費，最近的援軍也在百里之外，他們得省著用。就連皇帝本人，也只能就著融化的雪水，啃幾塊乾糧。

金純忠臉上紅撲撲的，看樣子不完全是在外面凍的，韓孺子借助燭光看著他，「你喝酒了。」

金純忠臉色更紅，急忙道：「妹妹留我喝了幾杯，她那裡沒有別的待客之物。」

匈奴人喝酒如喝水，既解渴又能禦寒，楚軍出兵塞外也都帶著酒囊，只是幾天前就喝完了，一滴不剩。

韓孺子笑了笑，當然不會在意這種事，「情況如何？」

金純忠端正神色，「匈奴大單于統兵數萬，今天上午將神鬼大單于接到營中，談了很長時間。我妹妹說她會盡量促成一次談判，讓匈奴人交出神鬼大單于，不過陛下得想好條件。」

「嘿，匈奴人險些亡於神鬼大單于手中，如今卻要庇護他嗎？」

金純忠拱手道：「我妹妹說，匈奴人害怕神鬼大單于，但是現在更害怕陛下。」

「怕朕？」韓孺子相當意外。

金純忠點頭，「陛下以少勝多，擊敗了西方人人恐懼的神鬼大單于，名震萬里，挾此餘威，滅匈奴只在彈指之間，匈奴人因此惶恐不安。」

韓孺子更覺奇怪，本要辯解，想想又算了，金純忠只是轉述匈奴人的想法而已。

「匈奴人想要什麼條件？」

「陛下可仿效前代慣例，冊封匈奴大單于，賜印，約定通關。」

韓孺子點點頭，說道：「只要匈奴肯交出神鬼大單于，朕可以接受這樣的條件。不過朕只等一天，明日天黑之前要見到人。」

金純忠上前一步，小聲道：「匈奴兵多，大單于年輕氣盛，似乎不宜激怒他。」

「你剛剛說過，朕威名遠揚，令匈奴人害怕，朕若不給出期限，匈奴人還以為朕怕他們呢。」

金純忠恍然，楚軍人少勢弱，必須表現得寸步不讓，向匈奴人營造不惜一戰的假象。

「我這就再去見妹妹，務必將事情談成。」

韓孺子點點頭，見金純忠要退出帳篷，忍不住問道：「金貴妃能來見朕一面嗎？」

金純忠尷尬地躬身回道：「只怕有些困難，匈奴人那邊……」

韓孺子揮揮手，「早去早回。」

「是，陛下。」金純忠退出，連夜又去匈奴人營中。

韓孺子太累了，沒等多久，倒在床上昏昏睡去，夢中盡是金垂朵的身影……

金純忠次日早晨才回來，他見到了妹妹，還見到了匈奴大單于本人。

「大單于希望能與陛下當面談判，由我妹妹擔當通譯，雙方交換人質……」

「交換人質就算了，盡快安排談判。」

金純忠領旨，不敢懈怠，再去匈奴人那邊傳信，來回傳話，終於將一切安排妥當。

當天下午，韓孺子帶一小隊護衛前往附近的一座小山上，此山與各處營地的距離差不多，視野開闊，不至於受到伏擊。

楚軍士兵臨時搭建了一座小小的帳篷，雙方衛兵守在外面，只有皇帝、大單于與金垂朵入內。

韓孺子與金垂朵很久沒見過面了，大概是在塞外待得久了，她的模樣稍有變化，美麗之外多了一些風霜與嚴厲，比從前更顯得難以接近，見到皇帝只是稍點下頭，除了轉譯雙方的話，一個字也沒多說。

大單于很客氣，在帳外當著雙方將士的面，向皇帝躬身行禮，進入帳篷之後，他讓金垂朵對皇帝說：「匈奴與大楚乃是兄弟之國，我的閼氏是大楚公主，陛下的貴妃則是匈奴貴女，關係更加親密。」

即使在說到自己的時候，金垂朵也沒有特殊的表示。

韓孺子不是來套交情的，寒暄幾句，直接問道：「匈奴什麼時候交出神鬼大單于？」

匈奴大單于說了許多，金垂朵微皺眉頭，似乎爭論了幾句，但還是忠實地轉譯，「大單于說，帝王之爭，有勝有敗，不宜斬盡殺絕，神鬼大單于兵敗如山倒，很難東山再起，陛下何不放他一馬？」

韓孺子也微微皺眉，盯著大單于道：「這不是今天談判的內容，朕率軍千里奔襲，不是為了放敵酋一馬，而是要永除後患。匈奴人不記得當初的滅種之難了嗎？老單于念念不忘的大敵，單于這麼輕易就忘在了腦後？」

金垂朵顯然沒對這些話加以掩飾，大單于聽完之後臉色稍變。

「大單于說，蒼天眷顧，匈奴未亡，當初仇恨不提也罷，如果此刻是大楚皇帝遇難，他也會居中說和。」

韓孺子忍不住笑了一聲，「蒼天眷顧？大單于真以為匈奴未亡是因為蒼天幫忙？」

金垂朵直接回道：「大單于不會當面感謝陛下的。」

「朕要的也不是感謝，而是神鬼大單于。」

金垂朵轉譯，大單于搖頭。

「他說神鬼大單于是匈奴人抓到的，就算要殺，也該由匈奴人動手，以慰老單于在天之靈。」

韓孺子想了一會，「可以，但是朕要看到人頭。還有，朕的弟弟在神鬼大單于手中，必須活著交還大楚。」

匈奴大單于點頭，說了幾句。

「明日一早，匈奴人會將神鬼大單于當眾斬首，午時之前將人頭轉送給楚軍，與陛下的弟弟一同送還。」

談判比預想得要順利，韓孺子起身，盯著匈奴大單于，卻向金垂朵說話，「他可信嗎？」

金垂朵不動聲色，向匈奴大單于說了一句，然後向皇帝回道：「我會盡自己所能確保大單于遵守諾言，也請陛下多做準備，預留一手。」

雙方各自離開，一回到楚軍營地，韓孺子立即下令進攻神鬼大單于的營地。

營地裡只剩下百餘人，見到楚軍立即跪下投降，士兵們搜索營地，沒見到東海王，只找到了趙若素。

其他楚使都在路上被殺死了，趙若素也是極度虛弱，被楚兵抬回營中，吃了一點東西，總算稍微好些。

「東海王被神鬼大單于帶走了。」趙若素能起身說話之後，立刻來見皇帝。

「辛苦你了。」

趙若素擠出一絲微笑，「罪上加罪，本應如此。」

「差不多了，朕今日免你一切罪過，你重新立功吧。」

「陛下能晚一天免我的罪嗎？」

韓孺子一愣，隨後笑道：「你還有話要說？」

趙若素點頭，「微臣有話要說，可能有點太早，但是也只有此時此刻，微臣還能向陛下暢所欲言。」

「好吧，朕賜你『有罪』，說吧。」

「經此一戰，陛下帝位之穩，已經超越武帝與太祖，從此再不會有大臣敢與陛下抗衡，陛下一言九鼎，雖在萬里之外也無人敢於反抗。」

「嘿，朕不求萬里之外，只要對面的匈奴人肯交出神鬼大單于的頭顱。」

「匈奴人猖狂一時，不足為懼，倒是陛下，想好該怎麼當一言九鼎的皇帝了嗎？」

韓孺子想了一會，回道：「現在不是說這些的時候，你的『罪上加罪』多延續一段時間吧。你見過神鬼大單于本人嗎？」

「神鬼大單于不喜露面，雖在逃亡途中，也以重盔遮臉，微臣沒見過他的容貌，只聽過他的聲音，微臣猜測，神鬼大單于臉上必有顯疾。」

「匈奴人聲稱明天一早會將神鬼大單于斬首，朕有點擔心。」

趙若素想了想，「陛下的確應該擔心。」

「嗯？」

「據微臣所知，神鬼大單于並非被匈奴人所虜，而是主動去投降的，想必已有說服匈奴大單于的辦法。」

「匈奴大單于不會愚蠢到相信他的話吧？」

趙若素道：「有一樣東西，天下帝王都想要，神鬼大單于能給匈奴人，而陛下不能。」

「名號。」韓孺子站起身，明白趙若素的意思，「神鬼大單于要將自己的名號獻給匈奴人，憑此名號，匈奴人將能統領西方諸國。」

「想必如此，這是神鬼大單于手中唯一能打動匈奴人的東西了。」

韓孺子來回踱步，突然止步，「如此說來，匈奴人明日必不守約，楚軍要先下手為強，無論如何也要殺死神鬼大單于。」

趙若素沒出聲，說到打仗的事情，他出不了主意。

韓孺子也不問他，走到帳邊，命令衛兵去傳軍中的主要將領，他要安排一次夜襲，楚軍雖然兵少，但是氣勢正盛，趁匈奴人不備，或許可以取勝。

將領們還沒到，金純忠匆匆趕來，他小睡了一會，又去匈奴人營中查看情況，剛剛回來，騎馬直馳至皇帝帳前，也不讓衛兵通報，直接闖了進來。

「陛下，大事不……」金純忠看到趙若素，急忙閉嘴。

「說吧，沒關係。」

「我妹妹希望陛下立刻退兵，明天中午匈奴人不會送來神鬼大單于的頭顱，而是要進攻楚軍。」

「果然如此，金貴妃是怎麼發現的？」

「大單于身邊有我妹妹的眼線，說神鬼大單于昨天就已離開營地，在匈奴人的護送下西去。匈奴大單于本想拖延時間，楚軍剛才進攻神鬼大單于營地，令他惱怒，決意明日開戰！」

第五百四十七章 返程

神鬼大單于竟然就這樣逃走了，韓孺子大怒，他不想逃，仍要夜襲，雖然人數遠遠少於匈奴人，但他仍然不懼。

「首惡是匈奴大單于，他放走了敵酋，就由他接受懲罰。金純忠，你立即再去匈奴人營地，就說朕懷念弟弟，今晚要親自前去探望。」

「可東海王已經被帶走了，不在營地裡。」金純忠沒有反應過來。

韓孺子冷笑一聲，「當然，所以大單于驚慌之餘會親自向朕做出解釋，朕要的就是這一刻。」

金純忠驚得呆住了，看了一眼角落的趙若素，茫然道：「陛下……陛下是要……」

「朕也當一回刺客。」

金純忠極少向皇帝表示反對，這時卻使勁搖頭，「萬萬不可，陛下，匈奴人已有攻營之心，陛下此去，豈非自投羅網？」

「匈奴大單于的反應沒有這麼快，此人意志不堅，做事瞻前顧後，易被他人左右。朕突然造訪，必出他的意料之外，他做不到當機立斷，肯定會與我見面，想以言辭將我打發走。」

金純忠認可皇帝對匈奴大單于性格的判斷，卻斷然不能同意皇帝的冒險計畫，正要開口勸諫，皇帝道：

「金純忠，執行命令。」

金純忠心中一凜，再不敢多嘴，躬身道：「是，陛下，我、我這就去。」
「稍等，營中將領馬上就到，待朕安排一下，帶侍衛隨你一同前往匈奴人營地。」
話音剛落，帳外衛兵傳道：「陛下，將軍們到了。」
趙若素上前幾步，搶在皇帝之前對外面說道：「請幾位將軍稍等。」
敢在皇帝之前擅自做出決定，即使是在皇帝位置不算太穩的時候，也是難以想像的僭越與大膽之舉，金純忠驚訝至極，瞪眼看著趙若素。
趙若素不怕，轉身向皇帝道：「陛下何時才能停止使用奇招？」
「奇招不好嗎？」韓孺子反而不那麼意外，也沒有發怒。
「好，但不可持久，除非是沒有更好選擇的時候，不可常用。此次與西方之戰，陛下在關中大勝，乃是奇招，鄧將軍深入西方，更是奇招，但是真正打敗敵軍的，還是塞外楚軍，沒有他們的牽制，所謂奇招根本無從施展。」
「朕明白你的意思，如今正是沒有更好選擇的時候，匈奴人放走敵酋，此乃大不敬，楚軍怎能忍受如此羞辱？況且朕之計策看似冒險，其實十拿九穩，匈奴人一旦失去大單于，立刻就會陷入混亂，不戰自敗。」
「問題就在十拿九穩上，若是尋常人，只看『九穩』，陛下偏偏是皇帝，要看那『一失』，陛下若有『一失』，能抵得上此前的『九穩』嗎？大楚好不容易穩定，陛下年富春秋，數十年內不會再有反抗者，此前的諸多難題皆將迎刃而解，大楚復興，指日可待。陛下若在這冰天雪地裡發生『一失』，皇子年幼，太后、皇后不和，眼看著又是一番明爭暗鬥，群臣無措，復興無望。」
金純忠簡直不敢相信自己的耳朵，趙若素本是有罪之身，剛剛由敵軍營地裡被救出來，不感恩戴德也就算了，竟然對皇帝一口一個「一失」，天下人皆稱皇帝為「萬歲」，他卻實打實地只給「數十年」。
更讓金純忠難以置信的是，早已說一不二的皇帝，竟然仍未惱怒，反而低頭沉思。

趙若素不肯見好就收，又道：「所謂奇招還有一個問題，一切皆由陛下決定，反倒是群臣拱手而治，長此以往，陛下就得憑一己之力治理天下了。所以，微臣還要再問一次，陛下想好該怎麼當一言九鼎的皇帝了嗎？」

韓孺子又沉吟片刻，開口道：「讓將軍們進來。」

金純忠可不敢對皇帝有半點違逆，急忙去門口傳喚。

五位將領陸續進帳，恭敬地向皇帝行禮，並不知道之前發生的爭論。

韓孺子將眼前的形勢說了一遍，沒提要去刺殺匈奴大單于的計畫，而是向眾將徵求意見。

五將互相看了一眼，陸續開口，全都建議趁夜退兵。

韓孺子又問該如何退兵，說道：「一旦匈奴人發現楚軍退卻，必然追擊，楚軍本就人少，退卻途中更難抵抗匈奴騎兵。」

五將倒是不慌，紛紛提出建議：營地多豎火把，迷惑匈奴人，起碼保證天亮前不被發覺；兵分兩隊，皇帝帶少數人輕騎在前，盡快與百里外的楚軍取得聯繫，由於之前的安排，返程途中有多個楚軍營地，營營相護，不怕匈奴人的進攻。

金純忠膽子也大了起來，開口道：「我去匈奴人營地，盡量拖延大單于。」

大家說完了，韓孺子仔細權衡，他曾經依靠過朝廷，放手讓宰相等人管事，結果不是十分令人滿意，難道大勝之後，又要重蹈舊轍？

韓孺子看了一眼趙若素，扭頭向眾將道：「就按諸位的計畫行事，立刻傳令，盡快出發。金純忠，你不必去匈奴人營地，太危險，而且無濟於事。」

「有我妹妹在，不會有危險。正如陛下所言，匈奴大單于為人猶豫，聽說陛下已經離開，沒準會放棄追擊，以免與大楚決裂。」

韓孺子一旦做出決定，就不拖泥帶水，「好，你去一趟，替朕問候匈奴大單于，就說朕有急事不得不走，大楚與匈奴聯手擊敗強敵，兄弟之情越發深厚，望有朝一日能開懷暢飲。倉促相會，無以為禮，楚軍營中諸物，權當薄禮，請大單于笑納。」

「是，陛下。」

僅僅兩刻鐘後，楚軍士兵牽馬悄悄出營，將帳篷、火把等物都留在原地，走出數里，上馬疾馳。韓孺子沒有離隊，只派出少量斥候前驅，他本人仍與大軍待在一起，絕不讓隊伍發生一點混亂。

第三日下午，北方出現了匈奴人的身影，數量不是很多，看樣子應該是來打探情況的斥候。軍中將領徵得皇帝的同意之後，命令全軍士兵下馬步行，弓弩滿弦對外，保持警惕。匈奴人越來越多，數量已經超過楚軍，卻一直沒有發起進攻。

第五日，楚軍被迫以戰馬為食，終於迎來後方的楚軍，兩軍匯合，兵力超過四千，數量仍處弱勢，匈奴人卻為之一退，不敢步步緊逼。

將士們仍感到緊張，韓孺子卻已放下心來，匈奴大單于一怒之下曾想殺死大楚皇帝，失去良機之後又變得猶豫不決，顯然是想在大楚與西方之間左右逢源。

看來金純忠的口才不錯。

又一撥楚軍過來迎駕，匈奴人徹底退卻了，走之前派使者過來，聲稱他們是奉大單于之命護送皇帝，見皇帝已無危險，他們就不繼續送了，大單于感謝皇帝留下的禮物，還贈一批酒肉奶酪之類的食物。這些食物送得很及時，韓孺子當然收下，派人向匈奴使者表示感謝，隻字不提神鬼大單于。

大楚與匈奴沒有公開決裂。

韓孺子明白，大楚與匈奴終歸成不了真正的「兄弟」，千年之戰還將延續下去。

回程比較慢，又過數日，楚軍迎上了第一批返鄉的西方軍隊。

與匈奴人不同，西方將士對大楚皇帝只有感激，沒有異心，遠遠停下，諸將領親來楚軍營中拜見皇帝，謙卑如奴隸。

楚軍停留數日，休息一下，順便補充給養。

韓孺子還有一件重要的事情要做，在附近的一座山頂上，他以大楚的禮儀祭天，西方諸將也紛紛以本族的方式祭神，再向皇帝朝拜，正式稱臣。

西方軍隊一批批經過，韓孺子接連分封七十多位王公，共同立誓，必將神鬼大單于餘孽掃除蕩盡，任何人取得神鬼大單于頭顱之後，即使是在萬里之外，也要傳送給大楚，再有降敵者，為天下諸國之共仇。

誓言中沒有提及匈奴。

大單于或許是感到了恐慌，派親叔叔過來告罪，聲稱神鬼大單于趁匈奴人不備，已經逃走，匈奴人正在追擊云云，希望也能參與立誓。

韓孺子同意，讓匈奴使者代表大單于在山頂立誓，他明白，戰爭不是一時之事，現在還不是與匈奴人翻臉的時候。

韓孺子回到碎鐵城時已是年後，會見眾將，論功行賞，同時將大批軍隊調回關內。

北方仍然寒冷，京城卻已開始化凍，宮中、朝廷與百姓都已返城，回顧之前的危機，恍如隔世。

皇帝駕臨，受到前所未有的盛大歡迎，宰相親率百官到迎風寨接駕，跪在塵土中，無人敢於仰視。在白橋鎮，群臣再度恭賀，百姓幾乎傾城而出，跪立道路兩邊，萬歲之聲持續不絕。

回至京城，又是一番論功行賞，與此同時還要制定反擊神鬼大單于的計畫，韓孺子已向西方諸軍承諾，三年之內，必向西方派出一支大軍。

一切事情忙完之後，韓孺子病倒了，並不嚴重，只是胸前傷勢未癒，需要靜養調理，他現在最關心鄧粹與黃普公。

萬里之外，一支孤獨的楚軍正在踽踽而行，猶豫著是繼續前進，還是返回故國。

茫茫大海之上，另一支楚軍已經望見了陸地，卻沒有決定是否要登岸。

塞外染綠，在匈奴人軍中滯留多時的金純忠終於踏上返程，帶著匈奴大單于的虛情假意、妹妹金垂朵的一封書信，還有一個年幼的孩子。

第五百四十八章　非常人也

鄧粹的作戰風格就是一個字——快。根本沒有事先的排兵布陣，也不派斥候去前方打探情況，由他帶頭，說去哪就去哪。

兵貴神速，他的確做到了，進攻第一座城池的時候，對方甚至沒來得及關閉城門，士兵與百姓眼睜睜地看著一支陌生的軍隊闖進來，二話沒說，立刻投降。

神鬼大單于不信任外族人，每攻下一城，必然殺死或徵調大部分壯年男子，然後派本族人帶領其他地方的士兵把守。

遠離家鄉至少千餘里，語言、風俗都不相通，守城士兵總是緊張不安，對當地土著充滿警惕，基本上不會互相勾結。但是數量太少、鬥志全無，用來對付百姓綽綽有餘，一見到大軍，立刻放下兵器。

鄧粹在一座城中從不長久停留，多則三日，少則一日。通常是殺死神鬼大單于任命的守城官，另外委任當地貴族，然後徵集一些糧草、馬匹，帶上守城士兵，聲稱要送他們回家，實際上是編入軍中。

出城之後，鄧粹說是要繼續西進，沒準什麼時候就會突然改變方向，進攻下一座毫無防範的城池。

將軍關頌早就認識鄧粹，卻從來沒接受過他的指揮，第一次追隨就深入敵區，越走越遠，不由得心驚膽戰，軍中的楚兵也都惶恐，但是沒有辦法，他們連回家的路都不認得，只能跟著鄧粹一通亂闖。

鄧粹認路，早在戰前他就在這一帶遊歷過，第一次出征時曾到過不少地方，蒐集到大量地圖，但他一張也不保留，所有方向與位置都藏在心裡。

大概一個月後，楚軍攻下神葉城，也是第一座大城。對方早有準備，關閉城門準備死守，並且調集周圍各城的士兵，要與楚軍決戰。

鄧粹從不決戰，以為那會浪費麾下不多的兵力，圍了半日，呼嘯而來，又呼嘯而去，隨後派出一小隊之前投降的士兵，冒充援兵進入神葉城，子夜時分動手，為去而復返的楚軍打開城門。

奪城之後，鄧粹立刻半閉城門，不准任何人外出，接連三天，迎入一批批敵方援軍，全都扣下，然後當眾斬殺數十名神鬼大單于的同族人，將人頭懸掛在各處城門，宣告此城已為大楚所有，新的守城官要稱郡守。

在神葉城，楚軍意外地救出幾名楚人。

皇親韓息數年前出使極西方，被囚在神葉城，之所以沒被殺死，只是因為神鬼大單于忙於征戰，一時沒想到這幾個人。

雖說是被囚，韓息的生活不算太差，擁有獨立的住處，有僕人服侍，甚至娶了一位當地的妻子。

但他沒有忘記自己的使命，見到鄧粹之後，立刻問道：「將軍有何計畫？」

韓息又聊了一會，終於明白鄧粹根本沒有計畫，再往西，鄧粹也認不得路了，打算一直向南方進發，以為總能到達海邊。

「嗯，去海邊看看。」

於是韓息提供了一份計畫，「神鬼大單于有三座都城，一座在西北，是他的老家，有重兵把守，將軍兵少，去那裡討不到好處，而且那裡位置偏僻，佔之無益。第二座位於正西方，距此三千餘里，是座千年名城，神鬼大單于的霸業就是在那裡奠定，如被攻佔，必將震動四方。第三座位於西南，靠海，原是一座大港，神鬼大單于下令毀船，那裡成為一座據點，駐兵也不少。」

「往西南去。」鄧粹一聽說靠海就來了興趣。

「去那裡道路最遠，即使僥倖奪佔，也無法動搖神鬼大單于的根基。」

「你玩過踹樹的遊戲嗎？」

韓息一愣，「將軍何意？」

「下雨或下雪的時候，看到有人站在樹下，你悄悄跑過去踹上一腳，將那人嚇上一跳，挺好玩的。」

韓息張口結舌，還是沒明白鄧粹是什麼意思。

鄧粹也不多做解釋，拍拍他的肩膀，「既然你認路，跟我走吧，咱們路上詳聊。」

鄧粹率軍繼續左衝右突，一會奔西，一會去南，讓敵我雙方都猜不透他最終的目標，只知道非西即南。

西方震動，敵方終於湊出一支數萬人的大軍，號稱二十萬，在往西、往南的必經之路上堵截楚軍，要決一死戰。

這時鄧粹麾下也已聚集上萬將士，號稱十萬，做出決戰的架勢，卻在最後一刻調轉方向，遠途奔襲神鬼大單于的家鄉。

半路上，鄧粹向韓息解釋自己的計畫，「我軍兵少而散亂，一敗必潰，所以不能戰。你說神鬼家鄉有重兵把守，我猜這支重兵必然已經南下支援其他城池，咱們繞過去，正好能打個空虛。」

「將軍猜？」

「打仗這種事，不就是你猜我、我猜你嗎？兵不厭詐，猜準者獲勝，猜錯者完蛋。數千楚軍深入敵國領土，除了踹下一些雨水、雪花，還能做什麼？要做就做狠一點，非要嚇得神鬼大單于魂飛魄散不可，然後咱們就可以回大楚向陛下邀功了。」

在鄧粹面前，韓息等人只有目瞪口呆的份。

「唉，也不知道我妹妹生下皇子沒有，我還指望外甥以後能當皇帝呢。」

將士們惴惴不安，但是除了跟隨鄧將軍疾馳，他們沒有別的選擇。

真讓鄧粹猜對了。

楚軍一直以來慣用聲東擊西之計，敵軍早就習以為常，發現楚軍北上，仍以為是誘敵之計，因此沒有全力追趕。神鬼大單于留在家鄉的重兵也按原計畫南下，準備包圍楚軍，然後奪回失地。

北上、南下的兩支軍隊擦肩而過，最近的時候相隔只有幾十里，彼此卻不知道，鄧粹仍然不派斥候提前打探消息，只相信自己的「猜測」。

「諸城震動，正常人都會派出重兵鎮壓，咱們就以不正常之道應之。」鄧粹偶爾也會多做幾句解釋，卻沒辦法讓麾下將士心安。

最後讓大家對鄧粹心悅誠服的，是一場大勝。

楚軍攻佔了神鬼大單于的家鄉，放火燒光了一切能燒的東西，軍中的各國士兵受欺壓已久，恨意極深，得到楚軍的默許之後，進行了多次屠殺，將神鬼大單于留在後方的族人殺傷殆盡。

只有極少數人得以活命。

鄧粹留下一位美姬，此女雖無高貴的名號，據傳卻是神鬼大單于最愛之人，因為偶染風寒，沒有隨軍前往東方，結果落入楚將手中。

將美姬接到軍中的那一天，韓息專程趕來勸說。

鄧粹笑道：「入鄉隨俗，神鬼大單于每奪一城，必娶當地貴人之女，所以此女並非當地人，也是被奪來的可憐人。而且韓大人不也娶過一位當地女子？城裡你看中誰了，都可以要走。」

韓息勸不動鄧粹，但是沒要任何美女，督促楚軍不得參與屠殺與搶人，至於其他國家的士兵，他管不到，也不想管。

軍隊雖然沒打硬仗，收穫卻極為豐盛，對西方諸城的震動更是無以復加，叛亂此起彼伏，紛紛驅逐外人，響應楚軍。

鄧粹再次率軍南下，在一條名字極長的大河邊，與一支敵軍相遇，此時雙方兵力已經相差無幾，他沒再避戰，讓關頌排兵布陣，真要打一場硬仗。

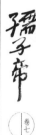

到了戰場上，鄧粹並無出奇之處，全靠麾下將士自己的本事。楚軍自不必說，此戰若敗，他們連逃的地方都沒有，別國將士剛剛屠殺過神鬼大單于的族人，搶獲大量美女與珍寶，同樣無路可退。

戰鬥持續了整整一個白天，入夜時敵軍潰敗。

鄧粹甚至沒有臨陣督戰，躲在帳篷裡向美姬學習她的本族語言，勝利消息傳來，他只回一句「知道了」，仍不肯出來與眾將見面。

鄧粹就是這樣一個人，麾下將士都對他的能力有所懷疑，卻又心存敬畏，覺得他是天之驕子，別人費盡心機、辛苦努力得到的東西，他彎腰就能揀到，有時候還不愛揀。

可「天之驕子」的好運也有用完的時候。

接下來發生的是一件謎案，多年之後仍是許多人念念不忘的怪事。

將軍鄧粹被刺殺了。

沒人知道為什麼，美姬被奪來的時候，並沒有顯出拒絕或是反感，似乎還有一點高興，一路上與鄧粹如膠似漆，卻在大勝的當天晚上，殺死了枕邊人。

也沒人知道經過，次日一早，將士們來請鄧粹，幾次沒有得到回應，終於覺得不對，闖入帳內，只見鄧粹躺在血泊之中，全身赤裸，皆被染紅。

美姬握著匕首，在一邊瑟瑟發抖。

憤怒的將士們當場將美姬砍為肉泥，仍不放心，將營中擄掠而來的女子全都殺死，一個不留。過後才有人提出疑問，殺死鄧將軍的人到底是不是美姬？沒準她只是嚇壞了，兇手另有他人。

軍中士兵立刻互相懷疑起來。

大好形勢說沒就沒了，韓息是皇親，成為楚軍統帥。斟酌再三，他覺得自己沒本事統領所有人、更沒本事一路南下，與楚軍將士商議之後，決定向大楚退卻，對外則宣稱是要東征。

諸國將士分裂為多支軍隊，各有主意，但是無一例外都打著大楚與鄧粹的旗號。

鄧粹的心被取出來，由楚軍帶走，軀體則交給一支異族軍隊，他們要一路南下，完成鄧將軍看海的心願。

韓息是文人，途中遇事必記，打算回國之後呈獻給皇帝，可是說到將軍鄧粹，他無法形容，幾次提筆，幾次放下，直到進入虎踞城，稍得安寧之後，他終於寫下幾個字：鄧將軍，非常人也。

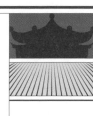

第五百四十九章 真假皇帝

海面平靜，顯露出溫柔可親的一面，但就像那些凶猛的野獸，即使是在搖尾求饒的時候，也令人警惕。

黃普公早已習慣與這頭野獸相處，不在乎被一口吞掉，目光越過海面，望向遠處若隱若現的山脈。

「前方就是敵國領土了。」

黃普公只是自言自語，忘了身後跟著一個人。

欒凱臉色蒼白，看上去萎靡不振，出海越久，他越厭惡這無盡的顛簸，即使是在風平浪靜的時候，也不得一刻安歇。

「那還等什麼？打過去啊。」欒凱有氣無力地說，似乎隨便一個人吹口氣，就能將他撞倒。

黃普公搖搖頭，「咱們人太少，打不過。」

「打不過也打。」欒凱抓住船舷，向外面乾嘔幾聲，「起碼能死在岸上。」

黃普公笑了笑，「別急，咱們很快就會靠岸，看見那座小島了嗎？那就是咱們的暫息之地，等海上諸國的援軍趕到之後，或可一戰。」

「嗯，他們會來嗎？咱們這位皇帝，可比家裡那位差遠啦。」

黃普公嚴肅地糾正，「船上的人是英王，武帝幼子，不是皇帝，皇帝只有一位，在大楚京城。」

欒凱不在意這些區別，「跟我說沒用，跟他說。」

欒凱抬手指去。

英王從船艙裡走出來，伸了個懶腰，打個哈欠，他倒是很適應海上生活，能吃能睡，從前給黃普公當親兵，現在獨佔一屋，什麼活都不用幹，吃得更好，睡得也更香了。

他穿著一件黃色「龍袍」，上面的龍不是繡上去的，而是出自畫筆，筆法拙劣，那些龍看上去就像是一群驚慌失措、想要逃跑的有爪長蟲。

「啊，天又要黑了，今晚吃什麼？」英王走到黃普公身邊，也向遠處望去，過了一會突然露出驚喜的笑容，「看見了嗎？陸地！前方就是陸地！咱們終於快要到了。」

船上聽到這些話的人都在暗笑。

黃普公按下英王的胳膊，說：「咱們今晚先在島上休息，等諸國援軍到達之後，再做打算。」

「又是島上，有啥好玩的？」

「可能有過往漁民、商旅留下的一些東西。」

「沒意思，都見過了。援軍快來吧，我要登岸，都說西方大城的繁華不輸給京城，我要挨個逛過去。」英王興奮至極。

英王扭頭掃了一眼，身後跟著的大小船隻有三五十艘，基本上都是從大楚帶出來的，「援兵會來吧？我是皇帝，他們都得聽我的旨意，對不對？」

黃普公咳了一聲，「這個……靠岸休息時再說。」

小島是座臨時避風港，楚軍船隻無法全部靠岸，大多留在海上，以做警戒，雖說敵軍自毀船隻，但也不能大意。

一旦腳踏實地，欒凱迅速恢復正常，再看海也不頭暈了，甚至能跟著英王一塊去岸邊釣魚、捉蝦。

新鮮的烤魚就是英王的晚膳，他很滿意，吃飽之後對欒凱說道：「你給我當太監吧，我封你做中司監，最大的官。」

欒凱使勁搖頭，「就算你是真皇帝，我也不當。」

英王的臉色一下子沉下來，「你什麼意思？難道我不是真皇帝？我有武帝留下的手書，上面蓋著大楚寶璽之印，你還要再看一遍？」

欒凱還是搖頭，笑道：「我哪認得那玩意？黃普公說什麼我信什麼，我聽他的。」

黃普公就坐在英王對面，一聲不吭地吃飯。

「黃普公，你不相信我嗎？在爪哇國的時候，你可是相信的。」

在爪哇國，黃普公急需一個人物，好讓岸上的國王相信這是一支真正的楚軍，所以隆重推出英王——武帝最小的兒子。

對於許多島國來說，武帝就是大楚天子的代名詞，而且許多國王曾派人入貢，認得大楚寶璽，於是接納了楚軍，提供補給。英王的野心卻很大，他要做皇帝，而且真以皇帝的名義寫下詔書，命令海上諸國派兵支援楚軍，一同進攻神鬼大單于。

楚軍已經趕到約定地點，援兵卻沒有影子。

黃普公放下吃了一半的烤魚，說：「我相信你是英王。」

「你不當我是皇帝嗎？我是武帝幼子，當初奪位的時候，冠軍侯死了，倦侯、東海王違規，失去了資格，只剩下我，就該是我當皇帝。」英王站起身，雙手按著桌面，緊緊盯住黃普公。

欒凱笑呵呵地看著，總算覺得這次出海有點意思。

黃普公面不改色，「這不重要，前方的敵軍才是大麻煩。據說神鬼大單于逃回來之後，平定了大部分叛亂，又集結起一支大軍。唉，可惜咱們來晚一步，若是早半年，就能與陸上的楚軍匯合……」

「黃普公，你別打岔，我就問你……朕問你一句話，你承不承認我是皇帝？」英王仍盯著他不放。

黃普公沉默一會，「我是大楚天子親封的遠征將軍。」
「我封你當大將軍、當宰相。」
黃普公笑了一聲，「你為何這麼想當皇帝？」
「因為我贏了啊。」英王莫名其妙地看著黃普公，不明白他為何疑惑。
「英王既然自認為是皇帝，為何不肯回宮？」
英王也沉默一會，隨後坐下，氣哼哼地說：「倦侯和東海王說是要帶我出來玩，結果早把我忘了。我幹嘛要回皇宮？我要自己出來玩，用不著他們兩個帶我。」
「陛下沒有忘記英王，一直派人尋找你的下落。」黃普公緩和語氣，像對待小孩子一樣哄英王。
英王身材不算矮小，性格卻像個小孩子，回道：「我不會讓他找到我的。」
「英王是怎麼從雲夢澤逃出來的？」黃普公一直感到好奇，問過幾次，英王都不肯說。
「趁看守不備，就逃了出來。」英王含糊其辭。
「雲夢澤的人一直沒有發現武帝手書？」黃普公又問道。
「我藏得好，沒讓他們發現。」英王還是不肯透露細節。
黃普公絕不相信英王能瞞過雲夢澤的強盜，但是沒有追問下去，「皇帝不是打賭贏來的，也不是自封的，需要別人的承認，不只是我，而是所有人。」
「不對，皇帝是我們韓家的，太祖將帝位留給子孫，用不著別人承認。」
「既然如此，你為什麼不承認現在的大楚天子呢？」
「因為倦侯作弊，不是真皇帝！」
「瞧，就是這樣，你覺得倦侯作弊，別人也覺得你身份不真，你不承認大楚天子，許多人也不承認你。帝位是你們韓家的，但韓家子孫眾多，誰當皇帝都有可能，而且就算當上皇帝，也未必能擁有全部權力，當今天子不也當過一段時間傀儡嗎？」

英王沉默更久，半晌才道：「是一名望氣者將我放出來的，這份手書……」英王又取出來，「也是他給我的，我不知是真是假。」

黃普公看過手書，上面以武帝的語氣寫給妃子，讓她好好照顧皇帝幼子，未來光大宗室。

「望氣者叫什麼？」

「淳于梟。」

黃普公大致明白了，「他讓你隨楚軍出海？」

「嗯，他說倭侯勢力太大，爪牙眾多，我得避其鋒頭，在海外建立根基，然後再打回去，我是真命天子，到時候一呼百應，肯定能奪回帝位。」

望氣者很清楚，那份手書只能騙海外諸國，瞞不過大楚官員。

黃普公早有懷疑，但是不太在意，只要能給這支楚軍帶來好處，稍微出點格也沒關係。

「望氣者人呢？也混在船上？」黃普公問道，絕不允許軍中有這種人存在。

英王目光閃躲，「誰知道，我上船之後就沒再見過他。」

「英王，望氣者不懷好意，『淳于梟』是他們常用的假名，此人絕不可留，必須盡快除掉，否則的話，以後必成大患。」

英王如釋重負，「原來你是要除掉他，不用麻煩了，他已經死了，被我殺死了。」

黃普公吃了一驚，欒凱更是呵呵笑個不停，「你能殺人？你連提筆都費力，釣上來的魚自己不敢收拾，還得是我動手開膛破肚。」

英王臉色微紅，「殺魚和殺人是兩碼子事，必要時殺人和無故殺人更是截然不同，迫不得已，我什麼都能做。你覺得我提筆費力，望氣者也是這麼想的，所以對我毫無防範，我將匕首刺進去的時候，他睡得正香，連眼睛都沒睜開。」
欒凱笑不出來了，「沒有力氣，卻有膽子，你這種人……在雲夢澤會死得很快。」
「可我活下來了。」
欒凱無言以對，黃普公則對英王刮目相看，「你在上船之前將望氣者殺死的？」
「嗯，我當時無處可去，又不想回京城，就按照望氣者制定的計畫，拿著他準備好的東西報名水軍。」
黃普公起身道：「休息吧。」
「究竟要怎樣，你才肯承認我是皇帝？」
「天下人承認，我就承認。」
「天下人那麼多……」
不等英王說完，黃普公已經走了，英王又看向欒凱，欒凱笑道：「黃普公承認，我就承認。」
英王氣惱地推倒桌上的盤子。

次日一大早，英王闖進黃普公的帳篷，大笑大叫，「援兵來了，好多船隻，你還說沒人承認我？」
黃普公急忙起床，去外面查看。
援兵的確來了，百餘艘船，懸掛著各式各樣的旗幟。
各國援兵派使者登岸，表示願與楚軍並肩作戰。
海上諸國十分恐懼神鬼大單于，但是神鬼大單于封閉港口、毀掉船隻，等於終結了東西交通，海上再無商旅往來，時間一長，各島國承受不住了，沒有商旅往來，他們很快就變得貧窮。
聽說神鬼大單于在大楚慘敗而歸，諸國有了追隨楚軍的信心。
英王的高興勁很快就消失無蹤，因為所有使者，無論是在口頭，還是在書面上，只稱他英王或是武帝之子，拒絕稱「皇帝」與「陛下」。

「等我打敗神鬼大單于，總有人承認我了吧。」英王沒有完全洩氣，「我看過那本書，也懂帝王之術。」

第五百五十章 認輸

與鄧粹的飄忽風格截然不同，黃普公總是提前制定詳細的計畫，甚至細到一支十人小隊該做什麼，但是與擅長調動龐大軍隊的柴悅也不同，黃普公每次都會親臨戰場，甚至親自衝鋒，身邊永遠跟著一群勇猛無畏的部下，趁著戰場亂象初顯，直擊敵軍首腦。

登陸之後的第一戰輕易獲勝，黃普公率兵衝鋒在前、手斬敵將，諸國將士無不驚駭，再不敢自認為與楚軍平等，慶功時，乖乖地行部屬之禮。

但這些人有一條底線，無論是黃普公還是英王，都很難打破。

海上諸國拒絕進攻內陸，堅持沿海岸線前進，水陸並進，以攻佔各大港口為第一要務。他們只想恢復商旅線路，無意與神鬼大單于決戰。

黃普公也不著急，決定先打幾仗立威，等聚集的士兵更多之後，再做下一步打算。只有英王心急，第一座城市很小，人口不過數千，除了服飾奇特一點，再無其他異處，令他很是失望。

第二戰、第三戰，楚軍接連獲勝，黃普公就像一把尖刀，一刺到底，從不拖泥帶水，開戰頂多半個時辰之後，必做衝鋒，他的眼力極準，總能選中敵軍最弱的一面，一舉突破，撲向敵方大將。

就像是一群孩子爬樹，最輕巧、最具威信的那一個總要摘下最高處的果子，黃普公每戰必要親手斬將斷旗，滅敵軍威風、漲我軍士氣。

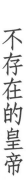

到了這時候，諸國軍隊對黃普公已是敬若神明，他若說進攻內陸，再不會有人反對。

但黃普公仍不著急，繼續沿海岸前進，他在等待更好的時機。

登陸一個月後，一支軍隊趕來，不是來挑戰，而是求聯合的。對方將領自稱拉赫斯王，竟然拿出了大楚天子的冊封文書與王印，立刻取得了黃普公的信任。

西方諸國軍隊早已回國，在雪山上接受皇帝分封時，承諾得很好，說是要共同抗擊神鬼大單于，一進入各國疆界，立刻分崩離析，新仇舊怨又都顯露出來，各回各國，甚至為了國界與供給問題打了幾仗。

諸國有的閉城自守，有的與神鬼大單于暗通款曲。只有少數國家能夠保持聯合，敢於公開反對從前的主人，拉赫斯王是這些國家推出的首領。

他一點也不隱瞞當前的形勢，借助通譯說：「我們這裡向來如此，分分合合，偶爾有人統一，很快又會分裂，明明危在旦夕，還不忘彼此爭鬥。從前有七王做主，還算好些，如今七王遇害，為了爭奪他們的名號，大家打得更厲害了。西方本是富庶之地，名城遍地，卻被異族人所統治，並非沒有理由。」

黃普公不關心這些事情，只問拉赫斯王帶來多少士兵。

「三萬人，如果將軍北上，以大楚皇帝的名義，還能招來更多士兵。」

英王插話道：「大楚天子在這裡呢，我就是。」

通譯看了一眼英王，沒有傳達這句話，英王不滿地說：「告訴拉赫斯王，我乃武帝最小的兒子，也是真正的大楚皇帝。」

通譯看向黃普公。

「英王的確是武帝幼子。」

通譯說了幾句，英王傾聽，一個字也不懂，追問道：「說我是皇帝了嗎？」

通譯道：「拉赫斯王說了，西方諸國不知道武帝是誰，他們只認一位皇帝，就是在雪山上分封諸王的那個人，他們稱為『孺子帝』。」

英王愣了一下，隨後大笑，「大楚哪有『孺子帝』這種稱呼？孺子是倦侯小名，怎麼能當作帝號？就算是諡號，也要等死後才有。」

通譯直接回道：「我們不懂大楚的這些規矩，只知道大楚天子是『孺子帝』。我們聽說海上來了一支楚軍，才趕來投奔，希望一同抗擊神鬼大單于，如果你們不是孺子帝的軍隊，那我們就是找錯人了，馬上就走。」

英王面紅耳赤，「你只是通譯，做不得主。」

通譯向拉赫斯王說了幾句，拉赫斯王站起身，激昂慷慨地說了幾句，通譯道：「王說，既然如此，我們告辭了，以後大家戰場上相見。」

黃普公急忙起身，笑道：「別急，我們的確是大楚軍隊，有皇帝的聖旨。英王也的確是武帝之子，年紀小，說話不得體，勿怪。」

英王臉更紅了，可對方表現激烈，他也不敢再說什麼，坐在那裡低頭小聲嘀咕。

兩軍聯合，黃普公有了足夠兵力，決定向內陸深入，只留少數人守船。

在一座大城外面，楚軍與大批敵軍遭遇，雙方各佔有利位置，相隔數十里。

黃普公兵少，並不急於開戰，反倒開始深挖壕溝，築壁固守，讓拉赫斯王派人前往四方諸國，以大楚將軍的名義，命令各國派兵參戰。

敵軍沒有立刻發起進攻，而是派使者送來一封信，聲稱他們手裡有重要人質，命令楚軍立即投降。

「東海王？」聽通譯念完信，英王大吃一驚，說道：「他竟然也在這裡！真是……我還以為只有我能跑這麼遠呢。」

拉赫斯王瞭解一些內情，「大楚皇帝倒是說過，西方諸國若生得東海王，必須以禮相待，盡快送歸大楚。」

英王沒說什麼，等客人都走了，他對黃普公道：「倦侯分明是要東海王送死，只是不好明說而已。這可麻煩了，咱們若是不救東海王，遂了倦侯的意，若是救他……咱們不可能投降啊。」

黃普公只將英王當成一個孩子、一個名號，不太在意他的意見，「沒什麼麻煩的，該怎麼做就怎麼做。」

「怎麼做？」英王好奇地問。

黃普公沒有回答，一個時辰之後，他召集諸國將領，派出使者去見敵軍大將，當眾宣布自己的回信：「東海王乃大楚天子的弟弟，地位尊貴。戰後，他若活著，楚軍赦免敵軍百名將領的性命；他若遇害，則以百名敵將、萬名士兵殉葬。此外別無他話，五日後上午，決戰。」

黃普公以斬將聞名，他的威脅很有份量。

各國軍隊陸續趕到，人數或多或少，全都遠遠觀戰，暗中同時與雙方將領通信，做好腳踩兩條船的準備。

這是一場真正的大戰，敵軍雖非神鬼大單于的主力，但是兵力佔優，又有城池為後盾，勝算較大，聯軍一方則全依仗數千楚軍，尤其是黃普公本人的本事。

大戰如期開始，黃普公派出幾乎所有軍隊，只留千餘騎兵，他這回等的時候稍長一些，足足一個時辰之後，才開始他代表性的衝鋒，由一角斜入戰場，中途突然改變方向，直撲敵方中軍位置。

戰前，黃普公曾給觀戰的諸國軍隊下達命令，午時入場，後至者斬，離午時已不到半個時辰，還沒有任何軍隊參戰。

黃普公的打法並不稀奇，敵軍早有耳聞，做好了準備，諸多士兵層層疊疊地保護著己方將領。

可他們還是低估了黃普公以及他麾下那群海盜士兵的凶悍，他們就像水中的鯊魚，在魚群之中穿插往來，將魚群分隔開來，一口口吞掉。

敵兵採取守勢，正中黃普公下懷，他總是斜線衝鋒，衝破一角之後，反身包圍人數較少的那一角，迅速將其殲滅。

一般將領不敢這麼做，因為這意味著將後背暴露給敵方大軍。黃普公敢，而且以此聞名，他越是大膽，敵軍越是謹慎，收縮陣腳以求自保。黃普公骨子裡仍是一名強盜，透過幾次書信往來，以及敵軍的種種表現，他看出了對方的膽怯，因此敢於放手一搏。

午時前後，觀戰的諸國軍隊終於進入戰場，毫無例外，都站在楚軍這邊。

這一戰持續到傍晚，敵軍大潰，連城都不要了，紛紛逃亡。

黃普公實現諾言，將百名敵將列於城下，聲稱一個時辰之內看不到東海王，先殺敵將，再坑萬名士兵。

只過了半個時辰，城門大開，東海王被送出來了。

東海王絕沒想到自己還能活下來，而且是被黃普公所救，更沒料到會在楚軍帳篷裡看到英王。

英王長高、長大不少，可模樣還能認得出來，東海王驚訝得閉不上嘴，「你、你真是英王？」

「可不就是我？」英王很開心，「當初你說過會帶我出來玩，現在不用了，我自己就能玩遍天下。還有，爭奪帝位你輸了吧？」

「輸了。」

「那你承認我是皇帝吧？」

東海王搖頭，「皇帝只有一位，不是你，不是我。」

英王大怒，「你們為什麼都不承認呢？願賭服輸啊。」

東海王笑道：「你被強盜擄走，後來是怎麼逃出來的？」

「反正是逃出來了。」英王不願細說。

「咱們都當過俘虜，你逃出來了，我是被救出來的，皇帝也陷入過類似的險境，可他還是成為皇帝，無需指定，無需承認。咱們都有機會成為皇帝，但是成功者只有一位，失敗者理應認命，不為別的，只因為咱們都姓韓，皆為太祖子孫。」

英王洩了氣，「你們是我的侄兒，卻欺負我年紀小。」

黃普公大勝，但是軍隊不肯跟著他繼續前進了，海上諸國覺得再打下去對自己無益，西方諸國仍然各懷異心，楚軍士兵多是海盜，一路上搶到不少戰利品，也有思歸之心。

黃普公明白，只憑自己的軍隊，最終還是無法與神鬼大單于抗衡，據說大楚以後會派來大軍，他決定撤退，先佔據海岸，到時候與楚軍聯合作戰。

東海王也要回大楚，但是陸路不通，只好跟隨大軍南下。

黃普公率領海上諸國繼續攻佔沿海諸城，連成一片，建造大量船隻，可攻可退。

有一座港口自願投降，名字很怪，譯成楚語是「無心之城」，城內供著一尊神像，以多種文字記載其事蹟。

楚將鄧粹的軀體被送到這裡，塑成金身，成為面朝大海的神像。

在一小段楚國文字裡，稱他是「大楚孺子帝帳下最偉大的將軍」。

就是在看過這段文字之後，英王終於放棄稱帝的野心，嘆息道：「我以為自己走得夠遠，倦侯的名聲卻已先到一步，好吧，他贏了。」

東海王被送上一艘大船，向著家鄉緩緩行駛，他有很多事情要對皇帝說，也有許多事情永遠不想說。

第五百五十一章 朕一人定奪

每到夜裡，韓孺子從書案上抬起頭稍稍休息一下的時候，眼中總會有東西一閃，似乎看到有個人默默地站在角落。

他想起那個叫孟娥的宮女，心中微微發痛，不知是因為過於困惑，還是舊傷發作。

他現在批閱奏章非常快，大多是掃一眼，朱筆寫下「閱」字，交給勤政殿處理，更多的時候，他伏案細讀的是一部部史書。

今天擺在桌上的書有些特別，是半部實錄，記載著他登基以來的事蹟。

按慣例，皇帝不能看本人的實錄，但這只是慣例，而不是明文律法，韓孺子現在可以做任何事情，史官們只是不出聲地猶豫了兩天，在第三天將尚未裝訂成冊的實錄乖乖送來。

韓孺子知道自己不該這麼做，可最近聽到的一些傳言，讓他十分好奇。

幾年前的冬天，大楚定鼎以來最為強大的一股敵人闖進關內，直逼京城，皇帝親率將士迎敵，湧現諸多大將、名將、猛將，殉難者眾多，可皇帝本人贏得的名聲遠遠超出眾人，甚至誕生了許多神奇的說法。

崔騰的一條腿瘸了，神醫也治不好，他在戰場上曾經親口承認，自己沒殺過人，雙手抱著裝有父親頭顱的木匣，跟著樊撞山一路衝鋒。戰事平定幾個月之後，他卻改了說辭，聲稱自己手刃若干敵將，如何在屍體堆中救了樊將軍一命。

樊撞山當時暈過去了，又的確看到過崔騰緊隨自己身後，因此信以為真，對崔騰極為感激，兩人現在是至交，經常一塊喝酒。

就在十來天之前，韓孺子帶著皇后回倦侯府小住，崔騰突然神祕兮兮地問皇帝：「京城夜戰的時候，陛下挺高興吧？」

夜戰時崔騰被留在函谷關，沒有參戰，因此跟普通人一樣，對那晚發生的事情一無所知，偏又極感興趣。

韓孺子奇怪地說：「打仗而已，四下裡一片漆黑，有什麼可高興的？」

「呵呵，別人一片漆黑，陛下眼前卻是光明一片。我對天發誓，絕不洩露天機，陛下跟我說說，天兵天將長什麼模樣？是穿金盔金甲嗎？」

韓孺子這才明白，那一戰已經被神化，連天兵天將都出來了，於是他命史官送來實錄，倒要看看史書會如何記載。

「帝乃率萬騎夜襲敵營，彼時浮雲遮月，目不見物，眾將士皆失所在，唯帝如在白晝，領百騎縱馬馳騁，所指必有敵軍，時不逾刻，敵軍必亂，往往如有神助。」

實錄還算嚴謹，沒提天兵天將，用了「如有神助」四個字，可是與事實仍大相徑庭，那晚很黑，但還沒黑到「目不見物」的地步，韓孺子身邊只跟著孟娥一個人，兩人盡量避開混戰，以求自保，根本沒有帶百騎衝向敵軍。

韓孺子清楚記得那一晚發生的事情，從未改變。

韓孺子餘光瞥見一道身影，這回是真的，並非眼花，「有事？」

張有才恭敬地說：「陛下，趙若素到了，還要見嗎？」

天已經晚了，韓孺子幾乎忘了白天時曾經召見此人，「他又出城了？」

「嗯，說是踏青去了。」張有才有些不滿。

「嘿，他倒逍遙自在，傳進來。」韓孺子倒不生氣，臉上反而露出一絲羨慕的微笑。

趙若素「罪上加罪」的身份已被免除，但皇帝不封他官職，他也不願意再入朝廷，心甘情願留在倦侯府當一名小吏，閒暇無事，就去賞景弄詩，竟然有了幾分文人的雅意。

趙若素很快進來，頜下留著長長的鬍子，向皇帝拱手行禮，而不是磕頭。

張有才更加不滿，但是不敢說什麼，搬來一張凳子，退出房間。他是中掌璽，宮中地位最高的太監之一，就連宰相也對他客客氣氣，只有這個趙若素的態度還跟從前一樣不冷不淡，點下頭就算表示感謝了。

「陛下傳我有事？」趙若素問，雖然客氣，卻不卑微。

「今年大比可謂英雄輩出。」

「這是好事，大楚需要他們。」

「當然，可是有幾位『英雄』令朕略有不解，望你解惑。」

「讀書人的事情，不如問瞿御史。」

韓孺子笑著搖頭，「必須是你。」

「陛下請說。」

「申大形這個名字你有印象嗎？」

「這是前宰相申明志的小兒子。」

韓孺子欣賞趙若素的就是這一點，此人不會對自己明明知道的事情加以掩飾，省去許多麻煩。

「南冠美呢？你肯定更瞭解。」

「這是南直勁的孫子，小時候就是有名的才子。」

還有一個名字，韓孺子低頭看了一眼，沒有問出來。

「這兩人是今年的狀元人選，朕看過他們的卷子，確實出類拔萃。」

趙若素嗯了一聲，知道皇帝的疑惑不在這裡。

韓孺子停頓片刻，繼續道：「朕納悶這兩人為何會在今年參加大比。」

「三年一選，應該是趕上了吧？」

韓孺子搖頭，「你熟悉朝廷的那套做法，朕所有感覺，朝中官員明顯分為兩派，各自支持一人成為狀元。申明志致仕、南直勁殉國，都是多年前的事情了，朝廷還記得他們，這是好事，可是熱情得像是在還債，就有些不同尋常了。」

韓孺子極少直接參與朝廷事務，冷眼旁觀，看得卻更準。

趙若素想了一會，「我與朝廷已許久沒有往來，只能憑空猜測，陛下要聽嗎？」

「召你來，就是要聽你的『憑空猜測』。」

「當年申明志致仕，進行得非常順利，南直勁插手其中，這個我是知道的。我猜申明志之所以自願交出相印，想必是從南直勁那裡得到過承諾。」

「給申家一個狀元？」

「申大形可有狀元之才？」

韓孺子尋思一會才道：「有。」

「那就是了，南直勁不會隨便許諾，必是瞭解其為人之後，才許以狀元。」

「既有此才，何必求托？」韓孺子問完之後笑著擺了下手，表示不必回答。

有狀元之才的人不只一位，誰當狀元都有可能，而且申明志要的大概也不只是狀元，而是要讓兒子進入朝廷之後能夠一路順風。

「南直勁曾想一人承擔所有罪過，也是為了替孫子要一份前程？」

「還是那句話，南冠美若無狀元之才，南直勁絕不會強人所難。陛下覺得群臣各有支持，或許不是還債而是拉攏，有可能大家隱約都能猜到，這兩人以後必定飛黃騰達。」

韓孺子覺得趙若素說得有道理，「那就怪了，申明志從南直勁那裡得到承諾，如今兩人的子孫卻同台競技，必有一人失敗，幕後人是怎麼策畫的？」

「或許這恰恰說明沒有所謂的幕後人，兩子各憑實力，只是相關傳言比較多，使得朝中大臣參與進來。」

韓孺子笑了一聲，「如此說來，朕不必調查，更不必干涉？」

「我只是給出一點猜測，並無真憑實據，一切仍由陛下定奪。」

韓孺子大笑，「不愧是趙若素。城外的景致可好？」

「極佳，可是百姓無心觀賞，母子灑淚相別，令人傷感。」

韓孺子臉色一沉，「你剛說過一切由朕定奪，不必再勸，朕心意已決。」

「是，陛下。」趙若素沒再說下去。

韓孺子卻要辯解幾句，「神鬼大單于的勢力雖然一直在衰落，但他還活著，此仇不報，大楚何以立威？還有塞北匈奴，一直三心二意，常派小股騎兵侵邊，必須加以嚴懲。如今大楚已經緩過來了，先破匈奴，再滅神鬼，從此一勞永逸。」

「陛下所言極是，只是我記得陛下的初心並非如此。」

剛剛當上真皇帝的時候，韓孺子盡量避免開戰，以給百姓休養生息的機會。

「此一時彼一時，大楚既有餘力，就不能再讓外敵看輕。」

「陛下說得對。」趙若素顯出幾分唯唯諾諾。

「很晚了，你還是快些回家吧。」韓孺子意興闌珊，發出逐客令。

趙若素走後，韓孺子獨自坐了一會，相信遠征勢在必行，朝廷準備得非常充分，西方諸國也都在翹首以侍，以此為名，半路上突襲匈奴，兩大強敵將能一塊解決。

「只需幾個月。」韓孺子喃喃道，站起身，又看了一眼自己之前寫下的三個名字，申大形、南冠美，還有一個羅世浮。

楊奉的兒子也參加了今年的大考，文章極佳，是韓孺子心目中的狀元，卻不得大臣的喜愛，試官將他列為二甲進士。

韓孺子將紙點燃燒掉，隨後下樓回轉內宮。

慈寧太后不喜歡太多規矩，皇帝三日一請即可，韓孺子今晚不用去請安，徑去皇后的秋信宮安歇。

淑妃鄧芸正在秋信宮等皇帝，她要告一狀，「陛下得管管北皇子，他今天又將幾個弟弟給打了。」

韓孺子忍不住想笑，勉強忍住，正色道：「朕會管教他。」

「真的管教，不是隨便說幾句，他已經不小了，該學些宮裡的規矩。」

「當然，朕正準備給他選一位嚴厲的師傅。」

鄧芸無話可說，向皇帝、皇后請安，告辭離去。

「他人呢？」韓孺子問。

「在另一間屋裡，躲著不肯出來。」崔小君含笑道。

韓孺子穿過客廳，推門進入另一間屋，屋子裡很黑，一個小小的身影坐在床邊。

「你又打架了？」韓孺子嚴厲地問。

小孩子卻不怕，生硬地問：「母親為什麼要將我送來？她自己都不喜歡皇宮，卻讓我困在這裡。」

韓孺子走到床前，在兒子身邊坐下，發現有些事情比選擇狀元和大軍遠征還要困難。

第五百五十二章　小孩子

幾年前，金純忠由塞外帶回來一位皇子，打亂了宮中的諸多安排。

他是從北邊來的，因此被稱為「北皇子」，慈寧太后聽說後極不高興，因為她曾經多次或派人或寫信向金垂朵詢問是否有子嗣，得到的都是否定回答，就在她屬意於慶皇子，已經視其為太子的時候，卻突然冒出來一位皇長子。

慈寧太后覺得這是有意為之，沒準是匈奴人的陰謀，可是在仔細看過北皇子之後，她嘆息一聲，「他和孺子小時候長得幾乎一模一樣。」

慈寧太后接納了北皇子，一開始養在身邊，很快就向皇帝抱怨：「我終於明白金貴妃的用意了，她故意將皇子留在塞外，先將他變成匈奴人，再送回大楚，等他長大，必然心向匈奴。瞧瞧他，除了容貌相似，哪裡還像是皇室子孫？頓頓要吃肉，才幾歲，就偷著喝酒，甚至爬上慈寧宮房頂，說是宮裡太憋悶，他要到高處放鬆一下，這是小孩子能做出的事情、說出的話嗎？」

韓孺子微笑以對，勸母親將北皇子交給皇后撫養。

皇后很有耐心，看得也很緊，她不得不如此，孺君公主就是個淘氣的主，來了一位更淘氣的哥哥，互相鼓勵，更加無法無天。

後宮嬪妃又為皇帝生下幾個兒女，年紀尚幼，只有惠貴妃生下的慶皇子和淑妃生下的鄧皇子，年齡稍長，成為主要受欺負的對象，偏偏他們總來找北皇子和孺君公主玩耍，挨打了就向祖母和母親哭訴。

皇后頭痛不已，經常為一對兒女道歉，有時候她出面也沒用，只能將麻煩交給皇帝。

「母親為什麼要將我送回來？」北皇子生硬地問。

韓孺子輕輕撫摸兒子的頭頂，「你也不算小了，應該能明白一些道理，告訴你也無妨。你母親將你送回來，是因為覺得匈奴那邊不安全。」

北皇子扭頭看向黑暗中的父親，說道：「大單于和大閼氏最喜歡我了，在那邊沒人敢多說我一句，怎麼會不安全呢？」

六七歲的孩子正是似懂非懂的時候，韓孺子發現很難用幾句話將事情解釋清楚，本想敷衍過去，以後再說，可是北皇子語氣中的不信任，讓他改變了主意。

「等等，朕讓人掌燈，詳細對你說。」

「嗯。」

一名宮女進屋點燃蠟燭，韓孺子親自鋪紙研墨，正要動筆，扭頭看到門口露出一顆小腦袋，「進來。」

孺君公主蹦蹦跳跳地撲向父親，抱住他的一條腿，「不怪大哥哥，是慶皇子和鄧皇子先搗亂。」

韓孺子微笑道：「朕不怪任何人，但是朕希望你們聽道理。」

兄妹二人同時點頭。

韓孺子在紙上畫了一條橫線，「這是長城，當然，真正的長城沒這麼直，意思一下吧。北邊是匈奴，南邊是大楚，從很久以前就開始打仗，持續了上千年。」

「為什麼要打仗呢？肯定是匈奴先搗亂。」孺君公主道。

北皇子很喜歡這個妹妹，對這件事卻有不同想法，「匈奴人不會搗亂，他們只在受欺負的時候才反抗。」

對這種「大逆不道」的言論，韓孺子並未斥責，說道：「打仗的原因已經不重要，既然開打，每一方都想打贏，對不對？」
兄妹二人又同時點頭，孺君公主向北皇子悄悄做個鬼臉，表示不服氣。
韓孺子在橫線左端又畫一條豎線，說：「西方是神鬼大單于。」
「他是壞蛋。」北皇子馬上道。
「最大的壞蛋。」孺君公主補充道。
兩人年紀雖小，卻都對神鬼大單于入侵大楚一事印象深刻。
「嗯，他是壞蛋，最終還是被打敗了。」
「被父皇帶兵打敗的。」孺君公主搶著說。
「父皇見過神鬼大單于嗎？」北皇子問。
「差一點就見著了。」韓孺子在豎線頂端畫了一個小圓圈，「神鬼大單于戰敗逃亡，朕在這裡追上他，正要動手將他除掉的時候，匈奴人出現，將他保護起來，然後放走了。」
「匈奴人真壞。」孺君公主惱怒地說。
北皇子瞪了妹妹一眼，問道：「我在匈奴的時候，大家都說神鬼大單于如何如何壞，幹嘛要將他放走？」
「因為匈奴人更害怕大楚，他們擔心只剩下自己以後，更不是大楚的對手，於是放走神鬼大單于，給大楚增加一個敵人。」
「匈奴人果然壞。」孺君公主盯著北皇子說，他們兩人玩得很好，卻也經常吵架。
北皇子皺眉嘟嘴，似乎不太相信父皇的話。
「有話就說。」韓孺子道。
「匈奴人都說，大楚害怕匈奴。」
韓孺子笑了一聲，「你從北邊來，見過一些城鎮，你說說，是匈奴人多，還是大楚人多。」

「大楚人多。」北皇子不得不承認，隨舅舅一路南下路過諸城的時候，他簡直不敢相信世上會有這麼多人擠在一起。

「匈奴繁華，還是大楚繁華？」

「也是大楚。」北皇子喃喃道。

孺君公主又搶道：「大楚強盛，才能佔據好地方，匈奴不強，只能待在塞外，所以匈奴害怕大楚。」

北皇子無言以對，眉頭皺得更緊。

所謂強弱當然沒有這麼簡單，韓孺子卻不想對孩子說得太細，「楚強，匈奴弱，所以匈奴需要幫手，這就是為什麼他們會放走神鬼大單于。」

「匈奴與大楚不能和好嗎？」北皇子問道，語氣軟了下來。

「這正是你母親的想法，匈奴人放走神鬼大單于，她不同意，與匈奴大單于發生爭執。這些年來，她一直不去龍庭參拜大單于，帶著一部分匈奴人獨自生存。」韓孺子輕嘆一聲，難以想像金垂朵是怎麼忍受過來的。

北皇子道：「我明白了，母親擔心我被大單于當成人質，所以將我送回父皇這裡。大單于那裡有不少人質，經常受欺負。」

韓孺子放下筆，輕輕拍了一下兒子的頭，「正是如此。」

北皇子昂然說道：「等我長大，一定要接母親回來，還要打敗大單于，讓他老老實實地聽話，不准再與大楚作對。」

韓孺子大笑幾聲，吩咐道：「天晚了，睡覺去吧。」

北皇子點頭，孺君公主卻纏著父皇講故事，韓孺子無奈，講了一段太祖的事蹟，兄妹二人都不滿意，要聽父皇打敗神鬼大單于的經歷。

韓孺子卻沒什麼可講的，「真正打敗神鬼大單于的人是鄧粹，他是鄧皇子的舅舅，率孤軍深入敵後，為大楚樹立威名。就因為他，西方諸國發起反叛，逼得神鬼大單于不得不從大楚逃走。就是現在，他的威名仍在西方流傳，諸國不再輕易向神鬼大單于屈服，每到開戰的時候，還打著他的旗號。」

「鄧皇子的舅舅這麼厲害？」北皇子和妹妹互視一眼，都不相信。

「過幾天，朕會請一位師傅，專門給你講故事，等你認的字再多一些，就能自己看故事了。」

「哦。」北皇子不太喜歡讀書。

孺君公主興奮地說：「我也要聽故事！我也要師傅！」

韓孺子本來沒有這個想法，這時卻覺得也無不可，笑道：「妳和哥哥共用一個師傅吧。」說罷將兩人向門口推去。

宮女迎上來，抱起兄妹二人，分別送回自己的住處。

韓孺子鬆了口氣，回到臥房，皇后還沒睡下，輕輕搖頭，說道：「陛下這樣輕描淡寫的懲處，淑妃是不會滿意的。」

「小孩子打架而已，無需大驚小怪，淑妃太在意了。真是奇怪，淑妃與惠貴妃關係一般，怎麼兩人的孩子卻常在一塊玩耍？」

皇后自從生下公主之後，就再也沒有懷孕，選立太子之事因此變得撲朔迷離，淑妃鄧芸頗有野心，對鄧皇子寄予厚望，而且也不加以掩飾，為此與慈寧太后發生過幾次衝突。

慶皇子與鄧皇子本該是對頭，關係卻很親密，韓孺子有點意外。

崔小君微微一笑，「小孩子，哪懂那麼多？」

「小孩子不懂，大人懂。」

「弱弱聯合，陛下剛才不是說得頭頭是道嗎？」

韓孺子一愣，隨即明白過來，「原來妳聽到了。」

「又不是國家機密，不算過分吧？」

韓孺子笑著搖搖頭，隨後道：「宮裡人是不是都覺得朕會立北皇子為太子？」

「北皇子是長子，又是金貴妃所生，宮中有傳言也是正常的。」

「皇后怎麼想？」

「這種事可輪不到我開口，陛下若是寵愛孺君公主，就讓我們娘倆置身事外吧。」

韓孺子默然，這是一個難題，比擊敗匈奴和神鬼大單于還難，他到現在也沒想出一個合適的解決辦法。

「譚王妃又派人送信給我，打聽東海王的下落。」

「這還真是一件怪事，據說東海王三年前就已登船，卻在中途失去了消息，海上風急浪大……唉，大家肯定以為這是朕的授意。」

「悠悠眾口，誰也堵不住，陛下不必過於在意，譚王妃倒沒想太多，只希望若有消息能第一個通知她。」

「當然。」韓孺子走到皇后面前，輕聲道：「咱們努力吧，妳若生下兒子，問題都能迎刃而解。」

崔小君羞紅了臉，輕輕推開皇帝，小聲說道：「接下來幾個月不用『努力』啦，就是不知道問題能不能解決罷了。」

韓孺子大喜，輕按皇后的小腹，「大楚的安寧就看妳了。」

第五百五十三章　狀元之選

遙遠的西方送來一封信，令韓孺子十分惱怒，連皇后再度懷孕所帶來的喜悅都少了一大半。

信是黃普公寫來的，措辭委婉而謙卑，大半內容是在感激皇帝的知遇之恩，隨後說到了正題：他要撤軍，而且不回大楚，將留在海上，「遙望故土，感念聖恩，垂涕不已」。然後他找了一堆理由，海上諸國厭倦戰爭，都想回歸本國，西方諸國彼此矛盾太深、互相猜忌，稍有矛盾就會投降敵軍，反覆無常，沒辦法凝聚成為一支大軍。

另外，神鬼大單于已經衰落，龜縮西北一隅，已不值得楚軍大動干戈。

最後，他提出一個「小小的」要求，希望皇帝正式冊封英王，許他在海外建國，永世向大楚稱臣。

韓孺子很久沒這麼憤怒了，在桌上重重一拍，「別人就算了，黃普公乃朕一手提拔，竟然也會忘恩負義！」

凌雲閣顧問甚多，只有一人敢在皇帝發怒時開口說話，崔騰問道：「黃普公做出什麼事讓陛下如此生氣？」

韓孺子揮揮手，崔騰一瘸一拐地走到桌前，拿起信看了一遍，也是大怒，「這個混蛋，沒有陛下，他現在還是人家的奴僕呢，得到一點權力就忘乎所以。大楚正集結軍隊準備西征，他竟然要撤軍，這不是與朝廷唱對台戲嘛。而且還不肯回大楚，要在海外輔佐英王！誰知道那個英王是真是假，沒準就是黃普公自己冒充的。」

崔騰一怒，韓孺子反而平靜下來，看向房間裡垂手肅立的十幾名顧問，緩和語氣道：「黃普公說神鬼大單于龜縮一隅，已不值得大動干戈，諸位怎麼看？」

眾人都鬆了口氣，崔騰搶先發言，「這和龜不龜縮沒關係，神鬼大單于膽敢入侵大楚，雖在萬里之外，也必須受到懲罰，就算他生病死了，也要派楚軍去將他的屍體拖回來。」

顧問們挨個發表見解，意思都與崔騰差不多，但是一個比一個激昂慷慨，找出更多的證據，比如有匈奴支持，神鬼大單于早晚還會東山再起，絕不能養虎為患，必須一勞永逸地鏟除。

韓孺子甚覺無聊，除了趙若素，很少有人敢在他面前暢所欲言，而他需要的恰恰是真話。事情往往如此，帝位不穩的時候，他常常能聽到真話，雖刺耳，但有益處。如今帝位穩固，耳中所聞都卻都是奉承與贊同。

趙若素不懂軍事，問之無益，韓孺子正在發呆，被崔騰喚醒。

「陛下，還等什麼，楚軍已經準備妥當，盡快出發吧。少則三月，多則一年，必能凱旋回京。」

「原計畫是夏末出軍，不必著急。」

「我就是氣不過黃普公的背叛，楚軍一到，看他還敢不敢提條件。」

「神鬼大單于龜縮西北，黃普公駐軍南方海港，相隔數千里……」韓孺子搖搖頭，甚感失望。

崔騰心生一計，話到嘴邊卻沒說。

皇帝明顯露出倦意，眾人告退，崔騰磨磨蹭蹭等到最後，只剩他一人時，上前小聲道：「陛下，黃普公還有家眷留在京城呢。」

「嗯？」

黃普公臨出征前娶了一位妻子，留在大楚沒有帶走，韓孺子記得此事，每到節日，必給重賞。

「黃普公敢背叛陛下，陛下沒必要再對他講仁義，先將他的夫人下獄，然後命她寫信，看黃普公什麼反應，如果……」

「亂出主意，堂堂大楚，容不下一位將軍夫人？黃普公就算真的背叛，朕也不會動他夫人一根汗毛。」

崔騰訕訕地說：「我不就是想為陛下出氣嘛。」

「這種事不用你操心，另有一件事要交待給你，皇后有喜……」

崔騰一跳三尺高，落地之後唉喲一聲，揉著受傷的腿，臉上卻滿是笑意，「真的？」

「御醫昨天確診。從今天開始，你要老實些，少喝酒，最好別喝酒，更不要惹事生非，免得讓皇后和你母親擔心，明白嗎？」

崔騰臉上一紅，「陛下聽說了？」

「就為了一個女人，竟然當街與人打架，早就傳得沸沸揚揚，朕怎麼可能沒聽說？」

「不是為了女子，是為了爭一口氣……」

「你是朕的近臣，宿衛軍將軍，身為列侯，子侄也都是侯爵加身。天下的氣都讓你們崔家爭去了，還有什麼可爭的？」

崔騰嘿嘿地笑，不敢爭辯，但是又不服氣，最後還是說道：「陛下，不是我多嘴，柴家的氣燄最近可是非常囂張啊，他們家也是一門數侯，而且柴悅在塞外統領精兵數十萬，嘖嘖，哪像我這個將軍，宿衛八營一個也不歸我管。」

「放肆，說完黃普公，又要編排柴悅了？」

「黃普公是陛下……」崔騰急忙收斂，「我還是走吧，快點回家告訴母親好消息，給皇后準備一下。」

看著崔騰出門，韓孺子無奈搖頭，崔騰實在是不成器，否則的話絕不會只是當一名近臣。等屋內再無外人，張有才進來，雙手呈上一份奏章，「勤政殿送來的。」

這是一道宰相與禮部聯名送上的奏章，提醒皇帝，殿試已經結束三天，該定出三甲人選，發榜公佈了。

狀元也是一件麻煩事，禮部尚書等幾位試官看中了南冠美，宰相等大臣則在權限範圍內力薦申大形，爭執不下，只能交由皇帝決定。

韓孺子心中卻另有一人，他之前見過羅世浮，印象中那是一名有點害羞的年輕人，與楊奉不像同一種人，幾日前的殿試再見面，他已經是一名沉穩有度的讀書人。

韓孺子寫下一份回覆，交給張有才，讓他送達勤政殿。

皇帝提出一個不同尋常的要求，要在凌雲閣召見十名成績最佳的考生，當面問策，以定狀元之選，宰相與禮部試官受邀旁聽。

殿試之外又來一次「閣試」，放在從前，宰相和禮部都會堅決反對，如今卻是立即籌備，當天下午就將十名考生送到凌雲閣。

宰相還是卓如鶴，禮部尚書換了新人，十餘名大臣旁聽這次問策，再加上十名考生、十幾名太監，房間裡顯得很擁擠，卻也熱鬧。

見禮畢，皇帝賜眾人平身，太監們將已經寫好的問策書交給考生，兩刻鐘之內寫一份簡答，然後再由皇帝提問。

問題很簡單，卻與經典無關，而是詢問他們如何看待西方形勢和大楚的備戰。

有幾名考生立刻皺起眉頭，他們寒窗苦讀十幾年，聖賢之書背得滾瓜爛熟，除此之外，兩耳不聞窗外事，根本不瞭解西方的形勢。

但所有人都伏案疾寫，起碼要給皇帝一個好印象。

時間很快到了，太監們收回試卷，放在桌上，宰相等人不自覺地窺視，都想看看自己支持的狀元回答得怎麼樣。

韓孺子當場閱卷，無論看到什麼，臉上都不動聲色，可是有一份回答實在讓他忍俊不禁，推給宰相。

卓如鶴掃了一遍，禮部尚書是主試官，也湊過來看了一眼，扭頭向一名考生道：「劉檢，陛下問的是西方形勢，如何應對神鬼大單于，你怎麼盡寫西域的事？」

考生臉色蒼白，撲通跪下，「小生……我……」

中司監劉介從皇帝那裡得到示意，上前道：「別急，你知道神鬼大單于是誰嗎？」

「聽、聽說過。」考生費力地說。

「對西方諸國，你瞭解多少？」

「啊？」

劉介看了一眼皇帝，對劉檢說：「站到一邊，聽別人怎麼說。」

劉檢退到門口，全身發抖，一副失魂落魄的樣子。

韓孺子又揀出四份平庸的答卷，劉介讓這四名考生也站到門口去，只剩五人等待皇帝提問，南冠美和申大形都在其中，宰相等人互視一眼，感到滿意，起碼他們推薦的狀元人選沒有露怯。

考生之中，南冠美最年輕，還不到二十歲，皇帝先問他，「南冠美，你說大楚不宜勞師遠征，可以敵制敵，作何解釋？」

南冠美拱手行禮，回道：「楚軍遠征，國內空虛，會給匈奴可趁之機，近患不除，怎可遠征？不如以西方諸國制西方之敵。」

禮部尚書輕輕搖頭，他支持南冠美，可此子的回答卻錯了，大楚遠征的目的之一就是中途進攻匈奴，先除近患，再滅遠敵。

這不怪南冠美，楚軍的策略還是祕密，連朝中都只有少數人知曉。

韓孺子又問了幾句，換下一人，第三人是羅世浮，他建議不必急於出兵，可以再等等，若西方諸國能夠擊敗神鬼大單于，大楚可以省下一筆浩大的軍費。

第四人是申大形，回答最為巧妙，先將西方形勢說了一遍，以示自己很瞭解時事，最後卻道：「國之大事，執政者為之，陛下決之，臣等不在其位，難謀其事，大楚或出兵，或不出兵，皆有道理。」

卓如鶴也輕輕搖頭，他瞭解皇帝，知道這樣的兩面討巧對皇帝無效。

韓孺子不做判斷，最後問到一位名叫曾蕩雲的考生，「你說大楚遠征必敗，為何？」

此言一出，眾人側目，連門口站立的五名考生也吃驚地看了一眼，大楚備戰數年，大軍集於塞外，尚未出征，此人竟斷言必敗，著實大膽。

韓孺子很意外，卻也最想聽曾蕩雲的解釋。

「大楚應順勢而為。」

韓孺子心中一驚，他好久沒聽到「順勢而為」四個字了。

第五百五十四章 狀元之名

韓孺子的本意是要從南冠美、申大形、羅世浮三人當中選出一位狀元，全未料到會突然聽見「順勢而為」四字。

可這四字非望氣者獨有的口號，偶爾冒出來說明不了什麼，韓孺子不動聲色，問道：「怎麼個順勢而為？」

曾蕩雲二十多歲，個子很高，看上去卻很虛弱，總像在往左邊微微歪斜，即使躬身行禮時也不例外。

「神鬼大單于大勢已去，楚軍若是遠征，必然大勝。」

「你剛剛還說楚軍必敗無疑。」宰相卓如鶴忍不住開口，覺得這個人是在譁眾取寵。

「並不矛盾，楚軍必然擊敗神鬼大單于，卻會敗給西方諸國。」

卓如鶴忍不住笑了，周圍的官員以及來面聖的考生也都發出笑聲。

「這話可就怪了。」卓如鶴當宰相久了，知道什麼時候該由自己開口，像這種質疑的話，皇帝不能輕易當著眾人的面提出來，以免遭遇尷尬，只能由他人代勞，「楚軍西征是要幫助諸國，皆是盟友，何來勝敗之說？」

曾蕩雲不笑，正色道：「數十萬楚軍，耗費巨億，只為取一顆人頭？擊敗神鬼大單于之後，必然要留下一部分吧？」

「當然。」朝廷對此制定過計畫，卓如鶴看了一眼皇帝，決定稍稍透露幾句，「可以仿效西域之例，派置都護官以及少量楚軍，羈縻而已。」

「據我所知，西方諸國矛盾重重，否則的話，也不至於為神鬼大單于所制，這些矛盾存在已久，有如長城南北的千年爭戰。有共同敵人時還好些，神鬼大單于一亡，必然恢復明爭暗鬥。到時各國都向大楚求裁，信使一來一往，需要半年甚至一年之久，大楚不管則威名掃地，大楚干涉則少量楚軍必然不夠，只好再度增派軍隊，長此以往，對西方諸國來說，大楚就是新的神鬼大單于，必生反心。」

「放肆！大楚從未想過將西方諸國納入大楚疆界，怎麼會被當成神鬼大單于？」卓如鶴厲聲呵斥。

曾蕩雲行禮，「所謂『說者無心聽者有意』，大楚的一舉一動，在西方諸國眼中怕是別有含義，到時候非大楚所能決定。」

卓如鶴又要開口駁斥，韓孺子衝他擺了下手，向另外幾名考生道：「你們有何看法？」

眾人都明白，這是皇帝的另一論測試，申大形搶先開口，向曾蕩雲道：「羈縻之策在西域曾行之有效，為何不能在更遠的地效仿？」

曾蕩雲拱手還禮，「西域與大楚相隔遙遠，難以納入版圖，因此施行羈縻之策。古人云五服，由近及遠有甸服、侯服、賓服、要服、荒服，以此觀之，道路的遠近、難易極為重要，羈縻在西域有效，放在更遠的地方卻未可知。此乃大勢，人力難以逆之，或有一日，器械之利達於極致，日行數千里，大軍朝發夕至，屆時西域為郡縣，極西可羈縻之。」

眾人又大笑，南冠美站出來道：「此言差矣，大楚非要統治西方之地，乃是懲惡誅凶，諸國矛盾重重，正可利用之，扶弱除強，不必非由大楚出兵。」

「兵者，兇器也，數十萬楚軍遠征西方，按最好的可能估算，損失也有一兩萬，至於馬匹、糧草更是不計其數，聲勢之大、耗費之多，亙古未有，卻只為懲惡誅凶？」

韓孺子向羅世浮看了一眼，微點下頭，羅世浮得到鼓勵，也開口道：「所謂懲前毖後，楚軍遠征，耗費雖多，卻示天下以威，此後千百年不受西方之亂，一勞而永逸，很是划算。」

曾蕩雲微微一笑，「今人休言千年事，一勞永逸只是一廂情願。神鬼大單于忽然而興，莫說千年前，便是百年前、十年前有誰能料到？敵變，我亦變，怎可存一勞永逸的想法？勢者如水，需與之沉浮，方得自由，君名『世浮』，大概也是此意吧？」

羅世浮臉上微紅，「按你的意思，大楚備戰數年，大兵陳於塞外，卻要虎頭蛇尾？」

「非也，聖人不逆勢，卻可順勢、造勢、助勢、借勢，大楚備戰數年，西方諸國盡皆知之，也正因此而敢於反抗神鬼大單于。在下不才，獻一愚計：塞外繼續陳兵，同時多向西方派遣使者，與諸國約定開戰之機，並許諾先破敵酋者、斬送頭顱者，封以大王，位在諸王之上。西方諸王必爭此位，不待楚軍移師，敵酋之頭已懸於京城北闕。」

眾人一時無話，韓孺子看向門口的五名考生，問道：「你們也說說。」

五人以為自己早已出局，突然聽到皇帝親口發問，嚇了一跳，一人跪下，其餘四人急忙也跪下。

太監讓他們起身，五人互相看看，名叫劉檢的考生顫聲回道：「這個所謂的『大王』不就是新的神鬼大單于嗎？他日後若是生出野心，大楚就是親手扶植了一名敵人，還不如大楚代替之。」

眾人又都看向曾蕩雲，覺得這句話問得有道理。

曾蕩雲低頭略作思考，開口道：「或有這種可能，唯一的應對之計就是楚強。楚強則敵不敢侵，無人敢生野心，楚弱則人人覬覦。好比神鬼大單于，若不是有匈奴入侵在先，他也不至於傾巢而至。」

申大形已經察覺到自己之前的應對過於油滑，難得皇帝歡心，這時搶著說道：「兜了一圈，曾兄等於什麼都沒說，何謂楚強？必是遠征萬里之外，採取敵酋之頭，楚軍若是不動，豈非示弱？」

曾蕩雲有點招架不住，低頭思考得更久一些，「示強而不用強，事半而功倍。」

申大形抓住軟肋，趁勝追擊，「示強而不用，若敵人反擊，反而事倍而功半。」

曾蕩雲正要開口，劉介已經得到皇帝示意，開口道：「可以了，今日之辯結束，諸生退下。」

十名考生向皇帝跪拜，被太監們送出皇宮，大臣們留下，他們要等皇帝選出狀元。

韓孺子感覺不錯，諸生爭辯讓他又有了初掌皇權時的熱情，這種場景很長時間沒出現過了。

「陛下可有中意者？」卓如鶴上前問道。

韓孺子對誰是狀元卻已不在意，只憑一張考卷、一場辯論分不出誰優誰劣，也沒必要非得立刻排出名次，「勤政殿擬名次吧，今年的考生都不錯，無論誰當狀元，朕都滿意。」

韓孺子將權力交還回去，大臣都很高興，同時也都暗地裡摩拳擦掌，要為自己支持的對象爭得狀元之位。

大臣告退，回勤政殿自有一番激烈的爭鬥，韓孺子靜待結果。

房間裡終於空下來，張有才帶幾個人收拾東西，差不多了，其他人退下，張有才說：「陛下對那個曾蕩雲很感興趣吧？」

「你又看出來了？」

「呵呵，陛下別怪我，聽到『順勢而為』四個字，我也嚇了一跳，不知他是無意還是有意。」張有才常在皇帝身邊，所見所聞甚多，記得望氣者的這句口頭禪。

「嗯。」

「要不要叫來問問？」

「先不著急，等榜單下來之後，調他進翰林院再說。」韓孺子深知皇帝的一言一行有多受關注，若是現在就召見曾蕩雲，沒準會給大臣們一個錯誤訊號，反而壞事。

「是，要不要我找人私底下調查一下？」

「你？」韓孺子有些驚訝，景耀已退，金純忠進入大理寺任職，韓孺子身邊再沒有可做私下調查的人。

「不是我，是晁鯨，我瞧他最近閒得發慌，成天就是和老鄉喝酒閒逛，也不急著成家立業，不如給他找點事情做。」

經歷幾次戰爭，晁家漁村的人大半死亡，倖存者不多，韓孺子已不再派他們參戰，反而讓他無所事事。

「好吧，跟晁鯨說清楚，不可引起注意，不可惹是生非。」

「是，陛下。」張有才沒動，繼續道：「我可不敢口頭傳旨，陛下是不是給我寫點什麼？」

張有才還記得規矩，韓孺子笑了笑，提筆寫了一封手書，命張有才找晁鯨辦事，不提具體內容，而且注明只一次有效。

張有才小心地收起紙條，轉身要走，又忍不住問道：「陛下覺得誰會是狀元？」

「讓大臣決定，半天也等不了嗎？」

張有才笑著退下，向其他太監交待幾句，自去找晁鯨。

皇帝喜歡一個人獨處，太監們都留在外面聽宣。

韓孺子坐了一會，又拿起黃普公的信，心中已不像一開始那麼憤怒，而是更冷靜地看待整件事。

他抬起頭，看向角落，好像那裡站著一個人，小聲道：「遠隔萬里，自給自足。無念於大楚，無求於皇帝，即使是忠臣也有自立之意，黃普公未能免俗，與其空懷憤怒，不如因勢利導。」

韓孺子嘆息一聲，又想起了楊奉的那句話，皇權只在十步以外、千里之內，他現在的確感受到千里之外的無力。

羅世浮顯然沒有繼承父親的衣鉢，韓孺子略感失望。

入夜之前，勤政殿送來名單，正如韓孺子所料，宰相獲勝，申大形成為新科狀元，南冠美榜眼，羅世浮探花，二甲若干人。應對失策的劉檢，被歸入三甲，舌戰諸生的曾蕩雲也落入三甲。

大臣們顯然不喜歡這個人。

韓孺子沒有猶豫，朱批「閱」字，派人送回勤政殿。明日一早，禮部就將張榜公佈名單，又是幾家歡喜幾家愁。

次日一早，韓孺子起床洗漱，張有才過來侍候，等皇帝穿戴整齊，趁周圍無人，「陛下，晁鯨有消息了。」

「這麼快？」韓孺子十分意外。

「人家根本沒躲沒藏，曾蕩雲帶著教書先生一塊進京，這位先生陛下認得。」

「林坤山。」

張有才點頭，「要抓來嗎？」

韓孺子搖搖頭，他知道，望氣者林坤山這是主動送上門來，根本不需要派人去抓。

第五百五十五章 一走一回

林坤山戰時立功，獲得了自由，從此遠遁它鄉，以教書為生。慢慢地，他的心又活泛起來，彷彿一身絕技的劍客，歸隱之後，時時慨嘆寶劍歸匣，沒了用武之地，望著通向遠方的道路，仍會怦然心動。

林坤山不只心動，還要行動，他在學生當中選擇了曾蕩雲，決心培養出一位狀元來。

他沒能如願，曾蕩雲只進入三甲，如果沒在凌雲閣得罪大臣，也只能位列二甲，離狀元差著一大截。但他並不失望，畢竟曾蕩雲見到了皇帝，並引起了皇帝的注意。

「這就夠了。」他對弟子說，「你我二人前途無量。」

「我本該是二甲進士，卻跟劉檢一塊落到三甲，唉。」曾蕩雲唉聲嘆氣，自覺比只會讀書的劉檢要強得多，「陛下明明很欣賞我的口才，為什麼……」

「因為他要重用你，不想讓你過早惹人注意。」林坤山笑道。

曾蕩雲一向佩服自己的老師，這時候卻有些摸不著頭腦。

放榜數日之後，熱鬧過去，眾人各奔前程，師生二人卻仍然住在客棧裡，每次曾蕩雲想要回家報喜，林坤山都說：「再等等。」

這天傍晚，林坤山終於等到了。

一名客人前來拜訪，也不打聽，向夥計說了聲「找人」，徑入後院，敲響了林坤山的房門。

「好久不見，大人可是發福了。」林坤山拱手笑道。

晁鯨的確胖了許多，脾氣也跟著漲，伸手將林坤山推進去，邁步進門，隨手關上，「你好大膽啊。」

曾蕩雲正坐在屋子裡看書，這時放下書，有些驚慌地看著身穿軍服的客人。

「你去別的地方看書吧，這裡的事情跟你關係不大。」晁鯨命令道。

曾蕩雲看了一眼老師，抱著書，匆匆出門，回隔壁自己的房間，心中惴惴不安，貼牆偷聽，卻只能聽到單獨的幾個字眼。

林坤山目送弟子出門，笑道：「我的膽子還是不夠大。」

「你還想怎樣？」晁鯨四處打量。

「呵呵，不說這些，先說你的目的吧，我等很久了。」

晁鯨不客氣地找椅子坐下，「陛下說，你想出使西方？」

「陛下果然聰明，一點就透，不一定非得是我，我只是出個主意而已。當然，如果陛下傳旨，我絕不會推託，能為陛下和大楚效力，是我的職責，也是榮幸。」

「在我面前拍皇帝的馬屁有什麼用？我又不會替你傳達。」

「由衷而發，非是奉承。」

「陛下說，你可以出使西方。」

「嗯。」林坤山看著晁鯨，若有所待。

「幹嘛？」

「聖旨，沒有聖旨，林坤山只是一介匹夫，有了聖旨，才是大楚使者。」

「你看我像是傳聖旨的人嗎？」

林坤山笑得有些尷尬，「有話就明說吧，別繞來繞去的。」

晁鯨咳了兩聲，「明天，朝廷會降旨招募使者，你報名吧。」

林坤山抱拳道：「等的就是這個，請轉告陛下……」

晁鯨起身擺手，「我難得見皇帝一面，哪有工夫替你傳話？」

晁鯨離去，林坤山鬆了口氣，甚至覺得應該要點酒肉慶祝一下。

韓孺子決定接受曾蕩雲一部分的建議，向西方派遣使者，宣布楚軍將至，鼓動諸國向神鬼大單于發起進攻。如果真能提前獲勝，當然是好事，如果不能，也不耽誤楚軍遠征。

聖旨一下，應募者不少，數十萬楚軍陳於塞外，西征必勝，人人都想趁機立功，卻不是人人都能上戰場，因此充當使者成了另一種選擇。

僅僅十天之內，京城內外就有近五百人報名，兵部與禮部共同篩選出一百人，附上簡介，供皇帝選用。

韓孺子仔細看了一遍，林坤山名列其中，簡介裡沒提望氣者三字，只說是某郡某鄉的百姓，以教書為生。

韓孺子笑了一聲，先將林坤山的名字圈上，繼續往下看，突然看到「劉檢」的名字，不由得一愣。

劉檢是今年的考生，考試時成績不錯，被推薦到凌雲閣接受策問，結果他連「西方」所指是哪都不知道，寫了一段關於西域的應答，當眾丟臉，本應是二甲的名次，最後卻落入三甲。

韓孺子猶豫片刻，在劉檢兩字的右上方畫個小三角，全部看完之後，命人傳召劉檢。

再度見駕，而且是單獨一人，劉檢顫抖得更嚴重，身邊的太監不得不伸手扶他起來。

明明不瞭解西方，為何卻要報名充當使者？劉檢早想好了答案，說的時候仍有些結巴，慢慢才好起來，「讀書人本應……心懷天下，微臣、微臣卻只知死讀書、讀死書，以至……以至在陛下面前出乖露醜，微臣羞愧難當，想起俗語說『讀萬卷書、行萬里路』，微臣讀過萬卷書，該行萬里路了。」

「可你並不瞭解西方。」

「微臣這些天裡逢人便問，對西方和神鬼大單于多了些瞭解，而且微臣以為，聽得再多，也不如親往查看。微臣此去，不求建功立業，不求博達顯赫，只為一探究竟，觀察風土人情，看看這個被微臣忽略多年的廣大區域究竟是什麼樣子。」

韓孺子越發覺得，所謂狀元只是一時之稱號，選拔人才還是得多做觀察，「好，朕就讓你去西方一探究竟，除了完成使節任務，回來之後給朕寫一本遊記，將你的所見、所聞、所感都記下來。」

劉檢跪下磕頭，「遵旨，陛下。」

韓孺子選中了三十五名使節，分為五路，每路人數不等，配以雜役若干，分赴不同國家，傳達大楚皇帝的旨意：楚軍將至，先得神鬼大單于人頭者，封為大王。

正使是禮部的一名官員，每路再有一名副使，劉檢沒有職位，只是普通使節。

其中一路只有一名使節，大部分人都不願當，因為得要親自去見神鬼大單于，數罪問責，這簡直就是羊入虎口。林坤山卻願意，甚至有點急迫，似乎生怕這份「好差事」落入他人之手。

暮春時節，使節出發，經由西域，由各國接力護送，在虎踞城，他們將分赴不同方向。劉檢所在的這一路使節路途最遠，將穿過西方，直抵南方海港，向英王和黃普公傳達聖旨。

英王得到了正式冊封，名號中加一個海字，成為「海英王」，允許他自立官署，十年一朝請，黃普公則被封為王相，至於退兵，皇帝命令他們再等一年，此後進退自由。

這一箭射出去了，要等許久才會得到回應，韓孺子只能耐心等待，在此期間，繼續督促楚軍備戰。

使節出發之後不久，東海國傳來急信，東海王從海外回來了。

雖然之前常常爭寵、吵架，崔騰卻十分懷念這個表弟，得到皇帝許可之後，親往迎接，在洛陽見到了東海王，款待一番，帶他返回京城，在家休息了一個晚上，次日一早就來見駕。

韓孺子站在樓上窗邊，遠遠地望見了東海王和崔騰，向兩人招手，東海王抬頭看見，立刻下跪，被崔騰拽起來，加快腳步趕往凌雲閣。

到了樓上，東海王又要下跪，韓孺子上前扶起，左右打量，笑道：「你總算回來了。」

東海王帶著哭腔說：「陛下，我差一點就葬身魚腹，再也見不著陛下了。」

崔騰笑道：「你還好，起碼身體完整，好像還胖了一些，不像我，瘸了一條腿。」

三人唏噓良久，韓孺子問道：「快說說，你為什麼在海上耽誤這麼久？」

「唉，一言難盡。」東海王講述自己的經歷，原來他在海上突遇大風，船毀人溺，他僥倖被路過船隻救起，帶到一座島上，被困許久才弄清楚返回大楚的航線，於是搭船輾轉多國，期間不敢透露自己的真實身份，直到踏上大楚國土，才去找東海國的譚家人，得以上報官府。

崔騰已經聽過一次，這時仍然邊聽邊嘆息，經常替東海王補充一點細節，好像自己也跟著漂洋過海似的。

韓孺子也時時嘆息，卻不會打岔，最後忍不住道：「崔騰，你去讓太監準備一點佳餚，中午留東海王用膳，然後你就不用上來了。」

崔騰笑道：「是我多嘴了，行，我等用膳的時候再來，說來真是很久沒跟陛下一塊喝酒了。」

崔騰告退，東海王說得也差不多了，「就是這樣，我真沒想到還能活著見到陛下。」

「王妃很高興吧，她非常關心你，到處求人打聽你的消息。」

「當然高興，昨晚哭了半夜，說是以為再也見不到我了。」

韓孺子笑了笑，盯著東海王又打量一番。

「怎麼了？陛下。」東海王摸摸自己的臉。

「你在海上漂泊這麼久，也不見黑，反而白了一些。」

「是，我一直躲在船艙裡。」

「渡海而來，船隻不停在南方，卻到東海國靠岸，東海王，你乘的是什麼船？」

東海王撲通跪下了，哭著道：「陛下看出來了，其實我早就回來了，一直不敢進京見駕。」

「『不敢』是什麼意思？」

「神鬼大單于有意放我歸國，讓我刺殺陛下。」

「你不做就是，有什麼好害怕的？」

「神鬼大單于對我下毒，說是兩年之內刺殺成功，才會給我解藥。」

「兩年早過去了，你不是沒事？」

「是孟娥將我救了。」

韓孺子大驚，「孟娥？」

「是，她還有一封信寫給陛下，我本想找別的機會……既然陛下已經看穿……」東海王從懷裡取出信，雙手捧著遞給皇帝。

韓孺子伸手去接，心中突然一動，問道：「你又見過林坤山了嗎？」

第五百五十六章 最好的師傅

韓孺子突然想起了林坤山，覺得自己又看到了望氣者的慣用伎倆。

聽到這三個字，東海王痛哭流涕。

韓孺子收回手臂，退到桌後坐下，看著自己的弟弟，漸漸明白了一切，「林坤山一個人去不了西方，所以要借助朕的力量，嗯，這的確是『順勢而為』，他要去向神鬼大單于邀功，可你怎麼辦呢？留下等死嗎？」

東海王止住哭泣，雙手仍然捧著那封信，「按照原計畫，信上的毒不會立刻發作，大家一時半會懷疑不到我，等神鬼大單于再次東征，朝廷急需新主，更不會計較誰是下毒者。」

「你還沒死心？」韓孺子既惱怒又心痛。

「我早就死心了，這封信上沒有毒藥。」怕皇帝不信，東海王伸舌頭在信封上舔了幾下。

韓孺子一愣，剛剛想明白的事情又變得模糊，「這究竟是怎麼回事？」

東海王又講了另一個故事。

在西方港口上船的時候，東海王並非孤身一人，還有幾名奴僕，其中一人是神鬼大單于的親信，他帶著解藥，每隔三個月讓東海王服一次，延緩毒性，只有等大楚皇帝死後，他才會交出治本之藥。

東海王早就回到了大楚，卻不想向皇帝下手，於是假稱要找更好的機會，隱藏在東海國譚家，對妻兄聲稱自己怕見皇帝，要躲一陣，期間若干次試著要騙取解藥，都沒成功。

一年前，譚家人不小心說漏嘴，沒過幾天，同在東海國隱居的林坤山找上門來，見到了東海王與那名僕人，沒幾天就弄清了前因後果。

在取得僕人的信任之後，林坤山出了一個主意。

在信上塗毒是老手段了，尋找合適的毒藥卻很麻煩，林坤山一力承擔，造出一封毒信，然後他先出發去見神鬼大單于，通報消息，準備趁大楚內亂再度發起東征。

可東海王將信調包了，毒信留在家中，此時雙手捧著的是一封普通信件。

「我寧可自己死也不會謀害陛下，我只是……只是……」

「想要騙取僕人的解藥？」

東海王點點頭。

「僕人呢？」

「在我家裡。」

「他真有解藥？」

「他只有三個月一次的解藥，治本解藥要重新配製。」東海王全身虛脫，跪在地上站不起來。

韓孺子想了一會，「你並沒有見過孟娥，是吧？」

「見過，否則我也想不到用她來矇騙陛下，這封信雖然不是原件，內容卻是一模一樣，我抄下來的。」

韓孺子又猶豫一會，「拿來我看。」

東海王膝行向前，將信封拆開，拿出信，又舔幾下，表示無毒，然後將信放在桌上攤開。

信的內容很簡單：陛下無恙。聽聞楚軍大勝，甚喜。自此之後，陛下當無大憂，我亦無事可做，乃去海外尋兄。追隨陛下多年，獲益良多，不勝感激，心中卻有所悟，帝王之術者，學之有益，不學亦可，終是小道。

陛下破強敵、保大楚，帝位穩固，無需帝王之術也可治國平天下。再三思之，我非帝王之才，勉強為之終是害人害己，莫如泛舟海上，怡心養性。陛下保重。娥手書，某年月日。

韓孺子仔細看過一遍，問道：「如果這是毒信，怎麼會令朕中毒？」

「林坤山說陛下心細，拿到此信後必然反覆閱讀，毒藥沾手……」

「嘿，他倒是還跟從前一樣聰明。把信留下，中午吃完飯回家吧。」

東海王一愣，「陛下……不怪我？」

「朕怪你，怪你沒早回來。你回家之後穩住僕人……這種毒藥幾時發作？」

「要看接觸的時間長短，據說是十到二十日，再久的話，毒藥就失效了。」

「到時候朕會養病，你按自己的計畫行事。」

東海王更加不敢相信，「陛下真的不怪我？」

「楚軍遠征，勞民傷財，所獲卻沒有多少，神鬼大單于肯再次東征，那就是自己送上門來，朕求之不得，當然要利用一下，順勢而為。」韓孺子衝東海王眨了下眼睛。

東海王大大地鬆了口氣，「我發誓，我雖然想過要欺騙陛下，卻沒有半點謀害之意。」

「朕相信你，起來吧。」

東海王起身，拿起桌上的信，「我把它燒掉吧，無論是原件，還是這封，都不該保留。」

「不用，留下吧。」

東海王放下信，韓孺子拿鎮紙壓住，起身道：「走吧，先去逛逛，然後用膳。」

到了樓下，崔騰又湊上來，看著東海王嘲弄道：「你竟然哭了？哈哈。」

用膳之後，東海王告辭回家，韓孺子回到樓上，挪開桌上的鎮紙，將信重新看了一遍，走到門口，讓太監將桌上的信帶走，找地方燒掉。

如果這真是孟娥的信，那她一定走得非常決絕，文字中什麼也沒透露。

「泛舟海上。」韓孺子忍不住笑了一聲。

第二天下午，東海王又來見駕，沒有外人時，他說道：「僕人應該是信了，但是要等陛下發作之後，才肯配製解藥。」

「嗯，別急，他想利用你操縱朝廷，必然會給你解藥。」

「我真希望自己當初死在戰場上。」東海王惱恨地說。

「是朕派你當使者的，怪不得你。」

「還有一件事，昨天就要說，一時卻給忘了。」

「什麼事？」

「楚軍與敵軍交戰的時候，曾經有人夜入營中刺殺神鬼大單于，沒有成功，刺客來見我，讓我給陛下傳一句口信，說是『那本書還在』。」

韓孺子一愣，「刺客是誰？不要命嗎？他的確說過要去刺殺，卻一直沒有消息，戰後也沒了蹤影。」

「不知道是誰，肯定是男子。」

「『那本書還在』……是說《淳于子》吧。」

「想必是，他沒有解釋，很快就走了，我猜他是在故弄玄虛，還說我會被放走，結果等了這麼久。其實書還在又能怎麼樣？」

「或許他說的並不是書，而是望氣者，林坤山這不是又重出江湖了嗎？」

「望氣者已經死得差不多了，林坤山還想怎樣？」

「《淳于子》是造反之書，也是帝王之書，所以『順勢而為』既是望氣者的手段，也是帝王之術。」韓孺子極輕地嘆息一聲，更希望將這些話說給孟娥聽，但還是很快將她從心中拋去，「朕這不是也用上了？」

東海王面露驚訝，「陛下說自己也是望氣者？」

韓孺子笑著搖搖頭，「你先回去吧，這幾天不用再過來，朕養病的消息自會傳出去，你想辦法弄到解藥，這比什麼都重要。」

東海王又要哭，強行忍住，告退離去。

韓孺子回後宮比較早，今天該是給太后請安的日子。

慈寧太后正在哄幾個孫子，北皇子站得最遠，一臉的不情願，慶皇子、鄧皇子卻賴在祖母懷裡不肯稍離。見到皇帝，慈寧太后命宮女將孩子帶走，接受請安之後，說：「東海王回來了？」

「是。」

「他不該回來。」

「東海王為國效力，能活著回來是一件大好事。」

「陛下心太善，我卻不相信他。在外面飄蕩好幾年，誰知道他是不是變得更壞、更陰險了。」

韓孺子笑了笑，「太后不必擔心，幾個月後，朕會將他送回東海國。」

「真的？」慈寧太后有些意外。

「諸侯理應就國，這是祖上的規矩，東海王老大不小，不能總留在京城。」

「陛下總算想通了。」慈寧太后露出微笑。

韓孺子不會再將東海王留在身邊。

「我還聽說英王要在海外自立，陛下竟然同意了，這是為何？」

「相隔遙遠，大楚無力制約英王，不如遂其心意，先一同擊敗神鬼大單于。朕向英王軍中派出使者，除了冊封之外，還會向海上諸國承諾，戰時立功、戰後來大楚朝貢者，將獲重賞。屆時朕將親封幾位重要的王公，用來制約英王，這比空口威脅有效。」

慈寧太后看著皇帝，發現自己竟然提不出任何建議，輕嘆一聲，「國事解決了，家事也得考慮。」

「皇后已經再度有喜。」

「當然，皇后若是生下嫡子，我沒話說，如果還是女兒呢？陛下有準備嗎？」

「朕會給三位皇子各選一位師傅。北皇子急躁，朕給他安排一位老成持重的人，名叫羅世浮。慶皇子軟弱，朕安排一位意志堅定的人，名叫南冠美。鄧皇子機靈，朕安排一位出言謹慎的人，名叫申大形。五年之後，朕擇優而立。」

慈寧太后沉默了一會，「陛下這是讓自己的兒子從小相爭。」

「非得是爭來的皇位，才知道珍惜，即使皇后生下嫡子，朕也不會馬上立為太子，觀察幾年再說。」

慈寧太后再嘆一聲，「陛下是皇帝，一切由陛下做主吧，趁著皇子們還小，我再多享之幾年祖孫之樂。」

「太后滿意嗎？」

「對皇帝，任何人都得滿意。不過，我覺得三位師傅是誰不重要，皇子們最好的師傅就是陛下本人。」

韓孺子笑笑，告退離去，走在半路上，突然停下，太監們不明所以，也都停下。

韓孺子忽有所悟，母親說得沒錯，自己就是最好的師傅，他總想再找一位楊奉式的人物，卻沒想過，自己就是楊奉的繼承者，當年的學生已經變成先生，可以教導下一代了。

望氣者死灰復燃，楊奉為什麼不能呢？

韓孺子沒去秋信宮，而是回泰安宮，派人將三位皇子帶來。

三個兒子站成一排，韓孺子坐在榻上，離他們十步之外。

「記住這句話，皇帝是孤家寡人，你們不用理解，記住就好。」韓孺子開口，不再關心消失不見的那些人，不再關心正在府中忐忑不安的東海王，不再關心萬里之外的神鬼大單于和英王。

三位皇子同時點頭。

「皇帝最強大，也最脆弱，朕要向你們講一講皇帝的脆弱。」

韓孺子想起楊奉，想起楊奉留下的三頁書，想起東海王傳達的口信，他要教給兒子們的第一課，就是心存敬畏。

「這世上有一個神祕組織，暗中操縱朝政，甚至能策畫刺駕，朕一直在尋找他們的下落，等你們長大了，要繼續尋找。」

三位皇子瞪大眼睛，既惶恐又興奮。

（本書完）

New Black 017

孺子帝：卷七　不存在的皇帝

作者　冰臨神下

堡壘文化有限公司
總編輯　簡欣彥　行銷企劃　黃怡婷
副總編輯　簡伯儒　封面設計　Bianco Tsai
特約編輯　倪玼瑜　內頁構成　李秀菊

讀書共和國出版集團
社長　郭重興
發行人　曾大福
業務平台總經理　李雪麗
業務平台副總經理　李復民
實體通路組暨直營網路書店組　林詩富、陳志峰、郭文弘、賴佩瑜、王文賓
海外暨博客來組　張鑫峰、林裴瑤、范光杰
特販組　陳綺瑩、郭文龍
印務部　江域平、黃禮賢、李孟儒
版權部　黃知涵

出版　堡壘文化有限公司
發行　遠足文化事業股份有限公司
地址　231新北市新店區民權路108-2號9樓
電話　02-22181417　傳真　02-22188057
Email　service@bookrep.com.tw
郵撥帳號　19504465遠足文化事業股份有限公司
客服專線　0800-221-029
網址　http://www.bookrep.com.tw
法律顧問　華洋法律事務所　蘇文生律師
印製　呈靖彩印有限公司
初版1刷　2022年12月
定價　新臺幣540元
ISBN　ISBN 978-626-7092-98-9　978-626-7092-99-6（Pdf）　978-626-7240-02-1（Epub）

國家圖書館出版品預行編目（CIP）資料

孺子帝：卷七　不存在的皇帝／冰臨神下著. -- 初版. -- 新北市：堡壘文化有限公司出版：遠足文化事業股份有限公司發行, 2022.12
面；　公分. -- (New black ; 17)
ISBN 978-626-7092-98-9（平裝）

857.7　　111017057